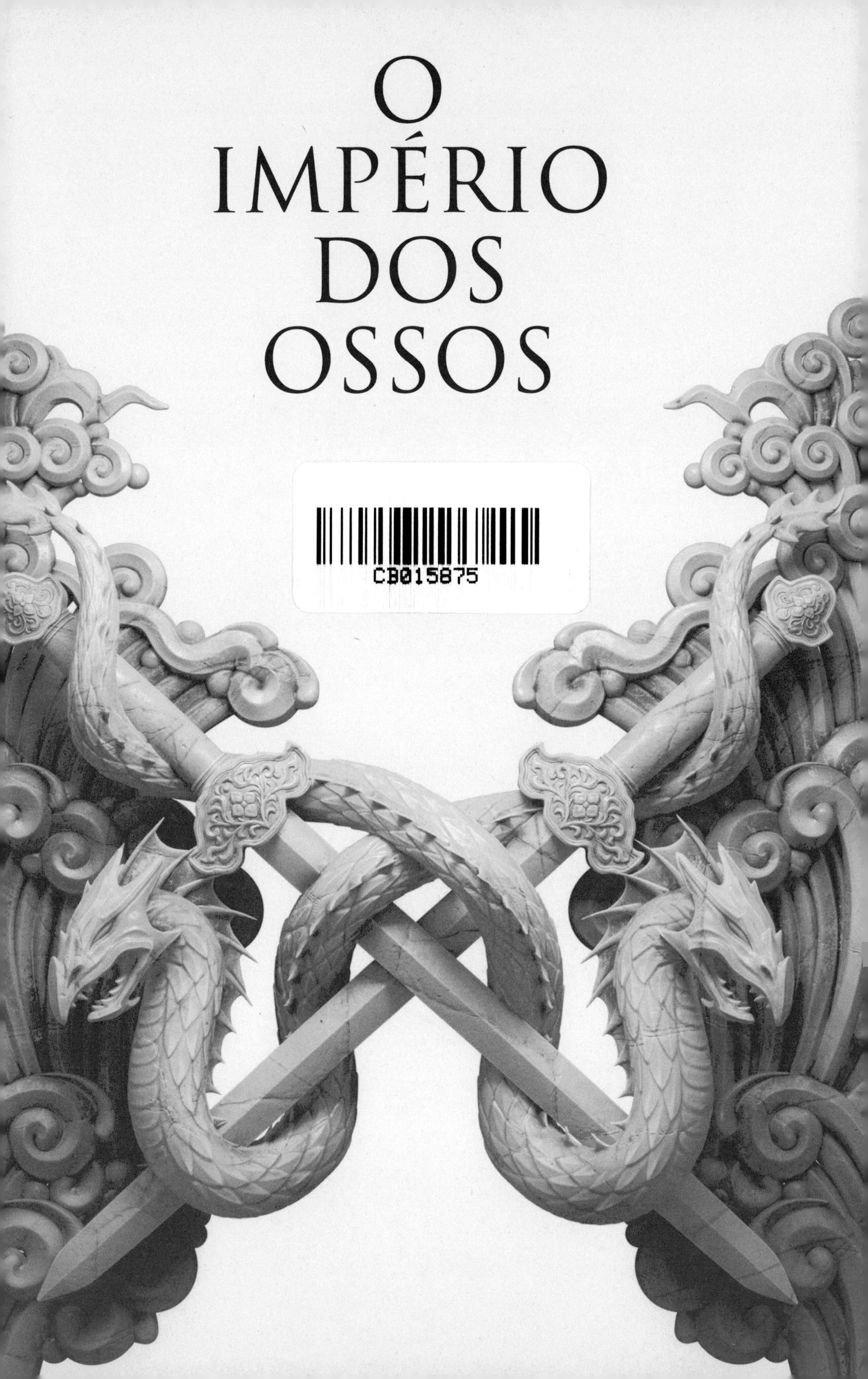
O IMPÉRIO DOS OSSOS
CB015875

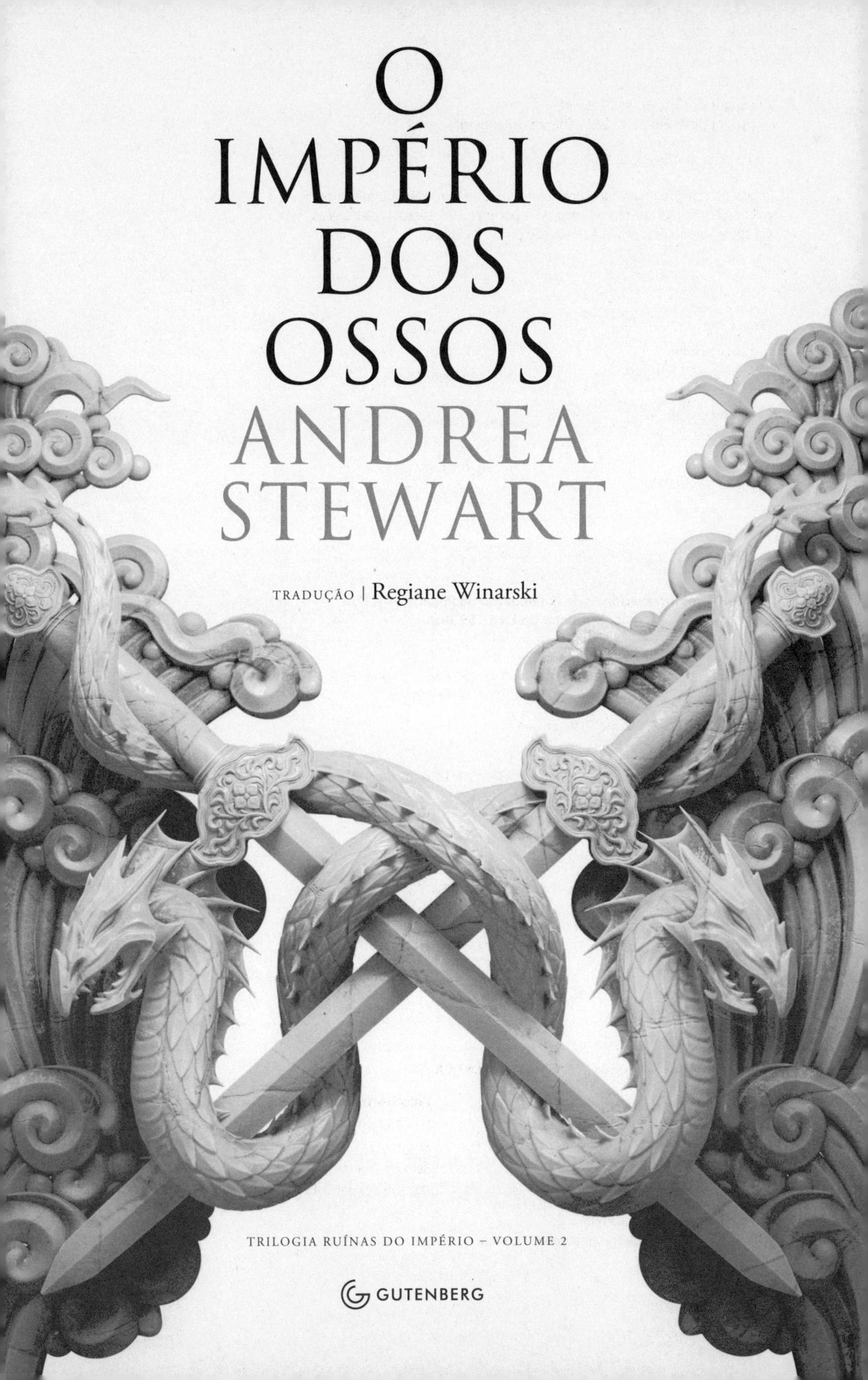

O IMPÉRIO DOS OSSOS

ANDREA STEWART

TRADUÇÃO | Regiane Winarski

TRILOGIA RUÍNAS DO IMPÉRIO – VOLUME 2

GUTENBERG

Título original: *The Bone Shard Emperor*

EDITORA RESPONSÁVEL
Flavia Lago

EDITORAS ASSISTENTES
Natália Chagas Máximo
Samira Vilela

PREPARAÇÃO DE TEXTO
Samira Vilela

REVISÃO
Claudia Vilas Gomes

CAPA
Lauren Panepinto

ILUSTRAÇÃO DE CAPA
Sasha Vinogradova

ADAPTAÇÃO DE CAPA
Alberto Bittencourt

DIAGRAMAÇÃO
Guilherme Fagundes

Dados Internacionais de Catalogação na Publicação (CIP)
Câmara Brasileira do Livro, SP, Brasil

Stewart, Andrea
O império dos ossos / Andrea Stewart ; tradução Regiane Winarski. -- 1. ed. -- São Paulo : Gutenberg, 2025. -- (Ruínas do Império , v. 2)

Título original: The Bone Shard Emperor
ISBN 978-85-8235-785-9

1. Ficção de fantasia 2. Ficção norte-americana I. Título. II. Série.

25-267666 CDD-813

Índices para catálogo sistemático:
1. Ficção : Literatura norte-americana 813

Cibele Maria Dias - Bibliotecária - CRB-8/9427

A **GUTENBERG** É UMA EDITORA DO **GRUPO AUTÊNTICA**

São Paulo
Av. Paulista, 2.073 . Conjunto Nacional
Horsa I . Salas 404-406 . Bela Vista
01311-940 . São Paulo . SP
Tel.: (55 11) 3034 4468

Belo Horizonte
Rua Carlos Turner, 420
Silveira . 31140-520
Belo Horizonte . MG
Tel.: (55 31) 3465 4500

www.editoragutenberg.com.br
SAC: atendimentoleitor@grupoautentica.com.br

Para John, que sempre cuida para que eu tenha tempo para escrever.
Dizem que ninguém é perfeito, mas obviamente isso é mentira.

O IMPÉRIO FÊNIX
NA DINASTIA SUKAI
RIYA
CABEÇA DE CERVO
CAUDA DO MACACO

HUALIN OR
MAILA
GAELUNG
IMPERIAL
MAR INFINITO
ANAUI
KHALUTE
NEPHILANU
UNTA
DE DE HIRONA
N
O
L
S

1

LIN

Ilha Imperial

Eu achava que poderia corrigir as coisas no Império se tivesse os meios. Mas corrigir as coisas significava tirar as ervas daninhas de um jardim tomado por mato, e, a cada erva daninha arrancada, duas novas brotavam no lugar. Era a cara do meu pai não deixar uma tarefa fácil para mim.

Eu me agarrei às telhas de cerâmica do telhado e ignorei o choramingo baixinho de Thrana lá embaixo. Não havia muita privacidade no palácio de um Imperador. Servos e guardas andavam pelos corredores, e, mesmo à noite, sempre havia alguém acordado. Meu pai caminhara nos corredores do palácio a qualquer hora com impunidade. Ninguém ousara questioná-lo, nem mesmo eu. Devia ser porque ele tinha mais construtos do que servos, e os servos que tinha o viam com pavor. Eu queria ser um tipo diferente de Imperatriz. Ainda assim, não contava com ter que me esgueirar pelo meu próprio palácio.

Eu sequei a umidade da telha molhada de chuva com a manga da roupa e subi no pico do telhado. Parecia ter se passado uma vida desde que eu subira ali pela última vez, e, apesar de fazer apenas alguns poucos meses, meus músculos sentiram falta da atividade. Eu havia precisado resolver questões administrativas primeiro: contratar criados, guardas e trabalhadores; consertar e limpar os prédios da área do palácio; restabelecer alguns dos compromissos do meu pai e abolir outros. E sempre havia gente me olhando, se perguntando o que eu faria, tentando me avaliar.

Em algum lugar abaixo de mim, Jovis, meu capitão da Guarda Imperial, andava pelo corredor em frente ao meu quarto com seu animal, Mephi, ao lado. Ele tinha insistido em assumir aquela função e, apesar de dormir em algum momento, só fazia isso depois que outro guarda chegava para tomar seu lugar. Ter alguém posicionado à minha porta o tempo todo me fazia trincar os dentes. Ele sempre queria saber onde eu estava, o que estava fazendo. E como podia culpá-lo se eu mesma o tinha encarregado da minha segurança?

Não podia mandar que ele e seus guardas me deixassem em paz sem ter motivo suficiente. Meu pai era conhecido por ser mal-humorado, excêntrico, recluso. Como eu poderia dar essa ordem sem parecer igual?

Uma Imperatriz tinha obrigações com seu povo.

Eu me sentei no pico do telhado por um momento, sentindo o ar úmido, o cheiro do mar. O suor grudava meu cabelo na nuca. Alguns dos aposentos que eu tinha descoberto depois da morte do meu pai estavam trancados sem motivo, uns cheios de quadros, outros de badulaques e presentes de outras ilhas. Mandei os criados limparem e organizarem esses itens para serem exibidos nos prédios reformados.

Havia outros aposentos em que eu não ousava deixar que ninguém entrasse. Eu ainda não sabia todos os segredos que se esgueiravam por trás daquelas portas, nem o que as coisas que eu tinha encontrado significavam. E olhos xeretas me deixavam cautelosa. Eu tinha meus segredos para guardar.

Eu não era filha do meu pai. Era uma coisa criada, desenvolvida nas cavernas embaixo do palácio. Se alguém me descobrisse, eu estaria morta. Havia insatisfação suficiente crescendo contra a dinastia Sukai, não era preciso insuflá-la ainda mais. O povo do Império Fênix não toleraria uma impostora.

No pátio abaixo de mim, dois guardas faziam a patrulha. Nenhum dos dois olhou para o telhado. Mesmo que tivessem olhado, eu seria só uma forma escura contra um céu nublado, a chuva enturvando sua visão. Desci pelo outro lado e fui até uma janela que eu sabia que ainda estava aberta. A noite estava quente apesar das nuvens e da chuva, e as janelas costumavam ficar abertas a menos que houvesse um vendaval. Só havia algumas lamparinas iluminadas quando deslizei da beirada das telhas e meus pés tocaram o parapeito.

Havia um conforto estranho em me esgueirar pelos corredores do palácio de novo, minha ferramenta de entalhe e várias chaves escondidas dentro da bolsinha do meu cinto. Era algo familiar, algo que eu conhecia.

Não pude deixar de espiar pelo cantinho para ver a porta do meu quarto. Jovis ainda estava lá, com Mephi ao lado. Ele mostrava um baralho de cartas laqueadas ao animal, que estendeu uma pata com membranas e tocou em uma com a garra.

– Essa.

Jovis suspirou.

– Não, não, não... Se você jogar um peixe numa serpente marinha, você perde a vez.

Mephi inclinou a cabeça e se sentou.

– Dá o peixe pra serpente marinha comer. Faz a serpente marinha virar amiga.

– Não é assim que funciona.

– Funcionou comigo.

– Você é uma serpente marinha?

Mephi bateu os dentes.

– Seu jogo não faz sentido.

– Você disse que estava entediado e queria aprender – disse Jovis, começando a guardar as cartas no bolso.

Mephi apertou as orelhas junto ao crânio.

– Espera. Espeeeera.

Eu então cheguei para trás, ouvindo o som de passos. Jogar cartas enquanto protegia o quarto da Imperatriz não era uma atitude muito profissional, apesar da insistência de Jovis em me proteger. Achei que eu mesma tivesse provocado aquilo ao contratar um antigo membro do Ioph Carn e contrabandista notório como capitão da Guarda Imperial. Mas ele tinha salvado hordas de crianças do Festival do Dízimo e conquistado muito a confiança das pessoas. E confiança era algo escasso para mim.

Segui para o depósito de fragmentos, me esgueirando por passagens laterais ou atrás de pilares sempre que via um guarda ou um criado. Rapidamente, destranquei a porta e entrei. Através da memória muscular, me guiei no escuro, peguei o lampião acima da lareira, acendi e voltei para o fundo da sala. Havia outra porta lá, com um entalhe de zimbro nuvioso.

Outra fechadura, outra chave.

Desci para a escuridão dos antigos túneis de mineração abaixo do palácio, meu lampião deixando os ângulos das paredes mais suaves. Os construtos que meu pai tinha colocado para proteger o caminho estavam mortos, desmontados por mim quando tive forças. Os construtos ainda espalhados pelo Império eram outra questão. Todos tinham ordem de obedecer ao Shiyen, e, agora que ele não existia mais, a estrutura de comando tinha desmoronado. Alguns construtos tinham enlouquecido, outros se escondido. Só havia dois que eu considerava meus: Hao, um pequeno construto espião que eu tinha reescrito para me obedecer, e Bing Tai. Hao tinha morrido me defendendo do meu pai. Só restava Bing Tai.

Na bifurcação dos túneis, fui para a esquerda e destranquei a porta que bloqueava a passagem. Um lago ocupava parte da caverna. Havia uma estação de trabalho ao lado, com estantes, uma mesa de metal, algumas cestas de ferramentas que eu não reconhecia. E o baú que guardava a máquina da memória do meu pai. Eu havia encontrado Thrana ali, submersa no lago, conectada àquela máquina.

Como fazia toda vez que entrava naquela caverna, verifiquei a água. Meu lampião se refletiu na superfície escura; precisei apertar os olhos para ver lá embaixo, dentro da água. A réplica do meu pai ainda estava no lago, de olhos fechados. Depois da primeira onda de alívio, vinha a dor familiar. Ele era tão parecido com Bayan... ou, pensava eu, Bayan era tão parecido com ele.

Mas Bayan morrera me ajudando a derrotar meu pai, e, quando finalmente tive tempo para sofrer, percebi que não dava para trazê-lo de volta. Eu era prova disso. Enquanto meu pai tinha criado aquela réplica submergindo o próprio dedo cortado no lago, ele me criara a partir das partes de pessoas que coletara pelo Império. Ele tentou me infundir com lembranças de Nisong, sua esposa morta. Deu certo só parcialmente. Eu possuía algumas das lembranças dela, mas não era ela.

Eu era Lin. E era a Imperatriz.

Mesmo que eu pudesse usar a máquina da memória para restaurar um pouco de Bayan naquela réplica, não seria ele.

Eu me virei de repente, certa de que tinha ouvido alguma coisa. Um passo? O barulho de um sapato na pedra? Os lampiões que eu tinha acendido atrás de mim iluminavam só pedra e água. O único som que eu ouvia eram meus batimentos trovejando nos meus ouvidos. Naquele instante de pânico cego, senti tudo sendo tirado de mim: os meus anos de trabalho árduo, as noites passadas lendo sobre magia do fragmento de ossos, a coragem que eu tinha reunido para desafiar meu pai, tudo dissolvido num momento de descoberta. Eu estava ficando paranoica, ouvindo coisas quando não havia nada. Como alguém poderia ter me seguido até ali embaixo sem chaves? Todas as portas se trancavam ao se fechar.

Vários dos livros e das páginas de anotações que meu pai tinha reunido ocupavam a mesa de metal. Eu relutava em levá-los para os meus aposentos, onde criados poderiam ver. Eram as ervas daninhas que eu estava tentando arrancar: os Raros Desfragmentados, a Ilha da Cabeça de Cervo que afundava, os construtos sem líder e os Alangas. Havia respostas ali, eu só precisava encontrá-las. E encontrá-las é que era difícil. As anotações do meu predecessor estavam espalhadas, a caligrafia, um garrancho. Apesar das três portas trancadas, meu pai escrevia como se tivesse medo de que outra pessoa pudesse encontrar os livros. Nada era objetivo. Muitas vezes, ele fazia referências a anotações que tinha escrito previamente, ou a outros livros, mas sem citar onde essas anotações poderiam ser encontradas, nem os títulos dos livros. Eu estava tentando montar um quebra-cabeça que não tinha imagem.

Puxei a cadeira e virei cada uma das páginas, uma dor de cabeça crescendo rapidamente atrás dos meus olhos. Parte de mim achou que, se eu lesse o bastante, se lesse vezes suficientes, descobriria os segredos do meu pai.

Até ali, eu só tinha conseguido entender que ilhas já haviam afundado muito tempo antes. Saber que mais de uma havia afundado no passado e que até o momento só havíamos visto a Ilha da Cabeça de Cervo cair fez as palmas das minhas mãos suarem. Eu ainda não sabia o que fizera a Cabeça de Cervo afundar, nem quando ou como outra ilha poderia submergir. E havia os Alangas, outra coisa que meu pai teria contado ao herdeiro. Quem eram e, se voltassem, o que eu podia fazer para lutar contra eles?

Meu olhar se desviou para a máquina da memória. Ainda havia líquido nos tubos que eu havia desconectado de Thrana. Alguns continham sangue dela e outros, um fluido leitoso. Eu havia reunido o sangue restante dela num frasco que trouxera da cozinha e o fluido em outro. Nas anotações, meu pai mencionara alimentar as memórias para seus construtos e para mim. Ele pareceu insatisfeito com as primeiras tentativas, relutante em desmontar os construtos que podiam carregar as lembranças da esposa morta, mas infeliz com o pouco que eles pareciam entender de Nisong.

Eu não sabia o que ele tinha feito com aqueles construtos, mas o assunto mais urgente era onde as lembranças estavam armazenadas.

Eu havia fechado ambos os frascos e os colocado na mesa com os livros. Havia chegado a abrir o que tinha o fluido leitoso e cheirado o conteúdo. Mas eu sempre colocava a rolha de volta e procurava nas anotações de Shiyen por provas mais concretas de que as lembranças estavam naquele fluido. Eu estava ficando tão desesperada assim, a ponto de considerar beber sem ter certeza? Até onde eu sabia, podia ser lubrificação para a máquina, algo venenoso, e não feito para ser ingerido.

Mas parte daquilo viera de Thrana. Eu não sabia qual era a conexão: onde ele a tinha encontrado, que tipo de criatura ela era. Ela era como Mephi, e Jovis o encontrara nadando no mar depois do afundamento da Cabeça de Cervo.

Não havia nada de tóxico em Thrana.

Ah, eu estava dando desculpas porque parte de mim só queria beber. Eu queria saber. Não havia como ter certeza de quem eram as lembranças que podiam estar naquele fluido, mas eu tinha uma noção. Shiyen era velho e estava doente. Ele estaria tentando reunir suas lembranças para colocá-las na réplica dele antes de morrer.

Eu estava procurando respostas, e algumas dessas respostas podiam estar no frasco. O Império Fênix estava no fio de uma faca. O que eu estava disposta a fazer para salvar meu povo? Numeen tinha me dito que eles precisavam de um Imperador ou Imperatriz que se importasse. E eu me importava. Eu me importava muito.

Agarrei o frasco, abri-o e o levei aos lábios antes que pudesse mudar de ideia de novo. O líquido estava frio, embora isso não tenha mascarado o gosto. Cobre, uma doçura e um retrogosto estranho e prolongado encheram minha boca e grudaram no fundo da garganta. Passei a língua pelos dentes, me perguntando se devia ter experimentado antes de engolir. Talvez *fosse* veneno. E, aí, a lembrança tomou conta de mim.

Eu estava ali, ainda naquela câmara, mas estava diferente. Havia mais três lampiões acesos na área de trabalho, e Thrana ainda estava na água. Minhas mãos ajustaram o tubo que levava à máquina da memória. Manchas senis cobriam as costas das minhas mãos e tendões apertavam a pele. Eu empurrei com força demais; minha mão escorregou e bateu na lateral do baú. Algo se soltou.

– Pelas bolas de Dione! – A frustração cresceu dentro de mim. Sempre uma coisa atrás da outra. Coloque algo no lugar, outra coisa sairá do lugar. A única coisa que eu tinha pela qual viver eram aqueles experimentos. Meu peito doeu quando pensei em Nisong, em seus olhos escuros, a mão dela na minha. Morta. Tateei pelo fundo do baú e coloquei o compartimento secreto no lugar.

Meu olhar se desviou involuntariamente para o outro lado da caverna.

E, aí, eu estava no meu corpo de novo, me perguntando se era aquela a sensação de ser meu pai. Estranhamente atônita de ele ter tanta força de sentimento. Eu sempre o vi como frio e distante.

Ele realmente amara Nisong. Eu não sabia por que isso me surpreendia. Talvez fosse porque, por mais que eu tentasse, não conseguia fazer com que ele me amasse.

Na lembrança, um compartimento secreto tinha se aberto dentro do baú. Bati na lateral de madeira com a palma da mão para experimentar. Nada se soltou, mas coloquei a mão onde me lembrava de ter visto a mão do meu pai pressionar.

Havia algo ali. Um pequeno retângulo onde a madeira parecia meio erguida. Bati no baú de novo. Desta vez, algo se soltou. Uma gaveta se abriu parcialmente. Puxei para abri-la completamente. Dentro havia uma chavezinha prateada.

Eu não sabia se queria rir ou chorar. Meu pai sempre guardou tantos segredos; segredos dentro de segredos dentro de segredos. A mente dele era um labirinto do qual nem *ele* conseguia encontrar a saída. E se ele tivesse me criado de verdade como filha? E se tivesse deixado de lado a missão tola de viver em outro corpo para trazer a esposa morta de volta à vida?

A chave estava fria quando a peguei, os dentinhos na ponta afiados. Eu tinha destrancado todas as portas que encontrara no palácio. Aquela era de outro lugar.

Meu olhar se desviou para o outro lado da caverna. Ele tinha olhado naquela direção quando colocou a gaveta no lugar. Não pensei que houvesse algo lá, mas talvez não tivesse olhado direito.

Ergui o lampião. Estalagmites bloqueavam o caminho até o outro lado. Precisei passar entre elas como um cervo em meio a bambus.

Finalmente, cheguei a uma área vazia perto da parede, o local para onde eu tinha visto meu pai olhar. Quando olhei em volta, meu coração despencou. Não havia nada ali, só pedra e o brilho de cristal das paredes. Eu tinha andado até ali antes. Não sabia por que esperava que estivesse diferente.

Segredos dentro de segredos.

Não, *havia* algo ali. Ele tinha olhado naquela direção, e eu estava vivenciando a lembrança dele. Tinha havido um motivo para aquilo, eu sentia. Caí de joelhos, coloquei o lampião no chão e tateei.

Meus dedos encontraram uma rachadura mínima cheia de terra.

Coloquei a chave de lado, peguei a ferramenta de entalhe na bolsa do cinto e a usei para tirar a terra da rachadura na pedra. Alguém tinha raspado um pedaço da pedra e o substituído. Havia algo ali. Eu não estava enganada.

A ferramenta de entalhe se curvou quando a usei para soltar a pedra. Minhas unhas doeram quando as enfiei embaixo da placa e puxei até que se soltasse. A terra caiu e bateu no lampião. Olhei dentro da cavidade e encontrei um alçapão com uma fechadura.

O que meu pai teria guardado que precisava de uma série de quatro portas trancadas? A chave entrou na fechadura com facilidade e girou com um clique suave. As dobradiças do alçapão estavam lubrificadas. Ele se abriu sem ruído. Quando balancei o lampião por cima do buraco, só vi uma escada descendo na escuridão.

Podia haver qualquer coisa lá embaixo. Eu me agachei, me deitei de barriga e enfiei o lampião e a cabeça no alçapão.

Era difícil de enxergar muito fundo numa caverna subterrânea só com um lampião, ainda mais de cabeça para baixo. A escada era longa, o fundo mais distante do que eu tinha imaginado. Mas consegui ver prateleiras numa parede escura.

Bom, eu tinha ido até ali, não tinha? E eu que não ia voltar e pedir ao Jovis para me acompanhar na toca do meu pai. Eu tinha derrotado meu pai. Podia descer num buraco escuro sozinha. Eu me levantei, guardei a ferramenta na bolsinha, peguei o cabo do lampião entre os dentes e coloquei o pé na escada.

O ar estava ainda mais frio naquela caverna subterrânea. Havia um odor úmido de petricor no ar, apesar de eu não ter detectado excesso de umidade. Foi um alívio finalmente tocar no chão de novo e tirar o lampião da boca, que tinha começado a doer.

Movi os ombros para aliviar a tensão. Havia talvez mais livros ali embaixo, mais anotações, mais peças de quebra-cabeça do que eu conseguia assimilar. Eu me virei e ergui o lampião.

E vi a luz dele refletida em dois olhos monstruosos.

2

JOVIS

Ilha Imperial

Eu era melhor como contrabandista do que sou como capitão da Guarda Imperial. Se tivesse sido mais esperto, teria ficado naquela função e recusado essa. Mas ali estava eu, determinado a salvar tantos pobres coitados no Império quanto pudesse.

Com sorte, eu conseguiria manter a cabeça no lugar nesse processo.

Mephi bateu com a pata na minha jaqueta.

– Pega as cartas de novo. – Ele fez uma pausa e acrescentou com relutância. – Por favor.

Virei a cabeça só um pouco em direção à esquina onde eu vira Lin espiando. Ela havia saído de lá. Ela era boa, eu precisava admitir. Não esperava isso da filha de um Imperador. Mas eu ouvira um barulho suave nas telhas e soube que ela havia subido ao telhado. Poderiam ter sido várias coisas, inclusive a minha imaginação, mas meus instintos haviam se apurado depois de anos vivendo em fuga. Eu não deveria ter esperado que a Imperatriz aceitasse quando pedi para saber onde ela estava o tempo todo.

Os Raros Desfragmentados tinham razão: ela guardava segredos. E eles haviam me encarregado de descobri-los. Seguindo uma jovem no escuro… eu achava que era assim que salvaria o Império. Não era algo digno de outra canção folclórica.

– Shhh – sussurrei para Mephi antes que ele batesse com a pata em mim de novo. – É a Lin. Ela não está mais no quarto.

O animal ficou imóvel, as orelhas erguidas.

– Fica aqui – falei para ele. – Eu vou atrás dela.

Mas, quando cheguei à esquina, uma cabeça chifruda apareceu ao meu lado. Eu levantei as mãos em um gesto de frustração silenciosa.

– Você disse pra ficar junto – sussurrou Mephi. Felizmente, ele já havia dominado a habilidade de sussurrar.

Eu *tinha* dito isso a ele. Certa vez, eu o deixei para trás ao completar uma missão dos Raros Desfragmentados, o que acabou de forma desastrosa para mim e, eu imaginei na época, para ele também. Eu quase morri, e ele foi acometido pelo que achei ser uma doença, mas, no fim das contas, era uma espécie de hibernação. Eu nunca fiquei tão preocupado na vida, sem saber se ele viveria ou morreria. E se acontecesse de novo?

– Tudo bem – falei. – Mas fica quieto e fica por perto.

Apesar dos membros agora desengonçados, Mephi ainda se movia pelas pedras com a graça de uma serpente. Ele seguiu pelos corredores ainda mais silencioso do que eu. Tive um vislumbre de Lin escondendo-se atrás de um pilar para evitar um criado.

Esperei nas sombras, a cauda de Mephi envolvendo minha perna. Quando Lin se moveu de novo, eu me movi também. Já tinha seguido pessoas antes para descobrir onde elas esconderam coisas, para chantageá-las e para espionar encontros secretos.

Talvez contrabandear e espionar não fossem coisas tão diferentes assim.

Lin parou em frente a uma portinha, olhou para os dois lados, destrancou-a e entrou.

– Mephi! – sussurrei.

Ele já estava em movimento antes mesmo de eu dizer seu nome, atravessando a distância com a velocidade de um rio. Corri para alcançá-lo, tentando manter os passos leves, sentindo os batimentos disparados.

Mephi tinha segurado a porta com uma garra logo antes de ela bater. Eu conseguia ler as expressões no rosto dele como se fossem minhas, e agora lia "presunçoso". Dei um aceno contrariado. Sim, eu teria ficado muito irritado se não o tivesse levado. Sim, tinha sido uma decisão muito boa da parte dele. Sim, eu precisava mais dele do que pensava.

Mephi deu um aceno mecânico antes de abrir a porta mais um pouco.

Vi Lin se mover até o fundo da sala, o lampião erguido, e então abrir uma porta entalhada com um zimbro nuvioso. Eu abri a porta assim que ela entrou, e Mephi correu na frente.

Não tive tempo de examinar a sala, e com a porta se fechando atrás de mim, a luz sumiu. Não havia janelas ali, nenhum lugar para olhos curiosos explorarem. Eu encontrei Mephi pelo tato.

Nós seguimos Lin pela escuridão, o brilho de seu lampião indicando o caminho. Que lugar era aquele? As paredes de pedra eram ásperas, o piso se inclinava levemente e nos levava mais para baixo. Demorei um momento para perceber que não estávamos mais no palácio; havíamos descido para a montanha ao lado dele. Uma antiga mina? Eu já ouvira falar que a Ilha Imperial tivera uma mina de pedra sagaz, mas o lugar havia sido fechado sem explicação anos antes. A julgar pelo veio branco que vi percorrendo o teto, não era por falta de pedra.

E o que Lin estava fazendo lá embaixo? A Imperatriz tinha seu próprio estoque de pedra sagaz, não precisava extrair nenhuma. Ela estava ali por outro motivo. Estaria escondendo alguma coisa? Mantendo alguém como prisioneiro? O local parecia uma masmorra, era escuro, fechado, opressivo. Mephi se encostou em mim, e achei a presença dele mais reconfortante do que pensava.

Chegamos a uma bifurcação, o brilho do lampião de Lin emanando do lado esquerdo. Segui em frente, me perguntando o quão abaixo da superfície nós estávamos. Até minha respiração parecia ecoar nas paredes naquele silêncio. E, aí, o túnel chegou num beco sem saída. Outra porta. Lin tirou uma chave da bolsinha do cinto.

Minha apreensão aumentou. Eu não sabia se entendia aquela Imperatriz. Não era tolo de acreditar na declaração oficial de que Shiyen tinha morrido de uma doença longa, de forma pacífica, em sua cama. Não havia guardas construtos cuidando das muralhas quando cheguei ao local, e até as portas da frente estavam livres. Encontrei Lin no salão, a roupa rasgada e ensanguentada, com Thrana de um lado e o construto Bing Tai do outro.

Não tinha sido uma transferência de poder pacífica.

E, em vez de me executar ou me aprisionar, Lin me deu a posição de capitão da Guarda Imperial. Ela explicou que queria fazer as coisas do jeito certo agora, que acabaria com o Festival do Dízimo e que não governaria como seu pai, com punho de ferro.

Para o líder dos Raros Desfragmentados, Gio, não importava quem era Imperador ou Imperatriz. Só que havia uma. Eu achei que talvez ele estivesse enganado. Achei que um bom Imperador ou uma boa Imperatriz, alguém que se importasse com as pessoas do Império, talvez não fosse uma coisa ruim.

Mas agora, ao seguir Lin na escuridão, não pude deixar de criar histórias na minha mente sobre quais segredos ela estaria guardando, ou que feitos terríveis eu poderia descobrir.

Mephi se adiantou quando ela passou pela terceira e, esperava eu, última porta.

– Obrigado – sussurrei para ele no escuro, abrindo a porta. Em seguida, enfiei uma pedra na abertura. Talvez precisássemos fazer uma saída rápida e silenciosa.

– Nós ficamos juntos – sussurrou ele, a voz intensa.

– Você está certo – falei. Eu podia sentir a presunção emanando do animal. Como a maioria dos adolescentes, ele adorava estar certo sobre as coisas. Obviamente, eu não sabia de nada. Não até ele aparecer para me corrigir.

Atrás da porta havia outro túnel que levava mais para baixo. Uma luz ardeu no fundo. Peguei o cajado pendurado nas minhas costas, respirei fundo e desci.

A caverna para onde o túnel levava era ampla, três vezes maior que o salão de entrada do palácio. Um lago ocupava parte dela, e havia um veio grosso de pedra sagaz no teto. Lin tinha acendido os lampiões da caverna e a luz afastava as amplas sombras. Ela estava no centro, no que parecia ser uma estação de trabalho. Havia prateleiras, livros, cestas, cadeiras e uma mesa de metal com várias coisas em cima.

Eu franzi a testa. Em que uma pessoa estaria trabalhando numa caverna secreta embaixo do palácio se não fosse algo sinistro? Havia algumas poucas estalagmites erguendo-se do chão, mas nenhum lugar para me esconder. Eu não podia passar pela entrada sem ser descoberto. Assim, fiquei no mesmo lugar, apertando os olhos para enxergar a estação de trabalho, tentando absorver alguma informação útil.

– Mephi – sussurrei –, você pode...?

Lin ergueu um frasco que estava na mesa e bebeu seu conteúdo. Seu corpo todo ficou rígido, o frasco ainda na mão direita.

Veneno? Eu não conseguia entender o que estava vendo. Fiquei tenso e me perguntei se deveria fazer algo para ajudar. Mas eu precisava espionar a Imperatriz para os Raros Desfragmentados, e não a ajudar. Ajudar Lin não era o meu trabalho. Quer dizer, tecnicamente, era. Só não era o trabalho para o qual eu tinha sido enviado ali.

Mas que tipo de pessoa eu era? Eu não sabia que tipo de pessoa ela era, não ainda. Além disso, e se ela estivesse morrendo? Eu ia ficar ali parado, olhando?

Ela moveu a mão e colocou o frasco na mesa. Eu soltei a respiração.

Ao meu lado, Mephi farejava o ar, os bigodes tremendo.

– O cheiro é familiar – ele sussurrou quando o encarei.

– Você nunca veio aqui – falei.

Ele achatou as orelhas.

– Eu sei disso.

Quando olhei de novo para Lin, vi uma coisa cintilando entre seus dedos. Uma chave. Outra maldita chave. Ela se levantou de onde estava, agachada sobre um baú, e seguiu para o canto da caverna. Não consegui ver o que ela estava fazendo lá, oculta por um amontoado de estalagmites, mas ouvi sons arranhados e um grunhido baixo quando ela ergueu alguma coisa.

Enquanto eu olhava, Lin se abaixou e desapareceu.

Gesticulei para Mephi e entramos na caverna. Fiquei perto da parede oposta ao lago, torcendo para que, se Lin voltasse, eu pudesse me esconder nas sombras junto às pedras onduladas. Era um risco, mas eu já tinha corrido muitos na minha vida. Em geral, eles costumavam funcionar a meu favor.

Atrás do amontoado de estalagmites, havia um alçapão aberto e uma placa de pedra. Uma luz emanava do alçapão. Mephi farejou novamente, os pelos de suas costas eriçados.

– Não estou gostando – ele disse baixinho. – Cheiro ruim.

Resisti à vontade de bater com o cajado no chão da caverna, embora sentisse o suor na palma da minha mão. Eu não saberia o que havia lá embaixo se não olhasse.

Um rosnado forte e grave ecoou pela caverna.

Foi a vez dos *meus* pelos ficaram eriçados. Mephi se adiantou e, antes que eu pudesse segurá-lo, enfiou a cabeça no buraco.

– Monstro – disse ele. Em seguida, abriu a boca como se estivesse tentando formular um pensamento mais coerente, mas voltou a fechá-la.

– Para trás. – A voz de Lin, trêmula.

Eu tinha duas opções: esperar para ver se Lin sobreviveria àquilo ou... Ah, parecia que meus pés tinham feito a escolha por mim. A escada estava firme no lugar, e me senti grato por isso porque, quando desci o bastante para ver a caverna lá embaixo, todos os meus membros começaram a tremer.

A Imperatriz estava entre mim e o que Mephi tinha, de forma precisa, identificado como um monstro. Um construto ocupava metade do espaço, os olhos dourados brilhantes do tamanho dos meus punhos. A bocarra estava aberta, expondo fileiras múltiplas de dentes brancos afiados. Pernas musculosas terminavam em garras que podiam acabar comigo em um movimento. Eu nunca tinha visto um construto tão grande. O que estava fazendo ali embaixo, atrás de quatro portas trancadas?

Tive um vislumbre de prateleiras, de algo pendurado nas paredes, antes do meu olhar ser atraído de forma inevitável para o impasse. Lin estava segurando o lampião em uma das mãos, a ferramenta de entalhe na outra, e não estava recuando. Ela estava louca? Aquela coisa ia devorá-la.

E, aí, o olhar do construto pousou em mim.

Ali estava eu, na metade da escada, o cajado na mão suada. Meu truque mais potente exigia contato com o chão, que ainda estava... meio longe.

– Jovis – sussurrou Mephi acima de mim –, sai daí!

Recebi meu atestado de tolice quando desci a escada em vez de subir, deslizando o mais rápido que pude. Senti o sopro de ar quando a criatura se moveu, a mandíbula se fechando acima da minha cabeça. Aparentemente, eu era uma refeição mais apetitosa do que Lin. Eu era um tanto maior, e ela era meio magrela.

Mas não tive tempo de especular sobre as qualidades culinárias dos humanos. Pulei o resto do caminho, e o impacto da queda sacudiu os dentes na minha boca. Mas eu estava com o cajado na mão e a vibração nos ossos. O construto veio para cima de mim de novo e eu bati o pé.

A caverna toda tremeu e poeira se soltou do teto. O monstro parou, mas não caiu, nem balançou.

Quatro patas. Certo.

Atrás dele agora, Lin se levantou e tirou a poeira da roupa, evidentemente sem se beneficiar da mesma estabilidade.

– Você vai derrubar a caverna em cima da gente, seu idiota! – gritou ela.

Eu não podia discutir com Lin. Tinha entrado em pânico ao ver a criatura e me esquecido de onde estava. Eu ergui o cajado, torcendo para que a força e a velocidade me ajudassem a sobreviver. Não sabia como matar uma criatura daquelas, nem se conseguiria.

– Você me seguiu – disse Lin, brandindo a ferramenta de entalhe. – Invadiu meus aposentos trancados. Como chegou aqui?

Mil mentiras surgiram na minha cabeça, e eu afastei cada uma delas. Não era hora de explicações. Olhei para o monstro, desejando ter escolhido algum tipo de arma. Algo afiado e pontudo. Bater na cabeça dele provavelmente só o deixaria zangado.

– A gente pode discutir minha execução depois?

Outro rosnado, o som grave fazendo o buraco que já estava crescendo no meu estômago aumentar ainda mais. Ele veio para cima de mim de novo, e desta vez eu estava preparado. Ergui o cajado e bati no nariz do construto com toda a força que pude.

Ele gritou e balançou a cabeça com o golpe, apesar de eu não ter feito mais do que tirar um pouco de sangue. Corri para a frente para tentar tirar vantagem de sua hesitação momentânea.

Para uma criatura tão grande, ele era surpreendentemente rápido. Esquivou-se do meu golpe seguinte, os dentes à mostra. Tive um vislumbre de Lin chegando mais perto.

– Vai pra escada – falei para ela. – Não sei quanto tempo consigo segurá-lo. – Eu não sabia se conseguiria segurá-lo. Por que estava arriscando meu pescoço por ela? Eu só sabia que não podia deixá-la lá embaixo para enfrentar aquela criatura sozinha, não importava quem Lin fosse de verdade. Eu estava ficando fraco. Talvez sempre tivesse sido.

O construto, ao perceber que minha atenção tinha se desviado para algo atrás dele, voltou o olhar dourado para Lin. Suas íris faiscaram sob a luz do lampião. Garras marcaram a pedra.

Eu devia ter considerado correr para a escada, mas elevei a voz.

– Ei! Termina o que você começou! – Tecnicamente, tinha começado com Lin, mas eu duvidava que ele fosse parar para corrigir esse erro.

E eu tinha razão.

Ele se virou para mim e atacou como um cervo em meio à temporada de acasalamento. Acho que eu devia agradecer por ele não ter chifres. Eu cambaleei para trás, os passos irregulares no piso de pedra, me equilibrando com a ponta do cajado. Importava se eu morresse de pé ou caído no chão? Eu ergui o cajado e a criatura parou perto de mim, grunhindo. O nariz era um ponto sensível, então. Até as feras mais temíveis têm pontos sensíveis. Os olhos também eram. Eu podia mirar neles.

Eu precisava trazer aquela cabeça enorme ao meu alcance.

A voz de Mephi ecoou na câmara.

– Posso ajudar?

– Você pode ajudar ficando aí e se preparando pra fechar o alçapão – falei, e então dei outro passo para trás e tateei na parede.

Que ótimo. Eu tinha deixado que a criatura me encurralasse. Um erro amador para um contrabandista e capitão da Guarda Imperial. Eu preferia lutar com doze homens nas ruas abertas a lutar com aquele bicho numa caverna apertada. Sempre verifique as saídas. Sempre deixe uma rota de fuga. Mas, se outra pessoa entrava em perigo, meu cérebro derretia como polpa de melão no fundo de um barril de vinho. Eu tinha dito tantas vezes a mim mesmo que não era um herói.

Levantei o cajado e abri os braços, convidando o construto a atacar.

Talvez eu *fosse* um herói. E heróis eram idiotas.

A mandíbula dele se abriu e a saliva pingou no chão. Ele atacou.

Ergui meu cajado outra vez, mas devagar demais. Era como se eu estivesse me vendo de longe, tudo se esclarecendo naquele momento, concentrando-se num ponto preciso de medo.

Não costumavam cantar sobre as mortes horrendas dos heróis nas canções folclóricas. Geralmente, o herói desmaiava ao final da batalha, sangrando copiosamente por uma ferida, uma única lágrima escapando. Não restaria suficiente de mim para isso.

O monstro parou.

Voltei a mim aos poucos. Minha mão apertando forte e dolorosamente o cajado, minha mandíbula contraída, os batimentos enlouquecidos em meu peito. O construto estava paralisado, e eu não estava morto. Mephi? Era algum poder novo que ele tinha concedido a mim?

Um som suave de arranhado soou atrás do construto, e eu quase tive um treco. Lin contornou o corpo do monstro com alguns fragmentos de osso em uma mão, o lampião erguido na outra.

– Você pode me dizer o que está fazendo aqui embaixo?

Apesar da estatura, havia algo de Shiyen na postura de sua cabeça, no jeito como seu olhar parecia perfurar o meu. Eu não conheci o homem, mas vi retratos. Ele não sorria em nenhum deles.

– Meu trabalho – respondi simplesmente.

– Eu não pedi pra ser seguida – disse ela, e então olhou para o alçapão, de onde Mephi nos observava. – E você o trouxe, ainda por cima. São duas bocas que preciso manter caladas.

– Então você está escondendo coisas.

– Claro que estou – disse ela com rispidez. Os olhos faiscaram quase tão intensamente quanto os do construto. – Este lugar não é meu. É do meu pai, e ele nunca me falou a respeito. Eu não sei todos os segredos que ele tinha. Você propõe que eu abra todas essas portas trancadas para todo mundo vir inspecionar? Imagine um pobre criado descendo aqui e se tornando vítima desse construto.

Algo na retidão de Lin despertou minha raiva. Ela parecia Gio.

– *Você* quase foi vítima dele. O que acha que aconteceria comigo se você morresse? Todo mundo ia pensar que eu tive algum tipo de envolvimento... Ou, pelo menos, que não estava fazendo meu trabalho.

– Não – disse ela. – *Você* quase foi vítima dele. Não eu. Os construtos são domínio meu, responsabilidade minha. Não sua.

Minha boca continuou se mexendo, minha mente lutando para acompanhar.

– E sua segurança é minha responsabilidade.

Ela enfiou a mão dentro do monstro e depois tirou, os dedos agora vazios. Fiquei tenso quando a criatura se moveu de novo e peguei o cajado. Então essa seria minha execução? Mephi começou a descer a escada, um choramingo suave preso na garganta.

Lin ergueu a mão para pará-lo.

– Espera. Olha.

Estranhamente, Mephi obedeceu.

Em seguida, a pele do construto afrouxou e o pelo se soltou.

– Eu o quebrei – disse ela. – Sou a única que sabe fazer isso.

Eu não consegui relaxar, mesmo com o construto caindo aos pedaços na minha frente. Meu rosto estava quente. Ela não precisara de mim? Eu tinha me exposto, e para quê? Mas, quando repassei o que vi ao olhar pelo alçapão, concluí que ela talvez não tivesse conseguido chegar tão perto do construto se eu não o tivesse distraído.

– Se você é tão competente e não precisa de proteção, por que me contratou?

– Você e eu sabemos por que te contratei. Você me dá credibilidade com o povo. Mas não posso viver com você se esgueirando atrás de mim, acompanhando meus passos, querendo saber tudo que eu estou fazendo.

Mephi desceu o resto da escada e se enrolou nas minhas pernas, como se pudesse me proteger da ira dela.

– Você é meu capitão da Guarda Imperial? Ou um espião?

O sangue sumiu do meu rosto. Ela não sabia... não podia saber. Eu não tinha dado sinal nenhum. Precisei me obrigar a respirar. Aquele interrogatório tinha a intenção de me espezinhar, e mais nada.

– O que vai fazer então, Vossa Eminência? Tirar meu título? Me executar? – Ela já tinha admitido que precisava de mim. – Não consigo imaginar as pessoas que me estimam aprovando isso.

Mephi bateu na minha perna e tentou me acalmar.

Lin chegou mais perto e, apesar de ter que esticar o pescoço, pareceu por um momento que nós tínhamos a mesma altura.

– Você está ameaçando a líder do Império Fênix? – O ar entre nós pareceu vibrar. – O que você quer, Jovis? Se tornar Imperador?

Fiquei tão surpreso com essa acusação que só consegui pensar em uma coisa para dizer.

– Por que eu iria querer isso? – Era a última coisa que eu queria. Eu nem sequer queria estar no palácio. Que ideia absurda. Teria rido se não estivesse em uma posição tão ruim.

Lin piscou. A tensão entre nós se dissipou quando ela franziu a testa.

– Por que não iria querer?

Por vários motivos, e eu nem precisava mentir a respeito. Abri a boca para começar a listá-los, mas o olhar de Lin foi para o alçapão. Ela inspirou. Eu me virei.

Uma criaturinha com orelhas de morcego e asas de gaivota nos observava.

Lin segurou meu braço.

– Você deixou a porta aberta. – Ela falou como se eu tivesse cozinhado arroz com água demais.

– Sim. – Eu não sabia por que ela estava tão apavorada.

– Aquele construto não é meu. Eu nunca vi nada parecido na Imperial. É um espião. – Ela colocou o cabo do lampião entre os dentes e correu para a escada, subindo dois degraus por vez. Não era de admirar que ela tivesse subido no telhado sem hesitar. Lin se movia com a rapidez de um esquilo.

Construtos eram a área dela, não a minha. Ela mesma tinha dito isso. Mesmo assim, me peguei enfiando o cajado nas costas e correndo atrás dela como um trouxa. E se ela se machucasse? E se colocassem a culpa em mim? Mentiras que contei a mim mesmo porque não podia admitir que Mephi tinha razão: eu era uma pessoa que ajudava. E, aparentemente, uma pessoa que ajudava mesmo quando isso era algo incrivelmente idiota a se fazer.

– Você disse que era a única que conhecia a magia do fragmento de ossos – bufei enquanto subia atrás dela. Mephi subia atrás de mim, e a escada rangeu sob o nosso peso.

– Sim – disse ela. – Mas, depois da morte do meu pai, tudo ficou estranho. – Ela saiu pelo alçapão e, para a minha surpresa, se virou para me dar a mão. – Eu preciso pegá-lo. Eles não são mais vinculados ao meu pai, o que significa que podem jurar lealdade a outros. E não acredito que estava aqui por engano. Me ajuda.

Qualquer hesitação que eu pudesse ter sentido desapareceu. Ela pretendera me executar? Ou era só tão tola quanto eu, esperançosa de que uma única pessoa pudesse começar a ajeitar as coisas? Dei um aceno rápido como resposta e ela correu atrás do construto, que desapareceu pela entrada do túnel.

Ela era mais rápida do que eu pensava, embora minhas pernas longas e minha força inspirada por Mephi compensassem a diferença.

– Você deixou alguma outra porta aberta? – perguntou ela enquanto seguíamos pelo túnel.

– Só aquela.

– Então ele chegou aqui pela entrada do espião na toca de Ilith. Não vamos pegá-lo aqui embaixo. Podemos interceptá-lo no pátio se corrermos. Ele tem asas. Quando levantar voo, as coisas ficarão mais difíceis.

Não falamos mais nada depois disso, e eu deixei que ela fosse na frente pelos túneis serpenteantes, o lampião balançando em sua mão e quase se apagando mais de uma vez. Mephi corria ao meu lado sem nunca questionar aonde estávamos indo e o que estávamos fazendo. Ele podia implicar comigo por causa das cartas, mas, quando o assunto importava, estava sempre ao meu lado.

Lin saiu pela porta de zimbro nuvioso e empurrou a porta externa com tanta força que seu ombro certamente ganhou um hematoma. Ela nem fez careta, só continuou correndo.

O salão de entrada parecia ameaçador à noite, com apenas dois lampiões acesos ao lado da porta dupla principal. Lin demorou um pouco mais para abri-la, e então juntei minhas forças às dela, nossos ombros se tocando, nossas mãos empurrando a madeira.

Nós quase caímos pela escada quando a porta se abriu. Eu às vezes me esquecia de calibrar a nova força, de recuar quando a ocasião pedia. Mas Lin se equilibrou e desceu dois degraus por vez, depois três, correndo direto para o jardim.

O terreno do palácio estava escuro, os lampiões lá fora todos apagados. Uma garoa deixava gotículas no meu rosto e cílios. Eu pulei a escada e fui atrás dela.

– Uma rocha! – gritou ela, a voz estranhamente firme. Pensei que ela estaria sem fôlego. – A entrada da toca de Ilith fica embaixo de uma rocha ao lado da cerejeira.

Pensei que não conseguiria identificar uma cerejeira no escuro, então agarrei o cajado enquanto corria, torcendo para estar preparado.

O arco do jardim levava direto a um muro de cercas vivas na altura da cintura, o qual Lin contornou com facilidade. Pulei o muro e ouvi Mephi fazer o mesmo. O jardim parecia ainda mais escuro do que o resto do pátio, mas segui o som dos passos de Lin, quase tropeçando a cada degrau que eu não conseguia ver. O caminho levava a uma clareira circular com uma árvore e uma rocha no meio.

Algo voou em direção ao céu da noite.

– Merda! – exclamou Lin.

Não sei por que, depois de quatro portas trancadas, uma caverna embaixo do palácio e um construto gigante, eu me surpreendi com isso: uma Imperatriz xingando como um contrabandista.

Ela bateu o pé e o chão tremeu. Mephi encostou o ombro na minha coxa. Todas as desconfianças que eu vinha carregando desde que vi Thrana, desde aquela primeira discussão que tive com Lin, quando ela me pediu para ser capitão da Guarda Imperial, voltaram com tudo.

Thrana era como Mephi.

Lin era como eu.

E eu era como...?

Eu vinha tentando não pensar muito sobre o que eu era, sobre o que aquela magia significava. Mas, desde que lutei contra o construto de quatro braços na frente do palácio, passei a me questionar. Eu tinha conseguido reunir a água dos arredores, controlá-la de acordo com a minha vontade.

As histórias falavam muito do controle da água pelos Alangas.

Eu limpei a garganta.

– Acho que a gente devia...

Mas Lin já tinha ido antes que eu terminasse a frase, correndo para um pavilhão próximo, escalando a calha como se tivesse feito isso mil vezes antes. Talvez tivesse mesmo.

– Pelas bolas de Dione! – exclamei e fui atrás dela.

Tive um vislumbre da expressão perdida de Mephi quando subi na construção.

– Me espera aqui, eu volto! – prometi. Ele ficaria seguro dentro dos muros do palácio.

Lin já tinha pulado para o telhado de outro prédio quando cheguei no alto do pavilhão. Corri atrás dela e me joguei no telhado seguinte. Eu não teria conseguido dar esse salto antes de ter criado o laço com Mephi. Há quanto tempo ela vinha fazendo aquilo? Ela praticamente voou pelos telhados, o construto uma forma escura e tremeluzente no céu.

A chuva batia na minha testa, formando filetes de água enquanto eu corria.

– Derrubem ele! – gritei para os guardas na muralha. Dois me ouviram e levaram um susto, virando-se para ver quem tinha gritado. – No céu! – esclareci.

Só uma guarda conseguiu erguer o arco, mas demorou demais. O construto ficaria fora de alcance antes que ela conseguisse prender uma flecha, e eu nem sabia se ela o estava vendo.

Eu e Lin chegamos à muralha. Os guardas nos olharam sem saber como interpretar aquilo.

O olhar de Lin foi para as construções da cidade, sua expressão sombria. Eu sabia o que ela faria antes mesmo de ela o fazer.

– Vossa Eminência, é longe demais. O construto se foi. Ele...

Ela correu, pulou primeiro no alto das ameias e depois saltou com força para os telhados. Conseguiu por muito pouco. Seus dedos arranharam as telhas, os pés ficaram pendurados na beirada. Mas ela se levantou com um movimento suave e saiu correndo de novo.

Eu conhecia meus limites. Bom, na maioria das vezes. Dei de ombros para os guardas, como quem pede desculpas, e desci pela lateral do muro.

As muralhas tinham sido consertadas desde a minha chegada, o que tornou sua aparência bem melhor, mas dificultou bastante a escalada. Desisti na metade e caí no chão. A queda sacudiu meus joelhos e eu fiz uma careta, mas sabia, por experiência, que qualquer dano cicatrizaria rapidamente e a dor passaria.

As ruas da Cidade Imperial estavam vazias àquela hora da noite, as lojas fechadas e as pessoas dormindo. Eu tinha ido à cidade algumas vezes na juventude, quando estudava na Academia dos Navegadores. A Cidade Imperial ficava a um dia de viagem da Academia indo de barco ou carro de boi, e era um lugar popular para os alunos passearem e relaxarem. As ruas eram diferentes na época, mas eu consegui me localizar com facilidade mesmo assim. E só precisava seguir o som dos passos de Lin nos telhados, um *clique-clique-clique* baixinho que sobrepunha o gotejar da chuva pelas calhas. As pedras da rua estavam escorregadias, e, quando arrisquei olhar para cima, mal consegui ver a sombra do construto no céu.

Nós ainda tínhamos chance de pegá-lo.

Lin tinha sido coroada recentemente. Eu me perguntei quem havia subvertido um construto espião e o enviado à Imperial com tanta facilidade. Se agora os construtos podiam ser chamados por outros mestres, para outras causas, significava que havia um verdadeiro exército deles por todo o Império, apenas esperando para cair nas mãos erradas.

Esse pensamento me causou mais arrepios do que a chuva em minhas bochechas.

Ouvi um grunhido lá em cima quando Lin se jogou no construto e errou, caindo com tudo num telhado e quase despencando pela lateral.

– Você tem que chegar mais perto! – gritei para ela. – Ou tentar... jogar alguma coisa nele!

– Jogar o quê?! – gritou ela.

Eu me segurei para não responder que talvez ela devesse ter pensado nisso antes de perseguir o construto. Eu estava ficando sem fôlego, de qualquer modo. Segui pela rua principal da Imperial, vislumbres de uma vida anterior passando por mim. Um bar ao qual eu já tinha ido, onde me sentei sozinho num canto, com uma caneca de vinho. Uma loja com mapas lindos e elaborados que havia desejado comprar, mas não tinha dinheiro. Uma esquina onde alguns estudantes tinham me abordado, acusando o garoto meio *poyer* de segui-los. Consegui escapar dessa na lábia, depois de um tempo.

Nunca achei que voltaria para a Imperial. Não para ficar.

Avistei uma concha de ostra na sarjeta à minha frente. Eu a peguei enquanto corria, sentindo seu peso. Estávamos nos aproximando das docas. Eu sentia o cheiro do mar, sentia a brisa da água, ouvia as ondas na margem. Meus pés se moveram, indo mais depressa do que eu achava possível, a respiração rápida na garganta. Mas vento e asas eram ainda mais rápidos.

Outro grunhido vindo de cima quando Lin se jogou no construto. Ele desviou quando os dedos dela tentaram segurar a cauda e se afastou, deixando-a, somente com algumas penas, caída no telhado.

As docas surgiram à frente, seguidas do mar. Só havia uma chance para fazer aquilo.

Eu me concentrei no construto, firmei os pés, tomei impulso e joguei a concha nele. Devia ter continuado correndo, procurando outra coisa para jogar, mas fiquei só olhando, a respiração presa.

A concha passou longe, e o construto voou por cima da doca para o mar. Escapou.

3

LIN

Ilha Imperial

Caí de ombros no telhado, as penas ainda entre os dedos. A queda me arrancou o ar e eu rolei pelas telhas, esticando o braço para me segurar em alguma coisa, qualquer coisa, que pudesse parar o movimento. Meus dedos prenderam na calha antes que eu rolasse pela beirada, apesar de eu quase ter caído por cima do braço.

Fiquei deitada, sem fôlego, vendo Jovis jogar uma concha de ostra no construto e errando feio. Que herói de histórias. O homem sobre quem escreveram a música teria acertado, o cabelo sacudindo ao vento, os ombros empertigados.

Jovis se apoiou nos joelhos, sem fôlego, como um velho. Nunca escreveram sobre ele se cansar nas histórias.

O construto espião tinha ido embora, tinha saído voando para se reportar ao seu mestre, quem quer que fosse. Tentei desemaranhar o nó que parecia crescer sem parar na minha barriga. Eu não sabia o que o espião tinha visto nas cavernas. Teria olhado as anotações enquanto eu lutava com o construto secreto do meu pai? Teria visto a réplica de Shiyen? Qualquer uma dessas opções podia acabar comigo, expor o que eu era.

Jovis tinha visto?

Eu podia falar lindamente sobre trabalhar juntos, sobre precisar da ajuda dele, mas minhas entranhas estavam retorcidas como um ninho de cobras. Meu governo parecia frágil para quem o via de fora, e a verdade era ainda mais delicada do lado de dentro.

Desci pela lateral do prédio. Alguém lá dentro tinha acordado e acendido um lampião, incomodado com meus passos. Eu e Jovis precisávamos voltar ao palácio antes que nos vissem. Os guardas na muralha talvez já tivessem perguntas para as quais eu não teria resposta fácil. Havia sentido uma vibração nos ossos, uma força nos membros… e havia usado ambas sem questionar.

Sem questionar como poderia parecer aos olhos dos outros.

Eu era a Imperatriz e estava me jogando de telhado em telhado como se fosse Jovis indo salvar um grupo de crianças do Festival do Dízimo. Precisava me segurar, precisava ser discreta.

Minhas feridas da batalha com meu pai tinham cicatrizado rapidamente e, na ocasião, eu não tinha pensado muito nisso. Agora, porém, as peças estavam se encaixando, fazendo sentido do jeito que eu desejava dar sentido às anotações do meu pai.

Toquei no ombro de Jovis quando me aproximei e olhei para os feixes de luz atrás das janelas do prédio, torcendo para que elas não se abrissem ainda.

– Vamos pelas vielas. Vem. Rápido.

Jovis se levantou e passou a mão no ombro distraidamente, como se minha mão tivesse deixado uma marca na túnica. Sua respiração já estava regular.

– Eu quase consegui – disse ele.

Eu dei uma risada debochada, apesar de tudo.

– Da próxima vez, deixa que eu faço o arremesso. De todos os dons que você manifestou, esse não parece ser um deles.

Alguém sacudiu uma janela fechada no prédio ao lado e corri para a rua, fazendo sinal para Jovis me seguir. Entramos numa viela. Havia pilhas de lixo escondidas na escuridão, e me vi pisando em mais de uma substância escorregadia desconhecida.

– Você costuma fazer isso? Sair se esgueirando pela cidade pisando em lixo? – A voz de Jovis soou quase no meu ouvido, me sobressaltando. – Você é a Imperatriz. Não devia ter saído de dentro das muralhas do palácio.

– E você não devia ter me seguido – sibilei em resposta. – Hora nenhuma. – Não importava o que o construto espião tinha visto. O que *ele* tinha visto? Ele me colocara numa situação difícil. Sim, ele tinha me ajudado a perseguir o construto espião; sim, ele tinha tentado tolamente salvar minha vida, apesar de isso o ter exposto. Mas ele estava chegando perto de segredos que nem eu entendia inteiramente.

Jovis não disse nada por um tempo, e esperei que ele argumentasse comigo de novo, que justificasse suas ações com o dever. Era uma desculpa. Ele estava mesmo tão dedicado a me proteger? Ele era um contrabandista, um homem acostumado a desafiar regras para obter o que queria. Por mais crianças que ele tivesse salvado, não podia esperar que ele de repente se tornasse obediente e honrado. A pergunta era: o que ele queria? Estava só satisfazendo curiosidade ou tinha algum outro motivo?

Em vez de discutir, ele soltou o ar.

– Obrigado, aliás. Você salvou minha vida lá na caverna.

E, então, do nada, minha raiva evaporou, mesmo eu tentando me agarrar a ela. Eu tinha o direito de estar com raiva, mas toda a exaustão da luta e da caçada estava começando a se acomodar nos meus ossos. Havia tanta coisa com que me preocupar.

– Meu pai não teria feito isso.

– Eu sei. – Eu mal conseguia vê-lo no escuro, mas senti a manga da túnica dele encostar na minha quando ele se aproximou. – Eu não fui xeretar se é isso que você quer saber. Pode confiar em mim.

Senti vontade de rir. Eu não podia confiar em ninguém.

– Claro que não posso. Eu nem te conheço. E quando você planejava me contar que seus poderes vêm de Mephi?

Jovis hesitou.

– Ele te contou isso?

– Eu consigo descobrir as coisas sozinha. E não foi difícil perceber. – Por baixo da exaustão, sentia um tremor nos ossos, esperando para ser invocado. Tinha me dado força e velocidade quando eu mais precisei. Mephi e Thrana eram o mesmo tipo de criatura. Era a única coisa que Jovis e eu tínhamos em comum, e eu não tinha sentido aquele poder antes de criar um laço com Thrana. – O que eles são? E o que nós somos?

– Eu ia te contar.

Não ia. Deu para ver um leve contorno em seu rosto quando ele ergueu o queixo para olhar para o céu. Isso bastou para eu saber, para ler no rosto dele. Meu pai tinha me dito: "Se você perceber que uma pessoa está mentindo, não a contradiga. Ela vai se afundar na mentira. Apenas siga com o que você sabe ser a verdade". Eu odiava o fato de o conselho dele ainda fazer sentido, mas ele era cruel, não bobo. Eu limpei a garganta.

– Então nós dois temos nossos segredos. Eu não vou contar o seu, não se preocupe. Isso não me beneficiaria em nada. E, se eu estiver certa, é bom pra você guardar o meu.

Eu o guiei por uma esquina, tirando o cabelo molhado dos olhos. Nós dois estávamos encharcados quando voltamos, encharcados e fedendo a lixo. Parte de mim desejava voltar aos dias em que os construtos cuidavam das muralhas e eu podia entrar e sair sem me perguntar quais sussurros ou fofocas me seguiriam.

– O que você quer dizer? – perguntou ele, o tom cauteloso.

– Você não quer que as pessoas saibam que seu poder vem de Mephi. Assim que souberem, ele estará em perigo.

Jovis segurou meu braço. O medo apertou minha garganta. Nós estávamos sozinhos na rua. Ele poderia acabar comigo ali mesmo e sair correndo sem medo de muitas consequências. Com a ajuda de Thrana, eu poderia equiparar minha força à dele, mas eu não sabia como fazer tudo o que Jovis fazia, ainda não. Até ali, tudo o que eu tinha feito fora acidental.

Mas o toque dele foi gentil.

– Tem uma pilha de lixo ali. Você quase pisou em cima. – Ele então me soltou, como se percebesse de repente de quem era o braço que estava segurando. – Peço desculpas, Vossa Eminência.

Ajeitei a túnica antes de seguir em frente, meus batimentos ainda fortes no peito.

– Acho que não posso dizer que você é relapso em seu dever.

– Então foi por isso que você me contratou: pra não deixar que pise em pilhas de lixo – disse ele, um tom divertido na voz.

– Todo mundo fala de assassinos e governadores insatisfeitos, mas ninguém fala dos perigos das pilhas de lixo. – O alívio me deixou eufórica. Ele não estava tentando me matar e eu achava que ele não tinha visto muita coisa antes de me seguir escada abaixo. Algo me dizia que ele estaria me tratando um pouco diferente se tivesse visto Shiyen deitado no lago. Se tivesse entendido o que aquilo significava.

Eu continuava não confiando nele.

– E quando você ia me contar sobre Mephi e Thrana?

A lua surgiu atrás de uma nuvem, delineando o perfil de Jovis na hora que ele passou a mão pelo cabelo.

– Eu provavelmente não ia contar – disse ele. – Não é algo fácil de se falar. Eu pareceria louco. – Ele parou. – Por aqui, o caminho é mais curto – disse, apontando uma rua lateral. – Acho que não vai ter ninguém olhando.

Eu esquecia às vezes que, apesar de Jovis ser de Anaui, ele tinha estudado na Academia dos Navegadores e estado na Imperial antes. Eu sabia bem pouco sobre ele além do que as canções diziam.

Aceitei a sugestão. Seria uma caminhada um pouco mais curta e menos cheia de lixo. Havia uns dois lampiões ainda acesos do lado de fora de lojas, cujos donos se esqueceram de apagar. Eles davam um brilho fraco às construções, apenas um pouco mais forte do que o brilho da lua. Nós tínhamos passado por uma pequena confeitaria quando Jovis voltou a falar.

– Eu também não sei quem você é – disse ele. – E você me contratou pra legitimar seu governo com o povo, o que significa que, ao trabalhar pra você, estou te dando meu apoio tácito. É muita coisa pra colocar nas costas de um contrabandista. Como posso saber que você não é como ele?

Eu sabia de quem ele estava falando: meu pai.

– Eu parei com o Festival do Dízimo. Isso não basta? – Claro que não bastava. Primeiro, eu tinha tentado provar meu valor para o meu pai; agora, estava querendo provar meu valor para todo mundo. Saber que eu ainda não era o suficiente machucava meu orgulho, mas então pensei na garça de papel, agora na mesa do meu escritório. Trabalho da filha de Numeen, Thrana, que tinha morrido por ordem do meu pai. O que quer que eu fosse, tinha crescido sob o cuidado de um homem daqueles. Jovis estava certo de duvidar de mim. Eu suspirei. – Meu pai não ligava para o povo. Eu ligo. – Pelo canto do olho, vi o rosto dele se suavizar e soube o que dizer em seguida. – Eu tinha um amigo fora do palácio. Um ferreiro. Meu pai o matou, assim como toda sua família. Eu não me dava bem com o meu pai. – Eu não contei que ainda assim desejava o amor dele, a aprovação dele. Minha relação com Shiyen era... complicada.

– Você o matou. – Ele falou casualmente, como se fôssemos dois colegas bêbados batendo papo enquanto caminhávamos para nossa hospedagem depois de uma noitada.

Ele sabia disso. Tinha me visto depois da minha batalha contra meu pai. Mas eu disse o que ele queria ouvir mesmo assim.

– Matei. Ele tinha um filho de criação. Nós éramos amigos. Meu pai também o matou e ameaçou me matar. – Tudo verdade, ainda que uma versão higienizada. Oficialmente, Bayan tinha voltado para a ilha de onde viera. Oficialmente, ele ainda estava vivo. Se ao menos fosse assim de verdade.

Jovis estendeu a mão para oferecer consolo e, ao lembrar quem eu era, a puxou de volta.

– Seu pai não era um homem bom.

Eu hesitei, pensando no quanto dizer, parte de mim desejando que ele tivesse tido a ousadia de me tocar de novo. A última vez que alguém me tocou de um jeito que não por formalidade foi quando Bayan segurou minha mão antes de enfrentarmos meu pai. O resto das palavras jorrou da minha boca.

– Ele foi o único pai que conheci. Eu amava meu pai, mas ele não me amava. No final, desejei mais viver do que desejei que ele me amasse. – Toda a dor antiga voltou a crescer dentro de mim, uma ferida que nunca chegou a cicatrizar. Eu me perguntei se conviveria com a dor pelo resto da vida.

– Sinto muito. – Ele realmente parecia sentir, e, por algum motivo, isso fez meu coração doer mais.

Em todas as cartas que eu recebi, poucas ofereceram condolências pela morte do meu pai. A maioria sondava por informações, querendo saber o que eu poderia mudar nas estruturas do Dízimo ou que planos tinha para as ilhas de cada um. Eu não era uma pessoa. Pisquei para afastar as lágrimas, constrangida de estar lacrimejando. Eu estava tão desesperada assim por gentileza? Eu era patética assim?

Se Jovis notou, foi só com o canto do olho. Ele esperou e me deu tempo para me recompor.

– Você disse que não me conhecia – ele falou enquanto andávamos –, e admito que as canções não contam muito. Tem alguma coisa que você queira saber sobre mim? Uma pergunta por uma pergunta.

Observei o perfil dele: os membros longos, o nariz grande, o cabelo encaracolado perto das orelhas. Era quase uma cabeça mais alto do que eu, e, apesar de conhecer seu poder, não tinha medo dele. Havia tantas coisas que queria saber sobre ele. Ele era um espião? Estava planejando me matar ou pegar a coroa? O que ele tinha visto dentro da caverna? Não. Todas essas perguntas ampliariam a distância entre nós quando eu precisava diminuí-la. Eu precisava que as pessoas do Império confiassem em mim. Eu precisava que Jovis confiasse em mim.

Então, engoli minha dor e fiz uma pergunta fácil.

– Por que você não se tornou navegador? Por que contrabandear?

Ele deu de ombros.

– Eu não consegui trabalho. Ninguém queria contratar um navegador meio *poyer* que não conseguia uma carta de recomendação da academia. Então, fui pra casa. E me ofereceram uma oportunidade. Eu aproveitei.

– Você não queria ser contrabandista?

Ele bateu com o dedo no queixo, e percebi um sorriso em sua voz.

– Isso é outra pergunta?

– Sim. E essa aí também. – Não pude deixar de sorrir. – Agora, responde à minha.

A voz dele soou melancólica.

– Eu não queria. Se você conhecesse minha mãe, entenderia por quê. Ela abomina fortemente qualquer atividade que considera imoral. Ela odeia até quando meu pai joga cartas. Mas foi a única opção pra mim. – O sorriso sumiu. – Um tempo depois, rompi com o Ioph Carn. Eu tive uma esposa. Ela desapareceu sete anos atrás. O único jeito de seguir o rastro dela era com um barco próprio, e é difícil conseguir isso sem dinheiro. Então, parti no barco que eu tinha pegado emprestado deles. O rastro acabou me levando ao palácio, ao construto do seu pai com o qual eu lutei na escada. Shiyen a pegou pra um de seus experimentos, e ela está morta agora. Acho que eu sabia havia muito tempo que ela tinha morrido, mas parte de mim precisava ter certeza.

– Sinto muito – falei. Foi a minha vez de oferecer condolências. Pareceu inadequado. Eu me senti estranhamente responsável.

Ele se empertigou.

– Você vai voltar a usar a magia do fragmento de ossos algum dia? – O olhar dele foi dos meus olhos para as minhas bochechas e para os meus lábios.

Fiquei tensa. Tinha baixado a guarda quando não deveria. Só havia uma resposta certa, e eu lutei contra ela. Como poderia assumir um compromisso desses sem saber o que o futuro guardava? Meu pai podia ter usado a magia para seus próprios fins, mas isso não significava que eu precisava fazer a mesma coisa.

– A magia do fragmento de ossos salvou sua vida – falei. – Ou você preferiria ter enfrentado o construto do meu pai com seu cajado?

Vi o movimento da garganta dele quando ele engoliu em seco.

– Isso é verdade. E também não é uma resposta.

Eu não devia nada a ele. Eu era a Imperatriz dele. Mas meu pai também nunca tinha se dado ao trabalho de se justificar.

– Eu não sei o que vai acontecer, nem conheço todos os problemas que meu pai deixou pra trás. Quero responder que não vou usar magia, mas também não posso me comprometer com algo assim.

A mandíbula dele se contraiu, mas ele inclinou a cabeça. Um lampião próximo capturou o chuvisco em volta dele e o envolveu em um dourado cintilante.

– Tudo bem. Mas eu não sei se isso vai ser o suficiente para as outras pessoas. O povo passou por muita coisa com crianças morrendo no Festival do Dízimo, entes queridos morrendo do mal do fragmento. Eles vão querer que a magia seja abolida.

– Eu farei o possível. É a única coisa que posso prometer.

Jovis parou no meio da rua, o olhar voltado para o céu.

– O quê? – Eu segui o olhar dele. – O construto voltou?

– Não – ele respondeu. – Tem uma coisa que eu preciso contar, porque diz respeito a você também.

Eu tinha passado no teste, fosse qual fosse. Esperei.

– Quando lutei contra o construto de quatro braços na escada do palácio, aconteceu uma coisa. Uma coisa nova. Ou melhor, eu fiz uma coisa nova. – Ele fez uma careta.

– Que foi...?

– Aquela vibração que você sente nos ossos tem mais de um propósito. Quer dizer, ela pode ser usada pra fazer mais do que a terra tremer.

A noite estava quente, mas meus sapatos estavam úmidos e cheirando a lixo. Havia fios de cabelo grudados na minha nuca, chuva escorrendo pela minha gola e por baixo da minha camisa. Eu queria me secar, deitar na cama, me aconchegar com Thrana e dormir.

– Você ia me contar ou pretendia ficar na chuva a noite toda?

Ele ergueu as mãos.

– Estou sendo honesto com você. Completamente honesto. Olha. – Sua expressão agora era de concentração.

Esperei.

– O que eu deveria estar vendo? – perguntei. E, então, eu vi. A chuva ao redor de nós parou no ar e depois voltou a se mexer, mas não caindo em direção ao chão, e sim girando, aglutinando-se.

Jovis ergueu a mão e formou uma bola de água nas pontas dos dedos. Ele nem sequer olhava em minha direção, os olhos focados na água.

– Isso te lembra alguma coisa? – perguntou ele, o rosto sério.

Pensei nas pinturas de Arrimus defendendo a ilha de Mephisolou. Nas histórias de Dione, que era capaz de afundar uma cidade com um movimento da mão.

Jovis deixou a água cair no chão. Ela se espatifou e gotículas acertaram meus tornozelos. Eu mal as senti e o encarei.

– Alanga – sussurrei.

4

LIN

Ilha Imperial

Quando voltamos ao palácio na noite anterior, encontramos os olhos do mural abertos, nos olhando como se nos identificassem. A visão provocou um arrepio na minha nuca. Jovis era um dos Alangas? E, se fosse, isso significava que eu também era?

Eu não conseguia entender. Pelo jeito como meu pai falava, os Alangas eram um povo diferente de nós, com o dom de uma magia que os tornava mais do que meros mortais. Eles tinham governado as ilhas centenas de anos antes, e nem sempre fora um arranjo feliz. Quando entravam em conflito, os Alangas não só atacavam uns aos outros, mas podiam afundar cidades inteiras como resultado. De acordo com as histórias antigas, os ancestrais do Imperador os tinham expulsado de nossos territórios. Meu pai havia nos avisado do retorno deles, dizia ser o único que impedia isso. Eu sempre achei que, se os Alangas voltassem, chegariam de barco por algum lugar desconhecido e, por parecerem imperiais, criariam raízes e se infiltrariam no meu povo. Eu não tinha considerado que eles podiam *ser* parte do meu povo. Se Jovis e eu fôssemos Alangas, o que eram Mephi e Thrana? Nenhuma das pinturas antigas retratava criaturas como eles. Se tirávamos nossos dons mágicos dos nossos companheiros, e se os Alangas faziam o mesmo, por que seus animais nunca foram pintados ao lado deles?

Eu queria voltar para a caverna secreta embaixo do palácio para revirar os livros e tentar encontrar alguma pista. Mas havia outros deveres que eu precisava cumprir e pouco tempo para isso em um dia.

O medalhão de fênix brilhava ao alcance dos meus dedos, e fiz o possível para não o pegar, para não bater com ele na mesa. Até os hábitos do predecessor pareciam difíceis de romper. O homem sentado à minha frente fez o possível para não olhar. Ele tinha sido examinado pelos meus guardas, sua história revirada. Eu também tinha feito minhas pesquisas. Ele era o quarto filho de um governador de pouca importância, tinha educação extensa e alegava ter lido muito. Criados eram fáceis de contratar, trabalhadores também. Já um senescal era uma questão diferente.

Eu tinha encontrado o medalhão de fênix numa das gavetas de Shiyen, enfiado tão fundo que precisei arrancá-lo da madeira. Meu pai passara tempo demais sem visitar as outras ilhas, sem garantir o apoio delas. Não podia cometer os mesmos erros. O construto espião também me ensinara que havia coisas acontecendo com os construtos que eu precisava resolver, e nem tudo podia ser feito da Imperial. Era preciso ir pessoalmente ver o que estava acontecendo.

– Se pudéssemos conseguir o apoio de apenas mais uma ilha, qual você escolheria?

O homem era só um pouco mais velho do que eu, os olhos pequenos e afastados como os de um jaguar.

– Riya – respondeu ele sem hesitar. – Depois da Cabeça de Cervo, é a ilha que tem minas de pedra sagaz mais produtivas. Precisamos de pedra sagaz para alimentar um comércio rápido e eficiente, e o controle desse recurso mantém os cidadãos na linha.

A chaleira entre nós fumegou, e a chuva que batia no teto quebrava o silêncio. Decidi que ele tinha os olhos afastados como os de uma doninha, na verdade. Eu sustentei seu olhar. Tão forte e tão seguro… até Bing Tai rosnar. Aí, ele piscou e empalideceu.

– Calma, Bing Tai – falei, e o animal ao meu lado sossegou. Voltei minha atenção para o homem, que ainda tentava recuperar a compostura. – Obrigado pelo seu tempo, Sai. Vamos notificar todos os candidatos quando a escolha for feita. Feche a porta ao sair.

Ele desceu o olhar até o medalhão, se levantou e curvou-se antes de sair.

Atrás de mim, ouvi Jovis suspirar.

– E qual era o problema desse, Vossa Eminência?

Senti meus dedos deslizarem para o medalhão e, antes que pudesse me impedir, bati com ele na mesa.

– Ambicioso demais. Preciso de alguém que cuide do palácio por mim quando eu estiver fora, e não de alguém que cuide do Império por mim. Aquele ali – apontei uma asa do medalhão na direção da porta – me daria uma facada nas costas com essa belezinha assim que tivesse a oportunidade.

– Alguém sem caráter seria facilmente intimidado por qualquer governador em visita.

Eu virei a cadeira para encará-lo.

– Então você acha que eu deveria escolher um *intimidador*?

Ele apertou os lábios e voltou o olhar para a janela, através da qual a luz sumia rapidamente. A escuridão da estação chuvosa estava caindo, pintando a sala em tons apagados.

– Só estou dizendo que o dia foi longo.

Isso eu não podia discutir. Nenhum de nós tinha dormido muito na noite anterior. Mesmo depois de ter me secado e tomado uma xícara de chá quente, foi difícil pegar no sono.

– *Você* acha que nós somos Alangas?

Ele olhou para a janela e para a porta, verificando instintivamente se havia ouvidos xeretas. E estava certo em verificar, principalmente depois do construto espião que tínhamos perseguido.

– Eu realmente não sei. Mas faz a gente pensar. Se existe você e existe eu... existem outros também?

– Fica de olho em Mephis e Thrana – falei.

– E isso fica entre nós – disse ele.

Observei o rosto de Jovis e me perguntei como ele tinha se tornado um confidente tão rapidamente, e se isso havia sido planejado. Não era possível que ele soubesse sobre Thrana, que soubesse de antemão que nós tínhamos esse traço em comum. Mas ele também não tinha hesitado em usá-lo. Um segredo compartilhado nos unia de outras formas que não só como Guarda Imperial e Imperatriz. Ele tinha razão: precisávamos manter aquilo entre nós. Jovis podia revelar seus poderes e se safar, mas eu sabia que as pessoas estavam cautelosas comigo. E, se eu revelasse ser capaz de fazer o que Jovis fazia, alguém faria a conexão com nossos companheiros, o que colocaria os dois em risco.

– Sim – falei lentamente. – Não vamos contar a ninguém, ao menos até sabermos mais.

Mudei a almofada nas minhas costas de lugar, tentando encontrar uma posição confortável. Havia deixado a coroa de Imperatriz de lado depois dos seis primeiros candidatos. Mephi e Thrana brincavam na chuva no pátio, e, se eu não tivesse nenhuma preocupação na vida, estaria encolhida com Thrana e Bing Tai na frente de uma lareira com uma tigela de sopa quente. Ainda havia tantos livros para ler na biblioteca. Tantas coisas para pesquisar.

Como se lesse meus pensamentos, Jovis disse:

– Posso pedir ao resto dos candidatos para voltarem amanhã.

Como eu poderia consertar as coisas se não me esforçasse o dobro do que meu pai tinha se esforçado? Eu me empertiguei e balancei a cabeça.

– Não. Eles já esperaram muito. Manda o próximo entrar.

Ele obedeceu.

Uma jovem entrou na sala. Havia certa astúcia e cautela na forma como ela caminhava, como se evitasse pisar em cacos de cerâmica. Seu manto estava úmido da chuva, e ela cheirava a terra molhada. Devia ter ficado cansada de esperar no corredor e saído para dar uma volta lá fora. Jovis voltou para sua posição atrás de mim, o tecido da roupa fazendo barulho.

– Vossa Eminência – disse ela –, não sou parente de nenhum governador, mas respondi a todas as perguntas de triagem corretamente. Também não tenho ampla educação, mas sou capaz de ler livros e já li muitos.

Ela se acomodou na cadeira à minha frente, e fui lembrada pela milésima vez de quando me sentei na frente do homem que eu chamava de pai, desejando sua aceitação e seu amor. De tentar desesperadamente responder às perguntas dele, ser quem ele queria que eu fosse. Eu nunca tinha alcançado as expectativas dele. Agora, eu era a Imperatriz, e ele estava morto.

O pensamento não me trouxe a alegria que eu esperava.

Olhei a lista à minha frente.

– Meraya? – Quando ela assentiu, continuei. – O Palácio Imperial é como uma versão menor da ilha, com uma série de tarefas a serem resolvidas diariamente. – Coloquei o medalhão de fênix de lado e ela não olhou para ele. Recitei toda a minha lista pré-ensaiada.

Ela apenas apertou os olhos brevemente antes de atacar.

Nem Jovis nem eu reagimos rápido o bastante. A mão dela se moveu para trás e para a frente, com algo prateado cortando o ar. Chequei meu corpo instintivamente antes de perceber: ela não tinha mirado a arma em mim. Atrás de mim, Jovis grunhiu.

Não ousei tirar os olhos de Meraya. Chutei a cadeira para trás e me abaixei, pegando a almofada atrás de mim e colocando-a na frente do peito. Uma adaga pequena a penetrou. Um passo pesado e cambaleante soou atrás de mim. Jovis.

– Bing Tai! – gritei.

Meu construto pulou em minha defesa.

Meraya pegou o bule de ferro quando Bing Tai pulou na mesa, rosnando. Ela acertou a mandíbula do construto, que caiu no chão com um estrondo. O chá quente derramou no chão. Arrisquei um olhar para trás e encontrei Jovis igualmente caído, inconsciente. Ela provavelmente o envenenara. Ele tinha conseguido soltar a adaga, que estava caída ao seu lado, a lâmina ensanguentada. Só então percebi os batimentos do meu coração.

Nós estávamos sozinhas naquela sala, sem nada entre mim e a assassina além da mesa de madeira.

Ela tirou uma adaga comprida e fina de dentro da manga.

– Isso não vai demorar – disse Meraya. – Mas também não será tão rápido como você talvez preferisse. – Ela deu um passo calculado para cima da mesa.

– Socorro! – gritei, tirando a adaga envenenada da almofada. Eu não sabia lutar. Aquela mulher tinha tido treinamento. Senti como se estivesse me movendo através de uma névoa, tudo ao meu redor embaçado; as únicas coisas nítidas na sala eram o rosto dela e a arma. Eu mal conseguia respirar de tanto medo. Precisava da ajuda de Thrana, mas ela ainda estava no pátio com Mephi. – Por quê? – perguntei, torcendo para ganhar tempo.

– Eu conheço as histórias – respondeu Meraya. – Você não vai me deixar viver. Essa é a coisa certa a fazer, eu sei que é. Isso é por mim. E por Chari.

Do que ela estava falando? Ela pulou na minha direção. Levantei a almofada numa tentativa inútil de bloquear a força total de seu golpe.

E, aí, algo *vibrou* dentro de mim. Deixei que se espalhasse por mim sem pensar. Foi mais forte do que na noite anterior, como se uma criatura adormecida tivesse acordado, rompendo laços que já a tinham feito prisioneira. Joguei a almofada em Meraya com tanta força que o tecido se abriu e fez chover penas na mesa.

Ela avançou pela nuvem de penas, os dentes cerrados, a lâmina ainda erguida. Eu ergui a adaga envenenada; não era maior do que a palma da minha mão e não tinha cabo, por assim dizer. Eu não podia bloquear o ataque com ela. Joguei a adaga em Meraya como se fosse um dardo. A luz fraca cintilou na lâmina ao atingir a espada na mão dela.

Nada. Eu não tinha nada além de uma vibração nos meus ossos e duas mãos vazias. De repente me dei conta de como minha carne era macia, de como minha pele era delicada.

A porta se abriu. Três guardas imperiais entraram na sala, armas na mão.

Meraya ergueu a mão. O chá derramado subiu do chão em gotículas e se aglutinou diante dela.

Os guardas hesitaram.

– Alanga – disse um par de lábios sem ar.

Meraya mandou bolas de chá na direção do nariz e da boca dos guardas. Dois deles conseguiram desviar, mas a outra largou a espada e se engasgou com o líquido.

Antes que Meraya pudesse se reorganizar, os dois guardas estavam em cima dela.

Ela puxou umidade do ar lá fora, tentou o mesmo truque de novo, mas seu poder estava irregular, e Jovis havia treinado aqueles guardas. Eles eram mais rápidos do que a maioria, e a água apenas bateu inofensivamente em seus ombros. Ela também deve ter perdido o controle do chá que lançara contra a terceira guarda, porque a mulher estava se levantando.

Meraya então atacou com um pé, e um dos guardas voou para trás e bateu em um pilar de teca com um sonoro *créc*. Os outros dois se uniram contra ela. Eles tinham um alcance maior com as espadas, e, embora Meraya fosse forte, rápida e tivesse boa mira para arremessar, ela não pareceu tão habilidosa no combate corpo a corpo.

Uma lâmina cortou a carne de seu braço esquerdo. Ela grunhiu, mas não largou a adaga. Os dois guardas avançaram e a encurralaram contra a parede.

– Olha! A ferida dela! – gritou uma guarda.

Por baixo da camisa rasgada, vi que o sangramento tinha parado e a pele cortada estava se fechando. Foi graças ao treinamento de Jovis que os guardas não fugiram.

– Ela sangra. É só isso que importa – disse o outro, indo para a frente.

O resto da luta foi rápido e brutal.

Os guardas se revezaram no ataque. Ela bloqueava com desleixo, esticando o braço, deixando o resto do corpo exposto. Eles se aproveitaram completamente de sua inexperiência. A túnica dela ficou encharcada de sangue. Sua respiração ecoava nos pilares. A cada nova ferida que se fechava, eles abriam outra.

Eu queria mandar que parassem. Meraya era como eu. Mas eu não podia admitir isso, não na frente dos guardas.

E, aí, uma lâmina foi enfiada entre as costelas dela, na direção do coração, e outra cortou seu pescoço.

Tarde demais, tarde demais.

Mesmo assim, as feridas tentaram se fechar. E os guardas a atacaram de novo. E de novo. Ela ofegou, a garganta cheia de sangue.

Chegou uma hora em que ela parou de se mover e as feridas ficaram abertas. Um dos guardas se apoiou na espada, o cabelo molhado de suor. Ele cuspiu no cadáver mutilado.

– Alanga – disse ele, e soou como uma maldição.

A outra guarda olhou rapidamente para mim, a sobrancelha erguida. Embora os guardas estivessem jurados de me proteger, era meu dever impedir que os Alangas voltassem.

Jovis.

Eu me virei. O peito dele ainda subia e descia com a respiração.

– Um médico! – gritei. Uma mulher com roupas de civil apareceu na porta. Tive um vislumbre de cabelo cinza como ferro, feições severas, uma túnica marrom engomada. Não a reconheci, mas ela estava ali, empunhando uma caneta como se fosse uma arma. – Chame um médico!

Ela não hesitou, virou-se para obedecer sem questionar. A respiração de Jovis estava fraca quando fui até ele. Com cuidado, puxei o tecido cortado da jaqueta. A ferida já estava se fechando, a carne se juntando enquanto eu olhava. Ele ergueu as mãos e seus dedos seguraram os meus.

– Em… – disse ele, movimentando levemente os lábios. – Ema… – Havia algo de triste e melancólico no tom de sua voz, como se ele tivesse encontrado uma coisa que queria havia muito tempo, mas soubesse que a perderia de novo. E então suas mãos ficaram inertes, sua cabeça pendeu para trás.

– Jovis? Jovis!

A respiração se firmou, mas ele não abriu os olhos. Eu esperava que seu corpo estivesse lidando com o veneno.

Um médico apareceu na porta.

Jovis se mexeu e acordou. A parte da frente de sua túnica estava coberta de suor, mas seu olhar estava lúcido. Eu me perguntei se eu também era resistente a venenos, como ele. Esperava que não fosse testar isso tão cedo.

– Cuide dele primeiro – falei, apontando para Jovis.

Mas ele recusou o médico. Um filete de sangue escorria pela jaqueta. Ele então encostou a mão na ferida que cicatrizava e se empertigou.

– Está tudo bem – disse. – Foi superficial.

O médico hesitou na entrada.

A mulher de cabelo grisalho, que tinha vindo junto, falou rispidamente no ouvido do médico.

– Sua Imperatriz deu uma ordem, não deu?

O homem deu um pulo e correu até Jovis, mas nem precisava. Apesar de ele estar meio zonzo, a ferida já estava quase fechada.

– Uma atadura e ele ficará ótimo.

O médico então foi até a guarda caída próximo ao pilar de teca e estendeu a mão para verificar a respiração e os batimentos em um exame rápido.

– Pescoço quebrado – disse ele. – Ela está morta. Sinto muito, Vossa Eminência.

A guarda que sobreviveu cobriu a boca com a mão enquanto o outro caiu no choro.

Procurei as palavras certas para dizer.

– Queimaremos o corpo dela com ramos de zimbro hoje – disse Jovis para seus guardas. – Nós honraremos a passagem dela.

Eu limpei a garganta.

– Parece que os boatos são verdade. Os Alangas estão voltando. Da próxima vez, estaremos mais preparados. – Não sabia como cumpriria essa promessa se eu era Alanga também. Meraya tinha mencionado outro nome. Chari? Seria um amigo, um amante? Ou um companheiro, como Mephi e Thrana? – Levem o corpo dela para o jardim no pátio. Faremos os rituais funerários lá.

Nem todo mundo sabia sobre Thrana. Meraya talvez não soubesse, ou talvez não tivesse um animal de companhia. Os Alangas tinham companheiros ou não? Eu tinha tantas perguntas, e ela não poderia responder mais a nenhuma.

O médico continuava parado próximo ao corpo da guarda, mas, para crédito dele, dessa vez esperou que eu falasse alguma coisa. Eu assenti.

– Pode ir.

Bing Tai andou placidamente e se sentou na ponta da mesa. O médico passou longe dele ao sair. Os guardas pegaram o corpo da companheira caída e a levaram pela porta. Eu teria que chamar alguém para cuidar do corpo de Meraya também.

– Você e você, tem outro corpo aqui, será que dá para providenciar que seja removido? – A mulher de cabelo grisalho instruiu os criados até o cadáver de Meraya, a caneta ainda na mão. – Sei que a Imperatriz vai querer que o chão seja limpo também.

O tremor finalmente sumiu do meu corpo, me deixando esgotada de várias formas. Primeiro o construto espião, agora aquilo. Eu precisava ir ao Império, precisava saber o que estava acontecendo lá, que outras surpresas meu pai teria deixado para trás.

– Vossa Eminência? – chamou a mulher de cabelo grisalho. Seu olhar percorreu a assassina morta sem esboçar reação. – Considerando as circunstâncias, devo voltar amanhã? Vim para a entrevista para a posição de senescal.

Ela reagira rapidamente numa crise sem nem estar empregada. Levei a mão ao cabelo, sentindo os fios soltos flutuando em todas as direções.

– Qual é o seu nome? E a sua formação?

– Ikanuy – respondeu ela sem hesitar. – Vivi na Imperial a maior parte da vida, mas cursei a Academia de Eruditos de Hualin. Tenho sete filhos e cuido da minha casa, embora meu mais novo já seja adulto e a casa esteja vazia. Eu ainda não sou velha e tenho esperanças de colocar meus estudos em prática. – Ela citou os fatos rapidamente. Tinha ensaiado as respostas. Bem-preparada: outro ponto a favor dela.

– Sem marido ou esposa? – perguntei.

– Nunca quis.

Eu peguei o medalhão de senescal na mesa, fui até a porta e o entreguei para ela.

– Bem-vinda ao palácio, Ikanuy de Imperial. Nós temos muito a discutir antes de eu ir.

5

Jovis

Ilha Imperial

Meu braço tinha cicatrizado no ponto em que a adaga envenenada da assassina me cortara, mas eu ainda acordei na manhã seguinte me sentindo tonto e desorientado, mesmo com Mephi encolhido ao meu lado. Ao meio-dia, eu não estava mais tonto, mas a desorientação permaneceu. Ou talvez fossem apenas o ambiente e a companhia que me deixavam tão inquieto.

Alguns passos à minha frente, em um banco no pátio do palácio, a Imperatriz estava sentada escrevendo uma série de cartas. De vez em quando, ela parava, colocava a ponta da caneta nos lábios e pensava nas palavras. Os reparos estavam quase completos no Palácio Imperial, e a complexidade das pinturas e da arquitetura fizeram com que eu, um ex-criminoso meio *poyer* da pequena ilha de Anaui, me sentisse canhestro e inculto.

Os servos já haviam começado a fazer as malas para a viagem diplomática da Imperatriz, embora ela ainda não tivesse terminado de visitar as ilhas nem obtido um navio. Eu me apoiei no cajado de aço, olhei para ela e me senti tão inútil quanto um barquinho de papel numa tempestade. Ela e os guardas tinham cuidado daquela assassina sozinhos, enquanto eu estava caído, inerte como um pano de chão. Uma Alanga. Mas, se ela era como nós, onde estava seu companheiro? Teria ela deixado o animal para trás?

A assassina já estava morta quando acordei. Queria ter tido a oportunidade de interrogá-la, de descobrir de onde ela veio, o que queria. Ela parecia imperial.

Ouvi sussurros nos corredores. Os guardas que tinham matado a mulher contavam para quem quisesse ouvir sobre os poderes dela de controle da água, sua rápida habilidade de cura e sua força. Havia uma sensação de propósito e união renovada entre os funcionários do palácio. O Império foi criado para afastar os Alangas, para impedir que ganhassem força.

O uso de veneno e o arremesso de facas mostrava planejamento, paixão, intensidade. Eu enviara alguns dos meus guardas até a cidade e as docas para interrogar pessoas. Quem vira a mulher chegar? De onde ela viera? Alguém sabia quem ela era? Consegui descobrir algumas coisas. O barco no qual ela chegara podia ser velejado por uma pessoa só, ela havia dado o nome "Meraya" na pensão onde se hospedou e se mantido isolada. Respondera "Anaui" quando perguntada de qual ilha viera quando chegou às docas, mas eu não a reconheci. Sim, eu estava longe de Anaui havia muito tempo, mas a mulher claramente não queria ser rastreada, e sem dúvida mentira.

Ela fora mesmo sozinha ou existia algum companheiro? E de que tipo? Eu precisava ser delicado com essa última pergunta, com medo de revelar demais.

Não, ninguém tinha visto outra pessoa com ela. Acabei ficando com mais perguntas do que respostas.

Meu principal dever como capitão da Guarda Imperial era cuidar da segurança de Lin, mas até nessa tarefa simples havia conflito. Eu tinha ido para lá pronto para derrubar um Império, mas encontrei uma Imperatriz recém-coroada no lugar do homem velho que eu esperava. A rebelião não vinha com instruções. Eu devia ter ajudado a assassina? Devia ter matado a nova Imperatriz antes que ela nomeasse um herdeiro?

Ranami tinha me dito para enviar relatórios. Matar a Imperatriz certamente seria melhor do que isso. Tornaria tudo um caos e me deixaria vulnerável, é verdade, mas será que Gio se importaria? Mesmo enquanto pensava nisso, porém, eu não achava que tinha jeito para a coisa. Eu já tinha violado a lei repetidas vezes, tinha me defendido e defendido outras pessoas, mas nunca havia assassinado ninguém a sangue-frio.

Lin fez uma pausa nas cartas, o olhar nas nuvens crescentes. Bing Tai estava à esquerda dela, Thrana à direita. Thrana havia crescido mais desde que Lin ascendera ao trono, embora parecesse ter se estabilizado agora. Estava do tamanho de um cachorro grande, os chifres alongando-se além do rosto, bifurcando-se em um galho nas pontas. Eu desconfiava que Mephi sempre fosse ser um pouco menor. Ele estava deitado aos meus pés, a barriga virada para o sol fraco, os bigodes tremendo enquanto sonhava.

– Preciso fazer mais do que só acabar com o Festival do Dízimo – disse Lin. – Só que todo mundo quer que as coisas mudem imediatamente, e não sei se isso é possível. Essas coisas levam tempo.

Limpei a garganta. Eu não sabia por que ela ia querer falar comigo, mas certamente ela não estava falando com as nuvens.

– Vossa Eminência?

Ela virou um pouco a cabeça e seu olhar encontrou o meu, a mão apoiada no ombro de Bing Tai.

– Pedi a Ikanuy para espalhar pôsteres. Estou oferecendo recompensas pelos construtos das outras ilhas. Se eles não tiverem senhores, significa que são perigosos, e, enquanto viverem, estarão drenando lentamente a vida dos meus cidadãos. Ao mesmo tempo, eu não desmontei todos os construtos daqui. Preciso mostrar a força das minhas convicções, mas é difícil. – Ela fez carinho no pelo do construto e a criatura suspirou baixinho. – Bing Tai não fez nada de errado. – Ela falou como se ele fosse uma entidade própria, um ser vivo. – Ele é tudo que eu tenho. Ele e Thrana.

– Você tem sua senescal.

Um leve sorriso surgiu nos lábios dela antes de seu olhar voltar-se para as nuvens.

– É, acho que tenho isso.

– Ikanuy foi uma boa escolha. O Palácio Imperial estará em boas mãos na sua ausência. – Notei o tom formal e distante da minha voz e franzi o nariz. Esse era eu agora, pensei. Um lacaio profissional. Um espião de destaque. Um mentiroso, mas de um tipo diferente ao qual eu estava acostumado.

– Ela é bem firme – disse Lin, rindo.

Então ela ainda se lembrava da nossa conversa, apesar do caos que veio depois. Eu me peguei sorrindo.

– Ela chegou mais preparada para defender você do que eu.

Lin ergueu as pernas e girou no banco, virando-se para me olhar.

– Então parece que nós dois somos inadequados.

– Eu não ousaria comentar sua inadequação.

Ela me observou, e novamente fui tomado pela sensação de desorientação. Era o mesmo jeito como Emahla me olhava, com os mesmos olhos escuros. Não era justo os olhos dela serem tão parecidos com os da minha esposa morta.

– Comente, sim, por favor – disse ela. – Preciso que as pessoas sejam sinceras comigo.

Eu deveria ter deixado por isso mesmo, deveria ter seguido em silêncio, mas eu era cheio de erros, tanto pequenos quanto grandes.

– Não é sempre uma questão de adequação ou de demonstrar a força das suas convicções – falei. – Desmantelar Bing Tai vai ajudar a mostrar suas verdadeiras intenções, é verdade. Mas a assassina achava que você pretendia matar os Alangas, como seus predecessores fizeram. Sempre vai haver gente que odeia você. Elas não precisam escrever um artigo listando os motivos para isso. Talvez elas odiassem seu pai, ou tenham perdido alguém por causa dos fragmentos, ou só não gostem da sua cara. Você é a Imperatriz. É poderosa. As pessoas precisam ter opinião sobre você. Nem todas as opiniões serão boas. Em algum momento, você só precisará fazer o que acha que é certo.

O olhar prolongado que ela lançou sobre mim parecia dissecar minhas camadas. Ela fez carinho nas orelhas de Bing Tai, mexeu em seu focinho meio branco. Em seguida, enfiou os dedos no peito dele. Observei com medo e fascinação o animal congelar, a mão dela desaparecer até o pulso e emergir de volta com vários fragmentos, os quais ela rearrumou e enfiou novamente no corpo dele.

– Ele foi um bom construto. Salvou a minha vida.

Depois de um momento, Bing Tai apoiou a cabeça no colo de Lin e choramingou. A pele do animal começou a ficar flácida. Foi como ver cera de lacre derreter ao ser colocada junto a uma chama. Ela segurou a cabeça da criatura até que parasse de choramingar, até que seu corpo fosse apenas carne solta e pelo nas pedras do pátio.

– Está feito – disse ela baixinho. – Não há mais construtos sob o meu comando.

Ela voltou o olhar para mim.

– A assassina pegou nós dois de surpresa. Você é mais do que capaz. Mas não vamos mais fazer audiências sem uma revista detalhada em busca de armas – disse ela. – Se tantas pessoas vão me odiar independentemente do que eu tente fazer por elas, então não há ninguém em quem eu possa confiar de verdade. Os Alangas vão me odiar porque eu sou Sukai. E todo mundo vai me odiar pela minha magia do fragmento de ossos. – Ou pela outra magia, caso a descobrissem. Ela não precisava dizer essa parte em voz alta.

Lin podia ter olhos iguais aos de Emahla, mas eu nunca tinha visto os olhos de Emahla tão tristes.

– Eu diria que você pode confiar em mim, mas, como seu capitão da Guarda Imperial, devo lhe dizer para não fazer isso.

Era para ser um comentário leve, e ela o recebeu assim, sua expressão solene se abrindo num sorriso mais brilhante do que um dia da estação seca. Mas meu coração parecia uma carcaça afundada dentro de uma armadilha de caranguejo. Ela *não podia* confiar em mim. Eu estava enviando relatórios sobre ela e os planos dela para os Raros Desfragmentados. Já tinha escrito uma carta sobre a caverna embaixo do palácio e sobre os pequenos vislumbres que tive das anotações, dos frascos e dos livros estranhos, assim como contei da assassina e dos planos de Lin de visitar as ilhas. Quando fui até lá, achei que iria derrubar um Império, libertar o povo do Festival do

Dízimo. Mas ela já tinha feito isso. Minhas convicções tinham se espalhado como sementes ao vento, e não havia solo fértil para plantá-las de novo. Eu devia manter minha lealdade aos Raros Desfragmentados, cujo líder tinha motivações que eu desconhecia? Ou devia me prender ao juramento que havia feito a Lin?

Como não retribuí o sorriso, ela ficou séria e se levantou. Thrana imitou seus movimentos.

– Nós ainda estamos no terreno do palácio, e não há mais visitantes hoje. Você não precisa me seguir por toda parte. Mande seus guardas vigiarem a muralha. Faça outra coisa. Visite a cidade. Você quase morreu me protegendo, tire uma folga.

Ergui uma sobrancelha.

– Isso é uma ordem, Vossa Eminência?

– Só uma sugestão enfática. – E então ela foi embora, a túnica de seda ondulando na brisa, deixando para trás um cheiro de jasmim.

Mephi soltou um leve ronco. Eu o cutuquei com o pé. Ele grunhiu e suspirou e se ajeitou. Apesar das minhas aflições, não pude evitar sentir uma onda de afeto por ele.

– Se eu dormisse com a mesma facilidade que você, talvez fosse feliz assim.

Ele bocejou e lambeu os lábios, piscando ao despertar. Segurei o bocejo que se formou no fundo da minha garganta em reação. Eu que não ia usar meu tempo livre para dormir. Eu tentava não ir muito à cidade. Às vezes, parecia que eu estava sendo vigiado, apesar de não ter certeza do quanto disso era paranoia.

– Vou sair – falei para Mephi. – Pode ficar aqui se quiser.

Isso o fez se mexer. Ele se levantou. Algo rolou de debaixo dele, e ele cobriu com uma pata.

– O que é isso aí?

Ele ergueu os ombros.

– Nada.

– Se não é nada, você não vai se importar de eu levantar sua pata.

Ele arregalou os olhos castanhos, ergueu as orelhas e levantou a pata lentamente. Havia algo ali. Então ele também estava aprendendo a mentir agora. Eu achava que não tinha sido o melhor exemplo quando ele era mais novo. Vislumbrei um pedaço redondo de jade, entalhado na forma de dois peixes entrelaçados. Eu me curvei para pegá-lo e tirei a terra do objeto.

– Isso não é seu.

Mephi inclinou a cabeça para mim.

– Eu encontrei. Eu gostei dos peixes.

Franzi a testa.

– Encontrou… onde?

Ele coçou uma orelha antes de responder.

– Numa sala.

– Que sala?

Ele mordeu o pelo do ombro como se não tivesse me ouvido.

Suspirei. Quanto mais ele crescia, mais obstinado ficava.

– Eu já te falei, você não pode sair pegando coisas que encontra nos aposentos das pessoas. Isso não é *encontrar* de verdade. Alguém colocou lá por um motivo. E não é seu. – Eu guardei a escultura. Teria que perguntar para os guardas e criados se alguém tinha perdido alguma coisa. Não era a primeira vez. Como se ensinava limites pessoais para uma criatura como Mephi?

Ele achatou as orelhas na cabeça e mostrou os dentes. E, no momento seguinte, deu um pulo e bateu na minha coxa com a cabeça, o rabo se enrolando nos meus joelhos.

– Opa, opa, cuidado! – Eu tentei afastá-lo. – Você parece um bode com esses chifres.

Ele mostrou os dentes de novo.

– Um bode não.

E, pela milésima vez, eu perguntei:

– Então o que você é?

Ele deu de ombros.

– Nós vamos?

Conferi minha bolsa. Eu a tinha enchido naquela manhã e precisaria que estivesse cheia para dar conta do apetite de Mephi de novo. Todos os vendedores de rua pareciam saber quando estávamos chegando; eles colocavam os alimentos mais saborosos e aromáticos na frente das barracas e falavam mais com Mephi do que comigo quando os anunciavam.

Eu cocei a bochecha do animal. Supus que havia benefícios de se ter um pagamento regular.

Nos portões, dei as ordens aos guardas: ficarem alertas, de olho em estranhos, e saberem onde a Imperatriz está, mas não ficar no pé dela. Não havia mais carregamentos nem trabalhadores para chegar naquele dia, então a tarefa deles seria fácil.

Evitei cuidadosamente os olhares dos vendedores de comida quando entramos na cidade. Durante o dia, ficava lotada. Um açougueiro passou à minha direita com um balde cheio de peixes estripados, o avental manchado com marcas de mãos ensanguentadas. À minha esquerda, o dono de um bar abria mesas do lado de fora para aproveitar o raro tempo bom da estação chuvosa. Mephi andava ao meu lado, esperando um sinal de que eu pararia.

– Na volta a gente compra alguma coisa pra você – falei. – Tenho uns lugares pra ir.

Ele resmungou um pouco, mas não disse nada.

Minha nuca coçou como se alguém tivesse passado os dedos por ela. Tentei olhar discretamente para trás e achei ter visto alguém entrar atrás de uma construção. Podiam ser meus nervos; eu havia acabado de sobreviver a uma tentativa de assassinato e havia perseguido um construto espião, afinal. Mesmo assim, apertei o cajado e coloquei a mão em um dos chifres de Mephi.

– Fica perto.

Eu estava em uma posição precária. Não podia me dar ao luxo de ser pego enviando informações para os Raros Desfragmentados. As mensagens eram codificadas e carimbadas com o que parecia ser o selo imperial, mas com uma pena a mais na crista da fênix. A maioria das pessoas não ousaria mexer numa carta imperial. No entanto, se alguém prestasse muita atenção, começaria a fazer perguntas sobre o motivo de eu ir com tanta frequência às docas e de a Imperatriz passar tantas mensagens para uma mercadora de rua. Lin fora gentil comigo, mas eu havia lido o suficiente sobre o histórico brutal dos Imperadores. No mínimo, eu perderia a cabeça e talvez perdesse algumas partes antes disso.

As barracas e lojas mudavam à medida que eu me aproximava das docas. Ali embaixo, o ar era carregado do cheiro de sal e peixes cativos. Caixas de lulas recém-capturadas quase transbordavam na rua, e barris se remexiam com enguias sinuosas.

Eu dei a volta, percorrendo duas ruas desnecessariamente até enfim chegar à barraca da mercadora.

– Fica de olho – falei para Mephi.

Uma bandeira branca ondulava numa venda de pão. O vapor obscurecia a parte de trás da barraca e se juntava às nuvens no céu. Várias panelas grandes ferviam sobre o fogo, com muitas cestas de bambu empilhadas alto ao lado. Uma mulher usava uma pinça para colocar trouxinhas redondas de pão branco e macio nas bandejas na frente da barraca. Ela era magra, e seu cabelo preto comprido estava preso numa trança.

– Capitão – disse a mercadora quando me aproximei. Ela piscou e sorriu.

Eu parei e vi um filete de suor descer do cabelo até a sobrancelha da mulher. Havia algo rígido demais em sua postura.

Meu olhar foi para a viela atrás dela. Não vi nada além de caixas e da parede, mas eu já tinha cometido esse erro antes.

– Vem pra onde eu possa te ver! – gritei.

Philine, a melhor rastreadora do Ioph Carn, surgiu detrás de uma pilha de caixas, uma adaga na mão. Ela deu um passo à frente e encostou a ponta da adaga nas costas da mercadora. A mulher fez uma careta. A tampa de uma panela tremeu quando o líquido ferveu, fazendo barulho.

– Você subiu na vida desde a última vez que nos encontramos… Jovis, capitão da Guarda Imperial.

6

NISONG

Extremidade nordeste do Império

Casas molhadas eram difíceis de queimar. Nisong descobriu que elas não podiam ser incendiadas por fora; foi preciso enviar seus construtos para dentro, onde ainda estava quente e seco. Ela não gostou de ouvir os gritos dos aldeões ao verem suas casas queimarem, mas havia algo de satisfatório no calor ondulante, no estalo das brasas, no rangido da madeira quando as vigas desabavam.

E, ainda assim, o governador daquela ilha não apareceu.

Tinha se fechado em casa, os guardas amontoados lá dentro com ele. Não havia muros em volta daquele palácio; era uma ilha pequena, insignificante em comparação à Imperial. Estava mais para uma casa grande do que um palácio, na verdade. Mas as janelas e portas eram grossas e não cederam nem aos golpes dos construtos de guerra.

Atrás de Nisong, numa estação de cozinha montada na rua, estava Concha, a lança apoiada numa mesa enquanto ele picava cebolinha.

– Nós precisamos comer mesmo durante um cerco – ele explicou ao vê-la erguer uma sobrancelha. A faca raspou na madeira quando ele empurrou a verdura para a panela borbulhante.

Coral tinha buscado as ervas, Grama tinha encontrado a mesa e a panela, Folha tinha acendido o fogo e Fronde tinha pegado um pedaço de madeira trazido pelo mar para entalhar. Nisong se perguntou que lembranças giravam na mente dele. Aquele era um sonhador.

Concha fez sinal para ela.

– Ficar olhando pra porta não vai fazer com que ela se abra antes. – Ele ergueu uma tigela. – Vem. Come.

Foi meio estranho pegar a tigela das mãos calejadas dele, segurá-la acima da panela, esperar Coral botar sopa dentro. Eles tinham feito isso tantas vezes em Maila, enquanto a névoa mental os controlava.

– Argh – disse Folha, abanando a boca com a mão. – Picante demais! Você tinha que botar pimenta em tudo?

– Você tinha que ter uma língua tão fraca? – perguntou Concha.

Folha bateu com o dedo longo e fino no queixo.

– Acho que eu gostava mais de você em Maila.

Concha gargalhou.

– Acho que você não gostava de nada em Maila.

Nisong soprou o ensopado.

– Nenhum de nós gostava. – Eles não tinham consciência suficiente para gostar ou desgostar das coisas. Ela saboreou a sopa deliciosa e picante, sentindo os olhos lacrimejarem quando o caldo deslizou pela garganta. O crepitar do fogo embaixo da panela era um pequeno reflexo do incêndio que ela causara no vilarejo. Se isso não comovesse o governador, ela não sabia o que comoveria. – Pode ser que a gente fique aqui por um bom tempo.

Fronde se aproximou dela enquanto transformava a madeira num pássaro em voo.

– Areia... ah, desculpa, Nisong. Nós já tentamos bater na porta?

Nisong olhou para ele de cara feia. Ele deu de ombros. Ela colocou a tigela de lado, pegou a clava, foi até a porta, ergueu a mão e bateu.

Não houve resposta. O que ela já esperava.

O vento lambeu sua nuca, um sinal de frio e umidade. Nuvens escuras formavam um pano de fundo para o brilho do fogo. Ela não desistiria, por mais que o governador achasse que podia esperar. Nisong era mais paciente do que a maioria.

Tinha levado tempo para ela transportar seus construtos de Maila para uma ilha não habitada, tempo para roubar mais barcos e suprimentos, tempo para procurar ilhas quase inabitadas e reunir mais construtos para sua causa. A última tarefa fora a mais fácil. As pobres criaturas estavam perdidas, sem direção, escondendo-se de pessoas que as queriam mortas. Algumas palavras gentis, uma promessa de uma causa maior e eles passaram a ser dela. Eles tinham o direito de se defender. Tinham o direito de punir aqueles que os viam só como lobos a serem caçados.

A primeira ilha fora fácil. Eles a invadiram e não encontraram muita resistência. Naquela de agora, os habitantes estavam resistindo. Para Nisong, era de se esperar. Eles deviam ter ouvido falar do que acontecera na primeira ilha e prometido a si mesmos que não se deixariam vencer tão fácil. Rivalidades mesquinhas entre as ilhas sempre significavam que cada uma se achava melhor do que as outras.

Nisong tinha programado os construtos de guerra para reunir os aldeões, os burocráticos para reunir suprimentos e os espiões para irem até ilhas mais distantes. Os outros construtos de Maila, os que também pareciam pessoas, botaram fogo nas casas. Mas Folha, Grama, Fronde, Concha e Coral foram os primeiros a sair da névoa mental e a ajudaram a tomar o barco de vela azul.

Eles eram seus amigos.

Ela bateu de novo na porta.

– Sabemos que vocês estão aí dentro! – gritou.

Uma lembrança breve surgiu: ela se escondendo num armário de cozinha vazio, a irmã mais velha a procurando. Nisong piscou e a lembrança sumiu; a única coisa que restou foi o odor de madeira velha.

Grama, sempre a mais prática, pegou uma tocha de um construto que passava.

– Preparem as armas – ela ordenou para os outros três. – As paredes podem ser de pedra, mas a madeira vai queimar – disse ela, mais alto do que o necessário.

Uma janela no andar de cima se abriu.

– Esperem! – gritou um homem. – O que vocês querem?

– Nós só queremos o governador! – gritou Nisong. – O resto de vocês pode viver. Só enviem seu governador.

– Nunca!

Então ela estava falando com o governador.

– Nós destruímos esse vilarejo, seu povo está em menor número. Não adianta resistir. Um de vocês pode morrer, ou todos morrerão. – Nisong não estava ali para ocupar aquelas ilhas. Cada uma delas não passava de uma parada até seu destino final: a Imperial. Mas ela sabia que não podia deixar o governador dali vivo para reunir os sobreviventes, para apunhalá-la pelas costas. Quando se mata o líder, incapacita-se todo o resto.

– Qual dos antigos Alangas é você?

– Nisong – ela respondeu simplesmente.

– E você veio por dinheiro? Por poder? Ou só quer semear destruição?

Nisong fez que não e mordeu o lábio inferior, sentindo a cicatriz em sua bochecha se esticar. Não era só destruição. Era justiça. As notícias viajavam pelo Império com a velocidade da pedra sagaz. O Imperador estava morto. A filha dele tinha herdado o trono. Quando recebeu a notícia, por um breve momento ela ficou arrasada. O Império tinha seguido além de suas memórias, deixando tanto ela quanto Shiyen para trás. Havia um lugar para ela naquele mundo ou ela deveria sumir na paisagem, como tinha feito tantas vezes antes?

E, aí, Nisong soube da recompensa que a nova Imperatriz tinha oferecido pelos construtos. Isso ela entendeu. Eles a tinham criado, abandonado, e agora a queriam morta, assim como a seu povo.

Nisong sentia-se feliz em retribuir esse último sentimento.

– Vocês ofereceram uma recompensa pelas nossas cabeças. Que escolha eu tenho? – Ela aceitou de bom grado a onda de raiva, o desejo de violência.

– Recompensa? Eu não tenho nada a ver com recompensa nenhuma. Eu nem sei do que você está falando. Até onde você acha que vai conseguir chegar, mesmo se me matar? A Imperial virá. A Imperatriz virá. Uma mera fração da Guarda Imperial poderia esmagar você.

– Você acha...?

Coral botou a mão no braço de Nisong.

– Escuta.

Das profundezas da casa, ela ouviu o ruído de passos. Ela arregalou os olhos e entendeu o que estava prestes a acontecer.

– Preparem-se, vocês vão...

A porta se abriu e os guardas saíram.

Nisong parecia não ser a única a entender que matar o líder incapacitava o resto. Eles não se importavam com o que ela tinha a dizer, só a estavam enrolando tempo suficiente para colocar os guardas em posição.

Concha correu para a frente dela, a lança erguida bem alto. Ele acertou o primeiro guarda e o seguinte, mantendo-os longe.

Nisong ergueu a clava.

– A mim! – gritou ela na rua lamacenta. Quanto tempo levaria para que seus outros construtos chegassem até ela?

Oito guardas saíram da casa. Eles derrubaram Concha como se ele fosse vegetação rasteira. Concha conseguiu bloquear mais dois golpes antes de ser pisoteado por eles.

Nisong inspirou fundo e sentiu gosto de fumaça no fundo da garganta. Um passo à frente e ela pegou um guarda desprevenido, acertando a clava na lateral da cabeça do homem. Ela ouviu o *créc* satisfatório do crânio dele se partindo. O sangue do guarda jorrou quente em seus lábios, lama fria afundou sob seus pés.

Folha e Coral chegaram e posicionaram-se ao lado dela. Grama ergueu a tocha que tinha na mão e jogou dentro da casa. Os móveis da entrada, feitos de junco trançado, pegaram fogo com facilidade.

Grama inteligente, pensou Nisong com aprovação.

O fogo distraiu os guardas. Folha era pequeno e hábil com a espada, sabia virar os eventos a seu favor. Ele cortou a garganta de uma das guardas quando ela virou a cabeça na direção das chamas. A mulher caiu numa pilha de sangue. Restavam seis guardas.

Coral não sabia lutar, mas os guardas não sabiam disso. Ela portava duas facas de aparência perigosa e tinha cara de quem sabia usá-las, sua mandíbula firme. Os seis guardas rodearam o grupo, procurando uma abertura.

– Seu governador está respirando fumaça – disse Coral. – Ele vai morrer se vocês não ajudarem.

Os guardas hesitaram. Só um deles pressionou para atacar, e Nisong o rechaçou com facilidade. Foi então que ela ouviu um rosnado.

Construtos de guerra surgiam em torno deles, ladeando os guardas e os empurrando para trás, tentando morder seus braços e pernas.

Concha.

Nisong correu até ele, empurrando os corpos peludos dos construtos de guerra. Concha estava caído ensanguentado perto da porta do palácio, os membros cobertos de lama. Por um momento, seus olhares se encontraram. Ela esperou que ele grunhisse, se levantasse e lamentasse a lança quebrada.

Mas, aí, ela percebeu: ele não estava piscando.

A lama encharcou seus joelhos através da calça. Ela estava ajoelhada, segurando a mão fria de Concha. Ele tinha sido o primeiro a compartilhar lembranças de uma vida passada com ela, apesar de ter dito que eram como um sonho. Gengibre. Um incêndio. Um homem e uma mulher e uma criança que ele amava. Nisong tinha lembranças de uma vida anterior também, mas, naquela vida, Concha era sua família. Ele tinha assumido a frente todas as vezes que eles desembarcaram numa nova ilha, o corpo aprumado, a lança em riste. E tinha morrido do mesmo jeito. Ao redor dela, os construtos de guerra atacavam os guardas. Homens e mulheres gritavam, construtos rosnavam, e Nisong se perguntou se ela, uma criatura fabricada, era capaz de chorar.

Ela tocou as bochechas e encontrou umidade ali. Então ela *era* capaz de chorar.

Foi Coral quem ousou interrompê-la.

– O fogo... devemos apagar? O governador ainda está lá dentro.

Nisong tinha planejado uma morte rápida para o governador. Não havia necessidade de ele sofrer. Mas a sensação intensa e feia que ocupava o fundo de sua barriga ferveu. Ela lambeu os lábios e sentiu gosto de cobre. Os dedos sem vida de Concha escorregaram dos dela.

– Não. Deixe queimar.

Folha se ajoelhou ao lado dela e fechou os olhos de Concha com dedos trêmulos. Os construtos de guerra se reuniram em volta dela. Todos os guardas estavam mortos, um deles caído na rua, por onde tentara fugir. Ótimo.

Grama passou por ela e voltou com mais dois construtos para ajudar a carregar o corpo de Concha.

– Vamos fazer os rituais pra ele – disse Grama, a voz rouca. – Hoje à noite. Na praia. Vou mandar alguém encontrar zimbro.

Nisong apertou os punhos.

– Ele não devia ter morrido aqui.

– Não, não devia. – Grama bateu no ombro dela. – Mas ele morreu mesmo assim. Sinto muito. Todos sentimos.

Folha se levantou.

– O governador tinha razão. O Império virá quando souber o que fizemos. Nós não temos construtos suficientes pra afastá-los. – Ele ergueu as mãos na frente do corpo como se fossem uma balança. – Não podemos reunir outros de nós para a nossa causa sem irmos para outra ilha. E, se formos para outra ilha, teremos que lutar, o que pode reduzir nossos números.

Matando-se o líder, incapacitava-se todo o resto.

– Encontre voluntários – disse Nisong para Grama. – Construtos parecidos com a gente. Construtos capazes de lutar. Vamos mandá-los pra matar a Imperatriz. Vamos enviá-los pra reunir outros construtos em outras ilhas. Pra semear o caos.

Grama assentiu e saiu.

Coral estava massageando as costas de Nisong, acalmando-a. Ela suspirou.

– A gente devia queimar os outros corpos também. Alguns dos aldeões resistiram.

– Não com Concha – disse Fronde. – Ele merece uma pira própria.

– Claro que merece. – Coral pareceu ofendida com o pensamento. – Mas são corpos. Não podemos deixar que apodreçam ao ar livre.

As palavras despertaram alguma coisa em Nisong. O cheiro de fumaça sumiu e foi substituído pelo cheiro de sândalo. Ela não estava mais do lado de fora da casa do governador; estava nas entranhas escuras de um palácio, as mãos manchadas de sangue. Um hálito quente soprou em sua orelha, fazendo cócegas.

– Trabalhando até tarde de novo?

– Shiyen – disse ela, um sorriso nos lábios. – Se eu não fizesse isso, o que seria de nós? Há problemas demais pra resolver, e você é um só.

Ele colocou a mão sobre a barriga grande.

– Haverá outro Sukai em breve.

– E muitos anos até ela ter idade para aprender.

– Ela?

– É só um palpite.

Ele a beijou entre o pescoço e o ombro, e ela tremeu.

– Vem pra cama – disse ele.

– Isso é uma ordem, Vossa Eminência? – ela falou, provocante, e foi recompensada com uma gargalhada.

– Só um pedido. Você ficou aqui quase a noite toda.

Olhou para o construto à sua frente, os fragmentos de osso espalhados num pano ao lado. Ela os havia reunido em grupos de comando, sem se apressar no entalhe das palavras, cuidando para que tudo fosse feito com precisão.

– Se os Alangas forem mesmo voltar, como você diz, vamos precisar de mais do que só um artefato antigo.

– É mais do que isso...

– Eu sei. Mas não podemos contar apenas com isso. Não devemos. Os construtos podem preencher a lacuna.

Ele curvou a cabeça de novo, passou os dentes pela pele dela, e todos os comandos que estavam em sua mente se dissolveram numa maré crescente de calor.

– Não dá pra esperar uma noite? – perguntou ele, a voz rouca.

Ela limpou as mãos no pano e se virou. Os olhos escuros dele pareciam mais brilhantes sob a luz do lampião.

– Talvez só uma.

Algumas gotas de chuva caíram na bochecha de Nisong, trazidas pelo vento. Estava de novo em frente à casa do governador, o cheiro de sândalo havia desaparecido. Ela levou um momento para se reorientar. As lembranças eram tão reais, tão imediatas, embora ela soubesse agora que Shiyen estava velho e morto.

Teria ela passado tanto tempo colhendo mangas numa ilha remota que perdera a capacidade de pensar? As conquistas deles não precisavam terminar ali. Ela era Nisong. Já tinha sido a consorte do Imperador. E tinha sido a primeira fora da família do Imperador a aprender a magia do fragmento de ossos.

A mão de Coral ainda estava em suas costas. Nisong se afastou.

– Não. Não vamos queimar os corpos.

– Não? – Folha ergueu uma sobrancelha.

Nisong se levantou e deixou que levassem o corpo de Concha na direção da praia.

– Nós deixamos algumas casas sem queimar. Enfileirem os corpos no chão delas e mandem os animais reunirem os aldeões sobreviventes.

7

LIN

Ilha Imperial

Pela janela, observei Jovis e Mephi saírem dos limites das muralhas do palácio. Eu não havia tido a chance de explorar a caverna secreta antes de perseguirmos o construto espião pela cidade. Jovis pareceu feliz em ter um dia de folga, e eu precisava de um dia de folga do olhar atento dele.

Thrana roçou na minha perna, os ombros tremendo. Seu pelo tinha crescido e estava denso e grosso nas costas agora, de um marrom mais escuro do que o pelo de Mephi, listrado de preto. As feridas de onde os tubos da máquina da memória a tinham perfurado haviam cicatrizado. Os sinais físicos de seu confinamento haviam sumido.

– Sinto muito – falei. – Vamos ter que voltar àquela sala lá embaixo de novo. – Eu fui na direção da porta.

Ela hesitou.

– Não bom – disse ela.

Apesar de ser maior em tamanho, ela não tinha um vocabulário tão amplo quanto Mephi, nem uma noção tão boa de gramática. Ela iria a qualquer lugar por mim, mas odiava a caverna na qual tinha ficado confinada. Enquanto Mephi tinha um espírito livre e era o melhor amigo de todos, Thrana era tímida perto de outras pessoas, principalmente homens. Eu tinha reparado que, quando homens erguiam as mãos na frente dela, independentemente do motivo, ela se encolhia.

Meu pai tinha batido em Bayan também.

Eu havia dito para Jovis que salvei a vida dele, mas ele também salvou a minha, por mais que eu não quisesse admitir. Sem a distração dele, eu não teria conseguido chegar perto do construto monstruoso do meu pai para desmantelá-lo. Eu precisava de Thrana comigo para o caso de encontrar outra coisa lá embaixo. Quanto tempo aquele bicho tinha ficado naquele lugar, faminto e esperando?

Os dois guardas imperiais do lado de fora do meu quarto ficaram em posição de sentido assim que abri a porta, depois andaram em fila atrás de mim quando segui para a escada. Nunca pensei que fosse sentir fata dos meus dias de isolamento, dos poucos criados vagando pelos corredores. Agora, o palácio estava tomado de atividade, quase tanto quanto a cidade. Sempre havia alguém exigindo meu tempo ou minha atenção, fazendo perguntas e pedindo minha opinião. Uma senescal me ajudaria a cuidar desses deveres, pelo menos.

Os olhos dos Alangas ainda estavam abertos. Eu parei no saguão de entrada para encará-los, para espiar seus rostos, sem me preocupar com o que os guardas atrás de mim poderiam pensar. A tinta estava desbotada, deixando todos os rostos com contornos similares. Os olhos observavam o porto da Imperial como se estivessem esperando a chegada de alguém. Os criados passavam acelerados por aquele mural para fugir dos olhares dos Alangas, como se, ao fazer isso, pudessem escapar de sua fúria.

Eu queria saber que tipo de magia fazia aquilo. Queria saber o que significava.

No andar de baixo, os criados desviaram do nosso grupo, carregando roupa lavada e cestos de alimentos da cidade. Eu ouvia a agitação da cozinha pela porta fina, sentia o cheiro de alho, cebolinha e gengibre pairando no ar. Nos fundos do palácio ficava o depósito de fragmentos, bem na montanha onde a construção ficava aninhada.

– Podem me esperar aqui – falei para os guardas.

Eles trocaram olhares, a mulher à direita lambeu os lábios.

– Temos que acompanhá-la, para a sua proteção.

Fiz um gesto na direção de Thrana.

– Eu tenho proteção. Além do mais, só há uma entrada e uma saída aqui. – Não era verdade, mas eles não sabiam disso. – Fiquem de olho nela e estarei protegida.

Sem esperar resposta, destranquei a porta e entrei na escuridão, com meu animal logo atrás.

Thrana começou a tremer quando fomos na direção da sala, os pelos das costas eriçados. Ainda assim, ela colocou um pé na frente do outro. Eu parei, me ajoelhei, passei os braços pelos ombros dela e escondi meu rosto em seu pescoço. O cheiro dela era terroso e doce, como de solo revirado.

– Sei que você sofreu aqui embaixo, mas eu estou aqui agora. Não vou deixar que nada faça mal a você, prometo. Confie em mim, por favor.

O tremor parou.

– Sim.

Quando me levantei, ela veio atrás, sem reclamar, e passou pela porta de zimbro nuvioso.

A caverna estava como eu a tinha deixado, com o alçapão ainda aberto. Tive que encher e acender os lampiões, e precisei de um tempo persuadindo Thrana a passar da entrada. Mas era fácil ser paciente por ela mesmo que eu nunca tivesse sido realmente paciente antes. Talvez fosse por causa da confiança absoluta dela em mim, ou por eu pensar na filha de Numeen, a xará dela, toda vez que a olhava. Ela era forte, mas também era frágil, e precisava de mim.

– Onde você morou antes do meu pai te trazer pra cá? – perguntei quando ela passou com cuidado pela máquina da memória.

– Não sei – respondeu ela, a cabeça e a cauda baixas. – Não lembro. Só escuridão e depois com ele. Querendo eu parada. Querendo eu *cooperar*.

Coloquei a mão na cabeça dela para tranquilizá-la, coçando atrás das orelhas e dos chifres do jeito que eu sabia que ela gostava. Ela apoiou a cabeça na minha perna. Thrana não parecia saber de onde vinha, nem Mephi. Talvez meu pai tivesse deixado alguma informação a respeito de onde a havia encontrado escondida em suas anotações enigmáticas. Seria um ponto de partida para entender pelo menos se Jovis e eu éramos mesmo Alangas. E, se fôssemos, por que e como os Alangas foram criados. Por que agora? Por que não antes? Meu pai estava mesmo fazendo alguma coisa para impedir que os Alangas ressurgissem? Se sim, o quê?

Meu lampião iluminou uma cena bagunçada quando desci pelo alçapão. Thrana era grande demais para me seguir pela escada como Mephi tinha feito, mas ela ficou na beirada, pronta para pular se eu precisasse de ajuda. As estantes que eu tinha visto encostadas em uma das paredes estavam cobertas de cacos de argila. Peguei um deles e cheirei. Doce e acobreado, como o fluido da máquina da memória. Meu pai talvez os tivesse quebrado, ou o monstro quando acordou para me enfrentar, ou Jovis quando sacudiu a caverna com sua magia. Joguei o pedaço de volta na prateleira, frustrada. Agora eu nunca saberia. Não havia rótulos naqueles frascos quebrados, nada em suas rolhas que indicasse o que havia dentro. Eu teria mesmo começado a beber lembranças se não tivesse ideia do que havia ali dentro?

Por outro lado, eu já tinha feito isso uma vez.

Voltei a atenção para o resto da caverna e ergui o lampião mais alto. Meu pai teve motivo para esconder aquele lugar. Podia ter sido por causa dos frascos de lembranças, mas, de alguma forma, eu sabia que havia outros segredos. Eu passei os olhos pelas paredes escuras e úmidas.

E então encontrei uma espada.

Estava pendurada em frente às estantes, embainhada, presa em uma corrente que pendia de um espeto de metal na parede da caverna. Parecia deslocada ali: uma espada entre as coisas do meu pai? Ele era um estudioso da magia do fragmento de ossos e de história, um velho de olhar astuto e muito mal-humorado. Eu não conseguia imaginá-lo portando uma espada, nem quando era mais novo. A única coisa que ele carregava era uma bengala.

Na peça *Ascensão da Fênix*, o primeiro Sukai tinha usado uma espada mágica para derrotar os Alangas. Os atores sempre faziam as cenas de forma muito dramática. Ylan Sukai erguia a espada e os Alangas eram todos derrubados. Simples assim. Simples demais, eu sempre achei.

Agora, na caverna embaixo do palácio, com meu único lampião iluminando o caminho, eu não tinha tanta certeza. Se Jovis estivesse certo e nós fôssemos Alangas, o que isso significava para mim? Eu me aproximei com cautela. Talvez não devesse ter me aproximado, mas o que a espada poderia fazer? Pular da parede e me atacar? Por outro lado, o que eu sabia sobre essa magia que derrotava os Alangas? A peça não explicava muita coisa. Tinha o objetivo de glorificar o reinado dos Sukais e enfatizar o perigo dos Alangas, não de servir como manual de instruções sobre como matá-los.

Ouvi os passos de Thrana andando pela caverna.

De perto assim, dava para ver as marcas de desgaste na bainha de couro, os arranhões, a corda desfiada enrolada no cabo. A bainha tinha chamas gravadas, com uma fênix perto do cabo. Era só uma espada velha. Eu não precisava ter medo de nada. Estendi a mão, quase sem ousar respirar, meus batimentos disparados nos ouvidos.

O couro era frio ao toque. Não houve fogo vindo dos céus, não houve a dor de uma morte súbita, nem mesmo um formigamento. Tive vontade de rir. Claro que uma espada não funcionaria assim. A peça era ridícula, uma ficção inventada por um escritor havia muito morto. Talvez fosse uma herança, um item do passado da família Sukai.

Passei os dedos pela bainha até o cabo. Nada mudou. Sentindo-me mais ousada, ergui a espada e a tirei da parede. Era mais leve do que eu esperava. Eu não sabia o *que* esperava; nunca tinha segurado uma espada na vida. Mas tinha segurado facas, e elas tinham peso. Aquilo parecia... diferente. Soltei a lâmina da bainha.

A lâmina era branca. Não só pelo brilho intenso do aço, mas branca como as xícaras delicadas de porcelana que meu pai amava. Quase transparente onde a borda da espada ficava afiada. Quem havia feito aquela espada e que tipo de material era aquele? Talvez *Ascensão da Fênix* fosse verdade, talvez bastasse erguer a lâmina na direção do céu para matar Alangas. Mesmo com o tanto que lia, eu estava perdida ali. Embainhei a espada antes que ficasse tentada a tocar nela, ou pior, a brandi-la como se fosse uma guerreira antiga. Eu tinha trabalho a fazer.

Pendurei a corrente no ombro e subi a escada. Eu faria paradas em Riya, Nephilanu, Hualin Or e Gaelung, e havia uma boa distância entre esses lugares. Eu teria tempo de ler no barco, de pesquisar. Não poderia ficar descendo para a caverna do meu pai, mas poderia levar um pouco da caverna dele comigo.

Thrana andou entre as minhas pernas assim que passei pelo alçapão, a testa franzida e a parte branca dos olhos visível.

– Hora de ir?

Os livros na estação de trabalho me chamavam. Aquele domínio silencioso parecia mais meu do que o agitado e barulhento acima.

– Ouvi alguma coisa no túnel – disse Thrana. – Quando você estava na caverna.

Isso capturou minha atenção.

– Ouviu o quê?

Ela remexeu os ombros.

– Não sei. Muito baixo. Longe.

Eu trinquei os dentes. Jovis. Será que o sujeito não podia me dar um momento de paz? Ele não estava errado, no entanto. Eu teria que marcar meu tempo nas salas trancadas. Não podia esperar que minha recém-chegada senescal lidasse com todas as coisas, e logo nós receberíamos visitantes. Eu entendia agora por que meu pai tinha dispensado a maioria dos criados e deixado o governo nas mãos dos construtos. Havia muita coisa a ser feita, e ele era o único capaz de trabalhar nos experimentos e na magia do fragmento de ossos.

– Temos que voltar – falei. Thrana se encostou na minha perna, mas não protestou.

Ela tinha razão: um som baixo ecoava nos túneis, um ronco distante. Eu estava quase chegando à porta de zimbro nuvioso quando me lembrei da espada ainda pendurada no ombro. Era tão leve que eu tinha esquecido que estava ali. Devia tê-la deixado na estação de trabalho junto com os livros, mas era tarde demais agora.

De perto agora, o barulho ficou evidente como sendo batidas incessantes na porta. Com as bochechas vermelhas, andei pelo depósito de fragmentos e abri a porta, o lampião ainda erguido na mão.

– O quê?

As outras palavras duras morreram nos meus lábios. Não era Jovis. Ele tinha mesmo tirado o dia de folga. Era Ikanuy, ladeada pelos dois guardas que eu tinha deixado do lado de fora. Ela ergueu uma sobrancelha e desviou o olhar para o cabo da espada no meu ombro, mas não recuou nem pareceu repreendida. Então ela era corajosa.

– Vossa Eminência – disse Ikanuy, curvando a cabeça.

– Ah, desculpe. – Imperatrizes pediam desculpas? O calor nas minhas bochechas se intensificou, embora por motivos bem diferentes. – Achei que... Bem, não importa.

– A senhora é difícil de encontrar quando necessário, Vossa Eminência. – O tom dela foi neutro para não me ofender, e minha vergonha aumentou. Eu teria que deixar Thrana na porta do depósito de fragmentos da próxima vez que fosse até a estação de trabalho do meu pai, assim ela poderia me chamar se precisassem de mim. Meu pai não atendia a ninguém. Eu teria que mudar isso, por mais que me irritasse.

– É uma questão urgente?

Ela se empertigou.

– Os construtos na extremidade nordeste do Império se organizaram, Vossa Eminência.

Uma sensação fria de medo surgiu no meu peito. O construto espião. Seria um deles?

– Organizaram como?

– Eu hesito em usar a palavra "exército", mas eles dominaram duas ilhas pequenas a sudoeste de Maila. Talvez estejam a caminho de conquistar outra.

8

Jovis

Ilha Imperial

Philine não tirou a adaga das costas da mulher. Ao nosso redor, as pessoas não viram ou preferiram não ver.

Tentei engolir o pânico que apertava minha garganta. A mercadora teria contado alguma coisa? O que Philine sabia sobre mim e minhas lealdades? Ela sabia alguma coisa que poderia contar à Imperatriz?

Dei um passo involuntário à frente e ouvi um rosnado baixo de Mephi.

– Não a machuque.

– Seu bichinho está bem maior – disse ela, olhando para Mephi. Ela sentira os dentes dele uma vez, quando ele mal passava de um filhote. O olhar dela voltou-se para mim. – Como conseguiu essa posição?

Fingi indiferença e tentei não pensar na lâmina encostada nas costas da mercadora. Tentei não pensar na carta no bolso interno da minha jaqueta.

– Bem, quando você se esforça e acredita em si mesmo, tudo é possível.

– Esqueci que você se acha engraçado. Jovis, o contrabandista de estimação da Imperatriz – disse ela, o olhar passando pela minha jaqueta decorada com crisântemos, meu medalhão, minha faixa dourada.

– Olha, eu estou com o dinheiro de Kaphra. – Peguei a bolsa, grato por tê-la enchido naquela manhã, e joguei para ela, que a pegou com a mão livre. – Isso deve cobrir o que eu ainda devo. Não quero mais saber de Kaphra e não quero mais saber do Ioph Carn.

Ela olhou dentro da bolsa, guardou-a, mas não tirou a adaga das costas da mercadora.

– É Kaphra que decide quando não quer mais saber de você, não o contrário.

Philine me caçaria até os confins da Terra? Eu achava que a tinha deixado para trás; achava que o Ioph Carn não ousaria me atacar no coração do poder da Imperatriz. Senti uma vibração crescer dentro dos meus ossos, meus sentidos se apurando até eu me tornar ciente de toda a água ali na rua: fumegando no ar, fervendo nas panelas, acumulada entre as pedras do pavimento. A panela mais próxima de Philine tinha sido enchida recentemente, a água quase na borda. Eu era capitão da Guarda Imperial, com Mephi ao meu lado. Não era mais um contrabandista fugitivo qualquer.

– Talvez ele tenha que abrir uma exceção nesse caso.

Philine provavelmente percebeu o perigo no meu tom, porque levou a mão livre à outra adaga presa em sua coxa.

Ela podia ser rápida, mas eu era mais. Bati com o pé no chão, e a panela fumegante ao lado dela sacudiu. A água caiu nos pés dela e no braço esquerdo.

Foi suficiente. Ela largou uma das adagas e chiou de dor. Antes que pudesse se mover, eu entrei atrás da barraca e a derrubei com meu cajado. A mercadora pulou para trás, para longe do corpo em queda de Philine.

Várias pessoas na rua pararam para olhar, mas fiz sinal para seguirem em frente. Era um benefício do uniforme o fato de elas obedecerem.

Apontei a ponta do cajado para a cabeça de Philine.

– Se você ameaçar qualquer pessoa que eu conheço, se me seguir, se enviar alguém pra me seguir, juro por todas as ilhas conhecidas que vou acabar com você. – Fiquei surpreso ao perceber que eu estava falando sério. Nunca tinha matado sem necessidade, mas tinha passado boa parte da vida fugindo do Ioph Carn, com medo deles. Não queria mais isso.

– Eu já paguei o que Kaphra queria pelo barco. No que me diz respeito, não tem mais nada que nos conecte.

Philine levantou as mãos e empurrou delicadamente meu cajado.

– Estou escutando e entendo o que você diz. – Ela grunhiu ao se levantar. – Tive esperança de estar enganada sobre suas habilidades. Uma coisa é contar pra Kaphra o que aconteceu, outra é vivenciar isso. Você sabe como ele é às vezes. Quando cisma com uma coisa, ele dá um jeito de conseguir.

Eu lembrava. Ele tinha me dado uma tarefa atrás da outra, e sempre com um motivo para não me liberar da dívida.

– E, desta vez, ele está cismado comigo – falei secamente. – De novo.

– Pra ser franca, sim. Você era um excelente contrabandista, e agora seria melhor ainda. Seria uma vantagem imensa pra nós, e não só por causa das suas habilidades. Você está empregado pela Imperatriz agora, é um dos oficiais mais altos dela.

Pelo Mar Infinito, será que o Ioph Carn queria que eu espionasse para eles também? Troquei olhares com a mercadora, que só deu de ombros. Eu não teria ajuda dela.

– O que eu poderia querer do Ioph Carn em troca? Como você mesma disse, sou um dos oficiais mais altos da Imperatriz. Por que ia querer me envolver com uma organização criminosa?

– O Ioph Carn tem muito a oferecer – continuou Philine. Se ela notara minha exasperação, não permitiu que a abalasse. – Temos uma extensa rede de contrabando e podemos obter mercadorias que ninguém consegue. Nem mesmo o Império.

– Não estou aqui no mercado atrás de mercadorias clandestino – falei secamente. – Além do mais, se sou um contrabandista tão incrível, por que não obteria eu mesmo o que quisesse?

Ela deu de ombros e limpou a sujeira das roupas de couro.

– Você parece meio ocupado no momento. E não está procurando coisas do mercado clandestino agora. Não quer dizer que não vai estar no futuro.

O que eu deveria dizer? Que deixei essa vida para trás? Que as coisas são diferentes agora? Que não sou a mesma pessoa que ela conheceu? Eu me sentiria bobo de expressar tantos sentimentos grandiosos. A vibração sumiu dos meus ossos e eu me apoiei no cajado.

– Estou cansado – disse.

Philine ergueu uma sobrancelha.

– Estou cansado de ser seguido por você, de ser caçado, de *lutar* contra você e seus lacaios. Estou envolvido com o Ioph Carn há tanto tempo que sei como acabar com ele. Se Kaphra não quiser que eu passe as informações para a Imperatriz, ele vai me deixar em paz.

– Uma ameaça?

Eu assenti para a mercadora.

– Uma ameaça em troca de uma ameaça à minha amiga aqui.

– Você deve gostar muito de pão no vapor.

– Eu gosto de manter a paz nas ruas da Cidade Imperial – retruquei. – E, sinceramente, qual é o seu problema? Não quero ver gente morrer sem motivo. É tão difícil assim entender isso? Agora, some da minha frente.

Mephi veio para o meu lado, os dentes à mostra, como se a lembrasse que ele os tinha e, sim, estavam bem maiores do que da última vez que ela sentiu a mordida.

– Tudo bem – disse Philine, afastando-se da barraca. – Mas, Jovis, se mudar de ideia, você sabe como fazer contato conosco.

Ela desapareceu nas ruas da Imperial como a névoa dissipada pelo sol.

– Você tem muitos amigos estranhos – disse a mercadora, a voz um pouco trêmula. Ela se virou para as panelas e recolocou as tampas que eu tinha tirado do lugar.

Eu verifiquei as ruas. O perigo tinha passado; ninguém estava olhando para nós. Tirei a carta do bolso da jaqueta e entreguei para ela por baixo da lona da frente da barraca. Sem nem olhar, ela a enfiou embaixo de um pote de fermento.

– Eu não a chamaria de amiga. Está mais pra uma sombra indesejada.

Ela não deu atenção ao que eu falei, só pegou outra folha de pergaminho dobrado de debaixo do pote e me entregou.

– Eu também tenho uma coisa pra você. – Ela hesitou e tirou dois pãezinhos no vapor das bandejas. – Isto também. Obrigada.

Eu tinha levado aquele problema até ela. Ela não devia ter que me agradecer. Mas meu estômago estava roncando, e eu tinha entregado minha bolsa para Philine. Então aceitei os pães e dei um para Mephi. Foi como jogar num ralo, de tão rápido que o pãozinho sumiu.

Eu enfiei a carta da mercadora no bolso da jaqueta, apreensivo. Mais instruções? O que queriam agora? Mas não adiantaria ler o conteúdo ali na rua.

– Desculpe – falei para Mephi quando voltamos para o palácio, passando novamente pelas barracas de comida. – Vamos pegar alguma coisa pra você na cozinha. – Ele bateu com o ombro na minha perna, seu jeito silencioso de aceitar um pedido de desculpas.

Uma chuva fraca começou quando passamos pela muralha do palácio. Lin tinha remodelado o Salão da Paz Eterna, que servia para abrigar seus oficiais, inclusive a mim. Ikanuy tinha se mudado para lá, mas o local estava praticamente vazio. Entrei no quarto que ela designara para mim e fechei a porta. Era maior do que qualquer lugar com que eu estivesse acostumado, principalmente meu barco, ainda atracado no porto. Eu tinha saído com ele algumas vezes desde que cheguei, mas ainda lamentava por não ser mais meu lar. Aquele quarto não só parecia grande demais; parecia imóvel demais.

A carta dobrada não estava lacrada. Eu a abri e me sentei à minha mesa para decifrar o código. A princípio, parecia fazer referência à chegada da estação chuvosa, rendimentos da pesca e amigos de família. Qualquer pessoa que olhasse acharia que era uma carta de um dos meus parentes em Anaui.

Tirei as informações relevantes do texto e fiz anotações em outro papel. Pisquei quando terminei e examinei a mensagem escondida.

Os Raros Desfragmentados estavam interceptando carregamentos de nozes polpudas para o coração do Império, coisa de Ranami e Gio, provavelmente. Quando ficasse claro que a Imperial e as ilhas ao redor não receberiam seu carregamento regular de nozes polpudas, os governadores começariam a reclamar com a Imperatriz. No meio da estação chuvosa, a tosse do brejo se espalhava.

A única cura conhecida era o óleo das nozes polpudas. Se a Imperatriz não conseguisse garantir o fluxo de comércio, os governadores perderiam a confiança nela. E, com a posição já tão precária, os Raros Desfragmentados poderiam conseguir forçar a abdicação dela.

Minha sensação de inquietação aumentou. Eu estaria no meio de tudo, ostensivamente apoiando a Imperatriz em meio ao caos.

Eu me voltei para o resto das minhas anotações. Não era só uma atualização nos planos dos Raros Desfragmentados. Gio sabia sobre o palácio, sobre as muitas portas trancadas, e sabia que Lin, como seu predecessor, desaparecia por horas atrás delas.

Procure uma espada de lâmina branca sob posse de Lin, dizia a carta. *Encontre-a e roube-a.*

9

Phalue

Ilha Nephilanu

Era estranho estar do outro lado das grades. Phalue destrancou a cela e colocou a bandeja no chão, do lado de dentro. Seu pai observava do catre, as mãos unidas. Ele esperou até ela ter trancado a porta de novo para pegar a tigela de macarrão. A luz do lampião captou os fios curvos de vapor. Em algum lugar da masmorra, ela ouviu água pingando numa poça. Estava chovendo aquele dia, como normalmente chovia, e a umidade penetrava lá dentro, apesar dos esforços de todos para evitar.

Phalue puxou uma cadeira da lateral, e as pernas arrastaram no chão de pedra. Durante o primeiro mês, ela mandara outra pessoa levar comida para ele. Tinha dito a si mesma que estava ocupada demais… e estava mesmo. Havia registros para verificar, itens para vender, fundos para redistribuir, cartas para enviar. Se eles tivessem feito do jeito normal, a transição teria acontecido gradualmente e seu pai a teria guiado por todo o caminho. Do jeito que foi, porém, os apoiadores mais leais de seu pai fugiram, e Ranami precisou juntar todas as peças do governo dele. E, aí, havia os Raros Desfragmentados e Gio. Phalue não sabia como lidar com eles desde o golpe. Gio a queria morta. Queria tomar a ilha para si e para os Raros Desfragmentados, como tinha feito com Khalute. Não era parte do plano dele instalar Phalue como governadora.

Seu pai ficou olhando para ela enquanto comia, o cheiro de cebola em conserva e molho de peixe carregado no ar. Ele sempre tinha sido magro, mas estava mais esquelético e pálido agora, as roupas humildes o deixando indistinguível das pessoas na rua. Ela se lembrava de quando era jovem e olhava para ele como uma figura de ombros largos, o rosto alto como uma montanha distante. Agora, ele parecia murcho, menor.

– Ainda sou seu pai – disse ele quando estava na metade da refeição. – O que está te incomodando?

Era óbvio assim? Ranami sempre dizia que ela demonstrava as emoções por todos os poros. Phalue hesitou para falar, mas que importância tinha? O pai estava na masmorra, para quem ele contaria?

– Vou me encontrar com os Raros Desfragmentados hoje à tarde. Ando dividindo muito o meu foco. Se puder fazer com que eles saiam de Nephilanu pacificamente, é uma coisa a menos com que me preocupar. Não tenho guardas suficientes para ajeitar a confusão dos construtos e afastar Gio. Assim que eu enviar as patrulhas, ficarei vulnerável no palácio. – Oferecer recompensas pelos construtos era uma coisa boa, mas Phalue achou que isso só faria os cidadãos irem atrás de bichos com os quais não eram capazes de lidar. Já tinha havido mais de um ataque e várias mortes em Nephilanu desde que Lin ascendera ao trono.

Seu pai colocou a tigela de lado.

– Encontrar-se com eles te dará legitimidade. Nephilanu é sua, não de Gio.

Ela suspirou.

– Tecnicamente, pertence ao povo, e eu sou só a representante. Uma pessoa não pode ser dona de uma ilha.

Seu pai franziu o nariz, e ela não pôde deixar de notar que ele pegou a caneca de água e não a de vinho. Ele olhou dentro como se procurasse por veneno.

– Você acredita nisso de verdade?

– Estou aprendendo a acreditar. De que adianta ter poder se não pudermos usá-lo pra ajudar as pessoas? Os fazendeiros, os órfãos de rua... eles não são diferentes de você e de mim.

Ele tomou um gole de água e fez uma careta.

– Se está tão determinada a ajudar pessoas, que tal me ajudar?

E era por isso que Phalue não queria ir para a masmorra. Ela sabia que o pai pediria isso. Ele argumentava pela liberdade sempre que ela levava comida. E a verdade era que ela queria dar a liberdade a ele. Isso era o pior. Ele não tinha sido um pai ruim, e ela ainda o amava à sua maneira. Mas ele tinha sido um péssimo governador.

Ela se levantou abruptamente.

– Phalue – chamou ele.

Ela soltou um longo suspiro, tentando se acalmar, e se virou para encará-lo.

– Você não mudou. Você pede pra ser libertado toda vez que venho te ver. E quanto às pessoas que você aprisionou aqui? As pessoas que executou? Você alguma vez considerou as súplicas delas? Eu te trato muito melhor do que você as tratou, e você continua pensando em si mesmo em vez delas.

Sabe aquelas pessoas que você matou? – Ela balançou a mão na direção da cidade. – Elas tinham família. Amigos.

O olhar dele ficou sombrio.

– Elas roubaram de mim.

– Algumas diriam que você roubou delas. Que não tinha o direito de ser dono da terra onde elas trabalhavam só por ter nascido num palácio. Elas sofreram sob o seu governo, pai. Sabe o que aquelas pessoas diriam se eu te soltasse? Que eu não sou quem acharam que eu era. Que eu sou igual a você.

Algo no rosto dele mudou, a expressão subitamente franca e magoada.

Ela não esperou resposta. Deixou o ar úmido e carregado da masmorra para trás, subindo dois degraus por vez em direção à cozinha, respirando como se tivesse voltado para a superfície depois de um mergulho.

Ranami a encontrou no topo da escada. Ao ver o rosto de Phalue, passou os braços em torno dela. Phalue relaxou no abraço e sentiu a bochecha da esposa encostada em seu peito, seu coração batendo no ouvido dela. Lentamente, os batimentos de Phalue se acalmaram, os sons e cheiros da cozinha seguros e familiares.

– Você não precisa continuar descendo lá – murmurou Ranami.

– Ele ainda é meu pai – disse Phalue, recuando. – Devo a ele a cortesia de pelo menos encará-lo. E não quero ser como ele, não quero fingir que as pessoas que eu prendi não existem. Quero encarar o que fiz. – Ela repuxou os lábios. – Eu vou dar legitimidade aos Raros Desfragmentados se me encontrar com eles?

Ranami segurou a mão dela e as duas saíram da cozinha para o corredor fresco, a luz fraca da manhã penetrando pelas frestas das janelas fechadas.

– Você não precisa fazer nada pra dar legitimidade aos Raros Desfragmentados, meu amor. Eles já são uma presença no Império. Eles se estabeleceram em Khalute e se estabeleceram aqui. Talvez, se estivessem a meio mundo de distância... mas eles não estão. Eles estão aqui em Nephilanu e já tentaram te matar duas vezes.

– Nós não temos certeza de que a segunda tentativa foi deles. Nem que foi uma tentativa. – Alguns dias depois do governo de Phalue começar, houve uma luta nas ruas quando ela estava na cidade. Alguém tentara dar uma facada nas costelas dela em meio ao caos.

– Eu sei como eles trabalham. Foram eles. Eles orquestraram a coisa toda. Tem certeza de que quer fazer isso?

Phalue já tinha se vestido para a ocasião, o que para ela significava apenas acrescentar uma corrente decorativa nos ombros e vestir um manto um pouco menos surrado do que aquele que usava no dia a dia. Ela ainda estava com a armadura de couro e a espada presa no cinto. Ninguém a convenceria a se encontrar com Gio desarmada. Ela se empertigou e ofereceu o braço a Ranami.

– Melhor enfrentá-los de frente do que ficar sentada esperando outro ataque.

Ranami colocou o capuz do manto sobre a cabeça antes de pegar o braço da esposa. Estava usando um vestido amarelo-cúrcuma por baixo, uma cor que Phalue sempre achou linda na pele mais escura de Ranami. Era mais curto do que seu traje da estação seca, no entanto, com botas até os joelhos protegendo os pés da lama.

Sete anos disso, pensou Phalue com pesar quando as duas saíram. A chuva bateu em seu manto. Ranami se encostou nela.

– A estação seca vai chegar antes que você perceba, e aí nós duas vamos sentir falta dos dias chuvosos.

Então seus pensamentos deviam estar na cara, tão claros quanto suas emoções. Era Ranami quem deveria ter nascido para governar, não ela.

Ranami a parou antes que elas passassem pelo arco do portão.

– Antes que eu me esqueça, você recebeu uma missiva. – Ela tirou um envelope encerado da bolsa e o entregou a Phalue.

Estava lacrado com cera, com a marca da fênix. O lacre da Imperatriz.

– O que diz? – perguntou Phalue.

– É pra você e ainda está lacrada. O mensageiro não relatou o conteúdo.

Phalue quebrou o lacre, pegou a carta com cuidado para que não se molhasse e passou os olhos pelo conteúdo.

– Ela está requerendo uma visita. Pediu discrição até os detalhes da viagem estarem finalizados. – Phalue podia imaginar o caos que a notícia causaria caso se espalhasse antes de a Imperatriz divulgar a própria declaração. Haveria aqueles que olhariam a Imperatriz com dúvida, e outros que veriam qualquer visita como oportunidade, fosse para tentar um golpe ou obter um favor. Outros governadores de ilhas se perguntariam se estavam no itinerário dela e lutariam para serem incluídos.

Quanto tempo havia que um Imperador não pisava em Nephilanu? Mais do que Phalue conseguia lembrar. Seu pai tinha se gabado com outros governadores mais de uma vez sobre a ocasião em que Shiyen visitara Nephilanu, mas isso foi antes mesmo de seu pai suceder a mãe dele como governador. Houve uma época em que o Imperador visitava regularmente as ilhas e lidava com os moradores. Mas Shiyen preferia deixar os construtos fazerem esse trabalho.

Corriam rumores sobre essa nova Imperatriz. Ela havia parado com o Festival do Dízimo, é verdade, mas as pessoas estavam divididas quanto aos motivos. Teria ela feito isso só porque os Raros Desfragmentados haviam se unido para protestar contra essa causa? Ou ela realmente acreditava que devia acabar?

Ranami tinha confidenciado a Phalue que o contrabandista assumira a posição de capitão da Guarda Imperial para espionar a Imperatriz para os Raros Desfragmentados, mas o que ninguém sabia era por que a Imperatriz tinha oferecido aquela posição a ele.

– E você vai aceitar o pedido dela?

Phalue guardou a carta no envelope e a colocou no bolso do cinto.

– Vamos discutir isso na volta. A decisão deve ser tanto sua quanto minha. Ranami, você é minha esposa. Você é tão governadora aqui quanto eu, até mais em alguns sentidos. Pode abrir minhas cartas, não vou me importar. Eu confio totalmente em você.

O olhar que Ranami deu para ela encheu o coração de Phalue, fazendo-o transbordar.

– Eu sei. – Ela recostou-se em Phalue. – Mas outros podem se importar, e é melhor mantermos uma imagem mais apropriada.

Phalue riu enquanto voltava a caminhar na chuva, indicando sua armadura e sua espada.

– Se eu tivesse uma imagem apropriada, primeiro que não estaria me encontrando com o chefe da rebelião com uma missiva da Imperatriz no bolso. Segundo, estaria vestindo trajes de seda e sendo carregada numa liteira. Dá pra imaginar? Eu, numa liteira? Eu quebraria as costas do pobre Tythus. Terceiro, eu teria me casado com você muito antes.

A esposa sorriu ao ouvir isso, e nem o céu nublado pôde apagar aquele brilho em seu rosto.

– Bom, uma certa imagem apropriada não te faria mal, então.

Phalue riu.

– Não foi por falta de tentativa. Quantas vezes eu pedi você em casamento? Umas cem? – As duas tinham se casado logo depois que Phalue assumiu o governo, e, naquele dia, ela conseguiu esquecer que os Raros Desfragmentados a queriam morta, que seu pai estava trancado numa cela, que haveria declarações a fazer e tantas feridas para cicatrizar. Só Ranami existia, resplandecente num vestido bordado de ouro. As palavras dela, os lábios dela quando as duas fizeram juras uma à outra.

Phalue achou que ficaria apreensiva, mas acabou se sentindo como um navio cansado de velejar que finalmente voltava para o porto que chamava de casa. Na ocasião, elas abriram os portões do palácio, e todos os que caminharam até lá receberam alimentos saídos direto da cozinha. Ela queria que as duas pudessem se casar todos os dias. Mas, como Ranami observara tantas vezes, Phalue tinha obrigações e pretendia cumpri-las.

A lama fazia barulho sob seus pés enquanto elas seguiam pelos caminhos em ziguezague até a cidade. Phalue tinha demorado muito para ver como o povo sofria nas mãos de seu pai. E fora preciso se apaixonar por Ranami para realmente entender que as políticas do pai eram injustas e exploravam as pessoas que ele governava. Que ele não tinha ideia de como era viver como fazendeiro ou órfão na cidade.

Que ela não tinha ideia.

Quando lutava com Tythus, Phalue raramente cometia o mesmo erro mais de uma vez. Ela esperava fazer o mesmo agora.

– Você está de cara amarrada – disse Ranami quando elas dobraram a última curva.

– O quê? Não.

– Sim. Você fica com um olhar distante e suas sobrancelhas fazem uma coisa. – Ela demonstrou franzindo as sobrancelhas. – E você fica muito quieta e coloca a mão no pomo da espada.

Droga, ela estava mesmo com a mão apoiada no pomo. Phalue sacudiu os dedos e deixou que o manto caísse sobre a espada de novo.

– Não estou de cara amarrada, estou pensando. Eu só... quero ser melhor do que ele era.

Ela não precisava dizer de quem estava falando.

– Você já é, em várias medidas.

– Mesmo assim... ele não é má pessoa. Eu sei que ele foi descuidado com o povo da ilha, até cruel, mas também foi um pai decente. Quando eu quis aprender a lutar, ele arrumou tutores. Ele nunca tentou me obrigar a fazer coisas que eu não queria. Sim, ele sugeriu que eu fizesse muitas, mas acho que sabia que não sou do tipo que usa vestidos e entretém dignitários. Ele era gentil comigo. E eu retribuí trancando-o na masmorra. – Phalue ergueu a mão, estendendo-a de um ombro a outro. – Existe uma escala de bondade? Se sim, onde ficam as minhas ações? Estou tentando agir melhor, mas não sei como é isso.

Ranami se esticou para beijar a bochecha dela.

– Nenhuma de nós sabe.

– Isso não é muito tranquilizador.

A lama sob seus pés deu lugar a paralelepípedos. A estação chuvosa transformara as cidades. Todas as lojas agora tinham um toldo em volta; todas as entradas tinham tapetes para se tirar a lama de botas e sapatos. Nas ruas mais estreitas, bambus haviam sido colocados nos parapeitos das construções, indo de um lado a outro, e cobertos com folhas de palmeira. A sensação de andar ali era escura e abafada, como a de atravessar um túnel.

Uma fila de órfãos de rua logo se formou atrás delas. Como sempre fazia, Phalue enfiou a mão na bolsa e jogou algumas moedas para eles.

Ranami se mexeu ao lado dela. Se Ranami sempre sabia quando Phalue estava de cara amarrada, Phalue também sabia quando algo incomodava Ranami.

– O que foi? – Phalue perguntou assim que as duas chegaram à rua que levava às ruínas Alangas.

– A gente devia fazer alguma coisa em relação aos órfãos – respondeu a esposa. – São muitos. Eles não deviam precisar suplicar ou pegar moedas atiradas na rua.

– Você quer adotar? A gente não pode ficar com todos.

– Essa é outra questão – disse Ranami.

Ela pressionara Phalue sobre esse assunto antes, mas as duas tinham acabado de se casar. Havia coisas demais para fazer, coisas demais com que se preocupar, sem acrescentar uma criança ou duas no meio. Phalue sempre achou que adotaria um dia, mas, agora que o dia se aproximava, a ideia a fazia suar. Ela não era do tipo maternal. E que exemplo ela tivera? Seu pai havia sido gentil, mas não afetuoso, e sua mãe havia sido uma presença intermitente em sua vida.

– Eles ficam especialmente vulneráveis aos construtos desgarrados sem um lugar para se abrigarem à noite. A gente devia montar um sistema pra eles. Temos dinheiro. Só precisamos redistribuir do jeito certo.

– Podemos colocar isso na lista – disse Phalue.

As duas então ficaram em silêncio. Não era uma lista curta, e parecia ficar mais longa a cada dia. Elas poderiam passar várias vidas tentando consertar os estragos do pai de Phalue. Mas uma vida teria que ser suficiente, embora parecesse totalmente impossível cada vez que Phalue olhava a lista.

Fora da cidade, a chuva virou um chuvisco. A floresta estava viva com o som do canto de pássaros, do coaxar de sapos e do gotejar firme de água caindo das árvores. Flores e plantas que ela não via desde a estação seca brotavam da terra, sentindo que sua sede agora seria saciada. Phalue achava que havia certa beleza na estação chuvosa.

Essa impressão diminuiu quando elas entraram nas ruínas Alangas. Não havia telhado lá, só pilares velhos e quebrados e paredes que guardavam marcas desbotadas de tinta.

– Chegamos um pouco cedo – observou Ranami. – Talvez tenhamos que esperar.

Sob a chuva, Phalue fez a conta mentalmente. Ela gostava da chuva quando podia observá-la de um lugar fechado, com uma caneca de chá na mão, a capa de oleado no chão como uma velha pele de cobra. Ela secou uma gota fria da ponta do nariz. Estar na chuva que era o problema.

Vozes ecoaram baixinho das paredes. Parecia que elas não precisariam esperar, afinal. Mas, quando se aproximaram, Phalue percebeu que tinham dado de cara com uma reunião prévia que talvez tivesse se alongado. Ranami a fez parar antes que ela entrasse no meio.

A esposa levou o dedo aos lábios e depois à orelha.

Phalue agradeceu ao seu eu do passado por ter se casado com uma mulher que entendia sutilezas bem melhor do que ela.

Uma das vozes era de Gio. A outra ela não reconheceu.

– Então você quer que o Ioph Carn pare o comércio clandestino de nozes polpudas com a Imperial e as ilhas em volta, mas pra quê? Pra que eu fique mais pobre?

– Você já é um homem rico – respondeu Gio. – E você também vai querer que ela seja deposta. O pai dela deixou que você raspasse o grosso dos lucros dele porque não se importava o bastante pra impedir. A filha dele fará diferente. Ela quer mudar as coisas, quer provar que é diferente. Pense nisso como um investimento no seu futuro. Você acha que ela vai continuar deixando o Ioph Carn fazer comércio desimpedido?

– Ela não vai ter escolha.

– Não seja arrogante – disse Gio rispidamente.

Um suspiro pesado.

– Qual de nós dois é o arrogante, velho? Você quer derrubar um regime. Eu só quero lucrar a partir dele. Aliás, o que eu ganho com isso? E não estou falando só de investimento. Você me chamou aqui. Me diga quanto está disposto a pagar.

Um breve silêncio.

– Ouvi falar que você sempre quis invadir um mosteiro. Bagas e casca de zimbro nuvioso seriam um belo acréscimo à sua coleção. Se usadas criteriosamente, elas podem expandir seu poder.

– Meu desejo é de conhecimento de todos. Não faço segredo dele – disse o outro homem num tom tranquilo. – Mas me explica: de que forma isso é relevante?

Phalue prendeu o ar. Gio estava falando com alguém do Ioph Carn. Ela estava feliz que Ranami a impedira de interromper aquela reunião; elas não precisavam de mais complicações em seu relacionamento com os Raros Desfragmentados. Por outro lado, talvez ele não ligasse. Gio não tinha feito segredo de seus objetivos.

– Você não precisa executar um ataque frontal pra invadir um mosteiro. Os muros são altos e eles estão sempre preparados para se defender de ataques. Eles vão usar cascas e bagas de zimbro nuvioso, e seu Ioph Carn não vai ter a menor chance. Mas o que as pessoas não sabem é que sempre há entradas nos fundos dos mosteiros.

– Seja claro, velho. O que exatamente você está oferecendo?

– A ilha a leste de Nephilanu tem um mosteiro de zimbro nuvioso. Eu conheço o caminho dos fundos. Se você parar o comércio clandestino, eu faço um mapa. É isso que estou oferecendo.

– Onde você conseguiu essa informação?

– Eu protejo minhas fontes.

Por um tempo, ninguém falou. Phalue resistiu à vontade de coçar o nariz, com medo de que o ruído do manto pudesse ser ouvido.

– Tudo bem, eu vou parar o comércio clandestino de nozes polpudas perto da Imperial e você me dá o mapa.

– Combinado.

Ranami pegou Phalue pelo braço e a puxou para trás de uma parede meio desmoronada. O homem do Ioph Carn saiu de onde estava reunido com Gio logo depois. Ele era baixo, jovem, com o cabelo preto penteado para trás. Não tinha se dado ao trabalho de usar um capuz. Phalue não o reconheceu, embora não esperasse reconhecer. O Ioph Carn não se misturava.

– Espera um momento – sussurrou Ranami. A sensação quente do hálito dela na bochecha de Phalue a fez tremer. Por mais que quisesse discutir o que elas tinham ouvido, Phalue sabia que teria que esperar até depois do encontro.

Elas ficaram agachadas na grama úmida, esperando os passos do homem silenciarem enquanto ouviam o som de botas na folhagem, de Gio andando no outro ambiente. Depois de um tempo, elas se levantaram. Ranami segurou o braço de Phalue de novo e as duas passaram pelo arco meio desmoronado até o local combinado para o encontro.

Gio estava sozinho.

Isso surpreendeu Phalue. Ela esperava pelo menos mais alguém dos Raros Desfragmentados. Afinal, ela estava ali com Ranami, o que deixava duas contra um. Se ela atacasse Gio, ele não poderia fazer muito para se defender. Ele carregava duas facas de lâminas compridas no cinto, mas não era tão alto quanto Phalue, além de ser bem mais velho. Ela teria mais alcance e mais vigor. Por que não simplesmente acabar com aquele conflito naquela hora?

Ah, ela precisava parar de avaliar todas as situações como se fossem uma luta em potencial, mesmo que o outro grupo tivesse tentado matá-la. Mesmo que pudessem tentar de novo. Ela precisava pensar mais como Ranami. Se matasse Gio agora, ela ainda teria que lidar com os outros Raros Desfragmentados. Eles encontrariam outro líder e voltariam em busca de vingança.

Era melhor lidar com a entidade conhecida do que com a desconhecida. Era esse um dos provérbios de Ningsu?

– Obrigado por se encontrarem comigo – disse Gio, colocando a mão sobre o coração ao cumprimentá-las.

Ranami olhou para ele de cara feia.

Phalue descobriu que não conseguia demonstrar a mesma raiva que a esposa, mas dispensou o cumprimento.

– Não vou fingir que não sei o que você planejou pra mim – disse Phalue. – Nunca foi seu plano que eu assumisse como governadora. Você preferia que eu estivesse morta.

Ela sentiu Ranami a olhando, viu-a movendo os lábios pelo canto do olho. Phalue podia estar sendo precipitada, mas não sabia ser como os outros políticos, que diziam uma coisa querendo dizer outra. E, se não conseguia disfarçar, podia pelo menos ser direta.

Gio abriu as mãos.

– Eu pediria desculpas, mas isso é o que os Raros Desfragmentados escolheram como objetivo: a instalação de um Conselho de representantes para governar as ilhas. Não uma Imperatriz. Não governadores. Governantes escolhidos pelo povo e não por nascimento.

Nesse contexto, ela só estava atrapalhando.

– Se é assim, por que nos chamou aqui?

– Quero propor uma trégua temporária. Você está tentando estabelecer seu governo. Eu estou tentando expandir a presença dos Raros Desfragmentados. Nós não precisamos lutar um contra o outro agora. Podemos viver em paz, sob certas condições.

Claro. Condições.

– E quais seriam elas? Que deixemos vocês andarem por toda a Nephilanu?

– Não, claro que não. Ficaremos nas nossas cavernas e evitaremos suas cidades. Não vamos interferir no seu governo. E vou pedir pra você não nos entregar pra Imperatriz, claro.

A missiva da Imperatriz pesou sobre Phalue, uma presença na qual ela não conseguia parar de pensar.

– E isso é tudo?

– Mais uma condição: você deve interromper o envio de nozes polpudas deste ano para a Imperial e as ilhas em volta. Você pode se dar ao luxo de adiar o lucro pra depois da estação chuvosa. Sei que seu pai reuniu um tesouro e tanto. Pretendo pressionar a Imperatriz para que abdique. A força dela no Império é pouca. Ninguém sabe quem ela é. A menos que ela consiga obter apoio, o Império vai cair em pedaços, cada ilha se defendendo sozinha. Com a estação chuvosa chegando, todo mundo vai clamar por óleo de nozes polpudas. Se as pessoas não o receberem, irão culpar a Imperatriz.

Gio continuou:

– Os Raros Desfragmentados estão próximos do objetivo. Se pudermos forçar a abdicação dela, estaremos em posição melhor para propor um Conselho. Estamos construindo um exército em Khalute, e os governadores que não entrarem na linha poderão ser pressionados com mais força. Estamos interconectados demais para não ter um poder de tomada de decisão centralizado. Os governadores podem não entender isso, mas eu entendo. Só que não quero que esse poder seja de uma Imperatriz. Quero que a gente governe.

Phalue se sentiu boba por ter se escondido durante a reunião anterior de Gio. Claro que ele não teria se importado se elas tivessem interrompido; ele estava pedindo a mesma coisa ao Ioph Carn. Ela encarou Ranami e viu a cautela em seus olhos. Sobre o que a esposa estava tentando avisá-la? Phalue olhou para Gio, que esperava sua resposta. Claro. Para quem ele voltaria a atenção quando a Imperatriz se fosse?

– Então você quer pressionar os governadores. Eu sou governadora. Como isso me deixaria?

– Como falei, seria uma trégua temporária. Pode ser que encontremos utilidade pra você nesse novo governo, ou que abramos alguma exceção pra Nephilanu.

Phalue se perguntou se seu ceticismo estava visível em seu rosto. Ou se isso nem sequer importava. Havia duas opções ali, Gio entendia isso. Ela podia aceitar a trégua temporária e continuar se estabelecendo, ou podia se jogar num conflito com os Raros Desfragmentados sob um governo que tinha acabado de começar e com uma lista de tarefas que não parava de crescer.

– Ranami – disse Gio, apelando para ela –, foi pra isso que nós trabalhamos quando você se juntou à nossa causa. Eu sei que você quer isso também.

– Isso foi antes de você tentar assassinar a mulher que eu amo. Você diz que podemos ter paz sob certas condições, mas essas não são condições de verdade. Você está pedindo pra fazermos o que você quer e, se não fizermos, você vai matá-la. Não é uma trégua, é uma ameaça.

– Eu aceito sua proposta – disse Phalue antes que Ranami pudesse falar qualquer outra coisa. – Mas se eu vir alguma indicação de que você violou seu lado do combinado... eu sei onde fica seu esconderijo. Vou enviar todos os meus guardas contra você e enviar uma missiva para a Imperatriz contando tudo que sei. – Era uma ameaça vazia. Ela não tinha guardas suficientes e Gio tinha um verdadeiro exército em Khalute. A Imperatriz estava distraída com os construtos. Quanto tempo levaria para ela enviar soldados para Nephilanu? O suficiente para Gio fugir.

– Entendido.

Phalue deu meia-volta, desejando abruptamente estar livre da ruína enorme, das vinhas entalhadas, das lembranças de uma civilização que tinha existido muito tempo antes, mas não existia mais. Ninguém falava dela exceto em sussurros, mas a pergunta também coçava no fundo da mente de Phalue: os Alangas voltariam? Ela mandara destruir o chafariz, mas agora se perguntava se devia tê-lo deixado intacto e mandado alguém relatar se ele abriria os olhos de novo ou não. Mas ela não sabia que tipo de magia antiga se escondia na pedra. Não dava para ter certeza de que não era um dispositivo feito para invocar os Alangas.

Ranami precisou correr para alcançá-la.

– É uma barganha tola que ele fez com você – disse ela em voz baixa quando as duas saíram das ruínas.

– Eu sei – disse Phalue. – Mas não tenho alternativa melhor.

– Então a Imperatriz quer nos visitar – disse Ranami quando elas alcançaram a estrada. – Gio está ameaçando um golpe.

– Bem-vinda ao casamento com uma governadora! – disse Phalue. – Entendo agora por que você queria evitar isso!

Ranami puxou o braço dela e a trouxe para perto. A chuva tinha aumentado de novo, embora elas estivessem unidas no espaço entre os dois capuzes.

– O que está fazendo?

– Isso – respondeu Ranami, esticando-se e encostando os lábios nos de Phalue. O beijo foi suave no começo, depois mais urgente, as mãos deslizando embaixo do manto de Phalue para tocar seus seios. Ou pelo menos o couro que os protegia. Por que ela pusera a armadura? Parecia uma decisão ridícula agora. – Eu não me arrependo – disse Ranami com a boca na de Phalue quando elas se separaram. – Nem por um momento.

– Se arrepende de quê? – Phalue tinha perdido o rumo da conversa, mas voltou sem muito esforço. – Ah, nem eu. Quer dizer, nunca achei que fosse me arrepender. Por isso pedi sua mão tantas vezes.

Ranami riu e beijou a ponta gelada do nariz de Phalue.

– Obrigada por isso. – Ela ficou séria. – A Imperatriz. Devemos aceitar o pedido dela? Você quer?

Phalue pegou a mão dela, maravilhada pelo jeito como seus dedos se entrelaçavam, como se encaixavam.

– Eu não sou filha do meu pai – disse ela. – E se Lin Sukai não for filha do pai dela também? Acho que devíamos pelo menos ouvi-la.

O verde da floresta se transformava gradualmente em ruas e telhados de cidade conforme elas andavam.

– E o carregamento de nozes polpudas? – perguntou Ranami ao entrarem na sombra de uma rua coberta. Elas ouviram óleo chiando numa barraca de comida próxima, quando o vendedor colocou um peixe com ervas numa panela.

– Vamos segurar, como combinamos. Não sabemos como é essa nova Imperatriz, e talvez precisemos fazê-la abdicar o mais rápido possível. Eu ainda não sei o que é certo e…

Algo se chocou contra Phalue, uma criança agitada e coberta de sujeira. Ela vislumbrou olhos pretos e grandes antes de a garota tropeçar e sair correndo. Institivamente, procurou de quem a criança poderia estar fugindo, mas só viu o movimento calmo e tranquilo de uma rua comum. Ninguém nem olhou.

– Ela levou a bolsinha do seu cinto – disse Ranami. Phalue levou a mão ao cinto e encontrou o local vazio onde antes ficava a bolsinha.

A missiva da Imperatriz.

10

LIN

Ilha Imperial

A chuva caía com força no convés, acima de mim. Vi os criados e guardas descendo a escada com água pingando dos mantos, sobrancelhas e barbas. Não era o clima mais auspicioso para a nossa partida. Serpentes marinhas ficavam mais ousadas na estação chuvosa, embora não tivesse havido qualquer avistamento comprovado de serpentes grandes em anos. Em geral, elas eram do tamanho de tubarões e importunavam pequenos barcos pesqueiros, pegavam o que encontravam e deixavam marinheiros abalados com feridas de mordidas. Não havia Mephisolou indo ameaçar uma cidade, mas as serpentes pequenas ainda podiam ser um incômodo para um navio como o nosso.

Parte de mim quis correr para as ilhas do nordeste, me colocar entre o exército de construtos em crescimento e o meu povo. Mas eu era a única com magia do fragmento de ossos, e havia muitos para eu combater sozinha. Meu pai tinha montado um exército pequeno, baseado principalmente em construtos de guerra. Nós precisávamos começar a recrutar imediatamente, mas treinar um exército exigia tempo. Cada governador tinha seus próprios guardas. Se eu pudesse persuadir os governadores mais influentes a enviar os deles, outros fariam o mesmo e eu poderia deter os construtos antes que fossem longe demais.

Ikanuy estava sentada à minha frente na confusão do navio, com papéis espalhados à frente, um ábaco à direita e uma caneca fumegante nas mãos. Ela havia ido até o porto resolver algumas últimas coisas antes que eu partisse.

– Seu pai era bem prolífico – disse ela, estudando os números que tinha acabado de calcular. – Se retirarmos os construtos aqui no palácio, de acordo com as anotações de Mauga, restam aproximadamente oito mil construtos de guerra, três mil construtos de comércio e cinco mil construtos burocráticos espalhados pelo Império. Não consigo encontrar um registro de quantos construtos espiões existem.

E quantos experimentos fracassados? Quantos cadáveres de pessoas ele tinha desmontado e usado para construtos? Ikanuy não encontrava respostas nas anotações de Mauga.

– Isso é mais do que eu esperava – falei.

Ela mexeu em alguns papéis.

– Bem, alguns ele herdou do próprio pai, ou da mãe do pai dele. Houve tempo para fazer a transição dos comandos antes de eles morrerem, tarefa que foi deixada basicamente com construtos burocráticos. Até recentemente, os construtos estavam em conserto contínuo. Seu pai não *criou* todos.

Peguei um pedaço de peixe de um dos pratos e o dei para Thrana, que estava sentada ao meu lado na cabeceira da mesa. Ela aceitou com graciosidade.

– O que eu quero dizer é que são muitos, não importa como foram adquiridos. Nosso exército tem no máximo alguns milhares. Temos que recrutar e treinar soldados, e rapidamente. Sei que talvez nem todos os construtos se unam, mas até os burocráticos e de comércio podem lutar.

Ikanuy tomou um gole de chá, fez uma careta e botou a xícara de lado.

– Não é tão ruim quanto parece. Alguns construtos deram defeito depois que seu pai morreu. Alguns foram mortos por soldados e aldeões. E alguns mataram uns aos outros. Eu só não tenho os números específicos desses casos.

Guardas passaram por nós carregando vários baús decorados para o compartimento de carga, fragmentos de ossos que eu pretendia devolver para as ilhas como gesto de boa-fé. Ergui meu chá.

– Mas *é* ruim.

– Se ao menos uma fração dos construtos restantes se organizar, eles podem usurpar ainda mais territórios e aterrorizar os cidadãos.

Soltei o ar e soprei vapor da minha caneca em todas as direções.

– E isso desestabiliza ainda mais meu governo. – Eu tinha promovido Yeshan, uma das comandantes do meu exército, ao cargo de general, posição anteriormente ocupada por Tirang, o Construto da Guerra. Yeshan estudara na Academia de Eruditos em Hualin Or antes de entrar para o exército e era conhecida por sua mente estratégica, ainda que ela não tivesse conseguido usar tais habilidades ultimamente. – Pedi a Yeshan para enviar um quarto das nossas falanges para o limite nordeste do Império. Algumas serão chamadas para a Imperial para treinar novas tropas. As demais farão patrulhas rotativas pelo resto do Império, recrutando e oferecendo assistência onde for necessário. Os construtos se reunindo no nordeste são um problema, mas nós ainda não sabemos se eles vão se organizar em outro lugar nem onde podem atacar. Temos que ficar vigilantes.

– Um quarto – disse Ikanuy, me olhando por cima da borda da xícara enquanto bebia.

Mantive o rosto neutro. Eu já tivera aquela discussão com Yeshan. Os relatos vindos do nordeste eram, na melhor das hipóteses, pouco confiáveis, pois variavam como histórias de um pescador velho. Alguns deles faziam parecer que os construtos não passavam de umas centenas de insatisfeitos; outros faziam parecer que eram uma horda invasora. E as ilhas no nordeste eram menores, menos populosas, menos influentes. Os construtos do meu pai estavam espalhados pela totalidade do Império. Se eu jogasse a maior parte do nosso exército na ameaça do nordeste e deixasse o resto do Império vulnerável, bastaria um ataque num lugar como Riya para os governadores começarem a clamar pela minha remoção.

Uma voz falou atrás de mim.

– Então as ilhas do nordeste serão um sacrifício aceitável, se for necessário.

Mephi apareceu no meu campo de visão, correndo na frente de seu tutor, me farejando. Ele foi direto para a cozinha. Jovis estava com a mão fechada em volta do cajado de aço, o cabelo cacheado úmido da chuva. Ele enxugou gotas dos ombros, pingando água nos papéis sobre a mesa antes que Ikanuy os afastasse.

– Eu nunca disse isso – falei friamente.

– Acabou de dar a entender. Não importa o que *pode* acontecer, os construtos só se organizaram no nordeste até agora. O exército ainda está pequeno no momento. Se você enviar só um quarto, eles podem ser vencidos.

– Você é meu capitão da Guarda Imperial ou meu general? – perguntei.

Ele inclinou a cabeça para o lado.

– Às vezes, eu sou só um cidadão preocupado.

– Que não entende que eu preciso considerar todas as implicações das minhas decisões e a melhor forma de manter este Império unido. – Senti minhas bochechas ficando quentes e achei que não era só pelo vapor do chá.

– Você disse que era pra eu ser sincero com você.

Odiei estar sentada e ele em pé, e eu ter que curvar o pescoço para trás para olhá-lo nos olhos. Havia gotas de água nas bochechas dele, no nariz, no lábio superior. Os pés se moveram um pouco enquanto eu o olhava de cara feia, e isso me deu uma pequena sensação de satisfação, apesar de ele não ter desviado o olhar. Bayan sempre teve um ar de animal ferido, pronto para atacar quando ameaçado. Jovis não era assim; na verdade, ele parecia machucado, com feridas cicatrizadas, mas ainda evidentes na postura. Eu *tinha* pedido para ele ser sincero, não tinha? Mas ele jogar isso na minha cara na frente da minha senescal só me irritou.

Um tremor surgiu nos meus ossos. Precisei cerrar os dentes para me impedir de bater o pé e não deixar parte dessa energia sair. Havia gente demais ali.

– Então você considera essa decisão inadequada?

Jovis franziu a testa e, de repente, pareceu lembrar com quem estava falando. Ele curvou a cabeça, afastou o olhar, recuando, e desejei poder desfazer a irritação nas minhas palavras. Seus cílios pretos compridos tocaram as bochechas.

– Eu só acho que as pessoas do nordeste merecem coisa melhor. – As palavras feriram, e a intenção era realmente essa. Ele não tinha recuado então, nem um pouco.

Ikanuy mexia contas no ábaco, evitando cuidadosamente olhar para nós dois.

– Merecem coisa melhor do que eu como Imperatriz?

Ele abriu a boca para responder, mas Mephi veio correndo da cozinha com algo metálico entre os dentes. Jovis voltou o olhar para o companheiro.

– Ei, a gente já não falou sobre isso? – Ele contornou a mesa até Mephi, se ajoelhou e tirou uma panela da boca da criatura. – Você não pode pegar as coisas dos outros.

– Ninguém disse que era dos outros.

– E ninguém disse que era *sua*.

Thrana lambeu uma pata e a passou sobre as orelhas como quem diz "Você não está feliz de eu ser diferente?". Cocei atrás dos chifres dela e entreguei-lhe metade de uma panqueca de cebolinha em agradecimento. Ela podia ser mais tímida do que Mephi, mas isso nem sempre era ruim.

Jovis devolveu a panela à cozinha, mas, em vez de se acomodar na cabine ou verificar os guardas que estavam participando da viagem, foi até a nossa mesa e se posicionou atrás do meu ombro direito. Ele esperava outro assassino? Ali? Olhei de cara feia, mas ele só deu de ombros.

– Para Riya primeiro, então? – perguntou.

Ikanuy parou de mexer no ábaco e olhou para mim. Eu ainda não tinha explicado a nenhum dos dois o motivo da visita às quatro ilhas. Estava envolvida demais em fazer as malas, ler, tentar entender o que era a espada e o que ela fazia. Eu devia uma explicação a eles; não devia guardar tudo para mim.

– Sim. É uma das maiores ilhas no Império, e agora que perdemos a Cabeça de Cervo, é a que tem a maior mina de pedra sagaz. Se eu tiver o apoio deles, o Império vai ter suprimento de pedra sagaz por anos e o comércio vai florescer. Depois, iremos para Nephilanu.

Jovis fez uma careta.

– Uma ilha pequena.

Eu não sabia que ele acharia Nephilanu desagradável por isso. Ele *era* de uma ilha pequena.

– Sim, e de pouca importância na estação seca. Mas é a que produz mais nozes polpudas, e nós precisamos delas pra sobreviver a possíveis surtos de tosse do brejo. Acabamos de entrar na estação chuvosa. Já ouvi relatos de que a tosse do brejo começou a aparecer. Se mantivermos o suprimento chegando, podemos minimizar o alcance da doença. Depois, vamos para Hualin Or.

Meu estômago estremeceu com a ideia. A ilha de Nisong, a mulher que eu achei que fosse minha mãe. Só que meu pai tinha me construído com partes de corpos que recolhera dos cidadãos, encontrando pessoas que tinham o nariz igual ao dela, ou o queixo, e fazendo o resto de mim crescer nas águas daquela caverna.

– Hualin Or tem uma história lendária, quase tão longa quanto a da Ilha Imperial, e é um centro de crescimento cultural e artístico. O apoio deles ajudaria muito a nos legitimar sob os olhos dos cidadãos do Império.

– Depois, Gaelung – disse Jovis. Ele bateu com os dedos no cajado e fungou, como se conseguisse sentir o cheiro dos construtos no vento. – Nordeste.

– Sim. Gaelung é um paraíso agrário, e as terras de lá são tão grandes e variadas que produzem boa parte das plantações do Império. Se perdermos Gaelung, perdemos alguns dos alimentos que tanto amamos. Sabe os temperos necessários para a sopa de peixe que os visitantes da Ilha da Cabeça de Cervo estimavam tanto? São todos plantados em Gaelung. Podemos viver de arroz, carne de porco e repolho, mas a alma de todos os imperiais ficaria menos rica com isso. Precisamos de Gaelung. Enquanto isso, Yeshan vai recrutar e treinar soldados. Quando minhas visitas terminarem, teremos uma ideia melhor de onde precisamos alocar nossas tropas e do tamanho da ameaça.

Ikanuy fez mais algumas contas rápidas.

– Desconfio que você vai precisar de mais do que as poucas falanges que teremos treinado quando suas visitas terminarem.

– Eu já comecei a escrever cartas para os governadores para pedir ajuda. Se eles oferecerem alguns guardas, podemos aumentar nossas forças rapidamente.

– E alguém respondeu? – perguntou ela.

– Ainda não – falei. Eles esperariam para ver o que as ilhas mais influentes fariam. – Mas é o melhor que podemos fazer no momento.

Meu olhar foi até a escotilha, onde uma chuvarada obscurecia o sol. Eu não tinha conseguido encontrar o construto espião que fugira de mim e de Jovis. Não devia ter esperado conseguir pegá-lo. Ainda assim, enviei criados para procurá-lo.

Se eu tivesse Hao, ou qualquer outro construto espião...

Mas eu havia prometido deixar isso para trás. Sem espiõezinhos fora das muralhas do palácio, levando relatos para um monstro embaixo do palácio. Nenhum outro Imperador tinha governado sem magia, e eu já estava começando de uma posição enfraquecida. E se meu pai tivesse completado uma cópia de si mesmo, enchido-a das lembranças dele e a escondido em caso de desastre? Tentei não imaginar aonde isso poderia levar. Duas facções em guerra. Um Império dividido. E sempre seriam pessoas como Numeen e sua família que sofreriam.

Eu tinha que lidar com o que havia à minha frente em vez de com as infinitas possibilidades abertas pelos experimentos do meu pai.

Ikanuy reuniu os papéis e pegou uma pequena pilha de mensagens dobradas e amarradas.

– Tenho relatos dos enviados que você espalhou no começo do reinado. – Ela olhou para Jovis. – Posso?

Fiz sinal para ela continuar. Não haveria segredos ali, nada que não pudesse ser tirado de conversas e boatos.

A maioria relatava eventos locais, alguns preocupantes, mas não alarmantes. Construtos atacando cidadãos. Cidadãos caçando construtos. Tremores em algumas ilhas, mas nada tão grande ou contínuo como na Cabeça de Cervo. Ela me entregou cada uma das mensagens depois que terminou de resumi-las. E, aí, Ikanuy pegou as duas últimas mensagens.

– O carregamento de nozes polpudas de Nephilanu está atrasado. Nosso enviado não sabe o motivo, nem exatamente o que está acontecendo lá. Houve uma agitação recente.

Revirei minha memória. Eu havia recebido uma carta quando a mudança de governadores aconteceu.

– Sim, o pai se retirou e a filha herdou o cargo.

Ikanuy me olhou achando graça.

– Essa é a história oficial. Extraoficialmente, houve uma revolta. O governador anterior explorou a população enquanto seguia um estilo de vida extravagante. Ele tinha uma filha com uma plebeia, e parece que as pessoas depositaram esperanças nela. Ele foi obrigado a abdicar.

Tive vontade de perguntar "Ele está morto?", mas Ikanuy teria dito se a filha o tivesse matado. Talvez tivesse sido mandado para longe ou só relegado a quartos menores no palácio. Afastei as semelhanças incômodas com a minha situação.

– Então faz ainda mais sentido ir lá. Podemos ver como está a situação quando chegarmos e garantir que o carregamento da Imperial ainda venha. E a última mensagem?

Ikanuy desdobrou a carta.

– Foi enviada pela Rede de Hirona. Ela visitou várias ilhas e reparou num padrão perturbador. – O olhar de Ikanuy foi até Jovis de novo antes de voltar a mim.

– Mais ataques de construtos?

– Não. – Ela me entregou a carta. – Artefatos nas ilhas. Artefatos Alangas. Eles estão despertando.

11

RANAMI

Ilha Nephilanu

Ela devia ter percebido que a garota estava roubando alguma coisa. Ranami tinha vivido como uma órfã de rua; nenhum deles se chocava com alguém por acidente. Mas parece que a vida no palácio tinha deixado seus reflexos lentos.

Phalue correu atrás da garota.

Ranami agiu por instinto e entrou numa viela. Conhecia aquelas ruas como os calos das mãos de Phalue. As barracas de rua deixariam as duas mais lentas, mas havia um caminho livre em volta da rua principal, atrás daquele prédio. Ela pulou para descer uma escada em ruínas, passou embaixo de um toldo baixo demais e ergueu a alavanca de um portão até abrir o suficiente para passar.

Alguém de uma janela acima gritou com ela, ela não devia estar ali, mas Ranami não deu atenção. Já estava longe quando tentaram confrontá-la. Seus pés quase escorregaram quando dobrou a esquina porque a rua estava escorregadia da chuva. Ela se segurou numa parede, usando a calha de chuva para pegar impulso.

A rua se abriu e Ranami saiu bem na frente da órfã. A garota parou de repente, os olhos indo de um lado para o outro, procurando uma rota de fuga. Ranami manteve os joelhos levemente dobrados, os pés leves.

Nem precisava ter feito isso. Phalue apareceu atrás da garota, mais rápido do que parecia possível para seu corpo de ombros largos, e a segurou pelos braços.

Foi como ver um peixe percebendo que tinha sido fisgado. A garota se debateu, oscilando para a frente e para trás, tentando se soltar. O aperto de Phalue foi inflexível, os dedos como garras. Algumas pessoas olharam, mas logo voltaram a cuidar das próprias coisas.

– Gostaria que você me devolvesse isso agora – disse Phalue, a mão estendida na direção da bolsinha.

A órfã tentou se soltar mais algumas vezes e parou, a respiração pesada no peito. Phalue balançou os dedos e a garota estendeu a bolsinha. Antes que pudesse colocá-la na mão de Phalue, porém, seu corpo ficou mole.

Ranami se adiantou para ajudar, ajoelhando-se e pegando a bolsinha no chão.

– Acho que ela desmaiou – disse Phalue, as mãos embaixo dos braços da garota.

Por um momento, Ranami pensou que a garota estivesse fingindo para escapar, mas, ao olhar melhor, viu que era verdade. Ela estava suja, era pequena, mas mais velha do que parecera inicialmente, o cabelo preto emaranhado e descuidado. Embaixo dos trapos, era magra e ossuda, as costelas aparecendo por baixo da clavícula. O braço esquerdo terminava no pulso, sem a mão.

– Ela devia estar procurando dinheiro – disse Ranami, já que Phalue guardava a carteira na mesma bolsinha da missiva.

– Tolice – disse Phalue. – Eu sempre dou dinheiro. Ela devia ter esperado.

– Talvez não fosse suficiente? E ela é pequena. As crianças maiores normalmente roubam das menores. Não é uma vida fácil.

Com um movimento rápido, Phalue jogou a garota sobre o ombro.

– O que está fazendo?

– Bom, não vou deixá-la aqui. Não vamos adotá-la, veja bem, mas ela parece mal, e não é certo deixá-la caída na rua. Você queria ajudar os órfãos de rua. Podemos começar com esta.

Não era isso que Ranami quis dizer, mas ela tinha a sensação de que Phalue sabia. E não podia discutir com a lógica da esposa. Ela também não queria deixar uma criança caída na rua. A garota desmaiara na frente delas, e agora as duas se sentiam responsáveis, de certa forma. Engraçado como isso funcionava.

Ainda assim, Ranami não pôde evitar a sensação de inquietação quando elas voltaram pela rua. A garota só queria dinheiro ou recebera alguma dica sobre a missiva? Parecia coincidência, mas, ao mesmo tempo, Ranami se lembrava de coisas que fizera para conseguir o que comer nas ruas. Ela não teria traído Halong, a coisa mais próxima que tivera de uma família (a maioria dos órfãos de rua ainda seguia uma espécie de código moral), mas as crianças que tinham mais do que ela sempre eram um alvo em potencial. Foi só quando ela parou de se sentir tão desesperada que sua capacidade de confiar se expandiu.

– Não havia muito dinheiro na sua carteira – disse Ranami. – Ela deve ter percebido que estava vazia quando a pegou. Por que não abandonou quando você correu atrás dela?

Os paralelepípedos deram lugar à terra, as curvas despontando acima delas. Havia água correndo pelo caminho, criando riachos na lama.

– O que está sugerindo? – perguntou Phalue.

Ranami colocou sua inquietação em palavras.

– Será que ela foi enviada pra pegar a carta?

Phalue deu de ombros.

– Isso é um pouco absurdo.

– As pessoas devem ter visto o mensageiro da Imperatriz a caminho do palácio. O fato de não termos visto mais construtos espiões não significa que não há espiões de outros tipos. Estamos levando-a para o palácio, mas o desmaio pode ter sido mentira.

A expressão de Phalue parecia meio exasperada e incrédula.

– Seria uma mentira complexa. A garota está claramente subnutrida.

– Todos os órfãos são subnutridos – rebateu Ranami.

– Sim, e a explicação provável é que ela estava com fome, viu uma oportunidade de ganhar um dinheiro pra comer e aproveitou. Ela não esperava que nós a perseguíssemos assim. E resistiu bastante quando eu a peguei. Olha essa coisinha aqui! Deve ter sido exaustivo pra ela. Não estou surpresa que tenha desmaiado.

Elas subiram pelo caminho, Ranami puxando a saia e o manto para pular os locais onde a chuva tinha feito rios, sentindo inveja das pernas compridas de Phalue.

Phalue limpou a garganta quando fizeram a curva.

– Ranami, quando adotarmos um órfão, você ainda vai pensar assim? Afinal, qualquer criança que adotarmos terá acesso ao palácio.

Como seria? Quando tinha considerado adotar órfãos de rua, Ranami só conseguiu pensar na fome que sentia quando era órfã, no cansaço, na necessidade de um lugar seco para dormir e de uma palavra de acolhimento. Não tinha imaginado as coisas pelo outro lado, com ela sendo a benfeitora e uma criança que não conhecia bem em casa. Uma casa que agora era um palácio cheio de coisas valiosas e segredos.

– É complicado – respondeu Ranami.

– Você confiou nos fazendeiros de nozes polpudas quando roubamos aquela caixa de nozes pra eles.

– Sim, mas... – Como ela podia explicar? – Halong confiou nos fazendeiros e eu confiei em Halong, e isso já diz muito. E, pra ser sincera comigo mesma, eu estava tentando provar algo pra você. Eu estava zangada.

Phalue pensou nisso e sua mandíbula se moveu como se estivesse mastigando as palavras.

– Você quer adotar apenas para ajudar os órfãos, e não para aumentar nossa família?

As palavras atingiram Ranami com a força de uma ventania. Ela mal conseguiu ficar de pé. Suas botas grudaram na lama. Seria verdade? Ela sempre supôs que, se Phalue e ela dessem certo, elas acabariam adotando. Fazia sentido, principalmente com Phalue como governadora. Ela precisaria de um herdeiro ou uma herdeira. Agora, Ranami tentava pensar em tudo o que aquilo significava. Significava pegar uma criança que ela não conhecia, morar com ela, ensinar... amar. Ela seria capaz? Ela nascera de uma mãe; deve ter tido um pai. Mas só tinha memórias vagas da mulher que a pariu. Em geral, suas lembranças eram das ruas, dos outros órfãos, de catar comida e roubar coisas e passar fome. Ela chamava Halong de irmão, mas os dois tinham se conhecido quando eram adolescentes. Phalue havia parado e se virado para olhar para ela.

– Não tenho certeza de saber o que é uma família – admitiu ela, mal conseguindo ouvir a própria voz com o barulho da chuva. – Você sabe?

Phalue deu dois passos na direção dela.

– Meu pai foi um pai razoável e me amou à sua maneira. Minha mãe também. Mas eu quero fazer melhor para os nossos filhos. E, se meu pai conseguiu ser um pai razoável, você consegue ser muito melhor. Você é meio casca grossa, não vou negar. Mas por baixo disso existe o coração mais forte e compassivo que já vi. Qualquer criança teria sorte de sentir uma fração do amor que eu sei que você é capaz de dar. Nós vamos resolver isso juntas.

Aquela era uma gentileza que ela não sabia se merecia.

– Como você consegue dizer sempre a coisa certa pra fazer eu me sentir melhor?

Phalue sorriu antes de se voltar para o caminho.

– Já passei tempo demais dizendo as coisas erradas. Tenho tempo pra compensar.

Quando Phalue se virou, a garota em suas costas encarou Ranami, os olhos pretos tão grandes que quase engoliam o rosto. Quando tinha acordado? O quanto tinha ouvido? Ah, ela estava fazendo a mesma coisa de novo.

– Ela está acordada agora – disse Ranami.

Phalue olhou a coisinha que carregava nos ombros.

– A garota? – ela perguntou, e Ranami assentiu. – Você consegue andar?

– Sim – respondeu uma vozinha.

Phalue colocou a órfã no chão. A criança cambaleou um pouco, embora parecesse estar decidindo se fugiria, e não desequilibrada. Tanto Phalue quanto Ranami bloquearam o caminho, e ficou claro que ela decidiu não fugir quando firmou os dois pés no chão. Lama cobria os sapatos dela, mas Ranami viu dedos aparecendo na frente.

– Qual é o seu nome? – perguntou Phalue.

– Você vai cortar minha outra mão fora? – perguntou a garota.

– O quê? – Phalue pareceu surpresa.

– A minha mão. Você vai cortar fora? – Ela falou devagar e alto, como se Phalue não tivesse ouvido da primeira vez.

– Não – respondeu Ranami. – Por que faríamos isso? – Mas ela achava que sabia.

– Foi tentando roubar uma coisa que eu perdi essa. – A garota ergueu o braço esquerdo.

Phalue imediatamente botou a mão na espada, os ombros empertigados.

– Quem fez isso com você? Me diz o nome. Meu pai que mandou fazer isso?

A garota se encolheu perante a raiva de Phalue, sem saber se era dirigida a ela.

– Não foi aqui – respondeu ela. – Em uma ilha diferente. Que… afundou.

A Cabeça de Cervo. Ela viera de lá? Ranami se perguntou se a garota já tivera pais que a amavam ou outros órfãos de rua de quem gostava. Todos eles desaparecidos num instante, afundando no mar. Ela ainda tinha dificuldade de acreditar que uma ilha inteira havia sumido. E ninguém parecia saber exatamente por quê.

– Olha, agora está tudo bem – disse a garota, balançando o braço. – O homem que fez isso está morto, se é essa a sua preocupação. Pelo menos, eu acho que está. Provavelmente?

– Qual é o seu nome? – perguntou Ranami. Se deixasse que aquelas duas continuassem a conversa, elas nunca saberiam.

– Ayesh – respondeu a garota.

– Nós não vamos cortar a sua mão – disse Ranami. – Não fazemos isso aqui.

Ayesh olhou para trás.

– Você vai me levar pra lá? Para o palácio?

– Sim, nós moramos lá – respondeu Phalue.

A chuva havia grudado o cabelo da criança na testa. Ela o afastou dos olhos e espiou as duas com desconfiança.

– É pra me punir?

Ranami sabia como era sentir tanta desconfiança, e, se a garota vinha da Cabeça de Cervo, ela podia não estar familiarizada com Phalue ou com sua aparência. Ela suspirou.

– Não. Eu também era órfã de rua. Sei como é. Aqui em Nephilanu, nós ajudamos as pessoas. Não cortamos as mãos delas. Por que você pegou a bolsinha?

O olhar de Ayesh foi de uma para a outra.

– Eu estava com fome.

Instintos antigos ganharam vida. A garota estava escondendo alguma coisa. Ela estava com fome, sim, mas havia outros motivos.

Phalue não tinha os mesmos instintos.

– Vem, vamos pelo menos botar alguma coisa quentinha na sua barriga. – A garota deu dois passos, mas seus joelhos se dobraram de novo. Phalue a pegou antes que caísse e a colocou de volta no ombro. – Vamos com calma.

– Eu preciso voltar… – Ayesh parou de falar antes de perder a consciência outra vez.

Ranami segurou a saia e a barra do manto, pulou uma poça e se juntou a Phalue.

– O que exatamente você planeja fazer? Ela disse que quer voltar.

– Vamos alimentá-la e dar um banho nela. Se queremos ajudar os órfãos, talvez fosse bom começar perguntando de que eles precisam. Eu preciso reparar o mal causado pelo meu pai e por gente como ele.

Ranami deveria ter previsto que, ao colocar Phalue naquele caminho, ela mergulharia de cabeça, como fazia com tudo.

– Meu bem – disse ela com gentileza –, você não pode se responsabilizar por todo o mal.

– Eu devia pelo menos tentar.

Aquilo não era só por causa do mal causado. Ranami vira a expressão de Phalue quando ela saiu da masmorra onde o pai estava. Ela ainda sentia que tinha obrigações com ele, ainda sentia o laço da lealdade familiar. Talvez ela estivesse certa: ele não tinha sido tão ruim. Ele a amara. Mas o amor nem sempre tornava uma pessoa gentil.

As paredes do palácio estavam diante delas agora, e um dos guardas acenou do portão. Ranami ergueu a mão em resposta e se inclinou para a esposa.

– Mesmo que você pudesse resolver todo o mal causado, isso não quer dizer que deve soltar seu pai.

– E quanto ao perdão? – perguntou Phalue. – E quanto a seguir em frente?

– Você não pode consertar as coisas por ele. Só ele pode fazer isso. E, agora, o povo de Nephilanu precisa de justiça. Precisa se sentir seguro.

– Ninguém consegue se sentir seguro. Não depois da Cabeça de Cervo – disse Phalue sombriamente. Elas passaram pela sombra do arco. – Coitadinha.

Não ter família nem pais é ruim, mas perder o lugar que você considerava seu lar é outra forma de ficar órfã.

Ayesh se mexeu.

– Não a Cabeça de Cervo – disse ela com voz fraca. – Não sou de lá. Eu cheguei aqui hoje de manhã. Escondida num navio. Não ficaram felizes. Me jogaram no mar. Eu tive que nadar.

A boca de Ranami ficou seca. Naquela manhã? Não era de se admirar que a garota não conhecesse Phalue.

– Você veio de outro lugar? Mas você estava na Cabeça de Cervo quando afundou.

– Não. – A criança levantou a cabeça com dificuldade e encarou Ranami. – Eu sou de Unta.

– Unta não afundou. Foi a Cabeça de Cervo – disse Phalue, mas ela não parecia estar certa disso.

– Teve um terremoto. E outro. E um que não terminou. – Ayesh falava baixo, mas com clareza.

Os soldados na muralha provavelmente conseguiam ouvir. No entanto, Ranami percebeu que não conseguia se mexer, não conseguia apressá-las para irem para um lugar privado. Um medo se entranhou em sua barriga.

– Unta se foi.

12

JOVIS

Ilha Imperial

Eu queimei a carta dos Raros Desfragmentados assim que terminei de ler. Permitir que alguém a encontrasse seria uma ótima forma de ter a minha cabeça decepada. Conseguia imaginar o que minha mãe diria sobre isso: "Que descuido deixar uma coisa dessas por aí! Garoto idiota. Você *mereceu* que cortassem sua cabeça!". Espiei a escuridão do compartimento de carga, a pequena vela em minha mão iluminando só o que estava à minha frente. Não ousei entrar ali com um lampião na mão. O convés balançava embaixo de mim, mas mantive os pés firmes. O Mar Infinito raramente ficava calmo na estação chuvosa. A tripulação estava queimando pedra sagaz na parte de cima do navio para manter as velas erguidas na direção certa, e tanto Mephi quanto Thrana tinham se recolhido na parte de baixo, onde não dava para sentir o cheiro. A queima de pedra sagaz os deixava enjoados.

Eu me senti mal pelos dois, pois eles gostavam muito de correr da proa à popa e pular nas ondas. Mas Lin tinha sido clara: nós precisávamos fazer essa viagem em bom tempo. Eu quis argumentar; minha aversão por pedra sagaz aumentava conforme eu passava mais tempo com Mephi. No entanto, eu já tinha gerado discussões demais com a Imperatriz. Imaginei minha mãe me observando de novo, com uma careta de reprovação, me perguntando se eu estava *querendo* ser executado ou se era só burro mesmo.

Ultimamente, parecia cada vez mais ser a segunda opção.

Se a Imperatriz era o pilão, os Raros Desfragmentados eram o socador e eu, o grão indefeso esmagado entre eles. Uma espada de lâmina branca de posse da Imperatriz, eles escreveram. Roube-a. Sim, uma tarefa bem simples para um herói com músicas em sua homenagem. Eu podia ter sobrevivido ao veneno da assassina, mas sabia que ainda era bem mortal. Minha carne podia cicatrizar, meu sangramento podia estancar, mas eu duvidava que minha cabeça fosse se prender de volta no pescoço se eu fosse pego. Não era algo que eu quisesse descobrir.

Meu olhar encontrou caixas de livros velhos, quatro baús decorados cheios de fragmentos e várias caixas com alimentos e artigos diversos. Eu achei, quando estive na caverna embaixo do palácio, preso com o construto monstruoso, que havia visto uma espada pendurada na parede. Eu podia estar enganado; afinal, tinha outras coisas com que me preocupar naquele momento. Mas eu havia visto os criados levando a carga para o porão e outro baú ser levado para o quarto de Lin no navio. Um baú que eu vira nas cavernas abaixo do palácio. Se ela tinha levado aquilo, talvez tivesse levado a espada.

Não pude deixar de pensar na peça *Ascensão da Fênix*, na afirmação de que uma espada mágica tinha ajudado a derrotar os Alangas. As trupes só haviam ido a Anaui uma vez quando eu era novo, mas a ideia de uma arma mágica ficou na minha cabeça. Lembrei que isso também causou uma grande impressão no meu irmão, Onyu, que, aos 7 anos, começou a carregar por aí um bastão que dizia ser a espada mágica. Meu pai só bagunçou os cabelos do meu irmão, enquanto minha mãe franziu os lábios e disse que até mesmo os heróis matadores de Alangas precisavam lavar a louça.

Levantei a tampa de uma caixa próxima e passei a mão pelas lombadas dos livros lá dentro. Nada alarmante ou secreto, só livros de história e contos antigos, e até mesmo uma cópia de *Ascensão da Fênix*.

– Alguma vez você cuidou só da sua própria vida?

Eu me virei e vi Lin parada ali, vestida com roupas simples de viagem, o lampião fechado. Ela abriu a janelinha e a luz brilhante me ofuscou, lançando no rosto dela sombras assustadoras. Como uma mulher tão pequena podia parecer tão ameaçadora?

– Não faz parte do seu trabalho bisbilhotar o porão do navio. Ou isso também é um jeito de me proteger? Não estou vendo construtos monstruosos aqui.

Passos rangeram no convés acima de nós, e senti o suor escorrer pelas minhas costas. Eu tinha que dizer algo rapidamente. Levantei as mãos e abri um sorriso inesperado.

– Você me pegou, Vossa Eminência. Sou um espião, enviado para relatar seu interesse em... – Puxei *Ascensão da Fênix* da caixa. – ...peças muito antigas. – Eu ergui o livro. – Há algum motivo para ninguém ter atualizado isso? Parece meio bobo dizer que os Alangas foram derrotados com uma espada. – Eu estava me aproximando um pouco da verdade, mas, em todos os meus anos de mentira, aprendi que o absurdo pode ser uma ferramenta útil. – Você não espera que eu passe dia e noite no meu quarto ou protegendo o seu. E, às vezes, minha presença atrapalha no convés. Achei que poderia encontrar algo para ler.

A tensão sumiu dos ombros de Lin, a expressão severa aliviando. Ela suspirou como se eu fosse uma criança rebelde de quem havia decidido cuidar. Meus batimentos cardíacos desaceleraram em resposta, o calor sumindo da minha nuca.

– Você podia ter pedido – disse ela.

Apaguei a vela; o lampião de Lin fornecia luz mais do que suficiente.

– Perturbar a Imperatriz para perguntar se eu podia pegar emprestado um ou dois livros? O porão não está trancado, nem as caixas. Se você não me quisesse aqui, certamente teria trancado os dois. Não é isso que imperatrizes fazem? – Talvez isso fosse uma crítica exagerada às semelhanças dela com o pai. O medo me deixou descuidado. Eu devia voltar atrás, suavizar as palavras. Só que não sabia o que dizer.

Ela apertou os olhos e estendeu a mão. Por um momento, pensei que fosse me bater, mas seus dedos apenas roçaram nos meus quando ela tirou o livro da minha mão. Meu estômago saltou como um golfinho nas ondas. Havia algo de magnético em sua presença, mesmo vestida como estava, com túnica e calça marrom, o cabelo preso em um coque simples. Engoli em seco. Tive que forçar as palavras a passarem pela garganta, que de repente ficou apertada.

– Ou cometi algum erro grave? – Senti que estava cometendo um erro que não tinha nada a ver com o livro ou com o porão do navio.

O olhar dela encontrou o meu apenas por um momento antes de se desviar. Era efeito da lâmpada ou as bochechas dela pareciam coradas?

– Não este livro. Eu vim aqui para pegá-lo. Escolha outro. Mas devolva quando terminar.

Tinha sido injusto da minha parte vasculhar todas as portas trancadas. Eu havia ido lá para procurar uma espada, mas menti sobre minhas intenções e ela respondeu a isso tudo com severidade, sim, mas com gentileza também. Lin confiava demais em mim. Ou eu mentia muito bem. Ou ambos.

Eu remexi na caixa, tirei um livro cujo título não verifiquei e o coloquei na bolsa.

– Obrigado por isso, Vossa Eminência. Vou devolvê-lo. Eu prometo.

Passei por ela com o máximo de distância possível sem parecer que queria evitá-la, o cheiro de jasmim do seu cabelo me perseguindo pela metade do caminho do porão. Eu precisava deixar Mephi de vigia da próxima vez. Precisava ser mais cauteloso. Precisava... clarear a mente.

O ar do lado de fora do porão estava carregado com o cheiro de água do mar e madeira velha. Eu o inalei como se inspirasse pela última vez antes de um mergulho. Sacudi os dedos. Houve uma época, quando jovem, em que eu não saberia o que estava sentindo. Mas eu estava mais velho agora, era viúvo e tinha vivido no meu corpo tempo suficiente para saber. Lin era... complicada. Ela não era Emahla nem nada parecido.

Abri a porta do meu quarto e encontrei Mephi enrolado na cama sob as cobertas, um livro debaixo das garras. O livro Alanga que eu havia encontrado no esconderijo dos Raros Desfragmentados numa época que parecia ter acontecido uma vida antes. Era para estar na minha mochila. Eu tateei lá dentro, mesmo sabendo que o livro não poderia estar em dois lugares ao mesmo tempo.

– Você tirou isso da minha bolsa?

Ele folheou uma página com a garra.

– Não.

Faça perguntas bobas, receba respostas bobas.

– Mephisolou – falei com severidade, e isso chamou a atenção dele. – Você não pode pegar as coisas só porque quer. – As palavras soaram irônicas vindas de um contrabandista. De um espião. Eu pensava, mesmo depois de termos nos unido, que estava cuidando de um animal. De um ser estranho que podia falar. Agora, parecia que eu estava criando um adolescente rebelde. Ter filhos sempre foi uma hipótese distante, um sonho turvo que nunca superou a bagunça, a estranheza e o barulho de todas as crianças reais que eu tinha conhecido.

Mephi rastejou para fora do cobertor, se espreguiçou e deu uma cabeçada no meu quadril.

– Eu estava entediado – disse ele.

Foi a mesma desculpa que dei a Lin. Era isso que minha mãe queria dizer quando me amaldiçoou com filhos que se comportariam como eu? Eu cocei o pelo grosso atrás das orelhas dele, a caspa macia cobrindo as pontas dos meus dedos.

– O que você queria com esse livro, afinal? Você não sabe ler isso. – Eu tinha começado a ensinar Mephi a ler, mas, até onde eu sabia, quase todo o livro estava escrito na língua dos Alangas.

Eu o peguei da cama, levei para a minha mesa e folheei as páginas novamente. Quantas vezes eu havia examinado as palavras, tentando discernir significados para os quais eu simplesmente não tinha contexto? Poderia perguntar a Lin. Ela possuía uma biblioteca extensa, e quem sabia o que seus estudos incluíam?

Não. Péssima ideia. Todos os meus motivos eram suspeitos agora, até para mim mesmo. Eu podia ser capitão da Guarda Imperial, mas nós estávamos no mar, onde as ameaças eram poucas. Era melhor evitar a Imperatriz até o constrangimento daquele encontro passar. Já era bem ruim nós compartilharmos um segredo. Já era bem ruim que eu a tivesse convencido a confiar em mim tanto assim.

Mephi colocou uma pata na minha perna para chamar a minha atenção.

– É um diário. Alguém chamado Dione que escreveu.

O ar pareceu congelar nos meus pulmões.

– É... o quê?

– Eu entendo algumas das palavras – disse ele.

– Como?

Ele inclinou a cabeça.

– Eu olho pra elas e elas fazem sentido pra mim.

Minha mente girou, como um cachorro correndo atrás do próprio rabo. Eu precisava desacelerar, tirar um tempo para organizar os pensamentos. Se Mephi conseguia entender um pouco de Alanga, isso provava mais ainda a teoria de que Lin e eu éramos Alangas. Se Mephi conseguia entender um pouco de Alanga, eu podia contar com a ajuda dele para decifrar parte do diário. O diário de Dione, o maior dos Alangas, sobre quem eu havia ouvido tantas histórias. Eu poderia entender mais sobre esse povo e descobrir a verdade em meio a tanta ficção que o Império tinha botado na minha cabeça quando eu era criança.

Coloquei o livro no colo e peguei uma folha de papel. O navio balançou quando botei um pote de tinta ao lado.

– Me diz as palavras que você entende.

Foi um trabalho lento. Eu reconheci a palavra que significava "Alanga". Mephi reconheceu outras, embora as interpretações dele fossem meio vagas. Precisei decifrar algumas palavras pelo contexto; frases completas me escapavam.

Parei para pedir que um criado trouxesse o jantar ao meu quarto, assim como comida para Mephi. Ele comeu com satisfação e olhou para o meu trabalho.

– O que diz? Você já sabe?

Eu apontei para uma palavra.

– Essa aqui é "Alanga". E tem os Sukais, isso eu sei. Então aqui fala sobre o começo da dinastia deles. De acordo com o que você me contou, esta palavra aqui é "matar" ou "destruir". – Virei mais algumas páginas. – Homens, mulheres, crianças. Caçar. Dormir. Tudo.

Mephi abaixou a cabeça como se esperasse que o teto caísse.

– Sim. Uma matança. De todo mundo.

– Os Alangas não podem ter matado os Sukais.

Eu parei. Claro que não era sobre isso. O livro fora escrito por um dos Alangas. Era sobre os Sukais derrotando os Alangas. Homens, mulheres, crianças. Por algum motivo, eu nem havia pensado que os Alangas tinham crianças, mas é claro que tinham. Mesmo que vivessem para sempre, eles tinham que vir de algum lugar. Eu os imaginei como seres sobrenaturais por muito tempo, motivado pelas histórias em que espalhavam destruição entre os mortais, sem dar atenção a quem matavam. Mas eles tinham famílias.

– Os Sukais mataram todos os Alangas. Você tem razão. Um massacre. – Passei o dedo pela página e virei para a seguinte, tentando encontrar palavras que reconhecesse. Era a primeira vez que eu pensava na derrota dos Alangas como um massacre. As peças e músicas sempre retratavam uma vitória gloriosa. Os plebeus derrotaram os Alangas e ficaram livres para viver sem medo de serem mortos pela magia deles.

Eles tinham trocado o medo dos Alangas pelo medo dos Sukais em algum momento.

– O que mais? – Mephi farejou as páginas.

– Não sei. Estou tentando. – Eu fui para o final. Talvez traduzir o fim do livro me ajudasse a ter uma ideia melhor do conteúdo. Talvez entendesse o que podia ter acontecido com o autor.

As palavras nas últimas páginas estavam mais marcadas, a caneta pressionada com mais força no papel.

Mephi se encolheu ao dar uma olhada nelas.

– Não gosto disso – disse ele. – Tem cheiro zangado. Parece zangado.

Eu mexi nas orelhas dele.

– Essas palavras não podem te machucar. Eu prometo. Elas foram escritas há muito tempo, por alguém que já morreu. – Mas minhas palavras soaram vazias até para mim. *Havia* algo ameaçador na forma como as palavras percorriam a página.

Balancei a cabeça e aproximei o lampião enquanto traduzia o que conseguia. Poucas palavras ali faziam sentido para mim, à exceção das últimas frases. Ali, consegui traduzir a maioria das palavras. Quando terminei, larguei a caneta, meus dedos tremendo, o medo me sufocando pela garganta.

Alangas vão voltar. Matar. Todos.

13

LIN

Em algum lugar no Mar Infinito

Eu nunca tinha velejado. Desde que meu pai me criara, eu nunca havia sequer ido ao porto. Mesmo assim, algo naquilo me parecia familiar: a oscilação da madeira embaixo dos meus pés, o borrifo das ondas, o vento balançando meu cabelo. Essas lembranças que ele havia tentado incutir em mim, agora se espalhavam, soltas. Ele tinha queimado o corpo da minha mãe e não pôde me desenvolver a partir da carne dela, como fizera consigo mesmo. Talvez fosse por isso que as lembranças se esgueiravam pela superfície da minha mente e nunca me consumissem. Eu havia levado o frasco de lembranças do meu pai comigo, assim como o sangue de Thrana e a máquina da memória, embora não tivesse tido coragem de beber mais lembranças, não ainda. A última visão fizera com que eu me sentisse estranha por dias, como se a qualquer momento eu fosse olhar para as minhas mãos e vê-las se tornarem as mãos dele, a personalidade dele se sobrepondo à minha.

A curva das montanhas de Riya estava à frente, e vi as construções aninhadas junto ao verde. Os ventos estavam favoráveis agora, os céus agraciados com a ausência de chuvas, e pedi ao capitão que deixasse a queima de pedra sagaz de lado por enquanto. Estávamos progredindo bem sem ela, e isso permitia que Thrana e Mephi aproveitassem um tempo no convés. Os dois passaram correndo por mim e mergulharam no mar. Thrana talvez nunca tivesse andado de barco também, mas se acostumou como um filhote que volta ao ninho, hesitante no começo, depois ficando mais ousada.

Eu estava perto da amurada quando vi Jovis atrás de mim, mudando o peso de um pé para o outro, como se não conseguisse decidir se devia continuar andando agora que me vira ali. Mas eu o estava encarando, e ele finalmente pareceu decidir que seria inadequado recuar agora.

– É bom sair da Imperial, não é? – Ele se juntou a mim na proa e se apoiou na amurada de madeira.

Meu coração deu um pulinho antes de pesar sobre meu estômago. Encontrá-lo xeretando no porão tinha despertado lembranças desagradáveis dele me seguindo nas cavernas abaixo do palácio. Ele era inteligente demais, curioso demais, ávido demais para violar regras de propriedade. Eu não sabia como agir perto dele, não sabia o quanto podia ser eu mesma e o quanto devia ser Imperatriz. E havia a magia que nós dois compartilhávamos.

Mas ele tinha razão. Eu havia trancado no meu quarto todas as coisas que queria manter escondidas: a espada de lâmina branca, os livros de magia do fragmento, a máquina da memória. As bagas de zimbro nuvioso que eu havia colhido antes de partirmos estavam dentro da bolsinha do meu cinto, um legado do meu pai que eu levava comigo.

Tentei afastar esses pensamentos.

– É bom mesmo. – O palácio era o meu lar, tinha sido meu lar desde que eu fui criada. Mas governar um Império significava conhecê-lo, e até meus vislumbres da Cidade Imperial tinham ampliado meus horizontes. Nós nos aproximávamos rapidamente de Riya, e eu estava desesperada para caminhar nas ruas de lá, ver as pessoas, sentir os cheiros e provar a comida. – Eu tenho que governar essas pessoas. Devia saber como elas são.

Jovis ergueu uma sobrancelha.

– É tudo questão de dever? Você é mesmo tediosa assim, Vossa Eminência?

– Eu devia mandar cortar sua cabeça por isso – falei casualmente. – A Imperatriz nunca é tediosa.

Ele apertou os olhos em direção ao porto.

– Deveria ter feito isso antes de escreverem uma música sobre mim. O Império vai ter que me aguentar agora.

– Uma música não é uma armadura impenetrável. Escrevem músicas sobre gente morta também, sabia.

– Mas elas são cativantes assim?

Olhei para o céu nublado, para o Mar Infinito e para as terras verdes no horizonte. Inspirei o aroma salino e sorri.

– Certo. Minhas viagens para fora da Imperial aconteceram quando eu era pequena demais para lembrar. Meu pai me mantinha dentro das muralhas do palácio. Eu mal fui à cidade. Claro que é bom sair.

Unhas arranharam a madeira atrás de nós. Eu me virei e vi Mephi e Thrana subindo por uma rede de volta ao convés, ambos encharcados. Thrana estava muito bem ali. Ela não só parecia mais feliz e à vontade, comendo comidas frescas do mar, como seu pelo estava mais denso, seus olhos mais brilhantes, e até os chifres pretos aparentavam estar menos ressecados e mais reluzentes.

– Você tem mais destreza no mar do que a maioria dos marinheiros de primeira viagem – disse Jovis, o olhar no oceano, um canto do lábio erguido. – Talvez você devesse ter sido contrabandista.

– Eu devia mesmo ter considerado as opções antes de ascender à Imperatriz – falei com um sorriso, e então olhei para minha túnica pontilhada de sal. – E preciso me vestir antes de chegarmos. Prepare-se também, assim como o resto dos guardas. – Mephi estava mordendo uma lula que Thrana segurava na boca. – Você pode cuidar também pra que esses dois ao menos estejam secos? Não quero que eles respinguem os tapetes do governador.

– Como quiser, Vossa Eminência.

Foi mais trabalhoso me vestir com o traje de Imperatriz do que eu havia imaginado. O mar ficou agitado perto do porto, e as três criadas que eu havia levado comigo tiveram dificuldade de prender minha faixa e colocar o adereço de cabeça sobre meu cabelo. As três desequilibravam a cada onda, uma delas corando furiosamente ao cair na parede.

– Não se preocupem com os detalhes – falei para elas. – Vocês podem ajeitar tudo quando estivermos no porto. Ninguém espera que eu desembarque imediatamente.

As ondas agitadas pareciam se refletir na agitação da minha barriga. Como havia dito para Jovis, eu estava, sim, empolgada. Aquele seria meu primeiro encontro com o governador de uma ilha. Aquele povo não havia tido muito contato com um Imperador recentemente, não desde que meu pai era mais novo. E, agora, eu estava pedindo que aceitassem minha autoridade absoluta.

O balanço do barco acalmou e as criadas correram para ajeitar meu cabelo e minhas roupas. Com o vestido de seda, o robe bordado e o adereço de cabeça, eu me sentia pesada, meus movimentos lentos. Nunca conseguiria subir nos muros do palácio assim.

– E os fragmentos?

As criadas foram até um canto do quarto e pegaram um baú de madeira entalhada. Todos os fragmentos vivos que meu pai havia coletado de Riya. Era o melhor presente em que consegui pensar.

Abri a porta e dei de cara com Jovis, a mão dele erguida para bater. De perto assim, vi a sombra suave da barba por fazer em seu queixo, os pontos castanhos mais claros nos olhos. Ele trazia o aroma do oceano consigo, como se o tivesse trançado no cabelo.

– Desculpe, Vossa Eminência, eu... – Agitado, ele parou de falar e chegou para o lado. – Nós atracamos e uma enviada veio nos receber.

Por algum motivo, saber que ele sentia certo nervosismo perto de mim me deixava menos nervosa. Eu saí da cabine e passei por ele.

– Thrana e Mephi?

– No convés, com o resto dos seus guardas.

– Vamos encontrar o governador de Riya, então.

O governador não estava, como achei que estaria, esperando nas docas. Eu poderia ter pensado que esse era o protocolo normal, exceto pela ansiedade evidente da representante que ele havia enviado do palácio. Era uma mulher alta, magra, bem-vestida, com o cabelo preto comprido trançado nas costas. Ela se curvou uma vez e quase se curvou de novo quando desci a prancha, com Thrana ao meu lado.

– Vossa Eminência – disse ela, e lambeu os lábios. – O governador me enviou para recebê-la e guiá-la até o palácio.

Corri os olhos pelas docas e não vi mais ninguém. Ela fora sozinha.

– O governador de Riya não pensou em vir me receber pessoalmente?

Ela se curvou de novo.

– Perdoe-me e perdoe-o, Vossa Eminência. Há uma ladeira, e ele tem joelhos fracos.

Troquei olhares com Jovis. Ele apertou os lábios, ergueu as sobrancelhas e deu levemente de ombros. Então eu não era a única achando aquilo estranho. Podia exigir que o governador fosse me receber e esperar a bordo do navio, mas ele também tinha pouco incentivo para fazer a caminhada. Eu tinha meu grupo de guardas, mas os construtos não estavam mais sob meu controle. Estava claro o que ele pretendia dizer com aquela recepção: estamos indo muito bem sem você, obrigado.

Fiquei irritada. Senti uma vibração começar nos meus ossos, mas a contive. Precisava me manter sob controle. Eu não levara uma liteira, e o governador claramente não havia mandado uma. Mas ele não sabia que eu pulava de telhado em telhado no Palácio Imperial. Minhas roupas podiam até pesar como uma armadura, mas eu ainda era capaz de caminhar.

– Muito bem. Vá na frente, nós iremos atrás.

As tábuas da doca rangeram sob meus pés quando andei, as formas escuras e sinuosas dos peixes se afastando das nossas sombras. Nossa guia não disse nada enquanto nos levava pelas ruas da maior cidade de Riya.

As ruas eram mais largas ali do que na Imperial, as pedras mais ásperas e menos gastas pelo tempo. As pessoas abriam caminho para nós e se curvavam quando viam meu adereço de cabeça. Havia algo superficial e cauteloso no jeito como faziam isso, mas que culpa elas tinham? Essas pessoas não me conheciam. Eu não tinha feito nada por elas ainda exceto acabar com o Festival do Dízimo, o que acontecera havia bem pouco tempo.

Thrana encostou o ombro no meu joelho, e estendi a mão para tocar na cabeça dela e acalmá-la. Atrás de mim, ouvi as criadas pararem e entregarem o baú com os fragmentos para dois dos meus guardas. O fundo de madeira raspou nas pedras quando elas o botaram no chão.

Trinquei os dentes.

Havia uma ladeira, era verdade, mas uma ladeira que até o mais fraco dos pôneis subiria com facilidade. No alto, os telhados do palácio despontavam.

E, aí, a chuva começou.

Eu evitava ao máximo usar minhas roupas formais, e um pouco de chuva nunca tinha me incomodado antes. Meus guardas e criadas murmuravam entre si, tentando descobrir se alguém, qualquer um, tinha levado um guarda-chuva. Minha corte era nova e inexperiente. Era a nossa primeira viagem diplomática, e, depois de sete anos de estação seca, as pessoas ainda estavam se ajustando à chuva. Ninguém tinha levado um guarda-chuva.

Jovis abriu um sorriso pesaroso, como quem diz "Bom, não pode piorar, né?". Um dos guardas me ofereceu a jaqueta, mas fiz que não com a mão. Eu pareceria ainda mais idiota se tentasse, desesperada e inutilmente, mitigar os danos.

– Se levarmos lama e chuva para o palácio, o governador vai nos perdoar – falei, a voz ríspida.

Ouvi uma risada atrás de mim (Jovis de novo?) e subi a ladeira com determinação. Nossa guia precisou dar uma corridinha para me acompanhar. Eu não devia ter deixado a raiva falar mais alto, e não era culpa *dela* estarmos sendo tão maltratados, mas eu só conseguia pensar naquele homem sentado seco no palácio, esperando com arrogância a minha chegada.

O portão estava aberto quando o alcançamos, e quatro guardas do governador ladearam nosso grupo na entrada. O pátio era pequeno, mas bem-arrumado. Tive um vislumbre de um lago koi,* com peixes nadando na superfície. A chuva pingava do meu adereço de cabeça e do meu cabelo elaboradamente penteado. Escorria pela minha nuca, grudando minha roupa nas costas e me fazendo tremer. Eu agradeci ao Mar Infinito por não ter passado maquiagem.

Ainda assim, devo ter sido uma visão e tanto quando subi a escada que levava ao palácio, minha expressão fechada como o céu lá fora.

Os guardas que nos acompanhavam correram à frente e abriram as portas com pressa. Não diminuí em nada meu passo, apenas marchei pela passagem,

---

* Pequenos lagos artificiais ornamentais japoneses, geralmente populados por carpas. (N.E.)

sem me dar ao trabalho de parar e limpar os pés. Meu robe, pesado de umidade, se arrastava atrás de mim como um cadáver. Um relâmpago iluminou o saguão de entrada, seguido do estalo de um trovão. O tempo estava combinando com o meu humor.

O saguão estava vazio, sem ninguém para nos receber ali também. Nossa guia se curvou para mim duas vezes.

– Vou buscar o governador. Mil perdões, Vossa Eminência. As coisas andam confusas ultimamente.

Senti a presença de Jovis ao meu lado. Ele se inclinou para sussurrar no meu ouvido.

– Sua raiva é justificada, Vossa Eminência. Só não… mate ninguém.

Foi só quando ele falou isso que eu percebi que estava quase zumbindo de poder, meus ossos vibrando. Eu sabia que, se batesse com um pé no chão, se me concentrasse, poderia sacudir até as bases daquele palácio.

Esse pensamento me acalmou.

Respirei fundo, e Thrana, que eu tinha acabado de perceber que estava rosnando baixinho, parou. O governador queria me irritar. O que ele pretendia provar? Que eu era inadequada? Que era jovem demais? Que não sabia nada de como uma imperatriz devia se portar?

Ele entrou pelo lado oposto do saguão, com a mulher que tinha nos guiado logo atrás, a cabeça baixa. Era um homem pequeno, mais velho do que eu, embora mais jovem do que eu esperava, e com o corpo esguio de alguém que não tinha joelhos ruins. Na verdade, seu andar parecia perfeito. Ele tinha uma barba bem cuidada e olhos pretos brilhantes como os de um furão. O cabelo estava preso, a jaqueta azul bordada com carpas douradas.

– Vossa Eminência nos honra com sua presença – disse ele, fazendo uma reverência curta e negligente. – Iloh, governador de Riya. – Ele olhou para Jovis, atrás de mim. – E Jovis, o herói do povo. Ouvi falar muito de você. – A reverência que ele fez para o meu capitão da Guarda Imperial foi mais caprichada do que a que fez para mim.

Observei o rosto do governador, o jeito como me olhava, o canto da boca quase imperceptivelmente erguido. Ele achava que me conhecia, ou, pelo menos, que conhecia meu tipo.

Ele não conhecia.

Eu não era uma filha de imperador mimada e solitária. Tinha lutado com unhas e dentes por aquela posição, desafiando meu pai e aprendendo a magia dele sozinha. Eu era Lin e era a Imperatriz.

– Riya tem um jeito interessante de receber visitantes, Sai – falei, a voz firme. – Principalmente os honrados.

Ele abriu a boca para emitir algum pedido de desculpas superficial, mas ergui a mão para silenciá-lo. Fiquei mais do que satisfeita quando ele fechou a boca.

– Permita-me pedir desculpas. Isso só pode ser culpa da Imperial. Passamos tempo demais ausentes da vida dos nossos governadores. Tanto tempo que as gentilezas culturais deixaram de ser observadas. Farei questão de posicionar um enviado permanente em Riya, perto do palácio, para que possamos manter contato.

Iloh apertou os olhos e suavizou a expressão. Estava um pouco atrapalhado, notei.

– Claro. Riya receberá seu enviado de braços abertos.

Guardei meu divertimento só para mim. Não receberia. Um enviado perto do palácio significava olhos e ouvidos na corte dele o tempo todo. Qualquer palavra ruim sobre a Imperatriz ou a Imperial acabaria chegando a mim.

Agora que nós dois tínhamos irritado um ao outro e estávamos no mesmo nível, fiz sinal para os guardas trazerem o baú. Não queria me tornar inimiga daquele homem nem o queria como inimigo. Minha intenção era ganhar o apoio dele. Não queria ser como meu pai, que governava pelo medo. Eu o havia temido, e aonde isso o levou? Ele fora morto pela minha mão, queimado, sua alma havia ascendido. Não era o destino que eu queria para mim.

– Eu trouxe um presente – falei. – O Festival do Dízimo acabou. Não é minha intenção apenas acabar com o Dízimo, mas também devolver aos cidadãos do Império o que é deles por direito. – Os guardas colocaram o baú no chão, diante de Iloh, e, após um gesto dele, o abriram. – Os fragmentos de todos os seus cidadãos, rotulados e organizados. A era dos construtos terminou.

Iloh inspirou fundo, e vi que sua surpresa era genuína. Os construtos eram sinônimo de poder, e quem detinha o poder tendia a querer mantê-lo.

Ele começou a erguer a mão em direção à cabeça, mas se segurou. Sim, o fragmento dele também estava lá. Eu havia verificado.

– Obrigado, Vossa Eminência. Isso será muito importante para muita gente. Mas a era dos construtos não terminou.

Resisti à vontade de sacudir a água das minhas roupas.

– E esse é um dos motivos de eu estar aqui. Sei que você está ciente de que alguns construtos se organizaram e estão atacando o extremo nordeste do Império. Estamos recrutando mais soldados, mas o treinamento leva tempo. Preciso da ajuda dos governadores para fazê-los parar.

– A senhora quer que enviemos nossos guardas? – Seu tom era incrédulo. Eu esperei, sabendo que ele elaboraria melhor se eu deixasse o silêncio se prolongar. – Os construtos enlouqueceram, a senhora mesma admitiu. E quer que eu envie nossos guardas para o extremo nordeste? E se eles forem necessários aqui?

– Então você está dizendo que até agora não teve problemas desse tipo com os construtos? – falei entredentes. – É pelo bem do Império.

Ele balançou a cabeça como se estivesse repreendendo uma criança.

– Podemos discutir o bem do Império depois. Tragam um robe seco para a Imperatriz, a chuva a encharcou. – Ele virou-se para os servos, e o que estava à direita assentiu e saiu. – Por favor, vamos acomodá-la para sua estada. E eu ficaria honrado se a senhora se juntasse a mim e à minha corte no jantar. Vou receber outros convidados de outras partes de Riya, e eles estão ansiosos para conhecê-la.

Quando pousei a mão no pescoço de Thrana, senti os pelos eriçados.

– Obrigada, Sai. Será uma satisfação nos juntarmos a vocês.

Antes de Iloh se virar, no entanto, vislumbrei seu lábio tremer. Eu ainda não havia vencido aquela batalha.

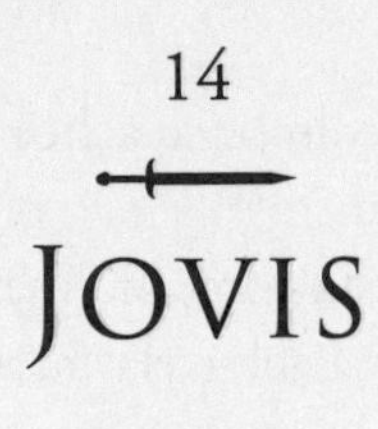

14

JOVIS

Ilha Riya

Eu encontrei um (pessoa/mortal/cidadão?) afogado (ou se afogando) nas rochas da minha ilha. (Duas frases que podem estar descrevendo a pessoa, algo sobre cabelo e uma camisa. Mephi não se interessou nem um pouco por essa parte.) Como poderia deixá-lo morrer? Eu o levei para a minha (moradia/casa/caverna?), (curei-o?) e alimentei-o. Quando conseguiu falar, ele contou que havia ido até lá para conversar comigo, mas ficara encurralado numa briga entre dois Alangas. Ele acabara naufragando.

O nome dele é Ylan Sukai.

[Anotações da tradução de Jovis do diário de Dione]

Iloh era um babaca. Não demorei para chegar a essa conclusão. Alguns rostos se desgastam por excesso de expressões arrogantes, que gravam a babaquice nas linhas em volta da boca e dos olhos. As linhas do rosto de Iloh eram um mapa que levava a um só destino: a capital da babaquice.

Os criados dele nos levaram aos nossos aposentos, e Lin entrou no quarto designado a ela.

– Jovis, comigo, por favor.

Eu a segui e fechei a porta ao entrar. Assim que a maçaneta fez um clique, ela se virou.

– Eu devia ter esperado por isso. – Lin estava zangada, mas dessa vez a raiva não estava direcionada ao governador, nem a mim. Estava direcionada a ela mesma. – Eu retiro os construtos e os governadores deixam de temer minha posição. Meu pai raramente fazia visitas, e agora eles se veem como ilhas individuais em vez de parte do Império. – Thrana a seguia conforme ela andava. – Eles me acham jovem e tola. Acham que podem me provocar e tirar vantagem de mim.

Mephi e eu apenas a olhávamos, e achei melhor não observar que ela claramente tinha sido provocada.

– Às vezes, a gentileza é vista como fraqueza, Vossa Eminência – falei.

– Não me diga o que eu já sei – ela falou com rispidez. Em seguida, afundou no sofá perto da janela e escondeu o rosto nas mãos. – Desculpe, você não merece esse tipo de tratamento abusivo.

Só que eu estava enviando mensagens para os Raros Desfragmentados pelas costas dela. Eu afastei esse pensamento.

– Faço o possível para ser útil. – Útil a mais de um mestre. A culpa, ao que parece, é um fardo pesado do qual não é fácil se livrar.

– Eu queria perguntar... Todo mundo ama você. Viu como o jeito que ele cumprimentou você foi diferente do jeito que me cumprimentou?

– Você queria me perguntar...?

Ela apertou o nariz.

– Estou sendo grosseira. Por favor, fique à vontade.

Eu me acomodei na cadeira em frente ao sofá. Meu cabelo e minha jaqueta ainda estavam úmidos, aquecidos pelo meu corpo e fazendo eu me sentir um pântano vivo.

– Como faço com que eles me olhem como olham pra você?

Mephi me encarou como se também estivesse curioso para saber a resposta. Eu mexi nas orelhas dele.

– Não sei como responder a isso, Vossa Eminência.

Ela suspirou baixinho de frustração e olhou pela janela.

– Então pelo menos me mostra como você fez.

– Fiz o quê?

– A água. Quando estávamos na Cidade Imperial. Hoje, no saguão de entrada, quando eu estava com raiva, senti o poder em mim. Sabia que podia fazer o chão tremer se quisesse. Eu não posso praticar aquilo aqui, então me mostra como você faz a água se mover.

Eu hesitei e me perguntei o que Gio acharia disso. Se respondesse, estaria ajudando-a a ficar mais poderosa, então falei de forma vaga.

– É difícil de explicar. Quando sentir aquela vibração nos ossos, pense na água. Quando funciona pra mim, é como se de repente eu ficasse ciente de toda a água que existe ao meu redor, de toda a quantidade dela ao meu alcance. E, aí, eu meio que me comunico com ela e a movo. Com a mente.

Ela riu, mas, ao ver minha expressão confusa, ficou séria.

– Eu acredito em você, de verdade. É que soa tão estranho. Parecem ser poderes Alangas, só que não tão fortes, e eu não vi você controlar o vento. Espera aí, você consegue controlar o vento?

– Imagine esse poder e um bom barco à vela. Se eu tivesse essa habilidade, talvez tivesse recusado a proposta de ser capitão da Guarda Imperial para continuar sendo contrabandista – falei com leveza.

Ela fechou os olhos e senti algo no quarto se acalmar. Era como se eu nunca percebesse o quanto ela me abalava até parar de encará-la. Ela inspirou e expirou profundamente, e eu sabia que, se colocasse minha mão sobre a dela, sentiria o tremor em seus ossos.

Por que eu estava pensando em tocar nela? Precisava parar com isso. Eu nem sabia o que "isso" era.

Lentamente, ela estendeu a mão, os dedos se abrindo como as pétalas de uma flor. E, aí, lá fora, uma gota de chuva parou no ar. Moveu-se languidamente, mas com propósito, passando entre as abas da janela aberta e flutuando acima da mão dela.

Ela abriu os olhos e deixou que a gota caísse em sua mão.

Eu mal conseguia respirar. Como ela fizera aquilo na primeira tentativa? Na primeira vez que senti a água ao meu redor, eu não soube o que fazer com ela. Mesmo quando eu estava no auge do desespero, tentando defender Mephi do construto de quatro braços, eu só consegui uns filetes desajeitados de água. E ali ela tinha isolado uma única gota de água e a dobrado de acordo com a própria vontade.

Eu estava de pé, mas nem percebi que havia me levantado.

Ela se levantou e me encarou.

– Assim?

E com o olhar dela eu fui jogado para o passado, para quando havia ido mergulhar com Emahla. Mesmo quando meus pulmões pareciam prestes a explodir, ela continuava nadando, os pés desaparecendo no recife à minha frente. Mas, quando ela subiu à superfície ao meu lado, depois que eu já tinha desistido de continuar, não havia nada de maldoso em sua risada.

– Você é um peixe – eu disse a ela na ocasião, ainda ofegante. – Não é justo achar que eu poderia te acompanhar.

– Então você se apaixonou por um peixe? – ela perguntou, chegando mais perto.

– Você pode me culpar? É um peixe muito bonito. – E ela me beijou e perdi o que restava do meu fôlego. Beijá-la fazia isso comigo. Todas as vezes. Meu peito doía. Eu aceitei que ela havia morrido, mas pensar nela ainda causava tanto dor quanto alegria.

Lin ainda estava me olhando, esperando.

– Sim, exatamente assim – falei, ainda sobressaltado. – Mas, Emahla… – Eu ouvi o nome sair dos meus lábios como se outra pessoa tivesse falado. Meu peito apertou e tive uma súbita sensação de queda, como se o chão e a terra tivessem desaparecido sob meus pés. Merda. Merda, merda, merda.

Lin franziu as sobrancelhas. Vi a ruga entre elas.

– Quem é Emahla?

– Eu ia dizer "Eminência" – respondi, o calor subindo para as bochechas. Essa foi boa, Jovis. Muito fácil de acreditar.

– Mas você disse "Emahla".

Eu não sabia por que não queria contar para ela, só sabia que o pensamento fazia minhas entranhas murcharem.

– Uma pessoa que conheci. Me desculpe. Seus olhos… se parecem com os dela.

A ruga entre as sobrancelhas dela desapareceram; sua expressão agora era de tristeza. Não como se ela sentisse pena de mim, mas como se pudesse ver além das minhas palavras frágeis e entender exatamente o que eu queria dizer. Como se soubesse como era perder alguém que definia sua vida. E, de repente, tive vontade de contar para ela, porque soube que ela entenderia. Tive vontade de contar tudo. Eu abri a boca.

Houve uma batida na porta.

– Vossa Eminência?

O olhar dela se desviou de mim.

– Entre.

Eu me sentei na cadeira querendo me encolher, ficar invisível.

Um criado entrou com uma jaqueta sobre o braço.

– Me pediram para trazer isto. Somos uma ilha humilde em comparação à Imperial, e temo que não tenhamos nada à altura da sua posição, Vossa Eminência.

Mentira. O homem não tinha habilidade para dissimular. Ele ofereceu a jaqueta. Era uma coisa medíocre, marrom, com bordado torto, como se a mão que a fez estivesse distraída, e não só um pouco. Parecia uma jaqueta de criança.

Lin tirou o robe, a luz da janela cintilando em seus ombros magros.

– Eu entendo – disse ela. – E, por favor, diga ao Sai que agradeço a oferta, mas essa jaqueta claramente não me serve.

– É tudo que temos para oferecer…

Ela o interrompeu com segurança, falando acima dos protestos do homem.

– A jaqueta que Sai estava usando quando nos encontramos servirá muito bem.

O criado gaguejou.

– É uma jaqueta de homem.

– E eu não tenho um corpo muito feminino.

O homem se curvou e saiu de costas, pedindo desculpas no caminho. Ele não pretendia comentar sobre o corpo de Sua Eminência, essa não era a intenção dele. E, claro, claro, a jaqueta de Sai serviria.

– É assim que você pretende ganhar o apoio de Riya? – perguntei quando a porta se fechou.

Ela ergueu as mãos.

– Não sei o que mais posso fazer. Devo deixar que ele me intimide?

– Não, claro que não. Mas tirar a jaqueta do corpo dele…

– Mesquinho, eu sei. Mas receber as agressões educadas dele de forma passiva não me fará ganhar respeito.

Eu tinha que admitir, não eram só os olhos. Havia algo de Emahla na ferocidade daquela mulher, na determinação dela. Ela era a Imperatriz. Eu precisava me lembrar disso o tempo todo, por mais de um motivo.

– Comida? – disse Thrana, me dando um susto.

– Vão trazer comida logo, logo – Mephi respondeu a ela.

– Ah – disse Lin, sorrindo. – Nossos acompanhantes. Eu me esqueci de pedir comida para eles. Vou fazer isso quando trouxerem a jaqueta. – Ela tirou o adereço da cabeça e o colocou na mesa. Ainda estava molhado da chuva. – Temos um bom tempo até o jantar. Vá se secar para ficar mais à vontade e cuide para que meus guardas permaneçam alertas. Vou pedir que tragam a comida dos nossos bichinhos quando formos comer também. – Ela fez um carinho embaixo do queixo de Thrana.

– Bichos não tão pequenos, pra ser mais preciso. – Olhei para os dois. Se continuassem crescendo, estariam do tamanho de pôneis em pouco tempo. Era um pensamento e tanto: em vez de Mephi se enrolar no meu pescoço, como fazia quando era pequeno, talvez eu pudesse me enrolar no pescoço dele. Certo, que bobagem. O crescimento dele estava mais devagar agora.

Lin acenou para me dispensar e fui para o corredor, com Mephi logo atrás. Peguei um criado pelo cotovelo e perguntei qual era o meu quarto.

Era bem menor que o de Lin, mas era todo meu, o que era mais do que os outros guardas e criados tinham. Tirei a jaqueta, encontrei um pedaço de pergaminho e escrevi um relato rápido para os Raros Desfragmentados. Eu havia procurado a espada que Gio queria e ainda não a encontrara.

O governo de Lin estava sofrendo resistência em Riya. Os construtos eram um problema, e não só no extremo nordeste. Mas, quando pensei em contar dos poderes novos da Imperatriz, hesitei. Eu havia dito a ela para guardarmos aquilo entre nós, mas mentir era fácil para mim. Eu tinha ido à Imperial para derrubar um império. Recuaria agora só porque a Imperatriz me fazia pensar na minha esposa morta?

Pressionei a caneta com mais força no papel. Não. Era mais do que isso. Ela também estava derrubando o Império, só que de um jeito diferente. Ela estava desmontando os construtos, devolvendo os fragmentos para o povo. Seria justo que eu destruísse o governo dela sem primeiro saber como seria?

Eu estava ciente do que Gio diria: que as pessoas fossem governadas por si mesmas e não por uma Imperatriz. Talvez ele estivesse certo. Mas eu também sabia como as pessoas podiam ser instáveis, como podiam implicar, como podiam discutir por detalhes insignificantes, deixando que questões maiores passassem em branco.

E a questão dos Alangas permanecia. Quem eram eles? Seriam todos como eu e Lin? Se eram tão perigosos quanto os Sukais fizeram parecer, aquele era o pior momento possível para dissolver o governo da Imperatriz.

Droga. Era para aquilo ser simples.

Não mencionei os poderes dela, mas eu também não era bobo. Em algum momento, teria que fazer uma escolha; só não sabia quando esse ponto chegaria. Eu me recostei na cadeira.

– O que devo fazer, Mephi? O que você faz quando tem decisões difíceis pra tomar?

Ele não respondeu de primeira, e eu quase podia ver as engrenagens de sua mente trabalhando. Que decisões difíceis Mephi tinha para tomar além de escolher qual peixe pegar?

– Primeiro – disse ele, lentamente –, tome a precaução de não estar com fome.

Eu ri. Não era um conselho ruim. E eu até que precisava comer alguma coisa.

– Vamos pra cidade. Vou comprar alguma coisa pra você. E vai haver comida quando voltarmos.

De acordo com a carta de Gio, eu encontraria um contato dos Raros Desfragmentados em Riya, um vendedor de esculturas de casco de tartaruga. Falei com os guardas antes de sair e designei turnos para eles em frente à porta da Imperatriz até a hora do jantar. E, aí, livre da responsabilidade por um tempo, deixei minha jaqueta secando no quarto e fui para a cidade.

A capital de Riya não ostentava riquezas, mas era possível notá-las ao observar a cidade mais atentamente. Lanternas de pedra tinham sido posicionadas em intervalos regulares, e, apesar da chuva e da lama, as ruas estavam surpreendentemente livres de detritos. As construções tinham três, às vezes quatro andares, todas pintadas de branco com detalhes de madeira. Se eu andasse perto dos prédios, havia toldos suficientes para me proteger da chuva. Mephi, por outro lado, trotava no meio da rua, parando aqui e ali para sacudir a água do pelo, um ato que não fazia os passantes olharem para ele com carinho. Ele deu de ombros quando o repreendi de leve.

– Eu gosto da chuva – disse ele.

Parei para comprar bolinhos para Mephi e para mim. Joguei alguns para ele e o vi pegá-los no ar. Estavam fumegando, o saquinho de papel na minha mão quase quente demais para segurar, o óleo atravessando-o. Na minha bolsa, o bilhete dos Raros Desfragmentados estava junto do diário de Dione. Ele tinha falado sobre encontrar Ylan Sukai, o primeiro Imperador. Isso era algo que nenhuma das lendas e histórias havia mencionado. Eu não sabia por quê.

A loja do espião não era longe do palácio e a porta estava aberta. Passei embaixo do toldo e senti água fria pingar no meu pescoço.

Talvez fosse pelo tremor que percorreu minha espinha por causa da água, mas tive uma sensação muito estranha: eu estava sendo observado. Mas, quando me virei, só vi as pessoas passando na rua. Mephi olhou para mim, confuso.

– Tudo bem? – sussurrou ele.

Toquei na cabeça dele como quem diz que sim, mas eu não sabia se estava. Na última vez que me senti assim, fui atacado por um dos construtos do Imperador e quase morri.

Inquieto e incomodado, me voltei para a loja. Fui recebido por uma variedade de itens feitos de casco de tartaruga. Um homem estava trabalhando em outra peça no canto. Ele me lançou um olhar questionador, que ignorei enquanto olhava as mercadorias. Pura paranoia. Ainda assim, as ruas de Riya, que aparentavam ser seguras um momento antes, agora pareciam perigosas.

Peguei um pente da prateleira e entreguei o bilhete para o vendedor junto com a moeda. Ele pegou ambos sem nem me olhar duas vezes.

Novamente, a sensação de estar sendo observado.

– Jovis – sussurrou Mephi.

Eu me virei e, desta vez, tive um vislumbre de um pé sumindo na esquina.

15

LIN

Ilha Riya

Minhas criadas tinham acabado de me preparar para o jantar quando Jovis entrou no meu quarto, com Mephi logo atrás.

– Você mandou me seguirem? – Minhas criadas o evitaram ao sair do quarto, sentindo a raiva emanando dele como um vento que anuncia uma tempestade.

– Seria uma surpresa se tivesse mandado? – perguntei. – Você age como se fosse seu direito ter mais privacidade.

– Então ser seu cidadão é assim – disse ele, os olhos apertados. – Ser seguido a cada curva, ter cada movimento observado. Bem parecido com o governo do seu pai.

Eu estava de pé, sem nem perceber que havia me levantado, com Thrana rosnando ao meu lado.

– Caso tenha se esquecido, você *invadiu* meus aposentos particulares. Parece que você sempre vai parar em lugares que eu prefiro que não frequente. E agora me acusa de mandar te seguir? Você está mesmo em posição de me acusar de alguma coisa?

– Como já expliquei, é meu dever te proteger – respondeu ele. – Quem as pessoas vão culpar se você aparecer morta?

Ele falou com confiança, mas todos os bons mentirosos são confiantes em suas mentiras.

– Você é meu capitão da Guarda Imperial. Tem que obedecer a mim. Não tem que ficar xeretando nas minhas coisas!

Mephi só olhava para Thrana, a cabeça inclinada para o lado. Mas aí Jovis chegou bem perto de mim, tão irado quanto eu, e odiei ter que inclinar a cabeça para trás para encará-lo.

– Então talvez você devesse ter escolhido alguém em quem sentisse que podia *confiar* – disse ele. – Em vez disso, escolheu um contrabandista meio *poyer* que desafiou seu pai.

Alguém em quem eu pudesse confiar? Não existia ninguém em quem eu pudesse confiar. Ninguém que me conhecesse, que gostasse de mim, que entendesse o que eu havia enfrentado. Eu só tinha Thrana. Para meu completo constrangimento, senti lágrimas quentes surgindo nos olhos. Engoli o caroço que havia se formado na garganta e me firmei.

– E você acha que essas coisas te tornam indigno de confiança?

Por um momento, ele pareceu apenas confuso. E toda a sua raiva pareceu sumir.

– Não, Vossa Eminência, não foi o que eu quis dizer. Jurei proteger você. Também jurei servir ao povo. Se pareço curioso demais, é por isso. Ninguém sabe direito quem você é. Ainda não.

Claro. Na ocasião, parecera um gesto grandioso tornar isso o foco do juramento. Agora, eu é que me sentia idiota. Escolhi minhas palavras seguintes com muito cuidado.

– Não mandei seguir você. Deveria ter começado dizendo isso.

Ele observou meu rosto por um momento e soltou o ar.

– Eu acredito. E acho que não a culparia se tivesse mandado. Vou tentar ser mais aberto com você, mas preciso do mesmo da sua parte.

– Vou tentar. – Eu não podia tentar. Imaginei contar para aquele homem que eu não era realmente a filha do Imperador, que era uma imitação, uma coisa que ele havia criado. Não um construto, mas uma pessoa desenvolvida nas estranhas águas embaixo do palácio. Que pensamento estúpido. Era como a tentação horrível de enfiar a mão na boca de um tubarão recém-capturado. Uma confissão dessas destruiria a mim e a tudo que estava tentando construir.

Thrana se acalmou e Mephi se aproximou com cuidado, farejando a bochecha dela. Ela tentou mordê-lo, ainda irritada.

Fiquei ciente de repente de que eu estava perto demais de Jovis, de que sentia o hálito dele soprando os cabelos da minha testa. Ele não estava de jaqueta, e a túnica que usava não tinha mangas, deixando à mostra os ombros magros e com músculos firmes. Dei um passo discreto para trás e me ajoelhei para fazer carinho no pescoço de Thrana e acalmá-la. Ela tivera uma criação mais dura que a de Mephi e era bem mais volátil.

– Fui até a cidade. Foi um passeio bem chato – disse Jovis, tentando dar um sorriso irônico. – Sem jogatina, sem cortesãs.

Eu corei ao pensar nele com cortesãs. Ele passaria os dedos pelo cabelo solto delas? Sussurraria brincadeiras no ouvido? Afastei esses pensamentos.

– Por que achou que eu havia mandado seguir você?

O sorriso dele hesitou.

– Porque alguém *estava* me seguindo, Vossa Eminência.

Quase me arrependi desse retorno dele à formalidade, mas o que eu queria? Que voltássemos a gritar um com o outro?

– Iloh mandou alguém, então?

Ele deu de ombros.

– Não sei. Só tive um vislumbre, não deu pra reconhecer ninguém. Mas eu já fui seguido antes e conheço a sensação. Talvez...

Uma batida soou na porta. Uma criada surgiu no quarto, o olhar voltado para o chão.

– Vossa Eminência, o jantar será servido em breve. Ficaríamos honrados se a senhora e seu capitão da Guarda Imperial se juntassem a nós no salão de jantar. – Ela fechou a porta ao sair.

– Pode ter sido Iloh – falei. – Acredito que ele seja capaz. Ele nem me conhece, mas está evidente que já não gosta de mim. – Eu me levantei e Thrana bateu na minha coxa com os chifres. – Fique alerta.

Outra batida soou na porta, e outra criada entrou com pratos cheios de lulas e peixes frescos.

– O governador espera que isso baste.

Pelo menos, Iloh não tentou insultar os animais. Eu aguentaria os insultos dirigidos a mim, mas arrancaria cada membro dele se agisse mal com a pobre Thrana.

– Sim, obrigada.

Nossas criaturas pularam em cima das bandejas assim que foram colocadas sobre a mesa. Os dois ficariam ocupados enquanto estivéssemos fora.

– Para o covil dos ursos, então? – disse Jovis.

– Pegue sua jaqueta e vamos para o salão de jantar. Você se esqueceu que eu vivi num covil dos construtos do meu pai? Isso aqui não pode ser pior.

Mas era pior.

Os outros convidados já estavam sentados quando chegamos ao salão, e, quando entramos, Jovis logo atrás de mim, todos se viraram na mesma hora para me observar. Fiquei feliz por ter pedido a jaqueta de Iloh. Podia ser uma peça masculina, mas cabia em mim. Eu havia deixado o pesado adereço de cabeça no quarto, mas ergui o queixo e caminhei até as duas almofadas vazias, torcendo para conseguir transmitir poder e dignidade. Jovis sentou-se à minha direita e se remexeu na almofada quando todos olharam para ele, obviamente desconfortável com a atenção.

– Obrigado por se juntar a nós, Vossa Eminência. – Iloh estava sentado à minha frente. – A jaqueta lhe caiu muito bem.

– Obrigada por enviá-la – falei, me obrigando a ser graciosa. Eu precisava que aquele homem fosse meu amigo, afinal.

– Permita-me apresentar os outros convidados. – Ele percorreu a mesa dizendo nomes e posições das sete pessoas sentadas para o jantar. Fiz o possível para me lembrar de tudo. Havia o supervisor de mineração de Riya, um artista de cerâmica, três parentes próximos de Iloh, a governadora visitante de uma ilha próxima e um senhor de terras rico.

A mulher sentada à minha esquerda era Pulan, a governadora visitante. Sua voz era suave e seu jeito, agradável; não me encarava, mas sorria quando falava. Começamos a conversar quando a comida foi servida e descobri que a ilha dela tinha uma mina de pedra sagaz própria, menor.

O supervisor de mineração de Riya estava sentado ao lado de Jovis, e eu o ouvi perguntando em alto e bom som sobre a magia de Jovis.

– Você colocou os soldados imperiais pra correr, eu soube – disse ele. – Deu algo pra que se lembrassem de você, não foi? E agora, você é um deles. Hilário, não é?

– Eu sou o capitão da Guarda Imperial – disse Jovis tranquilamente. – Não um soldado.

– É verdade que você é de uma ilha menor? Você se porta como Sai, mesmo sendo meio *poyer*.

O comentário não soava lisonjeiro como o homem pretendia, mas Jovis apenas sorriu.

– Sim, eu sou de uma ilha menor, e fui contrabandista, ainda por cima. Você poderia dizer à minha mãe que me porto como um Sai? Eu apreciaria muito. Ela vive decepcionada comigo.

O supervisor riu e bateu na mesa.

– Ah, então ela é a Imperial. Você tem minha solidariedade, capitão.

Quem me dera conquistar a mesa com tanta facilidade.

Em Riya, a comida era servida em travessas grandes, colocadas no centro da mesa para todos compartilharem. Criados mudavam as posições dos pratos com frequência para garantir que todos pudessem se servir de tudo. Eu havia pesquisado isso antes, e pelo menos não passei vergonha levando uma criada para experimentar minha comida.

Segui o que todo mundo fez e usei meus hashis para me servir. Havia folhas de mostarda com um molho escuro e salgado, peixe branco no vapor com cebolinha e pimenta-preta e bolinhos de nabo fritos com pedaços de uma linguiça densa. Eu precisava admitir: Iloh não poupara no jantar como poupara em todo o resto em que deveria me honrar.

A irmã de Iloh estava sentada à minha frente e sorriu quando coloquei a xícara de chá sobre a mesa.

– Tem muito tempo que um Imperador ou Imperatriz não nos agracia com a presença – disse ela. – A última vez foi quando seu pai estava recém-casado, antes mesmo de a senhora nascer. Estamos gratos de a senhora acabar com o Festival do Dízimo, mas essa mudança de regime me dá motivo para perguntar: por que nós precisamos da senhora?

O canto da boca de Iloh tremeu de novo, e eu soube que ele a tinha mandado dizer isso. Ela não era governadora e podia falar mais abertamente, enquanto Iloh alegava não pensar da mesma forma. Eu me vi pressionando a mão no chão, meus ossos vibrando com magia.

– Vocês precisam de mim como sempre precisaram. O Império tem que se unir para aguentar as ameaças, inclusive dos Alangas. Me deem seu apoio vocal e o Império continuará de pé.

– O que acontece se não dermos?

A mesa ficou em silêncio. Eu trinquei os dentes e senti o poder vazar da palma da minha mão para o chão. Os pratos sacudiram e mais de uma pessoa olhou para o chão, com medo de um terremoto. Uma mão tocou no meu joelho por baixo da mesa. Jovis.

Eu estava me permitindo perder o controle. Se continuasse, estaria erguendo a água das xícaras antes que pudesse me impedir. Eu nunca me esqueceria da expressão de ódio e desprezo no rosto do guarda quando cuspiu no corpo da assassina. *Alanga*. Eu respirei fundo, ergui a mão e os pratos pararam.

– Nós nos unimos ou caímos perante forças externas.

– Perdoe a minha irmã – disse Iloh suavemente –, mas a senhora começou a desmantelar os construtos. Acabou com o Festival do Dízimo. Seu exército é pequeno. Se os Alangas estiverem voltando, como vamos lutar contra eles?

– *Eu* vou lutar contra eles – respondi com rispidez.

Iloh só pareceu achar graça e ergueu a xícara para disfarçar o sorriso. Outras pessoas à mesa disfarçaram risadinhas. Ali estava eu, uma mulher jovem e pequena, usando a jaqueta do governador, alegando que lutaria sozinha contra os Alangas. Eu tinha ido até lá para mostrar poder e graça. Em vez disso, parecia uma criança dando ataque de birra, fazendo ameaças que não podia cumprir. Eu estava caindo na visão deles, embora também não tivesse começado do alto.

Se eu fracassasse na missão, se não conseguisse ganhar o apoio daquele homem, meu governo já precário beiraria o insustentável. Outra pessoa tentaria aproveitar a brecha de poder para tomá-lo. Outra pessoa tentaria liderar.

Eu não seria só expulsa do palácio; seria caçada e morta. Eu poderia fazer tanto bem com o meu poder... se fosse capaz de mantê-lo.

Ergui o bule para me servir de outra xícara enquanto esperava que a conversa preenchesse o ambiente outra vez. Precisava me controlar. Precisava encontrar um jeito de encantar aquele covil de ursos. Sentia a presença de Jovis ao meu lado, o ombro quente junto ao meu quando ele estendeu a mão para pegar um pedaço de pato.

Ele tinha um jeito que desarmava: autodepreciativo, afável. Eu não podia ser como ele. Mas eu tinha outras qualidades.

Quais eram meus pontos fortes? Eu conseguia ler histórias nos rostos das pessoas. Tinha passado muito tempo falando e pouco tempo ouvindo. Agindo de forma arrependida e constrangida, o que não era tão difícil considerando as circunstâncias, eu voltei o foco para os rostos dos presentes.

O que encontrei me surpreendeu. Todos gostavam de Iloh. Não como um bajulador gosta, mas de verdade. Eles riam das piadas dele, buscavam sua atenção, apreciavam quando a recebiam. E Iloh era generoso com seus súditos. Eu o tinha avaliado errado? Se sim, por que ele me tratou tão mal?

E notei mais uma coisa. Embora ele dedicasse atenção a todos, seu olhar se prolongava em Pulan, a governadora visitante. Ela não parecia ignorar esses olhares. A expressão dela era esperançosa, mas também triste, como um filhote que encara uma refeição mesmo sabendo que não ganhará nem um pedaço. Eu a vi engolir e desviar o olhar, os dedos apertados embaixo da mesa.

– Você é casada, Sai? – inclinei-me para perguntar a ela.

O olhar de Pulan se desviou para Iloh antes de ela balançar a cabeça.

– Não, Vossa Eminência.

Fiquei calada, esperando. Como a maioria das pessoas faria, ela se apressou para preencher o silêncio.

– Eu sei, é estranho para uma mulher da minha idade, ainda mais uma governadora. Eu não tenho herdeiros.

– Você poderia adotar...

Suas bochechas ficaram vermelhas e ela me encarou pela primeira vez.

– Se fosse isso que eu quisesse. – Os cílios tremeram quando ela afastou o olhar de novo. – Me perdoe. É que essa é uma coisa que eu ouço com frequência.

– Não é a sua primeira opção – eu disse, na esperança de que ela continuasse falando.

Ela riu com certa amargura.

– Não. Eu queria que ele parasse de me convidar pra essas coisas. – Ela então ergueu a xícara, como se para estancar as palavras, e não disse mais nada.

Vi Iloh nos observando. Ele também não era casado. As peças começaram a se encaixar na minha mente. Havia algo acontecendo entre eles. Eu só não sabia bem o quê.

Eu havia feito minhas pesquisas antes de chegar ali. Já sabia que o pai de Iloh morrera num acidente de barco e que a mãe morrera já velha, mas não muito. Iloh havia assumido o governo antes da morte da mãe. Não se casara nem nomeara um herdeiro.

Na idade dele, era preciso fazer isso logo. Eu sabia bem o caos que poderia acontecer se ele morresse sem herdeiros. Então por que ele não tinha se casado? E o que Pulan tinha a ver com isso?

O jantar terminou sem nenhum outro incidente constrangedor, mas aí eu já tinha resolvido ficar de boca fechada. Fomos convidados para passear pelo palácio, com criados indo de aposento em aposento com doces e frutas frescas cortadas.

Bati no cotovelo de Jovis quando chegamos ao pátio. A chuva tinha parado, deixando o ar quente e úmido. Os lampiões pendurados nos pilares oscilavam no vento.

– Preciso de espaço – falei.

Jovis franziu a testa.

– Isso é prudente?

– O governador não vai tentar me matar, não na corte dele – respondi.

– Mas você não nega que ele... pode tentar matar você? – Jovis ergueu uma sobrancelha.

– Bom, está claro que ele não *gosta* muito de mim. Mas preciso falar com ele. Sozinha.

Jovis se inclinou antes que eu pudesse sair.

– A mãe dele. Ela teve o mal do fragmento, foi isso que a matou. O supervisor das minas deixou escapar quando estávamos conversando. Iloh não quer que ninguém saiba. A família escondeu.

Parei para avaliar a informação. Meu pai sabia a quem cada fragmento pertencia. Tinha anotações meticulosas. Bastava guardar os fragmentos dos governadores; ele não precisava usá-los. A menos que tivesse feito aquilo intencionalmente. Como punição. Sim, era a cara dele.

Não era de admirar que Iloh me odiasse.

– Vou tomar cuidado – falei para Jovis.

Passei pelo artista ceramista e pelo senhor de terras e encontrei Iloh perto de um pilar na extremidade do pátio. Ele se virou levemente, me viu e repuxou o lábio.

– Eu não sou meu pai – falei antes que ele dissesse qualquer coisa que me irritasse. – Não pretendo governar como ele.

– É o que a senhora diz. – Ele tomou um gole da bebida e fez uma careta, como se estivesse amarga. – Vossa Eminência.

– Eu vim aqui de boa-fé.

– Seu pai falava em nos proteger dos Alangas também, sabia? – disse Iloh. – Os artefatos estão despertando. Essa é a melhor hora para deixar de usar construtos, para alterar a ordem mundial

Ele não acreditava no que estava dizendo.

– Não existe boa hora. Mas precisava ser feito.

Iloh me olhou de cima a baixo, me avaliando com o olhar.

– E foi a senhora que fez? Vocês, Imperadores e Imperatrizes, são tão cheios de grandiosidade. Diga-me, Eminência, como isso tudo me ajuda?

Eu arrisquei.

– Por que você não se casou com Pulan?

Ele deu um passo para trás e quase derramou a bebida na mão.

– Como a senhora…? *Ela* contou?

– Pulan não me contou nada. Vejo no rosto de vocês.

Ele tomou outro gole, mas seus dedos estavam tremendo.

– Eu não devia convidá-la pra essas coisas.

– Você queria vê-la.

Ele apertou os lábios.

– Eu soube que seu pai também fazia isso, enxergava através das pessoas. Não é algo muito agradável.

Sim, só que meu pai teria deixado as pessoas desconfortáveis para depois usar a informação contra elas.

– Peço desculpas – falei. – Peguei você desprevenido. Mas talvez eu possa ajudar?

Ele me olhou de lado e soltou uma gargalhada.

– Ninguém além dos velhos deuses pode me ajudar, eu acho. Meu pai deixou dívidas, então preciso de um casamento vantajoso. A ilha de Pulan não é valiosa o bastante.

– Tem uma mina de pedra sagaz – falei.

– Pequena – ele rebateu.

– Eu tenho recursos. Posso ajudar a desenvolver a mina. Isso daria a você a possibilidade de se casar com ela.

Ele me olhou com certa incredulidade.

– E o que a senhora ganha?

– Seu apoio. Um dízimo maior de pedra sagaz.

– Eu não devia ter começado por aí. Há outros problemas. – Ele curvou o copo, a postura insegura. – Pulan quer filhos.

As palavras caíram como pedra no meu estômago.

– Você não pode ter filhos.

Ele girou a bebida que restava no copo e me olhou por cima da borda, os lábios apertados. Por um momento, não disse nada, o olhar grudado no meu. Senti o peso enquanto ele me julgava. Ele soltou o ar.

– Eu achei que o faria quando estivesse pronto, quando quisesse. Mas já tive minha cota de aventuras na juventude e nem uma vez, nenhuma, produzi uma criança. Nem mesmo quando parei de me preocupar em me prevenir. – Ele ergueu as sobrancelhas. – Veja só. Eu pensei que debocharia da senhora quando viesse aqui, mas agora é a senhora quem tem material de sobra para debochar de mim.

– Eu vim para construir alianças – falei. – Não para debochar de você. Mas talvez você devesse deixar Pulan decidir se isso é um obstáculo.

– Ela…

Um grito soou no segundo andar. Meu coração deu um salto. Eu reconheceria aquela voz em qualquer lugar.

Thrana.

16

PHALUE

Ilha Nephilanu

Phalue gostaria de dizer que Ayesh ficou limpinha, mas tudo o que o primeiro banho fez foi delinear a maneira dolorosa como a pele da garota se esticava sobre os ossos. O cabelo era uma causa perdida, cheio de lêndeas, mas Ayesh não pareceu se importar quando o cortaram rente à cabeça. Ela comeu vorazmente, então vomitou e tentou novamente, mais devagar. Na segunda vez, conseguiu manter a comida no estômago.

Phalue pretendia mandar a garota embora depois que ela fosse alimentada e limpa e elas tivessem a chance de fazer algumas perguntas. Mas o médico que a examinou disse que ela voltaria em um dia se a mandassem embora naquelas condições. Ou pior, que morreria.

Então ela ficou, primeiro uma noite, depois outra, e, quando finalmente estava inquieta demais para permanecer em repouso na cama, Ranami e Phalue a levaram para a sala de estar e perguntaram sobre Unta.

Relatos tinham surgido nos dias anteriores, conforme refugiados dispersos iam parar em Nephilanu. A maioria foi para ilhas mais próximas de Unta, embora outros tivessem navegado para mais longe, como se tivessem medo de que o que quer que tivesse afundado a ilha alcançasse além das fronteiras e chegasse ao Mar Infinito.

Havia algo agitado e ansioso no andar de Ayesh quando ela entrou na sala. A garota levantava os pés logo depois de colocá-los no chão, seu olhar disparando para cada canto. Ela se sentou na cadeira acolchoada na frente delas, mas olhou para trás mais de uma vez, estando de costas para a porta do corredor. Ranami havia colocado a cadeira ali, e agora Phalue se perguntava se tinha sido uma escolha deliberada. Ela queria deixar Ayesh incomodada?

– Já posso ir? – perguntou ela assim que se sentou.

Phalue pegou uma bandeja de tortinhas de ovos e ofereceu à garota. Ela pegou uma tortinha com cuidado e mordiscou a parte da massa, como se precisasse fazer a comida durar. Phalue pigarreou enquanto ela mastigava.

– Nós ouvimos relatos sobre Unta, mas você estava lá. Como aconteceu?

Ayesh demorou para terminar a tortinha, os olhos pretos arregalados. Ranami suspirou. Phalue lançou a ela um olhar de "seja paciente". Afinal, a garota tinha passado por algo mais traumatizante do que qualquer uma delas poderia imaginar.

– Teve terremotos pequenos primeiro – disse Ayesh quando terminou de comer. – Alguns deles, as pessoas nem notaram. Tem terremotos lá às vezes. Mas, aí, teve um grande. Eu estava no cais tentando pegar uns peixes quando aconteceu. Fiz uma troca com outra criança por linha e anzóis. – Ela mordeu o lábio. – Deixei tudo cair na água na hora do terremoto. Eu só tenho uma mão, né? Tudo tremeu. Alguns prédios caíram. Quando parou, tentei tirar a linha da água com um pedaço de pau. Estava no meio disso quando veio outro terremoto. Esse foi maior, e não parou. Tudo começou a ranger, quebrar e cair. As pessoas estavam gritando.

– Mas você saiu da ilha – disse Phalue, encorajando-a.

– Eu estava no cais – disse ela. – Nem tentei voltar ou procurar alguém, só fui direto para o barco mais próximo para me esconder. As pessoas tentariam escapar, mas eu não sabia velejar. Foi a única coisa em que consegui pensar: na minha sobrevivência.

Ela olhou para os dedos e os esfregou para tirar o resto das migalhas, os lábios apertados.

– Acho que nenhuma das crianças que eu conhecia sabia velejar.

Phalue insistiu mais; ela precisava saber.

– A ilha inteira sumiu?

Ayesh deu de ombros.

– Eu estava no porão. Mas ouvi o que as pessoas no barco estavam dizendo, e foi isso que elas disseram. Teve muitos gritos, muitos ruídos de surpresa, muito choro. O choro continuou por muito tempo. Às vezes eu ouvia as pessoas descendo para o porão à noite, procurando um lugar privado para desabafar.

– Alguém disse por que afundou? – perguntou Ranami.

Ayesh deu de ombros, seu olhar acompanhando as vigas do teto.

– Acho que ninguém sabia. Não com certeza.

Havia uma mina de pedra sagaz em Unta. Phalue se lembrava disso. Era a explicação que o Imperador anterior havia dado para o afundamento da Cabeça de Cervo: um acidente de mineração. Mas havia minas de pedra sagaz em tantas ilhas. Isso significava que todas estavam em risco? O homem estava escondendo algo ou, naquela rara ocasião, havia falado a verdade?

– Você viu algo que pudesse explicar por que afundou? – perguntou Phalue.

Ayesh soltou uma risada curta.

– Sou uma órfã de rua. Você acha que presto atenção nesse tipo de coisa? Eu estava muito ocupada tentando tirar a porcaria da minha linha da água. Não estou buscando explicações. Estou procurando viver. Posso ir agora?

Phalue trocou um olhar com Ranami. A garota havia respondido às perguntas. Ela não era espiã, não estava tentando tirar proveito daquela situação. Uma espiã teria tentado ficar, teria se enfiado na vida do palácio. Phalue assentiu.

Ayesh se levantou e parou, hesitante. Ela puxou a túnica limpa que estava vestindo.

– Posso pegar minhas roupas velhas de volta?

Roupas? Não eram roupas, eram trapos.

– O quê? Por quê?

Ranami colocou a mão no braço de Phalue.

– Ela não pode voltar pra cidade assim. Os outros órfãos vão achar que ela tem mais. Ela vai se tornar um alvo.

Os criados provavelmente haviam jogado fora os trapos molhados e fedorentos assim que os tiraram do corpo de Ayesh.

– Os criados vão arrumar algo apropriado pra você. Ranami, você se importa...?

Ranami se levantou e conduziu a garota para fora da sala.

Ayesh parou na porta.

– Obrigada, Sai – disse ela, e ambas saíram.

Phalue esticou as pernas e girou os ombros antes de se levantar. Ela teria que lidar com o naufrágio de Unta, com as perguntas, com quaisquer refugiados que chegassem e com seus próprios cidadãos assustados. Sem mencionar Gio e os Raros Desfragmentados. Ela não confiava em trégua temporária. Mas, naquele momento, tinha uma luta com Tythus, e isso sempre a ajudava a pensar.

Ela colocou a espada no cinto, prendeu a armadura e foi até o pátio do palácio. Estava abençoadamente seco naquele dia, ou pelo menos tão seco quanto uma estação chuvosa pode ser. As pedras ainda estavam úmidas, assim como o ar, mas não havia chuva naquele momento, o que era uma mudança bem-vinda.

Um grito soou na muralha assim que Phalue saiu. Ela franziu a testa, observando os guardas a postos prepararem seus arcos.

Tythus foi ao encontro dela. Ambos tinham a mesma idade, altura e porte, o que o tornava um parceiro de treino perfeito. Mas ele também era seu amigo, alguém que ela passara a apreciar quase tarde demais. Se Tythus não a tivesse libertado, os Raros Desfragmentados a teriam encontrado ainda na cela em que seu pai a colocara e convenientemente enfiado uma faca em suas costelas.

– Construtos – disse ele ao se aproximar. – Atacando uma carroça de suprimentos.

– Quantos?

– Dois. A condutora só consegue impedir que se aproximem. Não pensei que precisaríamos de guardas para as carroças da cidade. Vou ter que mudar isso. Não é mais seguro fora do palácio, não até conseguirmos lidar com todos os construtos.

Ranami não estava por perto. Devia estar cuidando de Ayesh. Phalue bateu no punho da espada.

– Bom, vamos ajudar.

Tythus lançou-lhe um olhar irônico.

– Eu deveria estar treinando com você, não lutando contra construtos de guerra. Ranami vai ficar irritada.

– Diga a ela que foi ordem minha. – Phalue foi até o portão, Tythus logo atrás. Desde seu encontro com Gio, estava se sentindo frustrada, reprimida. Ela não tinha um exército numeroso para encará-lo numa luta e não sabia como lidar com a constante e sombria ameaça de assassinato. A situação a deixava nervosa, e a Ranami também.

A carroça estava parada perto do portão do palácio. Havia dois construtos entre ela e a muralha, atacando os bois. A condutora gritava com uma bengala nas mãos. Ela a brandiu para eles, mas mal conseguia mantê-los afastados.

– Disparem se eles chegarem perto do portão! – gritou Tythus para os guardas. – Nós os enfrentaremos no chão.

Tythus e Phalue se aproximaram dos construtos ombro a ombro, seus passos sincronizados. As criaturas haviam sido montadas a partir de canídeos e felinos gigantes; um tinha uma cauda peluda de lobo e o outro, uma cauda agitada de leopardo. Ambos tinham dentes e garras que brilhavam sob a luz fraca do sol.

Os construtos estavam tão concentrados nos bois e na condutora que não notaram a aproximação de Phalue e Tythus. Eles levantaram suas espadas ao mesmo tempo e atacaram.

As criaturas se viraram no último segundo.

Phalue não havia se dado conta do quão grandes eles eram quando os viu do portão. Eram quase do tamanho dos bois que puxavam a carroça. Talvez atacá-los ela mesma não tivesse sido a melhor ideia. Afinal, tinha guardas exatamente por aquele motivo. Mas aí a fera de pelagem dourada e pintada na frente dela atacou com uma pata pesada, e Phalue não teve mais tempo para arrependimentos.

Ela saltou para trás, as garras do construto abrindo sulcos em sua bota, alcançando a pele por baixo. Lutar com Tythus era diferente de enfrentar uma fera. Phalue golpeou e a criatura se esquivou por baixo da espada, a barriga no chão. Pelo canto do olho, ela via Tythus se saindo melhor do que ela. Mas ele já tinha lutado de verdade, enquanto ela não.

Phalue contraiu a mandíbula, desviou de outro golpe e investiu contra o construto. Desta vez, acertou o ombro da fera. Um golpe de raspão, que só pareceu deixar a criatura mais furiosa, mas já era alguma coisa. Talvez aquilo pudesse ser como lutar com Tythus. Os construtos eram mais baixos, mais firmes e com garras mais pontudas. Ela podia se ajustar.

Mais quatro golpes e sua espada afundou na lateral da criatura, raspando as costelas até encontrar os órgãos vitais. Tythus já havia despachado o outro construto e estava de lado, observando-a. Que exibido. Ele mal parecia estar sem fôlego.

Em contrapartida, a panturrilha de Phalue queimava onde as garras do construto a tinham acertado. Ela acenou para a cocheira em direção ao palácio.

– O caminho está livre agora.

A mulher se curvou.

– Obrigada, Sai. Eu sabia que os construtos estavam fora de controle, mas não sabia que a situação era tão ruim. – Ela voltou para a carroça e guardou a bengala na parte de trás.

Phalue foi até Tythus e colocou a mão no ombro dele.

– Gio concordou com uma trégua – disse ela. – Precisamos acabar com os construtos agora, antes que outras pessoas se machuquem. Convoque a maioria dos guardas e organize patrulhas na cidade e nas vilas da ilha. Preste atenção em boatos sobre ataques de construtos. Elimine-os o mais rápido possível. Vamos concentrar todos os nossos esforços nisso.

– Isso deixará o palácio vulnerável. Você confia na palavra de Gio?

Phalue balançou a cabeça.

– Não, mas preciso ter esperança de que ele a cumpra. – Ela estava impedindo o embarque de nozes polpudas na ilha; o governo pagava os fazendeiros, mas armazenava as nozes em vez de enviá-las para a Imperial. Se Gio tivesse alguma honra, interromperia os planos de tomar Nephilanu. – Eu pretendia te perguntar antes de sermos distraídos: como está a família?

Tythus riu.

– Igual, de um modo geral. Meu filho mais novo teve febre. Minha esposa teve medo de que pudesse ser tosse do brejo, mas melhorou depois de alguns dias.

Ele sempre perguntava sobre ela, mas ela não sabia muito sobre ele, nem tinha se preocupado em descobrir. Era uma das coisas que ela estava tentando mudar: a consciência de seu lugar no mundo e de como isso afetava os outros.

O olhar de Tythus foi para além dela.

– Parece que fomos pegos.

Ayesh estava embaixo do arco, vestida com roupas usadas do filho de algum criado, uma trouxinha nos braços, a mão apoiada em cima. A garota olhou para os dois enquanto a carroça de suprimentos passava para o pátio. Ranami estava atrás dela, com uma expressão irritada.

– Você é governadora – declarou Ayesh. – Você sabe lutar?

Phalue a chamou com um gesto. Se ela quisesse fazer perguntas, deveria fazer isso de perto.

Ranami cruzou os braços, lançando à esposa um olhar questionador. Phalue deu de ombros. Que mal faria responder àquilo antes que a garota voltasse para as ruas?

Não havia nada de hesitante no passo de Ayesh agora. Ela se aproximou correndo e quase deixou a trouxinha cair. Alguém na cozinha tinha preparado pães e bolinhos de arroz para ela levar; um leve vapor ainda escapava do embrulho.

– Você sabe lutar? – perguntou Ayesh de novo.

– Eu aprendi quando era jovem – respondeu Phalue. – Meu pai deixou e eu nunca parei de treinar.

– Todos os dias – completou Tythus. – E ela me arrasta para essa tortura.

– Ela obriga você a treinar com ela – disse Ayesh, categórica.

Tythus ergueu uma sobrancelha.

– Não, ela não me obriga. A atividade me mantém em forma. Phalue é uma boa parceira de luta. E uma boa amiga.

As palavras aqueceram Phalue de um jeito que ela não esperava. Ayesh a observou como se tentasse entender se Tythus estava falando a verdade. Em seguida, a garota os contornou e seguiu na direção da cidade.

– Criança estranha – murmurou Tythus quando ela se afastou.

Mas, antes de chegar na primeira curva do caminho, Ayesh parou e se virou de novo.

– Você pode me ensinar?

Phalue franziu a testa.

– Ensinar?

– A lutar – disse ela, voltando pelo caminho. – Sou pequena, eu sei. E é por isso que as pessoas acham que podem implicar comigo. Eu quero me defender. Eu preciso.

Havia algo na posição teimosa dos lábios da garota que transportou Phalue a uma memória antiga. Ela estava na frente do pai, no salão de jantar, enquanto ele relaxava com uma mulher nos braços, alguém que ela não conhecia, e uma caneca de vinho na mão. Aos 12 anos, Phalue já era bem alta, os ombros largos. Suas mãos pareciam folhas enormes na ponta de galhos finos. Apesar de sua presença, o som de risadas e esbórnia continuou.

– Quero aprender a lutar – dissera ela na ocasião, tendo que gritar em seguida para ser ouvida em meio à algazarra. Ela havia dito isso outra vez, durante um jantar formal, e ouvira uma recusa. Mas, olhando o pai agora, ela entendia: ele ficava mais leniente quando estava bêbado.

Seu pai ergueu a mão e a abaixou, e o barulho ao redor diminuiu um pouco.

– Você é filha de um governador, não precisa aprender a lutar. Há guardas pra te levaram à cidade quando quiser ver sua mãe. Você já me pediu uma vez e a resposta foi não.

Phalue firmou a mandíbula. Visitar a mãe cercada de guardas nunca era um evento relaxante.

– E estou pedindo de novo.

O pai a encarou, e os sons ao redor diminuíram ainda mais. Ela nunca ficara tão ciente de estar tão sozinha. Sua mãe havia deixado o palácio seis meses antes. Agora eram só ela e o pai e todos aqueles estranhos que ela não sabia de onde vinham. Ela precisava daquilo.

E aí ele riu, ergueu a caneca e se encostou na cadeira.

– Muito bem. Vou procurar alguém pra te ensinar.

Felizmente, seu pai era o tipo de bêbado que se lembrava das promessas.

Ayesh não se movera, a mandíbula ainda firme, a trouxinha de comida e roupas ainda nos braços. Ela era pequena, ninguém podia negar. Tinha a mão cortada também, mas havia como contornar isso. Esses eram os motivos para ensinar, não para recusar. Saber lutar equilibraria as desvantagens da garota e melhoraria as chances dela na cidade. Não era algo que Phalue poderia fazer para ajudar? Ela já passava aquele tempo no pátio, de qualquer forma.

Se Phalue dissesse não, a garota iria embora? Ou pediria de novo, como a própria Phalue já fizera? Tinha a sensação de que sabia a resposta.

– Eu vou te ensinar – disse Phalue. – Volte todas as manhãs a esta hora. Todas as manhãs, veja bem. É preciso dedicação para isso. Eu vou te dar aulas.

Um sorriso surgiu no rosto da menina, o primeiro que Phalue vira nela.

– Eu venho – disse Ayesh, andando pela estrada sem olhar para trás.

Phalue ergueu o rosto e viu Ranami a encarando. Ah, ela devia ter conversado com a esposa primeiro. Principalmente depois de ter lutado com os construtos. Ela sabia que costumava ser impulsiva; era uma das coisas em que estava trabalhando. Tythus embainhou a espada e os dois foram em direção a Ranami no portão.

Phalue podia ser do tipo que não consegue disfarçar os sentimentos, mas Ranami, quando estava chateada, não era muito diferente.

– Dispensado por hoje? – perguntou Tythus.

Phalue assentiu e ele voltou para o palácio. Ela desejou poder fazer o mesmo.

– Eu devia ter perguntado – disse ela para Ranami. – Achei que ela não aceitaria um não como resposta.

Ranami fechou os olhos.

– Você é a governadora. Não deveria lutar com construtos nem ensinar órfãos de rua a usar uma espada.

– Eu também já fui uma menina que queria aprender a lutar.

– Ela virá ao palácio todos os dias. Não podemos nos dar ao luxo de trazer gente nova agora, não com os Raros Desfragmentados em desacordo conosco.

– Então como vamos adotar uma criança? – perguntou Phalue. – Você precisa confiar em alguém, meu bem.

– Eu confio em você – disse Ranami.

– Então confie em mim nisso – disse Phalue. – A garota é inofensiva.

Ela esperava estar certa.

17

NISONG

Uma ilha no extremo nordeste do Império

O construto espião voltou da Imperial depois que eles conquistaram a terceira ilha.

– Tem um homem em uma caverna abaixo do palácio. Ele dorme na água – disse a criatura, montada a partir de uma gaivota, empoleirada no parapeito da janela da suíte do governador.

Era um construto de terceiro nível, complexo apenas o suficiente para transmitir as palavras de outras pessoas. Nisong insistiu em mais detalhes. A descrição foi fraca, mas ela sabia: era Shiyen.

Shiyen estava morto, mas Nisong também estava. Ele a tinha criado; por que não criar uma réplica dele também? Algo se mexeu dentro dela e a encheu de saudade. Nas lembranças, ele a amara. Nas lembranças, eles foram felizes.

Mas essa não era a única informação trazida pelo construto espião. O Império havia chegado.

Os soldados entraram na ilha dela sob a proteção da noite, surgindo da escuridão com o uivo do vento. O espião estava certo sobre o ataque. De onde estava, no ponto mais alto do palácio, Nisong só tinha vislumbres de lampiões e tochas e ouvia ruídos distantes do tilintar de metal e dos rosnados de seus animais. Por mais que quisesse estar lá fora, no meio de tudo, ela tinha tarefas importantes para executar.

Cinco aldeões estavam ajoelhados na frente dela, as cabeças baixas. Sangue corria em filetes por detrás das orelhas deles, reunindo-se no queixo e pingando no chão de madeira. Todos tremiam, menos um. Não houvera tempo de encontrar ópio para aliviar a dor, um pequeno infortúnio com o qual ela podia viver.

Nisong mexeu os fragmentos na mão, sangue e cabelo e pedaços de couro cabeludo ainda presos.

– Deixe eles irem – ela disse para Folha. – Tragam os próximos cinco. Vou precisar de mais.

Dois corpos haviam sido colocados num cobertor ao lado da cama, uma taxa melhor do que se costumava ter no Festival do Dízimo. Podia ficar um pouco satisfeita com isso, pelo menos. Seus construtos tinham mãos firmes e um bom nível de força. O processo tinha sido rápido. Por que usar soldados? Ela teria que sugerir esse método para Shiyen quando…

Ah, claro. Às vezes, parecia que ela estava vivendo duas vidas diferentes, partidas em duas épocas diferentes.

Os fragmentos tilintaram no fundo da tigela de argila quando ela os jogou na água lá dentro, o sangue deixando-a turva como uma névoa vermelha. Nisong voltou-se para os fragmentos que já tinha limpado e, enquanto os construtos levavam os aldeões para fora e traziam um grupo novo, começou a entalhar.

Ela sabia os comandos, sabia o método para alcançar dentro da carne morta. Construtos burocráticos podiam executar consertos menores em outros construtos. Ela percebera que, de um ponto de vista lógico, não havia nada que a impedisse de criá-los.

Dos cinco novos aldeões que chegaram, três gritaram quando o cinzel foi enfiado, um grunhiu e o último choramingou. Nisong trincou os dentes com o barulho, concentrada na tarefa. Aqueles construtos precisavam lutar por ela com certa proficiência. Ela escrevera os comandos em folhas de papel antes de criar os primeiros, tentando encontrar um equilíbrio entre a complexidade dos comandos e o uso da menor quantidade de fragmentos possível. E as falhas na memória a frustravam; tinha que haver outros comandos melhores, mas ela não tinha lembrança deles. Nisong precisava ser implacavelmente eficiente, senão aquilo não funcionaria.

Seu olhar foi até a janela de novo quando o som da batalha superou o da chuva. Os aldeões estavam ajoelhados no chão, trêmulos, a respiração irregular como o som de ondas dentro de uma concha. Ela estendeu a mão e Folha depositou os fragmentos na palma.

– Os próximos.

Os fragmentos anteriores já tinham esfriado quando Nisong os tirou da água e colocou os novos no lugar. Ela removeu pele e cabelo, secou-os na saia já ensanguentada e os entalhou também.

– E, então, você vai nos drenar duas vezes mais rápido? – gritou uma das aldeãs quando Folha e os animais a escoltaram do quarto. – Seu monstro!

Nisong não respondeu. Se o primeiro fragmento deles já estivesse em uso, ela supôs que realmente faria isso. Mas o quanto poderia se preocupar com os doentes do mal do fragmento se havia sua própria gente para proteger?

O construto de gaivota pousou no parapeito e sacudiu a chuva. As gotículas que caíram no chão se misturaram ao sangue.

– Os invasores derrubaram a maior barricada e nossos arqueiros estão sem flechas.

– Quanto tempo? – perguntou Nisong, avaliando a pilha de fragmentos. Podia ser suficiente. Talvez fosse. Se ela enviasse poucos de uma vez, perderia vantagem em números. Os construtos que estava criando não seriam Tirang, nem mesmo construtos de guerra de segundo nível; eles estariam abaixo do terceiro nível. A habilidade não estaria ao seu lado. A ilha anterior era pequena; mesmo depois de seus construtos terem reunido os cadáveres das pessoas que tinham matado, não havia o bastante. Ela precisaria de mais carne morta se quisesse fazer construtos suficientes para se defender dos soldados do Império.

Eles tiveram que criar mais corpos nessa ilha.

A gaivota inclinou a cabeça para ver melhor as ruas chuvosas lá embaixo.

– Não muito. Aguentaremos mais tempo na primeira barricada. Mas logo eles estarão na muralha do palácio, e ela é mais decorativa do que defensiva.

– Rápido – disse Nisong para Folha. – Mais quinze, todos de uma vez.

Ele ergueu uma sobrancelha e se curvou.

– Nisong, isso é sábio? Se eles decidirem resistir, será mais do que podemos enfrentar. Sei que estamos desesperados, mas eles também estão.

Ela fechou os olhos.

– Traga as crianças.

Para o crédito de Folha, ele hesitou apenas um momento antes de sair da sala. Nisong não queria tirar o dízimo dos mais novos; já havia argumentado antes contra usar as crianças no Dízimo. Mas seu fim estava se aproximando rapidamente, e os arrependimentos poderiam ser resolvidos mais tarde. Shiyen dissera que as memórias das crianças eram mais limitadas, então seria um favor a elas. E sempre fora feito assim. Ela levou a mão por reflexo para trás da orelha direita. A pele ali era lisa, sem nenhum ponto em relevo que pudesse sentir. Shiyen havia corrigido a cicatriz antes de colocar os comandos e as memórias no corpo dela. Nisong não tinha certeza do motivo de ele ter se preocupado em fazer isso, mas não ter adicionado de volta os dois dedos faltantes em sua mão esquerda. Ou talvez ela os tivesse perdido mais tarde e tivesse esquecido.

Ela não tinha lembrança do Festival. Seus dedos doíam enquanto esculpia os cinco fragmentos seguintes, as crianças sendo trazidas, trêmulas e chorosas. Algumas atingiram novos patamares histéricos quando entraram. Ah.

Os corpos ao lado da cama. Ela deveria pelo menos ter escondido os corpos. Tarde demais agora. Melhor terminar rápido do que arrastar a situação. Ela sinalizou para Folha, que pegou o martelo e o cinzel.

As crianças choraram, sim, mas não gritaram. Dentre as quinze, houve uma vítima, uma garota que não ficava parada quando solicitado. Seu fragmento seria inútil.

A gaivota gritou de seu poleiro no parapeito da janela.

– Os soldados estão no portão!

Não havia tempo para debater ética. Nisong reuniu os últimos quatorze fragmentos, limpou-os e entalhou-os tão rápido quanto suas mãos trêmulas permitiam. As letras pareciam precisas o suficiente para funcionar. Só havia uma maneira de descobrir.

Lá fora, ela ouviu um estalo. Trovão? Mas não houvera o clarão de um relâmpago. O portão. Os soldados deviam ter encontrado algo com que bater nele. Embora pudessem escalar os muros, eles provavelmente não sabiam o que os esperava do outro lado, não com certeza.

– Todos para o portão, incluindo os prisioneiros – disse Nisong. – Agora.

Construtos eram melhores do que pessoas para obedecer. Eles se moveram rapidamente, sem confusão, perguntas ou cochichos.

No pátio, a chuva batia nas pedras do calçamento. Cada passo deixava os sapatos desgastados mais úmidos. Estranho que, mesmo agora, ela ainda ficasse irritada com a sensação da água fria entre os dedos dos pés, com o barulho do tecido molhado. Os comandos batiam uns nos outros dentro das três bolsas que levava, o som quase inaudível sob a tempestade.

Algo bateu novamente no portão.

Os aldeões que ela havia feito prisioneiros se amontoavam em um grupo, mãos pressionadas contra as feridas, braços em volta de crianças machucadas. Certamente alguns deles tinham família ou amigos naquela ilha; certamente, se fosse necessário, ela os usaria como reféns. Mas a multidão atrás do portão urrou, e então ela soube que eles não parariam para fazer perguntas nem ouvir qualquer tentativa de negociação.

Para eles, ela não passava de um monstro irracional e faminto.

Os corpos estavam empilhados em um canto do pátio. Alguém, ela não sabia quem, havia reunido zimbro para queimar com eles. Um gesto gentil, mas perda de tempo. Ela correu até os corpos enquanto o barulho do lado de fora do portão aumentava.

Coral se ajoelhou ao lado dela enquanto trabalhava.

– Eles vão invadir daqui a pouco.

– Pegue uma arma. – Nisong segurou o braço de Coral e a guiou em direção ao palácio. – Mantenha-se segura.

Fronde se afastou dos construtos alinhados perto do portão, faca na mão. Ainda segurava a escultura em que estava trabalhando: um pássaro em voo, as penas quase completas. Ele olhou para o objeto como se tivesse esquecido que o segurava e se ajoelhou para colocá-lo no chão.

– Eu serei sua arma – ele disse a Nisong. – Alguém deve protegê-la enquanto você trabalha.

Ela não teria escolhido Fronde, mas não havia tempo para montar construtos para protegê-la. A presença dele faria alguma diferença quando os soldados arrombassem o portão? Fronde era escultor, não lutador. Era baixinho, o cabelo vivia caindo nos olhos, o olhar estava sempre distante. Seu lugar não era em um campo de batalha; ela o arrastara para um. Teria escolhido Concha, que pelo menos era competente com uma lança.

Mas Concha estava morto.

– Obrigada – disse ela, respirando fundo e tentando se concentrar, apesar dos gritos. Precisara tentar algumas vezes na última ilha para conseguir criar construtos a partir dos corpos dos aldeões, e estava mais do que sem prática agora. Lá, ela fizera isso enquanto o resto do mundo estava calmo. Ali, estava tentando fazê-lo para evitar um ataque já em andamento.

Havia um lugar para ela no coração do Império. Valeria a pena tudo aquilo.

Nisong tentou se agarrar a esse pensamento enquanto segurava os comandos: ela e Shiyen, juntos e inteiros. Tentou se desligar do som da madeira quebrando, do choro das crianças. Apenas seu próprio corpo, os fragmentos de osso e o corpo diante dela, o rosto ainda com os olhos arregalados de choque.

Ela estendeu a mão para o peito dele, a mente calma. Pele fria e morta tocaram as pontas de seus dedos.

– Eles quebraram – disse Coral, sem fôlego, de volta ao seu lado. – Eles têm machados. Estão destruindo o portão.

Nisong já tinha morrido uma vez, suas lembranças mostravam sua doença, lampejos de náusea e fraqueza. Aquilo já havia sido bem doloroso: ela não estava preparada para morrer de novo. Não estava pronta para desistir.

Coral agarrou seu braço.

– Você me contou sobre suas lembranças. Volte ainda mais – disse Coral. – Você nunca foi capaz de se concentrar perto do Imperador. Pense na sua irmã.

– Ela me dispensou também – disse Nisong, afastando as mãos suaves da mulher.

– Nem sempre. E isso foi o suficiente. Aqui. – Coral pegou um galho de zimbro e o enfiou debaixo do nariz de Nisong. Atrás delas, a madeira estalou outra vez enquanto os invasores arrancavam tábuas, o som de urros e de metal colidindo enquanto os construtos restantes faziam o melhor para defender o pátio.

Eles iam morrer. Nisong podia muito bem agradar Coral. Ela respirou fundo.

E, então, foi transportada. Estava na escada do saguão de entrada do palácio em Hualin Or, observando os servos carregarem suas coisas para um palanquim.

– Deveria ter sido Manlou de Gaelung – disse sua irmã, Wailun, atrás dela. – Não você.

Nisong só deu de ombros. Tinha ouvido isso das fofocas dos servos, dos sussurros nas ruas, de seus próprios pais. Ela seria a consorte do Imperador; as palavras não a incomodavam mais. Ela estaria acima de todos eles.

– Ele não liga pra você – disse Wailun.

– Não importa – rebateu Nisong. – Sou a parceira mais vantajosa pra ele agora.

Wailun soltou uma risada debochada.

– E você não teve nada a ver com aquele escândalo, assim como não teve nada a ver com Enara na Cabeça de Cervo. Tentando coagir a senescal do Imperador a envenenar você... Não é algo que uma consorte em potencial deveria ser pega fazendo.

– Ela deixou o medo governar as próprias ações – disse Nisong. – Me viu como ameaça e quis solidificar sua posição. Se ela foi pega, não foi culpa minha.

– E você não teve nada a ver com isso?

– Também não disse isso. – Ela contraiu a mandíbula. – É você que sempre me diz pra usar minha mente a meu favor. – Tantas manipulações leves, tantas mais profundas, tantos favores comprados e pagos. Ela merecera aquilo.

Wailun levantou as mãos.

– Não estou aqui pra te repreender.

Uma vida de sofrimento transbordou dentro dela. Wailun a repreendera muitas vezes, sempre na frente dos pais ou dos amigos. A tola e simples Nisong, que aparecia onde não devia, que falava quando não era sua vez. Quando estavam sozinhas, Wailun sabia ser gentil. Quando não estavam, ela a tratava com desdém. Nisong só queria alguém que acreditasse nela, que tivesse alguma estima por ela. Quando estavam sozinhas, sentia que a irmã talvez a estimasse, mas suas esperanças eram destruídas repetidamente.

Nisong fechara o coração para Wailun havia muito tempo. Mas, às vezes, parecia que só tinha fechado uma janela atrás da qual uma tempestade caía. A água continuava entrando e apodrecendo a madeira.

– Pra que você veio aqui, então? Pra expor meus crimes? Pra me confrontar? Não podia esperar até de noite?

Mais tarde, a família faria a despedida dela com um jantar formal. Sua mãe e seu pai a elogiariam; sim, ela valia alguma coisa para eles agora. Estava ao mesmo tempo ansiosa e com medo do evento. Os elogios seriam vazios. Ela queria, mais do que tudo, deixar aquela vida para trás e começar do zero.

– Eu queria te dar um aviso. Você venceu uma batalha, mas as coisas não vão melhorar quando virar consorte do imperador.

Foi a vez de Nisong dar uma risada debochada.

– Não tem como piorar.

Wailun apenas a olhou com uma expressão solene.

– Eu sei do que você é capaz. Sei que é mais competente do que os outros pensam. Mas Shiyen viveu a vida toda sabendo quem é e quem está destinado a ser. Ele foi ensinado e preparado e testado. Ele não verá você como consorte; verá como um bem, mas um bem menor do que ele deveria ter recebido.

Nisong ergueu o queixo e apertou os lábios.

– Eu não sou algo menor. Vou mostrar a ele.

Antes que ela pudesse reagir, Wailun olhou ao redor e a envolveu em um abraço.

– Só toma cuidado. – A irmã se afastou e subiu a escada.

Por um momento, Nisong não conseguiu se mexer, pega de surpresa. Não tinha passado por sua cabeça até aquele momento que Wailun também podia ter sofrido pressão dos pais e de outras pessoas para ser de um certo jeito. Que talvez a irmã a amasse do jeito torto dela.

Wailun a deixou com cheiro de zimbro nas narinas, e a tempestade atrás do coração fechado se acalmou por um breve instante.

Quando Nisong voltou a si, a chuva no pátio havia encharcado seu cabelo. Coral ainda estava ajoelhada ao lado dela e, milagrosamente, elas ainda não estavam mortas.

– Agora – disse Coral. – Tenta agora.

Sem nem pensar, Nisong enfiou a mão no corpo do cadáver. A carne ficou incorpórea. Ela colocou os fragmentos no lugar e tirou a mão. O homem se sentou, esperando um comando, a carne viva novamente. Estava num estado lamentável, a ferida na barriga vazando fluidos. Mas Nisong não tinha tempo para fechar isso, para refiná-lo, para torná-lo mais complexo.

– Destrua os invasores. Proteja os construtos.

Ele se moveu para obedecer.

Ela foi para o corpo seguinte, e para o seguinte, centrando-se no aroma de zimbro. Não ousou desperdiçar tempo observando a batalha, embora Coral lhe desse breves atualizações. Fronde estava na frente delas, afastando adversários que passavam pelas defesas iniciais. Em algum momento, ela pensou ter sentido o movimento de uma espada cortando o ar. Não havia tempo para se preocupar com isso, porque, se parasse, ela morreria. Todos morreriam.

– Anda logo – disse Coral no ouvido dela. – Nós precisamos de mais.

Como podia andar logo se precisava se concentrar? Nisong arriscou um olhar para a batalha e desanimou. Os construtos que criara estavam ajudando, mas ela não conseguia trabalhar com rapidez suficiente. Corpos cobriam o pátio pavimentado. Ela fez um breve contato visual com uma mulher vestindo uma jaqueta de soldado rasgada, o rosto numa careta feroz. O estômago de Nisong se contraiu.

A mulher correu para cima delas.

Fronde se adiantou para interceptá-la sem hesitar, bloqueou a espada da adversária com a faca e a empurrou para dar espaço para Nisong trabalhar. Ela prendeu a respiração quando a mulher atacou Fronde, ignorando os contra-ataques. Ele era lento demais, tímido demais. Ela afastou o olhar. Ficar encarando não o ajudaria.

Nisong segurou a mão de Coral e colocou as bolsinhas de fragmentos na palma da mão dela.

– Você precisa tirar um fragmento de cada bolsinha e me entregar quando eu precisar.

Coral franziu a testa.

– Mas e se eu cometer um erro e…

– Por favor. Senão, nós vamos morrer. – Nisong se virou antes que houvesse mais protestos e enfiou os dedos em outro corpo.

Coral trabalhou ao lado de Nisong, suas mãos se movendo em sincronia. Pegar mais fragmentos, colocá-los dentro de um cadáver, dar a ordem. Os construtos cambaleantes iam para a batalha com pequenos pedaços de seus corpos caindo pelo caminho.

Suas mãos doíam, suas costas doíam. Nisong só sentia o cheiro de zimbro e só ouvia gritos. Mas houve uma mudança de ritmo quando elas começaram a trabalhar lado a lado, uma virada de maré.

Finalmente, só restavam três corpos. Mas, quando ela estendeu a mão, não recebeu nenhum fragmento.

– Coral?

– Não tem mais.

Nisong ousou se virar. A primeira coisa que viu foi Fronde caído nas pedras do pátio, a faca ainda na mão. Havia uma flecha enfiada em seu peito. Nisong se aproximou, exausta, já sabendo o que encontraria e temendo exatamente isso.

A chuva pingava no rosto inerte de Fronde, correndo pelas rugas ao lado dos olhos. Ele não esculpiria mais estátuas. Nisong lhe prometera liberdade e uma vida fora de Maila, mas o levara para a morte.

Ela afastou a culpa. Já tinham sofrido perdas naquela marcha para a Imperial, e sofreriam mais até o fim. Ela observou o pátio.

Só restavam uns poucos combatentes, encurralados junto ao muro pelos construtos. O resto dos soldados tinha recuado.

Ela caiu sentada nas pedras, a mão ainda no peito de Fronde. Eles tinham vencido.

18

LIN

Ilha Riya

Thrana gritou de novo e fui tomada por um medo ardente como um raio. Mal senti o chão sob os pés quando corri para o saguão de entrada e subi a escada do palácio. Não tinha certeza do que faria quando chegasse lá; eu não tinha armas. Só sabia que não podia deixar que nada acontecesse a ela.

Entrei de súbito nos meus aposentos. Algo acertou a lateral do meu corpo e me derrubou no chão. Havia alguém em cima de mim, o rosto coberto com um pano escuro, uma faca cintilando na mão.

Meus ossos vibraram com energia. Bati a mão no pulso do agressor e vi a faca deslizar para longe.

Nesse momento, Jovis tirou o assassino de cima de mim, o rosto enfurecido. Ele o jogou para o lado, o corpo batendo em uma das cadeiras da minha sala. O assassino grunhiu, mas ficou de joelhos.

Thrana.

Tive vislumbres de movimento quando me levantei. Mais um assassino, circulando Mephi e Thrana. Só Mephi reagia. Apesar de Thrana ser maior, ela havia se encolhido e soltava gritos lamuriosos cada vez que ele tentava atacar. O focinho de Mephi estava ensanguentado, mas eu não sabia se o sangue era dele ou de um dos assassinos.

Fechei a porta com um chute.

– Eu posso ajudar – sussurrei para Jovis.

– Eu sou o capitão da Guarda Imperial – disse ele. – Minha função é proteger você.

Flexionei os dedos e pensei no poder que eu tinha demonstrado antes, quando puxei as gotas de água para dentro do castelo. Ele ficara surpreso de eu ter feito tanto.

– Você não pode me proteger se estiver morto. E eu não sou tão indefesa quanto todo mundo pensa. Além do mais, você não devia *mesmo* me dizer o que fazer.

Jovis tinha me visto no corredor, ensanguentada da batalha com meu pai, mas vitoriosa. Ele sabia melhor do que ninguém que eu era capaz de me defender.

Jovis me olhou rapidamente e tirou uma adaga do cinto. Jogou-a para mim e eu a peguei pelo cabo.

– Eu pego o da direita. Você consegue pegar o outro? – perguntou ele.

Senti a força fluir pelos membros, mais intensa até do que quando comi as bagas de zimbro nuvioso. Não havia ninguém ali para me impedir de usar minha magia recém-descoberta. Todo o medo que eu tinha sentido virou raiva fervente.

– Consigo.

Eles ousaram ir até ali e atacar *Thrana* em vez de mim? Meus dedos apertaram a adaga. Eu a ergui. Mas, em vez de atacar o assassino da esquerda, deixei minha percepção se apurar. Senti a umidade nos meus aposentos e do lado de fora do castelo. Foi tão fácil quanto da primeira vez que Jovis me mostrou. Capturei as gotas e senti quando formaram uma poça aos meus pés. E, quando o assassino me atacou, ergui a água e joguei na cara dele.

O assassino engasgou e quase largou a arma.

Eu me aproximei e passei a adaga pelas costelas dele. Já tinha cortado carne suficiente quando estava aprendendo a magia do fragmento de ossos do meu pai. Aquilo não foi diferente. Exceto que, desta vez, o sangue estava quente. Ele pulou para trás com a mão na ferida.

Jovis tinha quebrado a perna de uma cadeira e estava usando-a para bater no assassino da direita. Meu oponente me subestimara, mas estava se recuperando rapidamente. O oponente de Jovis desviava dos ataques, sempre com a lâmina em riste.

Eu recuei e procurei uma posição de defesa. Foi assim que acabei ficando com as costas coladas nas de Jovis, a adaga erguida, Thrana ao meu lado. Ela recuperara a coragem com a minha presença, e senti a vibração de seu rosnado quando ela encostou no meu joelho.

Os dois assassinos atacaram.

Os Alangas que haviam me atacado na Imperial estavam contando com o elemento surpresa. Aqueles dois eram lutadores treinados e se moviam com a fluidez de dançarinos. Meu oponente fez finta e desviou, evitando me encarar diretamente. Ciente da minha força e da minha velocidade agora, ele passou a procurar uma abertura, fintando com a espada.

Senti a presença de Jovis nas minhas costas quando ele atacou, o ombro roçando brevemente no meu. Peguei mais água lá fora quando desviei de um golpe, e Thrana mordeu os calcanhares do assassino.

O homem olhou para a poça que eu tinha reunido. Eu sabia o que ele estava pensando: que eu jogaria tudo na cara dele para sufocá-lo de novo. Mas eu só joguei um esguicho no rosto dele e o resto na direção dos joelhos, numa onda.

Ele desviou da água direcionada ao rosto, mas exagerou no movimento e caiu quando a onda acertou as pernas. Thrana deu um pulo para a frente e enfiou os dentes nos braços do homem. Ele largou a lâmina e tentou se soltar da mordida dela.

Jovis grunhiu.

Eu me virei e dei de cara com a lâmina do outro assassino enfiada na perna da cadeira de Jovis. Antes que o homem pudesse atacar outra vez, passei por baixo do braço erguido de Jovis e fiz um corte no abdome do assassino. Matar era mais fácil do que eu pensava. Tudo não passava de carne, esperando para ser cortada.

Minha lâmina caiu no chão.

– Como eu falei...

Jovis apertou os olhos e se virou, quase me derrubando. Ele moveu a clava improvisada, e a adaga enfiada acertou o outro assassino na cara. O cabo bateu na têmpora dele com um estalo. Ele tinha se soltado de Thrana e estava com o braço inerte, a lâmina na outra mão. Estava prestes a me dar uma facada nas costas.

Meus batimentos soaram nos ouvidos e ecoaram o som da chuva no telhado. Jovis e eu ficamos parados por um momento, tremendo, as pernas emaranhadas das viradas apressadas, os ombros encostados. Meu olhar encontrou o dele, nossa respiração sincronizada. Fui atraída por seus lábios entreabertos. Eu, que já tinha pensado que ele era comum, agora não conseguia afastar o olhar. Não sabia se queria que ele se afastasse ou que ficasse ali. Ele estendeu a mão livre e cobriu a minha. Eu prendi o ar.

– A adaga – disse ele, as palavras quentes no meu ouvido. – Alguém vai vir.

Demorei um momento para assimilar o que ele queria dizer. Claro. Eu queria afundar no chão, até a terra fria e úmida abaixo. Eu era Lin, era a Imperatriz, e era uma idiota.

Eu soltei a adaga e deixei que ele a pegasse.

E então me lembrei de Thrana e Mephi e me senti mais idiota ainda. Dei alguns passos para longe de Jovis, abrindo espaço para ele. Nossos animais estavam de pé, o pelo sujo de sangue, mas os olhos brilhando.

– Vocês estão machucados? – perguntei.

– Não – respondeu Mephi.

– Não – repetiu Thrana.

A porta se abriu. Cinco guardas entraram, Iloh logo atrás. Eles observaram rapidamente a sala e viram os dois assassinos mortos.

– Vocês estão bem? – perguntou Iloh.

– Jovis é um capitão competente. Ele derrotou os dois homens.

O sujeito irritante teve a temeridade de sorrir com o elogio, como se o merecesse. Até sua postura mudou, e ele se empertigou enquanto limpava a adaga e a enfiava na bainha.

– Bem, *é* o meu trabalho.

Eu nunca quis tanto dar um soco na cara de alguém.

– Não sei como esses assassinos entraram no palácio – disse Iloh. – Eu garanto que tomamos todas as precauções antes da sua visita. Minha guarda deveria ter cuidado deles antes que conseguissem chegar aos aposentos dos hóspedes. Eu lhe devo minhas mais profundas desculpas. Por favor, me perdoe.

Iloh não mandaria assassinos para os meus aposentos. Ele teria esperado até que eu estivesse nas ruas para poder negar qualquer responsabilidade. Fiz um gesto para que ele deixasse para lá.

– Jovis foi seguido quando estava na cidade. Eu devia ter levado essa informação a você.

– Mesmo assim, Vossa Eminência, juro que não vai mais acontecer. – Iloh deu outra olhada ao redor. – O telhado está com goteira?

A água. Um calor subiu pelo meu pescoço. O chão e os tapetes estavam encharcados com a água que eu havia jogado nos assassinos. Eu devia manter minha mágica em segredo, e ali estava eu, deixando provas para todo lado.

– É melhor verificar. Estava assim quando chegamos – disse Jovis tranquilamente.

Talvez eu não quisesse mais dar um soco nele. Só talvez.

– Esperem – falei quando os guardas começaram a puxar o assassino para fora. – Ele ainda está vivo? Quero falar com ele.

Os guardas olharam para Iloh, que assentiu. Eles apoiaram o homem na parede e eu me aproximei. Ele não era jovem nem velho, com o tipo de rosto comum que seria difícil identificar na multidão. Os olhos ainda estavam fechados, a respiração regular. Eu me ajoelhei e bati em sua bochecha até ele começar a despertar.

– Você está nos aposentos de hóspede da Imperatriz Lin Sukai – falei. Eu sabia como uma batida na cabeça podia desorientar alguém. – Você tentou me matar. Quem te mandou?

– Seu pai nos abandonou. Vocês nos deixaram sozinhos – disse ele, o olhar embaçado.

– Abandonou quem? Eu não fiz nada disso.

– Do que ele está falando? – perguntou Jovis, ao meu lado.

– Não tenho ideia.

– Por que nos deixar vivos? Por que nos mandar fazer as mesmas coisas todos os dias?

– Quem mandou vocês? Por quê...? – Eu parei, o resto das palavras secando na língua. Eu não sabia o que meu pai tinha feito com os construtos falhos, o que tinha feito antes de mim. Ele não os havia destruído. Peças começaram a se encaixar na minha mente.

Lentamente, os olhos dele se focaram em mim.

– Não tenho respostas pra você – disse ele.

Se ao menos não houvesse mais ninguém ali... Eu poderia enfiar a mão nele, modificar os comandos até ele me dizer a verdade. Se eu pudesse colocá-lo no meu navio, falar com ele sozinha, talvez tivesse uma chance.

Ele riu como se soubesse o que eu estava pensando. Antes que eu pudesse fazer outra pergunta, ele bateu com a cabeça na minha. O mundo girou ao meu redor. Fiquei vagamente ciente de que ele tinha se levantado e, ao longe, Thrana rosnou.

Uma coisa quente jorrou em mim. Sangue.

Por um brevíssimo momento, achei que o sangue fosse meu. Então era esse o meu fim. Não pelas mãos do meu pai, mas sim de um de seus construtos rebeldes. A sala começou a se acomodar novamente. Jovis estava ao meu lado, a adaga enfiada no peito do homem.

Não meu sangue. Dele.

Estendi a mão para tentar me firmar e encontrei o pelo de Thrana debaixo dos dedos. Ela me ajudou a levantar.

– Você não precisava matá-lo – sussurrei para Jovis. – Eu não ordenei isso. – Minha cabeça estava começando a doer. Olhei para baixo e vi sangue manchando a jaqueta de Iloh.

– Sua jaqueta. – Virei-me para Iloh. – Sinto muito. – Eu não sabia direito o que estava dizendo. Assim que me levantei, a sala começou a girar novamente.

Tentei focar no rosto de Iloh e só consegui um vislumbre de sua expressão perplexa antes do rosto de Jovis surgir na minha frente. As sobrancelhas estavam unidas em uma linha escura.

– O que eu devia ter feito? Deixado que ele te matasse? Não acho que isso teria funcionado pra nenhum de nós dois.

– Sou a Imperatriz – retruquei, indignada. Enfiei os dedos no pelo de Thrana, tentando fazer a sala ficar parada. A dor drenou minha raiva. Havia gente demais ali. – E… preciso de um banho. Por favor.

Tudo aconteceu rapidamente na sequência. Jovis saiu e assumiu seu lugar à minha porta. Servos entraram e saíram, limpando a água e o sangue. Uma criada me levou para tomar banho, Jovis seguindo atrás. Ele esperou do lado de fora.

O banho me acalmou. E, depois, tudo que eu queria era dormir.

Voltei para o quarto como um cachorro repreendido. Eu tinha falhado. Precisava do apoio daquelas quatro ilhas, mas Iloh me odiava. As pessoas me odiavam. Eu me encolhi na cama de hóspedes, Thrana ao meu lado. Escondi o rosto no ombro dela, sentindo seu cheiro de fumaça, madeira e terra úmida.

– Não sei o que fazer. Não me querem como imperatriz. Como posso continuar lutando por isso se sou a única nessa batalha?

O nariz frio de Thrana encontrou meu ouvido.

– Eu estou aqui. Ikanuy está ajudando. Jovis e Mephi estão ajudando.

Jovis. Ele realmente estava ajudando? Eu não tinha certeza.

– Obrigada – sussurrei em seu pelo.

O peito de Thrana roncou quando ela suspirou.

Acordei com uma batida à minha porta. Ainda sonolenta, me levantei. Thrana estava dormindo e resmungou um pouco quando a empurrei para o lado e peguei os chinelos. Apertei o cinto do robe, passei a mão pelo cabelo e abri a porta, esperando encontrar um servo ou Jovis.

Quem estava na porta era Iloh, arrumado e bem mais acordado do que eu. Ele estava usando a mesma jaqueta da noite anterior?

– Eu lhe devo um pedido de desculpas.

Levei um momento para organizar os pensamentos. O ar ainda tinha um leve cheiro de cobre.

– Pelos assassinos? Você já se desculpou.

– Apesar de eu ainda achar que foi um grande descuido da parte dos meus guardas, não foi por isso que vim me desculpar. Eu a tratei de forma injusta.

Meus pensamentos finalmente se organizaram.

– Sua mãe – falei. – Sei que meu pai usou o fragmento dela e a matou. Eu não tinha poder sobre as coisas que ele fazia. Queria ter tido. Basta dizer que nós raramente concordávamos. – Pensei no temperamento de Shiyen, nas minhas tentativas desesperadas de agradá-lo, de ser quem ele queria que eu fosse. E pensei no dia em que o matei.

– Sempre achei os Sukais farinha do mesmo saco – disse ele.

Eu não era Sukai, não de verdade. Mas deixei que ele continuasse.

– Falei com Pulan. Segui seu conselho. Nós conversamos a noite toda. Se você cumprir sua palavra e enviar recursos pra desenvolver a mina, ela vai se casar comigo. As crianças... isso nós vamos resolver depois. Juntos. – Ele parecia mais tímido do que na noite anterior, sem a ajuda da bebida para dar um empurrão na coragem e na honestidade.

Deixei que ele sentisse o desconforto por um momento, só porque ele tinha me feito sentir o meu por muito mais tempo. E então fiz a coisa certa.

– Fico feliz em saber. E vou cumprir minha palavra. Podemos elaborar os documentos antes da minha partida se Pulan quiser ficar para assiná-los. Vou pedir um dízimo um pouco maior dela em troca. – Deixei essa parte para o final na esperança de que ele estivesse de bom humor para concordar. Quando eles se casassem, seus bens e seus governos se juntariam.

– Claro, é justo considerando seu investimento – disse Iloh. Ele se curvou e, pela primeira vez, pareceu genuíno. – Vou distribuir os fragmentos do meu povo. Vai ajudar muito a curar as feridas que seu pai criou.

– E quanto aos guardas para ajudar a combater os construtos na extremidade nordeste?

Meu coração se apertou quando ele fez que não.

– Preciso cuidar dos meus primeiro. Recebi um relatório hoje de um ataque de construtos num vilarejo a leste daqui. Se eu mandar os guardas pra longe agora, o povo entenderá como um abandono. São tempos difíceis, com a Cabeça de Cervo afundada, construtos atacando e a tosse do brejo aumentando. Essa doença já está afetando Riya, e as nozes polpudas são caras. Posso ceder alguns dos meus guardas, mas não tantos quanto você gostaria.

Construtos tentando me assassinar ao mesmo tempo que um ataque acontecia em um dos vilarejos de Riya? Tive a sensação de que essas coisas estavam relacionadas.

– E se o ataque se originar do grupo no nordeste? Você estará apenas golpeando as pernas da besta em vez de cortar a cabeça.

Ele abriu as mãos.

– O fato é que eu sou responsável por Riya. Você é responsável pelo Império. Os construtos são da alçada da Imperatriz. Sinto muito.

O chão parecia estar caindo, meu estômago indo junto. Ele não podia fazer isso. Eu poderia ordenar que ele entregasse todos os guardas. Poderia pegar de volta seu fragmento ou os fragmentos da família dele, usá-los para ameaçá-lo até que fizesse o que eu pedia. Não era por mim. Era por pessoas como Numeen e sua família, que precisavam de uma imperatriz que se importasse com elas.

Meus sentidos se aguçaram e fiquei ciente do chá fervendo na sala ao lado, da umidade acumulada no telhado, do suor escorrendo na testa de Iloh. Eu podia não ter construtos, mas tinha outros poderes.

Thrana cutucou a palma da minha mão com o nariz. Pensei na garça que a filha de Numeen tinha feito com dobraduras, molhada com o sangue dela, na maneira como meu pai lidava com as pessoas que se opunham a ele. Eu respirei fundo.

Eu não era ele.

Mas então estudei o rosto de Iloh. Ele não estava me afastando, não completamente. Estava esperando.

Ele queria uma contraproposta.

Minha mente percorreu as palavras que ele havia dito. Ah.

– Você precisa de nozes polpudas. – A Imperial tinha um estoque de óleo. O carregamento de Nephilanu para a Imperial estava atrasado, eu ainda não sabia o motivo, mas nós receberíamos mais. – Posso resolver outro de seus problemas. Vou pedir à minha senescal que envie um pouco do estoque de óleo da Imperial. Deve chegar rápido. – Fiz alguns cálculos mentais. Considerando a quantidade de pessoas que costumava ficar doente com tosse do brejo, sobraria o suficiente para a Imperial caso algo desse errado.

– Isso deixaria meu povo muito mais tranquilo – disse Iloh. – E economizaria meu estoque. Poderei contratar e treinar mais guardas nesse ínterim. Enquanto isso, meus guardas estão à sua disposição.

Talvez ele tivesse dificultado o acordo, mas eu fiz um aliado em vez de um inimigo. Então, me permiti um pouco de presunção quando nossa visita terminou, os papéis para o desenvolvimento da mina de pedra sagaz de Pulan assinados. Eu tinha enviado uma cópia para Ikanuy, que cuidaria da administração dos recursos. Mas Jovis me acompanhou nas negociações, sempre um passo atrás, o cajado batendo suavemente no chão.

Finalmente, quando estávamos de volta a bordo do navio, observando os trabalhadores desfazendo as amarras, eu me virei para ele.

– Desembucha. Você não continua incomodado com minha repreensão de ontem à noite, não é? Agora entendo por que matou aquele homem, mas eu também levei uma pancada na cabeça e estava no meio de um interrogatório.

Ele só franziu a testa, seu olhar no Mar Infinito.

– Eu não deveria ter te chamado de tola. Você é a Imperatriz. Eu não deveria ter esquecido.

Por que ele estava me dizendo isso?

– E como eu deveria te lembrar?

Ele me olhou com uma expressão solene.

– Vossa Eminência já fez isso. A Cabeça de Cervo afundou no mar. Por quê? Eu andei pensando nisso.

– Você acredita na teoria sobre as minas de pedra sagaz.

– Não sei em que acreditar. Mas deveríamos mesmo desenvolver novas minas se não sabemos por que a Cabeça de Cervo afundou? Qual será a próxima ilha? – questionou Jovis. – Qual de nós vai afundar? Unta? Não é nem um pouco parecida com a Cabeça de Cervo, mas também tem grandes minas de pedra sagaz.

Não pude deixar de lembrar do decreto do meu pai, de que a mina na Imperial nunca deveria ser reaberta. Ele sabia de algo que eu não sabia?

– É a única pista que temos – disse Jovis. – E você acabou de concordar em ajudar a desenvolver uma mina na ilha de Pulan. A dela será a próxima?

Eu queria arrancar aquele cajado das mãos dele, queria acabar com aquela batida irritante.

– Você acha que é fácil ser imperatriz? Acha que não considero essas coisas? Preciso ganhar o apoio desses governadores, senão meu governo oscilará no fio da navalha. Como posso lidar com problemas maiores agora? Como posso pensar nas ilhas afundando e nos Alangas se não tenho poder para fazer nada quanto a isso?

Ele não desviou o olhar, encontrando o meu como se fôssemos iguais.

– Então você sacrificaria a vida de todos os que vivem na ilha de Pulan pra acumular poder?

Por que ele insistia em me ver da pior maneira possível?

– Você acha que isso é sobre poder? Os artefatos dos Alangas estão despertando. Os construtos estão gerando caos. Nós precisamos de um Império unido. Eu estou sacrificando intencionalmente a ilha de Pulan? Não. Você não sabe se a ilha dela vai afundar, nem mesmo se isso vai acontecer em breve. Nós nem sequer sabemos se são as minas que estão causando isso.

– Eu estava na Cabeça de Cervo quando afundou – disse Jovis. – Às vezes, ainda sonho com isso, com os prédios desabando, as pessoas presas dentro de casa enquanto a ilha as carregava para as profundezas. – Ele parou e engoliu em seco. – Nada vale isso. Nada. – Se fosse Bayan no lugar dele, aquilo seria uma competição, nós dois disputando quem desviaria o olhar por último. Mas eu via o medo nos olhos de Jovis, os cantos dos lábios pressionados. Aquilo não era uma competição, não para ele.

– Vossa Eminência! – Uma serva correu até o cais, o rosto corado. Ela parou na beirada e curvou-se para nós dois.

Eu me inclinei sobre a amurada, feliz pela interrupção.

– Iloh tem mais alguma coisa pra me dizer?

– Nós acabamos de receber notícias do sul – disse ela. – Ele achou que a senhora deveria saber antes de partir. É sobre Unta.

Meus lábios ficaram dormentes, meus braços e pernas formigando como se mil aranhas escalassem minha pele.

– Houve um desastre – falei, repetindo as primeiras palavras de Ilith sobre a Ilha da Cabeça de Cervo. Eu não precisava que a serva me dissesse, ao mesmo tempo que precisava ouvir dos lábios de outra pessoa.

A serva piscou, enxugando o suor da testa.

– Sim. Unta afundou. Sumiu.

Thrana se enrolou nas minhas pernas e enfiou a cabeça debaixo da minha mão.

– Nada bom – declarou ela. – Nada bom.

19

PHALUE

Ilha Nephilanu

A garota era ágil, Phalue precisava admitir. Ela se movia com passos leves, difíceis de seguir e prever. A chuva, filtrada pelas folhas acima, caía de vez em quando em gotas frias nas bochechas de Phalue. Ayesh carregava uma espada de treino de madeira, e até a mais leve que tinham ainda era um pouco grande para ela. Mas essa era uma maneira de ganhar força, e ela conseguia levantá-la, o que surpreendeu a ambas.

Phalue observou os passos de Ayesh, desviou e arrancou a lâmina da mão dela.

A garota sibilou de dor, sacudindo o pulso enquanto a espada rolava nos paralelepípedos. Mas ela não parou para descansar, foi atrás da espada e a levantou.

– De novo. Posso fazer melhor.

– Tem alguém em particular que você está querendo matar? Ou só você mesma? – disse Phalue.

Ayesh fez uma careta e correu na direção dela.

Ela teria que pôr um fim naquilo em algum momento, algo que aprendera na primeira lição, quando a garota se dedicou até a exaustão. Apesar das dúvidas de Ranami, Phalue dera à órfã passe livre na cozinha e um colchão em um quartinho, onde ela podia descansar um pouco.

– É assim que começa – dissera Ranami. – Nós não podemos vigiá-la o tempo todo. Pensei que ela não fosse uma espiã quando quis ir embora tão rápido, mas agora ela está aqui com frequência. Eu não me preocuparia tanto se isso não colocasse você em perigo.

– Eu sei cuidar de mim mesma.

– Você sabe cuidar de si mesma em uma batalha, eu admito. Mas isso é política. – No final, Ranami cedera, porque queria ajudar os órfãos, afinal. Mas talvez a esposa estivesse certa. Phalue simplesmente não tinha olho para a mentira.

Ela desviou-se dos ataques frenéticos de Ayesh.

– Ombros para trás – instruiu. – Não me olhe de frente. Torne-se um alvo menor.

– Eu já sou um alvo menor! – resmungou a garota.

Bem, ela estava certa sobre isso.

– Você pode ser um alvo ainda menor – observou Phalue. – Qual é o seu primeiro objetivo em uma luta?

Ayesh suspirou.

– Tornar mais difícil para meu oponente me machucar.

– E às vezes isso significa fugir.

A garota revirou os olhos, e Phalue riu. Havia algo encantador em ser tratada com tanta irreverência. Ayesh não parecia mesmo se importar com a posição de Phalue como governadora; ela se importava com o que Phalue podia lhe ensinar, e isso era revigorante. Com todos os outros, ela era mais do que uma instrutora. Estava dando o seu melhor para projetar calma, como Ranami havia sugerido. O afundamento de Unta afetara tudo ao redor, e Nephilanu não ficou imune.

Não havia mina de pedra sagaz em Nephilanu, o que ajudava um pouco. Mas a maioria das pessoas não acreditava na explicação de que acidentes de mineração estavam causando o colapso das ilhas. Ainda assim, a pedido de Ranami, Phalue planejara uma rota de fuga do palácio até as docas usando a entrada escondida dos Alangas nas paredes. Havia um estoque de pedra sagaz no palácio. Era uma medida de precaução.

Três noites antes, houvera um pequeno tremor. Phalue acordara e sentara na cama, suando e tremendo, incapaz de dormir mesmo depois que o tremor havia cessado e nenhum outro viera em seguida. Ela só conseguia pensar nas pessoas presas na Cabeça de Cervo e em Unta enquanto suas ilhas afundavam, arrastando todos para baixo, para o Mar Infinito.

O golpe de uma espada na coxa a trouxe de volta ao presente.

– Rá! – gritou Ayesh. – Olha como eu sou boa. Acertei uma em você!

– Eu estava distraída. Não se precipite – repreendeu-a Phalue.

– Sai – Tythus se aproximou, interrompendo a sessão –, tem uma pessoa aqui pra ver você.

O tom dele a fez embainhar a espada.

– Uma pessoa?

Ele assentiu. Isso só podia significar alguém específico: Gio. Phalue não tinha certeza do motivo de ele estar lá; os dois tinham acabado de estabelecer uma trégua. Mais condições? Ela esperava que não. As patrulhas estavam fazendo o que ela pedira, eliminando lentamente os construtos em Nephilanu.

– Deixe-o entrar e vá buscar Ranami.

Tythus assentiu e saiu. Phalue voltou-se para a órfã.

– Não sei quanto tempo isso vai levar, mas você pode esperar, se quiser.

Ayesh balançou a espada, testando seus movimentos, e verificou a postura.

– Vou esperar.

A postura da garota não era ruim, e ela só precisava de uma mão para empunhar a arma, mas Phalue repuxou os lábios. Estava ensinando Ayesh como *ela* lutava, e ela era muito maior do que a garota jamais seria. Tinha que haver algo que as duas pudessem fazer para se ajustar, uma maneira de lutar mais adequada à estatura e velocidade da garota.

– Estou interrompendo, Sai? – Gio se aproximou, a capa de oleado puxada sobre a cabeça. Ele havia feito algo para mudar a aparência do nariz, além de ter coberto o olho leitoso com um tapa-olho. Era uma espécie de disfarce, Phalue supôs. Ele ainda parecia agourento, com a cicatriz à mostra, como se fosse um dos antigos Alangas dos contos, vindo para vingar um pacto violado. Na chuva, a maioria das pessoas não pararia para olhá-lo uma segunda vez, para a sorte dele. Ainda havia cartazes por aí, oferecendo uma recompensa por sua captura. Mas também havia alguns cartazes perdidos de Jovis. Nenhum construto trabalhara para substituí-los.

– Sim – respondeu Phalue, sem vontade de fazer gentilezas. – Mas você está aqui e eu tenho um momento.

Ela acenou para que ele a seguisse entre os pilares, para que tivessem um pouco mais de privacidade. E ficassem longe de Ayesh. Não que ela achasse que Ayesh pudesse realmente ser uma espiã, mas Ranami apreciaria o gesto.

Phalue parou onde ficava o antigo chafariz. Gio observou o local, olhando as pedras não desgastadas.

– Não estou aqui para quebrar nossa trégua, se é isso que está se perguntando.

Alguém tocou no cotovelo de Phalue. Ela não precisou olhar para saber que era Ranami.

– Algum problema? – perguntou a esposa.

Gio fez que não.

– Você aprecia franqueza – disse ele, voltando-se para Phalue. – Ouvi dizer que recebeu uma missiva da Imperatriz pedindo uma visita. Você pretendia aceitar?

Bem, isso foi uma surpresa. Ela não havia contado a ninguém sobre a missiva, exceto Ranami e seu pai, e seu pai estava preso. Um servo havia levado a resposta ao enviado da Imperatriz, mas só isso. Ranami agarrou o braço dela com um pouco mais de força, a postura rígida. Phalue sabia o que a esposa estava pensando: Ayesh.

Elas não estavam em total privacidade quando discutiram a missiva. Estavam sob o arco do portão do palácio. Havia outras explicações.

Ranami deve ter olhado para Ayesh, porque Gio seguiu seu olhar. A garota ainda estava balançando a espada de madeira, correndo para um lado e para o outro, lutando contra inimigos invisíveis. Ele a observou por um momento.

– Ela é sua?

– Não – Ranami respondeu rapidamente. – É da cidade. Phalue está ensinando-a a lutar.

– Parente distante sua ou da governadora?

Aquilo estava indo por um caminho estranho. Ele conhecia a garota? De qualquer modo, estava fazendo perguntas demais.

– Não é da sua conta – respondeu Phalue. – Assim como a nossa decisão de aceitar ou não o pedido da Imperatriz.

Ele finalmente voltou o olhar para Phalue, as sobrancelhas baixas.

– Eu tinha uma condição para a trégua, que era você interromper o envio de nozes polpudas para a Imperial este ano. Você cumprir sua parte não é da minha conta? Não é da conta de todos os Raros Desfragmentados?

Irritantemente persistente, ele. Phalue entendia por que os líderes rebeldes sempre tinham inimigos.

– Eu já concordei com os termos. Isso deveria ser suficiente para você.

– Você pretende cumpri-los?

– Pretendo.

– Certo. E se você permitir que Lin a visite, se ouvir tudo o que ela tem a dizer enquanto tenta conquistar seu apoio... o que vai responder quando ela perguntar por que o carregamento de nozes polpudas não foi enviado?

Quem era a governadora ali? Ela ou Gio? Ele talvez preferisse ocupar o cargo, mas não era assim que as coisas funcionavam.

– Eu não vou mentir, se é isso que está perguntando. Tenho certeza de que eu e ela podemos conversar sobre as coisas pacificamente, até mesmo sobre nozes polpudas.

– Então você pretende recebê-la?

Era isso que ela odiava na política: a bajulação, as insinuações, a necessidade de sempre tomar cuidado com o que se dizia para não ser mal interpretada. Por que as pessoas não podiam deixar as cartas na mesa em vez de escondê-las junto ao peito? Todos conseguiriam fazer muito mais, e mais rápido, se fosse assim.

Phalue já tinha enviado a resposta para a Imperatriz; ela anunciaria a visita quando tivesse certeza de que a carta havia chegado à Ilha Imperial. Ela precisava saber mais do que o enviado podia lhe contar. Quem era essa nova Imperatriz? Como ela era? Ela havia acabado com o Festival do Dízimo, mas por quê? Phalue não podia seguir os Raros Desfragmentados às escuras, sem se importar com os objetivos declarados deles. Sem se importar com as ameaças que faziam. Sim, ela também queria uma sociedade mais justa e igualitária. Mas havia algo em Gio que nunca parecia totalmente verdadeiro. Talvez fossem as histórias, os mitos construídos em torno dele. Ele tinha crescido em Khalute? E tinha mesmo dominado a ilha sozinho? Phalue nunca acreditara nisso, mas agora, olhando para ele, já não tinha certeza. Mesmo disfarçado, havia nele um ar de ameaça iminente, como nuvens de tempestade se esgueirando no horizonte.

Ela o encarou e se recusou a responder. Ele poderia descobrir quando o anúncio fosse feito, não antes.

Ele balançou a cabeça, respingando água do capuz.

– Recuse a visita. Negue-a.

– Ele tem um bom argumento – disse Ranami. – Permitir que ela venha aqui é um convite ao confronto.

E quando Phalue recuara de um confronto?

– Não é sobre isso. Quando nós concordamos com a trégua, você expôs seus termos, e nenhum deles envolvia você palpitar sobre como eu governo Nephilanu. Você queria que o carregamento de nozes polpudas fosse interrompido? Ele foi interrompido. É tudo o que devo a você, Gio.

Ele olhou para ela por baixo do capuz, seu único olho preto despontando como um buraco nos penhascos do rosto.

– Recuse a visita – disse ele novamente.

– Não vou fazer isso.

Por um momento, ela achou que ele fosse atacá-la. Ela teria gostado disso: do choque das lâminas, da força dele comparada à dela, da arena simples de uma luta física. Que a disputa decidisse o assunto.

Em vez disso, ele deu um passo para trás, o lábio curvado como se tivesse provado algo amargo.

– Não vou quebrar a trégua, mas você está tomando uma decisão da qual se arrependerá. E não serei eu que a farei se arrepender. Os Sukais nunca foram um povo pacífico. Eles nunca, em sua longa história, cuidaram dos interesses dos outros. Eles assassinam seus opositores, acumulam magia e buscam poder sem importar o custo. Um Sukai pode convencer você de que se importa, de que tem uma motivação maior, mas eles sempre mentem. Sempre.

20

JOVIS

Em algum lugar no Mar Infinito

Estou surpreso em descobrir que Ylan é uma boa companhia enquanto se recupera. Costumo ficar sozinho, mas ter outra pessoa por perto é reconfortante e acho que temos muito o que conversar. Ylan é estudioso e já leu muito. Ele caminha comigo às vezes enquanto cuido da minha ilha, e falamos sobre a natureza dos animais e dos homens. Ele fez do estudo de ossalen (??) o trabalho de sua vida, e eu acrescento meus próprios pensamentos às observações dele. Mas nem sempre nos damos bem. Ele diz que os Alangas são poderosos demais. O que aparenta ser uma pequena briga (conflito?) entre nosso povo pode naufragar barcos e destruir fazendas. Quando aponto que os Alangas pagam um preço pelos danos (restituição), ele responde com rispidez que alguns de nós pagam. (Mephi não foi claro sobre a formulação nas próximas linhas. Algo a ver com dúvida, questionamento e culpa.)
Peço que falemos sobre outros assuntos e ele cede, mas sempre acabamos voltando.
E se – ele me pergunta – houvesse uma maneira de manter meus irmãos sob controle?

[Anotações da tradução de Jovis do diário de Dione]

Unta se foi.

Eu não tinha o hábito de fazer profecias; essa era mais a área da minha mãe. "Se continuar assim, você vai quebrar um osso." "Você vai se queimar se não tomar cuidado." "Vai haver momentos em que você vai se arrepender de expor seus pensamentos em voz alta, Jovis." Eu sabia que o afundamento de

Unta não fora minha culpa, que havia ocorrido muito antes de eu mencionar a ilha, mas nada mudaria a sensação horrível de que eu havia nomeado Unta como a próxima ilha a afundar, e foi isso o que realmente aconteceu.

Parecia que uma vida tinha se passado desde que eu fora pago para deixar uma menina e um menino em Unta, colocando-os aos cuidados dos Raros Desfragmentados, salvando-os do Festival do Dízimo. Mephi tinha gostado dos dois. Eu me perguntei se eles tinham conseguido sair da ilha antes que ela afundasse, ou se eu os salvei de um destino ruim apenas para sujeitá-los a outro.

– Isso não muda nada. – Foi a primeira coisa que Lin disse, embora seu rosto estivesse pálido. – Temos que seguir em frente com a expansão da mina de Pulan. Eu preciso de Riya.

– Pra quê? Apoio moral? Os guardas de Iloh não farão diferença suficiente. – E ali estava o arrependimento imediato por expor meus pensamentos em voz alta. Minha mãe era mesmo uma profetisa.

– Cuide dos seus deveres, capitão – disse ela com o queixo erguido, as palavras firmes. – Deixe a política para aqueles que a entendem. – Mal nos falamos desde então.

Olhei pela escotilha do meu quarto apertado, observando as nuvens rolarem sobre as ondas, o livro dos Alangas nas mãos. Eu havia iniciado uma investigação sobre a tentativa de assassinato em Riya, ou pelo menos investiguei o que deu. Havia pegado as armas que eles usaram, as peças de roupas. As roupas eram simples e escuras, mas as semelhanças terminavam aí. Os trajes eram montados a partir de partes díspares; alguns itens pareciam novos, outros velhos e remendados. Quando levei essas descobertas para Lin, ela pareceu surpreendentemente despreocupada, ansiosa para se livrar de mim mais uma vez. Havia algo que ela não estava me contando. Segredos pairavam ao redor da mulher como escamas de peixe sob as unhas de um açougueiro.

Uma batida soou na minha porta.

– Nephilanu foi avistada – disse um dos meus guardas.

Fechei o livro dos Alangas e o guardei de volta na bolsa.

– Já vou para o convés.

Mephi já estava lá em cima com Thrana, depois de ter passado a maior parte do dia suspirando pela minha cabine, emburrado. Quando nos aproximamos, eles já tinham parado de queimar pedra sagaz no convés. Mephi odiava ficar em espaços confinados, mas amava estar no Mar Infinito.

Fui até o convés apenas para dar de cara com a única pessoa que eu queria evitar.

– Vossa Eminência – falei.

Ela vestia uma túnica simples com apenas um leve bordado na gola. A faixa, da mesma cor, mesclava-se à roupa. Seu cabelo estava preso em um rabo de cavalo, alguns fios se soltando ao vento. Ela me encarou com aqueles olhos escuros e eu me senti perdido novamente.

– Jovis – disse ela.

Eu estava bravo com ela, e ela era a Imperatriz. Tinha que me lembrar dessas duas coisas, porque parte de mim queria pedir desculpas pelas minhas palavras duras.

– Você está bonita – falei e me amaldiçoei por isso. Não conseguia simplesmente deixar o silêncio se prolongar.

Ela olhou para baixo, como se não tivesse certeza se o que estava vestindo justificasse tanta atenção. Depois, sorriu.

– Isto? Devo encontrar a governadora de Nephilanu desta forma?

– Por que não? Você pode começar uma nova tendência. Afinal, se a Imperatriz faz, deve estar na moda.

– Ah, moda. O único poder que alguém realmente precisa pra governar um império.

Governar um império. Sim, era isso que ela estava tentando fazer. Mesmo que significasse colocar as pessoas em risco.

Algo dos meus pensamentos deve ter aparecido no meu rosto, porque ela ficou imóvel e formal outra vez. E, droga, eu queria fazer uma piada, queria amenizar a situação só para sentir aquela tranquilidade entre nós de novo. Mas essa seria a saída covarde.

– As minas de pedra sagaz... – falei, mas me interrompi. Não tinha certeza do que mais podia dizer. Eu tinha parado de usar pedra sagaz depois da reação negativa de Mephi a ela. A ideia de mais minas sendo desenvolvidas me enchia de um pavor terrível. – Você deveria fechá-las. Pelo menos até termos certeza do que está causando o afundamento das ilhas.

– Você é meu conselheiro ou meu capitão da Guarda Imperial?

Não me incomodei em responder, porque eu sabia reconhecer uma armadilha quando me deparava com uma. Ela me olhou feio e eu a olhei de volta.

– Sou um cidadão preocupado – falei, desejando ter ficado de boca fechada.

– Eu já disse: essa foi a melhor solução. Tenho um império inteiro a considerar, não apenas ilhas ou pessoas. Você acha que eu deveria sempre fazer a coisa justa? A coisa justa nem sempre é a coisa certa. Então, até você pensar em algo melhor... – Ela esperou, me dando a oportunidade de oferecer uma solução. E, pelas bolas de Dione, eu não tinha nenhuma. Ela balançou a cabeça. – Eu vou continuar a fazer o que acho melhor para o nosso império. Como é meu direito e meu dever.

Ela passou por mim em direção às cabines lá embaixo.

Era melhor assim, quando não nos dávamos bem. Mas, de alguma forma, eu não conseguia me livrar da sensação de ter lutado contra os assassinos com ela às minhas costas, quando pareceu, por um breve momento, que nós dois tínhamos deixado de lado nossos papéis. Quando pareceu que poderíamos enfrentar um exército e sair ilesos. Eu balancei a cabeça e fui até a amurada.

Mephi e Thrana estavam nadando ao lado do barco, seguindo o rastro um do outro. Eu os chamei e acenei para eles. Chegaríamos à terra em breve.

Eles subiram no convés e eu tive que recuar num salto para não ficar encharcado enquanto ambos sacudiam a água do corpo. Mephi saltou até mim, pedindo que coçasse suas bochechas. Eu obedeci com uma risada. Thrana ficou para trás, a cabeça baixa, as orelhas para trás. Ela não confiava muito em mim. Lin dissera que seu pai havia feito experimentos com a criatura, e essa tortura havia deixado marcas.

Foi estranho retornar a Nephilanu. Da última vez que estive ali, eu era um contrabandista procurando minha esposa perdida. Agora eu era capitão da Guarda Imperial, uma posição elevada que eu nem tinha certeza se queria. E eu sabia algo sobre a ilha que Lin não sabia. Os Raros Desfragmentados haviam ajudado a depor o governador anterior e deviam estar fortalecendo seu poder na ilha naquele momento. Na selva, a leste da cidade, ficava o esconderijo deles, onde eu havia encontrado o livro dos Alangas. Afastei a sensação de culpa. Eu devia ter contado a ela. Eu era o capitão da Guarda Imperial, e ela estava pisando em uma ilha com uma presença significativa dos Raros Desfragmentados. Mas eu também era espião dos Raros Desfragmentados.

Eu precisava voltar. Quanto mais pensava nisso, mais sabia que deveria haver outras portas escondidas naquele corredor escuro. O esconderijo já tinha sido lar dos Alangas, seus murais enfeitando as paredes de pedra. Onde mais encontrar respostas sobre os Alangas do que um lugar em que eles viveram?

Atracamos na cidade principal e vislumbrei o palácio na encosta acima dos telhados. Ranami sabia muito bem que devia fingir não me conhecer; tínhamos nos conhecido enquanto ela trabalhava para os Raros Desfragmentados. Com sorte, ela havia informado Phalue.

Lin reapareceu no convés, resplandecente em seu traje de fênix de Imperatriz, o adereço de cabeça firme no lugar. As criadas haviam secado e restaurado a roupa depois da visita a Riya. Chamas pintadas lambiam a bainha, desbotando em um azul profundo nos ombros. Ela não falou comigo nem olhou para mim. Thrana aproximou-se dela e encostou em sua coxa. Só então sua expressão suavizou, a mão pousando na cabeça do animal. Mephi, por mais que eu odiasse admitir, era muito parecido comigo: impetuoso, não muito bom em ouvir, e se achava o engraçadão. Lin e Thrana eram um par estranho. A Imperatriz era ousada, inteligente, compassiva, mas implacável. Já a criatura andava pelos cômodos como uma sombra, estremecendo sempre que alguém voltava a atenção para ela. Eu havia encontrado Mephi quando ele era um bebê e me perguntei se Thrana teria se comportado de forma diferente se tivesse recebido uma criação mais gentil. Ainda assim, ela parecia ficar mais ousada na presença de Lin. E suavizava as arestas da Imperatriz.

Dessa vez, não havia um enviado de patente inferior esperando nas docas. Phalue e Ranami estavam lá, de braços dados. Ranami usava um vestido de seda simples, com gola alta e decote quadrado, a superfície verde sem adornos bordados. Phalue não havia mudado nada depois de se tornar governadora. Vestia uma armadura de couro que aparentava ter sido pouco usada, a espada presa ao lado do corpo. Seus dois guardas levaram um pequeno palanquim com cortinas para Lin. Ninguém mais as escoltava.

Assumi meu lugar ao lado da Imperatriz, na verdade um pouco atrás dela, meu olhar fixo na cabeleira brilhante que suas criadas haviam prendido em vários coques e tranças.

Mephi e Thrana se juntaram a nós, e juntos descemos pela prancha. Phalue levou a mão ao peito em saudação e fez uma reverência para Lin.

– Vossa Eminência, agradecemos sua visita, especialmente neste momento de crise. – Eu me perguntei quantos culpavam Lin por toda essa nova agitação. Os construtos enlouquecidos, o afundamento de Unta. O porto estava quase todo ocupado por barcos. Alguns deviam ter vindo da ilha condenada.

A terra tremendo, o sol quente no meu pescoço, os gritos das pessoas enterradas nos escombros. Fechei os olhos com força, tentando afastar as lembranças.

– E eu aprecio você me receber – disse Lin. Sua voz soou baixa e uniforme, sem pistas da péssima recepção que experimentamos em Riya. Ela olhou para o palanquim. – Vocês três vão comigo? Parece não haver espaço suficiente.

– Somos pessoas humildes – disse Phalue. – Já andei do palácio até a cidade muitas vezes. Não faria sentido mudar meus hábitos agora.

Lin pensou por um momento.

– Então deixe-me caminhar com você. Temos muito o que conversar, e eu gostaria de ver sua cidade do chão.

Eu reprimi um sorriso. Contexto era tudo. Fazê-la andar tinha sido um insulto em Riya. Ali, ela poderia ganhar favores caminhando. E Lin parecia agarrar-se a qualquer vantagem que pudesse encontrar. Não pude deixar de admirar sua inteligência.

Suas aias desceram pela prancha com o baú de fragmentos de Nephilanu.

– Como um símbolo do meu apreço por me receber – disse Lin, a voz elevada –, eu lhe entrego os fragmentos de todo o seu povo. Eu interrompi o Festival do Dízimo e desmontei os construtos do meu pai.

As pessoas reunidas perto das docas para assistir puderam ouvi-la. Ah, muito bem. Elas levariam essa informação pela cidade antes mesmo da nossa comitiva. Lin encontraria uma recepção mais agradável das pessoas ali, pelo menos.

Phalue gesticulou para seus dois guardas pegarem o baú. Eles o colocaram em um compartimento na parte de trás do palanquim, junto com um baú menor com os pertences de Lin para sua estada.

– Agradecemos por devolver o que nos pertence. Vai ajudar muito a remediar qualquer inimizade entre Nephilanu e a Imperial.

Interessante.

E, então, Lin se virou para seus criados e criadas atrás dela.

– As ruas são estreitas e nosso grupo é grande. Confio nos guardas de Nephilanu para me protegerem. Dou licença a vocês pelo resto do dia.

Eu poderia ter achado esse gesto generoso, uma tentativa de espelhar a falta de atendentes de Phalue e Ranami. Elas teriam mais privacidade assim, mais intimidade. Mas o olhar dela pousou em mim, e entendi que ela não me queria acompanhando seus passos.

– Jovis, você também. Mas, por favor, junte-se a nós no jantar.

Ela sabia muito bem que eu a estava evitando.

– Isso é sábio – falei baixinho – depois de Riya?

– Eu sei me cuidar – disse ela, e, sem esperar resposta, seguiu Phalue e Ranami, com Thrana logo atrás.

Por que eu estava discutindo com ela? Eu queria mesmo encontrar um jeito de ir para o esconderijo dos Raros Desfragmentados, e aquilo me dava a oportunidade. Ainda assim, não pude deixar de assistir enquanto a multidão se abria e ela e Thrana seguiam para a costa. Ela sabia se cuidar? A magia era novidade para ela; Lin ainda não a controlava totalmente. Ela estava tão certa de sua inteligência que deixaria sua raiva por mim atrapalhar sua segurança?

Ah, mas o que eu sabia também? Ainda não entendia esse poder correndo pelas minhas veias, de onde ele vinha, quais eram meus limites. E ela se mostrara mais do que competente com a água.

As três criadas sorriram umas para as outras, contentes pelo dia de folga inesperado, e caminharam pelas docas em direção à cidade. Os guardas que eu havia designado para acompanhar Lin olharam para mim e eu acenei para eles em direção à costa. Eles também precisavam de um tempo de folga. Tempo que não fosse passado balançando nas ondas. Mephi observou meu rosto e deu um guinchinho interrogativo.

Eu estava batendo com a ponta do cajado de aço nas gastas tábuas de madeira do cais. Parei de bater.

– Ela vai ficar bem – falei, e pareceu que estava tentando convencer a mim mesmo. Eu precisava dar uma vantagem às criadas e aos guardas para que não vissem aonde eu iria. Aproveitei para verificar minha bolsa. – Quer experimentar as comidas de Nephilanu?

Eu tinha acabado de tomar café da manhã, mas Mephi estava mais do que disposto. Comprei para ele uma porção de peixe frito e macarrão crocante de um jovem que estava tão impressionado comigo e com Mephi que teve que ser lembrado de pegar meu dinheiro.

– Eu tenho um dos seus pôsteres antigos – disse o jovem enquanto me passava a comida –, de quando você era procurado como contrabandista. Eu guardei.

Ele pareceu orgulhoso, como se tivesse encontrado uma pérola em uma ostra que alguém jogou fora.

– Isso é... muito legal. – Eu tinha pagado para que aqueles malditos cartazes fossem jogados fora e agora as pessoas estavam guardando? Quis me esgueirar para um beco e cobrir o rosto com sujeira, mas achei que não havia como me esconder agora que eu era o capitão da Guarda Imperial.

– São tempos estranhos. – Olhei ao redor e não vi nenhum criado ou criada do navio. Ele continuou falando enquanto eu tentava me afastar da barraca sem ser rude. Precisava sair daquela conversa, por mais de um motivo. – Um construto espião pequeno arrancou um dedo do meu irmão com os dentes enquanto ele verificava as armadilhas nas docas. Meu irmão não fez nada. A criatura simplesmente o atacou. E Unta... Já foram duas ilhas até agora. A gente fica preocupado com qual será a próxima. Sempre acho que estou sentindo o chão tremer.

– A Imperatriz está fazendo o possível pra garantir a segurança dos cidadãos – falei. Pareceu mentira.

O jovem sorriu.

– E nós temos você, é claro.

A confiança dele só me fez sentir mal.

– Sim, você tem a mim. Jovis, da música. Salvando crianças e agora salvando o Império.

– Vão ter que compor outra música pra isso. Ah, não, não!

O macarrão, deixado por muito tempo sem vigilância, começara a queimar, e ele se virou para cuidar da comida. Aproveitei a oportunidade para fugir. O suor umedecia a parte inferior das minhas costas como se eu tivesse me envolvido numa batalha em vez de uma conversa amigável. Antes, eu era só um contrabandista tentando encontrar a esposa desaparecida. Agora, era um espião, um guarda imperial, um herói popular... e essas coisas nem sempre estavam de acordo umas com as outras. Não havia como saber exatamente para onde meu caminho me levaria quando aceitei a magia que Mephi me deu. Mas agora as pessoas contavam comigo. Elas olhavam para mim em busca de esperança e segurança.

Não consegui me livrar da sensação de que elas estavam prestes a ficar muito decepcionadas.

Mephi correu para me acompanhar, alguns fios soltos de macarrão ainda pendurados no canto da boca.

– Vai ver Gio? – perguntou ele, esperançoso, enquanto caminhávamos para a selva.

– Estou torcendo pra não dar de cara com ele, na verdade. Você pode gostar de Gio, Mephi, mas eu não confio nele.

– Ele não é má pessoa.

– A maioria das pessoas não é. Mas eu confio na maioria das pessoas? De jeito nenhum.

Fazia um tempo desde a última vez que eu estivera no esconderijo, então pratiquei o que ia dizer. Haveria um guarda na entrada, mas os Raros Desfragmentados me conheciam. Eu poderia dizer que Gio havia me chamado, o que me daria um tempinho, pelo menos. Mas eu precisava saber: havia mais portas naqueles corredores? E o que havia atrás delas? Algo que pudesse me ajudar a decifrar melhor o livro? Algum artefato para eu me defender de Alangas com intenções sinistras?

Nós sabíamos tão pouco sobre os Alangas. Eles surgiam em ciclos? Os Alangas antigos e mortos voltavam à vida, ou só havia novos, como eu? Eles viveram por tanto tempo; seriam eles criaturas que só viviam na estação chuvosa, esperando a chuva chocar seus ovos? E a pergunta que ainda me assombrava: se Lin e eu também éramos Alangas, o que havia acontecido com as criaturas com as quais os antigos Alangas eram ligados?

A entrada para as cavernas dos Raros Desfragmentados ficava onde eu me lembrava. Uma fenda na fachada do penhasco, quase toda escondida pela vegetação. Fiz um gesto para Mephi ficar perto de mim. Quando era menor, ele conseguia passar por mim com facilidade; agora, ele mal cabia ali.

Respirei fundo, a boca seca. Eu odiava essa parte. Virei de lado e me enfiei na fenda. Jurei que estava ainda menor do que da última vez que entrei. Cheirava a terra úmida e folhas podres.

Cheguei ao outro lado e senti uma lâmina no pescoço.

– Quem é você e o que está fazendo aqui? – Um lampião balançou na escuridão, brilhando laranja à minha frente. Eu apertei os olhos.

– Sou Jovis… ou você não me reconhece agora que os pôsteres foram retirados?

A lâmina foi afastada.

– Não estávamos esperando você. – Ele me olhou com desconfiança.

– Pergunte a Gio – falei. – Ele mandou me chamar.

O homem me lançou outro olhar demorado, como se eu fosse um boi que ele não tinha certeza se queria comprar.

– Vou te levar até ele, então.

Não era o que eu queria.

– Sim, claro, vá na frente.

Assim que ele se virou, dei um passo rápido em sua direção e passei um braço em volta do pescoço. Eu não tivera tempo de aprender muita coisa quando estava com Gio, mas me lembrava disso. Apliquei a quantidade certa de pressão e, em poucos instantes, o homem estava desmaiado no chão.

Mephi se enrolou em minhas pernas.

– Isso não foi muito legal.

– Ah, ele vai ficar bem – falei. – Você não parece se preocupar quando eu espeto alguns peixes, mas também não é legal, né? – Peguei a lamparina no chão e adentrei mais fundo nas cavernas. As paredes se dividiam ali, formando mais corredores do que túneis. Eu tinha que me apressar; aquele sujeito acordaria rápido, e eu ainda precisava voltar para o jantar.

O corredor em que eu havia entrado da última vez que estive ali ainda estava escuro e vazio. Estendia-se bastante, as paredes vazias. Coloquei a mão na pedra fria e arrastei os dedos pela passagem.

– A porta era aqui – disse Mephi, parando em frente a uma parte da parede.

– Eu lembro. – Girei e bati com o cajado na parede oposta. Não tive certeza, mas achei que soava diferente. Pressionei a palma da mão na pedra. O que eu tinha feito da última vez para abrir a porta? Eu estava com raiva, prestes a sacudir a base das cavernas. E recuei no último minuto, enviando apenas um fiozinho de magia para a parede.

Eu não era bom em precisão, mas teria que fazer o possível. Concentrei-me, sentindo o tremor crescer nos ossos. Pelo canto do olho, vi Mephi agachado, as orelhas achatadas, os olhos no teto.

Controlar o fluxo de poder era como tentar represar um rio com as mãos. Não era de se admirar que Mephi parecesse em dúvida. Senti uma onda fluir pelo braço e consegui, no último momento, desacelerá-la. Eu me afastei antes que derrubasse os penhascos na nossa cabeça.

Algo se abriu com um clique.

A pedra se moveu para fora, revelando uma porta onde antes não havia nada. Eu entrei, Mephi correu na minha frente para o escuro.

– Mephi! – gritei exasperadamente, mas desisti. Não havia sentido em repreendê-lo; o bicho nunca aprendia.

Ergui a lâmpada, tentando descobrir para que servia aquela sala. Estava quase vazia, com apenas um tapete bem preservado, em um estilo que eu não reconhecia, esticado no chão. Mephi já tinha ido até o canto e farejava a mesa intrincadamente entalhada ali.

– Consegue dizer o que eles comeram?

– Tem cheiro de madeira – respondeu ele, desapontado. Ele passou a pata no tapete e enfiou o nariz por baixo, procurando coisas que pudesse pegar.

Girei para a parede oposta e vi a espada. Estava pendurada em dois ganchos embutidos na parede, a lâmina exposta e a bainha atrás. Talvez fosse a luz do lampião, mas não parecia ser feita de metal. Franzi a testa enquanto me aproximava. A corda usada para enrolar o punho estava desfiada e escura, como se tivesse sido bastante usada. Toquei-a, a corda ainda sedosa sob meus dedos, e senti um formigamento percorrer o braço. Ele tinha me pedido para encontrar uma espada de lâmina branca em posse de Lin. Uma espada como aquela.

– Você é, de longe, o pior espião que o Império já viu.

Virei-me e dei de cara com a porta não mais vazia. Gio estava lá, de braços cruzados, e não parecia satisfeito.

21

Lin

Ilha Nephilanu

Talvez não devesse ter deixado minha raiva falar mais alto. Não era possível evitar Jovis para sempre; eu o tinha nomeado meu capitão da Guarda Imperial, afinal. Mas toda vez que pensava em sua indignação presunçosa, sua certeza de que falava a verdade, um arrepio de raiva percorria meu corpo mais uma vez. Segundo ele, eu não devia desenvolver aquela mina, o que impediria Iloh de se casar e me privaria do apoio de Riya.

Parte de ser líder era fazer escolhas difíceis. Ele mesmo tinha dito: alguém sempre me odiaria por toda decisão que eu tomasse, de uma forma ou de outra.

Eu só não queria que esse alguém fosse ele. Mas isso era tolice. O fato de compartilharmos um elo, de termos o mesmo tipo de magia, não significava que precisávamos ser amigos. O fato de ele ser meu capitão da Guarda Imperial não significava que precisávamos ser amigos.

Eu não *queria* que fôssemos amigos.

– Vossa Eminência?

Phalue havia dito algo, mas eu estava mergulhada demais em meus pensamentos para notar. Enquanto andávamos pelas ruas da cidade, trabalhadores espiavam das vitrines das lojas e órfãos de rua espiavam das esquinas para ver a Imperatriz. Ao contrário de Riya, todos pareciam mais simpáticos do que indiferentes. Anunciar o retorno de seus fragmentos provavelmente ajudara bastante. Se eu quisesse ganhar Nephilanu, precisava tirar Jovis dos meus pensamentos. Poderia lidar com ele mais tarde.

– Perdão, Sai – falei, inclinando a cabeça. – O que você disse?

– Estava dizendo que a última vez que um imperador visitou Nephilanu foi quando eu era garotinha. Tenho algumas lembranças do seu pai. Ele era um homem agourento.

De fato, tinha sido mesmo, até em seus últimos anos. Eu me lembrava da bengala com cabeça de fênix batendo no chão, da severa desaprovação, do cheiro de sândalo que o acompanhava como a névoa na esteira de um navio.

– Ele não costumava medir as palavras. E conseguia ver através da alma das pessoas.

– Um homem difícil de se ter como pai – disse Phalue.

– Sim. – Eu hesitei. Ikanuy havia me informado da situação em Nephilanu, sobre Phalue ter deposto o pai e assumido o comando. – É uma pena que não possamos escolher nossos pais.

Ela apertou lábios, torcendo-os em uma semicareta, e percebi que seus sentimentos sobre o assunto não eram tão claros quanto os meus. A decisão dela de depor o pai tinha sido mais difícil. Guardei essa informação. Mas esse era um fio condutor para formar conexões, para construí-las.

– Ouvi dizer que você fez mudanças. – Assim como eu tinha feito mudanças.

A expressão de Phalue se iluminou, e ela e Ranami trocaram olhares. Senti uma pontada de inveja ao ver a mão dela no braço da esposa, a alegria em seus rostos quando elas se olhavam. Estava claro que o casamento das duas havia nascido do amor.

Eu teria essa escolha?

– Como falei antes, somos mais humildes do que meu pai era. Não me importo com luxos e Ranami também não. Nephilanu tem prosperado por causa das nozes polpudas, e essa prosperidade deve ser compartilhada com o povo.

– Eles parecem amar você – observei.

De fato, Phalue era recebida com sorrisos por parte de seus cidadãos. Pensei no meu pai caminhando até o palácio e inspirando apenas medo. Não reclamei enquanto subíamos pelas curvas da estrada – eu tinha feito muito mais esforço quando estava tentando derrotar meu pai –, e percebi que isso me elevou um pouco na estima da governadora. Ela era o tipo de pessoa que apreciava esforço físico, algo que notei pela armadura que ela usava e pela facilidade com que carregava a espada.

Ranami levou a mim e aos meus guardas aos meus aposentos, e reservei o quarto ao lado do meu para Jovis. O palácio não era o que eu esperava, apesar dos relatórios do meu enviado. Embora as pinturas e murais fossem elaborados a ponto de serem chamativos, a mobília era simples e os corredores, vazios. Um lugar estranho, cuja governadora se considerava humilde, com uma esposa que já fora órfã de rua e um palácio que parecia ter sido saqueado.

– Vou deixá-la descansar – disse Ranami. – Podemos falar sobre o apoio de Nephilanu à Imperial no jantar, bem como sobre o estado do Império.

Eu não ia gostar do que ela tinha a dizer, já sabia disso. Havia algo espinhoso em Ranami, e desconfiava que muito disso tinha a ver com quem eu era. Não tinha certeza de como ganhar seu respeito, embora achasse que precisaria dele se quisesse conquistar Phalue.

Aproveitei o tempo para tomar banho e ler. Os livros que tinha trazido do laboratório do meu pai estavam cheios de observações, notas rabiscadas nas margens. Dei uma olhada nelas, procurando menções de ilhas afundando. Não encontrei nenhuma, mas parei em uma passagem que sugeria isso.

> *Cinquenta anos atrás, meu avô levantou uma hipótese sobre a estabilidade das ilhas. Elas tremem – todas as ilhas tremem –, mas permanecem flutuando.*

O avô dele. Havia um livro com as anotações que Shiyen havia feito quando o poder foi transferido da mãe para ele. Devia haver um livro com as anotações da mãe sobre as aulas de seu antecessor.

Vasculhei os livros no baú, as lombadas e capas em branco. O segundo volume que encontrei sem a caligrafia de Shiyen provou ser o correto. Ela teria mencionado alguma coisa sobre a estabilidade das ilhas?

Lá fora, uma chuva leve começou, o céu nublado ameaçando uma mais pesada. O vapor ainda subia do banho que os servos de Phalue haviam preparado no meu quarto. Sentada na almofada, encolhi os pés embaixo do corpo e procurei qualquer menção a estabilidade.

> *Meu pai acha que a pedra sagaz forma uma espécie de andaime, que é o que mantém as ilhas flutuando. A pedra sagaz move nossos navios; por que não moveria também as ilhas? Pura conjectura.*

A última parte fora escrita e sublinhada de forma incisiva. Parecia que eu não era a única com um relacionamento parental complicado.

Mas algo que Shiyen havia visto ou pesquisado o convencera de que não era apenas conjectura. Ele havia encerrado a mineração na Imperial. Peguei outro de seus cadernos de anotações e o li, procurando informações que pudesse usar. Ele havia se ocupado no tempo passado abaixo do palácio. O lago naquela caverna tinha propriedades especiais, ele alegara. Thrana também.

Senti o medo crescer na boca do estômago enquanto lia as palavras. O sangue dela, misturado às cinzas queimadas de pedra sagaz e ao sangue dele, compunham o líquido que eu tinha bebido para vivenciar o passado do meu pai. Ele havia me dito que queimara o corpo da esposa antes de fazer aquelas descobertas. O que ele havia queimado, então, para criar as lembranças que enfiou no meu corpo? Virei as páginas, procurando uma explicação.

Mas o que encontrei foi a descrição de como ele tinha me feito.

Partes reunidas de vários cidadãos que ele havia sequestrado, partes que se pareciam com a minha mãe. Um nariz aqui, um par de olhos ali, os braços de uma jovem desafortunada da Cabeça de Cervo, tudo costurado e colocado no lago para cicatrizar e crescer.

Fechei o livro com força e precisei me segurar para não o arremessar do outro lado do aposento. Ler aquilo me fez querer arrancar a pele dos meus próprios ossos. Mas eu não podia fugir do que meu pai havia feito para me criar. Precisava lembrar a mim mesma disso.

Thrana se aproximou e colocou a cabeça pesada no meu colo. Eu massageei o pelo macio das bochechas dela.

– De onde você veio? Por que meu pai capturou você?

Ela começou a tremer.

– Lugar escuro. Ele me fez ficar no lugar escuro. Ele me *machucou*.

– Eu sei. – Mantive a voz baixa, tranquilizadora. – E isso nunca mais vai acontecer com você. Prometo.

Ela suspirou, os ombros tremendo. Eu esperei, fazendo carinho em sua testa, sentindo que ela falaria se eu permitisse.

– Eu vim do lugar escuro. Mas estava procurando luz. Eu encontrei a porta e seu pai me encontrou. Ele me colocou numa jaula. E depois me colocou de volta na água, e havia dor.

Eu pensava que não conseguiria odiar meu pai, independentemente do que ele tivesse feito comigo. Agora, vi que não era verdade. Thrana era indefesa, uma criatura procurando amor e cuidado, e ele só lhe dera sofrimento. Eu a aninhei nas mãos e a ergui para me olhar nos olhos.

– Eu sempre vou cuidar de você.

– Eu sei – disse ela com um suspiro.

Quando o jantar chegou, Jovis ainda não tinha aparecido, e os picos intermitentes de raiva que eu havia sentido antes se transformaram em uma tempestade torrencial. O que poderia estar impedindo sua volta? Era o jeito mesquinho de ele se vingar por eu tê-lo mandado sair?

Ranami foi me buscar e espiou meu quarto, como se procurasse alguém.

– E seu capitão da Guarda Imperial? Eu bati na porta dele, mas ninguém atendeu, Vossa Eminência.

– Eu o mandei para uma tarefa – menti. – Pode ser que ele se junte a nós depois.

Agora, eu começava a me perguntar: teria acontecido alguma coisa com ele? Toda a minha raiva logo virou preocupação. Eu ainda não havia solidificado meu governo, e os construtos estavam fazendo o possível para acabar com esse governo. Sem dúvida, quem os estava enviando consideraria fazer mal a Jovis para me afetar. Para ser justa, eu mesma havia pensado em fazer mal a ele, mais de uma vez, mas a visão dele caído em algum lugar, sangrando pela lâmina de um assassino, fez minha garganta se apertar. Eu não podia desejar esse destino para Jovis, mesmo que ele tivesse um rosto absurdamente socável.

Nós seguimos Ranami até o salão de jantar. Ela estava com um vestido verde que se destacava contra a sua pele. Ela não tinha prendido o cabelo, como era moda, e usava-o meio solto, as ondas brilhantes caindo pelos ombros. Eu era baixa e magra; ela era alta, curvilínea e graciosa. Eu nunca havia desejado aquele tipo de beleza, mas ela fazia parecer incrível.

Phalue se levantou para nos cumprimentar no salão. Fiquei aliviada de não encontrar uma abundância de convidados, nenhum rosto extra para decifrar. Só eu, a governadora e sua esposa.

Thrana se deitou ao lado da minha almofada e me olhou como quem diz "Olha como eu sei me comportar". No palácio, ela estaria correndo pelo pátio com Mephi, caçando borboletas depois de comer uma quantidade abundante de peixes frescos. Eu precisava admitir que ela havia tolerado bem a viagem.

– Vossa Eminência, obrigada de novo por se juntar a nós. Sua estada está confortável até agora? – perguntou Phalue.

– Sim, obrigada, Sai. – Eu me sentei, e Phalue e Ranami fizeram o mesmo.

Os criados trouxeram a comida assim que nos sentamos. Dois tipos de curry diferentes, arroz e uma sopa de macarrão. Novamente, nós nos servimos de pratos e tigelas comunitários. Ao que parecia, só algumas ilhas, incluindo a Imperial, serviam pratos separados.

Alguém trouxe um prato cheio de peixes para Thrana, que os aceitou graciosamente e comeu com a mesma delicadeza de Ranami.

Nós conversamos trivialidades por um breve momento, comentando sobre o tempo, o crescimento das safras da estação chuvosa e o tamanho dos dentes de Thrana. E, aí, Phalue se recostou e me encarou.

– Você deve querer saber por que o carregamento de nozes polpudas está atrasado.

– Aprecio sua franqueza – falei. E apreciava mesmo. Se ela fosse Iloh, ficaríamos dançando ao redor do assunto ao longo de todo o jantar, e ela só chegaria ao cerne da questão quando estivesse bêbada no pátio. – E, sim, eu estava me perguntando isso. A Imperial e as ilhas ao redor sempre receberam um carregamento volumoso de Nephilanu, e a despeito da quantia regular de dízimo, foram bem recompensadas por isso. Estamos no começo da estação chuvosa, e nós duas sabemos que a tosse do brejo vai se espalhar. Houve algum problema com a colheita deste ano, Sai?

Ranami colocou os hashis na mesa.

– Nenhum problema.

Elas trocaram outro olhar, desta vez sério.

– Nós queremos que você abdique – disse Phalue.

Eu soltei uma gargalhada, peguei outro pedaço de carne de bode e o levei à boca. Na metade do caminho, eu parei e o coloquei de volta no prato, lendo as expressões delas.

– Vocês não estão brincando. Por que aceitaram minha visita, então? Por que não responderam com uma recusa?

– Achamos melhor discutir esse tipo de coisa pessoalmente, Vossa Eminência – disse Ranami. Seu tom foi respeitoso, mas, apesar de ter usado o título, percebi que ela não me via como Imperatriz. – O fato é que o povo não conhece você.

Novamente, essa acusação. Fiquei irritada de ouvir isso em mais uma ilha.

– É um problema que estou tentando consertar por meio dessas visitas. Meu pai me deixou no palácio durante a maior parte da minha vida, me impedindo de visitar as ilhas quando eu era menor. Não é culpa minha que ninguém me conheça.

– Que seja – disse Phalue, embora seu tom não desse nenhum indício de que ela achava não ser culpa minha –, mas estamos sem orientação da Imperial há algum tempo. O reinado do seu pai foi desastroso em várias medidas, e agora você está aqui, nos dizendo que o seu será melhor. Que você está mais bem equipada para limpar a sujeira que ele deixou. A Cabeça de Cervo e Unta afundaram. Estamos recebendo refugiados de Unta, tentando arrumar lugar para eles. Os construtos estão atacando os cidadãos e se organizando num exército a nordeste. Você nos trouxe nossos fragmentos de volta, o que é maravilhoso, Vossa Eminência. Mas você não pode nos pedir para confiar que será capaz de resolver tudo.

Agora eu entendia um pouco da raiva do meu pai. Por que achavam que nós tínhamos um Império? Peguei o pedaço de carne de novo e o mastiguei devagar, me dando tempo para pensar e me acalmar. Eu tinha que fazê-las entender que o Império precisava de um líder. Se não ficássemos juntas, poderíamos cair.

Eu coloquei os hashis de lado.

– Já li bastante sobre História. As ilhas já foram independentes. Na era dos Alangas.

Minhas palavras tiveram o efeito pretendido. Ranami empalideceu e Phalue pareceu incomodada. Phalue apoiou os cotovelos na mesa, o peso dos ombros fazendo com que rangesse.

– Nós não pretendemos voltar à era dos Alangas.

– Mas... – Eu cruzei as mãos.

– As ilhas governariam as ilhas – disse Ranami.

– Artefatos Alangas estão despertando por todo o Império – falei, mantendo a voz baixa e firme. – Sabemos que eles parecem humanos, mesmo que não sejam. O fato é: eles estão vivendo entre nós, esperando uma chance de agir. Vocês conseguiriam impedi-los?

– Você conseguiria? – retrucou Phalue.

– Meu pai não passou o segredo pra mim – admiti. Eu não podia confessar que tinha poderes Alangas. – Mas ele deixou anotações e livros. Eu acredito que, com tempo e esforço, vou encontrar um jeito de impedi-los. E seja qual for o método, vou precisar do apoio das ilhas. Vou precisar do apoio de vocês. Isso quer dizer que, se ficarmos juntas, seremos fortes. E parte de ser forte consiste em não ficarmos doentes. Precisamos dos suprimentos e precisamos que eles circulem.

Ranami fixou o olhar em mim. Eu me perguntei de quem era essa ideia: dela, de Phalue ou das duas? Não consegui dizer.

– A Imperial receberá as nozes polpudas quando você abdicar.

Eu me esforcei para não socar os hashis.

– E quem vai me substituir?

– Um conselho de representantes das ilhas – respondeu Phalue. – Haverá um de cada ilha, e tomaremos decisões relativas à saúde do Império como um todo.

Então elas queriam a mesma coisa que os Raros Desfragmentados? Talvez os Raros Desfragmentados as tivessem influenciado.

– É mesmo? – Foi difícil afastar a incredulidade da minha voz. – E as ilhas maiores, não vão reclamar de ter só um representante? Todos vão concordar sobre as decisões que precisarem ser tomadas, ou nada será implementado enquanto não houver a concordância de todos?

– Podemos resolver essas questões – respondeu Ranami.

– O fato de um Imperador ter sido sucedido por outra não quer dizer que é hora de descartar todo o processo – falei. – Eu quero as mesmas coisas que vocês: um mundo melhor e mais justo. Me deem uma chance. Eu não sou o meu pai.

Mas elas não sabiam disso. Eu podia fazer gestos, podia ser gentil, mas elas estariam sempre de olho em mim, com medo do meu próximo passo.

Eu jamais seria suficiente. Assim como nunca fui suficiente para o meu pai.

Por um momento, a falta de perspectiva de tudo aquilo me engoliu. Por que eu estava me esforçando? Thrana, ao meu lado, apertou o nariz frio contra o meu cotovelo. Mas aí eu me lembrei de Numeen e da família dele e da garça ensanguentada da filha dele. Eu podia ser uma Imperatriz melhor do que meu pai e podia nos unir contra o que viria. Não havia mais ninguém.

Elas não me conheciam e não confiavam em mim. Todas as minhas tentativas de convencê-las pareceriam súplicas. Eu precisava mostrar que era digna.

Como tinha feito com meu pai.

– Vocês pensaram nas pessoas que esse gesto vai prejudicar? – perguntei.

Phalue e Ranami piscaram. Ah, elas estavam tão absortas nos ideais que não haviam considerado as consequências.

– Digamos que vocês não enviem as nozes polpudas. Nem agora, nem nunca. Nephilanu não é a única ilha do Império que as produz. As pessoas na Imperial e nos arredores podem conseguir obtê-las ou ter seus próprios estoques. Mas, quando os suprimentos estão baixos, os preços sobem. Não são os ricos que vão sofrer.

– Você poderia impedir isso abdicando – disse Ranami.

– E, se eu fizesse isso – falei lentamente –, eu não seria exatamente o tipo de Imperatriz que precisamos? O tipo que se importa? Quem está colocando as vidas de todo mundo em risco aqui: vocês ou eu?

Nós nos encaramos, os olhares fixos, a mandíbula de Phalue se mexendo.

Houve uma batida na porta. Sem esperar resposta, Jovis entrou, com Mephi logo atrás.

– Vossa Eminência – disse ele, o rosto pálido –, houve um ataque.

22

JOVIS

Ilha Nephilanu

Ylan tem uma mente astuta. Ele segue de um pensamento lógico para outro, chegando a conclusões com a mesma facilidade com que um pescador pesca um peixe com linha. E ele ajusta as coisas até conseguir fazer com que funcionem melhor. Ele me mostrou uma polia melhorada (Mephi disse "coisa de círculo e corda", mas acho que foi isso que ele quis dizer) que fez para erguer velas. Também desenvolveu um dispositivo inteligente que prende peixes na água. Funciona sem falhas. Adoro essas invenções e as explicações que ele dá de como as criou. Mas há outras coisas mais sombrias que ele aprendeu.

"A linguagem Alanga tem poder quando combinada com as substâncias certas", ele me disse. "Me deixe mostrar o que sei fazer com isso. Me ajude, e juntos poderemos executar milagres."

[Anotações da tradução de Jovis do diário de Dione]

Eu ainda estava com a espada na mão quando me virei para encarar Gio.

– Só pensei em fazer uma visita – falei.

– Apagar uma pessoa daquele jeito não é muito eficiente – respondeu Gio, os braços cruzados. Reparei nas adagas nas laterais do corpo. – O fluxo sanguíneo volta ao cérebro quando você afrouxa o braço, e a pessoa acorda um tempinho depois apenas com dor de cabeça. – Ele observou meu uniforme imperial, o cajado e a espada nas minhas mãos.

Ele lutaria comigo?

E aí Mephi, o idiota, foi até ele e bateu em sua coxa com o chifre. O rosto severo de Gio se abriu num sorriso e ele coçou a cabeça de Mephi.

– Ah, é bom te ver também.

Por um momento, entendi como Lin se sentia ao me ver sendo recebido com sorrisos em toda parte enquanto ela recebia desconfiança.

Tentei dar de ombros, mas foi difícil com as duas mãos ocupadas.

– A Imperatriz veio ver a governadora, e achei que você podia estar com saudade de mim. Nós formamos um laço da última vez, né? Invadimos o palácio juntos, depusemos um governador... Uma aventura e tanto.

A carranca voltou com a mesma rapidez com que desaparecera.

– E aí você deixa meu guarda inconsciente. Jeito interessante de dizer "oi". Parece que você veio aqui para roubar.

– Isto? – Eu ergui a espada. Gio fez uma careta. – É sua? Você sabia que seu esconderijo tem portas secretas? – Pensei na outra sala secreta, que parecia ter sido usada. – Você disse que não tinha encontrado nenhum artefato Alanga nos túneis, que não havia nada aqui que pudesse usar como arma. Você me mandou um bilhete dizendo que Lin tem uma espada assim e que precisava que eu a roubasse. Está colecionando esses artefatos? Por quê? O que eles fazem e por que você os quer?

A espada era mais leve do que eu esperava. Parecia ser feita de madeira e não de metal.

– Coloque a espada de volta – disse Gio.

– É sua?

Mephi olhou de mim para Gio e finalmente notou que não era um reencontro amigável.

– Jovis, a gente pode só conversar? – disse Mephi. – Precisa brigar?

Sempre me magoava sentir que o estava decepcionando.

– Não, nós não precisamos brigar – falei, mas mantive a espada erguida. – Novamente, é sua?

– Não – respondeu Gio.

Enfiei o cajado embaixo do braço, peguei a bainha e a estendi para Mephi.

– Muito bem – falei com alegria –, acho que é minha agora. O dono disso já morreu faz tempo. Você não sabia da existência dessas passagens escondidas, que eu fiz a gentileza de revelar pra você. E tive sorte de encontrar essa espada.

– Jovis – disse Gio, as mãos erguidas –, você não sabe o que está fazendo.

– Eu estou saindo daqui com essa espada – falei, indo em direção à porta.

Num piscar de olhos, as adagas de Gio estavam em sua mão e alcançaram minha lâmina, prendendo-a. Ele girou. As velhas cordas no cabo escorregaram entre meus dedos. Eu apertei com mais força e consegui segurar a espada. Ele era rápido para um velho, e era veloz. Por um momento, nós nos encaramos, e tive a mesma sensação da última vez que eu e Gio quase partimos para os finalmentes: de que estávamos na beira de um precipício com apenas pedras lá embaixo para amortecer nossa queda.

Ele deu um pulo para trás e atacou de novo. Eu não era espadachim. Consegui desviar dos golpes, mas por pouco. Ele virou com o impulso e veio para cima de mim de novo. Eu dancei para longe. Uma das adagas furou a barra da minha jaqueta e acertou minha pele, provocando um lampejo de dor na minha barriga. Consegui desviar da outra adaga me abaixando. Meus ossos vibraram. Eu não ousaria causar um tremor tão fundo no subsolo; tinha sido tolo de fazer isso nas cavernas subterrâneas de Lin. A umidade ali se reuniu em gotículas pequenas e distantes. Eu só tinha minha força, minha velocidade e minha inteligência.

Se eu tivesse sido menos teimoso, teria deixado que ele ficasse com a espada. Mas eu estava cansado de segredos, de pessoas tentando me usar sem expor suas verdades primeiro. Eu não era uma ferramenta à disposição de quem estava no poder, mantida no escuro sobre seus segredos. Se ele não ia me contar por que queria as espadas, eu descobriria sozinho.

Ataquei.

Meu primeiro golpe foi desajeitado. Gio o desviou com uma adaga e atacou com a outra. Tentei erguer a espada para bloquear, tarde demais. Senti o choque do corte no braço, seguido do ardor e calor de sangue. Empurrei a adaga e ergui a espada outra vez. Ele não conseguiu se esquivar da minha investida rápido o bastante; a lâmina raspou em sua coxa quando ele pulou para trás.

Gio cambaleou e caiu. Largou uma das adagas com um estrondo metálico e apertou a perna ferida com a mão.

– A idade chega pra todos – falei enquanto o contornava, Mephi logo atrás. Mas bastou um olhar para o rosto de Mephi, seus olhos castanhos desamparados, para me fazer parar. Eu me virei. Gio ainda estava ajoelhado no chão, a respiração pesada, a palma da mão pressionando a ferida. Ah, eu não era tão insensível quanto queria acreditar. – Você está muito ferido?

– Vou sobreviver – respondeu ele, a voz seca, os dentes trincados, o olho leitoso refletindo a luz do lampião. – Mas com quem está sua lealdade, Jovis? Com a Imperatriz ou com os Raros Desfragmentados?

Por que ele estava tão dedicado a me fazer escolher um lado? Minha lealdade era à minha família, a Mephi, às pessoas que eu podia ajudar e salvar. Era uma verdade que ardia mais intensamente do que mil tochas à noite. Foi por isso que eu havia seguido por aquele caminho. Não pelos Raros Desfragmentados e não por uma Imperatriz. Eu abri a boca para dizer isso, mas o que saiu foi:

– Ela não é uma pessoa ruim.

Não sei por que eu a estava defendendo. Nós não éramos amigos, nem estávamos em termos razoáveis no momento. Eu só conseguia pensar que ela estava tentando, e isso importava mais do que sua posição.

– Pessoas boas ainda podem fazer coisas horríveis. – O olhar dele se desviou para a lâmina antes de voltar para o meu rosto. – Você acha que, com a magia do fragmento nas pontas dos dedos, ela vai abrir mão desse poder? Ela pode estar devolvendo os fragmentos para as pessoas e pode estar desmantelando os construtos, mas o que você acha que vai acontecer quando ela enfrentar uma crise imediata que possa ser resolvida com a magia? Você esteve com ela. Você a conhece melhor do que qualquer um dos Raros Desfragmentados. Acha que ela não vai usar o poder que tem ao próprio dispor, mesmo que seja só uma vez, para lidar com o problema?

Pensei em como ela havia oferecido dinheiro e trabalhadores de forma tão espontânea para desenvolver a mina perto de Riya quando nós nem sabíamos o que estava fazendo as ilhas afundarem.

– Ela não usaria – falei, e me obriguei a acreditar.

– Você está escolhendo a pessoa errada para ser leal. Ela não será Imperatriz por muito tempo, não quando o suprimento de nozes polpudas parar.

Ele falou como se soubesse.

– Você. Você teve algo a ver com isso, não teve? Há outras ilhas que produzem nozes, e os cofres do Império têm fundos o suficiente para obtê-las. Quando há dinheiro, sempre há alguém disposto a fornecer. – Era o mesmo com a pedra sagaz. Ele sabia disso. Todo mundo sabia.

A menos que ele tivesse feito um acordo com o Ioph Carn também. Eu apertei os olhos enquanto o observava e ele não hesitou. Ele tinha feito, não tinha? Mas aquela briga não era minha. Lin teria que arrumar um jeito de lidar com os Raros Desfragmentados e com o Ioph Carn. Eu passei por Gio, Mephi logo atrás.

– Jovis – chamou Gio. Eu não me virei nem parei. – Guarde isso. Você não sabe o que faz.

– Você também não – eu respondi. – E não espere receber mais nenhuma carta.

Ninguém se deu ao trabalho de me deter na saída.

Tinha começado uma chuva fraca quando voltei para a floresta. Estava me sentindo mais leve do que quando havia começado toda aquela empreitada. Eu não mentiria mais para Lin, não haveria mais segredos. Mephi me entregou a bainha; eu guardei a espada e a prendi nas costas. Ele balançou a cabeça como se a bainha tivesse um gosto ruim.

– Não gosto disso – disse ele. – Nem da espada.

Eu não podia dizer que gostava, mas também não ia deixar a espada com Gio. Verifiquei a posição do sol no caminho para a cidade: pondo-se rapidamente. Eu estava atrasado. Tinha que levar a espada de volta ao navio; não ousaria levá-la ao palácio. Haveria perguntas demais. Então, corri para o navio, assenti para os guardas e guardei a espada na minha cabine, embaixo do colchão fino do meu beliche. Eu ainda conseguiria chegar ao palácio a tempo de jantar se me apressasse.

Mas, ao sair no convés, ouvi uma discussão.

– Bom, se eu não posso subir no navio, mande alguém buscar Jovis e dizer que estou aqui.

Fiquei paralisado, o coração na garganta. Eu conhecia aquela voz. Mephi me olhou sem entender, mas não tive fôlego para dizer nada. Fui até a prancha.

Ali, na doca, estava minha mãe.

Sete anos a haviam mudado de muitas formas que não importavam. Seu cabelo estava cheio de mechas brancas, as bochechas um pouco mais fundas, as rugas em volta dos lábios mais proeminentes. Mas a postura dela, eu reconheceria em qualquer lugar: mãos nos quadris, cabeça baixa, como se estivesse prestes a atacar um obstáculo com uma cabeçada. Ela costumava me olhar assim quando estava frustrada, quando eu contava histórias demais ou quando não ouvia o que ela tinha dito pela terceira vez. Ela vestia uma capa sobre as roupas, a calça enfiada nas botas e uma bolsinha de lado.

– Espere! – Coloquei a mão no ombro do guarda. – Eu a conheço. É a minha mãe.

– Ela disse isso – falou o homem –, mas nós não tínhamos como ter certeza.

Dei um tapinha no braço dele para deixar claro que não tinha problema e desci a prancha com os joelhos bambos.

– Oi – falei, sem saber o que fazer. Ela estava com raiva de mim? Eu teria ficado com raiva de mim. Eu havia desaparecido por sete anos.

Ela estendeu as mãos e segurou meu rosto entre as palmas. Os olhos pretos examinaram os meus, úmidos de lágrimas. Achei que meu coração pularia do peito enquanto esperava que ela dissesse alguma coisa, qualquer coisa.

– Jovis – disse ela por fim, a voz trêmula –, seu garoto tolo, tolo. O Ioph Carn? Como você pôde?

Eu era um homem adulto com um alto cargo, mas murchei sob o olhar dela como se nunca tivesse saído de Anaui, como se ainda fosse uma criança.

– Me desculpa. Eu precisei.

Ela segurou meus cabelos, me sacudindo um pouco.

– Você nunca precisa fazer nada. Você escolhe fazer. Não minta pra mim e não minta pra si mesmo.

O nó na minha garganta se desfez e lágrimas arderam nos meus olhos.

– Senti saudade.

Ela me envolveu nos braços e escondi o rosto em seu ombro, ainda úmido da chuva, cheirando a todas as coisas que me lembravam de casa: cebolinha, gengibre, óleo de gergelim e aquele odor almiscarado que eu não conseguia descrever, mas sabia que significava que eu estava na casa dos meus pais em Anaui.

– Sete anos e você nunca escreveu. – A voz dela soou abafada na minha camisa. – Só agora, e só uma carta.

– Desculpa – falei de novo. Eu podia me desculpar por várias vidas e ainda assim não compensaria o que eu tinha feito ou a dor que tinha causado. – Eu não queria chamar atenção pra você. Não queria que o Ioph Carn te procurasse.

Ela deu um tapinha nas minhas costas como sempre fazia quando eu estava doente.

– Tudo bem. Tudo bem. Eu ainda estou brava. – Ela se afastou um pouco, fungou, enxugou os olhos e então agarrou meus ombros, inspirou fundo e expirou. – Capitão da Guarda Imperial. Eu contei para as suas duas tias, sabia? E pra Eina, que faz as panquecas de cebolinha. Acredita que ela disse que eu estava mentindo? Quando a notícia chegou por outros meios, ela ficou muito envergonhada. Mas não me disse nada, nem pediu desculpas!

– Que grosseria – falei. Meu coração estava ao mesmo tempo cheio e vazio. – Emahla… ela está morta, sabia?

Minha mãe pegou a minha mão.

– Eu sei. Todos nós sabíamos, Jovis. Quando se é jovem, a gente acha que pode mudar o mundo. Que pode obrigá-lo a fazer a nossa vontade. Quando se fica velho, a gente aprende a mudar nosso cantinho nele e a conviver com o resto.

– Então eu estou velho agora?

Ela apertou os olhos.

– Mais velho.

Mephi cutucou meu cotovelo.

– Posso conhecê-la?

Minha mãe empalideceu ao ver aquela criatura falante. Mas se tem algo que eu aprendi em todos os meus anos de contrabando é que, se você agir como se algo fosse normal, todos passam a acreditar que realmente é.

– Hã, sim. Mephi, essa é a minha mãe. Mãe, esse é o Mephi.

Mephi se sentou nos calcanhares, colocou uma pata sobre o peito e inclinou a cabeça.

Minha mãe, confusa, fez o mesmo.

– É um prazer conhece você, Mephi. – Ela voltou o olhar questionador para mim. – Ouvi boatos de que você tinha um animal de estimação falante, mas não sabia no que acreditar. Como as velhas serpentes marinhas nas histórias, né?

– Ele não é um animal de estimação – falei. – É um amigo que encontrei perto da Cabeça de Cervo. Eu o criei desde que ele era pequeno.

Ela finalmente recuperou a compostura.

– Espero que ele tenha lhe dado tanto trabalho quanto você me deu.

Eu ri.

– Ah, deu, sim. – Procurei atrás dela. – E o papai? Ele veio com você?

O sorriso dela sumiu.

– Ele está bem? Está seguro? – Eu estava apertando a mão dela forte demais, então a soltei. Por quantos anos eu havia acordado no meio da noite, suando, pensando no Ioph Carn invadindo a casa dos meus pais?

– Ele está bem – respondeu ela. – Não se preocupe.

Isso nunca significava coisa boa. Que razão eu tinha para não me preocupar? Como se preocupação fosse algo que eu pudesse embainhar e guardar.

Ela respirou fundo.

– A tosse do brejo...

– O quê? Ele está doente? Por que você está aqui? Quem está cuidando dele?

– Não, para! Me deixa terminar. – Ela balançou as mãos como se afastasse moscas. – Ele está bem. Não está doente. Mas a tosse do brejo está se espalhando em Anaui. A mãe de Emahla pegou, e depois o pai dela. Seu pai está ajudando a filha deles a cuidar dos dois.

Minha mente disparou. A irmã mais nova de Emahla também estaria crescida agora. Eu não conseguia entender.

– Ele não é mais um jovem. Precisa ficar em casa.

– O que você queria que ele fizesse? Eles são praticamente da família. Todo mundo está ficando doente e alguém precisa cuidar deles.

– A Imperatriz está aqui para perguntar sobre o carregamento de nozes polpudas – falei. – Ela vai garantir que algumas sejam enviadas para a Imperial e para as ilhas vizinhas. Anaui fica perto. Você vai conseguir algumas. – E eu esperava que fosse rápido.

Eu não conseguia ver o sol atrás das nuvens, mas a luz ao nosso redor estava diminuindo. Lin arrancaria minha cabeça por chegar atrasado ao jantar, sendo herói popular ou não.

– Vocês podem cuidar da minha mãe? – perguntei aos guardas na prancha. – Encontrem um lugar pra ela sentar e tomar um chá. Eu preciso ir ao palácio.

Em algum lugar depois das docas, uma comoção havia começado. Vozes elevadas, soluços de mulher.

Meu olhar se fixou além do ombro da minha mãe. Duas criadas de Lin se aproximavam trazendo uma terceira mulher entre elas. Seus vestidos azuis estavam cobertos de sangue, seus rostos respingados. Eu me movi como se estivesse num pesadelo, os passos fortes em direção à doca, mas não pareciam rápidos o suficiente. A criada que elas carregavam estava inerte, o vestido rasgado no meio. Eu não entendi o que havia por baixo, não consegui ver exatamente onde os cortes começavam e terminavam. Parecia um pedaço de carne mastigado por um cachorro.

O sangue dela pingava nos paralelepípedos, misturando-se à lama.

– O que aconteceu? – Assumi o lugar de uma das criadas, cujo braço esquerdo tinha uma ferida aberta.

– Um grupo de construtos de guerra – respondeu ela, lágrimas abrindo trilhas no sangue do rosto. Ela pressionou a mão contra o ferimento do braço. – Eles vieram correndo pela cidade e foram direto pra cima de nós.

23

LIN

Ilha Nephilanu

– Por onde você andou? – As palavras saíram da minha boca antes que eu pudesse contê-las, cheias da preocupação que eu vinha tentando sufocar. Eu tinha dito para Ranami e Phalue que enviara Jovis para fazer uma coisa para mim. Agora, elas estavam cientes de que eu nem sequer sabia onde estava meu capitão da Guarda Imperial. Como eu poderia alegar ser uma Imperatriz competente? Mas aí as palavras dele penetraram minha mente. – Espera. Ataque? Onde? No nordeste? – Os construtos tinham chegado mais perto de Gaelung?

– Aqui. – O punho da manga dele estava manchado de sangue. – Suas criadas foram atacadas por um grupo de construtos de guerra. – Os lábios dele se apertaram, formando uma linha fina. – Uma delas está gravemente ferida.

Elas eram garotas jovens, todas satisfeitas de terem conseguido um emprego comigo, todas estudadas e habilidosas. Eu havia escolhido plebeias em vez de filhas de governadores, como se fazia no passado. Achei que estivesse lhes fazendo um favor.

– E as outras duas? – perguntei, sem ar. – Elas estão bem?

Pela careta dele, entendi que não.

– Uma sofreu uma mordida no braço. Está feio. A outra tem alguns arranhões, mas, fora isso, está fisicamente ilesa.

Olhei para a governadora e sua esposa. Ambas estavam de pé. Eu tinha me levantado sem perceber, os dedos agarrados à saia. Minhas aias tinham me ajudado a me vestir naquela manhã, tinham trançado e arrumado meu cabelo.

– Eu tenho que ir – falei.

Os servos tinham começado a retirar os pratos, um leve cheiro de curry no ar.

Phalue franziu a testa.

– Garanto a você que enviamos guardas para caçar os construtos de guerra que restaram nesta ilha. Não deveria haver mais nenhum, muito menos um grupo. Teríamos avisado se soubéssemos.

Construtos de guerra chamavam atenção e Nephilanu não era tão grande. Eu acreditei.

– Alguém os enviou – falei. – Dentre todos os cidadãos da sua cidade, eles atacam as minhas aias? Alguém está liderando os construtos, e eles estão avançando em direção ao coração do Império.

– Então é melhor você ir cuidar do coração do Império – disse Ranami.

– Eu vou cuidar da minha criada – retruquei. – Você acha que os construtos ficarão satisfeitos em tomar apenas algumas ilhas? Acha que não vão acabar atacando seu povo?

Ranami levantou o queixo.

– Nós conseguimos nos cuidar.

Eu estava lidando com a situação como meu pai teria lidado. Precisava recuar, trabalhar colaborativamente, acalmar minha raiva e meu orgulho.

– É possível que consigam. Mas é tão errado assim vocês trabalharem comigo até que a crise passe? Vejam como eu lido com isso. Vejam como lido com outros problemas. Sou uma líder capaz e só quero o que é melhor para este Império. Eu não sou meu pai. Não quero que ninguém sofra. Pensem bem. Mensagens podem ser repassadas ao meu enviado que está nas docas.

Olhei para Jovis, que esperava ao meu lado com Mephi.

– Alguém chamou um médico?

– Sim, Eminência, embora eu não saiba o quanto ela poderá fazer pela garota em estado mais grave.

Coloquei a mão no coração e inclinei a cabeça para Phalue e Ranami.

– Sinto muito por sair tão abruptamente.

Jovis, Mephi e Thrana me seguiram para fora do salão de jantar.

A chuva começou a cair quando chegamos ao pátio, embora eu não conseguisse me importar. Já tinha sofrido com a umidade antes e estava apenas... cansada. Sacudi o cabelo molhado dos olhos enquanto percorríamos as curvas em direção à cidade; os fios tinham começado a se soltar do penteado elaborado. Apesar da minha exaustão, meus ossos vibravam. Os construtos de guerra ainda podiam estar por ali. Senti cada gota de água no ar. Eu havia deixado o poder da magia do fragmento de ossos para trás, mas agora dominava uma magia totalmente diferente.

Fiquei pensando se essa também teria consequências.

Chegamos ao limite da cidade, onde a rua se abria para o porto. Eu estava ansiosa para voltar ao navio, para descobrir como minhas criadas estavam, para oferecer a elas o conforto que pudesse. Mas então, subitamente, Mephi correu para a direita.

– Mephi! – gritou Jovis.

Thrana foi logo atrás, como um cachorro que fareja um coelho.

– Ela se comportaria melhor se não fosse por ele – falei.

Jovis só revirou os olhos.

– Acho que nós dois somos culpados aqui. Vamos.

Nós corremos atrás deles. Os dois serpenteavam entre as pessoas como se estivessem nadando nas ondas, e tivemos que passar rapidamente por entre os cidadãos assustados para acompanhá-los. Eles diminuíram a velocidade e pararam a uma curta distância da estrada principal. Havia uma pilha de lixo ali, que ambos os animais farejavam com alegria.

– Ele não costuma ser *tão* desobediente – murmurou Jovis. – Devem estar com muita fome.

Só que Thrana tinha jantado comigo. Daí, eu vi uma coisa na pilha. Um pedaço de pedra branca. Um rosto.

Cheguei mais perto, espiando através da chuva, algo em meus ossos me dizendo que era importante. Mephi e Thrana farejaram. Eu me ajoelhei, sujando meu manto de lama, tentando ignorar o fedor. Uma Imperatriz e uma pilha de lixo mais uma vez... Quem imaginaria? Mesmo assim, olhei o rosto mais de perto.

Eram os restos de alguma estátua que tinha sido cortada em pedaços. Uma cabeça de mulher, os olhos bem abertos. As pontas dos meus dedos formigaram quando a toquei. Pensei na espada branca, e algum reconhecimento surgiu em mim. A espada não era feita de um metal estranho. Era de *pedra*. A mesma pedra dos restos daquela estátua.

– Vou levar isto – falei, puxando-a para fora. Metade de uma carcaça de peixe deslizou da cabeça quando a levantei.

Eu não tinha onde guardar. Não cabia na bolsinha do meu cinto.

Jovis reparou em minha hesitação.

– Aqui. – Ele estendeu a mão. – Depois que a limparmos, eu a colocarei na sua cabine. Prometo. – Deixei que ele a pegasse, tremendo agora, porque a chuva começava a encharcar meu manto. Ele a colocou dentro da bolsa, ao lado de um livro que não reconheci.

Quando olhei para a frente, vi que um homem me encarava do outro lado da pilha de lixo, a capa escondendo seu rosto. Ele carregava uma bolsa pesada no ombro, com volumes pressionando o pano. Estava pegando algo ali, assim como eu. Havia algo ríspido na feição dele, com a barba curta por fazer no queixo. Mesmo através da chuva torrencial, vi que ele só tinha um olho. O outro estava coberto por um tapa-olho.

Seu rosto parecia familiar, mas ele se virou e desapareceu pela rua.

– Mephi. Thrana. Vamos.

Dessa vez, eles obedeceram.

A chuva tinha aumentado para um aguaceiro torrencial quando chegamos à prancha. Um silêncio pairava no navio, o que me deixou mais apreensiva do que qualquer outra coisa.

– Ela está no alojamento das criadas – disse um dos guardas no convés. – Vossa Eminência – acrescentou ele tardiamente.

Corremos pelo navio e descemos para baixo do convés. Criados e guardas esperavam perto da porta do alojamento das criadas, lotando o corredor estreito. Eles se espremeram nas paredes quando nos viram chegando, embora meus ombros ainda roçassem em mais de uma pessoa.

– Vão para o refeitório – ouvi Jovis dizer para Mephi e Thrana. – Vão comer alguma coisa.

O alojamento tinha sido esvaziado, restando apenas as criadas feridas e a médica. A médica estava ajoelhada ao lado do beliche mais baixo da esquerda; as outras duas aias estavam junto. Ambas estavam desgrenhadas, e uma delas tinha uma atadura em volta de todo o antebraço.

A escotilha tinha sido aberta para entrar um pouco de luz. A aia mais machucada estava deitada na cama, coberta de ataduras, o tecido ficando vermelho. Os construtos de guerra tinham rasgado seu tronco. Eu sabia do que meu pai gostava em um construto de guerra: dentes grandes, garras maiores ainda.

A garota estava respirando, mas com dificuldade. Eu queria que Mephi e Thrana não tivessem atrasado nossa volta.

Eu me ajoelhei ao lado da médica, uma mulher idosa que levou um susto quando me viu.

– Vossa Eminência – disse ela, piscando furiosamente. Ela colocou a bolsa de lado para tentar me dar mais espaço no alojamento apertado.

– Como ela está?

A médica recuperou a compostura.

– Fiz tudo o que pude. Os ferimentos são fundos e ela perdeu muito sangue. Agora, o que vocês podem fazer é dar a ela sopa e descanso.

Li nas entrelinhas. A situação era grave. Nenhum médico queria admitir para a Imperatriz que não podia executar milagres de cura, não depois do que acontecera com a minha suposta mãe, quando todos os médicos falharam em curar sua doença.

Não tinha pensado em enviar guardas para acompanhar as criadas quando lhes dei o dia de folga. Tinha pensado nas minhas próprias necessidades de proteção, sim, mas não nas delas.

E deu naquilo.

A médica passou a língua nos lábios.

– Posso recomendar outro médico na Imperial que tem experiência com esse tipo de ferimento. Se você tiver pedra sagaz, talvez consiga chegar lá.

Segurei a mão da garota e me esforcei para lembrar o nome dela. Reshi. Estava tão envolvida com as coisas maiores, com o panorama, que me esqueci de pensar nas coisas menores. E às vezes essas eram as coisas que mais importavam.

Ela não reagiu; a mão estava fria.

Eu me levantei, olhei além de Jovis e chamei um dos guardas no corredor.

– Você aí. Pegue minhas coisas no palácio. Vamos partir para a Imperial. Agora. Queime o máximo de pedra sagaz que tivermos.

Os servos e marinheiros correram para obedecer.

– Sinto muito – falei para as outras duas criadas e senti lágrimas ardendo nos olhos. – A culpa é minha.

Elas apenas me encararam, sem saber o que dizer. Assim como eu.

Dei meia-volta, saí do alojamento e quase colidi com uma mulher mais velha no corredor. Ela era quase tão baixa quanto eu, o cabelo grisalho preso em um coque, a túnica e as calças simples, mas limpas.

– Ah! – Ela deu um tapinha no meu ombro. O contato me chocou. Eu não conhecia aquela mulher. Poucos ousavam tocar na Imperatriz sem permissão. – Não te vi aí. Estava procurando meu filho.

Jovis, ao meu lado, prendeu a respiração.

A mulher virou-se para ele.

– Jovis, aí está você. – Ela olhou para mim de novo, como se me visse pela primeira vez. – Essa é... a nova Imperatriz?

– Sim, mãe – respondeu ele, a voz tensa. – É ela. Você tem que chamá-la de Vossa Eminência.

Ela me olhou de cima a baixo.

– Você está encharcada. Vai acabar ficando doente. Vou fazer uma sopinha quente, sempre ajudou os meus meninos. – Ela então se virou e saiu pelo corredor com determinação.

Observei, meio estupefata, enquanto ela se afastava.

– Sua mãe está aqui?

Jovis tossiu.

– Não tive a oportunidade de contar. Foi o que me impediu de chegar para o jantar.

– E seu pai?

Ele fez uma careta.

– Está sendo um idiota em Anaui. Há um surto de tosse do brejo lá. Meus amigos e familiares estão em perigo por causa disso, inclusive ele. Será que você não pode...?

Balancei a cabeça.

– Mandei a maior parte do estoque de óleo de nozes polpudas da Imperial para Iloh em Riya. Não achei que Nephilanu fosse segurar o carregamento. Posso perguntar a Ikanuy se temos um pouco sobrando, mas deixei só o suficiente para atender a Imperial.

Ele pareceu murchar e abaixou a cabeça.

– Foi o que pensei.

– Vou fazer o possível para conseguir nozes polpudas em outro lugar. Sua mãe pode ficar no seu quarto aqui no navio e alugar um barco para casa quando chegarmos à Imperial.

Jovis contraiu o rosto.

– Obrigado. E desculpe os modos dela. Anaui é muito pequena e ela conhece todo mundo lá.

Olhei para o corredor outra vez e vi as costas dela desaparecerem na curva.

– Está tudo bem – falei e percebi que estava sendo sincera. Houve algo de familiar no jeito como ela me tratou que me fez pensar em Bayan. Nós fomos amigos por tão pouco tempo.

Minha reunião com Ranami e Phalue e o ataque às minhas criadas deixaram claro: eu tinha trabalho a fazer.

– Você é estudado – falei para Jovis. – Venha comigo ao refeitório. Preciso escrever algumas ordens, e seu olhar pode ser útil.

Peguei caneta e papel no quarto. Acima, passos ecoavam enquanto a tripulação aprontava o navio para a partida.

No refeitório, o caos reinava. A mãe de Jovis estava na cozinha, dando ordens ao cozinheiro como se ele fosse seu assistente. E o cozinheiro, para minha surpresa, estava docilmente juntando as coisas que ela dizia precisar.

Levantei uma sobrancelha para Jovis.

– Ela também é cozinheira – disse ele, como se isso explicasse tudo. – E das boas.

Eu não a impediria. Na verdade, não sabia se ela *podia* ser impedida.

Um dos meus criados me entregou uma carta lacrada. O selo da fênix estava intacto. Apenas algumas pessoas tinham acesso a esse selo. Ikanuy era uma delas. Meu general Yeshan era outra. Meus batimentos aceleraram quando enfiei o dedo por baixo do selo e o quebrei.

Não eram boas notícias.

Os soldados que enviara para os confins do nordeste foram forçados a recuar, perdendo mais uma ilha para os construtos. Quase todos os homens e mulheres enviados haviam sido mortos. Relatos do campo de batalha falavam de construtos de guerra monstruosos, de cadáveres se juntando à luta. Os poucos soldados que retornaram disseram a mesma coisa: o exército de construtos estava crescendo.

Mais duas ilhas e eles estariam em uma posição estratégica para atacar Gaelung. Se Gaelung caísse, o Império ficaria irrevogavelmente enfraquecido.

Engoli em seco enquanto me acomodava em uma das mesas, a garganta doendo. Não podia me preocupar apenas em proteger as pessoas que se viam como importantes. Tinha cometido esse erro ali, e minha criada estava pagando o preço. Acho que essa era a pior coisa de ser Imperatriz: nunca parecia ser eu quem mais sofria com minhas decisões ruins. Dobrei a carta de volta e a coloquei sobre a mesa.

– Não devia ter mantido soldados na reserva. Precisamos enviar o resto do nosso exército para o nordeste. Agora. Vou escrever para Ikanuy e para o governador de Gaelung. Gaelung é grande o suficiente para hospedá-los, e temos uma rota comercial estabelecida lá. As linhas de suprimento serão fáceis de manter.

– E Unta? – perguntou Jovis, a voz enganosamente leve. – As pessoas vão entrar em pânico, mais do que já estão.

– Você tem razão. – Eu odiava admitir. – Precisamos fechar as minas. As anotações do meu pai dão a entender que a mineração está conectada ao afundamento. Ele fechou a mina na Imperial quando se deu conta do que poderia acontecer. – Era a cara dele ignorar as implicações para o resto do Império. Eu estava entre a cruz e a caldeirinha: as minas ofereciam uma fonte grande de renda para muitos dos governadores; eu precisava do apoio deles para afastar o exército de construtos; e a pedra sagaz facilitava o comércio entre as ilhas. Sem a continuidade da mineração, os estoques de pedra sagaz acabariam em algum momento. O comércio pararia. As nozes polpudas seriam ainda mais difíceis de obter.

Ao mesmo tempo, o afundamento de Unta me deixara sóbria. "Andaimes", o velho Imperador havia dito. Se o que ele desconfiara fosse verdade, estávamos corroendo lentamente a própria base que nos mantinha flutuando no Mar Infinito.

– Vou enviar uma declaração mandando todos interromperem a produção de pedra sagaz e qualquer desenvolvimento de mina. Vou explicar que a pedra sagaz nos mantém flutuando e que é a mineração dela que está fazendo as ilhas afundarem. – Tinha que falar com autoridade, senão ninguém obedeceria.

– Não vão ficar felizes com isso – disse Jovis. – As pessoas vão querer provas. Vão dizer que você está inventando. Vão se negar a acreditar.

Minha única prova eram as anotações desconexas do meu pai. Olhei para Jovis exasperada.

– Desde quando alguma coisa que eu fiz deixou alguém feliz? Vamos retomar a produção assim que descobrirmos como estabilizar as ilhas. É o melhor que posso fazer. Vou cumprir minha promessa a Iloh em Riya, mas não agora.

Ouvi o som de madeira raspando em madeira quando uma tigela fumegante de sopa foi colocada na minha frente.

– Pronto – disse a mãe de Jovis, com um sorriso de satisfação. – Agora, se essa não for a melhor e a mais revigorante sopa de todas as ilhas, pode mandar fechar a minha loja. Vou levar um pouco pra sua empregada também. Vai ajudar.

Parecia boa. Mas havia muito mais trabalho a fazer e nunca tempo suficiente para fazê-lo.

Ela observou meu olhar, colocou a mão nos papéis e os moveu para fora do meu alcance.

– Você precisa comer e precisa se manter saudável.

Ela parecia realmente… se importar? Mas ela não podia se importar; tínhamos acabado de nos conhecer. Sem aviso, sentimentos que eu não sabia ser capaz de sentir surgiram dentro de mim. Em algum momento distante, em uma vida passada, eu tive uma mãe, ou, pelo menos, Nisong teve. Apesar da posição como esposa de um governador, ela gostava de cozinhar, e, pelo diário de Nisong, isso a confortava.

Eu queria tanto uma família; tinha me agarrado à ideia de que talvez meu pai pudesse me amar se eu me esforçasse. E, agora, aquela mulher estava me tratando com mais gentileza do que meu pai jamais havia tratado, e eu não tinha feito *nada* por ela.

A sopa ficou borrada na minha visão, mas peguei a colher e comi. *Estava* boa, melhor do que qualquer coisa que o cozinheiro do navio já havia feito. O macarrão grosso nadava no caldo, com um brilho de óleo de gergelim preto por cima. Estava levemente picante, o caldo aromatizado com alguma erva que não reconheci. Ela tinha trazido as próprias ervas?

– *É* a melhor – falei, tentando não chorar. – Mas eu não fecharia sua loja se não fosse.

Eu então peguei os papéis de volta e comecei a escrever meus decretos. Precisava terminar aquilo. Ainda havia pesquisas a serem feitas e um Império inteiro para manter unido.

A mãe de Jovis se sentou ao lado dele no banco.

– Ela tem parentes? – perguntou a mulher, num sussurro que eu ouvi. – Ou é só você, os guardas e as criadas?

Eu quase o ouvi rangendo os dentes.

– Vossa Eminência está *bem aqui*.

Eu me levantei abruptamente e quase virei o banco para trás.

– Vou terminar isso no quarto. Obrigada pela sopa, hã...

– Ongren – completou ela. – Mas você pode me chamar de "tia".

– Obrigada, Ongren – falei, e então peguei meus papéis e saí correndo. Eu estava na metade do corredor quando Thrana me alcançou.

– Ela foi legal – disse Thrana, me encarando.

Eu soltei o ar, a respiração trêmula.

– Foi – Thrana contornou minhas pernas e eu entrei na cabine.

Em seguida, ela encostou no meu quadril.

– Eu também não estava acostumada com gentileza.

Eu não queria que Ongren tivesse pena de mim. Não queria a pena de ninguém. Eu era a Imperatriz, não alguém digna de pena. Precisava que me amassem, que me exaltassem.

Terminei de escrever as ordens e as coloquei de lado. Virei-me para a caixa no pé da cama. Os livros do meu pai, o frasco de memórias, a espada. Eu estava estudando aqueles livros há muito tempo, tentando decifrar o que meu pai queria dizer com suas anotações. Não consegui encontrar menção à espada, o que me deixou muito frustrada.

Duas ilhas eu visitara, outra tinha afundado, e eu estava apenas um pouquinho mais perto de desvendar os segredos de que precisava.

Eu peguei o frasco de memórias.

– Lin, tem certeza...? – perguntou Thrana.

Eu não respondi. Abri o frasco e deixei o líquido escorrer pelos meus lábios.

O mundo ao meu redor se dissolveu. Eu estava na caverna abaixo do palácio, a máquina da memória à minha frente, minhas narinas sentindo fumaça.

– Isso deve ser suficiente. – A voz do meu pai emanou da minha garganta.

O braseiro na máquina da memória estava cheio quase até a borda com sangue. Havia um pedaço de pedra sagaz no meio, uma ilha num mar vermelho.

Meu olhar se desviou para o lado. Tigelas e mais tigelas de sangue, enfileiradas ao lado da máquina da memória. E eu só sentia a dor do meu pai, a esperança. Puxei duas pontas emborrachadas de tubos de dentro do baú, coloquei no braseiro e abri as válvulas.

– Nisong – sussurrei e coloquei fogo na pedra sagaz.

24

Ranami

Ilha Nephilanu

A visita poderia ter sido bem pior, embora quando Ranami imaginava o que "pior" podia significar, só conseguia pensar em cenários absurdos em que Lin levava um exército até a porta delas e exigia a cabeça de Gio. Elas haviam mantido sua parte do acordo, mas a que custo? A estação chuvosa estava a toda agora, e as pessoas estavam começando a morrer de tosse do brejo. Ranami já esperava que sacrifícios tivessem que ser feitos na missão de derrubar o Império, mas pensou que isso fosse acontecer no campo de batalha, com o exército dos Raros Desfragmentados pronto e disposto.

Ela não achou que o sacrifício seriam pessoas tossindo no escuro, afogando-se nos próprios fluidos enquanto esperavam uma cura que nunca viria.

Ranami e Phalue achavam que tinham caçado todos os construtos em Nephilanu. Claramente, com o ataque às criadas da Imperatriz, esse não era o caso. Phalue insistira em mandar os guardas para a patrulha de novo. Se elas começassem a enviar nozes polpudas, os Raros Desfragmentados dobrariam os esforços para tomar Nephilanu. Para tirar a vida de Phalue.

Ranami parou na escada para a masmorra, um pé no degrau de cima e outro no de baixo.

– Você parou de beber vinho – ela ouviu Phalue dizer.

– Não vejo sentido em fazer isso aqui embaixo – respondeu o pai dela. Uma pausa. – Agradeço os livros e o lampião que você trouxe. Sei que você não me via ler muito quando era criança, mas eu lia quando tinha oportunidade.

– Quando você não estava ocupado. – As palavras soaram secas. Ranami conhecia aquele tom. Phalue só o usava quando estava decepcionada.

– Sim, bom, eu não usei meu tempo do jeito que deveria. Vejo isso agora. Eu deveria ter... Deveria ter passado mais tempo com você. – Ele tossiu.

Ela não deveria estar ouvindo aquilo. Phalue a convidara para aquelas visitas mais de uma vez, mas Ranami não conseguia reunir coragem. A questão não era encarar o pai de Phalue – ela não tinha medo dele –, mas sim ver a dor no rosto da esposa. Por mais que odiasse o antigo governador, ela entendia que a experiência de Phalue com ele tinha sido diferente. Ranami só conhecia os efeitos das ações dele: as cotas maiores de nozes polpudas, as punições severas, a falta de um sistema para retribuir aos fazendeiros. Ela não o conhecia como pessoa. E certamente não o conhecia como pai.

– Tem muitas coisas que eu deveria ter feito diferente – ele estava dizendo. – Não digo que me arrependo de tudo. E não posso concordar com a forma como você está conduzindo as coisas. Você considera mesmo enviar nozes polpudas para as ilhas mais pobres? Vai quebrar sua trégua se fizer isso, e nem será tão bem paga.

– Você está doente – disse Phalue. – Vou chamar um médico pra vir ver você, trazer um pouco de óleo de nozes polpudas. E tem que haver uma maneira de deixar o ambiente aqui embaixo um pouco menos úmido.

Por um momento, o pai de Phalue não disse nada.

– Isso é mais gentileza do que eu teria tido com qualquer um dos meus prisioneiros. Obrigado.

– Você ainda é meu pai. Você só… Ah, por que não pensou nem por um momento no que estava fazendo? Você perdeu tudo de vista, exceto a própria vaidade.

– Posso tentar fazer melhor se me deixar provar.

– É tarde demais pra isso.

Ranami subiu a escada. Não queria chegar no meio daquela conversa. Talvez ela acompanhasse Phalue em uma visita ao pai em outra ocasião, mas aquele momento parecia pessoal demais.

O cheiro da cozinha a alcançou enquanto subia os degraus: cebola e gengibre misturados ao caldo de frutos do mar que borbulhava na fogueira. Os criados se moviam em volta uns dos outros com a graça de dançarinos, evitando por pouco as colisões, pratos e vegetais nas mãos. Mesmo depois de as duas terem se casado, mesmo depois de Ranami ter levado seus pertences insignificantes para o palácio, era difícil para ela acreditar que morava ali, que tudo ali agora pertencia a ela também. Às vezes, ainda sonhava que estava de volta às ruas, catando restos de comida, tentando juntar coisas para vender. Quando estava nesses sonhos, sua vida no palácio parecia uma coisa imaginada.

Alguém correu entre os criados, a cabeça despontando abaixo dos ombros dos adultos. Ranami parou nos degraus ao reconhecer a garota. Não era a filha rebelde de alguma criada da cozinha. Era Ayesh.

Ayesh estava no palácio de manhã, e embora Phalue tivesse lhe dado permissão para comer na cozinha e dormir no quarto que haviam preparado para ela, Ranami a tinha visto sair. O que ela estava fazendo ali?

Alguns criados olharam para a garota, mas eles a tinham visto ali antes e estavam ocupados preparando a refeição da noite. A cozinha estava preenchida pelo som de pratos raspando uns nos outros, de facas cortando e dos criados conversando, fofocando sobre Unta, sobre a Imperatriz e sua visita, sobre os Raros Desfragmentados. Ranami tinha ouvido essas conversas mais de uma vez, ansiosa para saber o que se dizia entre os plebeus. Eles não deram muita atenção à órfã de rua.

E enquanto Ranami observava, escondida na escuridão da escada do porão, Ayesh aproveitou ao máximo essa displicência. Ela foi até a despensa, descascou uma banana e começou a comê-la. Enquanto isso, pegou furtivamente uma perna inteira de presunto curado, três mangas e um pote de peixe seco. Guardou tudo em uma bolsa que carregava ao lado do corpo, bolsa essa que não estava com ela durante as aulas de manhã.

Ayesh pendurou a bolsa no ombro e foi em direção à porta.

Rapidamente, Ranami subiu o resto das escadas. Ela não tinha sido tão pequena quanto Ayesh, mas havia passado tempo suficiente se esgueirando pelos becos da cidade para saber como se fazer invisível. Ela caminhou junto das paredes, mantendo-se entre os criados e a garota, pronta para se esconder atrás de um deles se Ayesh se virasse.

Ela esperou Ayesh sair da cozinha para segui-la. Um vulto de cabelo preto curto e túnica marrom desapareceu na esquina. Ranami franziu a testa. A garota não estava indo na direção do portão.

Quando espiou pelo canto, viu Ayesh parada perto de uma porta, os dedos acariciando a superfície de uma das poucas tapeçarias que Phalue não havia vendido. A mulher havia depenado o palácio quase todo antes que Ranami a impedisse. Elas tinham o suficiente no tesouro para promulgar as políticas que queriam; não havia sentido em ser tão austera. O que elas mais precisavam era de tempo, e isso não podia ser comprado com obras de arte ou bugigangas.

Dois criados conversavam atrás daquela porta, embora Ranami só conseguisse ouvir trechos.

– ...acho que não percebi... outras saídas. E como... nem todos podem... vamos nos afogar! – A última palavra foi dita com veemência. Havia outra pessoa falando em voz baixa e suave. Ranami não conseguiu entender.

Alguns criados sabiam da antiga entrada Alanga na parede, a que levava direto pela encosta. Ranami e Phalue não podiam manter tudo em segredo, e precisaram de ajuda para se prepararem para a possibilidade de Nephilanu afundar. Com certeza alguns deles haviam entendido o objetivo dos preparativos, pensava Ranami.

Não houve escolhas fáceis; elas deveriam ter aberto os planos para os criados? Ou deveriam mantê-los calados e projetar a confiança de que a ilha precisava? Depois de longas discussões, elas decidiram pela segunda opção, mas a decisão não fora fácil para nenhuma das duas.

Ayesh seguiu pelo corredor observando as vigas pintadas, as portas entalhadas, passando a mão pela parede. Finalmente, ela se virou.

Ranami voltou para a cozinha. Phalue não tinha terminado a conversa com o pai, e ela se sentiu grata por isso; não saberia explicar por que estava andando como se não fosse dona do lugar. Quando achou que Ayesh já havia passado, Ranami abriu a porta. A garota tinha voltado pelo corredor e desaparecido atrás do arco que levava ao pátio.

Ranami hesitou na entrada da cozinha. Phalue gostava da menina. Mas Phalue também gostava do pai. Ela gostava de quase todo mundo e desgostava intensamente dos poucos de quem não gostava. Phalue sofreria se Ayesh fosse uma espiã, mas sofreria mais ainda se nunca descobrisse isso e a garota levasse informações para os Raros Desfragmentados.

O que Ayesh tinha ouvido sobre os preparativos para a fuga poderia voltar para assombrar Phalue. Já era ruim o assunto ser fonte de fofoca no palácio. E se Gio descobrisse? Bastaria um boato bem colocado para minar a posição de Phalue como governadora. Geraria inquietação e fomentaria pânico, exatamente o que elas estavam tentando evitar. Ranami sabia como as palavras podiam ser usadas contra as pessoas. Se Gio tivesse uma fonte de informação no palácio, poderia distorcer o que acontecia lá dentro, as decisões que eram tomadas. E, aí, não importariam as intenções de Phalue, não importaria o quanto ela tentasse. Sempre haveria aqueles que a veriam como tinham visto seu pai.

O povo de Nephilanu amava Phalue, mas o amor podia azedar rapidamente sob as condições certas.

Ranami saiu da cozinha e foi para o pátio. Ela acreditava nos Raros Desfragmentados; acreditava no que eles queriam para o Império. Phalue havia mudado sua posição para se alinhar melhor aos objetivos deles. E ainda assim não era o suficiente para Gio. Se Phalue não se protegesse, Ranami faria isso por ela.

Ela pegou a capa de oleado no gancho perto da porta, colocou-a em volta dos ombros e saiu para o pátio. A chuva tinha parado, mas sempre havia a chance de chover mais. Ayesh desapareceu pelo arco do portão e Ranami correu atrás dela.

A vegetação do lado de fora dos muros do palácio estava espessa e exuberante desde que a estação chuvosa começara. Arbustos que antes pareciam quebradiços e mortos exibiam folhas verdes frescas. Grama e samambaias ultrapassavam a cintura de Ranami. Ela teve que se abaixar e se esquivar para evitar os galhos.

Ayesh caminhava à frente dela, a bolsa pendurada no ombro. Ranami ficou para trás, mantendo os passos leves. Apesar da advertência de Phalue de que ela precisaria aprender a confiar em órfãos caso decidissem adotar, Ranami não tinha certeza se poderia confiar naquela órfã. O quanto elas sabiam sobre a garota? Ela era uma órfã de rua e, sim, estava em uma situação ruim quando a encontraram. A história dela sobre Unta parecia real. Mas Ranami sabia como era o desespero.

Quando o vendedor de livros de quem Ranami havia sido aprendiz percebeu que ela sabia ler e lhe ofereceu um lugar em sua casa, ela fingiu ter mais conhecimento do que realmente possuía. E foi convincente nisso. Ranami aprendera uma coisa aqui e outra ali antes de sua mãe morrer, mas nada tão impressionante. Então, sempre que o vendedor de livros saía ou virava as costas, ela se jogava nos estudos, preenchendo as lacunas de seu conhecimento até atingir o padrão que fingira ter.

O que eram algumas mentiras quando você podia encher a barriga à noite e deitar a cabeça em um lugar seguro?

E depois, quando Ranami ficou mais velha, começaram os toques. Encostando nos ombros e na cintura, os olhares persistentes. Ela odiara isso, odiara a maneira como ele a encurralava para que não houvesse como contorná-lo. Outros que ela conhecera nas ruas tinham passado por coisas muito, mas muito piores, então quem era ela para reclamar? Àquela altura, o livreiro estava ficando velho e logo morreria, então ela cerrou os dentes e esperou. Ela não voltaria a ser órfã de rua. Nunca mais.

Ayesh olhou para trás, e Ranami se abaixou atrás de um arbusto. A garota verificou o caminho, mas, não encontrando nada, seguiu seu rumo.

Ranami lembrou a si mesma de que era a esposa da governadora agora. E estava escondida nos arbustos. Não era exatamente a reviravolta que havia previsto. A impressão que tinha era que ela podia se casar com uma pessoa poderosa, podia usar vestidos bem cortados e podia se sentar ao lado de Phalue, mas parte dela sempre seria uma órfã de rua.

A vegetação desapareceu nas ruas de paralelepípedos da cidade. Ayesh deu uma última olhada para trás e correu em direção a um beco.

Ranami praguejou, saiu do mato e a seguiu.

Ser espiã teria sido mais fácil do que ser aprendiz de um vendedor de livros. Do que coletar bugigangas para trocar por moedas. Do que roubar bolsas. Bastavam algumas mentiras, dois ouvidos atentos e uma língua disposta a falar.

Ela virou a esquina a tempo de ver os calcanhares de Ayesh desaparecerem na esquina seguinte. A garota a vira? Para onde estava levando as informações que havia coletado? Para Gio ou para terceiros?

E por que a comida? Phalue lhe dera permissão para comer o quanto quisesse no palácio. A garota pretendia vender? Ganhar um dinheirinho extra sem ser notada? Era algo que Ranami talvez tivesse feito. Ou talvez ela estivesse sendo pouco caridosa. Talvez Ayesh tivesse amigos de quem quisesse cuidar.

Ela virou a esquina seguinte e deu numa rua movimentada, cheia de barracas. Nenhum sinal de Ayesh, apenas comerciantes vendendo suas mercadorias, um forte cheiro de cebola no ar. O vapor subia das panelas até o teto de bambu e folhas. Ranami olhou a multidão, tentando ver o fim da rua. Não conseguia se livrar da sensação de que Ayesh havia entrado ali de propósito.

Talvez Ranami *tivesse* perdido algo de sua versão antiga.

A chuva começou de novo, tamborilando nas folhas de palmeira acima. As pessoas puxaram os capuzes ou ergueram guarda-chuvas. Os pés de Ranami já estavam úmidos. O que faria agora? Procuraria em cada rua pela garota? Era para ela estar no palácio, tomando uma xícara de chá, revisando o tesouro e alocando dinheiro para os itens da lista que fizera com Phalue. Ah, talvez ela *tivesse* amolecido. Ela se virou e voltou pelas curvas da estrada.

Ao chegar ao palácio, encontrou Phalue no pátio, sob a sombra da sacada do segundo andar, conversando com Tythus.

– Isso foi rápido – disse ela, estendendo a mão. Tythus lhe entregou o que parecia ser um escudo pontudo e pequeno. Phalue o inspecionou, levantando-o e verificando as fivelas. Apesar do que tinha visto e da notícia que trazia, o coração de Ranami disparou quando olhou para a esposa. Havia força e gentileza na maneira como ela se portava e lidava com os outros.

Phalue encontrou seu olhar, sorriu e acenou. Ranami foi até ela, ensaiando o que dizer.

Mas a esposa tinha outras coisas em mente.

– Olha isso – disse ela. – Pedi pra um ferreiro na cidade fazer.

– Meio pequeno pra você, não?

Phalue olhou para ela achando graça.

– Claro que não é pra mim. É pra Ayesh. A garota é pequena, mas é mais rápida e forte do que parece. Um escudo pode ser uma arma também, além de servir de defesa. – Ela o segurou como uma braçadeira, a ponta pontiaguda nas costas da mão. – Ayesh não vai vencer se lutar como eu. Sou maior do que a maioria dos meus oponentes, exceto Tythus. Com a velocidade dela, duas armas pequenas seriam mais adequadas. Sem ter uma das mãos, porém, ela não consegue empunhar uma adaga com o outro braço. Mas isto? – Phalue virou o escudo, mostrando a Ranami as tiras e a cobertura na ponta que cobria o pulso. – Isto vai se tornar uma extensão do braço dela. A ponta é afiada, assim como as bordas próximas à ponta. Agora ela tem outra arma, e também pode usá-la pra se defender.

– Muito inteligente – disse Ranami, as palavras que havia ensaiado virando pó em sua boca. Essa era uma das coisas que amava em Phalue: quando decidia algo, ela mergulhava de cabeça, sem reservas. No início do relacionamento das duas, Ranami se maravilhou com a franqueza de Phalue, com sua disposição de compartilhar, de ser vulnerável e de amar com imprudência. Ranami sempre foi a mais cautelosa das duas.

Ela olhou para Tythus e encostou em um dos pilares.

– Você pode nos dar um momento, por favor?

Ele assentiu, descruzou os braços e entrou no palácio.

Phalue franziu a testa.

– Algum problema? – Ela bateu com o dedo no queixo. – Você estava repassando nossas contas, né? Encontrou alguma discrepância? Algum item na lista que vai exigir mais fundos do que pensamos inicialmente?

– Eu… – Não havia uma boa maneira de falar, havia? – Eu vi Ayesh na cozinha.

– E daí? O que isso tem a ver? Ela tem permissão pra ir lá.

– Ela voltou depois de ter ido embora do palácio. Por que faria isso?

– Porque eu mandei – respondeu Phalue. – Eu sabia que o escudo chegaria hoje. Ela deve ter vindo, percebido que eu estava ocupada e ido embora novamente.

Agora, Ranami estava duvidando de si mesma. Haveria uma explicação simples para tudo o que havia testemunhado? Mas ela aprendera a confiar em seus instintos. Ayesh estava escondendo alguma coisa, e nem ela nem Phalue sabiam o quê.

– Ela roubou comida da cozinha. Não sei pra quê. E eu a peguei no corredor, ouvindo uma conversa entre os criados. Estavam falando do nosso plano de contingência.

Phalue inclinou a cabeça, as sobrancelhas franzidas.

– Você a estava seguindo?

– Não. Bem, sim. Tá bem, eu a segui até a cidade, mas a perdi de vista. Queria saber se ela estava levando essa informação a algum lugar e, se sim, pra quem. Phalue, se isso chegar às pessoas erradas, elas podem usar a informação pra te prejudicar. As coisas já estão difíceis como estão.

– Ninguém parece insatisfeito com meu governo – disse Phalue.

– Ninguém diz na sua cara – rebateu Ranami. – Mas há cochichos. E cochichos podem facilmente se tornar gritos com a provocação certa. As histórias podem dizer que Gio tomou Khalute sozinho, mas duvido que seja verdade. Está claro que ele sabe como reunir pessoas em torno de uma causa. Veja como os Raros Desfragmentados o seguem. Eu tenho medo de que ele vá minar você e tentar assumir.

– Ele pode tentar.

– Basta um erro, um passo em falso que ele possa usar contra você. Ele vai abrir um abismo entre você e esta ilha.

– Ranami, por favor. – Phalue apoiou o escudo num pilar e pegou as mãos da esposa. – Você tem razão, preciso ter cuidado. E agradeço que você esteja aqui cuidando de mim. Mas, às vezes, há explicações razoáveis para as sombras que você vê.

Talvez Phalue estivesse certa, talvez ela estivesse vendo serpentes marinhas na névoa. Ela respirou fundo.

– Eu não sei quem a garota é, nem o que ela quer de verdade.

– Por que não conversa com ela? Não tenta conhecê-la? Eu não vou zombar de você nem dizer que está sendo ridícula. Se tê-la por perto te deixa tensa, podemos tomar mais precauções. Você diz que sou uma das poucas pessoas em quem você confia. Eu posso confiar com mais facilidade do que você, mas não há ninguém em quem eu confie mais profundamente. Vou pedir aos guardas pra ficarem de olho. Eles podem acompanhar as saídas, os retornos e o que ela leva. Isso ajudaria?

Parte do aperto em seu peito diminuiu.

– Ajudaria, sim.

– Sou a governadora agora. Eu vi como meu pai perdeu rápido sua posição e a facilidade com que os Raros Desfragmentados incitaram uma revolta. Não é algo que eu veja de forma leviana. – Phalue limpou a garganta. – E falando em coisas que não vejo de forma leviana... acho que devíamos enviar as nozes polpudas. Não precisamos enviá-las diretamente pra Imperial, mas a Imperatriz está certa. Se fizermos o que Gio quer, as pessoas vão sofrer e morrer. Pessoas que já sofreram sob o Império.

Ranami apertou as mãos, o nó no peito crescendo novamente.

– Se Gio descobrir, não teremos guardas suficientes aqui pra nos defenderem de um ataque.

– Pode ser um pouco de cada vez – disse Phalue. – Escondido entre outras mercadorias.

– Você quer contrabandeá-las? – questionou Ranami. – Nós não somos o Ioph Carn.

– Contrabandear o quê?

Ranami se virou e viu Ayesh saindo de trás de um dos pilares. Não tinha visto a garota se aproximar. Ela não acabara de sair dali? A bolsa que Ayesh estava carregando havia sumido.

– Ah. Nada – respondeu Phalue. Ela pegou o escudo com um sorriso no rosto. – Aqui está a surpresa que eu tinha te prometido.

Os olhos pretos da garota se focaram em Ranami por um momento. Ela podia estar imaginando, mas, por um momento, achou ter visto um brilho de reconhecimento. Novamente, aquele despertar do instinto.

Ayesh sabia que Ranami a estava seguindo.

25

JOVIS

Em algum lugar no Mar Infinito

Ylan insiste que pode usar o poder da linguagem Alanga para manter os Alangas sob controle. "A você é concedido vida longa (imortalidade?) e poderes sobre o vento e a água", diz ele. "O que o resto de nós pode fazer diante disso?"
O que ele me mostra não é uma polia nem uma armadilha para peixes. É uma abominação. Nem sequer consigo colocar no papel algumas das coisas que vi. É demais. Ele tem boas intenções, eu sei que tem. Ele pede a minha ajuda. Eu nego. Ele suplica. Ele argumenta.
E aí, finalmente, ele diz que precisa voltar para casa. Ele diz que já faz anos. Faz? Dias e anos têm pouco significado para mim; eu meço o tempo por estações.
Eu não queria que ele fosse, mas estou com raiva demais para dizer isso a ele.

[Anotações da tradução de Jovis do diário de Dione]

A criada de Lin morreu dois dias depois, apesar da sopa da minha mãe, apesar dos cuidados da médica, apesar de toda a pedra sagaz que queimamos para fazer o navio ir mais rápido. Lin ordenou que atracássemos na primeira ilha para dar à garota um funeral decente.

E eu fiz o melhor que pude para manter minha mãe sob controle, para que ela fosse discreta. Não foi uma tarefa na qual fui bem-sucedido.

– Ela é a Imperatriz – falei pela milésima vez, vendo-a abrir massa para bolinhos no refeitório. Ela estava sempre se movendo, raramente parava.

– Uma Imperatriz não pode apreciar meus bolinhos?

Não era essa a questão, ela sabia que não. Era o jeito como ela insistia em dizer a Lin o que fazer, em perguntar quando ela tinha comido pela última vez, em observar que as olheiras indicavam que ela não descansara o suficiente. Não era algo aceitável. Eu a encarei até ela sentir meu olhar, e então ela largou o rolo de massa e me encarou de volta.

– Jovis, ela não tem família, só pessoas que ela não conhece de verdade. O pai dela está morto. A mãe está morta. Ela parece solitária.

Eu me lembrei de quando conversei com Lin nas ruas da Cidade Imperial, quando ela parecia mais uma pessoa e menos uma Imperatriz. E houve aquela vez em que lutamos lado a lado contra os assassinos. Houve um momento… Mas era tolice da minha parte.

– Não acho que ela queira sua pena – eu disse. Mas por que estávamos falando sobre Lin? Eu não tinha ido ali para isso.

Minha mãe franziu a testa.

– É assim que os jovens são? Eu não tenho pena dela. Só vejo uma moça triste e quero que ela fique menos triste. O que há de errado nisso? – Ela sacudiu as mãos no ar. – Aff! Saia! Estou ocupada e você está me incomodando.

Acabei saindo da cozinha antes que pudesse me impedir. Hábito. Olhei para o lado e vi o cozinheiro jogando, desamparado, uma partida de cartas contra si mesmo. Ah, então eu não era o único banido ali. De alguma forma, isso fez eu me sentir melhor.

Quando subi para o convés, Mephi me cumprimentou e se levantou da pequena área de sol que tinha encontrado.

– Você está preocupado – disse ele, juntando-se a mim na amurada.

Olhei para o Mar Infinito, sem conseguir afastar da cabeça o que Philine tinha me dito na Imperial. Chegaríamos ao porto em breve, mas apenas para repor suprimentos e enviar as cartas de Lin.

Lin não tinha conseguido as nozes polpudas de Nephilanu, e não havia óleo suficiente na Imperial para enviar às outras ilhas. Meu pai estava no meio de um surto de tosse do brejo em Anaui, cuidando de uma família doente. Será que já estava doente também? Nem minha mãe nem eu tínhamos tocado no assunto. Ele nunca se contaminara antes, mas, naquela idade, era possível que morresse caso acontecesse.

Sete anos haviam se passado e eu tinha enviado uma única carta. Eu sabia que ele não me repreenderia por isso, mas me olharia com amor e decepção, e eu ficaria arrasado pela dor que causara a ele. Mesmo assim, queria esse sentimento mais do que qualquer coisa, porque significava que ele ainda estaria vivo para ficar decepcionado comigo. Eu poderia fazer contato com o Ioph Carn. Poderia pedir a eles para contrabandear alguma coisa.

– Não sei o que fazer – falei, passando a mão pelo cabelo, que estava um pouco comprido de novo. – Tem uma coisa que eu posso fazer, mas eu não sei se é a coisa certa. Pode ser muito boa ou muito ruim, mas provavelmente será os dois.

Se eu enviasse uma mensagem, se dissesse que estava disposto a fazer algo por eles, eu me colocaria no mesmo lugar onde estava sete anos antes, sob o controle do Ioph Carn. Eu achava que finalmente tinha conseguido escapar disso. Quanto Kaphra pediria de mim? O que ele ia querer?

Mas, se eu nunca fizesse nada para ajudar, que tipo de pessoa eu seria?

– E se você não fizer a coisa? – perguntou Mephi. – O que vai acontecer?

Eu suspirei.

– Algo muito ruim. Apenas muito ruim. – Precisava parar de dizer a mim mesmo que não tinha escolhas. Eu tinha, e teria que viver com as consequências do que quer que eu decidisse. A tarefa que o Ioph Carn me daria talvez não tivesse nada a ver com Lin. Talvez não a atingisse. Eu ainda não tinha como saber.

– O que é muito ruim? – Lin apareceu atrás de mim, com sua roupa de viagem. Odiava quando ela se vestia assim. Fazia com que parecesse normal demais, acessível demais.

Acalmei meu coração disparado e apertei os olhos para as nuvens ao longe.

– O tempo. Às vezes acho que os vislumbres de sol no céu são só pra nos lembrar como era melhor antes de a estação chuvosa chegar, e então podemos ficar ainda mais tristes por isso.

Ela riu.

– E as pessoas ficam sempre tão empolgadas no começo da estação chuvosa. Só que passa rápido. – Ela remexeu na bolsinha e tirou algo que cabia na palma da mão. – Tem uma coisa que eu queria te dar.

Estendi a mão e ela me entregou um fragmento de osso.

– É seu. Encontrei quando estava organizando os fragmentos para devolver às ilhas. Nós dois sabemos que eu nunca usaria seu fragmento, mas achei que seria a coisa certa a fazer, considerando que... – Eu ergui o braço e joguei o pedaço de osso no mar.

Ela franziu a testa.

– Bom, é um jeito de impedir que seja usado, acho.

– Não é meu. – Eu ainda me lembrava do hálito do soldado no meu ouvido ao dizer que havia me poupado. – Deve ser um osso de galinha ou algo assim. – Eu me curvei para mostrar a cicatriz atrás da minha orelha. – Aqui. Sente.

Os dedos dela estavam frios contra a minha pele, o toque delicado e curioso.

– Hum. Não falta nada.

Eu engoli em seco e me afastei.

– O soldado ficou com pena da minha família. Meu irmão mais velho morreu no Festival do Dízimo. Meus pais só tinham a mim. Então ele fez a cicatriz, mas deixou meu crânio intacto. O fragmento que ele entregou era falso.

O sol quente no meu couro cabeludo, meus joelhos afundando no chão, o sangue escorrendo pela parte de trás do meu pescoço, a dor. Eu nunca esqueceria essas sensações, apesar de ter esquecido o rosto do soldado.

Ela tocou no ponto atrás da própria orelha, distraída.

– Seu pai não deve...?

Lin balançou a cabeça.

– Não. Os Sukais nunca cobravam o dízimo da própria família. – Ela se afastou da amurada. – Preciso encontrar zimbro pra queimar com o corpo. O capitão disse que deve haver algum a bordo. – Eu a vi se afastar, desejando ter conseguido fazê-la rir de novo. Todos precisávamos de mais risadas.

Atracamos no fim daquela manhã, e Lin nos deu licença para esticar as pernas.

– Voltem depois do almoço – disse ela –, e rápido, senão vou zarpar sem vocês.

– Você não vai descer?

Ela fez que não e abriu um sorriso fraco.

– Estou ajudando a preparar o funeral de Reshi. – Thrana foi atrás dela, mas lançou um olhar pesaroso para trás.

Lin já enviara as criadas que não estavam feridas para levarem suas cartas e ordens à cidade portuária, e eu não tinha nada a fazer além de encontrar o Ioph Carn. Mephi andou ao meu lado quando descemos a prancha, e senti seu olhar esperançoso em mim.

Eu também precisava alimentar o animal, claro.

Eu não sabia em qual ilha tínhamos parado, mas a cidade era pequena, quase engolida por uma floresta tropical densa, que a cercava por todos os lados. As montanhas se erguiam íngremes logo atrás, como dentes irregulares sobre as construções, e havia uma névoa pesada sobre tudo isso.

– Não se afaste – falei para Mephi quando entramos na cidade. – Aqui é um lugar menos habitado do que você está acostumado, e não sei que tipo de criaturas habitam a floresta. – Eu tinha ouvido histórias e até visto um ou dois troféus de animais estranhos. Não queria encontrar nenhum deles pessoalmente.

Eu nunca tinha estado naquela ilha, mas sabia como encontrar o Ioph Carn. A rede deles era extensa. Se havia uma ilha no Império intocada por eles, eu desconhecia.

Vaguei pelas ruas, parando em uma das poucas barracas para comprar peixe cozido no vapor com molho de feijão preto para Mephi. Ele se sentou para comer, usando as patas como se fossem dedos para pegar os pedaços. O vendedor o olhou com curiosidade e ergueu a sobrancelha para mim. Eu só dei de ombros e segui meu caminho. Não devia respostas a ele.

Demorei só mais um pouco para encontrar o que procurava. Era uma porta entalhada com um padrão intrincado, e havia um símbolo escondido ali. Olhei para a rua e, não avistando criadas ou guardas de Lin, bati suavemente na porta.

Passos soaram do lado de dentro.

– Quem é?

– Apenas um pássaro canoro da meia-noite, procurando um poleiro.

Por um momento, pensei que a senha pudesse ter mudado. Apertei o cajado com mais força, imaginando se a pessoa atrás da porta estaria preparando um ataque. Mas, quando a porta se abriu, dei de cara com uma idosa baixinha. Bastou um rápido olhar para ela me avaliar: meu uniforme, meu cajado, Mephi ao meu lado.

– Jovis – disse ela. – Disseram pra eu esperar você.

– Você... o quê? – Não havia como Kaphra saber que eu pararia naquela ilha em particular e procuraria o Ioph Carn. Ela gesticulou para que eu entrasse e eu a segui, um pouco confuso.

A mulher fechou a porta.

– Kaphra enviou cartas para todas as ilhas. Recebemos duas delas: uma nos dizendo que você poderia vir até nós, e uma segunda com instruções para você. – Ela foi até a escrivaninha perto da janela, abriu uma gaveta com fundo falso e tirou um pedaço de pergaminho. Vislumbrei dardos prateados antes que ela colocasse o fundo falso de volta. Não era tão indefesa quanto parecia.

– Aqui. – Ela me ofereceu o papel.

Eu estava inconscientemente batendo com o cajado outra vez, então parei a mão.

– Eu não disse por que vim aqui.

Ela apenas sorriu para mim, os dentes pequenos e tortos.

– Me diga o que quer e será feito. Mas isso aí é o que Kaphra quer em troca.

A carta não tinha dentes visíveis, mas eu sabia que os encontraria na mensagem. Sempre havia alguma pegadinha com Kaphra. Nunca era um trabalho simples. Peguei o pergaminho com hesitação, com medo da mordida.

A mulher o puxou de volta.

– Ah-ah. O que você quer que seja feito?

Eu suspirei.

– Um suprimento de nozes polpudas para um mês, contrabandeado para Anaui.

Ela refletiu, fazendo as contas mentalmente.

– Difícil, mas considere feito. – E então colocou a carta na minha mão estendida.

Eu a desdobrei e Mephi se agachou ao meu lado, as orelhas achatadas junto ao crânio. Eu precisava relaxar. Kaphra podia querer apenas que eu influenciasse Lin para deixar o Ioph Carn em paz, ou que levasse alguma proposta à atenção dela.

> A Imperatriz está em posse de uma espada de lâmina branca. Roube-a e traga para mim. Você tem trinta dias.
>
> Kaphra

Meu coração disparou. Não era algo simples. Que tipo de tolice Kaphra estava me pedindo? Primeiro, Gio, e agora, Kaphra. As espadas eram artefatos Alangas, tinham que ser.

Se eu fizesse o que Kaphra pediu, se roubasse um artefato de Lin, ela descobriria que fui eu. Eu não tinha ilusões sobre qualquer camaradagem entre nós. Ela me executaria. Eu teria que fugir para evitar a punição. E, aí, a única maneira de sobreviver seria me tornando contrabandista novamente. Era isso que ele queria? Obter um artefato Alanga e me ter de volta sob seu controle?

Contraí a mandíbula e enfiei a carta no bolso do cinto.

– Um negócio justo? – perguntou ela.

– Nunca é com Kaphra. – Saí da casa, meu humor mais sombrio do que as nuvens.

Mephi me cutucou enquanto voltávamos para o navio.

– É ruim?

– Muito ruim – respondi. Precisava encontrar uma maneira de contornar aquilo. Eu ainda queria ter certeza de que Anaui receberia sua cura para tosse do brejo, mas como fazer o que Kaphra queria sem cair nas mãos dele?

A espada, a que eu encontrara no esconderijo dos Raros Desfragmentados. Era uma espada de lâmina branca também. Talvez eu pudesse trocá-la. Gio me avisara para ficar com ela, mas não se deu ao trabalho de dizer por quê. Se eu pudesse ao menos dar uma olhada na espada que aparentemente estava com Lin, poderia ver se era semelhante à que eu tinha comigo. Eu não havia visto nenhuma arma assim no porão, mas talvez ela a estivesse guardando no quarto. Precisava haver uma maneira de verificar.

Mephi e eu fomos os primeiros a voltar para o navio.

Fui até a cabine da Imperatriz, tentando pensar em desculpas para ficar lá, para olhar dentro. Talvez Lin não tivesse levado a espada, mas tive a sensação de que ela gostava de manter seus segredos por perto. Como o pai fazia.

A guarda que eu havia designado para vigiar o quarto assentiu para mim e eu acenei para ela sair, dispensando-a do posto. Bati na porta. Ninguém respondeu. Franzi a testa. Lin disse que ficaria para ajudar a preparar o funeral de Reshi, e a guarda não indicou que ela tinha saído.

– Mephi, você pode verificar o refeitório só por precaução, por favor? – Ele saltitou pelo corredor e voltou um momento depois, fazendo que não com a cabeça. Bati novamente, mais alto. Nada.

Mil possibilidades passaram pela minha mente. Ela estava dormindo, ela estava morta, ela tinha sido feita prisioneira. Bati na porta alto o suficiente para acordar os mortos.

– Vossa Eminência?

Nenhuma resposta. Ela não estava dormindo.

Girei a maçaneta, descobri que estava trancada. O ar em minha garganta parecia sólido e retorcido. Eu havia concordado em roubar de Lin, e agora algo acontecera com ela. Empurrei a porta com o ombro. A madeira se curvou com o meu peso, mas não cedeu.

O pensamento de alguém segurando uma faca contra a garganta de Lin, de alguém a cortando, me encheu de um medo que não consegui mensurar. Era algo impossível. Eu precisava que fosse impossível. Se ela estivesse morta, nunca mais me daria um de seus olhares irônicos, de suas respostas afiadas, nem riria das minhas piadas como se eu fosse realmente engraçado. E se um daqueles assassinos estivesse agorinha mesmo segurando uma lâmina junto ao peito dela?

Dei um passo para trás e chutei a porta com força. A madeira ao redor do trinco rachou, a estrutura cedeu.

Lin estava sentada na beira da cama, um frasco na mão, o olhar turvo. Thrana, encolhida aos seus pés, emitia um som entre um gemido e um rosnado. Abaixei as mãos para que ela não se sentisse ameaçada e tentei entender a situação.

Lin não estava morta. Não estava sob ataque. Não estava dormindo.

– Vossa Eminência?

Ela não respondeu. Era como se não conseguisse me ouvir. Estava olhando para a parede, os lábios ligeiramente separados, as mãos inertes ao lado do corpo. Ela fizera a mesma coisa quando a vi na caverna abaixo do palácio: bebeu de um frasco e ficou com olhar vago. Dei um passo hesitante para dentro do quarto e peguei o frasco. Parecia um dos recipientes de barro em que o cozinheiro guardava molho de peixe. Não havia nada de muito estranho nele.

A Imperatriz piscou. Seu olhar se concentrou em mim.

– Jovis? – Ela franziu a testa e olhou para a porta quebrada. – Algum problema?

– Você não respondeu quando eu bati. Pensei que... – Soou tão tolo para os meus ouvidos quanto deve ter soado para os dela. – O que você estava fazendo?

Eu não tinha o direito de fazer tal pergunta, principalmente para a Imperatriz, mas o rosto dela ficou vermelho.

– Estudando – respondeu ela subitamente.

Olhei para o frasco, para as mãos vazias, para o ponto que ela estava encarando na parede.

– Realmente, a textura da madeira pode ser fascinante – falei com leveza. – E útil quando se trata de resolver os problemas de um Império.

– Estou tentando entender todos os mistérios que meu pai deixou – disse ela, movendo o braço num gesto para abranger o Império. – O que ele sabia, o que não sabia. As anotações que deixou parecem criptografadas. Ele nunca me disse nada; só me dava as informações que achava que eu precisava no momento. E agora ele morreu, e eu estou só... – Lin estendeu as mãos como se tentasse capturar uma brisa com as pontas dos dedos. – Você não tem ideia de como é. Então, sim, eu posso parecer distraída.

Eu reconhecia uma enrolação quando ouvia. No passado, eu talvez tivesse investigado e insistido. Talvez, se ela fosse outra pessoa. Mas encontrá-la segura e inteira só fez com que eu me sentisse cansado e aliviado.

– Achei que você estivesse morta. Ou ferida. Quando vi o frasco, pensei que alguém pudesse ter te envenenado. Existem pessoas que a querem morta, Eminência.

– Você estava preocupado comigo? – A forma como ela elaborou a frase soava como uma declaração e uma pergunta.

Seus olhos escuros encontraram os meus. Naquele navio, até a cabine da Imperatriz era pequena; ela estava sentada a apenas um passo de mim, tão perto que eu podia sentir o cheiro de jasmim que emanava de seu cabelo. Minha boca ficou seca. Eu não sabia se deveria responder, nem como. Não tinha certeza de qual resposta ela queria.

Thrana, que já tinha se acalmado, apoiou a cabeça grande no colo de Lin.

– Você deveria contar a ele – disse a criatura. – Talvez ele possa ajudar.

Lin acariciou a cabeça de Thrana, a expressão se suavizando.

– Feche a porta. Eu vou te mostrar. Mas... não conte pra ninguém. – Ela se levantou sem esperar confirmação, passando por mim quando me virei para fechar a porta, a manga roçando no meu braço.

Ela se ajoelhou para abrir a caixa ao pé da cama. Havia um baú pequeno dentro. O resto do conteúdo estava coberto com um cobertor e, por mais que tentasse, não conseguia ver além disso.

– Meu pai tinha uma máquina da memória – disse ela simplesmente, indicando o baú. – Ele deixou anotações a respeito, e estou tentando descobrir como funciona. As memórias estão guardadas em líquidos. Aqui. – Ela bateu com a unha no frasco de cerâmica.

Parecia fantástico demais para ser real... mas a magia do fragmento de ossos também parecia.

– Então você simplesmente...? – Eu gesticulei como quem abre um frasco.

– Eu bebo. E vivo as lembranças que ele armazenou. Tem cinza de pedra sagaz envolvida, misturada com outras coisas... como o sangue dele. O sangue de Thrana também. – Ela notou minha careta. – Não é agradável. Como a maioria das coisas que meu pai fez. – Ela fechou os dedos na base de uma das orelhas de Thrana, a voz suave. – Não quero esconder nada de você, mas você precisa entender que tive poucas pessoas em quem pude confiar.

– Conheço esse sentimento.

– Você poderia me prejudicar de mil maneiras com os segredos que já te contei. – Ela se levantou e eu senti meus joelhos ficarem bambos. Os cílios dela junto às bochechas. – Você ainda não confia em mim? Quero que confie em mim.

Ela não estava mentindo nem tentando enrolar. Estava dizendo a verdade, e isso fez meu coração doer.

– Você é a Imperatriz. Tem o poder do seu pai. – Senti o muro que essas palavras colocavam entre nós e desejei poder retirá-las, ao mesmo tempo que sabia que precisava dizê-las.

– É quem eu sou. Você preferiria que eu fosse alguém diferente? – A leve rispidez no tom era muito a cara de Lin.

Sim. Não. Fechei os olhos, tentando pensar claramente.

Mephi se encostou na minha perna. O que ele queria que eu fizesse ali? Segundo ele, fui eu que ajudei. Minha bolsa balançava frouxamente ao lado do corpo, o livro o único peso lá dentro. Limpei a garganta e ergui a bolsa entre nós como um escudo, a única coisa entre minha perdição e eu. Não havia razão para esconder aquilo de Lin, e ela havia passado longas horas estudando. Traduzir o livro com a ajuda distraída de Mephi era um trabalho lento. Talvez ela já tivesse visto aquela língua antes. Uma pergunta por uma pergunta. Um segredo por um segredo. Parecia justo.

– Eu encontrei uma coisa – falei abruptamente, enfiando a mão na bolsa e tirando o diário. – Em Nephilanu, nas ruínas Alangas perto da cidade. Foi como a cabeça da estátua – menti. – Pareceu chamar Mephi. Está em uma língua que não reconheço e ando tentando traduzi-la, mas tive pouca sorte. Acho que é um livro Alanga. As bibliotecas do seu pai são extensas. Será que você já viu esse idioma antes? – Eu ofereci o diário para ela.

Lin pegou o livro das minhas mãos, abriu-o e folheou delicadamente as páginas, a curiosidade tomando conta.

– É um livro Alanga. – Seu olhar percorreu as palavras, os lábios se abrindo em surpresa. – Diário de Dione, o último Alanga a cair para os Sukais. Ele e o primeiro Imperador eram... amigos?

– Você consegue ler? Já viu essa língua?

Seus dedos trêmulos percorreram uma página, pressionando o papel.

– Eu não apenas vi essa língua; eu passei longas e solitárias noites aprendendo-a.

Claro que o Imperador teria obras antigas e proibidas dos Alangas. Fazia sentido.

– Por que não me disse que sabia a língua Alanga?

Ela virou as páginas abertas para mim, a expressão sombria.

– Porque eu não sabia que sabia. Isto não é uma língua perdida. É a mesma escrita usada para a magia do fragmento de ossos.

26

LIN

Em algum lugar no Mar Infinito

A língua Alanga e a língua da magia do fragmento de ossos eram a mesma. Os Alangas teriam usado a magia também? Apesar de eu conseguir decifrar trechos do diário de Dione, meu entendimento da língua era imperfeito, e a estrutura descontraída e informal do diário era bem diferente dos comandos rígidos entranhados nos ossos. Jovis não tinha deixado o diário comigo; ele o levava até mim e ficava de lado enquanto eu lia, uma presença reconfortante que eu não estava preparada para dispensar. Além do mais, ele oferecia sugestões que frequentemente se mostravam úteis. Pelo menos foi o que eu disse a mim mesma.

Estávamos desembarcando na Imperial para nos reorganizarmos brevemente antes de seguir para Hualin Or e depois para Gaelung. Minha suposta mãe era de Hualin Or. A família dela estaria lá. Eu me perguntei o que achariam de mim. Pelo menos em Hualin Or as minas de pedra sagaz eram pequenas; minha ordem de interromper a produção não a afetaria tanto quanto a outras ilhas. Em breve desembarcaríamos na Imperial, onde eu sabia que ficaria ocupada cuidando das necessidades do Império. Restava pouco tempo no navio para me dedicar à minha pesquisa. Abri a caixa ao pé da cama e peguei a espada.

– Cuidado – advertiu Thrana.

Eu a encarei. O que ela quis dizer com isso?

– É uma lâmina. Claro que terei cuidado.

– Não é só isso – disse ela. – Tem um cheiro estranho.

Um pouco nervosa, guardei a espada e peguei a cabeça da estátua. E quase a deixei cair de volta no baú. Em algum momento, enquanto estava guardada, os olhos tinham se fechado. Eu reprimi um arrepio. Pensei no mural no palácio, com os Alangas alinhados, de mãos dadas, os olhos fechados. Até que, um dia, eles se abriram.

Eles se abriram no dia em que lutei contra meu pai. No dia em que Jovis apareceu nos degraus do palácio. No dia em que me vinculei a Thrana.

Coloquei a cabeça no colo. Thrana a farejou, os bigodes e o nariz molhado fazendo cócegas nas costas da minha mão.

– Também tem um cheiro estranho.

– É um artefato Alanga. Como a espada – falei. Eu não acreditava que os olhos do mural tinham se aberto naquele dia por coincidência. Também duvidava que meu vínculo com Thrana tivesse feito isso; os olhos se abriram várias vezes desde então. Só restava a presença de Jovis nos degraus do palácio.

Uma batida soou na porta. Guardei rapidamente a espada e o frasco, mas mantive a cabeça da estátua nas mãos.

– Entre.

Era Jovis, Mephi logo atrás. Ele entrou no meu quarto segurando o diário. Duas criadas passaram atrás dele no corredor, olhando de soslaio enquanto ele fechava a porta. Estávamos passando muito tempo sozinhos juntos. Elas falariam. Os guardas falariam. Eu não conseguia me importar. Eu era a Imperatriz. Que falassem.

– Dione nunca diz como os Alangas são criados, só fala sobre Ylan Sukai e suas conversas filosóficas. É tão seco quanto os livros de história que precisei ler na Academia. Ylan está bravo porque os conflitos dos Alangas causam danos colaterais. Dione compara seus conflitos a tempestades, coisas que não podem ser contidas ou impedidas. Os dois comem, pescam, bebem chá e conversam. – Ele jogou o diário na minha mesa. – Folheando um pouco mais, parece que Ylan mudou um pouco a mente de Dione. Os dois trabalharam em algo juntos, não sei dizer o quê. E houve uma traição. – Jovis bateu com o cajado no chão, um gesto que passei a associar com agitação.

Eu fechei os dedos ao redor da cabeça da estátua.

– Quando chegou à Imperial, você usou magia pra combater o construto do meu pai?

Jovis piscou.

– O quê?

– Você usou sua magia pra lutar contra o construto do meu pai?

Ele balançou a cabeça como se tentasse desanuviá-la.

– Sim, claro que usei.

Olhei para a escotilha aberta. A chuva leve e os respingos do mar umedeciam a parede. Meu pensamento, parcialmente formado antes de Jovis entrar pela porta, se solidificou em uma teoria. Levantei a mão, sentindo o tremor nos ossos, minha consciência da água ao redor se aguçando.

E então, dobrei o dedo, levantando uma esfera de água do oceano e fazendo-a flutuar escotilha adentro.

Jovis franziu a testa.

– Por que está...?

Ergui a cabeça da estátua e deixei a água cair no chão de madeira da cabine. Nada. Os olhos permaneceram fechados.

Jovis se inquietou.

– Você estava no meio de uma pesquisa sobre as aplicações da magia Alanga na limpeza do chão? – Ele gesticulou para a porta. – Eu posso sair se estiver ocupada.

– Pensei que talvez... – Minha respiração travou. As pálpebras da estátua se moveram, como se a escultura estivesse viva. Lentamente, enquanto eu observava, elas se abriram, orbes brancas e cegas encarando as minhas. Eu me forcei a continuar segurando em vez de arremessar a coisa pela sala. Virei a escultura para Jovis. – O mural no saguão de entrada do palácio é da era Alanga. Depois que você usou sua magia, todos os olhos no mural se abriram. Os artefatos estão despertando porque os Alangas estão próximos e usando magia. Não é apenas um sinal de que os Alangas estão despertando; é um sistema de alerta.

Jovis ponderou.

– Artefatos têm despertado em outras ilhas em que ainda não estivemos. E não usei minha magia em Nephilanu. Você usou?

– Não, o que significa duas coisas: há pelo menos um Alanga em Nephilanu que não é um de nós. E há mais em outras ilhas. Não sabemos quem são eles, nem se eles sabem o que são ou o que querem. Precisamos descobrir isso. Vou entrar em contato com meus enviados nas ilhas onde os artefatos despertaram e perguntar se eles notaram outras atividades incomuns.

Jovis olhou para Mephi e Thrana.

– As pessoas vão acabar descobrindo. Quando mais de nós começarem a aparecer, elas vão perceber que todos têm uma criatura como Mephi. Vão juntar as peças. Não podemos controlar isso.

Tentei conter o pânico que subiu pela minha garganta. Eu tinha trabalhado muito arduamente, por muito tempo, para me tornar Imperatriz. Ao mesmo tempo, não podia abrir mão de Thrana. Eu nem sabia se era possível; ela parecia parte de mim agora, inextricável do resto.

– Vamos nos esconder por enquanto. Farei o possível pra neutralizar o medo e o preconceito que meu pai ajudou a disseminar. Se revelarmos primeiro que você é um Alanga, as pessoas ficarão mais propensas a aceitar essa mudança. Mas, se eu revelar que sou... Sei que minha posição é precária. Seria apenas mais um argumento dos governadores pra me pressionar a abdicar.

Não era justo que Jovis tivesse o amor e a adoração do povo do Império e eu tivesse que lutar pelo mínimo de respeito. Ninguém sabia, nem poderia saber, o que eu tinha feito para acabar com o reinado do meu pai e por quê. As pessoas me viam como uma protegida dele, uma herdeira legítima, uma extensão dele. Bayan estava morto. Numeen estava morto. A família dele... morta. Eu só tinha meu título e minha posição.

A cabeça da estátua estava fria em minhas mãos, os olhos se fechando lentamente.

– Algum dia, seu segredo será revelado. Por que não se adiantar?

Tantos segredos. Eu era um copo cheio demais, ameaçando derramar ao menor descuido.

– Fácil pra você dizer – retruquei. – O herói popular do povo, que veio de baixo, que salva crianças. Mas eu? Eu acabei com o Festival do Dízimo e devolvi os fragmentos, e mesmo assim todos me olham com desconfiança. Sei o que pensam de mim, o que você deve pensar de mim. Mimada, jovem, inexperiente, tola. Como posso mudar isso? – Era mais do que deveria ter confessado a ele, e senti minhas bochechas esquentarem de vergonha. Agora eu entendia melhor por que meu pai havia tentado tanto trazer Nisong de volta dos mortos. A posição de imperador era elevada e solitária.

– Eu não – disse Jovis, guardando o diário na bolsa.

O que ele quis dizer?

– Não o quê? Não quer ser como meu pai também? Você não corre esse risco.

– Não – disse ele, e seus olhos ficaram sérios como eu nunca havia visto. – Eu não acho que você seja mimada ou tola. Jovem... bem, não há como discutir isso. Inexperiente? Você acabou de tomar o lugar do seu pai. Mas você é brilhante, trabalhadora e gentil. Eu não esperava isso.

Algo mudou no ar, tornando-o mais espesso, mais difícil de respirar. Era isso que ele pensava de mim?

Uma batida soou na porta. Eu pisquei.

– Vossa Eminência, estamos nas docas – disse uma criada. – Vamos desembarcar em breve.

Eu limpei a garganta.

– Certo. Entre.

Ela passou pela porta, seguida de outra criada. Nenhuma das duas olhou para nós, apenas começaram a trabalhar, empacotando roupas sujas e fechando minhas caixas. Mal havia espaço suficiente na cabine para duas pessoas, muito menos quatro. Apressada, bati em retirada em direção ao convés superior, ouvindo o arranhar de garras e o toque de um cajado enquanto Jovis e nossos animais me seguiam.

O ar estava denso de umidade, embora a chuva ainda não tivesse começado. As montanhas verdes da Imperial se erguiam acima de nós, formações rochosas cobertas de vegetação. A cidade e o palácio ficavam junto ao porto, telhas verdes ecoando a floresta ao redor. Foi só quando coloquei a mão no corrimão que percebi: eu ainda segurava a cabeça da estátua.

– Posso guardar isso se quiser – disse Jovis ao meu lado.

Eu estava prestes a entregar quando vi os olhos. Estavam abertos novamente. Minha respiração ficou presa na garganta.

– Você...?

Jovis olhou para si mesmo como se procurasse evidências sobre ter usado magia ou não.

– Não – respondeu ele. – De jeito nenhum. Você?

– Se eu tivesse, não teria perguntado a você. – A ansiedade me agarrou pela garganta. Havia outros Alangas ali, na Imperial. E eles saberiam que eu também era uma. Veriam Thrana e saberiam. A única coisa com a qual eu podia contar era que eles também relutariam em se revelar.

Jovis pegou a escultura e enfiou na bolsa.

– Posso sair com Mephi e dar uma olhada nas ruas – disse ele.

– Depois que estivermos acomodados no palácio – concordei. – Não vai fazer mal.

Eu me recompus o suficiente para me despedir da mãe de Jovis nas docas. Meu pai teria julgado o gesto como abaixo da minha posição, mas Ongren havia sido gentil comigo. Antes de desembarcar, ela me entregou uma cesta com biscoitos salgados de gema de ovo e um pacote de ervas.

– O que é isto? – perguntei, erguendo o pacote.

Ela se inclinou com uma expressão conspiradora.

– Pra fazer chá. É bom pra fertilidade. O Império precisa de um herdeiro. – Ela deu um tapinha na minha bochecha e sorriu.

Meu peito foi inundado de um calor que subiu até as orelhas. Quando eu teria tempo para pensar em herdeiros?

– Eu, hã, obrigada.

– Cuide do meu garoto – disse Ongren, virando-se para se despedir de Jovis.

Apesar da chuva que finalmente caía das nuvens, meu humor melhorou quando pisei nos paralelepípedos das ruas da Imperial. Pelo menos aquele era o meu lar. Queria passar algumas noites na minha própria cama, com Thrana enrolada ao meu lado. Queria um banho. Queria meus pãezinhos favoritos assados no vapor do jeito que o cozinheiro chefe do palácio os fazia. Ikanuy havia enviado um palanquim, no qual me acomodei com gratidão, enxugando as gotas de chuva da capa.

Pretendia tomar um banho assim que chegasse, mas acabei encontrando o palácio em alvoroço. Eu sabia que os criados fofocavam, era uma das razões pelas quais meu pai tinha tão poucos, mas, mesmo na curta caminhada dos portões até o saguão de entrada, pude ouvir sussurros me seguindo como ondas no rastro de um navio.

Ikanuy me recepcionou no pátio, a mão abrindo a cortina do meu palanquim.

– Perdoe-me, Vossa Eminência – disse ela, o rosto pálido –, mas aconteceram algumas coisas desde que você partiu.

Não gostei de como isso soou.

– Conte.

– Todo mundo já sabe.

O mundo pareceu congelar por um instante, o medo paralisando meus membros. Tinham descoberto os aposentos secretos do meu pai. Tinham descoberto que eu não era quem dizia ser. Tinham descoberto que fui criada, não nascida. Por que não derrubaram meu palanquim no caminho para o palácio? Por que não me chamaram da impostora que eu era?

– Agora, há relatos confiáveis – continuou Ikanuy – de que existem pessoas no exército de construtos. Alguns soldados afirmam que as pessoas são os próprios construtos. A líder deles diz ser sua meia-irmã mais velha. Ela diz ter reivindicado o trono antes de você, embora seja uma filha ilegítima. Iloh desertou e agora está pedindo sua abdicação.

Levei um momento para absorver tudo, o sangue ainda latejando nos ouvidos. Não era o que eu pensava, mas, novamente, as notícias não eram boas. O que meu pai fizera? Eu não acreditava que ele havia mesmo tido uma filha ilegítima, não com base nas memórias que vi. Concentrei-me na segunda parte do relato de Ikanuy.

– Iloh desertou? – Agora eram duas ilhas pedindo minha abdicação. Duas ilhas das quais eu precisava de apoio.

– Deixei a carta na sua mesa. Ele disse que você descumpriu a promessa de desenvolver a mina de pedra sagaz na ilha vizinha.

– A proibição é só temporária! Ele não pode esperar… – Eu parei. Era inútil explicar isso à minha senescal quando era Iloh quem precisava ser convencido. Com a aproximação do exército de construtos e a impopular proibição das atividades de mineração de pedra sagaz, outros poderiam seguir o exemplo de Iloh. E eu duvidava que a líder do exército de construtos, quem quer que ela fosse, me deixaria viver se ascendesse ao trono. – Precisamos mandar um enviado para tentar trazê-lo de volta para o nosso lado. Não posso suspender a proibição, ainda não.

– Há outra coisa – disse Ikanuy. – Um homem está aqui para ver você. Disse que é urgente. Vossa Eminência, ele é um monge de árvore nuviosa.

Minha espinha enrijeceu. Os monges raramente saíam dos mosteiros, embora às vezes enviassem aprendizes para cidades próximas em busca de suprimentos. Eu nunca tinha ouvido falar de monges na Imperial ou no palácio. Não havia mosteiros na ilha.

– Um enviado?

– Não tenho certeza. Ele se recusou a explicar para qualquer pessoa que não fosse você. Nós o colocamos no Salão da Sabedoria Mundana. Ele está lá agora.

Verifiquei minha aparência. Cansada da viagem, mas não monstruosa. Uma vez fora do palanquim, a chuva começou a molhar meu cabelo e meus ombros, mas não era uma chuva torrencial. Teria que ser assim mesmo.

– Vou falar com ele. Jovis, Thrana, Mephi, comigo.

– Não seria melhor levar um contingente de guardas...? – Ikanuy deixou a frase morrer no ar. Era preciso considerar que meu pai nunca tivera o melhor dos relacionamentos com os mosteiros, e os monges tinham fama de ser habilidosos em batalhas.

– Não, isso basta. – Eu ainda não sabia o que o tal monge tinha a dizer. Quanto menos ouvidos ouvissem, melhor.

Andamos apressadamente pelo pátio até o Salão da Sabedoria Mundana, ao lado dos jardins. Era um prédio retangular com um beiral que contornava a parte de fora, apoiado por pilares. O salão principal era um espaço amplo, com pé-direito alto e portas para as várias salas em volta. Apesar da luz que entrava por cima, o salão estava na penumbra.

Passei pelas portas abertas. Havia dois criados lá dentro, arejando ambientes e carregando pratos.

– Onde ele está?

Sem dizer nada, um criado apontou para a salinha de jantar na lateral do salão principal.

Encontrei um homem sentado de pernas cruzadas em uma almofada junto à mesa, uma caneca de chá quente nas mãos. Por algum motivo, eu o havia imaginado velho e enrugado, mas aquele homem era jovem, talvez até mais jovem do que eu. Tinha maçãs altas cortando a face, o nariz delicadamente curvado, como o bico de um falcão, e o cabelo bem curto. Ele vestia uma túnica verde-escura simples.

– Ah – disse ele, sorrindo e colocando a caneca na mesa. – Você deve ser a nova Imperatriz.

Algo na expressão do homem me fez acenar para Jovis.

– Mande os criados saírem. Feche a porta.

Ele se moveu para obedecer.

– Sou – falei. – Mas não conheço você.

– Não deveria mesmo. – Ele cruzou as mãos sobre a mesa. – Passei a vida toda no mosteiro. Meu nome é Ragan. Por favor, Vossa Eminência, sente-se.

Como se ele fosse o dono do local, não eu.

– Vou sentar se quiser.

O sorriso dele se alargou.

– Talvez você queira. Eu trago novidades. Boas novidades!

Pensei nas tarefas que eu tinha dado a Ikanuy e ergui uma sobrancelha.

– Os monges de árvore nuviosa decidiram se alistar a meu serviço?

– Ah, não. Mas eu, sim.

– Um monge.

– Vossa Eminência. – Ele ergueu o dedo, a expressão severa, como se me repreendesse. – Nunca se deve recusar ajuda, não quando se precisa. A notícia do exército de construtos está se espalhando rápido. Seus soldados fazem o que podem, mas os construtos tomaram várias ilhas. Eles estão vindo atrás de você. E os Raros Desfragmentados estão aguardando.

O tom instrutivo daquele jovem me irritou profundamente. Thrana rosnou, os pelos eriçados.

Ele olhou para ela e assentiu, como se compreendesse.

– Você criou um laço muito estreito com seu ossalen.

Minhas veias congelaram. Atrás de mim, ouvi Jovis bater com o cajado no chão uma, duas vezes.

– O que quer dizer?

– História. A Imperial ensina, embora até seu conhecimento seja falho. Foi o expurgo dos Alangas. Os Sukais não destruíram só os indivíduos Alangas, mas também muitos de seus livros e de suas construções. Os mosteiros, no entanto, são fortalezas. E nós – o monge bateu na própria têmpora – mantivemos os livros em segurança. – Ele ergueu a caneca e tomou outro gole.

– Então você não deveria desprezar minha ajuda. Além do mais, eu não sou apenas um monge. Como falei: novidades!

A voz de Jovis soou atrás de mim, o tom seco.

– Seus anciãos sabem que você está aqui?

– Haha! – Ragan sorriu de novo. – Você é um homem engraçado. Claro que sabem. Eles me enviaram. E, sim, eu sei que vocês dois são Alangas.

Ouvir aquele homem dizer isso em voz alta me fez querer enfiar alguma coisa em sua boca só para fazê-lo se calar. Havia alguém por perto ouvindo?

– Mas – ele ergueu o dedo de novo – eis a novidade: eu também sou.

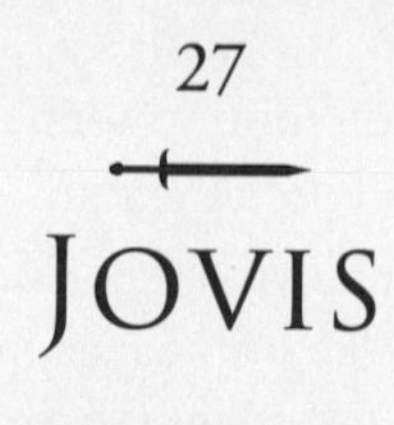

27

JOVIS

Ilha Imperial

Eu tinha esquecido como era ficar sozinho (ou "solitário", Mephi não tem certeza). Ulan me lembra da minha vida antes de me tornar Alanga. Todo mundo que conheci daquela época já faleceu faz tempo. Eu tinha esquecido como era sentir que cada pequena coisa importa.
E talvez ele tenha razão. Talvez as pequenas coisas importem mesmo.

[Anotações da tradução de Jovis do diário de Dione]

A estadia na Imperial não foi o descanso que deveria ter sido. A pedido de Lin, Ragan manteve segredo sobre ser Alanga, e, apesar da ausência de um animal ao lado dele, havia algo de estranho naquele homem. Um monge de árvore nuviosa andando por aí? Na Imperial? Mais de um acadêmico pediu para se encontrar com ele, o que Lin negou.

A pressão pela abdicação de Lin estava crescendo; era o que eu queria quando me juntei aos Raros Desfragmentados. Agora, porém, eu me via passando na frente do quarto dela à noite, fingindo não ouvir seu choro frustrado, e me perguntando se deveria bater, se deveria perguntar se ela estava bem e oferecer palavras de conforto.

Quando falei para Lin o que eu achava dela, estava pensando nas mãos da minha mãe no meu rosto. A verdade.

Ela não merecia aquilo.

Golpeei com o cajado mais forte do que pretendia e derrubei a guarda com quem eu estava lutando no pátio, empurrando seus pés. Ela caiu nos paralelepípedos com um grunhido, sem fôlego. Fiz uma careta ao ouvi-la ofegar e estendi a mão para ajudá-la a se levantar.

– Desculpa, foi duro demais da minha parte.

Ela deu um sorriso fraco.

– É assim que ficamos mais fortes.

Não, pensei, é assim que eu mato você por acidente. Ao meu redor, guardas batiam espadas e cajados.

– Chega – falei para eles. – Terminamos. Fiquem alertas. Os construtos estão por aí, procurando uma oportunidade. E lembrem-se: alguns deles podem parecer pessoas. Não hesitem.

Mephi veio correndo do jardim e bateu com o ombro na minha coxa. Fiz o possível para não cair.

– Oi, oi, oi! – disse ele.

Alguns guardas sorriram. Era uma surpresa que ainda gostassem de Mephi; ele remexia nas coisas de todos e tinha transformado diversos objetos de valor sentimental em brinquedos improvisados. Eu ainda estava tentando ensinar limites pessoais a ele.

Partiríamos para Hualin Or no dia seguinte. Era a ilha de origem da mãe de Lin. Ela morrera quando eu era bem novo, e só me lembro das bandeiras brancas nos mastros dos navios e nas calhas dos telhados. Uma doença súbita destruiu seu corpo, reduzindo-a a uma carcaça em questão de semanas. Ninguém sabia como tratá-la, e eu ouvira minha mãe e meu pai conversando em sussurros, dizendo que vários médicos que tinham fracassado na tarefa foram executados.

Eu estava curioso para ver aquele lugar, aquela família. Minha mãe estava certa: Lin não tinha ninguém. Mas talvez ela pudesse encontrar parentes lá. Eles apoiariam a reivindicação dela, não é? E aí eu não teria que hesitar na porta do quarto dela, a mão erguida, me perguntando se deveria bater e oferecer um ouvido amigo.

Contraí minha mandíbula. Não importava. Eu havia parado de enviar cartas para os Raros Desfragmentados, mas não era amigo dela. Eu ousei xeretar o máximo possível e não encontrei a espada que Kaphra me encarregara de roubar. Se Lin a havia levado, estava trancada no navio.

– Você está emburrado – disse Mephi enquanto subíamos os degraus do palácio.

Como eu poderia explicar para ele todos os pensamentos na minha cabeça?

– Não sei mais como fazer a coisa certa – falei. – Vim aqui fazer a coisa certa, mas agora está tudo confuso.

– Alguém sabe o que é certo?

Olhei para ele de relance.

– Você anda lendo... filosofia?

Ele bateu com o ombro na minha perna.

– Tem uma biblioteca aqui. Você me ensinou a ler. A culpa é sua.

Ouvi risadas no saguão ao entrar no palácio. Lin. Rangi os dentes quando ouvi outra voz. Ragan. Ela o recebera com facilidade, até demais. Era tão distraída às vezes, tão convencida da própria inteligência. Eu me perguntei se Lin sabia que qualquer um com meio nariz conseguia farejar sua solidão. E havia algo em Ragan que me deixava tenso. Talvez fosse o sorriso, ou a condescendência, ou o jeito como ele erguia o dedo sempre que tinha algo importante a dizer... e ele parecia achar que quase tudo o que dizia era importante.

Fui na direção das vozes. Eles estavam no salão de jantar, cada um com uma caneca de chá entre as mãos.

– Você está me dizendo que precisa ser aprendiz até os 35 anos pra poder experimentar a casca de zimbro nuvioso? Parece uma eternidade.

Ragan ergueu o dedo.

– Não. Esse é o tempo que a maioria das pessoas leva. Eu já usava a casca de zimbro nuvioso aos 18. Mas eu era um prodígio. Aprendo rápido.

– Você deve ser um dos mestres mais jovens entre os monges.

Ele deu uma tossidinha constrangida.

– Ah, não. Ainda sou aprendiz. É preciso mais do que só habilidades de luta para se tornar mestre. Sou excelente nas artes marciais, mas eles disseram que ainda tenho muito a aprender e que me faltam a temperança e a sabedoria necessárias. Foi por isso que me enviaram para cá. Acharam que sair para o mundo me ajudaria a aprender.

– Você é jovem. Esperam muito de você.

– Não sou tão jovem – disse ele com irritação. Mas depois, riu. – Desculpe, Eminência. Aí está a falta de temperança, eu acho. A juventude não é desculpa. Desde que eu era novo, sempre me elogiaram, sempre disseram que sou muito promissor. Quando se ouve isso dia após dia, você acaba sentindo que tem muitas expectativas a alcançar.

– Você vai ser o orgulho dos seus mestres, tenho certeza.

Eu estava rangendo tanto os dentes que eles acabariam virando pó. Havia um exército a caminho. O monge não entendia isso? Bati na porta aberta para anunciar minha presença.

Os dois me olharam sobressaltados. Thrana estava deitada ao lado de Lin, dormindo.

– Preciso falar com a Imperatriz em particular – anunciei.

Não pude deixar de notar a decepção no rosto de Lin.

– Você pode nos dar licença? Obrigada por responder às minhas perguntas.

Ragan se levantou e se curvou para ela.

– Claro, Eminência. Espero que você me permita ajudar mais.

Eu não me mexi quando Ragan passou pela porta, sorrindo para mim, sua túnica cheirando à seiva de pinheiro. Eu fechei a porta com firmeza atrás dele.

– Onde está o companheiro desse cara? Ele tem um?

A voz de Lin saiu fria.

– Você não gosta dele.

Meu peito parecia uma fornalha.

– Claro que não gosto. Ele diz que veio de um mosteiro. Qual? Ele foi mesmo enviado? Se todos os Alangas têm companheiros, onde está o dele? O que ele quer? Duvido que queira apenas ajudar.

– O mosteiro ficava em Unta. Ele me deu uma carta assinada pelos mestres. Também disse que ele e o companheiro têm um laço mais maduro e não precisam ficar tão próximos. Essas criaturas se chamam ossalen. O dele está esperando nas montanhas acima do palácio, ele vai chamá-lo quando tiver terminado aqui. E, sim, ele quer ajudar. – O vapor subia pela caneca, espirando sob o queixo dela. – Ragan perdeu todo mundo que conhecia quando Unta afundou, então tenha um pouco de compaixão, está bem? Quando veio para cá, você disse que queria ajudar. E eu confiei em você.

E não deveria ter confiado. Mas eu não podia dizer isso.

Lin suspirou e olhou para o teto.

– Eu não posso mandá-lo embora. Jovis, nós precisamos dele. Se ele for minimamente poderoso como nós, podemos usar essa ajuda na batalha que vem aí. Preciso do apoio de Hualin Or e de Gaelung, mas estamos perdendo soldados tão rapidamente quanto os recrutamos. Minha general mandou uma mensagem: nosso exército chegará a Gaelung logo depois de nós, e com sorte vai lidar com os construtos sozinho. Estou tentando subir uma colina lamacenta e escorregando para trás a cada três passos. Talvez eu precise que você e Ragan lutem.

Houve uma batida na porta.

– Vossa Eminência, é Ikanuy.

– Entre – disse Lin, seu olhar ainda em mim.

Ikanuy entrou, o olhar indo de mim para Lin.

– Tem um representante aqui para vê-la – disse a senescal. – Do exército de construtos. Ele veio negociar em nome da líder. Está sob os cuidados da guarda do palácio.

Lin inspirou fundo e estendeu a mão para chamar Thrana. O animal se aproximou e apoiou a cabeça no colo de Lin, sob sua mão.

– Mande-o entrar. Posso recebê-lo aqui. Mande os criados trazerem chá e comidinhas. Jovis e Mephi, fiquem aqui, mas tragam mais dois guardas.

Ikanuy saiu para obedecer às ordens.

Um dos meus guardas entrou primeiro, seguido do enviado do exército dos construtos. Era um homem magro, modesto, de roupas simples. O cabelo preto estava preso num coque, e o rosto comprido, embora não fosse de um velho, dava sinais de muita vivência. Eu me vi buscando indícios de que ele fosse um construto. A única coisa que discerni foi a mudança sutil no tom de pele entre o rosto, mais escuro, e o pescoço, mais claro, mas isso podia ser uma marca de nascença ou efeito da luz do sol. Mas então pensei que o Imperador anterior poderia ter cortado fora a cabeça de um corpo para costurar em outro. Horrível.

Eu precisava admitir que, se ele tivesse sido criado, tinha sido criado com capricho. Mas não era o tipo de elogio que dava para dizer ao sujeito. Havia algo de grosseiro nisso.

Ele percebeu meu olhar e deu um sorriso breve e pesaroso, como se soubesse o que eu estava pensando. Depois, se sentou em frente a Lin, e os dois guardas atrás dele se posicionaram. Ele se mexeu levemente no assento e levantou uma sobrancelha, como quem diz "Tudo isso pra mim?".

– Eu sei que ela não é minha irmã – disse Lin, seca. – Ela não tem reinvindicação aqui.

– Meu nome é Folha, Vossa Eminência – disse o enviado, como se Lin não tivesse dito nada. – E vim aqui negociar em nome de Nisong.

Uma escolha estranha, dar à filha o nome da esposa do Imperador, provavelmente não seu nome de batismo. Não que "Folha" fosse normal. Eu estava encarando? Ou eu olhava tanto assim para as pessoas em circunstâncias normais?

– Ouvi as histórias do extremo nordeste – disse Lin. – Se vocês quisessem negociar, não estariam assassinando meus cidadãos.

Novamente, ele continuou como se não tivesse ouvido.

– Abdique em favor da sua irmã e o terror acabará. O povo será salvo.

Não era a primeira vez que ofereciam uma barganha daquelas para Lin. Eu me perguntei o que faria se estivesse no lugar dela. Abdicaria em favor dos Raros Desfragmentados, em favor da suposta irmã, ou continuaria tentando segurar um Império que desmoronava? Eu chegara a achar que preferiria a primeira opção, ou a segunda. Agora, com a cabeça de Mephi embaixo de uma mão e o cajado na outra, eu sabia quem eu era. Eu escolheria o terceiro caminho.

Lin também.

– Isso não é negociação. É uma exigência.

Folha abriu as mãos, como se os comandos estivessem escritos em seus fragmentos e ele não tivesse mais palavras.

Criados entraram na sala rapidamente e saíram em silêncio depois de colocar canecas na frente de Folha e de Lin, servir água quente e pratos de peixinhos grelhados e legumes salteados. Folha não tocou na caneca nem pegou o par de hashis que um criado ofereceu sobre um guardanapo.

Eu podia até estar encarando o visitante, mas o olhar de Lin era penetrante como uma agulha e o prendia ao assento.

– Ela é como você?

Lin tinha visto algo que eu não tinha. Ele era um construto. Folha abriu a boca para responder, mas a fechou. Respirou fundo como se pretendesse tentar de novo, mas balançou a cabeça. Eu conhecia aquele olhar. Tinha visto nos construtos para os quais eu contei histórias, mentiras que confundiam seus propósitos ou comandos. Ele não sabia o que dizer ou como responder. Mas encontrou uma resposta na terceira tentativa.

– Ela é sua irmã. – Uma não resposta.

Lin se curvou para a frente, o vapor da caneca espiralando em fios que subiam até suas bochechas.

– Diga para ela parar primeiro e depois nós negociamos os termos de paz.

– Isso não será aceitável – disse Folha.

Lin o observou e sua expressão suavizou.

– O que ela quer de verdade? Ela acha que ser Imperatriz vai resolver os problemas?

– Vai resolver alguns dos nossos. – Ele não hesitou sob o olhar dela. – Eu quero viver. Você pode me oferecer clemência?

Bem, eu sabia a resposta para isso. Lin não podia proteger cidadãos e construtos ao mesmo tempo. Uma pessoa não podia fazer um lobo e um bode viverem em paz. Mas ela me surpreendeu.

– Eu sei que você acha que sua situação não tem solução, mas ainda estou aprendendo e descobrindo coisas sobre a magia do fragmento de ossos. Me dê uma chance de pesquisar mais. Pode haver um jeito de coexistirmos. Isso não seria melhor do que matar cidadãos indefesos?

Folha estendeu as mãos como se fossem uma balança.

– Uma líder me promete um império. A outra diz que talvez nós possamos viver em paz. Que barganha você aceitaria, Eminência?

– Certo, entendo o que quer dizer. Mas deve haver gente de quem você gosta. O que acontece com essas pessoas em uma guerra? Quantas vão morrer?

Um vislumbre de emoção passou pelo rosto magro de Folha antes de sua expressão se neutralizar.

– Acho que não escreveram sentimentos nos meus comandos.

Ele falou com tranquilidade e confiança, mas eu sabia que estava mentindo. Ele gostava bem mais dos seus companheiros construtos do que estava demonstrando. O mundo pareceu se mover embaixo de mim, como acontecera na Ilha da Cabeça de Cervo. Um construto podia ter sentimentos? Eu só havia encontrado construtos de níveis menores, que consegui manipular com facilidade. Nunca tinha me deparado com os construtos mais complexos do Imperador. Mas ouvi histórias de Mauga, Ilith, Tirang e Uphilia, da inteligência deles e do terror que inspiravam. Esses construtos tinham sentimentos? Lin parecia achar que sim. Mas ela os tinha destruído.

Eu não sabia se ela estava sendo sincera em sua proposta de ajudar.

– O quanto sua líder se importa com vocês se insiste em mandá-los para a morte? Você deve saber que isso não é uma negociação de verdade. Ela está tentando me intimidar e quer que todo mundo – Lin apontou para os guardas atrás de Folha – pense que fez um gesto de boa-fé, assim ficarão mais dispostos a aceitar seu governo. Claro que as mortes não são culpa dela; se eu tivesse aceitado os termos, nada disso teria sido necessário. Garanto que estou familiarizada com esse tipo de tática. Sou a filha do Imperador. E, agora, sou a Imperatriz. Ela está manipulando vocês pra ter o que quer. Ela quer tomar meu lugar e não vai aceitar nada menos, não importa o que ela vai perder. Não importa quem ela vai perder.

Folha apenas se levantou, o rosto levemente corado.

– Se isso é tudo o que você tem a oferecer, Eminência, vou levar sua recusa para Nisong.

Lin se levantou.

– Conte a ela o que eu ofereci. Veja se isso provoca o mínimo de hesitação.

Ele fez uma reverência rígida e praticamente saiu correndo, deixando o chá e os alimentos intocados. Os guardas saíram atrás dele.

Lin caiu no assento assim que ele saiu, pegou um prato de peixe e entregou para Mephi e Thrana.

– Ele é um construto, e a mestre dele também. Os Raros Desfragmentados estão no sul, o exército de construtos no nordeste, e, ao nosso redor, as ilhas afundam.

Eu não deveria sentir pena dela. Não podia.

– Você está... reclamando de ser Imperatriz?

Ela me olhou feio. Ah, eu havia ido longe demais em outra direção. Exagerei na hora de compensar. Mas ela soltou uma risada pesarosa.

– Quando você diz assim, parece mesmo uma besteira. – Ela ajeitou a frente da jaqueta. – Vamos para Hualin Or amanhã. Quem sabe não temos mais sorte lá.

– Hualin Or não será suficiente. – Eram essas as palavras de conforto que eu tinha a oferecer? Mas eu sentia a verdade nelas. Nephilanu ficara do lado dos Raros Desfragmentados. Riya ficara do lado dos construtos. Mesmo que Hualin Or ficasse do lado de Lin, o exército da Imperatriz ainda era pequeno e destreinado.

– Terá que ser – disse ela, e então saiu da sala, Thrana logo atrás.

Quando deixei escapar o que eu pensava dela, cheguei a dizer que ela era mais teimosa do que cinco mil mulas?

Mephi bateu com a cabeça na minha coxa.

– Dia longo. Amanhã vamos zarpar de novo!

– Sim. – Eu sorri e fiz carinho na cabeça dele. Pelo menos um de nós tinha poucas preocupações. Eu não tinha certeza do que dizer e do que não dizer a Mephi. Não precisava metê-lo nos meus problemas.

Não consegui dormir naquela noite, a cabeça cheia de pensamentos sobre os construtos, os Raros Desfragmentados e aquele Ragan infernal. Rolei tanto na cama que Mephi resmungou e pulou no chão. Frustrado, levantei e peguei minha capa. Uma caminhada poderia espairecer minha cabeça. Ou pelo menos me cansar o suficiente para que eu pudesse dormir.

Mephi se mexeu um pouco quando saí do quarto, mas não acordou. Uma chuva leve caía nos paralelepípedos, formando pequenas poças entre as pedras irregulares. O pátio estava silencioso à noite, mas vi uma luz ainda acesa no Salão da Sabedoria Mundana. Ragan, sem dúvida fazendo algo que me irritaria. Eu me virei e, em vez de ir até lá, caminhei em volta do palácio.

Os trabalhadores tinham consertado todo o gesso rachado, substituído todas as telhas quebradas. O palácio parecia pior quando cheguei, mas estava começando a parecer novo novamente. Podia não ser meu barco, nem o Mar Infinito, mas me acalmou.

Até que notei a estrutura de ferro quebrada. Estava escondida sob o telhado, uma peça decorativa que não tinha sido feita para suportar peso nem desempenhar qualquer função. Abaixo dela havia uma janela aberta. Ou pelo menos o que parecia ser uma janela. Não havia veneziana, nada impedia a chuva de entrar, só o telhado.

Por que, ao fazer os reparos, Lin não ordenara que aquela peça fosse consertada ou removida? Podia ter sido um descuido, mas ela fora meticulosa.

Não achei que deixaria passar algo assim. E se o descuido fora proposital, ela estava escondendo algo.

A abertura parecia estar acima do segundo andar, mas eu não tinha visto escada para um terceiro andar, nem mesmo o contorno de um alçapão no teto. Aquele lugar parecia desconectado.

Eu devia voltar para a cama. Devia me preparar para a jornada que estava por vir. Mas eu nunca deixaria um mistério passar assim. Para a consternação da minha mãe, eu havia subido e caído de muitas árvores quando criança só para descobrir se o feixe de gravetos que eu tinha visto era realmente um ninho. O palácio estava dormindo e os guardas nas muralhas estavam de frente para a cidade. Se eu fizesse silêncio, poderia entrar e sair daquela abertura antes que alguém descobrisse.

Antes que eu pudesse me convencer do contrário, me vi de volta ao palácio, subindo a escada do hall de entrada e indo até uma janela perto da abertura. Era uma péssima ideia, mesmo. Mas eu logo saí pela janela e fui para o telhado. A chuva tinha deixado as telhas escorregadias, e tive que lutar para manter o equilíbrio. Eu me agachei e engatinhei pelo telhado até o cume, cuidando para apoiar mãos e pés em locais seguros. Olhei pela borda, sem saber o que encontraria.

A abertura estava escondida abaixo do telhado, e, de onde eu estava, vi que havia sido forrada com feno. Lembrava os ninhos que eu costumava encontrar. Seria o covil de um dos antigos construtos do Imperador? Não parecia estar em uso.

Testei o aparato quebrado. Não achei que aguentaria meu peso. Alguém podia ter usado uma vez para acessar ao covil, e parecia ter sido uma única vez. Mas eu tinha a força que Mephi me concedera e era alto. Calculei a distância. Se eu me pendurasse na beirada do telhado, meus pés quase alcançariam a abertura. Havia uma protuberância abaixo. Se eu caísse, provavelmente quebraria alguma coisa, ou mais de uma coisa. Concluí que ficaria tudo bem, contanto que minha cabeça não fosse uma das coisas quebradas.

Sentindo-me mais do que idiota, eu me abaixei da beirada do telhado. Meus pés ficaram pendurados em frente à abertura. As calhas rangiam sob meu peso. Balancei as pernas para trás, depois para a frente, e então soltei.

Não me balancei graciosamente para dentro da toca como pretendia. Meu peito bateu na parede e eu escorreguei, tendo que me agarrar ao gesso para me segurar. Consegui alcançar a borda da abertura enquanto caía, minha capa rasgada agora, a pele por baixo arranhada e sangrando, meus braços doendo.

Fiquei pendurado ali por um momento até reunir coragem para me içar e entrar. Tinha cheiro de animal, mofado e adstringente. O covil de Uphilia?

Ela era o Construto de Comércio do Imperador, e eu sabia que tinha dois pares de asas. Que segredos estariam escondidos no covil do Construto de Comércio? Segredos chatos, provavelmente. Segredos pelos quais não valia a pena arriscar quebrar os ossos.

Mesmo assim, remexi na palha, procurando compartimentos secretos. Não precisei procurar tanto. Encontrei algo duro e quadrado e o peguei. Apertei os olhos na escuridão. Um... livro?

A lua estava escondida pelas nuvens, e não consegui nem ver a capa. Tateei na escuridão e encontrei um lampião preso na parede. Ainda havia um pouco de óleo nele, além de sílex e madeira por baixo.

Acendi o lampião e, embora a luz tremeluzisse, consegui enxergar. Era um registro de nascimentos e mortes da Imperial. Folheei as páginas até encontrar o registro do nascimento de Lin.

Lá estava: 1522–1525.

Meu estômago se embrulhou de consternação. Tinham cometido um erro, certamente. Mas era um erro muito grave. Fechei o livro e o enterrei na palha, lutando para respirar com a garganta apertada.

Lin Sukai, herdeira do Imperador, tinha morrido aos 3 anos.

Então, quem era a Lin que eu conhecia?

28

NISONG

Extremidade nordeste do Império

Folha voltou da Imperial com a notícia que Nisong esperava.

– Ela não vai abdicar. Definitivamente, não a seu favor. E ela não está feliz de você alegar ser sua irmã ilegítima.

Bem, ela não podia alegar ser Nisong, a esposa morta do Imperador. Havia limites dentro dos quais precisava trabalhar, mas, com o caos que tinha conseguido semear, o afundamento de Unta e a moratória da mineração de pedra sagaz, as pessoas estavam procurando uma alternativa. Elas poderiam se convencer de que Nisong era mais merecedora da liderança do que Lin. Ela faria com que pagassem e depois tomaria seu lugar no centro de tudo. Como Imperatriz.

O apoio do exército certamente a ajudava.

A fumaça subia densa no ar, queimando as narinas de Nisong. Ela viu o fogo arder na cidade, ouviu os gritos das pessoas fugindo de casa ou sendo queimadas vivas. Pensou ter sentido o cheiro de carne queimada no vento.

As pessoas tiveram sorte, ela achava, porque chovera nos últimos dias e a madeira ainda estava úmida demais para queimar rapidamente.

Coral e Folha a ladeavam, embora Coral desviasse o olhar, a mão cobrindo a boca e o nariz.

– Isso é realmente necessário? Eles podem ter se rendido.

Nisong contraiu a mandíbula. E depois? Coral não entendia?

– Não podemos tomar medidas pela metade. Eles nos querem mortos. A Imperatriz ofereceu uma recompensa por nós antes mesmo de fazermos algo errado. Você acha que, se estivessem em nossa posição, eles ofereceriam misericórdia?

– Não, mas…

– Então também não podemos oferecer misericórdia. Nunca seremos vistos como pessoas. Somos apenas monstros úteis, descartados quando não querem mais lidar conosco. – Os construtos nunca tiveram escolha. Haviam acordado da névoa mental em Maila e encontrado um mundo que já era hostil com eles.

Folha pigarreou.

– A Imperatriz nos ofereceu clemência.

Coral lançou um olhar penetrante para Nisong. Era a primeira vez que ouvia falar daquilo. Nisong balançou a mão com desdém.

– Não é uma oferta real.

Folha passou o polegar no punho da espada e a outra mão pelo cabelo preto e liso. Ele limpou a garganta novamente.

– A Imperatriz quer paz, Nisong.

Ela observou Coral e Folha trocando olhares como se tivessem algo desagradável para dizer e não soubessem qual dos dois deveria falar.

Foi Folha quem falou.

– Quantos de nós terão que morrer até que você esteja satisfeita?

A vergonha brotou dentro dela. Já havia feito Concha e Fronde pagarem. Ambos morreram protegendo-a. Aqueles dias em que eles se reuniam ao redor de uma fogueira, em que compartilhavam comida e lembranças, tinham acabado. Nunca mais aconteceriam. Mas Nisong não era responsável pelas mortes; o Império era. Sua raiva era uma chama que consumia a culpa.

– A Imperatriz disse que tentaria encontrar uma maneira de vivermos sem drenar a vida do povo. O governo dela é fraco. Por quanto tempo ficaremos parados esperando a Imperatriz fazer experimentos conosco? Você quer se abrir pra ela, deixá-la colocar a mão dentro de você e manipular seus fragmentos? Mudar quem você é? – Não, a Imperatriz não merecia aquele tipo de confiança. O Império não merecia aquele tipo de paz. – A questão aqui não é a minha satisfação.

O Império esperava um monstro? Ela seria o monstro. Suas feras ocupavam as ruas, rosnando e mordendo, um rio de pelos, garras e penas emaranhados. Nisong havia coletado mais construtos nas outras duas ilhas por onde passaram e havia continuado a encenar seu Festival do Dízimo improvisado. Tivera um pouco mais de tempo para consertar os corpos, para otimizá-los para o combate. Ainda assim, ouvira os outros construtos de seu exército chamando-os de "desconjuntados". Nisong não podia reclamar; era um nome adequado para criaturas tão inferiores. Eles iam atrás das feras, eliminando os retardatários.

– Vou cuidar de vocês – disse ela a Coral e Folha. – Vou proteger vocês.

Uma família saiu correndo de uma construção em chamas, puxando um garoto pela mão. Olhavam as ruas freneticamente, buscando refúgio. O garoto chorou e os construtos pularam sobre eles. Um dos pais sacou uma espada; o outro, uma faca de cozinha. O garoto ficou entre os dois.

– Essas pessoas não fizeram nenhum mal a nós – disse Coral.

Nisong se virou para ela, perdendo a paciência.

– Concha e Fronde talvez tivessem algo a dizer sobre isso se estivessem vivos.

Coral se encolheu.

– Ah, desculpa – disse Nisong, estendendo as mãos. Coral as segurou e se inclinou para ela. – Também não gosto disso. Eu não faria a menos que fosse necessário, você entende?

Depois da batalha no pátio do último palácio, Nisong havia percebido que Coral também guardava algumas lembranças de uma vida passada, embora não tivesse certeza de quem eram essas lembranças. Alguém que um dia foi próximo dela.

Aquelas pessoas mereciam o que estava acontecendo. Elas não se importavam com as vidas que estavam extinguindo quando matavam construtos. Ainda assim, Nisong se surpreendeu ao levantar a mão e gritar:

– Deixe-os em paz. Podemos precisar deles vivos para o Dízimo.

Os construtos se afastaram da família, se reagruparam e voltaram para ela.

Nisong fixou o olhar na próxima ilha, visível no horizonte. Era maior do que as ilhas que haviam conquistado até então. Ela pensou no mapa e se orientou pelo sol que espreitava através das nuvens. Ah sim, Luangon. Conhecida pelas cavernas nas encostas e pela enguia extremamente picante em óleo quente. Eles saberiam que o exército de construtos estava chegando, e a população ali era maior. Luangon também tinha uma mina de pedra sagaz; pequena, mas o suficiente para fornecer aos cidadãos um padrão de vida mais alto. Haveria pessoas especificamente treinadas para lutar, com armas melhores. Mas Nisong tinha mais construtos agora, além da habilidade de fazer mais. E a Imperial não seria capaz de enviar reforços a tempo.

Ela havia enviado Grama na frente, no menor veleiro que conseguira encontrar, instruindo-a a atracar em algum lugar desabitado e seguir de lá para a capital da ilha. Também havia enviado mais de um construto espião, que foram alvejados com flechas. Eram construtos muito óbvios, claramente espiões.

Já Grama parecia uma idosa inofensiva. Poderia se aproximar, ouvir conversas, julgar o tamanho da força que enfrentariam. Mandá-la para longe foi mais difícil do que Nisong havia previsto. Dos construtos originais que a ajudaram a escapar de Maila, só restavam Coral, Folha e Grama.

Durante aquele avanço, tinham perdido mais construtos do que Nisong gostava de admitir.

– Alguns sobreviventes estão fugindo da ilha. Estão pegando barcos no porto – disse Folha. – O que devo dizer aos construtos?

– Deixe-os em paz e deixe que fujam – respondeu Nisong. Seu apetite por violência estava desaparecendo. – Alguém precisa avisar a Luangon que estamos chegando e que não temos misericórdia. O povo deve ter visto a fumaça dos incêndios, mas não sabe exatamente o que aconteceu. – Ela se concentrou nos passos seguintes. – Coral, peça aos desconjuntados para reunir os corpos no pátio do palácio. Folha, pegue as feras e reúna os sobreviventes. Precisamos de mais fragmentos.

Coral se moveu para obedecer e Nisong seguiu Folha para as ruas. Ela conseguira pegar um pouco de ópio em uma loja antes dos incêndios começarem. Agora pelo menos poderia manter as pessoas quietas enquanto retirava seus fragmentos. Seria mais fácil para todos assim. Nisong observou pelo canto do olho enquanto Coral orientava os desconjuntados. Nem todos obedeceram. Ela os instruíra a obedecer a Coral e Folha, mas comandos falados não tinham tanto poder de permanência quanto os entalhados. Ela teria que reiterar esse comando mais tarde; simplesmente não havia fragmentos suficientes.

Alguns construtos já precisavam de reparos, com um ou dois fragmentos morrendo conforme as pessoas que os deram faleciam. Nisong não podia matar todos no Império e ainda viver, mas precisava subjugá-los.

As ruas daquela cidade eram pavimentadas e não de terra batida, e mais de uma vez ela precisou apagar brasas no chão antes que atingissem a bainha larga de sua calça. A fumaça fazia seus olhos arderem, e ela tentou não tossir. Folha enviou as feras, que começaram a reunir sobreviventes amontoados em becos ou que encaravam, de olhos arregalados, os destroços de suas casas.

– Vamos começar o Dízimo essa noite – disse Nisong para Folha. – Quanto mais cedo construirmos nosso exército, mais cedo poderemos tomar Luangon e torná-la nossa base de operações. De lá, poderemos…

Um estalo cortou o ar, seguido de um estrondo baixo. O chão tremeu sob seus pés, mas brevemente. Tudo na cidade ficou em silêncio, exceto por um grito errante. Folha agarrou seu antebraço.

– O que foi isso?

Nisong olhou para o rosto pálido, os olhos negros grandes, e não soube o que responder. Só tinha duas experiências para comparar: o terremoto que sentira uma vez na Imperial e o dia em Maila em que o mundo virara de lado e a névoa mental se dissipara. Agora, ali, até as feras tinham parado de trabalhar, e as pessoas que elas haviam reunido estavam com cara de que o céu estava prestes a cair.

Nada mais aconteceu. Seus músculos tensos relaxaram, o galope dos batimentos cardíacos diminuiu.

– Não tenho certeza, mas...

O olhar de Nisong caiu sobre Luangon. Fumaça subia de vários pontos da ilha, espiralando em direção às nuvens.

– Não é aqui – disse ela, seus batimentos acelerando novamente. – É em Luangon.

E Grama estava lá.

Ela saiu correndo, os dentes rangendo a cada passo, os chinelos batendo nas pedras do calçamento, as contas da túnica estalando umas nas outras. Levou um momento para perceber aonde estava indo. Para as docas.

– Nisong! – Folha gritou atrás dela. – Os prisioneiros! Nós deveríamos...?

O vento carregou as palavras. Não importava agora; o que precisavam fazer era chegar até Grama e tirá-la de Luangon. Ela se lembrou de Grama separando a comida sem pensar em Maila antes de acordar da névoa. Antes de Nisong tirá-la disso. Agora, ela era sagaz, tinha mãos firmes e uma mente ainda mais firme. Pouco a pouco, ela os estava perdendo novamente.

Grama não, por favor.

– Espera! – gritou Folha, o som de seus passos ecoando atrás dela. Esperar era para tempos mais calmos. Ela viu a ilha tremer de novo antes de o som chegar aos ouvidos, um estrondo grave como um trovão ao longe. Atrás dela, uma casa em chamas desabou, lançando faíscas e brasas no ar.

Ela ouvira as pessoas capturadas dizerem que a Ilha da Cabeça de Cervo havia sumido, que afundara no Mar Infinito. Na ocasião, ela não acreditou. Fora à Cabeça de Cervo em suas memórias; era uma ilha monumental. Tinha sumido? Desaparecido? Inconcebível.

Mas agora ela estava vivendo um pesadelo nebuloso e tingido de fogo. Tudo de terrível parecia possível.

Nisong diminuiu a velocidade quando chegou ao cais e Folha a alcançou.

– Aquele – disse ele, apontando. – É pequeno, mas rápido. – Nisong não sabia muito sobre velejar e deixou que Folha a levasse, seguindo enquanto ele desenrolava a corda que prendia o barco ao cais e pulava para dentro.

O barco balançou suavemente sob o peso dos dois. Ela não conseguia tirar os olhos de Luangon; estava se inclinando naquela direção, como se isso pudesse fazê-los chegar mais rápido. Folha corria pelo convés, embora Nisong não prestasse muita atenção no que ele estava fazendo. O vento inflou as velas, e logo eles estavam manobrando além dos outros barcos, em direção ao Mar Infinito.

Nisong sentiu um nó na garganta quando um estrondo mais alto soou e mais fumaça e poeira subiram das construções de Luangon. Podia imaginar o que Grama estava passando com os prédios desabando ao seu redor, pessoas gritando, poeira preenchendo o ar e sufocando-a.

– Como vamos encontrá-la? – O grito de Folha atravessou o vento.

Nisong não tinha certeza. Dissera a Grama para ir à capital de Luangon. Talvez ela já tivesse ido e reunido informações. Talvez estivesse perto do barco, pronta para retornar. Luangon não era longe; eles ainda podiam chegar lá.

Outro estalo soou, poeira e detritos voando da costa. As cavernas estavam desabando. Agora, Nisong via as montanhas afundando, toda a costa deslizando para o Mar Infinito. Folha estava na proa do barco, o cabelo preto comprido chicoteando os ombros tensos.

– Folha! Quanto tempo mais?

Ele não respondeu, e por um momento ela achou que ele não tivesse ouvido. Folha então se virou e foi direto para o cordame. Parecia ter visto o próprio túmulo.

– Folha... Folha!

Ele parou o trabalho.

– Não vamos conseguir, Nisong. Sei que quer salvá-la, mas está afundando rápido demais. Quando estivermos perto o suficiente, não conseguiremos escapar a tempo. A ilha vai nos puxar pra baixo, entende?

Nisong olhou para Luangon novamente. Grama já podia estar morta, esmagada por paredes caídas ou atingida por pedras soltas da costa. Seu coração despencou.

– Eu sinto muito – sussurrou. – Deveria ter sido diferente. – Seu olhar encontrou o de Folha. – Tira a gente daqui.

Ele assentiu e ajustou as velas.

Ela ficou olhando para Luangon. Os navios ao redor tinham chegado à mesma conclusão que Folha, suas velas se ajustando enquanto tentavam fugir. Filetes finos de fumaça branca subiam para o céu à medida que as pessoas queimavam pedra sagaz. Outros barcos partiam das docas; se Folha estivesse certo, eles talvez estivessem condenados. Mas Nisong achava que, se estivesse naquela situação, ela tentaria se agarrar a um fiapo de corda que fosse. Sobrevivência era um instinto inebriante.

Os portos desapareceram, seguidos das construções. O estalo de madeira se quebrando e o rangido das pedras caindo faziam a ilha soar como algo vivo, mortalmente ferido. Agora, observando isso acontecer, Nisong acreditou nas histórias sobre a Cabeça de Cervo. Era esse o Império que estava lutando tanto para dominar? Um território que se afogava lentamente no Mar Infinito? Se outra ilha estava afundando, o que impedia o resto?

O desespero era uma companhia pesada e sufocante, pendurada em ombros nunca fortes o suficiente para suportá-la. A sensação a sufocava, encurtando sua respiração. E se Grama estivesse viva, tentando escapar antes de ser arrastada para baixo da água? Não, ela precisava parar de pensar nisso. Concha e Fronde tinham morrido com medo. Seria esse o destino de todos eles?

Prédios submergiram, seguidos por copas de árvores e colinas. O afundamento acelerou até que as montanhas começaram a deslizar para baixo da água, como uma baleia mergulhando após respirar. Pássaros debandavam em nuvens escuras e rápidas, tentando escapar. Aquilo não deveria estar acontecendo. Ela estava assistindo a um pesadelo.

E, então, acabou. A água preencheu o vazio que a ilha deixara. Nisong e Folha já estavam muito longe para enxergar os navios, mas dava para avistar pontos brancos desaparecendo no horizonte, velas sendo arrastadas para baixo. Ela desejara espalhar violência naquela ilha, mas uma violência controlada, não aquele desastre generalizado que arrastou até Grama junto.

– Prepare-se! – gritou Folha.

Ela pretendia perguntar por que, mas então viu a onda, irradiando para cima. Uma parede de água se aproximando rapidamente. Sua boca secou. O barco em que estavam era pequeno, mal cabiam duas pessoas. Ela sabia nadar? Procurou em suas lembranças, mas não encontrou nada. Não tinha certeza. A lateral do barco estava quente sob suas mãos; ela agarrara a madeira com tanta força que farpas penetraram sob suas unhas.

A onda atingiu o barco e o lançou para o lado.

Nisong soltou a madeira. A água fria do mar a golpeou, subindo pelas narinas. Tudo o que ela sentiu foi o gosto de sal e amargura.

29

LIN

Hualin Or

A chuva caía no convés, acima da minha cabine. Eu não havia tirado muita coisa do navio quando desembarcamos na Imperial, ciente de que partiríamos de novo. Havia trancado a porta e as janelas da minha cabine, confiando que os guardas protegeriam meus pertences. A espada ainda estava lá quando verifiquei, assim como os livros.

Hualin Or ficava ao norte da Imperial, uma ilha conhecida por sua história e sua arte. O local de origem de Nisong. Mas eu sabia que ter um parentesco ostensivo com eles não me garantiria seu apoio. Eu havia adotado o estilo de Hualin Or antes de atracarmos, buscando me acostumar com a veste elaboradamente costurada, com mangas compridas e esvoaçantes, arrematada por uma faixa na cintura. As mangas atrapalhavam toda vez que eu comia, escrevia ou me virava, prendendo nos chifres de Thrana ao menor movimento.

Segurei o frasco das lembranças do meu pai e olhei pelo gargalo, observando o líquido balançar.

– Tem certeza? – perguntou Thrana ao meu lado. – Deixa você chateada... e estranha.

– Estranha? Como assim?

Ela se encolheu, as orelhas grudadas na cabeça.

– Faz você não parecer você.

– Acho que não tenho alternativa. Preciso saber o que meu pai sabia, e ele morreu antes de me passar seu conhecimento. – Eu havia conversado com Ragan, e ele não sabia por que as ilhas estavam afundando. Também não sabia quem mais era Alanga, nem quando encontraríamos outros como nós. Como Ragan ainda não era mestre, ele não tinha tido acesso aos manuscritos mais restritos do mosteiro.

Eu era Alanga e não queria extinguir a população, nem a matar desnecessariamente. Não via as pessoas como menos do que humanas; eu queria ajudá-las. Durante toda a minha vida, ouvi que os Alangas eram maus, que só desejavam poder. Eu os vi como um monolito, como um povo único. A garça de papel de Thrana estava na mesinha da minha cabine. Eu nunca mais queria cometer aquele tipo de erro.

Se meu pai havia mentido, se todos os Sukais haviam mentido... então quem realmente eram os Alangas? Jovis, Ragan e eu éramos tão diferentes.

Havia respostas nas lembranças do meu pai.

– Cuide pra que ninguém entre – pedi a Thrana, abrindo o frasco e tomando um gole em seguida. O líquido era doce e acobreado; minha visão ficou branca assim que passou pela minha língua.

Eu estava no corpo do meu pai de novo, as mãos apertando a superfície de uma mesa. Reconheci a sala de interrogatório onde Shiyen sempre me perguntava sobre a minha memória; tive um vislumbre da sacada lá atrás, de onde ele gostava de observar a cidade. Mas não era Shiyen que estava à minha frente. Era a mãe dele, uma mulher de meia-idade, o cabelo grisalho preso em uma série de nós apertados. Ela usava uma jaqueta prateada pintada com flores de cerejeira, de gola alta e cintura longa. Tinha nas mãos uma vareta comprida e fina, um galho com a casca arrancada.

– Nós vivemos em harmonia com os Alangas por um tempo, ou ao menos foi o que pareceu – disse ela. – Mas, aí, as guerras começaram, e nós, plebeus, estávamos atrapalhando. Dizemos que foram os Sukais que descobriram como matar os Alangas, mas foi um traidor que nos deu essa informação, que ajudou a criar as espadas. Por que você acha que guardamos esse segredo?

Shiyen passou a mão na superfície polida da mesa antes de responder.

– Porque não podemos permitir que nenhum Alanga seja visto como bom.

A mãe dele bateu com a vareta na mesa e Shiyen se encolheu.

– Sim. As pessoas não entendem nem captam nuances. Um indivíduo pode entender? Sim, mas o povo, em geral, precisa ser liderado. Fomos nós que salvamos o Império; os Alangas tentaram destruí-lo. – Ela deixou a vareta de lado e ergueu as mãos, fazendo gestos circulares para indicar cada grupo. – O que acontece se deixarmos esses conceitos se misturarem? – Ela entrelaçou os dedos.

– Fica difícil demais para as pessoas saberem quem é bom e quem é mau.

– Precisamente. Somos os salvadores, meu filho. Temos sempre que ser vistos assim.

Senti Shiyen se remexer no banco.

– Mas nós não somos os salvadores de verdade? Essa não é a verdade?

Em um piscar de olhos, a Imperatriz pegou a vareta e bateu nos dedos dele, como um chicote. Senti a ardência da dor como se fosse minha;

os movimentos de Shiyen espelharam os meus. Ele levou a mão fechada ao peito e a aninhou. Naquele momento, eu não podia nos separar. Eu *era* Shiyen.

– As massas acham que somos salvadores. Fizemos o que precisava ser feito. Matamos todos eles, meu filho. Não podíamos saber qual nos machucaria e qual nos protegeria, e eles eram poderosos demais. Então, matamos homens, mulheres e crianças. Todos os Alangas. O traidor nos ajudou a criar as espadas. Nos ajudou a caçá-los. Ele foi bom ao se virar contra seu povo? Nós fomos bons ao nos livrarmos eles?

Eu era uma fonte de dor e consternação. Os sentimentos jorravam do meu coração e se espalhavam por todos os cantos da minha alma. Meu olhar foi até a mão da Imperatriz, os dedos fechados na vareta enquanto esperava minha resposta.

– Nós fomos bons – respondi, engasgada. Ela ergueu a vareta. – E também maus – concluí rapidamente.

Ela abaixou a mão.

– Sim. E ninguém pode saber, nunca.

Voltei a mim na cabine, ainda sentindo o fantasma da dor em meus dedos. Thrana, que tinha colocado a cabeça no meu colo, virou os olhos para cima enquanto eu tentava afastar a lembrança.

– Não foi boa?

– Não – respondi. – Nunca são. Mas eu precisava saber. As espadas foram feitas para matar Alangas. Ainda não sei como elas funcionam, mas esse era o propósito. E há mais de uma espada. Não sei o que aconteceu com as outras, se ainda estão escondidas no palácio ou se foram para outro lugar. Mas preciso encontrá-las, senão podem ser usadas contra nós.

Nós. Eu já pensava em mim mesma como Alanga, como pertencente ao grupo.

Lá em cima, alguém gritou que tinha avistado terra firme. Eu havia levado uma capa de oleado grande, e a coloquei nos ombros antes de sair da cabine. Encontrei Jovis e Ragan no corredor, ambos usando capas, Ragan com o dedo erguido, Jovis com uma cara de quem queria matar alguém. Lozhi, o companheiro de Ragan, era pequeno e cinzento, os chifres ainda em broto. Ele estava agachado aos pés do tutor, observando seu rosto. Mephi olhava a criatura com curiosidade.

– Não tem espaço para passar com vocês aqui. – Bati na porta dos aposentos das minhas criadas. Elas deviam estar me esperando, porque, quando abriram a porta, o baú de fragmentos já estava em mãos. – Vocês dois vão ter que sair daí.

– Claro, Vossa Eminência – disse Ragan com um sorriso. – Já estávamos indo para o convés.

Jovis relaxou o rosto, apesar de parecer ter se esforçado para isso. Todas as interações entre ele e o monge terminavam com Ragan sorrindo e Jovis de cara amarrada.

– Guardas, aqui! – chamou Jovis, e o corredor ficou ainda mais cheio. Fomos todos para o convés.

A chuva estava tão forte quanto o som dava a entender. Mephi e Thrana correram pelo convés, pisando em poças e sacudindo água do pelo. Lozhi se aventurou com hesitação por entre as dobras da capa de Ragan.

As montanhas de Hualin Or se erguiam do Mar Infinito como dentes tortos de uma serpente marinha. Precisei apertar os olhos para identificá-las naquela chuvarada. Meu coração deu um pulinho no peito. Seria ali que eu conheceria minha suposta família. Precisava chegar com confiança, sem demonstrar hesitação. As pessoas precisavam acreditar que eu era filha de Nisong.

Jovis se aproximou de mim na amurada.

– Não vamos levar ele, vamos?

Eu o encarei por debaixo do capuz.

– Suponho que esteja falando de Ragan. Não o levaremos ao palácio da governadora, mas ele ficará aqui no navio. Ele já está ciente disso. – Secretamente, eu estava tensa em deixar meus aposentos com livros e segredos trancados, mas sem proteção; eu sabia melhor do que ninguém que trancas não necessariamente detinham pessoas. Mas era isso ou levar Ragan conosco, e, embora as pessoas achassem que Thrana tinha sido um presente de Jovis, elas poderiam estranhar se vissem Ragan com o mesmo tipo de criatura.

Não havia ninguém para nos receber nas docas, apenas um palanquim grande enviado pelo palácio com quatro guardas posicionados para carregá-lo. Havia espaço suficiente para mim e Thrana lá dentro. Jovis e eu trocamos olhares. Era uma recepção estranha, certamente. Silenciosa e sem cerimônia. Seria por causa da chuva? Ninguém disse nada. Um dos guardas apenas chegou para o lado quando me aproximei e abriu a porta do palanquim. Eu aceitei graciosamente e fiz sinal para meus guardas e aias irem atrás.

A curiosidade superou o medo, e puxei um pouco a cortina para ver a cidade de onde Nisong tinha vindo. A rua principal era bem cuidada, com lojas abertas mesmo na chuva e capachos para visitantes do lado de fora. Todas as construções pareciam ter algum floreio extra: um lampião elaborado de ferro forjado, cortinas bordadas, entradas pintadas. A Imperial era linda, mas Hualin Or era exótica. Eu queria muito deixar meu título de lado e entrar naquelas lojas, levar os perfumes ao nariz e tocar em todos os entalhes intrincados.

Soltei a cortina antes que ficasse ainda mais tentada. Eu estava ali por um motivo: conseguir o apoio da governadora de Hualin Or. Minha tia.

– Nervosa? – sussurrou Thrana.

Eu nunca via motivo para mentir para ela.

– Sim.

Ela pousou a cabeça no meu colo em resposta.

Os guardas colocaram o palanquim no chão na entrada do palácio, embaixo de um beiral. Jovis imediatamente me ofereceu a mão para descer à rua. Eu aceitei e senti os calos da mão dele na minha, o tremor de seus ossos por baixo. Ele me soltou assim que meus pés tocaram o chão.

Os lampiões do saguão de entrada estavam apagados. A chuva batia no telhado. Nos murais, tigres perseguiam uns aos outros, as sombras dos pilares escondendo rostos, caudas, corpos. As vigas no teto eram entalhadas com padrões geométricos, os ladrilhos sob meus pés também. Algo ali despertava uma sensação de reconhecimento, mas não me senti em casa.

A governadora e sua família estavam reunidas à minha frente, todos enfileirados com sinistra precisão. Ela usava o mesmo tipo de veste que eu, as mangas compridas balançando ao vento, entrando pela porta aberta. Também era baixa como eu, com o mesmo corpo magro e firme. Eu via ecos do meu rosto no dela, os mesmos olhos escuros afastados, as mesmas maçãs altas, o mesmo queixo pequeno.

Ela me observou da mesma forma que eu a observei, fez uma reverência e uniu as mãos na frente do corpo.

– Vossa Eminência. Bem-vinda a Hualin Or.

Os outros na fila se curvaram ao mesmo tempo. Pelo canto do olho, vi Jovis se mexer ao meu lado, o cajado batendo nas pedras.

– Obrigada, Sai – falei para minha tia, Wailun. A recepção foi mais calorosa ali do que nas outras ilhas. Ao mesmo tempo, pareceu fria. Ou talvez minhas expectativas não estivessem razoáveis. A mãe de Jovis tinha me tratado como membro da família. Aquelas pessoas supostamente eram minha família. Talvez uma pequena parte de mim tivesse esperado o mesmo calor.

Mas aquilo era política. Eu não estava ali para me reconectar com familiares afastados, e sim para garantir que os dízimos continuariam, para recrutar guardas, para reunir defesas contra os Alangas e os construtos. Ninguém estava dizendo nada. Eu limpei a garganta.

– Nós temos muito o que conversar e muito pouco tempo. Agora mesmo, o exército dos construtos avança.

– No jantar – disse a governadora. – Por favor.

Uma criada se aproximou dela e sussurrou em seu ouvido. O silêncio era tal que consegui ouvir o que ela disse.

– Não devemos acender os lampiões? A tempestade deixou tudo escuro.

A governadora olhou ao redor, como se notando pela primeira vez.

– Sim – respondeu ela.

Os criados se apressaram para obedecer.

– Trouxemos presentes – falei. – Como agradecimento por nos receberem e como uma promessa das minhas intenções como Imperatriz.

– No jantar – repetiu a governadora. – Por favor. – Ela então se virou de lado e fez um gesto para que eu a seguisse.

Levei Jovis e as duas aias comigo, o baú ainda carregado por elas. Hualin Or servia pratos individuais, como a Imperial, e algo naquele lugar fez os pelos dos meus braços se arrepiarem. Eu estava entre familiares, mas não sentia nem um pouco que podia confiar neles.

O salão de jantar de Hualin Or era amplo, e nosso grupo só ocupou uma pequena parte da mesa. Minhas aias foram guiadas para uma mesinha separada atrás de mim e colocaram o baú ao lado. Mephi e Thrana se sentaram no canto e ficaram tirando a umidade do pelo com as patas.

Jovis se sentou à minha direita, e à minha esquerda sentaram-se dois homens e uma mulher que estavam juntos. Eu tinha lido sobre a família de Nisong. O homem exatamente à minha esquerda era primo dela e tinha um relacionamento com o outro homem e a mulher. Eles tinham só um filho. Fiz as contas de cabeça. O menino devia ter 10 anos agora, não tinha idade suficiente para se sentar com os mais velhos.

Criados surgiram para pegar nossas capas e pendurá-las na parede. Embaixo dos ganchos havia um ralo, uma configuração inteligente que meu pai teria invejado. O Palácio Imperial era bonito, mas não tinha esses detalhes.

Eu me sentei na almofada, as mangas do traje ainda úmidas, e todos fizeram o mesmo.

– Sai, eu trouxe de volta os fragmentos do seu povo – falei, indicando o baú de madeira. – Assim como a Imperial acabou com o Festival do Dízimo, não usaremos mais os fragmentos do nosso povo para dar energia a construtos.

Wailun sorriu para mim enquanto um criado despejava água quente nos bules de chá.

– Por que não?

Eu congelei por dentro. Até Iloh tinha ficado grato pelo retorno dos fragmentos. Aquilo era um desafio? Algo para testar minhas intenções?

– Porque as pessoas não querem mais que seus fragmentos sejam levados. É um processo perigoso, e aqueles cujos fragmentos são usados adoecem e morrem.

– Sim – disse Wailun –, mas o processo começou como uma forma de defesa contra ameaças externas. Agora, além de estarmos enfrentando um exército de construtos, há boatos do ressurgimento dos Alangas. Como vai nos defender sem os construtos?

– Montarei um exército – respondi. – Estou montando um agora. Se você prometer a ajuda dos seus guardas na luta contra os construtos, outras ilhas seguirão o exemplo.

Os criados começaram a entrar na sala com pilhas de pratos de cogumelos salteados, tofu frito e macarrão. Meu prato e o de Jovis foram colocados na frente das aias para que os experimentassem.

– Sei que você é nova nessa posição – disse a governadora. Ela endireitou os hashis ao lado do prato e deu um aceno rápido de aprovação. – Mas não está um pouco atrasada? Minhas fontes disseram que os construtos já tomaram várias ilhas. Menores, sim, mas eles estão indo em direção a Gaelung agora. A próxima será Hualin Or. Você estará pronta para nos defender? Não é esse seu dever como Imperatriz? – O brilho no olhar dela não diminuiu, o sorriso não desapareceu. Ninguém mais falou.

Jovis havia deixado o cajado ao seu lado, mas bateu nele com as unhas. Lancei-lhe um olhar de desaprovação e ele parou. Era mais do que rude tocar em uma arma numa mesa de jantar. Atrás de nós, minhas aias se levantaram e colocaram nossos pratos na nossa frente, a degustação concluída.

Peguei meus hashis e todos na mesa fizeram o mesmo, seus olhares nos pratos. Os criados se moviam rapidamente pela sala, e avaliei suas posturas. Os ombros estavam tensos, os olhares baixos, os passos curtos. Eles estavam ansiosos, embora eu não soubesse o porquê.

O homem ao lado de Wailun suspirou. Sua pele era mais escura que a dela, os olhos mais estreitos. O filho adotivo dela, Chala, mal tinha idade suficiente para se sentar àquela mesa, segundo meus relatórios. Ele ainda não tinha pegado os hashis.

– Mãe, tenho certeza de que a Imperatriz tem um plano, senão ela não estaria devolvendo os fragmentos.

Eu estava devolvendo os fragmentos porque não podia fazer nada menos. Ainda assim, lancei a ele um olhar agradecido.

– Tenho mesmo. Não está feliz por isso?

Wailun me encarou sem piscar.

– Claro que estou. – Sua expressão nunca mudou. Ela não ofereceu nenhuma gratidão antes de começar a devorar a comida.

Senti o olhar de Jovis em mim e fiz o possível para não o olhar de volta, mantendo a expressão neutra. Não havia necessidade de todos perceberem como ambos estávamos incomodados. Eu sabia que não podia esperar que Wailun me recebesse de braços abertos, mas aquilo não era o que eu esperava. Sim, eu era uma estranha para ela, mas ela era simplesmente *estranha*. Era como se eu estivesse olhando para um livro virado de cabeça para baixo; eu conseguia ler, mas nada estava certo.

Nem senti direito o gosto adocicado e salgado do macarrão feito à mão, nem a crocância do tofu frito. Havia algo que Wailun não estava me contando, e, se eu quisesse obter a ajuda dos guardas daquela ilha, precisava descobrir o que era.

30

JOVIS

Hualin Or

Ylan voltou. A família dele se foi.
No começo, pensei que ele voltaria como uma visita prazerosa, e, apesar de termos nos abraçado e cumprimentado como velhos amigos, o rosto dele estava tenso.
Ele está mais velho agora, com rugas nos cantos dos olhos. Eu não esperava isso.
Philos e Viscen entraram em desacordo sobre a distribuição de nozes polpudas. Um tsunami foi o resultado. Destruiu a vila onde os pais de Ylan moravam. As tias e os tios. Os primos. Todos morreram.
"Dione", ele me diz. "Você é poderoso. Eles respeitam (ou honram?) você. Faça alguma coisa. Por favor."

[Anotações da tradução de Jovis do diário de Dione]

Uma vez, quando eu estava pescando com meu pai, nós fisgamos uma serpente marinha jovem. Ele a puxou para o barco, o rosto consternado. No Império, serpentes marinhas jovens às vezes viravam alimento, uma iguaria apreciada pelos ricos. Mas os *poyer* não comiam serpentes marinhas.

– Elas são espertas – explicou ele. – Você não comeria uma pessoa, então não comemos serpentes marinhas.

Ela se contorcia no convés, as manchas luminescentes brilhando nas laterais, o rufo no pescoço eriçado. Mas, assim que meu pai se aproximou, ela se acalmou. Ele enfiou a mão na boca do animal, cheia de dentes minúsculos e afiados, e soltou o anzol.

Aquele palácio parecia a boca de uma serpente marinha, e sem nenhuma garantia de que a mandíbula não se fecharia nos meus dedos. Mesmo com os lampiões acesos, eu pensava ver sombras em cada esquina.

Lin ficou em silêncio enquanto seguíamos os criados até os quartos de hóspedes, onde seus outros guardas estavam esperando. Mephi e Thrana pareciam despreocupados, ambos com os estômagos cheios do jantar. Mas o jantar em si tinha sido ainda mais incômodo do que o que tivemos em Riya. Havia algo estranho acontecendo ali, mas eu não tinha certeza do quê.

Lin fez sinal para eu ir em direção ao quarto dela.

– Jovis, comigo. Preciso falar com você um momento.

As criadas trocaram um olhar, uma delas escondendo o sorriso atrás da mão erguida. Eu queria protestar: não era o que elas estavam pensando. Mas o que eu ia fazer? Desobedecer à ordem da Imperatriz? Eu a segui para dentro. O quarto era espaçoso e lindamente decorado, mas não tive chance de admirar a decoração. Ela se virou para mim assim que fechou a porta.

– O que foi aquilo? Todos os criados estão com medo, a família está escondendo alguma coisa e a própria Wailun não parece se importar nem um pouco com o que seu povo quer. Ela pareceu contente com o Festival do Dízimo do jeito que era. Por quê?

– Estou tão confuso quanto você.

– Talvez ela simplesmente não se importe – disse Mephi, encostando-se nos meus joelhos.

Thrana falou ansiosamente.

– Um ruim? Um muito ruim?

– Mais para um estranho – respondi.

– Um estranho – murmurou Thrana.

– Não – interrompeu Lin –, nós não falamos assim. Dizemos que a situação é estranha, e não simplesmente rotulamos as coisas como "uma estranha". – Ela levantou as mãos. – Ah, que importância tem? O que importa é que Wailun está escondendo algo. Não sei como obter o apoio de Hualin Or se o retorno dos fragmentos não os impressiona. Eles estão preocupados com o exército de construtos, e deveriam estar mesmo, mas parecem desinteressados em ajudar. Vamos precisar nos posicionar em Gaelung, que é a única razão pela qual trouxe Ragan conosco.

Soltei um suspiro desconfortável.

– Sabe, quando nos encontramos sozinhos, já que Mephi e Thrana não contam, as pessoas presumem coisas. Suas criadas estão fofocando.

Ela me lançou um olhar intenso, embora as bochechas estivessem vermelhas.

– O que é mais importante aqui? A segurança do meu povo ou a conversa fiada dos meus criados? Não me incomode com coisas desnecessárias.

Uma fofoca era quase tão capaz de derrubar um Império quanto uma rebelião. Mas guardei esse pensamento para mim.

– Então o que quer de mim? Por que estou aqui?

A expressão dela se tornou suplicante. Ela conseguia se manter tão distante, os pensamentos tão bem escondidos. Mas parece que raramente fazia isso perto de mim.

– Preciso da sua ajuda.

– O que precisa que eu faça? – As palavras escaparam antes que eu pudesse impedi-las. Talvez fosse porque a luz do lampião refletisse os tons castanhos quentes dos olhos dela. Talvez fosse porque, pela primeira vez, eu não pensei neles como os olhos de Emahla.

Eu não deveria estar oferecendo ajuda. Ela não era filha e herdeira de Shiyen de verdade. Eu não tinha ideia de quem ela realmente era. Tinha?

– Hoje à noite. Quando todos estiverem dormindo. Vou descobrir o que a governadora está escondendo.

Levantei uma sobrancelha.

– Você não deveria ter... espiões para esse tipo de coisa?

– Não confio em espiões.

Reprimi uma careta.

– Então você vai se esgueirar pelos corredores à noite, vai encontrar os guardas da governadora, e aí vai se explicar como?

– Não, não pelos corredores – disse ela, com um sorrisinho satisfeito. Ela apontou o dedo para cima, como Ragan fazia.

E então percebi que o gesto dela tinha um significado bem diferente do dele. Deixei meu olhar vagar para o teto. Acima de nós, a chuva ainda batia forte no telhado.

– É uma ideia terrível.

– Já fiz isso antes. Vou até a sala da governadora e vejo o que consigo encontrar. Você, por outro lado, teria um motivo para patrulhar os corredores à noite.

– E você quer que eu...?

– Faça exatamente isso: patrulhe os corredores e procure algo estranho. Me avise de manhã se encontrar alguma coisa. Wailun não disse abertamente, mas ela não parece interessada em apoiar minha liderança. Preciso descobrir por quê. Estamos ficando sem tempo.

Eu tinha visto as semelhanças tão claramente quanto todos deviam ter visto. Se Lin não era filha de Nisong, de quem era filha? Ela se parecia com a família da mãe. Ou seria ela uma filha ilegítima, como aquela tal Nisong alegava ser, nascida logo antes ou depois da legítima? Mas então por que Shiyen a nomearia como filha legítima?

E havia um pensamento que eu continuava afastando: se os construtos podiam se parecer com pessoas...

Não. Ela era complicada demais para isso.

Eu tinha escrito uma carta para os Raros Desfragmentados na noite após a descoberta, tinha lacrado a carta, mas em seguida quebrei o lacre para ler minhas palavras novamente. Em código: "Lin não é filha de Shiyen e eu tenho provas. Não sei quem ela realmente é". Eu havia dito para Gio não esperar mais cartas, mas essa era uma informação que os Raros Desfragmentados mereciam saber. Uma informação que todos mereciam saber. Afastei isso da minha mente por um momento, assim como tinha guardado a carta, sem saber se deveria enviá-la.

– Era de se pensar que ela estaria inclinada a apoiar um membro da família.

Lin repuxou os lábios e voltou o olhar para a parede, como se enxergasse as montanhas verdes do lado de fora.

– Ela não mencionou minha mãe ou nossos laços familiares nem uma vez.

Eu me lembrei das palavras da minha mãe: *Ela está solitária*. Aff. Afastei o pensamento. Não era um problema para eu resolver. Não podia ser.

– Preciso ir. – O olhar de Lin foi para o meu cajado. Droga. Eu estava batendo com ele no chão novamente. Parei na mesma hora.

– Estou deixando você nervoso?

– Essa é uma pergunta que eu preciso responder, Eminência? – Coisa estúpida de se dizer. Eu só deveria ter negado. Havia pensamentos demais competindo por espaço na minha cabeça para que eu raciocinasse com clareza sobre qualquer coisa.

Ela desviou o olhar.

– Pode ir.

Saí, levando Mephi comigo. O prazo de Kaphra estava chegando rapidamente. Eu precisava pegar a espada e entregá-la ao Ioph Carn naquela noite, quando Lin esperava que eu patrulhasse os corredores. Eu sabia onde ficava o Ioph Carn em Hualin Or: uma casa onde ruas de paralelepípedos se transformavam em estradas de terra. Fora do caminho, tranquila.

– Então... – disse Mephi quando entramos no quarto que o criado indicou para mim, após eu fechar a porta. – Não estamos fazendo o que Lin pediu. – Ele me olhou, a cabeça inclinada para o lado.

Eu podia mentir para qualquer um, menos para Mephi.

– Não, não estamos. Tem a coisa que eu te contei antes, a coisa boa-ruim. É isso que nós vamos fazer.

Mephi se sentou aos meus pés, e reparei, com um susto, que o topo da cabeça dele quase alcançava minha cintura. Ele ainda estava crescendo, mas de forma tão gradual que eu não vinha percebendo ultimamente. Seus olhos castanhos encontraram os meus.

– Jovis, você pode me dizer o que vamos fazer. Eu confio em você. Foi por isso que escolhi você.

Ele estava crescendo de várias maneiras.

– Eu não sou perfeito, Mephi.

Ele coçou uma orelha, a boca em uma careta, e então olhou para mim.

– Ah, também sei disso.

– Preciso levar a espada de Lin para Kaphra. Vou trocá-la pela que encontramos e espero que ela não perceba a diferença. Em troca, Kaphra contrabandeará nozes polpudas para Anaui.

– Você tem medo de machucar Lin.

Esfreguei a mão na testa.

– Ela merece ser deposta? Ela merece ser executada? – Eu mal conseguia forçar as palavras a saírem dos meus lábios. Seria possível começar tudo de novo quando a sombra do antigo Império ainda vivia? – Tudo está quebrado, e não sei como consertar de forma que faça sentido.

– Você já pensou em contar a verdade a ela?

Olhei para ele com pesar.

– Se eu já *pensei* nisso? Sim. Mas você conhece Lin? Aonde acha que essa conversa vai dar? "Oi, eu enviei informações para os Raros Desfragmentados pelas suas costas. Eu já parei, mas, ah, sim, concordei em roubar a espada estranha que você tem a pedido do Ioph Carn, para que eu possa garantir que as pessoas com quem me importo ainda tenham cura para a tosse do brejo." – Esfreguei o pescoço como se já sentisse a lâmina o cortando. – Tenho medo de que isso termine muito mal para mim.

Mephi se enrolou nas minhas pernas, me lembrando de quando ele era do tamanho de um gatinho, quando os chifres não passavam de brotos e as pernas eram curtas.

– Vou estar com você de qualquer maneira.

– Eu sei. E sempre vou proteger você, Mephi. Acho que sou um contrabandista de coração. Vou ter que fazer o que já fiz tantas vezes antes.

– O quê?

– Decidir no caminho.

Coloquei guardas em rodízio do lado de fora do quarto de Lin e esperei até o restante da casa ir dormir. Em seguida, Mephi e eu pegamos uma lamparina e saímos da ala de hóspedes sob o pretexto de garantir que não houvesse assassinos espreitando nos cantos.

A chuva tinha diminuído lá fora. Naquele momento, Lin podia estar se esgueirando pelo telhado, procurando uma maneira de entrar nos aposentos da governadora. Fácil para ela; o que poderiam fazer se fosse pega? Ela era a Imperatriz.

Os corredores do palácio estavam escuros, e minha lamparina lançava sombras estranhas enquanto girava em minha mão. Exceto pela chuva, não ouvi nada. Parecia menos um palácio e mais um túmulo. Nenhum passo, exceto os meus, nenhum murmúrio, nada.

O pátio do palácio estava deserto, embora eu pudesse ouvir insetos e pássaros ali fora. Os guardas nos muros se moviam de um lado para o outro, alertas ao sinal de intrusos. O portão estava fechado.

Seria meio difícil, mas eu já tinha lidado com "difícil" antes. Os muros do palácio, construídos antes da fundação do Império, eram de pedras expostas, sem reboco, como na Imperial. Seria fácil encontrar apoios para as mãos, e eu era rápido o suficiente para evitar ser detectado.

Encontrei uma parte do muro aninhada ao lado do penhasco íngreme de uma montanha. Era patrulhada com menos frequência, provavelmente porque poucos tentariam aquela escalada.

– Vamos, suba – falei, dando tapinhas nas minhas costas. Mephi envolveu meu pescoço com as patas dianteiras, e eu me encolhi um pouco por causa das garras nas patas traseiras. Ele estava mais pesado do que alguns meses antes, quando tentamos isso pela última vez na Imperial.

Felizmente, meu vínculo com ele me deu força. Nós passamos pelo muro e descemos o penhasco xingando baixinho. Quando olhei para os telhados do palácio, pensei ter visto uma sombra passar sobre os ladrilhos. Senti um aperto no coração e lembrei que eu não estava perto de Emahla quando ela mais precisou de mim.

Mas Lin não era Emahla, e eu tinha outros que precisavam de mim.

Um pouco relutante, me afastei do muro e fui em direção às docas. Mephi trotava ao meu lado, o rabo balançando, o passo alegre. Quem dera eu pudesse ficar tão despreocupado. Deve ser bom estar conectado com apenas uma pessoa e saber que você a seguirá até as profundezas do Mar Infinito. Deve ter sido como as pessoas se sentiram em relação aos

Sukais quando eles formaram o Império. Como eu me sentia às vezes em relação a Lin.

Por que minha mente ficava voltando para ela? Afastei os pensamentos e tentei me concentrar na tarefa que tinha pela frente. Haviam puxado a prancha do navio, e uma guarda patrulhava o convés. Esperei que ela desaparecesse atrás do mastro principal para saltar para dentro, deixando meus joelhos amortecerem a queda, mantendo os passos leves.

A porta para a área inferior estava aberta e desprotegida, o que quase me fez estalar a língua nos dentes. Se eu conseguia passar furtivamente pelos meus próprios guardas, outra pessoa também conseguiria. Precisava ressaltar com eles a importância de ter olhos em todos os pontos de entrada possíveis. A porta de Lin estaria trancada, mas, depois da minha investida anterior no quarto, o chaveiro substituíra apenas a fechadura. A estrutura de madeira continuava frouxa.

A escada rangeu um pouco, e as garras de Mephi estalaram na madeira enquanto descíamos na escuridão. Fui para o meu quarto, peguei minha espada entre o colchão e a estrutura e fui até a porta de Lin, gesticulando para Mephi esperar. Bastou um empurrão do meu ombro contra a moldura, um puxão na maçaneta, e a trava saltou do nicho. A porta se abriu. Entrei no quarto silenciosamente. O cheiro e a sensação quase me dominaram. O aroma de jasmim pairava levemente sobre a cama. Tudo estava perfeitamente organizado, nenhum objeto fora do lugar. Não pude deixar de me lembrar dos dois assassinos que enfrentamos juntos, nossos corpos se movendo em conjunto, como se pudéssemos ler os pensamentos um do outro.

Eu estava privado de contato romântico há tanto tempo assim? Estava condenado a lamentar os momentos roubados, como fazia quando adolescente, desejando que acontecessem de novo? Eu podia ter aceitado a morte de Emahla, mas ainda sentia falta da *solidez* da presença dela, da familiaridade dos movimentos, do som da respiração à noite.

Chega de lamentação. Eu havia definido meu curso para aquela noite e precisava seguir nele. Tirei a espada de Lin do fundo do baú e coloquei a minha no lugar. Eram semelhantes o suficiente; até mesmo o envoltório dos punhos parecia igualmente desgastado. Ao fazer isso, eu estava cumprindo o desejo de Kaphra e atendendo ao aviso de Gio sobre guardar a espada que encontrei no esconderijo. Se ela fizesse algo terrível, eu preferiria que estivesse na posse de Lin.

Amarrei a espada de Lin nas costas, ao lado do cajado.

– Vamos – sussurrei para Mephi. Ele rastejou para o meu lado como uma sombra. Saí do quarto, puxei a porta de volta para o lugar e me virei em direção à escada.

Uma luz brilhou e quase me cegou. Ergui o cajado, piscando enquanto meus olhos se ajustavam, minha pulsação batendo forte no pescoço, já com mil desculpas correndo pela mente. Eu não podia ser pego. Não ali, não agora.

Alguém havia entrado no corredor, um lampião erguido na mão. A pessoa levantou a outra mão, o dedo apontado para cima.

– Ah – disse Ragan. – Acho que você não deveria estar aqui.

31

Lin

Hualin Or

Thrana queria ir comigo. Segurei a cabeça dela perto da minha.

– Posso te levar para o telhado, mas como vou te trazer de volta para o quarto? Por favor. A melhor coisa que você pode fazer por mim é ficar aqui e se manter segura.

– Só toma cuidado. – Ela concordou mais rápido do que eu esperava. Tinha comido mais do que o normal no jantar, e suas pálpebras pesavam enquanto ela falava. Antes que eu terminasse de abrir as janelas, ela já estava dormindo. Deixá-la para trás foi estranho, como se eu estivesse abandonando um membro. Thrana era parte da minha vida há pouco tempo, mas agora parecíamos inseparáveis.

Cheguei ao telhado e me ergui. Era mais fácil agora, com o poder vibrando nos meus ossos e me dando força. Eu tinha comido outra das bagas de zimbro nuvioso que estavam na minha bolsinha, o que me fortaleceu ainda mais. A chuva diminuíra para uma garoa leve, felizmente, embora as telhas estivessem escorregadias sob meus pés. Eu havia deixado a capa de oleado no quarto, substituindo-a por roupas mais justas que permitiam movimentos melhores.

Meu pai teria zombado de mim.

– Uma Imperatriz vestida como uma assassina, escalando telhados? Abaixo da dignidade da posição.

Mas eu não estava nem aí para dignidade.

Eu tinha reparado na localização dos aposentos da governadora quando os criados nos guiaram pelo palácio. Sabia que ficava perto da base da montanha. Mesmo na chuva, vi algumas luzes ainda acesas nas janelas da cidade. Da selva e das montanhas vinham os chamados distantes de animais noturnos, gritando mensagens na escuridão. Hualin Or era um lugar lindo. Parte de mim queria pegar Thrana e se aventurar naquelas montanhas, deixar as responsabilidades para trás.

As telhas estalavam sob meus pés enquanto eu atravessava o telhado. Os guardas nos muros não se viraram, os olhares fixos no mundo exterior. Concluí que, nesse sentido, eles não eram muito diferentes dos construtos. Os aposentos da governadora não tinham sacada, mas, quando espiei pela borda do telhado, pude ver grandes janelas com venezianas e uma ampla saliência. Eu desci do telhado para o beiral, agarrando-me firmemente às venezianas. Eu as testei. Trancadas, é claro.

Mas eu tinha reparado no design das venezianas do meu quarto. Era bem simples. Com uma faca que pegara emprestada de uma criada, tateei o vão da veneziana em busca do fecho que eu sabia que estava lá. Lenta e cuidadosamente, sacudi a alavanca para liberá-la.

A veneziana se abriu com um rangido de dobradiças, e me encolhi com o som... Esperei, a respiração presa, qualquer grito de alarme. Como não veio, soltei a respiração e entrei na sala de estar da governadora.

Havia algo estranhamente limpo e estéril no lugar. Não tinha livros espalhados, nem folhas soltas de papel, nem frascos de tinta ou pares de chinelos esquecidos. Talvez as criadas de Wailun fossem particularmente meticulosas, ou ela fosse particularmente exigente.

A passagem entre a sala de estar e o quarto não tinha porta; uma tela com incrustações de madrepérola separava os dois cômodos, a madeira polida brilhando ao luar. Fui até a tela e espiei atrás dela para ter certeza de que Wailun ainda dormia.

Havia uma forma deitada na cama, em cima das cobertas.

Franzi a testa. Fazia um pouco de frio à noite na estação chuvosa. Estaria ela com calor? Eu mal conseguia distinguir a movimentação do peito quando ela respirava. Acho que eu deveria ficar grata por ela ter o sono pesado.

Virei-me de volta para a sala de estar e, apertando os olhos na escuridão, encontrei a mesa. O tampo estava imaculado, alguns livros em prateleiras acima. Nada muito interessante. *Provérbios de Ningsu*, um livro de mapas, outro sobre economia. Abri a gaveta de cima.

Havia um livro simples ali. Peguei-o e virei para a janela aberta. Não tinha certeza, mas parecia verde. Parecia o diário que pertencera a Nisong. Meu coração disparou. Nisong e Wailun eram irmãs; talvez seus pais as tivessem presenteado com os diários ao mesmo tempo.

Arrisquei-me e acendi a lamparina pequena perto da mesa. Esperei, mas Wailun não se mexeu. Eu estava certa. *Era* verde, exatamente do mesmo tom do diário que eu tinha encontrado na biblioteca secreta do meu palácio. Eu abri o livro.

Wailun era mais velha do que Nisong, e sua escrita refletia isso. Os registros eram mais focados em seus relacionamentos, nas políticas sutis das quais ela já fazia parte. Havia grandes intervalos de tempo entre os registros, mas parecia que ela escrevia nele com consistência.

De repente, nada. A última parte do diário estava em branco, exceto pelas datas. Ela havia escrito datas para todos os dias, mas nada abaixo delas. Voltei para o último registro escrito. Tinha sido no ano de 1538. Dois anos antes de meu pai me criar.

Um arrepio percorreu minha espinha, algo cutucando a parte de trás da minha mente. Meu pai não conseguira tirar as lembranças de Nisong do sangue dela; ele a queimara antes de perceber que podia tentar reconstrui-la. De onde então ele as tinha tirado?

– O que está fazendo nos meus aposentos?

Eu me virei. Wailun, que estava dormindo profundamente apenas um momento antes, agora estava de pé na frente da tela de madeira, muito acordada.

– Quem é você? – questionei, incapaz de impedir que as palavras escapassem dos meus lábios. – Ainda é Wailun? O que Shiyen fez com você?

Ela soltou o ar com deboche.

– Seu pai? Ele não fez nada comigo. Agora, responda à minha pergunta. Você pode ser a Imperatriz e estar aqui sob minha hospitalidade, mas não lhe dei permissão para entrar nos meus aposentos no meio da noite, nem para olhar meus pertences.

Sua voz era fria e raivosa. Se estivesse enganada sobre ela, sobre aquele palácio, eu estaria desencadeando um incidente diplomático. Acho que já tinha desencadeado. Não havia uma maneira fácil de explicar minha presença. Todos ouviriam sobre a Imperatriz que se esgueirou pelo palácio de Hualin Or no meio da noite. Ninguém confiaria em mim. Eu seria rotulada de louca, instável. Eu seria deposta.

Se eu estivesse enganada.

Superei o medo e me aproximei.

Ela recuou, apertando a roupa com as mãos.

– O que está fazendo? – Eu a alcancei, e ela sacou uma adaga de um bolso escondido.

Não dava para voltar atrás àquela altura; ela dera de cara comigo em seus aposentos, e eu teria que responder por isso. A menos que eu estivesse certa, e aí ainda haveria uma chance de consertar aquilo. Agarrei seu pulso. Ela era surpreendentemente forte, o braço quente e musculoso sob meus dedos.

Seu rosto se contorceu em uma careta enquanto ela tentava se livrar do meu aperto. Eu alcancei o tronco e ela se abaixou para se afastar.

Antes que eu pudesse reagir, ela mudou muito levemente a pegada na lâmina e cravou a ponta no meu pulso. Eu respirei fundo, mas não afrouxei os dedos.

– Me solta! – ela gritou muito alto.

– Sinto muito.

Ela abriu a boca para gritar novamente e eu enfiei a mão livre na direção de seu peito.

Eu deveria ter ficado surpresa que meus dedos não pararam na pele. Em vez disso, só senti um medo frio e inconfundível quando minha mão entrou no corpo. Eu estava certa. Shiyen podia estar morto, mas os resultados de suas ações ainda viviam.

Tateei até encontrar os fragmentos, agrupados perto da coluna. Ele devia ter convidado a família para visitar o palácio e, quando chegaram lá... ele os assassinou. Pensei no que tinha visto nas lembranças do meu pai. Tanto sangue queimava no braseiro da máquina da memória, junto com pedra sagaz. Ele não tinha o sangue de Nisong, mas tinha o sangue da família dela.

E, então, ele substituiu a família que tinha assassinado.

Remexi mais um pouco e soltei alguns fragmentos livres. Segurei-os contra a luz da lamparina. Os comandos que continham eram complexos, mas não no nível dos de Ilith, Construto da Espionagem. "Escreva no diário", mas sem especificar exatamente o quê. "Dê o dízimo ao Imperador com regularidade", esse fazia referência a outros fragmentos. "Durma em sua cama." Ele devia ter colocado algumas das lembranças de volta nos corpos sem vida, transformado cada um deles em construtos e considerado seu trabalho como concluído.

Que arrogância, que tolice! Pensar que ninguém notaria. Pensar que ninguém descobriria.

Parei de mover as mãos. De fato, ninguém tinha percebido. Aquela era a governadora de Hualin Or. Ela e sua família podiam ter voltado da Imperial agindo de um jeito meio estranho, seus maneirismos um pouco alterados. Mas quem eram os criados para dizer alguma coisa? Os guardas? Quem teria acreditado neles, e quem tinha o poder de mudar as coisas? Só o Imperador, mas foi ele quem iniciou a farsa.

Então Wailun adotou um filho e tudo continuou como antes: mais frio e mais estranho, mas seguindo a rotina. O povo de Hualin Or estava sob o comando de uma falsificação, uma que nem era boa.

Pensei que entendia um pouco a necessidade de rebeliões.

Mexi os fragmentos na mão. Meu pulso ainda estava sangrando, meu sangue pingando no chão. Precisava limpar isso, colocar os fragmentos de volta e fugir.

Passos soaram do lado de fora. Não havia tempo. Enfiei os fragmentos de volta no corpo e corri para a janela, torcendo para que ela não me visse quando voltasse a si. Ela passaria por uma espécie de reiniciação e esqueceria tudo que tinha acontecido imediatamente antes de eu remover os fragmentos.

Ouvi os guardas entrarem no quarto na hora que me ergui para o telhado. O corte estava ardendo, mas eu sabia, por experiências anteriores, que cicatrizaria rápido. Meu laço com Thrana cuidaria disso.

O ar da noite estava mais frio do que quando fui para o quarto da governadora. Corri de volta para os meus aposentos de hóspede, tentando não ralar as mãos enquanto descia da beira do telhado para a janela aberta. Thrana correu para mim e encostou a cabeça na palma da minha mão. Fiz carinho na base dos chifres e tentei acalmá-la.

– Eu voltei. Está tudo bem.

Mas não consegui me acalmar. Pensei nos fragmentos, na ordem em que os coloquei de volta no corpo de Wailun. Algum fragmento teria escorregado para baixo de outro? Pensei tê-los sentido balançar quando os enfiei com pressa no lugar. Um fragmento de referência assumindo o lugar de um fragmento de comando. Um frio gelado apertou meu peito. Tinha interrompido o equilíbrio lógico do construto. Wailun desmoronaria. Eu ainda me lembrava dos rostos de Bayan e Ilith quando a carne deles derreteu dos ossos.

Eu tinha feito a mesma coisa com Wailun. Eles a encontrariam com as pálpebras abertas, o nariz caindo da cara. A adaga ensanguentada ao lado. Toda a cena pareceria um assassinato.

Alguém bateu na porta. Dei um pulo e meus batimentos dispararam. Meu ferimento estava fechando rápido, mas ainda vertia um pouco de sangue. As pessoas veriam. E saberiam.

– Rápido! – sussurrei para Thrana. Ela me seguiu até a janela, onde me inclinei. – Usa as minhas costas.

O animal era mais pesado do que eu esperava. Minha força extra de Alanga foi o que me impediu de cair no chão. Um empurrão e o peso nos meus ombros sumiu. A batida na porta aumentou. Eu subi para o telhado. As garras de Thrana raspavam as telhas enquanto ela lutava para manter o equilíbrio.

Abaixo de mim, ouvi vozes que não reconheci.

– Eminência? Eminência!

Nós fugimos na direção da cidade.

32

Jovis

Hualin Or

Viscen não está arrependida. Philos, só um pouco. Viscen coloca toda a culpa em Philos. A estação chuvosa está quase começando e o povo da ilha dela já sofreu de tosse do brejo em todas as estações. Philos não quer compartilhar seu suprimento de nozes polpudas. Precisa delas para seu povo.

Eu observo que o desacordo deles matou vinte e três aldeões.

— E os trezentos que morreram de tosse do brejo na minha ilha? — pergunta Viscen.

— Destruir o vilarejo não foi intencional — responde Philos. — Ou talvez Viscen tenha feito com intenção. Não sei como a mente dela trabalha. — Eles estão iniciando outra briga, eu sinto. Philos e Viscen sempre se odiaram e procuram qualquer desculpa para implicarem.

Quando digo que devemos ter mais cuidado com nossos poderes, eles dão de ombros e viram de costas. Como podem não se importar? Todas aquelas vidas vibrantes são mais do que um número. Todas aquelas vidas vibrantes apagadas.

Talvez Ylan tenha razão.

Talvez algo precise ser feito.

[Anotações da tradução de Jovis do diário de Dione]

De todas as pessoas em quem eu podia esbarrar enquanto me envolvia em subterfúgios, Ragan era a que eu menos queria encontrar. Eu não podia fingir que não estava ali, não dava para fazer isso. Mas podia aparentar confiança, e Ragan vinha de um mosteiro. O quanto ele sabia sobre a vida ali fora?

– Ah, Ragan – falei, imprimindo o máximo de simpatia possível na voz. Ainda sentia os batimentos disparados, e precisei me esforçar para manter a respiração regular. – Você está acordado até tarde.

– E você deveria estar no palácio com Lin – disse ele. Seu ossalen, Lozhi, olhou para mim por trás das vestes dele, os olhos arregalados.

– Ela me mandou de volta para o navio – falei. Havia pensado em mil desculpas: ela estava com raiva de mim, ela queria ver alguma coisa no navio, ela estava com medo de que alguém tivesse entrado em seu quarto. Mas, enquanto observava os olhos apertados de Ragan, eu soube que ele falaria com Lin sobre isso. Então, escolhi outra desculpa. – Ela está tendo... – Eu baixei a voz e me inclinei numa postura conspiratória. – ...problemas femininos. Me pediu pra pegar umas ervas que deixou no navio.

Mas, diferentemente dos homens que eu tinha conhecido, que se mostrariam incomodados e deixariam o assunto de lado, Ragan não se deixou deter por essa revelação.

– E ela não mandou uma das aias? Mandou você?

– Pelas bolas de Dione – falei, e isso pelo menos o fez se encolher. Permitiu que eu tivesse um momento para organizar meus pensamentos. – Você acha que ela enviaria as aias sozinhas para a rua à noite? Construtos de guerra mataram uma delas em Nephilanu.

Ele piscou.

– Não, não, claro que não. Bem, espero que as ervas ajudem. – Ele chegou para o lado e me deixou passar.

Fui na direção da escada, mas, assim que botei o pé no primeiro degrau, ele me chamou.

– Você também carrega uma espada?

Eu tinha prendido a espada nas costas, a capa cobria a maior parte dela, mas o cabo aparecia acima dos meus ombros. Mar Infinito, eu precisaria matá-lo para fazer com que calasse a boca?

– A maioria dos guardas carrega – respondi com rispidez e subi o resto da escada, antes que ele pudesse dizer outra coisa.

A chuva fraca esfriou o calor do meu rosto e do meu peito. Eu não sabia o que em Ragan me incomodava tanto. Talvez fosse o jeito como ele se inseriu no círculo de confiança de Lin, fazendo com que ela achasse que precisávamos dele, que ele podia ser útil. Ele era jovem, era irritante e nem era um mestre entre os monges. Talvez o tivessem enviado para o mundo por estarem irritados demais para deixar que ficasse no mosteiro. Quando eu tinha a idade dele, muitas vezes tive a sensação de que minha mãe quis fazer o mesmo.

Passei pelos guardas e pulei do convés para a doca sem ser visto. Ragan já tinha me visto, mas os guardas não, e eu não queria explicar como tinha subido no navio.

– Você não parece gostar dele – Mephi sussurrou.

– Quem? Ragan? É um sujeito perfeitamente adorável.

Mephi pareceu levar um susto tão grande que não pude deixar de rir.

– Acho que eu deveria te ensinar um pouco sobre sarcasmo. É quando você diz o oposto do que quer dizer.

Ele me olhou por um momento quando entramos nas ruas da cidade.

– O ossalen dele é muito corajoso – Mephi disse em um tom bem parecido com o meu.

– Nada mau – falei.

A criatura saltitou em círculos ao meu redor, como se estivesse caçando uma mosca invisível. Quando ele passou na minha frente, peguei um de seus chifres e lutei com ele de brincadeira para colocá-lo ao meu lado.

– Chega de diversão por hoje. Estamos indo a um lugar perigoso. Preciso que você fique perto e faça o que eu disser.

Era um pedido que de nada adiantaria, eu sabia. Mephi raramente fazia o que eu mandava. Quanto mais velho ficava, mais livre ele parecia se sentir para tomar as próprias decisões.

– Eu sempre faço o que você diz – disse ele, com o mesmo tom sarcástico.

Reprimi um suspiro de exasperação.

– As pessoas que vamos ver... elas são ruins, Mephi. Não posso deixar que nada aconteça com você. Eu nunca me perdoaria.

Ele finalmente se acalmou e encostou a cabeça no meu quadril.

– Eu estou maior do que era, e mais forte. Vou ficar bem.

Eu também achava isso quando era jovem. Foi só quando fiquei mais velho que entendi a verdadeira extensão da minha mortalidade. Mais do que apreensivo, eu virei na rua que nos levaria para fora da cidade.

Eu só precisava que desse certo. Lin não notaria que a espada estava desaparecida, Ragan não me incomodaria mais, minha família e as pessoas importantes para mim teriam a cura de que precisavam para a tosse do brejo. Se eu fizesse aquilo dar certo, o resto, o Império, os Raros Desfragmentados, o exército de construtos, tudo seria gerenciável.

Quando os paralelepípedos viraram terra e cascalho, eu encontrei a casa. Não parecia um antro de maldade. Era um lugar grandioso, com um jardim bem cuidado na frente e lampiões de pedra. Mas Kaphra gostava de se considerar uma pessoa culta. Aquela era uma de suas muitas casas, usada para negócios do Ioph Carn quando não estava em uso pessoal dele.

Apertei a mão no cajado e segui o caminho das pedras até a porta. Bati com força.

– É Jovis – falei em voz alta, sem me dar ao trabalho de usar códigos. Eles sabiam que eu estava indo.

Demorou um pouco, mas a luz de um lampião brilhou pelas venezianas ao lado da porta da frente. Passos, de mais de uma pessoa, soaram lá dentro. Uma tábua rangeu no assoalho.

Finalmente, a porta se abriu. Philine me cumprimentou. Devia estar dormindo, pois era madrugada, mas ainda estava com sua roupa de couro e armada até os dentes. Parecia tão alerta como se estivesse acordada havia horas e já tivesse tomado chá.

– Jovis – disse ela. – Um dia eu vou te matar, e sempre terá sido muito depois de quando você já deveria estar morto.

Inclinei a cabeça, parando um momento para analisar as palavras. Franzi meus lábios e assenti.

– É justo.

Ela terminou de abrir a porta e liberou o caminho.

– Entre.

– Não posso simplesmente te dar a espada e ir embora?

Ela revirou os olhos daquele jeito estranho, nunca desviando o olhar de mim de verdade.

– Kaphra quer falar com você.

Cada osso do meu corpo pareceu congelar.

– Kaphra está... aqui? – Eu sabia que aquela era uma de suas residências temporárias, mas não esperava que ele estivesse ali. Nem acordado.

– Juntando as peças, é? Seus trinta dias estão quase acabando, e sabíamos que o navio da Imperatriz atracaria em Hualin Or. Sim, ele está aqui e quer falar com você, por isso o convidei a entrar. Não o deixe esperando. – Philine olhou para Mephi, e me lembrei que, da primeira vez que eles se viram, ele cravou os dentes afiados como agulhas em sua perna. – Ele está um pouco maior.

– Os dentes estão maiores também – disse Mephi, mostrando-os brevemente para ela.

As sobrancelhas de Philine subiram quase até a linha do cabelo, mas ela não pulou para trás nem vacilou.

– Sim, bem, mantenha-os longe das pernas das pessoas e não teremos problemas.

Segurei o cajado com mais força e entrei. Quando Kaphra queria falar com você pessoalmente, você atendia. Eu não tinha dúvida de que Philine e seus lacaios me seguiriam direto até o palácio se eu recusasse o convite. E o que ele queria me dizer? Fazia anos desde a última vez que havíamos conversado.

– Um momento – disse Philine enquanto pegava a única lamparina acesa na mesa e a usava para acender as outras na sala. A casa tinha uma entrada espaçosa, decorada com murais no teto e ladeada por pilares. Imaginei que Kaphra recebesse todos os tipos de convidados prestigiosos; eu não ficaria surpreso se ele tivesse recebido alguns governadores ali. A casa cheirava a madeira velha e úmida e chá verde. – Estão acordando ele. – Philine indicou um sofá.

Eu não me sentei. Não estava ali para ficar à vontade; Lin ainda esperava que eu estivesse nos aposentos pela manhã. Eu estava ali para entregar a espada que ele tinha pedido e ir embora. Philine sabia que não devia me mandar sentar, sabia que eu não era bom em seguir ordens. Por fim, ouvi um arrastar de pés no andar de cima.

A porta diante de mim se abriu e Kaphra entrou.

Apesar de eu ter chegado no meio da noite, ele tinha se dado ao trabalho de se vestir com um manto bordado com mangas volumosas. Usava duas correntes douradas delicadas, das quais pendiam peças de jade esculpidas, e vários anéis com várias pedras preciosas. Ou talvez ele tivesse dormido usando aquilo tudo; não era difícil para mim imaginar isso. Kaphra era baixo e magro, um homenzinho de barba rala e sobrancelhas grossas. Parecia mais jovem do que era, por volta de 30 e poucos anos em vez de 40 e poucos, e eu sabia que ele costumava usar a aparência para desarmar seus oponentes, fingindo ignorância ou tolice.

Ele não tentaria essa tática comigo.

– Ah, Jovis. É bom ver você de novo. Já faz muito tempo. – Ele falou com sinceridade. Sempre parecia falar com sinceridade. Ele abriu bem os braços. – Você recusa meus convites, nunca envia cartas, rechaça meus emissários... Eu poderia pensar que você estava me evitando.

– Seus emissários me deram uma surra e tanto.

– Um mal-entendido – disse ele suavemente.

Eu sabia o que deveria dizer.

– Claro.

Quando um homem é poderoso como Kaphra, você simplesmente aceita a versão dele da realidade para sobreviver. Mas eu estava cansado de me diminuir para apaziguar as pessoas. Meus ossos vibraram. Ele tinha poder? Eu também.

– O que você quer? Eu trouxe a espada que pediu. Quando falei com sua agente, ela deixou claro que seria uma troca única. Eu aceitei isso. Paguei minhas dívidas. Não devo mais nada a você.

Tirei a espada das costas e a ofereci para ele.

– Pegue e me deixe em paz.

Ele não hesitou; deu um passo à frente e arrancou a espada da minha mão. Um alerta fez a parte de trás do meu pescoço formigar. Kaphra não costumava ser tão direto. Ele queria a espada, e muito. A espada de Lin era tão perigosa quanto Gio parecia acreditar que a dele era? O que exatamente eu tinha trocado pela segurança de Anaui?

Kaphra puxou um pouco a lâmina da bainha. Em seguida, tirou uma faca do cinto e abriu o envoltório do cabo. O que quer que ele tenha visto o deixou satisfeito, porque ele embainhou a faca e a espada e olhou para mim.

– Não – disse ele calmamente.

– Não o quê?

– Não vou deixar você em paz. Veja, Jovis, você é mais único do que imagina.

O formigamento explodiu em um tremor de pavor. Ele sabia que eu era Alanga? Como poderia?

– Eu reuni muitas coisas ao longo dos anos – ele disse. – Joias, artefatos antigos dos Alangas, livros... – Ele parou de falar. Não tinha largado a espada.

Ouvi sussurros abafados lá fora? O rangido de passos no andar de cima? Meu olhar se voltou para Philine. Ela não tinha se movido, mas também não estava me olhando nos olhos. Era uma armadilha, mas, se Kaphra conhecia minhas habilidades, o que ele esperava ganhar?

– Uma história interessante, mas tenho que ir. – Dei um passo para trás.

Kaphra puxou a espada e jogou a bainha para o lado. O estranho material branco brilhou à luz da lamparina.

– Você acha que sabe sobre o poder que faz seus ossos vibrarem. A Imperatriz acha que sabe sobre o poder que anima os construtos. Mas tem tanta coisa que vocês não entendem. – Ele deu levemente de ombros e abriu um sorriso infantil. – Nós dois sabemos que você não vai simplesmente sair daqui, Jovis. A casa está cercada pelo Ioph Carn.

Eu não conhecia os limites do meu poder, não achava que já o tivesse levado ao máximo. Bati o pé de forma experimental nas tábuas e senti um pequeno tremor em resposta. Se eu liberasse tudo o que tinha, derrubaria o lugar inteiro. Mas eu também estava debaixo daquele teto, com Mephi ao meu lado. Precisava ter cuidado.

– Não quero machucar ninguém.

– Muito nobre da sua parte. Mas não posso dizer o mesmo.

Vi, pelo canto do olho, Philine sacando as adagas. Certo, nada de bastão dessa vez.

– Então você quer me matar?

– Simples demais. Quando foi que eu fui simples? Eu pedi gentilmente, praticamente implorei. Quero seu poder para o Ioph Carn, Jovis. Apenas diga "sim" e não precisaremos machucar ninguém.

Respondi batendo o pé no chão da elaborada casa de Kaphra. As paredes tremeram, venezianas se soltaram das janelas, telhas caíram do telhado. A madeira sob o meu pé se abriu em uma teia de rachaduras. Philine agarrou uma mesa lateral para se equilibrar, mas Kaphra ficou de pé, com a espada empunhada, surfando no tremor como numa onda. Ele chutou uma cadeira caída para fora do caminho e avançou.

Bloqueei o golpe com meu cajado. Kaphra não era um lutador particularmente habilidoso ou forte, e afastei a lâmina como afastaria um galho do rosto. Era isso que ele queria? Até onde pude ver, ele não tinha ganhado nenhum poder especial. A espada era apenas uma espada. Dei uma pancada nas costelas dele para garantir e me virei para sair.

– Vamos, Mephi. – Eu olhei para Philine. – Saia.

Ela deu de ombros e deu um passo para o lado.

Quando abri a porta, encontrei mais de dez Ioph Carn cercando o quintal, armas em punho. Mephi rosnou, seus dentes grandes à mostra. Kaphra e Philine não me deixariam sair dali; estavam me encurralando de todos os lados.

– Posso destruir esta casa – falei para Kaphra.

O Ioph Carn avançou. Se eu quisesse ficar longe das paredes, teria que passar por elas.

– Com você e seu animal dentro? – Ele tinha se recuperado do meu golpe e estava vindo em minha direção, Philine cobrindo seu flanco direito.

Eu não queria Mephi naquela luta. Não o queria em nenhuma luta. Mas ele estava maior do que antes, e eu sabia, por experiência própria, que me desobedeceria para ajudar.

– Mantenha Kaphra e Philine longe de mim – falei para ele. – Eu cuido do resto.

– Muito bem – disse Mephi, batendo os dentes. Dei um passo em direção aos homens do Ioph Carn e bati com o cajado no mais próximo.

Era como lutar contra um furacão. Eles vinham de todas as direções, armas golpeando minhas defesas como um vendaval com força de tempestade.

Mephi rosnou e estalou os dentes atrás de mim. Meu cajado acertou uma, duas vezes. Dois dos Ioph Carn voaram para trás. Eu não via seus rostos na escuridão, mas ouvia seus gritos. Malditos idiotas, fazendo apenas o que Kaphra pedia para fazerem. Como eu fazia antes, sem me importar com as consequências. Eu me perguntei se Kaphra tinha algo para usar contra eles, se eles tinham famílias com quem se importavam ou se eram simplesmente motivados pela ganância.

Eu só queria que me deixassem em paz. Uma faca roçou meu braço, e o vislumbre de sangue pareceu encorajar os outros. Eles me cercaram, lâminas brilhando como dentes. Derrubei a espada da mão de um, chutei outro para fora do jardim. Ainda eram muitos.

E, aí, ouvi Mephi gritar.

Uma sensação horrível de choque congelou minhas entranhas. Eu não podia me importar com os Ioph Carn nas minhas costas; Mephi precisava de mim. Eu me virei e o vi sangrando de um corte acima do ombro. Kaphra estava sobre ele, triunfante. Inclinando-se, ele agarrou Mephi por um dos chifres. A espada estranha pingou sangue no chão.

– Não! – gritei. A palavra pareceu arrancada de mim. Se algo acontecesse com Mephi, eu morreria. Não saberia como continuar. Eu tinha perdido Emahla, não podia perder Mephi também. Não consegui tirar os olhos do ferimento dele, esperando o sangramento parar, esperando que ele sarasse.

– Não o quê? – perguntou Kaphra, levantando a espada.

– Se você o machucar, eu nunca vou te ajudar.

Kaphra apenas riu e sacudiu Mephi um pouco.

– Todo esse poder ao seu dispor, e você não pode deixar esse animal se machucar. Por que isso?

Ah, eu o odiava. Nunca tinha gostado dele, mas agora eu só queria abrir aquela cabeça com meu cajado e calar sua boca presunçosa para sempre.

– Acho que você já sabe.

– Seu... ossalen. Você é Alanga – disse Kaphra. Eu já suspeitava que ele soubesse, mas ouvir a palavra dita em voz alta, dos lábios dele, me chocou e me fez ficar quieto. – Ossalen é como eles costumavam chamá-los. Um vínculo que, uma vez formado, não pode ser quebrado.

– Então o que quer com ele? Deixe-o ir.

Kaphra assentiu para alguém atrás de mim, os Ioph Carn.

– Colateral, obviamente. Abaixe o cajado, venha comigo em silêncio e eu lhe direi como você pode ganhar sua liberdade.

Deixei o cajado cair porque não podia fazer mais nada.

– A espada – falei, sentindo uma pressão no peito, uma dor. Eu tinha feito alguma coisa muito errada ali, mas ainda não tinha certeza do quê. – O que ela faz?

– Me permita demonstrar.

Antes que eu pudesse me afastar, ele atacou com a lâmina. Não foi como ser cortado com aço; eu havia sentido o ferimento anterior, que já tinha começado a cicatrizar. Mas aquele queimou minha pele como gelo e fogo, fazendo a dor rastejar pelo meu peito e minha garganta. Reprimi um grito. Um corte pequeno e superficial, mas mais doloroso do que a surra que Philine tinha me dado.

Eu cambaleei para trás, apertando o ferimento.

Kaphra observou o fio da lâmina, a mão ainda segurando um dos chifres de Mephi.

– Há alguma verdade nas histórias, mesmo as mais absurdas. Quando eu era adolescente, costumava rir daquela peça, *Ascensão da Fênix*. Como uma espada especial poderia derrotar os Alangas? Não fazia sentido. Mesmo com pedra sagaz, leva tempo para ir de ilha em ilha. Devíamos acreditar que um Sukai solitário viajou por todo o Império caçando Alangas? É uma fantasia que faz os Sukais parecerem mais nobres e intrépidos do que realmente são. No final, somos todos animais, sobrevivendo com o que podemos. Nenhum de nós é nobre.

Passei os olhos pelas vigas esculpidas do teto.

– Você não está sobrevivendo, embora eu não discorde sobre rotulá-lo como animal.

– Você foi meu melhor contrabandista – continuou Kaphra, como se não tivesse me ouvido. Olhei para a lâmina, para o sangue nela, para Mephi agachado e machucado. Talvez Kaphra pensasse que poderia me manter sob controle com a vida de Mephi em jogo, mas meus ossos vibraram num grau quase doloroso. A raiva inundou minha barriga. Ele achava que podia me controlar? Achava que podia cortar Mephi com aquela lâmina amaldiçoada e escapar impune?

– Você poderia ser muito mais. – Ele ainda estava falando. Ah, aquele homem era pior do que eu; ele não falava apenas para preencher silêncios, mas para ouvir a si mesmo. Ele não estava me convencendo de nada, por mais eloquente que achasse ser.

Eu tinha feito um juramento a Lin e um pacto comigo mesmo para ajudar os Raros Desfragmentados. E agora o Ioph Carn queria me ter na coleira?

– Tenho um navio nas docas. Partiremos hoje à noite. – Ele puxou Mephi para mais perto. O animal choramingou.

Uma brisa vinda da porta aberta fez cócegas na minha bochecha. Senti cada fio de cabelo que ela levantou. Algo se agitou dentro de mim.

– Eu não vou com você – falei, sem me sentir eu mesmo. Eu parecia estar flutuando acima do meu corpo, como se tivesse deixado de ser Jovis. – Nem Mephi.

– Acho que vai – disse Kaphra, erguendo a espada. Ele a segurou contra o pescoço de Mephi.

– Não – A palavra pareceu arrancada de mim outra vez, rasgando minha garganta. Mas o que eu poderia fazer? Estava ferido e sozinho, e não sabia quantos dos Ioph Carn atrás de mim ainda estavam conscientes. Philine pegou um pedaço de corda em uma gaveta e se aproximou.

Eu ia fazer isso, não ia? Deixar que ela me amarrasse, que me levasse com eles. Eu seria o animal de estimação obediente deles. Senti um peso esmagador, como se já estivesse cercado por quatro paredes e uma porta trancada.

Os olhos de Kaphra se arregalaram. Antes que eu pudesse seguir seu olhar, uma parede de água passou por mim e atingiu Kaphra e Philine na altura do peito. Ele largou a espada e Mephi. Não era minha água, não era meu ataque. Eu atravessei a água e estendi a mão para meu amigo entre os móveis espalhados.

– Mephi!

O animal se recuperou muito mais rápido do que Kaphra e Philine, nadando e mancando de volta para o meu lado. A água recuou como uma onda se afastando da praia. Eu tremi quando sugou minhas pernas, as roupas secando conforme a umidade se desprendia delas.

Eu me virei e precisei apertar os olhos na escuridão para identificar uma silhueta junto à parede de água agitada.

Philine se levantou primeiro, olhando pela porta e agarrando as adagas espalhadas pelo chão. A única lamparina restante tremeluziu no canto da sala. Kaphra se levantou atrás dela, seu olhar se movendo descontroladamente.

Uma figura encapuzada emergiu da noite, mãos levantadas, água dos dois lados, um animal consigo. Estendeu os dedos e a água subiu mais alto. Outro Alanga?

Ouvi alguns dos Ioph Carn que eu jogara longe se levantando, se reagrupando. O ferimento que Kaphra fizera em mim ainda ardia, gerando pequenos choques de dor nas pontas dos dedos. Fiz uma careta e agarrei meu cajado, tentando assumir uma posição de luta. Mephi não estava em sua melhor forma. Ele rosnou baixinho, mas não apoiou o peso na pata abaixo do ombro machucado.

Philine hesitou apenas um momento antes de mostrar os dentes e correr na minha direção. Levantei o cajado, esperando poder afastá-la de alguma forma.

– Você não vai tocar nele!

A água jorrou em todas as direções, chicoteando Philine e, pelos gritos atrás de mim, os outros Ioph Carn. Ela girava ao meu redor, um tufão em miniatura dentro da casa de Kaphra. A tempestade roçou minhas bochechas, me cegando.

– Mephi? – chamei, minha voz sobrepondo o barulho.

Ele encostou na minha perna e eu cravei os dedos em seu pelo.

– Estou aqui. – Ele deve ter gritado para que eu pudesse ouvir, mas sua voz soou suave como se estivesse no meu ouvido. Meu pânico diminuiu. Ao nosso redor, madeira rangia e móveis estalavam enquanto as ondas de água os golpeavam. Vários itens caíam dentro da casa, atingindo paredes e pilares com um estrondo. Fiquei no olho da tempestade, intocado. A figura encapuzada surgiu à minha frente, as mãos ainda erguidas.

Levantei o cajado, tentando alcançar aquela vibração nos meus ossos e sentindo apenas um leve tremor. Não consegui distinguir o rosto debaixo o capuz; o Alanga deixou a água cair e o afastou. A lamparina no canto ainda estava milagrosamente acesa. Na luz, pude distinguir os olhos de Lin, a testa franzida, os lábios repuxados. Thrana rastejou até Mephi, cheirando seu ferimento e repuxando o lábio para trás.

Não consegui pensar em nada para dizer. Minha mente estava em branco, silenciosa.

Ela franziu a testa.

– O que está fazendo aqui? Você deveria estar no palácio.

Nessa hora, encontrei palavras, o pânico da minha quase captura ainda presente na minha garganta.

– Então sou seu animal de estimação na coleira? Esperando até que você me chame?

Lin era uma mulher franzina, mas pisou com força nas tábuas enquanto se aproximava. Senti o calor de sua raiva irradiar quando ela projetou o rosto em direção ao meu.

– Você é meu capitão da Guarda Imperial – sibilou ela. – Ou já se esqueceu disso? É por isso que está em um covil do Ioph Carn?

– Eles estavam tentando me prender! Não estou aqui trabalhando para eles.

– Eu pedi pra você patrulhar os corredores, pra procurar qualquer coisa estranha. Você me deixou lá pra lidar com tudo sozinha.

Indiquei os destroços ao nosso redor.

– Como você mesma declarou antes, você obviamente é mais do que capaz. Estava me seguindo?

Ela levantou as mãos, exasperada.

– Tive problemas no palácio. Quando precisei de você, você não estava lá. Eu verifiquei no navio e Ragan me disse que você veio nessa direção. Depois, só precisei seguir os sons de luta. Eu não estava tentando bisbilhotar seus negócios; pela primeira vez na sua vida lamentável, reconheça que uma pessoa pode se importar com o que acontece com você!

Nesse momento, todas as implicações caíram sobre mim de uma vez, e me senti um idiota. Ela poderia ter enviado guardas atrás de mim; poderia ter ficado na segurança do navio. Em vez disso, arriscou a própria vida para salvar a minha.

– Lin, eu...

Ela apertou os olhos, e percebi meu erro. Eu era o capitão da Guarda Imperial. Era um plebeu. E tinha acabado de chamar a Imperatriz pelo seu nome de batismo.

– Ah... quer dizer, Eminência...

Ela agarrou minha camisa e pressionou os lábios contra os meus.

Eu não conseguia respirar, meu coração batia forte nos ouvidos. Um fogo correu pelas minhas veias. Aquele não era o tipo de amor que floresce lentamente entre dois amigos de longa data, culminando em um abraço suave. Enquanto lidava com o luto pela morte de Emahla, achei que eu nunca encontraria outra mulher de quem gostasse. Achei que essa parte da minha vida tinha terminado.

Eu não deveria.

Ela enroscou os dedos no meu cabelo e vi meu cajado cair da palma inerte da minha mão, me vi envolvendo-a em um abraço, querendo sentir seu corpo junto do meu.

– Lin – sussurrei em seu ouvido. Seu nome tinha um gosto doce demais na minha língua. Eu não tinha percebido há quanto tempo queria dizê-lo até ele escorregar dos meus lábios, tornando-se algo real em vez de apenas um pensamento. E, agora, eu só queria falar o nome dela, que zumbia nos meus ouvidos a cada batida do meu coração.

Mephi tossiu.

Nós nos separamos, embora a mão dela permanecesse sobre o ferimento no meu peito.

– Você está ferido.

Examinei Lin e vi sangue em sua manga, apesar de não ver nenhum ferimento.

– E você? Você disse que teve problemas no palácio.

– Precisamos voltar. Imediatamente.

Espere. Kaphra! Olhei pela sala mal iluminada. Não havia nenhum corpo espalhado no chão, nem de Kaphra, nem de Philine.

E a espada, que ele tinha me pedido para levar e que havia queimado um caminho no meu peito, havia sumido.

33

LIN

Hualin Or

Eu não havia matado a governadora de Hualin Or. Só tinha rearrumado incorretamente um construto. O quanto as pessoas de Hualin Or estariam dispostas a acreditar nisso? Elas haviam seguido aquela mulher, aquela imitação, por anos. Quem seria o primeiro a admitir que cometera um erro tão sério?

De qualquer modo, eu precisava voltar para o palácio. Com Nephilanu e Riya contra mim, eu precisava de Hualin Or.

E ali estava Jovis, na minha frente, a sensação dos lábios dele ainda nos meus. Ele não tinha me pedido para beijá-lo. Não era algo que se fazia, imperatrizes não beijavam seus capitães da Guarda Imperial. Ele olhou brevemente a sala que havíamos destruído, o rosto consternado. Ele não retribuíra meu beijo? Ou só fizera isso por causa da minha posição? Quem diz "não" para uma imperatriz? E ele era meio *poyer*. O povo o aceitava como herói, mas que tipo de pressão enfrentaria se eu o arrastasse para um relacionamento? As pessoas o aceitariam como consorte da Imperatriz? Eu o colocara numa situação difícil.

Ele franziu a testa e abriu a boca.

– Desculpa – falei antes que ele dissesse que o que eu fiz foi errado. – Eu não devia ter feito isso. Sou a Imperatriz e você é o capitão da Guarda Imperial.

Jovis fechou a boca, a expressão cautelosa. Eu tinha dito a coisa errada de novo?

– E você é meio *poyer*. As pessoas podem ser cruéis.

Ele deu um passo para trás, aumentando a distância entre nós.

– Sim – disse ele, inclinando-se para pegar o cajado. – Um erro, claramente.

Eu queria perguntar se ele algum dia veria além das nossas diferenças, mas aquelas palavras esmagaram meus sentimentos e pressionaram as paredes do meu coração. Eu queria voltar para o momento em que ele dissera meu nome, para fazer tudo diferente.

Jovis ajeitou a jaqueta como se fosse possível compensar o rasgo na frente e na camisa embaixo, o sangue manchando o tecido.

– Você disse que precisamos voltar ao palácio?

Eu me recompus. Havia coisas maiores em jogo do que meus sentimentos feridos.

– Sim. Agora.

Ele não pediu explicações quando voltamos ao palácio, só andou atrás de mim, uma presença familiar nas minhas costas. Por que ele estava em um covil do Ioph Carn? Eu sabia que eles já tinham trabalhado juntos, mas supus que ele havia cortado todos os laços. Ele disse que o Ioph Carn tentou encurralá-lo. O que isso significava?

Mas eu tinha outras coisas com que me preocupar no momento.

Apesar de ser tarde da noite, o palácio estava desperto quando chegamos. Guardas marchavam pelos muros, os portões parcialmente abertos para permitir que pessoas entrassem e saíssem. Mas eu sabia que eles não encontrariam o assassino que estavam procurando.

As pessoas pareceram confusas quando me viram andando pela rua. Eu deveria estar lá dentro.

– Mande um dos nossos guardas voltar ao navio para buscar Ragan. Rápido – falei para Jovis antes de chegar ao portão. Ele passou pelo portão e entrou no pátio antes que os guardas pudessem reagir, embora tenha me lançado um olhar questionador. Se minha suspeita fosse verdade, eu talvez precisasse da ajuda de Ragan.

– Wailun está morta – falei para uma das guardas no portão. – E a culpa é minha. Preciso falar com Chala, filho de Wailun. Há coisas que preciso explicar.

– Vossa Eminência – disse a mulher, e então parou para pensar, sem saber se ainda deveria usar o honorífico. Ela tentou de novo. – Vossa Eminência, eu nem sei onde colocar você. Isso é muito incomum.

– Entendo – falei, sentindo sua relutância. Ela deveria me colocar na masmorra se realmente desconfiasse que eu havia matado Wailun, mas eu era a Imperatriz e tinha uma posição mais alta do que a governadora. – Pode colocar seus guardas na minha sala de estar. Chala vai querer falar comigo quando estiver pronto. Há coisas que preciso explicar.

A guarda assentiu e acenou para três de seus subordinados me escoltarem aos meus aposentos. Quando se fala com autoridade, as pessoas tendem a ceder, especialmente em circunstâncias difíceis. Essa foi uma das primeiras lições que lembro de aprender com meu pai. Eu precisava saber meu lugar, ele dissera. Caso contrário, outros decidiriam meu lugar por mim.

Eu só tinha uma opção: contar a verdade. E precisava ter esperança de poder persuadir Chala de que a mulher que ele sempre conhecera como mãe adotiva era, na verdade, um construto. Sentei-me na sala de estar, os guardas nervosos perto de mim, e coloquei a mão na cabeça de Thrana. Apesar da tensão no ambiente, ela se deitou no chão.

– Cansada – disse ela, e em seguida apagou, tão rápido quanto um lampião é apagado. Desejei poder estar tão tranquila assim.

Ninguém se ofereceu para me trazer comida ou chá.

Ragan chegou antes de Chala me chamar, e, embora os guardas não quisessem deixá-lo entrar no quarto, falei com o monge pela porta aberta. Seu ossalen ficara no navio, algo pelo que fiquei grata. A criatura ainda era muito pequena para ser de grande utilidade naquela situação e levantaria muitas perguntas.

– Eu talvez precise da sua ajuda – falei.

Jovis estava atrás dele, olhando fixamente para qualquer coisa, menos para mim.

Ragan observou a sala, os guardas parados perto de mim.

– Parece que perdi muita coisa.

– Por favor, espere com Jovis. Há coisas que preciso explicar. Para todos. – Eu me ajoelhei e enfiei os dedos no pelo de Thrana, tentando acalmar as batidas rápidas do meu coração. A pele dela estava quente, a respiração pesada. Eu franzi a testa. – Thrana? – Ela não respondeu, nem sacudiu a orelha na minha direção. Pressionei a mão em seu pescoço e senti a batida calma e constante do coração. Teria ela pegado alguma doença em Hualin Or? Comido algo que a fez mal?

O zumbido suave e constante que eu sentia nos ossos desde que nos unimos tinha sumido. Eu o procurei, tentando construir a vibração. Nada. Algo estava muito errado. Eu segurei as lágrimas. Riya e Nephilanu estavam contra mim. Se eu não fizesse as coisas direito ali, perderia Hualin Or também. Mas nada disso importava comparado a Thrana. Eu desistiria de tudo só para protegê-la.

– Ela está doente.

– Eminência – disse Jovis da porta, me encarando pela primeira vez desde que nos beijamos. Seu rosto estava calmo. – Um pouco de descanso e ela ficará bem. Mephi passou pela mesma coisa. Confie em mim.

Descobri, para a minha surpresa, que eu confiava. A onda de pânico diminuiu até que consegui respirar novamente. Acariciei as orelhas de Thrana, esperando que ela de alguma forma soubesse que eu estava lá.

Por fim, quando a luz começou a passar pelas venezianas, uma criada apareceu na porta.

– Chala quer vê-la agora – disse a mulher. – No saguão de entrada, por favor.

Eu me levantei, prendi uma mecha solta de cabelo atrás da orelha e esperei os guardas me escoltarem. Eles deveriam ter me segurado pelos braços; em vez disso, me deixaram andar livremente. Mas concluí que não havia para onde ir. Eu tinha voltado para lá por vontade própria.

Os lampiões do saguão de entrada estavam acesos dessa vez, lançando tons quentes nas paredes. Chala estava perto da porta da sala de jantar, a família reunida ao redor, todos os olhares fixos em mim. Ele havia tirado um tempo para se limpar e se vestir, e fazia um contraste ruim com minha roupa mais simples e a calça que ainda estava um pouco úmida na bainha, por causa da minha escalada.

– Eu desconfio que – Chala começou a dizer, a voz ecoando nos pilares –, se eu a executasse, teria apoio suficiente de outros governadores para evitar uma guerra civil.

Inclinei a cabeça enquanto me aproximava.

– Talvez, mas você seria capaz de evitar tanto o exército de construtos quanto os Raros Desfragmentados? Ambos ficariam felizes em vê-lo morto e deposto. Nós precisamos um do outro, Sai. Todas as ilhas precisam. Tenho uma explicação para as minhas ações, mas já aviso que você não vai gostar.

– A minha mãe... – Chala parou, a voz embargada. Ele respirou fundo, olhando para o teto. – Ela era uma mulher estranha. Mas era boa pra mim, me tirou da rua e me nomeou seu herdeiro. Devo *tudo* a ela. Não devo nada a você. Me diga por que eu não deveria botar fogo no mundo para fazer a justiça que ela merece.

Wailun talvez tivesse uma afeição real por Chala escrita nos ossos. Eu conseguia ver o fragmento do comando na mente. *Quando chegar a hora certa (ref 3), adote um órfão de rua como herdeiro.* Shiyen teria escrito um subconjunto de requisitos a serem cumpridos para que o momento certo fosse reconhecido. E, então, a construto Wailun teria seguido o comando, e talvez nem tivesse percebido por que estava fazendo aquilo.

– Eu não matei sua mãe.

Ele apertou os olhos.

– Acho difícil de acreditar, dado o sangue na sua roupa. Você nega que ela a atingiu com a faca?

– Não nego. Eu fui ao quarto dela, sim. Mas Wailun já estava morta.

– Uma... mulher morta golpeou você com uma faca. – Ele se mexeu, a paciência já se esgotando. Eu tinha que ser rápida e precisa. A tristeza e a raiva tornariam mais difícil para ele me ouvir.

– De certa forma. Lamento não ter percebido até a noite passada, mas... Wailun é um construto feito pelo meu pai.

Ele contraiu a mandíbula e acenou para os guardas. Senti-os se aproximando de mim com relutância, mas prontos para obedecer ao seu novo governador.

– Agora sabemos que construtos podem se parecer com pessoas. Houve uma viagem para a Imperial, sua família inteira foi. Isso foi antes de Wailun adotar você. Meu pai os convidou. Sai, eles nunca voltaram daquela viagem. Ele assassinou todo mundo e os substituiu por construtos.

Chala levantou a mão e os guardas pararam de avançar.

– Isso é ridículo. Por que ele faria isso? – O resto da família trocou olhares.

– Chala – disse um tio ao lado dele –, não dê ouvidos a essa bobagem. Ela está dizendo que nós não somos reais. Eu pareço um construto?

Outro parente riu.

E era agora que eu precisava mentir. Balancei a cabeça.

– Não sei. Meu pai nem sempre confiava em mim. Mas eu senti algo estranho em Wailun e entendi que precisava investigar. Você viu os registros dela, os diários? Oito anos atrás, os registros detalhados pararam. Logo depois que ela voltou da Imperial com a família.

Olhei para os guardas e criados que me cercavam.

– Algum de vocês está aqui há tempo suficiente? Wailun voltou mudada de sua viagem à Imperial? Vocês conversaram com os criados dos familiares dela que moram em outras casas? Eles notaram que seus senhores não pareciam os mesmos?

Eu os vi trocando olhares. Claro que tinham notado, mas nenhum deles tinha o poder de dizer ou fazer algo a respeito.

Chala também estava olhando para eles.

– Por favor, me digam se for verdade. – Ele pediu com gentileza. Tendo passado quase a metade da vida nas ruas, o jovem sabia como era não ter poder.

Uma das criadas passou a língua nos lábios.

– Achamos que não cabia a nós falarmos alguma coisa – disse ela.

– E ela adotou você como herdeiro. Pareceu um passo na direção certa – disse um dos guardas. – O que podíamos fazer depois disso se quiséssemos que você ficasse? Para quem iríamos contar?

Observei o rosto de Chala, a curva delicada da mandíbula, as orelhas grandes, o lábio trêmulo. Ele estava em dúvida agora. Era a minha chance.

– Eu posso provar – falei, minha voz cortando o murmúrio dos guardas e criados. Vislumbrei pés na escada, pensando ter reconhecido as botas de Jovis e os chinelos de Ragan. Ótimo. Eles estavam por perto. – Meu pai me ensinou a magia dele. Posso provar que o que estou dizendo é verdade.

Vi mil emoções passarem pelos olhos de Chala. Medo, consternação, raiva, tristeza. Ele gostaria de acreditar que eu o estava enganando, que fizera algo insidioso. Mas ele precisava saber; eu tinha plantado a semente da dúvida e agora ele precisava ter certeza.

– Prove.

Eu me aproximei com cautela, os guardas ainda me ladeando, e parei na frente do tio de Chala. O homem me olhou desconfiado.

– Eu sei que sou real – disse ele, me olhando com desdém.

Ah, Bayan também sabia. E eu também. Esse pensamento fez meu peito doer. Eu não tinha certeza se o que estava fazendo ali era uma coisa boa. Estava tirando a realidade não apenas de Chala, mas também daqueles construtos. Eles não fizeram nada de errado; seu único crime era existir, o que significava que eles drenavam a vida de pessoas vivas. E a culpa era do meu pai por criá-los, não minha.

Enfiei a mão dentro do homem e o mundo explodiu em caos. Os outros membros da família real de Hualin Or enfiaram a mão em túnicas, bolsos, faixas. Todos sacaram armas de vários tipos, algumas mais perigosas do que outras. Deviam ter o comando escrito nos ossos: *Quando for descoberto, lute.* Meu pai não os deixaria cair silenciosamente na obsolescência. Não era esse o jeito dele.

A família real saltou para atacar guardas e servos hesitantes.

– São construtos! – gritei, a mão ainda dentro do fac-símile do tio de Nisong. – Não se contenham, porque eles não farão isso. – Puxei um fragmento perto do topo da espinha. Eles não tinham revistado minha faixa em busca de armas, e eu não estava carregando nenhuma, mas *estava* carregando minha ferramenta de entalhe, a que Numeen tinha me dado.

Verifiquei o comando escrito no fragmento. *Você é tio de Nisong.* Claro que Shiyen pensaria que isso era de extrema importância. Empurrei o fragmento de volta para dentro e puxei outro, mais para baixo. E outro.

Todos os comandos eram relacionados ao lugar dele no palácio, à personalidade. Shiyen não havia mesmo ordenado que aqueles construtos o obedecessem? Eu achava que ele nunca tinha escrito isso nos fragmentos de Bayan também.

Uma mulher mais velha disparou na minha direção, uma adaga erguida nas mãos. Fiquei paralisada, minha mão ainda dentro do construto. Eu não tinha nada com que me defender.

Ragan se posicionou entre a mulher e eu, levantando a espada para interceptar a adaga. Ele não conseguiu se defender a tempo e a lâmina dela roçou no braço dele antes que afastasse a arma. Sangue pingou do ombro dele no chão.

Ele enfiou a espada no peito dela e a puxou de volta com a mesma rapidez. Vi Jovis atrás dele, balançando o cajado.

– Você não está ferida? – perguntou Ragan.

Meu peito se inundou de alívio.

– Não. Agora, vá.

Ele deu um aceno rápido e voltou para a luta. Puxei outro fragmento. Como eu desconfiava: *Quando for descoberto, lute.* Eu podia trabalhar com isso. Escrevi mais três palavras no final: *contra outros construtos.*

Empurrei o fragmento de volta no lugar e me virei em busca do próximo construto que eu pudesse encurralar. O sangue havia deixado os ladrilhos estampados do palácio escorregadios, transformando a beleza elaborada de Hualin Or em algo macabro.

Desviei de uma faca, passei por um guarda lutando contra um construto e girei para enfiar a mão no corpo dessa criatura. Com o canto do olho, vi o tio-construto se mover novamente, agora com o propósito de lutar contra os outros construtos. Contei o número de fragmentos e puxei o correto. Rapidamente, gravei as novas palavras e o devolvi.

Por um momento, eu estava de volta ao salão de jantar do meu pai, todos os construtos do palácio avançando contra mim e Bayan, minha única arma a ferramenta de entalhe na mão. Outra memória rondava os cantos da minha mente, uma das lembranças de Nisong, todas desbotadas e indistintas. Livros velhos nas minhas mãos, lendo à luz de lampiões até tarde da noite, olhos e cabeça doloridos, e em tudo isso o desejo de provar a mim mesma. Eu não era uma grande beldade, mas era inteligente e esperta, e isso *tinha* que contar para alguma coisa. Era para isso que eu tinha sido feita: para escrever palavras de poder em fragmentos de ossos, para manipular comandos a meu favor. Era para isso que Nisong sentia que tinha sido feita.

Eu me virei para mais um dos parentes-construtos, e então, tão rápido quanto tinha começado, a luta terminou. Um dos construtos que eu tinha reconfigurado estava embainhando uma faca, o tio-construto estava ensanguentado no chão, os construtos restantes estavam mortos, assim como dois guardas. Tanto Ragan quanto Jovis tinham expressões severas enquanto limpavam as armas. Chala estava no canto, as mãos levantadas, sangue respingado na parte inferior de suas vestes.

– Sai – chamei. – Os construtos estão mortos.

Ele abaixou os braços, o rosto pálido. Em seguida, passou a língua nos lábios e se empertigou, recompondo-se rapidamente.

– Suponho que isso explique o estado do corpo da minha mãe.

Guardei a ferramenta de entalhe de volta na faixa e caminhei até Chala, para que ele não precisasse gritar para mim do outro lado do saguão.

– Eu não queria que você descobrisse dessa forma – falei. – Tinha minhas desconfianças e queria verificá-las.

– É estranho uma Imperatriz invadir os aposentos dos governadores. – Percebi que ele ainda estava em choque, dizendo a primeira coisa que tinha vindo à mente.

– Tive uma criação incomum. – Era o mais perto da verdade que eu podia chegar. Antes que ele deixasse escapar qualquer outra coisa que pudesse envergonhá-lo, continuei: – Essa notícia deveria ter sido dada a você com cuidado e em particular. As coisas aconteceram dessa forma por causa do meu desleixo ao devolver os fragmentos ao corpo da sua mãe, e por isso peço desculpas.

– Ela foi uma boa mãe para mim – disse Chala, e então se virou para os guardas. – Reúnam os corpos para queimar. Quaisquer almas que eles tivessem, serão enviadas para o céu. – Seu olhar se fixou num ponto da sala. – Devemos fazer um funeral? É isso que se faz quando seus parentes são desmascarados como construtos?

Comecei a estender a mão para ele, mas parei. Nem minha posição nem a dele permitiriam isso. Eu queria confortá-lo. O melhor que podia oferecer era minha própria verdade.

– Alguém que eu acreditava ser meu amigo... não, ele *era* meu amigo. Mas acabou se revelando um construto feito pelo meu pai. – Eu tinha queimado o corpo de Bayan com zimbro nuvioso e jogado um raminho no fogo. Estava sozinha, mas fiz um funeral do meu jeito. – Meus próprios ritos fúnebres para ele. Eu não acharia estranho se você fizesse o mesmo. – Parei por um instante e pensei na minha amizade com Bayan. – Tudo o que você vivenciou com eles foi real. O fato de serem construtos não significa que seus sentimentos ou os deles não fossem reais.

O olhar dele encontrou o meu e uma pequena afinidade surgiu entre nós.

– Obrigado por isso. – Chala parecia tão jovem. Antes um órfão de rua, agora governador de Hualin Or e um dos homens mais poderosos do Império. No entanto, ele só conseguia pensar na família que havia perdido, na família que nunca tinha existido. Eu podia trabalhar com alguém como ele, não seria tão difícil quanto foi com Iloh. – Não posso tomar nenhuma decisão agora – ele começou a dizer –, mas gostaria de dar continuidade à conversa que você estava tendo com a minha mãe... com Wailun. – Ele recuou e consultou seu capitão da Guarda Imperial enquanto homens e mulheres corriam para cumprir suas ordens.

Agora que a batalha havia acabado, tive tempo para pensar em Thrana. Jovis estava atrás de mim, como sempre fazia.

– Você disse que ela vai ficar bem? – falei alto o suficiente para ele ouvir.

– A mesma coisa aconteceu com Mephi – Jovis respondeu. – Ele passou alguns dias faminto e letárgico, e aí caiu num sono profundo e febril. Quando acordou, estava mudado.

Então Thrana estava passando por uma mudança semelhante?

– Hibernação periódica – disse Ragan, aparecendo atrás de Jovis e fazendo-o pular. Jovis fez cara feia para a intrusão. – Os ossalens passam por isso antes dos saltos de crescimento. O meu já passou por uma fase.

– O que acontece depois do primeiro salto de crescimento? Você disse que Mephi mudou?

Jovis e Ragan deram de ombros. Ragan levantou o dedo.

– Os registros do início dos Alangas são muito raros. O que acontece depois com os ossalens se perdeu no tempo.

34

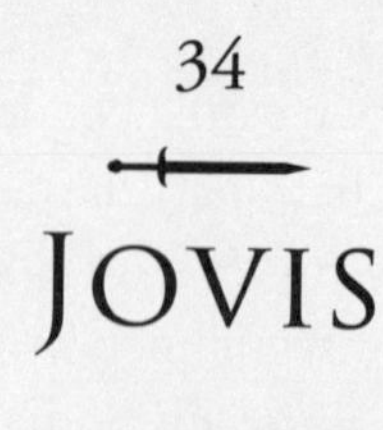

JOVIS

Hualin Or

Falar com meus irmãos falhou. Eu devia ter desconfiado que falharia. Ylan sabe que guardo os ossos gigantes (? Pode ser ossos ou outra palavra) nas profundezas da minha caverna. Eu os trago para ele sem que ele peça. Ainda assim, ele continua a me tranquilizar.
"Se houver uma arma que possa ser usada contra a sua espécie, ela os manterá sob controle." Entrego o que ele precisa e o deixo fazer seu trabalho porque confio nele.
Eu não deveria ter feito isso.

[Anotações da tradução de Jovis do diário de Dione]

O pelo macio de Mephi sob os meus dedos me tranquilizou. Eu quase o perdi para o Ioph Carn. Era para eu estar cansado depois de duas batalhas em um intervalo de poucas horas, mas eu estava alerta e nervoso, meus ossos vibrando e meu coração agitado junto às minhas costelas. Philine e Kaphra tinham fugido com a espada, uma arma capaz de ferir Alangas. Eu precisava encontrar uma maneira de contar isso a Lin. Ao meu lado, Ragan falava sem parar, explicando a Lin o processo de hibernação dos ossalens e como havia poucos registros de ossalens em geral. Ela ouvia com atenção parcial, a expressão preocupada.

Chala se aproximou para conversar com Lin e Ragan teve o bom senso de calar a boca.

– Vossa Eminência, eu tinha ouvido sobre os construtos que parecem pessoas, do exército de construtos. Mas eu não tinha ideia de que podiam ser tão convincentes. – A expressão dele era sombria. – Eles me enganaram, certamente.

– Não seja duro consigo mesmo, Sai – disse Lin, a voz calorosa e suave. – Meu pai era habilidoso, um dos mais habilidosos que a dinastia já viu. Ele enganou mais gente do que você.

Lembrei-me do que ela havia dito sobre ter feito amizade com um construto criado por seu pai. Depois que perseguimos o construto espião, ela disse que o pai tinha um filho adotivo. Seria esse filho um construto também? Eu me esquecera que ela vivia em um palácio composto principalmente por construtos. Uma vida solitária, com certeza. Ela falou com Chala com a compaixão de alguém que realmente entendia.

No entanto, ela havia me rejeitado por minha posição e minha origem. Isso ainda doía. Era verdade que a ferida *ocorrera* menos de um dia antes. Não havia cura rápida para sofrimento emocional, ao que parecia. Eu tinha passado tantos anos sendo lembrado de que era meio *poyer*, e tantos anos sozinho no Mar Infinito, que quase fui capaz de esquecer. E agora, com o respeito do povo e de meus guardas, achei que deixara tudo aquilo para trás. Achei que não importava mais.

Aparentemente, ainda importava... para a única pessoa para quem eu queria que não importasse nem um pouco.

Eu tinha me permitido ficar muito próximo de Lin, me deixado acreditar que, apesar de tudo, poderíamos ser amigos. E, no calor do momento, ela me beijou. Eu não tinha certeza se queria esquecer a sensação dos lábios dela nos meus ou se queria manter a memória viva, evitar que escapasse.

Lin e Chala ainda estavam conversando, e ali estava eu, minha expressão tão mal-humorada e fechada quanto um céu de estação chuvosa, meus pensamentos tão distantes quanto as Ilhas Poyer. Que grande espião eu era, abalado por um beijo.

– Encarregar meus guardas de ajudar você a lutar contra o exército de construtos não fará diferença – Chala estava dizendo. – Eu ouvi os relatos. Há muitos deles e poucos em seu exército. Nephilanu não vai enviar guardas, e Riya está se retirando. Se eu ajudar você, estarei enviando meu povo para a morte.

– Se não for você, quem será o primeiro a comprometer os guardas? – Lin questionou. – O exército de construtos está indo em direção a Gaelung. Eles terão que comprometer seus guardas; não haverá escolha. Se você ajudar, outros podem seguir o exemplo. Isso nos dará uma chance.

– Gaelung pode concordar em ser governada por sua meia-irmã.

Lin apertou os olhos.

– Ela *não* é minha meia-irmã. Essa é uma mentira conveniente.

– Você e eu sabemos que isso não importa. Passei boa parte da minha infância nas ruas. Basta ter músculos ou dinheiro suficientes, e os outros órfãos tendem a se conformar.

Lin fez aquela coisa de novo, de olhar para uma pessoa como se fosse um quebra-cabeça que pudesse resolver.

– *Você* se conformou, Sai?

Ele sustentou o olhar dela por um momento antes de virar o rosto. Tinha esquecido como o garoto era jovem.

– Não, eu não me conformei. Teimoso demais. – Ele suspirou. – Seria mais fácil pra mim se eu não te ajudasse. Sou jovem e estou me tornando governador em circunstâncias incomuns. Fácil de criticar. Mas eu não gosto de ser intimidado. Vou comprometer os guardas. Você tem meu apoio, e eu não sou Iloh. Não vou voltar atrás.

– Obrigada. – Lin inclinou a cabeça, e Chala se virou para cuidar de outras coisas.

Ragan colocou a mão no meu ombro.

– Você é bom com o tremor de terra – disse ele –, mas tenho observações sobre a sua técnica.

Eu rangi os dentes.

– Alguém já te mandou cuidar da sua vida?

– Ah! No mosteiro, todo mundo sabe da vida de todo mundo; a vida de ninguém é particular – ele respondeu com sua alegria habitual.

Pelo canto do olho, vi Lin ajoelhada perto de um dos corpos. Disfarçadamente, ela raspou algo do chão com a ferramenta de entalhe antes de guardá-la.

Concentrei minha atenção em Ragan novamente, dando a ele um sorriso desagradável.

– Ah, sim. Que bom que não estamos no mosteiro então. Que agradável pra nós dois. – Eu me virei e subi a escada antes que ele começasse a listar suas observações.

A manhã se transformou em tarde enquanto nos preparávamos para partir. Thrana teve que ser carregada para o pátio e colocada em uma carroça coberta. Mephi ficou ao lado da carroça, emitindo ruídos baixinhos de preocupação no fundo da garganta.

– Ela vai ficar bem – falei para ele enquanto os criados passavam correndo por nós. Meu olhar continuou voltando para a porta do saguão de entrada, onde Lin falava com Chala outra vez, as mangas compridas arregaçadas até os cotovelos. Nenhum dos dois parecia feliz. – Você fez isso também, lembra?

Mephi olhou para mim, depois para Thrana, deitada inconsciente na carroça.

– Eu fiquei assim? – Ele se esgueirou até mim e se enrolou nas minhas pernas. – Não é de se admirar que você tenha ficado preocupado.

– Eu não conseguiria te acordar nem com cinco peixes frescos na mão.

– Impossível!

Eu ri da expressão de choque dele, mas fiquei sério quando Lin se aproximou, meu coração saltando antes de despencar da beirada de um penhasco. Meu olhar percorreu o pátio, procurando um lugar para me esconder. Quis me dar uns tapas por até mesmo pensar nisso. Era meu trabalho protegê-la; me esconder dela não seria apenas abandono do dever, mas me faria parecer um idiota.

Não que eu não estivesse acostumado a fazer papel de bobo.

– Bem, essa coisa desagradável acabou – disse ela, desenrolando as mangas. – Precisei desmantelar os outros construtos. Chala queria a chance de se despedir. É um negócio complicado, esse. – Abri a boca para oferecer algumas palavras de solidariedade, mas ela continuou. – Agora, eu preciso saber: o que exatamente você estava fazendo em um covil do Ioph Carn? Você desobedeceu às minhas ordens. – Os criados de Chala chegaram trazendo um palanquim. Lin franziu os lábios. – Thrana está incapacitada. Venha comigo.

Eu não podia desobedecer a uma ordem depois de ela observar como eu era ruim em obedecê-las.

– Vá com Thrana – falei para Mephi, que prontamente pulou na carroça. – Fique de olho.

Entrei no palanquim atrás de Lin. O interior escuro cheirava a madeira velha e envernizada. O banco era estofado com um material macio que estava começando a ficar puído. A estrutura sacudiu quando os criados a levantaram, e minha coxa roçou brevemente na dela. Eu me afastei o máximo possível. Não era longe o suficiente.

Ela nos deixou seguir em silêncio por um tempo, e eu me inquietei. Meu cajado não cabia direito no palanquim. Tive que colocá-lo de lado, cada ponta saindo pelas janelas. Havia lama na sola dos meus sapatos, e tentei, sem sucesso, raspá-la de um pé usando o outro. Agora, havia lama na parte de cima dos sapatos. Eu tinha feito um remendo improvisado na camisa e colocado a jaqueta por cima. Por baixo, o ferimento que Kaphra me infligira coçava. Tentei esfregar por cima da jaqueta e a sensação se transformou em ardência. Minha jaqueta estava muito apertada na gola? Um ar quente parecia irradiar de baixo dela como fumaça de uma chaminé, esquentando meu rosto.

Lin me observou, seu olhar implacável.

– Era para a minha família – falei subitamente. Como sempre, mentiras eram mais fáceis de engolir quando misturadas com uma boa dose de verdade. – Pedi ao Ioph Carn pra contrabandear nozes polpudas para Anaui.

A ruga entre as sobrancelhas dela diminuiu, embora sua voz ainda estivesse ríspida.

– O que eles queriam que você fizesse em troca?

– Não sei. Eles me atacaram antes que eu pudesse descobrir. – A mentira tinha um gosto azedo.

– Tem certeza de que eles contrabandearam as nozes polpudas, então? O que você diz não está fazendo sentido.

– Meu pai me enviou uma carta. Eu precisava de provas primeiro. – Passei rapidamente por essa segunda mentira, porque ela estava me dando aquele olhar penetrante e eu sentia minha fachada ruindo. A verdade, a verdade... – Não achei que tivesse escolha. Eu não queria ficar em dívida com o Ioph Carn, não de novo. Mas... eu faria qualquer coisa pela minha família. Eles já sofreram demais. Primeiro, a perda do meu irmão no Festival do Dízimo, e depois eu fui embora sem dizer uma palavra. Não podia deixar algo acontecer com o meu pai. Destruiria minha mãe. – Odiei meus instintos por me fazerem convencê-la com vulnerabilidade. Eu a conhecia bem o suficiente agora para saber que funcionaria.

– Você devia ter me contado – disse Lin, a voz magoada. – Eu teria tentado ajudar.

– Você não tinha óleo de nozes polpudas suficiente. O que ia fazer, ir comigo? A Imperatriz, se aventurando em um covil do Ioph Carn? Não, esse é um trabalho para um inferior capitão da Guarda Imperial meio *poyer*.

Lin estremeceu quando joguei suas próprias palavras em sua cara.

– Jovis, não é assim. É...

Um dos criados que carregava o palanquim tropeçou, nos jogando para o lado. Lin levantou as mãos para não cair em mim, mas tudo o que conseguiu foi prender os dedos nos botões de nó de pano da minha jaqueta.

– Me desculpa, vou... – Comecei a ajudá-la a se desvencilhar, mas percebi que estava segurando as mãos da *Imperatriz* e que ela me achava inferior. Soltei seus dedos como se fossem aranhas.

Ela se endireitou, se apoiou na porta e se afastou. Foi só depois que os criados conseguiram firmar o passo que ela falou novamente.

– No palácio. Você disse que eles armaram pra você. Pra Mephi.

Senti uma pontada de pânico como se estivesse de volta à casa de Kaphra, com Mephi sob a lâmina daquela espada. A espada.

– Sim, eu precisava te contar. É uma coisa que diz respeito a você, a mim e a Ragan. Não sei como ou onde Kaphra encontrou... – *Uma mentira.* – ...mas ele tem uma espada com um punho desfiado e uma lâmina branca que fez isso comigo. – Desabotoei a parte de cima da jaqueta e puxei a gola para o lado. O ferimento por baixo ainda estava vermelho. – Foi superficial, mas doeu como se ele a tivesse enfiado em mim, e ainda não cicatrizou. Mephi não está mais sangrando, mas tem um ferimento como o meu debaixo do pelo. Kaphra pretendia usar a espada pra ameaçar Mephi e me forçar a servi-lo.

– Uma espada de lâmina branca... – Lin parou de falar.

– *Ascensão da Fênix* – falei. – A peça. – Uma mentira com um pouco de verdade. Mas quanta verdade? – Seu pai alguma vez falou sobre uma espada, ou como exatamente os Sukais se defenderam dos Alangas?

Ela riu amargamente.

– Tive que descobrir as coisas sozinha. Ele não me achava digna de ouvir tais segredos.

– *Eu* sou digno de ouvir tais segredos? – Desejei que a resposta fosse "sim"; desejei que fosse "não".

Lá fora, os vendedores tinham começado a montar as barracas, as lojas tinham começado a abrir. Vozes e passos soavam abafados através das cortinas do palanquim. Estávamos enclausurados em um espaço silencioso. As mãos dela tremeram na direção das minhas, mas ela cerrou os dedos no tecido das mangas.

– Eu encontrei uma coisa – disse ela por fim. – Na caverna em que lutamos contra aquele monstro. Era uma espada como a que você descreveu. Eu a trouxe comigo. E tem uma coisa que você também deveria saber. Não acho que Ragan esteja nos contando tudo.

O palanquim parou nas docas. Abri a boca para perguntar o que ela achava que ele estava escondendo, mas ela levantou a mão para me impedir. *Mais tarde.*

Quando Lin deu a entender que seria mais tarde, ela quis dizer muito mais tarde. A Imperatriz esperou até que o navio zarpasse, a primeira refeição a bordo fosse servida e Ragan se retirasse para o alojamento dos criados para meditar. A tripulação ainda não tinha começado a queimar pedra sagaz, e Mephi aproveitou a oportunidade para dar um mergulho. Eu estava cumprindo meu turno do lado de fora do quarto de Lin quando ela abriu a porta e me chamou para entrar. Hesitei por um momento, sabendo que qualquer um que passasse ali fora estranharia minha ausência. Mas eu precisava saber.

Então, eu entrei e a deixei fechar a porta atrás de mim. Thrana estava deitada na cama, sua barriga se movendo suavemente a cada respiração.

– O mosteiro de onde Ragan diz que vem... eu perguntei sobre o lugar – disse Lin. – Unta afundou, sim, mas mesmo antes disso, ninguém daquele mosteiro tinha sido visto em quase um ano. Os monges são reclusos, mas não *tão* reclusos assim. De vez em quando, eles mandam alguém para a cidade mais próxima para pegar suprimentos. Por que ele não mencionaria isso?

Tentei ver além da minha antipatia pelo sujeito.

– Ele pode não saber. Pode ter ficado sem contato com os outros por um tempo.

– Eles são praticamente uma família. Por que Ragan não teria contato com eles?

Eu não tinha tido contato com a minha. Se bem que, para ser justo, isso *tinha* sido por razões nefastas.

– E o que você quer fazer a respeito? Devo colocar guardas para segui-lo? Eles não são os melhores nisso, mas estou ensinando...

– Tenho uma ideia melhor – ela me interrompeu, ajoelhando-se perto da caixa e erguendo a ferramenta de entalhe. – Ragan foi ferido durante a batalha. Eu coletei um pouco do sangue dele aqui. Usei a máquina do meu pai e um pouco do sangue de Thrana. Acho que funcionou, mas não tenho certeza. Nunca tentei isso antes. Se funcionou, posso ver as lembranças dele. Talvez isso me diga se ele está sendo sincero. – Ela tirou da caixa maior uma caixinha de frascos fechados com rolha e bateu o dedo no mais próximo.

Minha coluna enrijeceu, e senti os sulcos do cabo do cajado afundando na pele da minha mão.

– Você faria isso?

– O quê? Por que não? – Sem hesitação, sem sinal de dúvida.

– Tirar o sangue de alguém e usá-lo para ver a mente da pessoa é algo que seu pai teria feito. O gesto de um tirano. – Ela se encolheu ao ouvir minhas palavras. Era a coisa que ela mais temia, e eu tinha usado contra ela. Porque, por baixo da minha retidão, havia uma correnteza oculta de terror: se ela podia fazer isso com Ragan, poderia fazer comigo. Bastaria meu sangue.

Ela poderia descobrir minha conexão com os Raros Desfragmentados.

– Você nem gosta dele. Como pode dizer isso?

Eu era tão óbvio assim?

– Importa se gosto ou não? Ou quando você disse que queria tornar a vida melhor para todos, estava se referindo apenas às pessoas de quem gosta?

Quantas vezes vai provar as lembranças de outras pessoas porque acha que não tem outra escolha?

– Jovis – ela começou a dizer, a voz suave, e odiei a maneira como meu nome nos lábios dela me fez sentir –, Ragan fez tudo certo até agora, mas e se ele estiver apenas tentando cair nas minhas graças para me trair?

Fechei os olhos. Eu nem sempre sabia a coisa certa a dizer, especialmente quando estava tentando me livrar de uma confusão. Mas dessa vez eu sabia.

– Em Hualin Or, ele salvou sua vida. Por que faria isso se fosse seu inimigo? Além disso, a maioria de nós não tem magia pra verificar nossos amigos. Como acha que conseguimos confiar nas pessoas? Como acha que o ferreiro que ajudou você confiou?

O olhar dela se voltou para a garça ensanguentada apoiada na beirada da mesa. Passos soaram no convés acima de nós. As pessoas gritavam, embora eu não conseguisse entender o que estavam dizendo.

Alguém bateu na porta.

– Vossa Eminência, é melhor você vir ver isso.

Lin passou por mim.

Thrana estava dormindo. Mesmo antes de me conectar com Mephi, eu sempre fui ágil, e rapidamente enfiei as lembranças de Ragan entre o colchão e a parede. Isso me daria um pouco de tempo. Se ela não as bebesse, não saberia se havia descoberto como operar corretamente a máquina de memória. Mephi me observou com um olhar interrogativo, mas felizmente não disse nada.

Saí atrás de Lin, deixando a porta do quarto ligeiramente entreaberta. Ela não poderia me culpar se desse falta do frasco. Qualquer um poderia ter pegado.

O Mar Infinito estava agitado, e tive que manter os joelhos dobrados para não voar na parede. Lin agarrou a amurada e olhou para bombordo. Outro navio passava por nós, quase lotado de passageiros. O capitão gritou para o nosso.

– Sobreviventes – disse um dos meus guardas.

Eu me aproximei.

– Sobreviventes de quê?

Ele encontrou meu olhar, a expressão vazia.

– Luangon afundou. Esses refugiados estão a caminho de Hualin Or.

Medo e pavor se misturaram em minha barriga. Outra ilha nas profundezas do Mar Infinito. O guarda passou a língua nos lábios.

– Eles disseram que o governador de Luangon não deu ouvidos à moratória sobre mineração de pedra sagaz e redobrou a extração. Com a

Cabeça de Cervo e Unta afundadas, todos estão comprando pedra sagaz só por precaução.

Vi Lin enxugando lágrimas dos olhos enquanto tirava o cabelo da testa, tentando recuperar a compostura. Suas duas criadas restantes a ladeavam, sem saber se deveriam oferecer consolo. E eu, o babaca que era, voltei lá para baixo, para a cozinha. Todos estavam no convés, era a minha chance. Remexi rapidamente nos armários e encontrei um frasco similar aos da coleção de Lin. Joguei água dentro e acrescentei vinho de arroz turvo para chegar perto da cor leitosa. Em seguida, levei o frasco para o quarto de Lin.

– O que estamos fazendo? – perguntou Mephi, tão colado em mim que quase tropecei nele. – Estamos ajudando?

Nós estávamos nos ajudando.

– Sim.

Coloquei o frasco falso no baú e peguei o que tinha escondido ao lado do colchão.

– Por que você não está lá em cima?

Puxei a mão de volta. Ao me virar, dei de cara com Lin na porta. Ela teria notado a pulsação intensa no meu pescoço, como se o sangue estivesse tentando escapar das minhas veias? Rápido. Seja rápido, Jovis. Eu tinha falado com o guarda lá em cima. Não podia mentir sobre isso.

– Eu estava, mas aí desci.

– Você desceu para os meus aposentos.

Engoli em seco e não precisei fingir o tremor na voz.

– Para esperar você. Não tenho desejo nenhum de ver a tragédia. Principalmente depois da Cabeça de Cervo.

A expressão dela se transformou em compreensão.

– Deve ser um lembrete horrível.

E era. Eu estava tão concentrado em trocar os frascos que não tinha considerado o que o afundamento de Luangon significava. Agora, eu sentia o cheiro de poeira das construções que tinham desmoronado, ouvia os gritos das pessoas assustadas ecoando nos meus ouvidos, via a fumaça subindo do que já tinha sido a Cabeça de Cervo. Eu tinha abandonado todo mundo lá para a morte. Tinha me salvado.

E tinha salvado Mephi.

Eu respirei fundo. Estava respirando ar, não água do mar. Não estava preso na Cabeça de Cervo, numa construção, vendo a água subir acima da minha cabeça.

Lin estava indo até a caixa e pegando a caixinha de frascos.

– Você tem razão. Ragan lutou conosco em Hualin Or. Mas não estou convencida de que ele seja amigo. Tem coisa demais em jogo aqui. Eu preciso saber.

Ela pegou o frasco, abriu-o e virou o líquido pelos lábios. Eu não sabia bem o que me incomodava mais: minhas mentiras ou o fato de ela ter bebido aquilo de qualquer maneira. Gio tinha me avisado que ela justificaria o uso do poder. Eu não queria que fosse verdade.

Lin fez uma careta e olhou para a parede. Piscou. Levou o frasco até os lábios e tomou outro gole.

– Isso não parece certo – murmurou ela, olhando o líquido. – Eu me esqueci de algum ingrediente? Ou deveria ter dito algo além do nome da pessoa? Ou será que não posso simplesmente adicionar o sangue de Thrana? Será que a máquina faz mais do que só tirá-lo das veias dela?

– Não funcionou? – Eu sabia que não funcionaria, mas coloquei o máximo de surpresa na voz.

Ela tampou o frasco e o guardou de volta na caixa.

– As lembranças que vejo são aleatórias. Quando vi as lembranças do meu pai usando a máquina, não vi o processo inteiro. Devo ter perdido algum passo crucial. – Ela olhou para a caixa de frascos. – Eu perdi?

– Você disse que encontrou uma espada.

Lin se sacudiu.

– Sim. – Ela se inclinou sobre a caixa novamente e pegou a espada. Seu rosto se franziu por um momento.

Eu tinha mexido em muitas coisas dela, chegando muito perto de ser descoberto. Ela havia notado alguma diferença entre aquela lâmina e a que tinha encontrado? E o frasco ainda estava enfiado entre o colchão e a parede. Eu teria que voltar para pegá-lo.

Ela se levantou de repente.

– Esta é a espada que encontrei. Parece a que Kaphra tinha?

Eu a peguei das mãos dela, um zumbido nos ouvidos. Era possível morrer de coração acelerado? Forcei minhas mãos a ficarem imóveis, minha respiração a ficar regular, e pensei no ataque na casa de Kaphra. Ele tinha erguido o cordão no punho para olhar algo.

– Você tem uma faca?

Ela não perguntou o motivo, o que devia ser uma prova de sua confiança em mim. Ela puxou uma faca da faixa e a jogou para mim. Eu a peguei, enfiei a ponta no cordão e rasguei. Já estava velho e desfiado, não foi difícil.

O punho embaixo era liso e branco como a lâmina, mas não estava intacto. Havia algo entalhada na superfície.

Meu sangue gelou. Era uma escrita, do tipo que eu tinha visto no livro Alanga.

Ofereci a lâmina para ela, os lábios dormentes.

– Olha isso. – Minha língua não parecia ser minha.

Ela franziu a testa, deu um passo na minha direção e pegou a espada, erguendo-a para a luz.

– É um comando.

– O que diz?

Seu olhar encontrou o meu, os olhos arregalados e assustados.

– Morra.

35

NISONG

Uma ilha a leste de Luangon

Uma luz vermelha passou pelas pálpebras de Nisong. Ela abriu um olho. Seu nariz e sua garganta ardiam, seus braços estavam em carne viva, seu tornozelo esquerdo latejava. Dor significava que ainda estava viva.

Não esperava estar viva.

Nisong abriu o outro olho, sentindo a crosta de sal nas bochechas. Experimentou mover a mão e encontrou areia molhada sob os dedos. Quanto tempo tinha ficado apagada? Onde estava o barco? Onde estava Folha?

Foi esse último pensamento que a trouxe completamente de volta a si. O cheiro de fumaça e água do mar a inundaram. Ela se sentou e descobriu que o mundo havia se transformado em um pesadelo. Uma nuvem escura pairava onde antes ficava Luangon. Ao redor de Nisong, a praia estava coberta de pedaços de madeira, diversos objetos domésticos quebrados e inteiros, velas de navio rasgadas e corpos, muitos corpos. A costa estava pontilhada deles, volumes na areia, as ondas lambendo suavemente os membros, carregando alguns para as águas rasas e trazendo-os de volta.

Entre os corpos, havia peixes, animais de fazenda, criaturas marinhas presas nos momentos finais do afundamento da ilha. A praia inteira começaria a feder no dia seguinte. Já havia gaivotas bicando os restos mortais.

Nisong tossiu. Metade das contas de sua túnica havia sido arrancada, e uma delas estava cravada em seu braço. Ela a arrancou e jogou na areia, apertando a palma da mão no ferimento e sibilando de dor.

– Folha! – grunhiu ela.

Ninguém respondeu. Depois do estrondo da ilha afundando, a praia caíra num silêncio sinistro, quebrado apenas pelos gritos das gaivotas e pelas ondas quebrando na margem. O desastre tinha acontecido e acabado e agora ela estava sozinha.

Ela se levantou cambaleante e testou o tornozelo. Não estava quebrado, só dolorido. Então se lembrou que tinha batido com ele na lateral do barco quando foi jogada ao mar.

– Nisong?

Virou-se e viu Coral nas árvores onde a praia terminava, dois construtos de guerra ao lado. Uma sensação de alívio a invadiu. Coral correu pela praia, abrindo caminho entre os corpos destroçados na areia. Pegou Nisong pelos cotovelos, impedindo que caísse.

– Você está bem?

Como poderia estar bem? Ela nunca mais ficaria bem. O mundo tinha se aberto e engolido Luangon. Engolido Grama. Nisong se deixou ser segurada, sem saber se a água que escorria por suas bochechas era água do mar ou lágrimas.

– Tentei salvar Grama.

Coral massageou suas costas, assim como sua irmã fazia quando elas eram jovens e seus pais a repreendiam. Coral também sabia que o zimbro a ajudava a se concentrar, que ela não conseguia se concentrar ao pensar em Shiyen.

– Você tem algumas lembranças de Wailun, não tem? – perguntou Nisong.

– Sim – Coral respondeu simplesmente. – Não tantas quanto as que você tem de Nisong, eu acho, mas estão aqui. Ainda sou Coral. Eu não sou ela.

Nisong não estava pensando direito. Sua cabeça latejava. Ela tossiu mais água do mar e limpou a boca na manga molhada e salgada da roupa.

– Folha – disse ela. – Precisamos encontrá-lo.

Coral orientou os dois construtos de guerra a procurar e ajudou Nisong a andar pela areia. Nisong soltou a mão de Coral depois de alguns passos, decidindo que não precisava dela. Seu tornozelo ainda doía, tudo doía, mas ela conseguia ficar de pé sozinha.

– Há sobreviventes chegando de Luangon – disse Coral. – Você disse que houve mortes suficientes por um dia, e eu concordo. Nós os deixamos em paz. Alguns estão montando acampamento em uma clareira perto da cidade. Estamos organizando estoques de comida e deixamos um pouco para eles.

Era muito, muito mais do que Nisong teria feito, porque era muito, muito mais do que qualquer um dos refugiados faria por um construto. Mas ela deixou pra lá. Precisava encontrar Folha. Ele se lembrava de como se deslocar em um barco; certamente, tinha lembranças de como nadar. Se ela sobrevivera à onda de Luangon, não era possível que Folha não. Nisong fora jogada para fora do barco, mas talvez ele tivesse conseguido ficar a bordo. Talvez velejara todo o caminho de volta e estivesse, naquele momento, procurando por ela. Ela deixou a esperança florescer no peito.

Elas encontraram o corpo dele perto da serpente marinha.

Nisong viu a serpente marinha primeiro, o tronco ondulando pela praia como a raiz de uma árvore gigante. Suas escamas verde-azuladas brilhavam fracamente sob o céu nublado, cada garra maior do que a própria Nisong. A proa de um navio havia se enfiado entre duas escamas largas da barriga. A cabeça pendia para trás, chifres e cristas semienterrados. Sangue escorria do ferimento, manchando a areia ao redor de vermelho.

Lembranças vagas passaram por sua mente, de quando foi mordida por uma serpente marinha bebê, o corpo menor que seu antebraço, os dentes pequenos, brancos e afiados. Poucas serpentes marinhas se tornavam adultas. As que conseguiam raramente apareciam mortas; não havia muitas coisas capazes de matar uma serpente marinha adulta.

E, aí, ela ouviu Coral inspirar rápido e viu a figura frágil encolhida na areia, ao lado da serpente marinha.

Folha sempre tinha sido magro e desengonçado. Suas costelas pressionavam a pele quando ele respirava fundo, as maçãs do rosto erguiam-se acima da mandíbula como penhascos íngremes. Antes que pudesse perceber, ela estava ajoelhada tentando movê-lo, rolá-lo, verificar se estava respirando.

A pele dele estava fria, os lábios azuis.

Concha, depois Fronde, depois Grama. Não Folha também. Não no mesmo dia. Ela bateu no peito dele com o punho, desejando que seu coração batesse novamente. Ele sabia nadar! Deveria estar bem.

Ele não se moveu, não respirou, não tossiu água do mar. Coral pairou atrás dela.

– Grama está...?

Nisong fechou os olhos.

– Não. Ela também se foi.

Coral se ajoelhou na areia ao lado do corpo de Folha. Por um momento, elas apenas o encararam, como se esperança e sofrimento pudessem trazê-lo de volta à vida.

– Somos só você e eu agora – disse Coral.

– Há outros...

– Você sabe o que quero dizer.

Nisong sabia. Se Coral, Folha, Grama, Fronde e Concha eram sua família, Coral era agora tudo o que lhe restava.

– Eu prometi que cuidaria dele. Que o protegeria. – Ela mentira para ele.

– Nisong. – Coral tocou em seu ombro, e a ternura na voz dela fez lágrimas arderem nos olhos já lacrimejantes de Nisong. – Chegamos longe o suficiente. Não precisamos ir até o fim. Você fez muito pelos construtos.

Parecia que a maior parte do que ela fizera fora causar a morte deles. Precisava haver uma razão para aquilo, ela precisava fazer aquelas mortes valerem alguma coisa. Se recuassem agora, ela teria perdido todos por nada.

Havia um Shiyen dormindo debaixo do palácio, esperando por ela. Aquele era o lugar dela. Era seu lar.

Ela respirou fundo, pensou na irmã e colocou a mão no peito de Folha. Seus dedos encontraram os aglomerados de fragmentos, que seguiam até os braços dele. Sentindo a garganta doer, ela os tirou aos punhados e esperou Coral recolhê-los na bolsa. Quaisquer memórias que Folha tivesse teriam desaparecido, mas ela poderia reutilizar os fragmentos em novos construtos.

Coral fechou a bolsa.

– Você pode enviar alguns construtos espiões, pedir que mandem os outros voltarem para casa. Podemos construir algo nas ilhas que já dominamos. Você disse que Maila era uma prisão, mas não é. A névoa mental era a prisão.

Até agora, eles haviam tomado quatro ilhas. Em vez de varrer o Império, poderiam ficar ali. Poderiam se firmar e se fortalecer. Livres dos comandos, não precisariam executar tarefas sem sentido. Poderiam, todos eles, reservar um tempo para revisitar suas memórias, para descobrir quem já tinham sido e quem queriam ser um dia.

Nisong voltou a atenção para o horizonte, em direção ao Império. Tinha começado aquela campanha querendo justiça. Querendo fazer o Império pagar por seus erros com sangue. Mas restavam tão poucos deles. Ela colocou a mão sobre a de Folha.

Se continuasse com a campanha, ela perderia os que restavam. Seu lugar não era com Shiyen no coração do Império; era ali, com os construtos. Eles não tinham números para chegar à Imperial. Não tinham números para chegar à próxima ilha. Ela enxugou as lágrimas.

– Você está certa. Chame os construtos de volta – disse Nisong. – Nós vamos ficar.

Coral se levantou e limpou a areia do vestido.

– Vamos queimar o corpo dele hoje à noite. Só você e eu.

Um raio do sol poente atravessou as nuvens, brilhando sobre o oceano e as escamas da serpente marinha. Nisong apertou os olhos. Se quisessem fazer daquele lugar um lar, haveria muito trabalho pela frente. Levaria dias para limpar todos os destroços e corpos. Ela inspirou fundo.

Todos os corpos.

Pessoas, sim, mas monstros e criaturas também. Tanta carne esperando para ser usada, para ser animada, para ser dobrada à sua vontade.

– Coral. – Nisong estendeu a mão e a agarrou pelo pulso antes que pudesse ir. – Espere. Isso não precisa ser o fim. Nós não temos que voltar.

A voz de Coral estava cautelosa.

– O que quer dizer?

– Pegue os construtos de guerra. Volte para a cidade. Reúna todos os sobreviventes no pátio do palácio, todos os que couberem.

– Está ficando tarde... – Coral parou de falar.

– Por isso preciso começar agora – respondeu ela. As mortes de Grama e Folha a assombrariam, mas era com céus tempestuosos que vinha a chuva necessária. Aqueles corpos monstruosos e humanos seriam o suficiente para invadir as ilhas seguintes. Se conseguisse tomar Gaelung, ela teria uma posição forte no Império.

Concha, Fronde, Folha e Grama não teriam morrido por nada. Teriam morrido para se vingar daquele Império e construir a base de um novo.

Nisong se levantou. Ela precisava de uma muda de roupa, precisava lavar a água salgada dos membros. Então, o trabalho poderia começar.

36

PHALUE

Ilha Nephilanu

Phalue se ajeitou na cadeira no saguão de entrada, ainda em dúvida se deveria se inclinar para a frente ou se encostar. Parecia que seu corpo não tinha sido feito para ficar sentado, mas ela sabia que sua altura podia ser intimidante, e queria que os requerentes sempre falassem livremente.

Ela não precisava ter se preocupado muito com isso.

– ...e o que, pelo Mar Infinito, eu devo fazer com eles, Sai? Sou um homem bom. Eu os alimentei quando chegaram, mas agora eles passaram do tempo aceitável. Tenho minha família para alimentar e meu sustento para ganhar. Eles não podem ficar.

O homem na frente dela era o último requerente do dia, vindo de um vilarejo no lado oriental da ilha. Não era uma viagem curta, e ele não era o único a fazer a caminhada. Requerentes ocupavam a área do saguão de entrada. Alguns ela já havia atendido, mas tinha criado o hábito de oferecer uma boa refeição a todos os requerentes antes que fossem embora... então eles estavam esperando a cozinha. Era o mínimo que ela podia fazer.

– Eles não têm pra onde ir – disse Phalue.

Alguns sobreviventes de Unta estavam chegando às margens de Nephilanu, procurando um lugar para se estabelecer. Um número maior do que Phalue esperava, dada a distância entre sua ilha e Unta. Mas Nephilanu não tinha uma mina de pedra sagaz, e ela achava que isso agradava a muitos.

– Não é dever da governadora fazer as leis serem cumpridas? É *minha* terra. Envie alguns guardas pra remover os refugiados.

Ela ouviu o ranger de couro quando os dois guardas se moveram atrás dela. Tinha sido um longo dia, e sem dúvida eles estavam ansiosos para que acabasse. Phalue se lembrou de uma citação de *Tratados sobre igualdade econômica*, um dos livros que Ranami pediu que lesse.

– As leis nos dizem o que podemos e não podemos fazer, e não o que devemos e não devemos fazer. – Aquelas pessoas não tinham escolhido abandonar suas casas, seus pertences e tudo pelo que trabalharam. – Sim, é meu dever. Mas não é culpa dessas pessoas estarem em suas terras.

– Bem, também não é minha culpa. – O homem cruzou os braços, a expressão fechada. – Mas eu que estou sofrendo por isso.

Phalue pensou na lista que fizera com Ranami e reorganizou as coisas na mente. Ranami, sentada ao seu lado, tocou em seu braço. Phalue sabia exatamente o que ela estava tentando transmitir. As duas tinham conseguido enviar alguns carregamentos de nozes polpudas para as ilhas mais pobres, escondendo-os entre carregamentos de frutas. As ilhas mais pobres não pagavam tanto quanto a Imperial, mas ainda assim pagavam. Phalue podia se dar ao luxo de ser generosa.

– Presumo que você não seja o único com esse problema? – perguntou Phalue.

– Há mais refugiados nas terras dos meus vizinhos, sim – disse ele.

– Vou enviar trabalhadores para limpar mais terras, construir abrigos e alimentar os refugiados. Cada família de refugiados receberá sua própria terra, assim eles sairão da sua. Farei isso nos próximos dez dias. Estarei cumprindo meu dever assim?

Ranami fez uma anotação no livro em seu colo. Ela registrava todas as promessas que Phalue fazia durante as sessões.

A expressão do homem suavizou.

– Sim. Obrigado, Sai.

Uma mão apertou seu cotovelo. Ah. Ela não tinha percebido alguma coisa, algo que Ranami estava vendo. O homem não tinha se virado para sair como os outros requerentes. Agora que Ranami havia sinalizado, Phalue via a tensão nos cantos da boca do sujeito. Melhor resolver logo em vez de deixar ferver.

– Tem mais alguma coisa te incomodando?

Ele apertou os lábios como se tentasse manter as palavras lá dentro, mas elas explodiram.

– Se Nephilanu afundar, você vai mesmo nos abandonar aqui?

Ela sentiu o chão sumir sob a cadeira. Alguém havia vazado a informação sobre a rota de fuga, e não apenas para a cidade abaixo do palácio, mas para o resto da ilha.

Os outros requerentes na sala se moveram como ondas batendo na costa, murmurando entre si. Ninguém parecia exatamente surpreso.

– Nephilanu não vai afundar – disse Phalue, tentando transmitir confiança.

– Então por que planejar uma fuga caso isso aconteça? – gritou um dos requerentes.

Suor se acumulou entre as escápulas de Phalue. Ranami não agarrou seu braço, mas sentiu a tensão na postura da esposa, rígida como uma corda de arco esticada. Raiva e medo esquentavam o clima na sala, só esperando que algo derrubasse a tampa e fizesse tudo ferver. Seu pai teria chamado os guardas, removido os requerentes à força. Seu pai nunca teria permitido requerentes, na verdade.

Ela quase levantou a mão para dar essa ordem, só para ganhar um pouco de espaço para respirar, um pouco de tempo para pensar em uma resposta adequada.

A lei estaria do lado dela, mas seu pai havia feito as leis. Talvez fosse a hora de desfazer algumas. Ela queria que seu povo a amasse, não a temesse. Ela não era seu pai, e faria com que continuasse assim.

Phalue pigarreou.

– Você tem razão. Eu planejei uma fuga, mas fiz isso da maneira errada. – Sua voz ecoou pela sala, silenciando os murmúrios. – Eu não queria que ninguém entrasse em pânico, mas também queria me planejar para o pior, só por precaução. Foi um erro da minha parte manter esses planos em segredo. A verdade é que nós não deveríamos entrar em pânico. As ilhas que afundaram tinham minas de pedra sagaz. É a única teoria que temos no momento sobre o motivo dos afundamentos. Nephilanu não tem mina, então podemos nos preparar sem entrar em pânico. Eu deveria ter deixado minhas intenções claras. Eu não deveria ter mantido em segredo. Pensei que, fazendo isso, eu diminuiria o pânico, mas em vez disso o piorei. Por isso, sinto muito.

Um hashi caindo no chão teria provocado um estrondo, de tão quieto o ambiente havia ficado. Phalue supôs que aquelas pessoas nunca tivessem ouvido um governador se desculpar. Ela nunca tinha ouvido seu pai fazer isso.

– Todos devem se preparar – disse ela. – Vou distribuir as diretrizes que criamos. – Ela sentia Ranami encarando-a. Sua esposa levou um momento para se lembrar de anotar essa promessa. – Tentem estocar pedra sagaz. Saibam qual caminho vocês seguiriam até o mar. Tenham um barco pronto, ou passagem em um barco pronto. Provavelmente, não precisaremos dessas precauções. Mas são tempos difíceis. Todos devemos ter cuidado.

– Acha que isso é suficiente? Você mentiu pra nós. – A mulher que falou a olhava com uma expressão rigorosa. Phalue espiou a faca no cinto dela. Com Tythus e tantos guardas atrás, nem havia pensado em revistar os requerentes em busca de armas. Quantos outros tinham facas? Outro pensamento lhe ocorreu: quantos dos Raros Desfragmentados estavam infiltrados entre os requerentes?

A mulher se virou para a multidão.

– Sou a única que se lembra de como eram as coisas no governo do pai dela? Isso é algo que ele teria feito.

Outros murmuraram em concordância.

Phalue começou a fazer cálculos mentais. Tinha soltado a espada antes de se sentar; poderia pegá-la apenas se inclinando. Quanto tempo isso levaria? Os dois guardas atrás dela eram recrutas mais jovens; ela havia enviado os melhores para caçar os construtos.

A mão de Ranami estava quente em seu braço. Protegeria a esposa com a vida, se fosse necessário.

A mulher sacou a faca e saltou para a frente.

Phalue se levantou para confrontá-la. Desviou do golpe e avançou, passando os braços em volta da mulher e a jogando no chão.

Uma ardência no ombro lhe disse que ela não havia se esquivado completamente da faca. O mundo se transformou em gritos, berros e botas correndo em disparada. A mulher se contorceu embaixo dela, tentando segurar a faca com firmeza. Phalue a agarrou pelo pulso e bateu com ele no chão uma, duas vezes, até que os dedos se abriram. Ela então arrancou a lâmina da mão da mulher e ficou de pé.

Seus guardas haviam se envolvido com outros dois requerentes armados.

– Não os matem! – Phalue gritou, mas eles não a ouviram por causa do barulho. Aconteceu num instante, os dois requerentes mortos pelos guardas. A mulher de quem ela tinha arrancado a faca havia fugido; o saguão de entrada estava vazio.

Ranami correu até ela e examinou o ferimento em seu ombro.

– Só um corte superficial.

– Pelas bolas de Dione! – praguejou Phalue, largando a faca, que caiu no chão de ladrilhos do saguão. O corte tinha sido superficial, mas estava ardendo. O que doeu mais, no entanto, foram as palavras da mulher. Ela tentara incitar os plebeus contra Phalue. – Que bagunça. Eu não queria que ninguém se machucasse.

– Duvido que fossem requerentes de verdade – disse Ranami, ecoando o pensamento anterior de Phalue.

– Talvez fossem. E, agora, estão mortos. – Phalue sentiu o cheiro da comida sendo preparada na cozinha. Alguns requerentes permaneceram no pátio, mas a maioria havia fugido. Ela precisaria fazer alguma declaração sobre aquilo, garantir a todos que estariam seguros dentro dos muros do palácio. – Levem os corpos para o depósito – disse ela aos guardas. – Se ninguém os reivindicar até o anoitecer, queimem-nos com zimbro.

Alguém veio correndo do lado de fora, ainda pingando da chuva. Outro requerente? Mas, quando a figura baixou o capuz da capa de oleado, Phalue reconheceu a mensageira da cidade.

– Uma missiva – disse a mulher, caminhando em direção a Phalue. – Marcada como urgente, recebida esta manhã.

A mensageira enfiou a mão na bolsa e tirou uma carta, o canto umedecido pelas pontas dos dedos. Phalue a pegou e a virou para que Ranami também visse o que estava escrito no envelope. Era de Gaelung. Por que Gaelung enviaria a ela uma missiva urgente? Ela quebrou o lacre e abriu a carta.

Ranami se manteve próxima enquanto ela passava os olhos pelo conteúdo, os batimentos cardíacos acelerando a cada nova linha.

– Não é bom – disse Phalue. – O exército de construtos está avançando em direção a Gaelung. A Imperatriz prometeu ajuda, mas acho que nós sabemos o estado do exército do Império. Os novos recrutas estarão apenas minimamente treinados. Não saberão se comportar em uma luta. E não haverá o suficiente deles para compensar a falta de construtos. Outra ilha afundou.

– O quê? Outra ilha? – Ranami se inclinou na direção da carta para ler por si mesma.

– A boa notícia, se é que podemos chamar assim, é que essa ilha também tinha uma mina. Então, se a Imperatriz disse pelo menos uma versão da verdade, Nephilanu pode estar segura. Mas esta não é uma carta puramente informativa. A governadora de Gaelung está nos pedindo para enviar ajuda. Não tem a ver com o apelo da Imperatriz.

Ela ofereceu a carta a Ranami, que a pegou.

– "Se você não enviar ajuda, Gaelung cairá, e o exército de construtos varrerá o Império." Ela parece desesperada.

– Se o exército de construtos cresceu tanto quanto ela diz e tomou todas as ilhas antes de Gaelung, eu entendo o desespero. – Os construtos desgarrados pareciam algo distante para Phalue, criaturas do outro lado do Império que foram deixadas de lado na mudança de um regime. Ela tinha tantas coisas mais próximas com que se preocupar: Gio, os Raros Desfragmentados, as nozes polpudas, o afundamento das ilhas, a própria Imperatriz. Até mesmo desmontar a fonte Alanga parecia mais urgente. Phalue franziu a testa. – Temos algum tratado ou acordo com Gaelung?

Foi a vez de Ranami franzir a testa.

– Não tenho certeza. Não houve nenhum cuidado em organizar os documentos por parte de seu pai, nem de ninguém que trabalhou para ele. Talvez haja algo informal que ele não anotou. Você sabe como seu pai era.

– Ele e as festas dele – disse Phalue, passando a mão pelo cabelo e sentindo a umidade do suor na testa e na nuca. – Você pode avisar aos que ficaram que ainda vai ter comida? Oferecer algum conforto e se desculpar? Melhor eu ir perguntar sobre Gaelung ao meu pai.

– Você não precisa ir.

Mas Phalue já estava indo em direção à cozinha e à masmorra. Sons e cheiros agrediram seus sentidos assim que abriu a porta. Os criados corriam de um lado para o outro, preparando comida para os requerentes, principalmente pratos que podiam ser comidos com as mãos: tortas de ovo, pães cozidos no vapor, bolinhos de arroz, espetos de frango. Phalue deu um passo em meio ao caos e parou.

Um criado estava saindo do arco que levava à masmorra. Não era hora das refeições de seu pai, nem ela havia ordenado que alguém o atendesse. Phalue esperou até que o criado voltasse a cuidar de uma panela para entrar na cozinha e ir até a escada. Era algo que Ranami teria feito, não Phalue. Estaria ela absorvendo a natureza desconfiada da esposa?

Quando ela começou a descer, a luz do teto deu lugar à luz indireta de uma lamparina, deixando tudo em um tom alaranjado. Seu pai estava onde ela o deixara da última vez: sentado à mesa na cela, lendo e tomando uma xícara de chá fumegante. Ele olhou quando ela se aproximou.

– Acabaram de sair daqui – disse Phalue, tentando manter a voz neutra.

Ele levantou a xícara.

– Eu pedi chá. Um criado trouxe.

Era uma explicação razoável. Ela não havia dito aos criados para ignorá-lo, tratá-lo mal ou evitar qualquer um de seus pedidos.

– Como está sua saúde?

Ele tossiu no cotovelo.

– Igual. Mas você não veio aqui para perguntar isso, certo, querida?

Era melhor ser direta; ela era boa nisso.

– Nós temos algum tipo de acordo com Gaelung? Seus registros não estão exatamente organizados.

– Há algum motivo para a pergunta?

Um arrepio de desconforto levantou os pelos da nuca de Phalue. Por que ele precisava saber? Ela reprimiu o sentimento. Ranami estava passando sua desconfiança para ela. O homem estava preso; ele não podia fazer muito de uma cela.

– Gaelung pediu ajuda. O exército de construtos está a caminho do litoral e a Imperatriz não pode fornecer proteção suficiente. Eles querem que enviemos guardas para ajudar a reforçar as defesas.

Ele olhou para a caneca de chá como se pudesse transformá-la em vinho.

– Não temos nenhum acordo desse tipo com Gaelung. Eles devem estar desesperados pra insinuar tal coisa. Aposto que enviaram a mesma missiva para todas as ilhas, torcendo para que as que não sentem nenhuma obrigação com a Imperatriz sintam alguma com eles. Ninguém enviará ajuda. Por que Nephilanu deveria? Estaríamos mandando nosso povo para a morte.

Às vezes, Phalue se perguntava se pedia conselhos ao pai simplesmente para saber o que não fazer ou para testar a força de suas convicções.

– Mas Gaelung tem razão. Se o exército de construtos tomar a ilha, o que os impedirá de seguir para Hualin Or? Ou para a Imperial? Eles vão acabar chegando a Nephilanu.

Ele acenou com desdém.

– E estaremos prontos para eles até lá. – Ele franziu a testa para a caneca. – Alguma chance de você me deixar sair? Até um quarto trancado no palácio seria menos úmido. – Ele tossiu na manga novamente, como se para enfatizar o ponto.

Phalue contraiu a mandíbula.

– Vou pedir aos criados que tragam mais chá.

Pelo menos ela sabia agora que eles não tinham nenhum acordo com Gaelung, embora não tivesse certeza do quanto isso ajudava. Teria sido fácil responder se eles já tivessem o compromisso. Sem isso, ela teria liberdade de tomar a própria decisão.

Ela não se sentia exatamente livre para isso.

– Só quero que você esteja segura, querida – disse ele. – Não entre nesse conflito. Não adianta ajudar os outros se isso fará você morrer.

Parecia que anos de raiva reprimida estavam emergindo. O pai sempre buscava o próprio prazer primeiro. Por que ela se dera ao trabalho de pedir conselhos a ele? No fundo, ela já sabia o que era certo.

– Não.

– Não o quê?

– Você está errado. Eu achava que você entendia mais de política do que eu, mas não entende. Não compreende nada disso porque não compreende quem não é como você. E você não me entende. Não me entende nadinha. Não espere me ver de novo. – Ela se virou, deixando-o boquiaberto, incapaz de formar palavras para responder.

Phalue esbarrou numa criança enquanto subia a escada, o corpinho batendo nela e quase caindo no chão. Estava muito mal-humorada e com raiva, prestando pouca atenção aonde estava indo. Ela agarrou os ombros da garota para firmá-la e...

Ayesh.

Phalue e Ranami tinham recebido mais de um relato dos guardas sobre Ayesh voltando para o palácio e saindo novamente com o que parecia ser um saco cheio. A garota estava com um saco desses pendurado no ombro agora, os olhos tão arregalados que perigavam engolir o rosto.

– Oi – disse a garota.

Phalue repuxou os lábios.

– O que tem na bolsa?

Ayesh se afastou bruscamente da mão de Phalue.

– Só comida.

– Você sabe que pode comer o quanto quiser enquanto estiver aqui. Por que precisa levar mais?

– Eu fico com fome. Nossas sessões de treinamento... – Ela soltou um suspiro. – Não sinto fome só aqui, sinto fome em casa.

Onde era o "em casa" da garota? Phalue não era Ranami, mas podia sentir o cheiro de uma mentira quando ela batia com uma barbatana molhada em seu rosto.

– Tenho certeza que sim. – Ela foi para cima da bolsa.

Incrivelmente, Ayesh escapou de sua mão, os dedos de Phalue alcançando apenas a juta. A órfã disparou para longe, para fora da cozinha, mais rápido do que Phalue poderia correr para segui-la. Ela sabia que a garota era rápida, mas não tão rápida. O desespero, ao que parecia, podia dar mais do que a habilidade de escrever cartas com presunções.

Phalue desviou dos criados para ir atrás dela e abriu a porta da cozinha.

– Ayesh, espere!

A garota hesitou apenas um momento ao som da voz. Mas saiu correndo, disparando pelo corredor, mais rápida que uma rajada de vento. Era como perseguir um peixe pelo mar.

Quando Phalue chegou à porta do pátio, a garota estava ziguezagueando entre os poucos requerentes que restavam e os criados carregando bandejas de comida. Ela pegou um pãozinho cozido no vapor em uma bandeja antes de desaparecer na sombra do portão.

– Ayesh! – Phalue tentou mais uma vez antes de diminuir o ritmo.

Se Ayesh a ouviu, não deu nenhuma indicação. Nesse momento, Phalue reparou na esposa parada entre os pilares, em uma conversa acalorada com um homem. De tapa-olho. Gio ousava dar as caras ali? Agora? Ele estava ali só para verificar se sua arruaça tinha sido bem-sucedida? Era a última coisa de que ela precisava em um dia que já tinha ido de mal a pior. Phalue se sentia como um lobo solto em uma casa bem cuidada, destruindo tudo ao seu alcance.

Ela entendia agora o apelo que o vinho tinha para seu pai.

Phalue andou até eles, desejando ter tido tempo para afivelar a espada de volta no cinto.

– ...não deveria esquecer de onde você veio, agora que mora em um palácio – Gio estava dizendo.

– Como posso esquecer que vim das ruas quando pessoas como você estão sempre aqui para me lembrar? – retrucou Ranami.

– Vocês começaram a contrabandear carregamentos de nozes polpudas para fora de Nephilanu – disse Gio. – Não pense que não percebi. Vocês violaram sua parte do acordo. Não tenho incentivo pra continuar com a minha.

– Foi por isso que você mandou gente para assassinar minha esposa? – Ranami deu um passo para mais perto de Gio, desafiando-o a recuar.

Ele balançou a cabeça.

– Não sei do que você está falando.

Ranami fez um som de desdém.

Phalue fez de seu corpo uma barreira e separou os dois.

– Não quero conflito com você, Gio, nem com seus Raros Desfragmentados. Sei que você está reunindo uma força de rebeldes em Khalute e sei que pode fazer um estrago real em Nephilanu se quiser.

– Então pare os envios.

– Quando assumi a posição de governadora, fiz isso sabendo que governaria de um jeito diferente do meu pai. Não vou me importar demais comigo mesma em vez de me importar com os outros. Não posso fechar os olhos para o sofrimento que meus atos provocam. E você, Gio?

Ele uniu as mãos, a expressão sombria.

– O que quer dizer?

– Sem óleo de nozes polpudas, as pessoas morrerão de tosse do brejo. E não serão os ricos a sofrer; eles darão um jeito de obter o medicamento, de um jeito ou de outro. Serão os pobres. As pessoas que já estão passando aperto.

Gio soltou uma risada debochada.

– Foi isso que ela te disse?

Phalue franziu a testa.

– Quem?

– A Imperatriz. Eu te avisei sobre se encontrar com ela. Se ela for como o pai, sabe a coisa certa a dizer. Mas isso não quer dizer que ela esteja certa. Você diz que não quer fechar os olhos para o sofrimento. E ela? Ela só precisa abdicar para esse sofrimento acabar.

A raiva de Ranami era como uma chama queimando ao lado de Phalue. Ela sentia o calor emanar da esposa.

– Então devemos colocar os navios em rota de colisão e gritar "Não, vira você a proa primeiro"?

A cicatriz de Gio pulsou com o batimento do coração.

– Alguém sempre sofrerá com o choque. Não dá para salvar todo mundo. Mas podemos salvar mais gente se fizermos os Sukais serem depostos. Para sempre! Você prefere esperar? Esperar até a Imperatriz ganhar forças, até superar as próprias vulnerabilidades? E aí, quando ela decidir usar magia do fragmento de ossos de novo ou fazer valer alguma lei nova e severa, como vai ser? Não vamos ter como reagir. Você precisa se preparar para enfrentar um inimigo difícil. É o único jeito de vencer.

Phalue tinha sido colocada naquele caminho por Ranami, mas agora o tomara completamente para si. E, se o seguisse até o fim, até o cerne da questão, ela chegava a uma verdade em que acreditava: que precisava haver outros jeitos. Como ela poderia condenar aquelas pessoas à morte só por não serem seu povo? O acaso as tinha colocado em outro lugar. Era mais fácil julgar as pessoas que não conhecia como menos importantes, mas isso não tornava o pensamento certo.

– E Gaelung?

A expressão dele mudou.

– Gaelung?

– Se você sabe sobre as nozes polpudas, deve saber sobre Gaelung. Ou você simplesmente não se importa com a situação das pessoas que estão longe? Elas pediram ajuda. O exército de construtos está indo para o litoral da ilha e pretende tomá-la.

Gio balançou a mão.

– A Imperatriz que lide com isso. É responsabilidade dela.

– Ela desativou os construtos de guerra e não criou outros. O exército da Imperial é pequeno, e, embora ela esteja recrutando, ainda não há soldados suficientes. Ela tem pedido guardas às ilhas, mas todos estão relutantes em se comprometer. Agora, Gaelung também está pedindo ajuda. Disseram que a força de construtos cresceu.

– Ótimo. Deixe que lutem entre si. Isso enfraquecerá a Imperatriz, se não acabar completamente com ela.

A mão de Ranami encontrou a de Phalue. Elas podiam ter começado o relacionamento em duas ilhas ideológicas diferentes, mas encontraram o caminho até a outra. E, agora, estavam juntas. Sempre.

– Você poderia ajudar Gaelung se quisesse – Ranami disse para Gio. – Você tem Raros Desfragmentados o suficiente para fazer a diferença. Não é esse o objetivo do seu grupo, ajudar os desamparados?

– Não existe revolução sem sangue derramado. Não existe mudança sem sofrimento – rebateu ele, a mandíbula contraída. – Tantos Raros Desfragmentados morreram contrabandeando crianças do Festival do Dízimo, atacando governadores, tentando levar comida e remédios para quem precisava. Talvez seja hora do povo de Gaelung fazer sua parte. No final, todos sairemos melhores.

– Covarde não é quem sente medo. É quem oferece aos outros o sofrimento que não quer para si mesmo – disse Phalue.

Gio fez um som de deboche.

– *Provérbios de Ningsu*? Por favor. A citação não se aplica. Eu ficaria feliz em assumir o sofrimento dos Raros Desfragmentados se pudesse.

Phalue sentiu o coração gelar.

– Você não entendeu. Os Raros Desfragmentados se ofereceram para esse sofrimento. O povo de Gaelung, não.

Como um homem podia disparar tanto veneno tendo apenas um olho funcional?

– Quando você tiver vivido tantos anos quanto eu, talvez finalmente entenda. Nenhum progresso vem sem um preço. Se é isso que pensa de mim, nunca poderemos trabalhar juntos.

– Acho que não – disse Phalue, a voz firme. Ela fechara muitas portas naquele dia; o que era mais uma?

– Não pense que não trarei toda a força dos Raros Desfragmentados para Nephilanu. Não pense que não esmagarei você do jeito que esmaguei o governador de Khalute. E eu esmagarei você. – Ele saiu do pátio com a força de uma tempestade, espalhando gotas de chuva da capa a cada passo pesado.

– Ah, Phalue – Ranami enfim começou a dizer quando ele desapareceu no caminho –, você realmente nunca faz as coisas pela metade, não é?

37

LIN

Em algum lugar do Mar Infinito

Thrana acordou mudada. Ela despertou duas noites depois de ter caído em sono profundo, e fiquei desesperadamente aliviada por tê-la de volta. Logo antes de seus olhos se abrirem, a vibração retornou aos meus ossos, assim como a força sobrenatural aos meus membros. Se fosse necessário, se tivéssemos que resistir em Gaelung, eu teria a força dela. E teria os guardas de Chala. Ele cumpriu sua palavra, escrevendo os documentos antes de eu partir e cedendo guardas para apoiar o exército. Ele já havia começado a abastecer os navios que os levariam para Gaelung.

Talvez mais órfãos de rua devessem ter sido nomeados governadores inesperadamente.

Observei Thrana cochilando no canto da cozinha, bem enroladinha. Ao lado dela, Mephi mastigava um osso que o cozinheiro lhe dera. Mesmo encolhida, Thrana agora ocupava muito espaço. A mudança mais proeminente havia sido seu tamanho; agora, ela podia descansar a cabeça no meu ombro quando eu estava de pé. Ela também havia perdido os chifres, que deixaram caroços pretos na base do crânio. Eu tinha pegado os antigos, passado o dedo nas espirais, observado os núcleos brancos. Quando cutuquei um, um pedaço caiu. A parte interna era fragmentada.

– Pode ficar com eles – dissera ela, a voz solene. Com certa tristeza pela rapidez com que ela havia crescido, guardei os chifres no baú ao pé da minha cama e coloquei alguns pedaços do osso na bolsinha da minha faixa. Quando eu tivesse oportunidade, poderia esculpir alguma lembrança neles, algo de quando Thrana era mais jovem e menor.

– Nisong *quer* que você vá para Gaelung – Jovis estava dizendo. – Ela quer que você a enfrente em uma batalha. Você, pessoalmente.

Passei a mão nos olhos.

– Eu já ia pra lá de qualquer jeito. – Nós dois estávamos empurrando a comida no prato; até o mais elaborado dos bolos teria gosto de pó para mim naquele momento. Ah, Nisong. Ela zombava de mim alegando ser minha meia-irmã, tentava me derrubar chutando todos os meus suportes e me provocava aterrorizando e assassinando meus cidadãos.

Jovis levantou a mão e começou a contar nos dedos.

– Caso você tenha esquecido, navios podem dar meia-volta. Yeshan, sua general, está quase lá com as forças dela. Nisong está esperando você e, seja um construto ou não, ela não seria tola para não ter um plano.

Espetei um cogumelo com o hashi, desejando que fosse a cabeça de Jovis.

– Se ao menos minhas escolhas fossem tão fáceis quanto você faz parecer.

O barco balançou pesadamente para um lado e eu agarrei a tigela antes que deslizasse para fora da mesa. Velejar em uma tempestade da estação chuvosa não era uma atividade para quem enjoa facilmente. A maioria dos passageiros, incluindo Ragan, estava deitada nas camas, esperando a tempestade passar. Eu tinha sorte daquilo não me afetar, embora não tivesse o andar ágil de Jovis sobre tábuas sacolejantes. Ele manteve o dedo enganchado na lateral de sua tigela e esperou enquanto eu me recompunha.

– Eu poderia fazer o que você sugere e dar meia-volta no navio – falei. – Poderia voltar e me esconder na Imperial. Mas o que isso diria ao povo de Gaelung? Eu estaria levando o herói popular deles comigo e os abandonando ao destino. Você pode fazer a diferença nessa luta. Ragan também. E, se eu conseguir que Nisong me encontre, se ela for um construto, posso acabar com tudo isso. Sou a única que pode. Levar este navio de volta para a Imperial seria egoísta e cruel. É isso que você espera de mim? – Jovis pareceu surpreso, e eu suspirei. – Você pode me julgar o quanto quiser. Eu *não* sou uma tirana. – Joguei meus hashis no chão e fiz o possível para me levantar do banco com dignidade. Mas outra onda cresceu lá fora, me fazendo cair em direção à parede.

Jovis estendeu a mão, pegou meu braço e me firmou. Por um momento, seu toque me suavizou. Mas aí eu me controlei, me soltei da mão dele e fui para o quarto. A vida e a moral eram mais fáceis quando se era um contrabandista. Ele achava que tinha todas as respostas. Mas quando ele precisou lidar com política?

– Lin, espere.

Eu me virei, desafiando-o a me tocar novamente. Ele levantou as mãos, me dando espaço.

– Talvez... – Ele suspirou e apertou os lábios. – Talvez eu não entenda tudo isso como você entende. Sinto muito por ter te chamado de tirana. Eu já fiz coisas questionáveis que achei necessárias na época, e acho que talvez até estivesse certo. Pelo menos, eu raramente me questionei. Mas acho que pensei que... se você fosse Imperatriz, não teria que fazer o mesmo. Você poderia só balançar a mão e fazer as coisas certas acontecerem.

O corredor era muito pequeno.

– É nisso que um imperador ia querer que você acreditasse – falei com um sorriso fraco. – Porque, se não acreditarmos que temos poder, ninguém mais vai acreditar. Contrabandistas e imperadores, somos todos mortais no fim das contas. Eu gostaria que não fosse verdade.

Ele franziu a testa e abriu a boca para dizer algo, mas outra onda nos atingiu e eu tropecei na bainha da calça. Estendi as mãos para me segurar, mas acabei encostando no peito e no ombro de Jovis. Ele me amparou mais uma vez, as mãos pousando por um instante na minha cintura antes de segurar meus cotovelos.

– Sei que deve ser frustrante para você... tentar evitar que o Império desmorone. Há muitas coisas para controlar, e a última coisa que você precisa é responder a um contrabandista de pequeno porte.

– Pequeno porte? – Ele não me soltou, e tive que empurrar as palavras além do aperto no meu peito. Ele não queria nada comigo. Eu precisava me lembrar disso. – Pensei que você fosse o maior contrabandista que o Império já viu. Pelo menos foi o que você disse aos soldados do meu pai enquanto os deixava pra trás.

Ele riu da acidez no meu tom, e, quando seus olhos encontraram os meus, parecia que ele também não conseguia recuperar o fôlego.

– Ah, Mar Infinito, me leve – disse ele suavemente. – Eu sou um idiota. E um mentiroso.

As mãos de Jovis encontraram minha cintura outra vez, e ele me puxou deliberadamente para perto. Todos os nervos solitários e desejosos do meu corpo relaxaram, absorvendo o calor, a sensação da respiração dele fazendo cócegas no meu couro cabeludo. Eu não conseguia me mover, com medo de estragar o momento.

– Lin – disse ele perto da minha cabeça –, eu não sei mesmo quem você é. Existem tantos segredos sobre você, tantos quartos trancados cujas portas parecem não ter chaves.

Meus batimentos aceleraram. Alguns segredos podiam ser contados. Outros, os que eu não conseguia nem admitir para mim mesma, precisavam ser enterrados bem fundo.

– Revelei mais coisas para você do que para qualquer pessoa.

Ele deixou isso no ar por um momento.

– Sinto muito.

– Você já disse isso – falei, meu rosto perto da camisa dele.

Ele soltou um suspiro quente.

– Eu sei.

Ficamos por um tempo naquele abraço. Era mais fácil ficar de pé agora, embora o navio ainda balançasse. De perto assim, eu sentia o ritmo dos movimentos dele, antecipando cada ondulação do mar.

Ele encostou os lábios no meu cabelo, depois na minha testa. E, embora me doesse fazer isso, eu me afastei.

– Você disse que foi um erro. Como me lembrou tantas vezes, eu sou a Imperatriz. Não sou o brinquedo de um contrabandista.

Os lábios de Jovis se curvaram em um sorriso triste.

– Você tem uma visão tão estranha de mim. Você acha que eu tinha... brinquedos? Vossa Eminência, eu tinha uma esposa, e, quando ela morreu, eu não sabia, e... – Ele parou e estendeu a mão para prender uma mecha de cabelo atrás da minha orelha. Foi um gesto tão simples, mas feito com tanto cuidado, que me deu vontade de chorar. – Vou tentar de novo. Estou percebendo que não posso me planejar para todas as contingências. E que eu não sei aonde nada vai dar.

Enquanto parte de mim ousou ter esperança, o resto mergulhou de cabeça no desespero. O Jovis que eu havia beijado no covil do Ioph Carn estava certo. Aquilo não levaria a nada. Eu estaria partindo meu próprio coração.

– Quanto tempo duram essas tempestades?

Eu me virei, me afastando de Jovis, e vi Ragan, a mão na parede, o rosto pálido e molhado de suor. Levei um momento para orientar meus pensamentos, ainda presos na sensação dos dedos de Jovis na minha bochecha.

– Um dia, mais ou menos – respondeu Jovis.

– Um dia inteiro – disse Ragan categoricamente.

– Por que você não balança a mão e acalma as coisas lá fora? – disse Jovis. Fiquei satisfeita ao notar que ele parecia mais do que irritado.

Ragan levantou o dedo.

– Embora minhas habilidades possam ser aumentadas por bagas de zimbro nuvioso, acalmar uma seção inteira do Mar Infinito estaria além do alcance de qualquer um, exceto, talvez, de Dione. Se o... – O barco balançou novamente e ele caiu na parede oposta, segurando a barriga.

Segurei a maçaneta do quarto para ficar de pé.

– Todos os monges de árvore nuviosa são como você? – perguntou Jovis, a irritação transparecendo na voz. – Já pensou que talvez Dione não seja um nome que você deva mencionar junto com as suas habilidades? Nosso disfarce já é bem fraco.

– Você devia deixar as pessoas se acostumarem com a ideia – disse Ragan. – Elas terão que conviver com a realidade mais cedo ou mais tarde. Não somos os únicos Alangas neste Império.

Outra onda atingiu o navio, e ele caiu no chão.

– Você pode ajudá-lo a voltar para o quarto? – perguntei a Jovis.

– Se eu posso ajudá-lo a pular no mar? – perguntou ele, a mandíbula contraída.

– Até o alojamento dos criados, por favor – falei em tom leve.

Com relutância, ele ajudou o monge a se levantar.

– Chá de gengibre ajuda – disse ele. – E ficar deitado. Tente dormir.

O estalo de garras em madeira soou atrás de mim. Thrana tinha acordado do cochilo. Ela piscou para mim, sonolenta, o volume de seu corpo preenchendo todo o corredor. Segurei seu queixo com as mãos e cocei a pequena barba que havia ali. Parecia seda de dente-de-leão entre meus dedos. Meus batimentos se acalmaram.

– Se você ficar maior, não vai mais caber em um navio – falei.

Ela piscou.

– Aí eu nado.

Eu ri do tom prático.

– Não sei como você conseguiria por tanto tempo.

Ela me seguiu até minha cabine e se acomodou perto da janela, esperando enquanto eu acendia os lampiões. Thrana ocupava quase metade do espaço; era como levar um pônei para o quarto. Eu teria me preparado melhor para aquela viagem se soubesse que ela cresceria tanto.

Mas havia assuntos mais urgentes para resolver. Eu não tinha muito tempo até chegarmos a Gaelung. Precisava estar preparada.

Fui até o baú ao pé da cama, destranquei-o e tirei a caixinha de frascos. Peguei o que continha as lembranças do meu pai. Thrana me observou com cautela.

Eu retribuí o olhar.

– Você acha que eu não deveria.

– Você volta não sendo *você* – disse ela.

– Eu não sou eu agora?

Ela se mexeu, uma orelha tremendo enquanto apoiava o queixo no chão. Olhos castanhos sinistros me encararam.

– Você volta a ser você, mas leva tempo. Sinto que demora mais a cada vez.

Destampei o frasco e observei o líquido leitoso no fundo. Eu não gostava do gosto doce e acobreado, mas não sabia de que outra forma obter as informações de que precisava. Meu pai tinha feito muitas anotações, mas elas não respondiam a todas as minhas perguntas. Cada vislumbre do passado dele me dava vislumbres do meu próprio passado.

As janelas estavam bem fechadas por causa da tempestade, mas eu ainda conseguia ouvir os ventos uivantes.

– Seja paciente comigo, Thrana – falei.

– Sempre.

Eu me sentei na cama e levei o frasco aos lábios. Outra onda atingiu a lateral do barco, jogando mais líquido do que eu esperava pela minha garganta. Tentei tossir, mas o quarto e todas as sensações desapareceram.

Eu estava de volta ao corpo do meu pai, um corpo mais jovem novamente, sem os ossos rangendo e as dores sutis. Estava em um corredor escuro, uma lamparina erguida na mão. Dava para sentir o cheiro de óleo de sândalo cada vez que me movia, agarrado ao tecido das minhas roupas.

A lamparina iluminou uma porta. Eu conhecia aquela porta, e não apenas como Shiyen, mas como eu mesma. A biblioteca. A julgar pela altura da qual olhava, eu era Shiyen adulto. Minhas chaves pesavam na corrente no meu pescoço. Por que ficar aqui com uma lamparina? Por que não entrar?

Através dos olhos dele, vi um feixe de luz por baixo da porta e ouvi um rangido suave. Havia alguém lá dentro. Alguém que não era Shiyen.

Eu olhei para as minhas mãos de novo. Sem manchas senis. Poderia ser uma versão anterior de Bayan atrás da porta? De mim? Os passos soaram bem perto, e eu cobri a lamparina com a túnica, deixando o corredor escuro.

A porta se abriu numa fresta, a fina faixa de luz ficando mais larga aos poucos. Um rosto apareceu, um rosto que eu sempre conheceria como sendo o meu. Mas havia diferenças leves e sutis.

Não o meu rosto. O de Nisong.

Ela saiu pela porta, fechou-a silenciosamente e tirou uma chave do bolso da faixa para trancá-la. E eu, como Shiyen, revelei a lamparina.

– Não precisa. Posso cuidar dessa parte. A chave é minha, afinal.

Nisong deu um salto tão abrupto para trás que deixou cair a lamparina.

– Pelas bolas de Dione! – Ela se ajoelhou quando o óleo se espalhou, levantando a lamparina antes que o chão pegasse fogo. Ela não recuou, embora eu percebesse que queria, o pé posicionado atrás do corpo. – O que está fazendo aqui?

– É o meu palácio. – A voz profunda de Shiyen saiu da minha garganta. – Ando por ele como quiser. Quando quiser.

Nisong ergueu o queixo.

– É meu palácio também.

Senti meus lábios se apertarem, minhas sobrancelhas baixarem em uma expressão severa.

– Alguns cômodos não. Você pode ser minha consorte, pode morar aqui, mas deixei claro desde o início que os aposentos trancados são proibidos para você. E, ainda assim, você desobedeceu.

– Eu não sou uma criança! – A voz dela ecoou nos pilares.

Shiyen avançou, e percebi o brilho de medo nos olhos de Nisong. Ela deu um passo para trás e se manteve firme.

– Não, você não é uma criança. Você é uma mulher crescida que traiu a confiança do Imperador. Uma criança pode ser perdoada. Uma criança não pode ser executada.

– E aí quem você tomará como consorte? Quem lhe dará um herdeiro?

– Sua posição não lhe concede imunidade.

– Sua posição não lhe concede o poder de fazer o que quiser sem consequências.

Shiyen voltou o olhar para a porta.

– O que você estava fazendo lá? Há quanto tempo está usando essa chave?

Ela deu de ombros.

– Você sempre me deixa servir seu chá, então adicionar algumas ervas para um sono profundo foi coisa à toa. Eu estava pesquisando.

Um lampejo de confusão, um sentimento que não era meu.

– Pesquisando o quê? Que utilidade você poderia ter para o que está naquela sala?

– Magia do fragmento de ossos – sussurrou ela.

Após um breve momento, minha barriga tremeu com as risadas.

– Você acha que pode aprender magia do fragmento de ossos? Ela foi passada de geração em geração dentro da minha família. *Minha* família. Mais ninguém tem capacidade de aprender.

– Você acha que tem a ver com a sua linhagem? Qualquer um pode ler um livro – disse ela, segurando a lamparina na frente do corpo como uma arma. – Qualquer um pode aprender.

– Você? A terceira descendente de Hualin Or? Você nunca frequentou nenhuma das Academias do Império; nunca estudou com nenhum dos grandes mestres.

– Ninguém nunca me *enviou*! – Pude ver o calor subindo para as bochechas dela, e um pensamento estranho surgiu: *Ela não é feia, só não é bonita.*

Pensamento de Shiyen, não meu. – Estudei por conta própria; não sou burra nem ignorante. Só... preterida.

– Exceto por mim.

Foi a vez de ela de rir.

– Ah, você me preteriu muitas e muitas vezes. Meu irmão me apresentou a você duas vezes; só que você não lembra. E eu não fui sua primeira escolha, não finja que não é verdade. Eu tive rivais.

Agora, eu estava intrigada.

– Rivais que você eliminou.

O olhar de Nisong encontrou o meu, e esqueci por um momento que ela era muito mais baixa.

– Não há provas disso.

Claro que não. Ela não teria deixado nenhuma. Tomei uma decisão rápida, de impulso.

– Vou deixar você usar o depósito onde guardo as geladeiras com as peças de construto. Trinta dias.

Ela ainda estava com a chave da biblioteca na mão, e não me mexi para pegá-la. Sua expressão feroz se desfez em confusão.

– Trinta dias para quê?

– Você nunca estudou em nenhuma Academia, então essa é uma amostra. É assim que eles fazem as coisas por lá. Sua ideia é maluca, não vou te desiludir. Você tem trinta dias para me provar que alguém que não seja da linhagem Sukai pode usar a magia do fragmento de ossos. Faça isso e eu te ensino tudo o que sei. Meu conhecimento será seu conhecimento.

A confusão se transformou em consternação.

– Só estou estudando os livros há seis meses. Imperadores estudam por anos antes mesmo de tentarem modificar um construto. Como posso construir um do zero em trinta dias? Há informação demais e pouco tempo.

– Isso não parece ser problema meu. – Ela ousara me drogar, roubar de mim, e agora protestava contra os limites de tempo da minha oferta já generosa?

– E se eu não conseguir?

Puxei uma chave do meu chaveiro e joguei para Nisong. Ela não reagiu rápido o suficiente e acabou tendo que recolhê-la quando caiu no chão. Eu me virei, meu manto varrendo o chão atrás de mim.

– Aí eu conto a todos o que você fez. Eu executo você. E arrumo outra consorte.

38

Lin

Ilha Gaelung

Ele sabia o que eu faria.

Eu não conseguia impedir o pensamento de circular na minha mente em cada momento de silêncio antes de chegarmos a Gaelung. Eu me achava inteligente. Achava que estava me safando de alguma coisa. Meu pai não havia tirado a corrente por temer que eu o atacasse e pegasse suas chaves quando estivéssemos sozinhos na sala de interrogatório; ele estava me dando uma oportunidade de pegá-las. Ele incutira em mim pedaços da vida e das lembranças de Nisong. E, então, colocara Bayan contra mim e aguardara, sabendo o que Nisong havia feito com as rivais dela.

Como ele deve ter ficado satisfeito de saber que seu experimento funcionou! Eu me agarrei à amurada do barco, observando os contornos de Gaelung crescerem no horizonte, sozinha com meus pensamentos amargos. O vento trouxe gotículas do mar misturadas a algumas gotas perdidas do céu.

Como se tentasse me lembrar que eu não estava completamente sozinha, Thrana apoiou a cabeça no meu ombro.

– Já está perto o suficiente?

Esfreguei as bochechas dela, grata pelo contato. Depois que saí da lembrança, ela não quis ficar perto de mim por vários dias. Eu me peguei tentando segurar mantos que não estavam ali, uma bengala que eu nunca tinha usado, minhas palavras e minha língua mais afiadas do que o normal.

Ela temera meu pai e o odiara. Qualquer gesto meu que se assemelhasse a ele a fazia se encolher, os membros tremendo. Devia ser um lembrete terrível do sofrimento que ela suportara por anos debaixo do palácio. Presa no lago e na escuridão, conectada a tubos que levavam seu sangue para a máquina do meu pai.

Ainda não entendia bem isso. Como o sangue dela ajudava a manter as lembranças em forma líquida? Talvez eu tivesse que me aprofundar mais para descobrir.

– Sim, vá em frente – respondi para ela.

Thrana saltou da amurada e entrou no Mar Infinito. Perdi um pouco da minha apatia observando-a nadar e mergulhar sob as ondas. Mephi, sem querer ficar de fora, logo se juntou a ela. Só Lozhi, o ossalen de Ragan, estava ausente.

Mas Ragan não estava. Pensei a princípio que fosse Jovis, mas o ouvi respirar fundo ao meu lado e soube que não era. As mãos dele agarraram o corrimão ao lado das minhas.

– Vai ser bom estar em terra firme de novo – disse ele.

– Imagino que os monges não naveguem com frequência – falei secamente.

– Não mesmo. A maioria de nós são órfãos acolhidos pelo mosteiro, ou crianças cujos pais prefeririam abandonar a vê-las passar pelo Festival do Dízimo. E então passamos o resto da vida lá, cuidando dos zimbros nuviosos e fazendo curadoria de livros.

– Parece solitário.

Ele balançou a mão com desdém.

– É pior do que isso. É como ficar enclausurado com familiares pelo resto da vida, e nem sempre é uma família da qual você gosta. Os monges não interagem muito com os vilarejos vizinhos, e nunca temos um dia de folga para ir à cidade.

– Eu nunca perguntei... Como você encontrou Lozhi?

Algo passou pelo rosto dele. Uma careta? Eu não tinha certeza.

– Ah. – Ele levantou o dedo. – Boa pergunta. – Ele estava enrolando? – Monges são enviados aos vilarejos para buscar suprimentos e fazer comércio. Recebi essa tarefa uma vez. Há muitos acólitos que querem ir, sabe. Eu tive um tempinho livre, fui dar uma volta pela praia e o encontrei lá. Eu sabia o que ele era por causa dos meus estudos. Ossalens só aparecem a cada algumas centenas de anos, então tive sorte.

Eu refleti sobre isso. Foi sorte me tornar uma Alanga? Certamente havia poder a ser conquistado, mas também havia suspeita e desprezo. Quando os Alangas lutaram entre si, cidades inteiras de plebeus sofreram. Algumas pessoas podem ter romantizado essas histórias, mas a maioria achava que estávamos livres deles. E os Sukais sempre os usaram como um aviso: era por isso que precisávamos completar o Festival do Dízimo; era por isso que precisávamos dos construtos. Caso os Alangas retornassem.

Estudei o rosto de Ragan, a maneira como as sobrancelhas estavam ligeiramente unidas. Ele estava escondendo algo.

– Apenas sorte?

Desta vez, tive certeza de ter visto uma careta.

– Ah, isso não é exatamente verdade. Eu não recebi a tarefa. Eu estava… fugindo. Tentando. É uma história constrangedora. Ter potencial nem sempre é maravilhoso. Eles me pressionavam muito, os meus mestres. Sabe como é alguém esperar algo de você e você não saber se pode cumprir? Então, eu fugi. E encontrei Lozhi.

Eu sabia como era. Sabia muito, muito bem.

– Eu encontrei Thrana nas minas antigas embaixo do palácio – murmurei enquanto a observava brincar nas ondas, muito diferente da criatura miserável que eu havia tirado da água. – Meu pai estava fazendo experimentos com ela.

– Eles têm propriedades muito interessantes – disse Ragan, e então acrescentou rapidamente: – Não que devam ser usados em experimentos. Ninguém merece isso, muito menos essas criaturas.

– O que mais você sabe sobre eles? De onde vêm? Por que se unem a nós? Como escolhem a quem se unir?

– Não tive acesso a todos os livros – respondeu ele, levantando as mãos brevemente antes de agarrar a amurada outra vez. – Ninguém sabe de onde eles vêm, só que aparecem a cada poucas centenas de anos. Seu pai pode ter mantido registros. A família Sukai estava muito interessada em garantir que os Alangas não retornassem. Quanto ao motivo pelo qual eles se unem a nós e como nos escolhem… – Ele apertou os olhos para as nuvens. – Eu também não posso dizer que sei. Mas tenho palpites. Eles não têm esse poder sozinhos. Assim como um peixe-limpador se prende a um tubarão e ambos se beneficiam, acho que os ossalens se prendem às pessoas. Nós precisamos uns dos outros. Nós recebemos essas habilidades, e eles recebem uma maneira de influenciar o mundo.

– Lozhi não parece influenciar muito você.

– Eu tenho um controle melhor sobre nosso vínculo – disse ele levemente. – É mais forte.

Eu não achava que o vínculo entre mim e Thrana era fraco; muito pelo contrário.

– Mephi! – Jovis passou correndo atrás de nós, o cabelo desgrenhado. Ele procurou na água até encontrar seu animal, um vulto brilhante embaixo das ondas. – Acho que ele pegou meu pente. Alguém precisa dizer a ele que roubar não é a mesma coisa que contrabandear – murmurou Jovis. – O que vai ser dessa vez, Eminência? Não há paradas tediosas nessa viagem.

Doeu um pouco ser chamada de "Eminência" novamente, mas eu não podia culpá-lo por fazer isso em público. Toda vez que parecia que estávamos nos aproximando, eu o sentia se afastar novamente. E talvez fosse minha culpa; ele estava certo, eu nunca tinha sido honesta com ele. Tinha muitos segredos. Mas respondi no mesmo tom leve.

– Uma batalha, talvez duas. O que for preciso para manter Gaelung segura.

Ele soltou um longo suspiro.

– Então seremos só nós? Contra o exército dela?

– Se chegar a isso, então sim. Mas tenho mais uma jogada para fazer.

Chegamos a Gaelung mais tarde naquela manhã, quando uma rara nesga de sol apareceu por trás das nuvens. Gaelung não era conhecida por grandes gestos. A governadora de lá era relativamente nova, um pouco mais velha que eu, mas meu pai nunca tinha se dado ao trabalho de conhecê-la. Ela me cumprimentou nas docas, e não havia palanquim dessa vez, mas uma carroça coberta puxada por dois bois. Duas outras carroças descobertas seguiram para minha comitiva. Eu estava levando Ragan dessa vez, e Lozhi se juntou a ele, a criaturinha cinza se enrolando ao seu lado quando ele se sentou.

– Vossa Eminência – a governadora começou a dizer, abaixando a cabeça –, estou feliz que você chegou em segurança.

– Sai – falei, inclinando a cabeça em resposta.

Urame era uma mulher baixa para os padrões, embora mais alta do que eu e duas vezes mais larga. Seu rosto era redondo e plano como um prato de porcelana, os olhos negros como duas pedras polidas. Ela vestia uma túnica de manga curta e cheia de contas, traje popular nas ilhas do nordeste, com um capuz de lona que parecia ter sido encerado para proteger da chuva. Notei sua escolha das palavras "em segurança". Nisong e seu exército deviam estar ali perto.

Mephi e Thrana se aproximaram. Os olhos de Urame se arregalaram um pouco ao ver Thrana, que me seguia como um cachorrinho, embora tivesse o tamanho de um pônei.

– Seu… animal de estimação é um pouco maior do que eu esperava – disse ela, um pouco sem fôlego.

– Eles são inofensivos – falei.

– Nós somos *muito* bons – acrescentou Mephi, e Thrana assentiu.

Os olhos de Urame se arregalaram ainda mais.

– Eles entendem o que estão dizendo?

– Acho que sim.

– Impressionante – disse ela. – Você vai ter que me contar mais sobre eles se tivermos algum tempo livre. – Mais uma vez, aquele tom de mau agouro. Eu não tinha ouvido falar que Urame era uma mulher medrosa; na verdade, meus enviados me garantiram o oposto. Então, o que ela vira no exército de Nisong a assustou.

– Entendo que você está em uma posição difícil – falei. – E estou aqui para ajudar.

Ela me deu um sorriso tenso, o olhar indo rapidamente para o meu navio e depois de volta para mim.

– Perdoe-me, Eminência, mas, se você não tiver outro exército junto, talvez não possa ajudar muito. O exército de construtos montou acampamento em Gaelung e está muito maior do que quando seus soldados o enfrentaram da última vez. Por favor... – Ela indicou a carroça. – O palácio tem um bom ponto de observação, e eu tenho uma luneta decente. Posso mostrar a você.

Subi na carroça coberta, sinalizando para Jovis me seguir. Ragan subiu na carroça descoberta com os outros.

A luz fluiu pelas laterais abertas, iluminando a expressão preocupada de Urame.

– Eu não sou Iloh, Phalue ou Wailun – disse ela.

– Chala – eu a corrigi. – Wailun infelizmente faleceu. – A explicação completa, como Urame havia dito, era algo para um momento mais tranquilo.

– Ah! – exclamou ela, e pude vê-la refazendo os cálculos mentais. – De qualquer forma, não tenho muitas exigências a fazer, por mais que meus conselheiros me pressionem a tirar vantagem. Sei que você precisa do apoio de Gaelung. Sei que seu governo está em desenvolvimento. Mas você acabou com os Festivais do Dízimo, e esse gesto é bom o suficiente para mim. Você não precisa me bajular. Gaelung apoiará você.

Um pequeno alívio. Eu tinha partido naquela viagem com isso em mente. Agora, com o naufrágio da Cabeça de Cervo, de Unta e de Luangon, o crescimento do exército de Nisong, a afirmação de que ainda mais Alangas apareceriam e os boatos de rebelião ainda agitando o sul, eu tinha perdido de vista a urgência daquele apoio. O que importava agora era manter aquele Império bem e inteiro para enfrentar os próximos desafios. No início, eu tinha certeza de que era a mais adequada para liderar o Império por essas provações. Agora, me sentia como um trapo tirado do mar e pendurado para secar ao sol.

– Eu agradeço – falei.

O palácio em Gaelung não ficava perto das docas, como na maioria das ilhas. Ficava mais para o interior, depois dos campos, no topo de uma colina rochosa, o que achei que refletia a natureza agrária da ilha. Segundo as histórias, mais de uma batalha ocorrera naqueles campos, e a colina tinha uma boa vista para os Alangas que residiram lá. Agora, passando por aquela colcha de retalhos de fazendas, as cicatrizes da batalha estavam desbotadas, o sangue penetrado no solo muito tempo antes. Bois, porcos e cabras pontilhavam a paisagem, pastando na vegetação e mexendo na terra. Eu inspirei e, pela primeira vez em muito tempo, não consegui sentir o cheiro do mar, apenas os cheiros úmidos de esterco animal e terra molhada.

Um borrão passou pela janela quando Thrana e Mephi apostaram corrida um contra o outro. Thrana estava muito maior agora e correu em disparada, embora Mephi fizesse o possível para acompanhá-la. Pensei de novo no que Ragan havia dito sobre os ossalens e seus laços. Ele podia até achar que seu vínculo com Lozhi era superior, mas Lozhi parecia se divertir muito menos, sempre isolado e esperando seu mestre retornar. Eu raramente os via interagir. Não sabia como Ragan suportava ficar longe dele. Toda vez que eu deixava Thrana, era como expor uma ferida aberta.

A estrada começou a subir, serpenteando em ziguezague. Quando chegamos ao palácio, Urame não mandou criados nos mostrarem nossos quartos, nem nos convidou para um chá ou jantar. Ela nos levou diretamente por dois lances de escada até as muralhas do palácio.

– Vocês precisam ver isso antes de qualquer outra coisa – explicou ela.

Ali no alto, o vento tinha força e abriu caminho entre minha capa e a parte de trás do meu pescoço. Daquele lado do palácio, ao longe, vi finas colunas de fumaça.

– Ela está acampada no lado leste dos campos – disse Urame, e então foi até o lado direito do muro e se virou para mim, a expressão séria. – Meus guardas sabem lidar com pequenas desavenças e fazem um bom trabalho defendendo o palácio, mas as fazendas não são muradas. Ela está queimando casas e matando aldeões desde que chegou aqui.

Não me dei ao trabalho de dizer a Urame que eu tinha um exército a caminho. Tanto ela quanto eu sabíamos que não havia guardas suficientes e que eles não tinham experiência de batalha.

– Quantos são? Você enviou espiões?

– Sim, mas depois que os dois primeiros não retornaram, pensei melhor.

– Você disse que tem uma luneta?

Ela se ajoelhou ao lado de uma cesta e vasculhou até encontrar uma luneta de latão.

– Essa é a outra coisa.

Eu a peguei e puxei a ponta até o fim.

– A outra coisa?

Urame estava com um ar calmo e sombrio, como se estivesse prestes a dar a alguém a notícia de que uma tia querida havia morrido.

– Dê uma olhada você mesma. É a melhor maneira de explicar.

Jovis ergueu as sobrancelhas, mas eu dei de ombros, apontei a luneta na direção do acampamento de construtos e coloquei o olho na lente.

Quase deixei a luneta cair.

Eu esperava construtos de aparência humana; meu irmão adotivo era um, afinal, e eu tinha encontrado o enviado de Nisong e desmontado os construtos de Hualin Or. Eu também sabia que meu pai havia feito experiências com corpos de pessoas. No entanto, a maior parte do exército dela era composta pelo que pareciam ser pessoas.

– Há pessoas no exército?

Urame falou no meu ouvido:

– De certa forma. Continue olhando.

Eu me concentrei em um grupo. Estavam perto de uma fogueira, mas mal se moviam. Havia algo estranho na inclinação de seus corpos. A maioria usava roupas esfarrapadas, muitas delas manchadas de sangue.

– Temos recebido relatos que provavelmente não chegaram até você ainda. As ilhas na extremidade do Império, as que ela tomou, sofreram mais do que apenas derrota e morte e aldeias queimadas.

Algumas pessoas tinham feridas que pareciam ainda estar abertas.

– Ela tem realizado o próprio Festival do Dízimo. E coletado fragmentos.

A última lembrança de Shiyen que eu tinha visto tomou conta da minha mente. Nisong não estava apenas matando aldeões e pegando fragmentos. Ela estava formando seu exército com construtos feitos a partir dos mortos.

Eu devolvi a luneta para Urame.

– Vou até lá com uma bandeira de trégua. Tenho algo para oferecer a ela.

– Não o trono, certo? – perguntou Urame, o rosto pálido. – Já tivemos tiranos demais.

– Não – respondi. – Isso nunca. Você pode preparar uma carroça?

Foi só aí que ela pareceu se lembrar das gentilezas de uma anfitriã.

– Você deve estar cansada depois da longa viagem. E você ainda não comeu.

Meu estômago roncou em resposta.

– Só embrulhe alguma coisa que eu possa comer com a mão. Isso é importante demais para esperar.

Urame gesticulou para um criado atrás dela e ele correu para obedecer.

– Queria que tivéssemos nos conhecido em circunstâncias diferentes, Eminência – disse ela. – Tenho a sensação de que nossas histórias não são muito diferentes. Ninguém sabia quem eu era antes de me tornar governadora.

Essa sensação fugaz de proximidade me fez ansiar por mais. Queria que pudéssemos nos sentar para tomar chá juntas, para falar sobre nosso passado, para encontrar os fios que nos tornavam iguais. Mas eu era a Imperatriz e não tinha um passado do qual pudesse falar.

– Algum dia as circunstâncias serão diferentes – eu me limitei a dizer.

Cavalguei até o acampamento de construtos acompanhada apenas de uma bandeira de trégua, Jovis e nossos ossalens, que corriam ao lado da carroça. Eu não podia confiar em mais ninguém o que estava prestes a oferecer a Nisong. Olhei para a minha mão e a de Jovis, uma ao lado da outra no banco, mas sem se tocarem.

Ele limpou a garganta.

– Estávamos planejando comer ou a sujeira debaixo das minhas unhas dissuadiu seu apetite?

Eu balancei a cabeça, sorrindo apesar de tudo. Um dos criados de Urame havia nos entregado uma cesta da cozinha. Abri para ver o conteúdo e dei de cara com massas folhadas e saborosas com um intenso aroma de curry. Peguei uma e entreguei a cesta para Jovis. A massa, levemente doce, pincelada com mel, estava recheada de carne e batatas, o sabor do curry suave.

– Quem diz que Gaelung é um lugar atrasado claramente não tem bom gosto – Jovis disse com um suspiro e então me olhou de soslaio. – Você tem mesmo algo para oferecer a ela ou só ia...? – Ele fez um gesto de esticar a mão, agarrar e puxar de volta.

Não era meu último segredo, mas ele poderia adivinhar o último se eu revelasse esse. Ele tinha razão, no entanto. Eu precisava aprender a confiar nas pessoas próximas a mim se não quisesse acabar como meu pai.

– Meu pai... ele estava cultivando algo nas cavernas abaixo do palácio. Uma réplica.

Jovis ergueu as sobrancelhas quase até a linha do cabelo.

– Uma réplica de quê?

Apertei os olhos com força e respirei fundo.

– Dele mesmo. Não um construto, mas uma réplica verdadeira. Sem fragmentos. Não me pergunte como foi feito; eu mesma não entendo muito bem. Só sei que ele cortou o próprio dedo para criá-lo. Mas, se minhas suspeitas estiverem corretas, Nisong não está se chamando assim apenas para se dar legitimidade. Ela pode ser a tentativa do meu pai de recriar a falecida esposa. Ele me disse que havia queimado o corpo dela antes de usar qualquer parte para fazer uma réplica, mas é possível que tenha tentado colocar as lembranças dela num construto. Isso explicaria por que ele matou a família dela. Ele não tinha o sangue de Nisong para usar na máquina de memória, mas o sangue dos parentes dela pode ter funcionado. E ele precisaria de muito sangue. – Jovis faria as conexões? Ele se perguntaria sobre a filha do Imperador, raramente vista fora dos muros do palácio?

Ele franziu a testa, e senti meus batimentos ressoarem forte em minhas costelas.

– Como ela chegou ao nordeste do Império?

Soltei a respiração.

– Não tenho certeza.

E eu não tinha mesmo, embora tivesse juntado as peças das lembranças do meu pai e da história de Jovis sobre a esposa desaparecida. Meu pai não conseguiu desmontar os construtos que carregavam as lembranças da minha mãe, então os enviou para longe, naquele mesmo barco de velas azuis que levara a esposa de Jovis.

Ele tirou outra massa da cesta.

– Você quer oferecer a réplica a ela?

– Eles se amavam – respondi. – Eu falei sério com o enviado dela, talvez haja uma maneira de manter os construtos vivos sem drenar a vida das pessoas. Estou disposta a dedicar tempo e esforço a essa pesquisa se ela estiver disposta a esperar. E Shiyen pode tentá-la a aceitar. É isso ou tentar me aproximar o suficiente para desmantelá-la.

– Então você espera que o romance vença no final? – Ele soltou uma risada amarga que foi como uma faca cravada no meu coração.

Limpei as migalhas dos dedos antes de chegarmos ao acampamento. Os construtos que eu tinha visto da muralha do palácio eram ainda mais aterrorizantes de perto: o olhar vazio, as mãos apáticas ao lado do corpo, as roupas manchadas de sangue. Eles mal se mantinham de pé. Nisong devia tê-los feito com o mínimo possível de fragmentos, pois esse ainda era um recurso limitado.

Uma mulher de olhos grandes e escuros nos encontrou. Ela colocou a mão sobre o coração em saudação.

– Nisong vai ver você. Se você me seguir.

Saí da carroça com Jovis logo atrás, a vibração nos ossos uma garantia bem-vinda. Disfarçadamente, peguei outra baga de zimbro nuvioso na bolsa da minha faixa e a esmaguei entre os dentes. A força inundou meus membros. Mephi e Thrana ficaram para trás, os pelos eriçados, a cabeça baixa. Pareciam gatos assustados. Ainda assim, eles vieram atrás de nós, farejando o ar e repuxando os lábios para trás. A cabeça de Mephi alcançava o quadril de Jovis, mas Thrana era uma presença sólida, uma muralha musculosa às minhas costas.

Nisong não nos esperou em uma tenda, nem se cercou de gentilezas como a maioria dos governantes. Ela nos encontrou em frente a uma fogueira, a fumaça subindo atrás de si, os construtos apáticos ao seu redor.

Era mais alta do que eu, a aparência próxima da meia-idade. O cabelo estava preso em uma trança simples. Cicatrizes marcavam seu rosto e seus braços nus, e faltavam dois dedos na mão esquerda. Meu pai podia até tê-la feito de partes desiguais, mas ela se posicionava como a Nisong das minhas memórias: pés firmemente plantados no chão, o queixo erguido como se esperasse alguém desafiá-la. Ela se posicionava como eu.

Um arrepio percorreu minha espinha até o pescoço. Nisong podia não ser idêntica a mim, mas encará-la era como encarar um espelho escuro. Nós nos olhamos, a cabeça dela inclinando-se para o lado ao mesmo tempo que a minha. Tive certeza nessa hora: ela era um construto, e talvez fosse mais Nisong do que eu.

– Nós duas sabemos que tenho algo que você quer – falei.

Um fogo brilhou nos olhos dela.

– Você é muito parecida comigo, não é?

Ignorei essa referência, incomodada com a comparação. Ela era uma das versões de mim descartadas pelo meu pai. Uma precursora, cheia de lembranças que não entendia. Eu não tinha certeza do que ela sabia sobre mim. Suas lembranças mostravam a filha verdadeira de Nisong? Eu era o que ela esperava?

– Tenho termos para oferecer – falei.

– Você já ouviu meus termos. Está se rendendo?

Soltei um ruído de deboche.

– Não, mas quero deixar tudo bem claro. Shiyen está morto. O que o seu espião viu no palácio não foi ele, mas uma réplica dele. Estou oferecendo-o a você em troca de cessar seus ataques. Entregue seu exército. Vou deixá-los ir, você e ele, para viverem sua vida juntos. E vou pesquisar uma maneira de você existir sem os fragmentos.

– Por que eu aceitaria se posso simplesmente pegá-lo quando tomar o palácio?

– Eu poderia matá-lo antes que você chegasse lá, mas o mais importante é: ele não está pronto.

Nisong apertou os olhos.

– Não está pronto – disse ela categoricamente.

– Shiyen armazenou a maioria das próprias lembranças, mas não teve chance de colocá-las na réplica. É uma réplica verdadeira dele, não um construto, cultivada sob o palácio e sem o uso de fragmentos. Quando as lembranças estiverem no lugar, ele será Shiyen. – Eu esperava que as mentiras não transparecessem em meu rosto. Meu pai havia incutido em mim as lembranças de Nisong, mas isso não me tornara ela. No entanto, também eram memórias de segunda mão, tiradas do sangue de parentes.

– Então você está me oferecendo uma chance de fugir de tudo, abandonar os outros construtos e viver uma vida normal? – ela falou com desdém, mas percebi a tensão no canto dos lábios, na garganta. Ela queria o que eu oferecia. Queria muito. – Eu ainda estaria drenando a vida das pessoas cujos fragmentos estão dentro do meu corpo até que você encontrasse uma solução, se você encontrasse.

– Posso viver com isso se você puder.

Ela riu.

– Você fala como Shiyen.

Minha coluna enrijeceu. Eu?

– Ele sempre dizia que o que fizemos, o Festival do Dízimo, os construtos, causava menos sofrimento do que se não fizéssemos. E dizia que poderia viver com isso se eu pudesse. – Ela balançou a cabeça. – Você acha mesmo que eu quero reviver uma vida passada? Não estou aqui para recriar a vida que vejo em vislumbres. Deixe que o Shiyen do passado permaneça morto. Deixe que essa vida passada permaneça morta.

– Então o que você quer?

Os dentes dela brilharam numa expressão entre um sorriso e uma careta.

– Eu quero que você sofra. Quero que todos vocês sofram como eu sofri. Como aqueles que amo sofreram. Você nunca se importou conosco até nos fazermos ouvir com sangue e fogo. Para você, éramos apenas coisas a serem descartadas. Éramos seus erros, prontos para sermos amassados e queimados como tantas páginas manchadas de tinta. Me dê seu Império ou me dê suas mortes.

Agora. Eu saltei para a frente, a mão estendida, o poder de Thrana e da baga de zimbro nuvioso se misturando nas minhas veias.

Por um momento, achei que conseguiria. Mas os construtos cambaleantes cercaram Nisong, minha mão encontrando apenas trapos e carne rasgada.

– Ah, não. – Nisong me encarou, e tudo que vi em seu rosto foi determinação. – Isso só pode terminar de duas maneiras. Você tem até amanhã de manhã para se render.

39

JOVIS

Ilha Gaelung

Eu achava que a idade tinha me feito sábio; em vez disso, me fez tolo. Parei de prestar atenção às coisas menores. Parei de entender as necessidades e sentimentos dos mortais. Mesmo depois da minha amizade com Ylan, quando pensei que entendia, eu não entendia. Fui ver o que ele tinha feito com meus presentes. Eu esperei demais, talvez, confiei demais.

Ele tinha feito espadas. Sete. Eu sabia que ele faria armas, então não foi isso que me surpreendeu. Ele foi evasivo, tentando me guiar para longe. Por fim, soltei seu braço do meu e puxei as amarras para olhar o que ele havia entalhado nos punhos.

"Morra."

Quando me virei para protestar, pois nós dois tínhamos concordado com algo que limitasse os Alangas, e não que os matasse, ele colocou uma lâmina na minha garganta.

[Anotações da tradução de Jovis do diário de Dione]

Lin não falou muito na viagem de volta, e mordi minha língua o máximo que pude.

– Então... quando vamos para a batalha? – perguntei finalmente. – Morte e glória e tudo o mais.

Ela suspirou e olhou para mim.

– Isso não é piada.

– Ah, Eminência. Acredite em mim, eu sei que isso está longe, bem longe de ser uma piada. Estamos pedindo uma surra.

– Nós podemos fazer isso – disse ela. – Os construtos de Nisong nem funcionam direito. Eu sei.

– Nosso exército é muito pequeno. Sim, três de nós somos Alangas: eu sacudo um pouco a terra, movo um pouco o ar, Ragan entra com um pouco de água, e você faz... o que tiver vontade de fazer. Podemos bolar uma estratégia ou um plano, mas eu sei contar. – Ergui três dedos. – Somos nós.

– Talvez fosse melhor você criticar menos e se lembrar mais do seu lugar – retrucou ela.

Foi como ser atingido fisicamente. Sabia que a estava afastando, e por um bom motivo, mas achei que poderíamos pelo menos ser amigos. Conhecia meu lugar: meio *poyer*, antigo contrabandista, um homem que só tinha sido elevado pelas boas graças dela. Só queria que não tivesse sido ela a me lembrar disso.

– Nisong estava certa – falei antes que pudesse me conter. – Você parece seu pai.

Ela não murchou, mas também não ficou brava. Sua expressão era frágil, como se o menor golpe pudesse destruí-la, espalhá-la aos quatro ventos.

– Talvez ele tivesse uma solução melhor para tudo isso. Eu só quero manter este Império seguro. De todas as ameaças.

Desejei retirar minhas palavras. Novamente, me perguntei se ela sabia que não era a filha do Imperador. Ela sabia quem era? Talvez ela nunca tivesse pretendido enganar ninguém. Pensei na carta para os Raros Desfragmentados, a que eu ainda não tinha enviado. Eu poderia destruí-la com algumas palavras.

Ela se endireitou de repente.

– Nisong se acha tão superior agora que descobriu como fazer seus próprios construtos. Mas ela não é a única que sabe fazer isso. Não é a única que pode modificá-los. – Lin enfiou a mão na bolsinha da faixa e tirou a ferramenta de entalhe. – Nós temos fragmentos – disse ela. – Posso pedir permissão pra usá-los. Se eu conseguir colocar as mãos em um corpo, posso fazer um construto para se infiltrar no acampamento dela. Ele pode alterar os comandos dos outros construtos. E, aí, os números estarão mais favoráveis para nós. – Ela concluiu, sem fôlego. – Ainda podemos fazer isso funcionar.

Ela usará novamente se achar necessário. Eu me lembrei das minhas afirmações ousadas para Gio de que Lin era diferente, de que estava renunciando à magia do fragmento de ossos. E ali estava ela, provando que ele estava certo e que eu estava errado mais uma vez. Minha garganta doía como se eu tivesse engolido espinhos.

– E como exatamente você vai elaborar isso para que seja aceitável?

– Elaborar o quê?

– A permissão – respondi.

– Jovis – ela começou a dizer –, eu não vou fazer isso para afirmar ou manter o poder. Vou fazer isso para salvar nossa pele.

– Seu pai disse a mesma coisa.

– Ele estava com medo.

– E você não está?

– Não! – exclamou ela, as bochechas coradas. – Não das mesmas coisas que ele temia. Tenho medo de Gaelung cair nas mãos dos construtos. Tenho medo de mais ilhas afundarem. Tenho medo de que, mesmo com o vasto poder de Imperatriz, eu não seja capaz de fazer nada para ajudar. E tenho medo de que, se eu perder meu cargo, haverá ainda menos que eu possa fazer. Se eu não fizer isso, quem fará? Você?

As palavras secaram na minha boca. Pelo Mar Infinito, não tinha sido feito para isso! Raramente me preocupava com ética ou moralidade quando era contrabandista. Com Emahla morta, meu foco principal também se fora. Agora, havia coisas demais com as quais me preocupar. Primeiro Mephi, depois os Raros Desfragmentados, depois meus pais novamente, e agora Lin. Cada passo que eu dava parecia errado, mas não conseguia parar. Não tinha certeza se não estava apenas piorando as coisas. Eu tinha ido à Imperial esperando acabar com o Império. Lin já tinha feito isso? Pelo menos com o Império como o conhecíamos? Então o que eu estava fazendo além de miná-la?

Eu não deveria estar brigando com ela, não na véspera de uma batalha e não quando minha posição parecia tão precária. Antes de atracarmos, eu havia conseguido entrar furtivamente nos aposentos dela. O frasco das lembranças de Ragan, o que eu havia escondido entre o colchão e a parede, tinha sumido. Ela não dissera nada a respeito. Eu só podia torcer para que uma das criadas o tivesse encontrado e, sem saber o que era, tivesse jogado o conteúdo fora e devolvido o frasco à cozinha do navio.

A carroça parou. Eu praticamente fugi assim que a porta foi aberta, mal ouvindo enquanto Lin explicava a Urame que Nisong não queria negociar e que ela tinha um plano para ganhar tempo. Mephi se esgueirou até mim, seu rosto refletindo minha preocupação. Ele odiava me ver chateado.

– Espere um momento – falei, sabendo que ele queria que eu explicasse.

Os criados de Urame nos mostraram os quartos de hóspedes e prometeram uma refeição formal. Fechei a porta assim que pude e me sentei na beirada da cama. O que Emahla diria se pudesse me ver agora? Se estivéssemos enfrentando isso juntos? Fechei os olhos e tentei imaginar o rosto dela.

Pensei que nunca esqueceria o rosto dela, mas os contornos estavam ficando borrados, a textura do cabelo, incerta. Na minha mente, Emahla parecia ter a minha idade, mas eu sabia que ela só tinha vivido até os 19 anos. Agora, era como se a pessoa que conhecera Emahla, que a amara... não existisse mais. Eu não era mais o homem de antes, e me perguntei se ela me reconheceria. Pensar nela sempre me ajudara a focar; agora, me fazia deslizar por um caminho desconhecido, procurando respostas no escuro.

O rosto de Lin surgiu de forma espontânea na minha mente. O dela eu conhecia com clareza: os olhos expressivos, o queixo pontudo, os lábios misteriosos.

Mephi pousou a cabeça no meu colo.

– Você está fazendo o melhor que pode.

Abri um olho e o encarei.

– Estou começando a achar que você é meio tendencioso.

– Nunca – disse ele inocentemente.

– Ela quer usar magia do fragmento de ossos de novo – falei. – E quer que lutemos. – Tirei do bolso da faixa a carta que havia escrito para os Raros Desfragmentados. Eu devia enviá-la. Devia. Então por que ainda não tinha feito isso? – Mephi, ela não é quem todos pensam que é.

– Você não sabe se ela é boa ou má – disse Mephi lentamente.

– Ela não é a Imperatriz. Ou, pelo menos, não deveria ser. Mas ela está tentando. – Assim como eu estava.

Uma batida soou na porta. Antes que eu pudesse responder, Lin entrou. Enfiei a carta debaixo dos lençóis, a garganta apertada, o coração batendo forte contra as costelas. Dessa vez foi quase.

– Preciso contar uma coisa – disse ela, as palmas pressionadas na porta. – E preciso contar antes de entrarmos nessa batalha. Você tem razão; eu tenho escondido coisas de você. – Ela desviou o olhar para o chão, uma mecha solta de cabelo sombreando seu rosto. – Eu peço pra você confiar em mim, mas a confiança é uma via de mão dupla.

– Espere... – O medo arranhou meu estômago. Parte de mim sabia que o que ela estava prestes a dizer era irrevogável, muito terrível e muito secreto.

Mas ela já estava falando por cima da minha voz.

– Eu pensei que fosse filha do meu pai, mas ela morreu quando era pequena.

Tentei formar palavras, mas não consegui. Minha boca estava seca.

– Ele me fez. Não sou um construto; sou uma réplica, assim como a réplica de Shiyen que tentei usar para negociar. Ele tentou reconstruir minha mãe, mais de uma vez.

Eu era jovem quando Nisong morreu; foi uma doença infeliz, ouvi dizer. Foi só quando fiquei mais velho que entendi a extensão da dor do Imperador. Ele tinha se isolado, queimado todos os retratos dela e matado as criadas. Era algo falado em sussurros, histórias contadas em bares tarde da noite. Meus lábios repetiram uma palavra:

– Tentou.

– Quando descobriu que conseguia criar réplicas, ele já tinha queimado o corpo dela, e não conseguiu fazê-la crescer de novo como fez consigo mesmo. – Ela respirou fundo. – Então ele a construiu a partir de pedaços de cidadãos. Me construiu. Ele me costurou e me colocou no lago embaixo do palácio para crescer. Aquela água tem propriedades especiais; não sei por quê. Mas ele não precisou de fragmentos para me trazer à vida.

Ela ergueu o olhar do chão, e então eu entendi. Seus olhos não só se pareciam com os de Emahla; eram os dela. Não conseguia respirar. Ele a matou. Ele pegou os olhos dela e costurou em outro corpo. Um corpo que eu beijei. Que eu abracei, desejando que as circunstâncias fossem diferentes. Qual… qual era a diferença entre ela e os cadáveres ambulantes no campo de batalha? Fiquei enjoado de horror.

E ela via tudo isso no meu rosto.

– Me desculpe – disse ela. – Deve ser doloroso para você.

– Você deveria ter me contado – falei, mesmo sabendo que é claro que ela não poderia ter me contado. Mesmo me contando agora, ela estava arriscando tudo. Só porque queria ser sincera comigo. Porque queria minha confiança.

A cabeça de Mephi ainda estava no meu colo. Eu o empurrei para longe e me levantei. Ele soltou um gemidinho triste, mas me deu espaço.

– Jovis – ela começou a dizer, e então parou. – Eu não sabia. Eu não sabia até ele me contar. Ele tentou colocar as lembranças dela em mim, mas não funcionou direito. O sangue dos parentes de Nisong não funcionou da mesma forma que o sangue dela. Então, só tenho vislumbres. Eu não sou ele, e não sou ela.

– E, depois que ele te contou, você o matou. – Eu nunca tinha dito isso em voz alta, embora achasse que ela soubesse. Nós tínhamos nos encontrado nos corredores do palácio logo depois, quando ela ainda estava esfarrapada e ensanguentada.

– Era isso ou deixá-lo entrar na minha cabeça novamente. Ele não era um bom homem. A filha dele morreu quando pequena. Ele escondeu isso e me disse que eu era filha dele; todos acreditavam nisso. E eu poderia mudar as coisas para melhor como Imperatriz.

– Um belo trabalho que você fez. – Eu quis engolir as palavras assim que as disse.

Ela se encolheu.

– Sim, bem... – disse ela calmamente. – Acontece que o legado do meu pai chegou mais longe do que eu esperava.

O que eu estava fazendo? Eu era um mentiroso e ela estava se expondo.

– Me desculpe – falei, a cabeça girando, o peito vazio. Mephi estava ao meu lado, me apoiando. Enfiei os dedos no pelo do pescoço dele para me tranquilizar. – Me dê um momento. Eu sei que não é sua culpa.

Ela soltou um suspiro longo e trêmulo.

– Eu não tenho ninguém. Não tenho família de verdade, nenhum amigo, exceto Thrana. Mas não posso guardar tudo isso dentro de mim. Eu preciso confiar em alguém, sentir que ainda posso fazer parte de alguma coisa. Sentir que ainda sou real, e não só uma coisa que ele fez.

Mephi olhou para mim. Ele tinha visto além do meu disfarce de contrabandista. Tinha me visto como alguém que tentava ajudar, como alguém que era bom. E tinha sido o suficiente.

Quem eu estava enganando? Eu nunca enviaria aquela carta, não importava o que Lin fosse. Gio talvez não conseguisse ver, mas nós precisávamos dela. Precisávamos de pessoas como ela. Eu respirei fundo, estremecendo.

– Se você fosse apenas algo que ele fez, não teria acabado com o Festival do Dízimo. Não teria desmantelado Bing Tai. Não estaria viajando pelas ilhas em busca do apoio do povo. – Parecia que eu estava explicando isso para mim mesmo. – Seu pai nunca teria feito nada disso. Nem Nisong. Eles certamente tiveram a chance.

– Obrigada – disse ela, secando os olhos. – Urame aprovou meu plano, tenho voluntários para os fragmentos e um corpo. Isso não sou eu voltando por esse caminho, preciso que você entenda. Isso sou eu usando as ferramentas que tenho.

Eu me vi dando os poucos passos que restavam para ficar diante dela e segurei suas mãos nas minhas.

– Eu confio em você.

Ela relaxou em mim. Eu passei os braços em volta dela; foi tão natural quanto respirar. O Mar Infinito aguentaria a fofoca. Eu podia ser um contrabandista meio *poyer*, mas também era o capitão da Guarda Imperial e tinha uma música escrita sobre mim. Isso tinha que contar para alguma coisa.

Eu estava pensando demais.

A sensação do corpo dela junto ao meu fez coisas interessantes com meus pensamentos. Eu beijei o topo da cabeça dela e a ouvi suspirar. As mãos dela se moveram nas minhas costas, traçando as linhas das omoplatas. Estremeci, de repente ciente de que estávamos sozinhos no meu quarto, que Mephi estava olhando atentamente pela janela e que a cama estava três passos atrás de mim.

– Eu não sei onde isso vai dar. Não quero que você sofra o escrutínio de todos. – A respiração de Lin estava quente no meu peito. – Mas... – A mão dela se aventurou e se enfiou no meu cabelo. – ...precisamos pensar tão à frente?

Não, claro que não, meu corpo disse na mesma hora que a minha mente disse *Sim*.

Ela se afastou, nervosa.

– Você já foi casado, e eu nunca... Você foi a primeira pessoa que eu beijei, exceto em lembranças aleatórias que não são minhas. Não consigo saber o que você pensa. Só me diga: estou fazendo papel de boba? É muita coisa de uma vez, não é?

Lembrei-me da praia, do fim da estação chuvosa, das gotas de água nos cílios de Emahla. Lembrei-me de ter dito abruptamente que ela era linda, da expressão de consternação em seu rosto.

– Eu acho – falei – que geralmente é assim.

E aí eu a puxei novamente, afrouxei os laços de seu cabelo, apertei os lábios em cada pedacinho dela que eu podia alcançar. Ela respondeu com avidez, me empurrando para a cama, as mãos ocupadas nos botões da minha camisa. Eu devia contar a ela. Contar tudo.

Mas era hora?

Ela me deu um último empurrãozinho e eu me sentei na cama. Houve barulho de papel sendo amassado. Lin franziu a testa.

O mundo parou. Abri a boca para explicar e descobri... que eu não tinha mais mentiras. Nenhuma me veio à mente. Ela estendeu a mão atrás de mim e eu não consegui me virar a tempo de detê-la.

– É o meu lacre – murmurou ela, pegando a carta.

– Isso é... isso é importante – falei, estendendo a mão, esperando que ela me entregasse.

Ela me olhou, e eu soube que estava lendo meu rosto, minha linguagem corporal. Tentei ficar parado, projetar serenidade.

Lin abriu a parte de cima.

Eu sabia que estava em código, sabia que não aparentava dizer nada incriminador. Mas minhas mãos começaram a suar e meu coração ricocheteou na caixa torácica, caindo em meu estômago. A única pessoa que ousaria questionar o lacre da Imperatriz na minha carta era a própria Imperatriz.

Ela franziu a testa, dobrou a carta de volta e me entregou.

– Pra quem você estava escrevendo? Por que usar o lacre da Imperatriz?

As mentiras voltaram. Eu quase desejei que não tivessem voltado.

– Não é minha. Alguém deve ter deixado aqui.

– É a sua caligrafia.

Claro que ela saberia. Mas eu já tinha me comprometido com a mentira errada. Abri a parte de cima, a pulsação alta nos meus ouvidos.

– Parece a minha, mas não é. – Eu deveria tê-la abraçado novamente, dado o meu melhor para fazê-la esquecer, mas não consegui.

– O lacre... – Ela parou de falar, balançou a cabeça e colocou a carta de lado. Em seguida, ela a pegou novamente. Sua voz parecia vir de muito longe. – Tem muitas penas na crista. É uma falsificação.

Ela recuou como se tivesse se queimado, o olhar disparando entre mim e Mephi.

– Está em código. Você é um espião. – Ela estudou meu rosto novamente. – Você está trabalhando para os Raros Desfragmentados.

Todas as palavras que eu não tinha conseguido encontrar saíram aos borbotões.

– Eles não são quem você pensa. Não são pessoas más. Só querem um Império melhor.

– Então você espionou para eles? Me espionou? Você fez um juramento.

Fechei os olhos, desejando poder voltar a alguns momentos atrás, quando os abri. Não tive essa sorte. Não era para mim.

– Uma coisa engraçada sobre juramentos – comecei a dizer, a voz fraca – é que não tem como fiscalizá-los. – Era o pior momento para uma piada.

Os dedos dela se curvaram em garras.

– Eles querem que eu abdique. Eles não querem nenhum imperador. Você acha que o conselho proposto seria capaz de se unir a tempo de enfrentar o exército de construtos? De lidar com os Alangas que estão surgindo? Você mentiu para mim. Você mentiu repetidamente. Você continuaria mentindo... não negue.

Tinha que haver uma maneira de consertar aquilo, de fazer as coisas direito. Procurei desesperadamente as palavras certas, o suor brotando na minha testa, meu coração preso em meu estômago.

– Não. Eu parei de trabalhar para eles em Nephilanu. Eu teria contado a verdade quando chegasse a hora certa. Eu queria contar.

– Mas não contou. Quando seria a hora certa? Nunca? – Ela pegou a carta de novo. – O que diz aqui? O que você estava contando a eles?

Chega de mentiras. Eu tinha me atrapalhado naquela jogada; tinha me atrapalhado desde o começo. Melhor deixar as cartas viradas para cima.

– Eu encontrei os registros de nascimento – falei. – Havia uma parte do palácio que você não tinha consertado, e eu investiguei. Eu sabia que você não era filha dele. Eu não sabia se você sabia.

Ela ficou imóvel.

– Então você pretendia dar o que eles precisavam para me destituir.

Levantei as mãos com as palmas para cima, torcendo por misericórdia.

– Eu escrevi quando estávamos na Imperial. E não enviei.

Por um momento, pensei que ela poderia ceder. Mas ela esmagou a carta com o punho.

– Ninguém escreve cartas que não pretende enviar. Você não conseguiu decidir, não foi? Não acredito que senti que precisava me justificar pra você, que precisava ganhar sua confiança, sua lealdade.

Eu me senti preso em uma armadilha que eu mesmo havia criado, minha mente procurando desesperadamente uma saída e não encontrando nenhuma. Aquela era a realidade que eu havia criado, e nenhum desejo mudaria isso.

– Por favor. – Foi a única coisa que consegui dizer.

Quando Lin olhou para mim, eu me perguntei se havia sido assim que ela olhou para Shiyen quando finalmente o enfrentou. As sobrancelhas baixas, o rosto uma máscara de gelo. Ela tinha se fechado para mim, e de alguma forma isso doía mais do que as palavras acusatórias.

– Saia – disse ela. – Vá embora de Gaelung antes que eu mude de ideia e mande executar você.

Mephi choramingou e rastejou para o meu lado, os olhos castanhos arregalados.

– Nada bom – sussurrou ele. Nem mesmo a sensação do pelo dele entre os meus dedos me acalmou. Eu não poderia sentir gratidão por essa misericórdia.

– A batalha... Você não pode fazer isso só com os guardas e Ragan. Você precisa de mim lá.

– Não, Jovis. Eu sei do que preciso. E não preciso de um mentiroso.

Então, eu fui embora.

40

LIN

Ilha Gaelung

Eu achava que nada doeria mais do que a traição do meu pai, do que descobrir que ele nunca tinha *me* amado de verdade, apenas o fantasma que eu nunca me tornaria. Meu coração estava protegido contra essas coisas, eu achava.

O tempo e a experiência fazem de todos nós tolos.

E o pior era que eu não sabia o que doía mais: o fato de Jovis ter mentido para mim desde o começo ou a maneira como a porta se fechou quando ele saiu, me deixando sozinha. Em algum momento no tempo que passamos juntos, eu tinha começado a sentir que podia confiar nele, que tínhamos uma relação. Eu achava que a única coisa capaz de fazer com que eu me sentisse melhor era um abraço, e o único abraço que me lembrava de ter recebido tinha sido dele.

Rasguei os restos amassados da carta, a visão turva. Quando voltei para o quarto, Thrana estava andando de um lado para o outro perto da porta.

– Lin – disse ela quando entrei –, tem alguma coisa errada. O que aconteceu?

Enterrei o rosto no pelo dela e passei os braços em volta de seu pescoço. Ela esperou pacientemente enquanto eu soluçava, minhas lágrimas molhando seu peito. Eu tinha sido tão tola, uma criança ansiando por conexão. E ele havia tirado vantagem disso, deixando que eu buscasse sua aprovação do jeito que busquei a aprovação do meu pai. Eu precisava ser mais forte do que isso, melhor do que isso.

– Eu o mandei embora – falei. – Ele mentiu e eu disse para ele ir embora.

Ela suspirou. Seu hálito tinha cheiro de mar. Uma pata pesada pousou nas minhas costas, sua versão de um abraço. Eu me entreguei, sabendo que, embora a amasse, não era o suficiente para mim.

– Você precisa de outras pessoas – disse ela, como se lesse meus pensamentos. – Isso não é bom.

– Era a única coisa que eu podia fazer.

– Eu sei. Mas nós duas estávamos machucadas, Lin. Eu confio em você agora. Você precisa disso também.

Eu me afastei e enxuguei as bochechas com as costas da mão.

– Como vou encontrar as pessoas certas? Parece que não sou boa em encontrá-las.

Ela se empertigou, como se estivesse orgulhosa de estar me dando conselhos.

– Você comete um erro. Você tenta de novo. – Ela balançou o rabo.

Dei uma risada triste. Queria que fosse tão simples quanto Thrana fazia parecer. Talvez fosse, para ela.

– Um assunto para outra hora, eu acho. Desde que sobrevivamos a isso.

Uma batida soou na porta. Apertei os olhos com os dedos, desejando que as lágrimas parassem.

– Entre.

Urame entrou, uma bolsa em sua mão direita, seus guardas carregando um cadáver.

– Trouxemos os itens que você pediu – disse ela. – Dezesseis pessoas da minha casa ofereceram seus fragmentos, inclusive eu. – Ela estendeu a bolsa para mim.

Eu a peguei, sentindo a confiança que tinham depositado em mim, os cacos despedaçados do meu coração se unindo. Poderia lamentar a perda de Jovis mais tarde. Agora, havia pessoas contando comigo. Eu tinha um Império para salvar. Tinha um exército para derrotar. Dezesseis não eram muitos, mas eu era inteligente e havia derrotado meu pai e seus construtos. Eu poderia fazer com que funcionasse.

Ragan entrou no quarto logo em seguida.

– Eminência, desculpe interromper, mas vi Jovis indo embora. Foi por ordem sua?

Senti uma pontada de irritação pela intromissão e pela forma como todos se viraram para ouvir minha resposta. Eu teria que contar em algum momento, mas não queria que fosse sob pressão, com minha garganta ainda doendo e meus olhos ainda ardendo.

– Sim. Ele não trabalha mais para mim.

Os guardas se mexeram e trocaram olhares. Eu sabia o que eles estavam pensando. Jovis tinha uma reputação e tanto no Império agora. A maioria das pessoas o achava um herói, e torná-lo capitão da Guarda Imperial tinha me feito ganhar muita boa-vontade. Todo mundo sabia da mágica dele, de como era capaz de fazer o chão tremer. A quantidade de soldados do meu pai derrotados por ele parecia crescer a cada recontagem. Sem dúvida, todos se sentiram um pouco mais seguros de saber que Jovis estava ao lado deles.

E eu? Eu era a filha do Imperador, a portadora da magia do fragmento de ossos, aquela em quem as pessoas ainda não tinham certeza se podiam confiar. Precisei lutar pelo apoio dos governadores. Todos achavam que eu era mais poderosa do que Jovis e, pior, esperavam mais de mim.

Eu estava cansada de lutar.

Escolhi minhas palavras com cuidado.

– Eu não o teria mandado embora se pudesse confiar nele para fazer o melhor para o Império e seu povo. Preciso lutar ao lado de quem posso confiar. Não temos espaço para erros.

Era a verdade, ou o mais perto que pude chegar dela, embora parecesse não ter aumentado muito a confiança deles. Nomear os Raros Desfragmentados como inimigos me renderia pouca simpatia, por mais verdadeiro que fosse. Dizer que Jovis tinha mentido para mim, que era um espião, só me faria parecer egocêntrica.

– É melhor ter aqueles em quem confia ao seu lado – disse Ragan, o rosto jovem solene. – É o melhor, tenho certeza.

Urame apertou os lábios; ela conhecia as probabilidades melhor do que a maioria.

– Espero que funcione – disse a governadora.

– Obrigada por confiar em mim – falei, o saco de fragmentos ainda na minha mão. – Vim aqui com a intenção de que nenhum dos seus fragmentos fosse usado novamente.

– E eu não pretendia ser vítima de um cerco de construtos – disse ela em tom leve. – Estou trazendo o máximo de fazendeiros para dentro dos muros do palácio e mandando os outros para o porto ou para cidades vizinhas. Yeshan, sua general, chegou com suas tropas. Mantenha sua palavra, salve Gaelung, e eu considerarei um acordo justo.

Ela se curvou, eu inclinei a cabeça e ela saiu. Um leve cheiro de umidade emanava do cadáver. Por mais recente que fosse, não podia ser tão recente assim. Era um homem de meia-idade com um ferimento sangrento na têmpora, os olhos fechados e o rosto flácido. Fui até a mesa, peguei um pedaço de papel e comecei a escrever alguns comandos básicos, tentando pensar em como usar meus dezesseis fragmentos da melhor forma. E então parei, a caneta acima do papel.

Ragan não tinha saído. Seu ossalen estava enrolado em volta de seus pés.

– Você precisa de alguma coisa? – perguntei, me virando para encará-lo.

Ele levantou o dedo.

– Ah, não é que eu precise. Não exatamente. Achei que deveríamos discutir estratégias. Se o exército atacar amanhã, podemos precisar de suas habilidades. Suas habilidades de Alanga.

Era muita coisa para se ter na cabeça ao mesmo tempo. Eu massageei as têmporas.

– Ragan, aprecio sua ajuda e sua presença aqui, de verdade. Mas o fato é que ainda não sei do que sou capaz. Estou contando com você. – Eu ainda me lembrava do guarda cuspindo no corpo de Meraya, a palavra "Alanga" dita como uma maldição. Eles não me aceitariam se eu revelasse o que eu era.

– Você devia praticar – disse ele.

Meu olhar foi dele para a bolsa de fragmentos e depois para o cadáver.

– Quando tiver um tempo – emendou ele. – Também vou fazer meus próprios planos.

– Faça planos então – falei, voltando para a mesa. – Podemos discutir isso mais tarde.

Ele hesitou na porta, Lozhi em seus calcanhares.

– Sinto *muito* por Jovis – disse ele. – Sei como é difícil perceber que não se pode mais confiar em alguém. A vida no mosteiro... não é tão fácil quanto as pessoas pensam. Precisei entender que ninguém me ajudaria. Eu mesmo precisei me ajudar.

Algo no tom dele fez com que eu me virasse, mas só vi a porta se fechando. Eu franzi a testa. Precisaria questioná-lo sobre isso depois. Se houvesse um depois. Coloquei a caneta sobre o papel.

Um fragmento de obediência a mim. Outros três para habilidades básicas de combate. Esse construto teria que ser mais sofisticado do que os dela, caso fosse pego. Doze restantes. Eu queria ter tido coragem de examinar os fragmentos de Bayan antes de queimar seu corpo. Poderia ter escolhido aqueles que lhe deram a habilidade de criar os próprios construtos. Mas não pensei que precisaria dessas habilidades de novo.

Quaisquer comandos que eu emitisse verbalmente não poderiam ser muito complicados e só durariam um tempo determinado, então eu precisava confiar em comandos escritos em fragmentos.

Eu poderia começar com um comando para reescrever qualquer construto que ele encontrasse e, a partir daí, adicionar fragmentos de referência. Mas adicionar muitos fragmentos de referência abaixo de um comando frequentemente desestabilizava os construtos, especialmente se os fragmentos de referência contivessem outros comandos.

Bayan tinha sido escrito com a habilidade de aprender. Eu não conseguiria fazer isso só com doze fragmentos.

O que me restavam eram instruções passo a passo. Se eu as combinasse com fragmentos de referência, talvez conseguisse fazer funcionar.

Peguei alguns livros que eu tinha levado e vasculhei as páginas em busca de comandos sofisticados, de palavras que tivessem mais significado contidos no menor espaço. Minha cabeça doía, e eu estava apenas começando. Se ao menos eu tivesse tido mais tempo e acesso total à biblioteca do meu pai! Havia alguma palavra que descrevesse a calma necessária para enfiar a mão num construto? Um construto precisava ter o estado de espírito calmo, ainda que não tivesse espírito?

Aquelas dezesseis pessoas, incluindo Urame, tinham entregado pedaços de sua vida na esperança de que eu pudesse salvá-las.

Anotei algumas combinações.

Se vir um construto e nenhum outro construto estiver observando, enfie a mão nesse construto. Muito prolixo, nem caberia direito. *Quando estiver a dois passos de outro construto, verifique se está sendo observado. Se não estiver, enfie a mão no construto.* Isso usaria dois fragmentos, mas não mencionava nenhum estado de espírito. Eu esperava que não fosse necessário. E havia a questão da modificação.

Os construtos inimigos teriam um fragmento de obediência perto do topo, mandando que obedecessem à Nisong, com a marca de identificação entalhada no osso ao lado do nome dela enquanto ela segurava o fragmento contra o peito. Eu havia mudado o identificador nos construtos do meu pai, tornando-me a pessoa a quem eles deveriam obedecer. Mas eu não estaria no acampamento dos construtos, então não poderia usar essa estratégia.

Os construtos inimigos estariam programados para atacar. Eu não sabia quantos fragmentos Nisong tinha conseguido reunir nem qual era a complexidade de seus comandos. Eu poderia fazer meu construto remover os fragmentos e recolocá-los no lugar errado. O exército dela começaria a desmoronar. Mas não seria possível destruir muitos sem que ninguém notasse e ele fosse pego, tendo o trabalho desfeito. Eu precisava ser sutil.

Nós havíamos sido feitas para sermos semelhantes, mas o passado de Nisong a transformou em uma pessoa diferente. Minha amizade com Numeen também tinha me mudado.

Mas em nosso interior…

Fechei os olhos, tentando imaginar quais comandos eu daria aos construtos para lutar tendo apenas poucos fragmentos. Os construtos inimigos não pareceram muito conscientes. Seu comando de ataque devia especificar pessoas, não construtos, mas eles não atacaram a mim ou a Jovis quando fomos ao acampamento negociar com Nisong. Então, eles estavam esperando um comando.

Quando um construto ordenar que você ataque, ataque pessoas até que seja solicitado a parar.

Lembrei-me das modificações que tinha feito no construto do meu pai. A solução óbvia seria mudar "pessoas" para "construtos", mas as palavras não eram nada semelhantes. Peguei os livros novamente, folheando-os em busca de algo que pudesse me dar uma ideia. Lá fora, o céu começara a escurecer, nuvens chegando do oeste. Thrana foi até a janela e fechou as venezianas.

– Chuva chegando – disse ela. Isso facilitaria para meu construto se esgueirar no acampamento. Um pouco de sorte, pelo menos. – Acha que Jovis e Mephi estão bem?

Apertei as laterais do nariz e respirei fundo.

– Não sei. – Eu conseguira tirá-los da cabeça por um momento enquanto me concentrava. Mas então a dor voltou, uma inundação repentina em um balde vazio. Eu havia passado muito mais tempo com Jovis do que me dera conta, fosse traduzindo o livro, discutindo política no navio ou aprendendo a usar meus dons Alangas.

O livro.

Ele tinha deixado comigo? Fui até o baú trancado, remexi até o fundo. Estava ali. Ele o tinha deixado para trás. Peguei o volume e folheei as páginas e anotações o mais rápido que pude.

Uma palavra chamou minha atenção; eu a tinha traduzido como "vizinho". Era semelhante a "pessoas", embora um pouco mais longa. *Quando um construto ordenar que você ataque, ataque pessoas até que seja solicitado a parar.* Se eu fizesse meu construto mudar "pessoas" para "vizinho", o exército dela atacaria a si mesmo quando comandado. Era uma solução menos elegante do que fazê-los atacar outros construtos, e ainda poderia haver pessoas no fogo cruzado, mas ia funcionar.

Tinha que funcionar.

Escrevi outros comandos freneticamente. Um para andar até o acampamento e se misturar. Um para procurar o fragmento correto em cada construto, especificando as palavras que ele procuraria. Um para usar a ferramenta de entalhe para reescrever as palavras. Outro para substituir o fragmento.

Como ainda tinha vários fragmentos sobrando, eu os usaria para re
possíveis problemas: se esconder se fosse pego, se comportar como os ou
construtos para minimizar suspeitas, ouvir vozes próximas.

Finalmente, fiquei satisfeita e comecei a entalhar. Era um construto rudimentar, e ainda seria de terceiro nível, segundo a classificação do meu pai. No entanto, mesmo os construtos de terceiro nível do meu pai podiam consertar outros. Eu tinha esquecido a alegria que era me perder nesse trabalho, juntar as peças como um quebra-cabeça complexo. Havia uma lógica e uma simplicidade nisso que não existiam na política e na governança. Eu não conseguia agradar a todos que precisava, por mais que tentasse. Mas aquilo se curvava à minha vontade e aos meus pensamentos. Parte de mim conseguia entender por que meu pai havia se trancado, por que havia deixado seus construtos controlarem o Império. As pessoas eram inconstantes, confusas, desleais. As pessoas mentiam. As pessoas traíam.

Os construtos seguiam comandos, e qualquer falha que cometessem era responsabilidade sua e somente sua.

Criados bateram na porta, trazendo comida e chá sem falar comigo. Eu quase não comi. O céu lá fora estava escuro; a chuva batia nas venezianas e escorria pelo parapeito.

Coloquei o último fragmento no cadáver bem na hora que Urame chegou.

– Está pronto? – perguntou a governadora ao entrar. Ela me entregou a ferramenta de entalhe que eu havia pedido. Não era tão elaborada ou afiada quanto a minha, mas o construto seria capaz de usá-la.

Thrana estava sentada atrás de mim; eu me encostei no pelo dela, exausta.

– Sim – respondi. – Se você esperar um momento, podemos ver se fiz um bom trabalho.

Urame ficou muito mais surpresa do que eu quando o construto abriu os olhos e se sentou. Eu soube que fiz um bom trabalho; melhor do que Bayan já havia feito. Se eu tivesse tempo e as ferramentas certas, poderia ser melhor nisso do que meu pai.

– Precisamos levá-lo até o portão e colocá-lo na direção do acampamento – falei. – Ele fará o resto.

Os dedos de Urame tocaram a cicatriz atrás da orelha.

– Será apenas por uma noite – eu a tranquilizei. – Isso encurtará sua vida, sim, mas imperceptivelmente.

– E foi por isso que meus ancestrais seguiram os Sukais – disse ela, a admiração nítida em sua voz. Eu me perguntei se Iloh teria demonstrado mais respeito por mim se eu tivesse demonstrado meu poder a ele. Ele era um nista, e Phalue ainda poderia amolecer comigo. Se eu conseguisse salvar ung e derrotar os construtos, havia uma chance de todos se alinharem. poderia salvar o Império.

Urame e Thrana me acompanharam até o portão, a chuva encharcando meus chinelos assim que saí do palácio. Os guardas observavam das muralhas; talvez alguns tivessem doado seus fragmentos. Senti a ausência de Jovis nessa hora, sempre uma presença familiar ao meu lado ou atrás de mim. Eu esperava que ele tivesse pelo menos encontrado um abrigo fora da tempestade.

Eu não confiava nele. Mas não conseguia odiá-lo.

Virei o construto em direção ao acampamento e coloquei a ferramenta de entalhe em seu bolso.

– Ande para o leste até chegar ao acampamento de construtos – falei.

Ficamos olhando até a figura desaparecer na noite sob a tempestade, nossas esperanças escritas em dezesseis fragmentos.

41

Nisong

Ilha Gaelung

Nisong deu o comando da serpente marinha para Coral. Mesmo com todos os fragmentos de Folha pressionados no corpo, o animal não era Folha, mas podia falar e seguir ordens complexas. A serpente se enterrou na lama da selva, seu corpo escamoso enrolando-se nos troncos das árvores.

– Quanto tempo devo ficar aqui depois que a batalha começar? – perguntou Coral, sua mão no nariz da criatura. A chuva caía, o céu ficava mais escuro. Em dias assim, era quase impossível dizer exatamente quando o sol se punha. Talvez ainda estivesse se aproximando do horizonte.

– Com sorte, você não precisará emergir – respondeu Nisong. – Ficarei nos arredores do campo de batalha. Se o cenário ficar desesperador, enviarei um construto de gaivota para você. Até lá, fique escondida.

– E se você nos chamar? – perguntou a serpente marinha. Sua voz era grave e fria, e ela enunciava as palavras como um orador. Nisong nunca tinha ouvido uma serpente marinha falar, embora tivesse ouvido histórias em que elas falavam. Quando era jovem, ela duvidava. Agora, não duvidava mais.

– Invada o palácio. Mate todos do lado oposto que estiverem no seu caminho. Siga a liderança de Coral.

Coral podia facilmente montar no animal e falar em seu ouvido. Ela estaria segura ali, longe da batalha. E, se Nisong precisasse da serpente marinha, Coral estaria mais segura com a criatura. Era o melhor que podia fazer. Ela deveria ter tomado mais precauções com Concha, Fronde, Folha e Grama. Mas precisara deles todos.

Ela esperava não precisar de Coral.

Impulsivamente, Nisong estendeu as mãos e jogou os braços ao redor de Coral, do mesmo jeito que sua irmã havia feito com ela uma vez. O abraço foi breve, e Coral não cheirava a zimbro. Mas ela estava ao lado de Nisong desde o começo.

– Fique bem – disse Nisong.

– Você também – respondeu Coral.

Nisong se virou com a garganta apertada e voltou para o acampamento dos construtos. Quando chegou, o sol já havia se posto; as planícies ao redor eram um mar escuro pontuado por fogo e luz de lampiões. Ela precisaria se concentrar. Tinha que ser a líder de que precisavam, uma líder que vencesse batalhas e esmagasse oponentes.

Os construtos tinham começado a atiçar o fogo para a noite, faíscas e fumaça subindo pelo ar. Eles haviam levado alguns suprimentos e saqueado o restante das fazendas ao redor. Gaelung estava pronta para a colheita, e os construtos mais inteligentes pareciam muito satisfeitos com a riqueza da comida que haviam encontrado.

Os guardas que Nisong colocara ao redor do acampamento só acenaram quando ela passou. Folha teria olhado para ela, esperando alguma palavra encorajadora. Fronde estaria esculpindo e teria mostrado a ela no que estava trabalhando. Mas os construtos de agora não a conheciam de verdade. Ela falava e eles obedeciam. Era essa a relação deles.

Nisong escolheu um lugar perto de uma fogueira, o toco de uma árvore servindo como um assento decente. Através das chamas, conseguia ver a colina distante onde ficava o palácio da governadora. Suas bochechas esquentaram e ela estendeu as mãos para sentir o calor. Quando começara aquela campanha, tudo o que conseguia imaginar era sua figura no palácio, as pessoas se curvando diante dela. Talvez fosse apropriado que ela estivesse sozinha agora, tão perto do fim. Ainda assim, quando fechava os olhos, conseguia imaginar Folha ao seu lado, Grama e Fronde discutindo se um peixe deveria ser frito ou cozido no vapor e Concha afiando a lança.

O exercício era inútil. Só aumentou seu sofrimento. Ela fizera suas escolhas e ainda estava convencida de que eram as certas.

E, então, algo capturou o canto do seu olhar. Ela apertou os olhos na direção do acampamento, examinando entre as barracas. Os construtos faziam suas refeições noturnas, alguns falando em voz baixa uns com os outros. Um construto em forma de lobo coçou a orelha distraidamente. Nada fora do comum. Nisong balançou a cabeça. Tinha imaginado coisas?

Mas aí ela viu de novo, e soube por que o movimento chamara sua atenção. Era um dos cambaleantes, andando entre as barracas, quase fora de vista. Nisong franziu a testa. O último comando que tinha dado a eles era para esperar. Ela vivia tendo que reemitir comandos para eles, já que seus fragmentos eram pouco sofisticados. Mas ainda parecia muito cedo para aquilo.

Ela se levantou de seu lugar perto do fogo.

Os construtos assentiram para ela, movendo-se para lhe dar espaço. Foi preciso contornar os cambaleantes, que não tinham nenhuma centelha de reconhecimento nos olhos opacos. Odores alcançaram suas narinas enquanto ela serpenteava pelo acampamento: pelo de animal molhado, fumaça, vegetais cozidos e podridão. A grama havia sido pisoteada por suas tropas e estava escorregadia. Nisong se viu se esgueirando para a frente sem querer, mantendo os passos suaves e silenciosos.

O cambaleante em movimento se agachou atrás de uma tenda. Era um homem de meia-idade com um ferimento na cabeça. Nisong não achava que reconheceria todos eles, pois havia criado tantos, mas ainda assim a desconcertava não o reconhecer.

– Pare! – gritou ela.

Vários outros construtos pararam o que estavam fazendo. Nisong rangeu os dentes e os dispensou, correndo até o canto da barraca. A aba se moveu suavemente com a brisa, mas o construto que ela estava seguindo não tinha parado. Ele se afastava rapidamente, de costas para ela.

Não era um dos seus.

A percepção provocou-lhe um arrepio de raiva. Aquele era seu domínio, e aquela garota-Imperatriz estava tentando se infiltrar nele.

Ela acenou para um construto de guerra próximo, uma besta enorme em forma de urso.

– Prenda aquele cambaleante.

Ele levantou a cabeça da refeição de peixe e foi atrás do cambaleante. Ah, ela deveria ter pedido a um construto de guerra diferente. O cambaleante correu e o urso o perseguiu, derrubando duas barracas no processo. Alguns construtos restantes de Maila gritaram e saíram do caminho. Os cambaleantes ficaram parados, emaranhados no pano.

Nisong avançou, abrindo a barraca e encontrando o urso e o cambaleante emaranhados embaixo. Ela não se deu ao trabalho de fazer perguntas, só enfiou a mão no corpo do intruso. Havia mais fragmentos ali do que em seus cambaleantes, o que confirmava suas suspeitas. Nisong os puxou e os segurou contra a luz de uma fogueira próxima.

Os entalhes eram elegantes, os comandos escritos suavemente. Ela poderia ter admirado a habilidade em outras circunstâncias, mas aqueles fragmentos não eram isentos de malícia. Lin havia dado instruções ao cambaleante, instruções para virar os construtos de Nisong contra ela. Havia uma ferramenta de entalhe no bolso do cambaleante.

A raiva logo se transformou em pânico. Quantos daqueles infiltrados a Imperatriz havia enviado para seu acampamento e quando eles haviam chegado? Nisong achara que Lin estivesse relutante em usar magia do fragmento de ossos, mas aparentemente o desespero era capaz de forçar a mão da garota. Ela jogou os fragmentos no chão e os triturou com o calcanhar. Cada momento que desperdiçasse agora era um momento em que seus construtos podiam estar se voltando contra ela.

Nisong poderia passar pelos cambaleantes, enfileirá-los, examinar seus fragmentos. Mas levaria tempo, tempo demais. Tempo que Lin poderia usar para atacar ou reunir mais defesas.

– Atacaremos agora – disse ela ao construto urso. – Alinhe todos os construtos de guerra.

Nisong avistou o construto de Maila mais próximo, Ondas.

– Reúna todos os outros – ela ordenou. – Eu cuido dos cambaleantes.

Atacar à noite os afetaria de algumas maneiras. Os cambaleantes já eram desajeitados e não enxergavam bem no escuro; alguns se perderiam nas curvas. Mas a maioria dos construtos de guerra conseguia enxergar à noite. Ela teria que usar isso a seu favor.

Nisong pensou em Coral e na serpente marinha, esperando na floresta. Como se lesse seus pensamentos, o construto gaivota pousou na grama ao seu lado.

– Está na hora? Devo buscá-los?

– Não – respondeu ela. Havia chances de o construto de Lin não ter causado muitos danos ainda. Eles ainda poderiam conquistar Gaelung sem a serpente marinha. Sem Coral. – Ainda não.

42

Jovis

Ilha Gaelung

Quando a chuva começou a cair com mais força, tudo que eu conseguia pensar era que eu merecia aquilo. Mesmo com a capa de oleado, a água conseguia penetrar na minha roupa, me fazendo sentir como se estivesse nadando em terra firme. Todas as coisas que Lin dissera sobre mim eram verdade. Ela estava certa em me mandar embora, e a chuva era apenas mais um sinal de que eu, Jovis de Anaui, era o Imperador dos Tolos. Era um título mais adequado para mim do que capitão da Guarda Imperial.

Minha mãe ficaria decepcionada.

Eu poderia encontrar um bar para me entocar por um tempo, talvez até descansar bebendo um pouco de chá ou vinho quente. Eu merecia, não merecia? Eu tinha rompido com o Ioph Carn, falhado com os Raros Desfragmentados e traído uma pessoa que eu achava que poderia se tornar uma amiga.

Quem eu estava enganando? Eu queria mais do que apenas amizade com ela. Ela não era Emahla. Era muito perspicaz, muito solitária, muito inteligente. Mas, quando não estávamos brigando, parte de mim sentia que ela me entendia. Eu podia me sentar em silêncio com ela e não me sentir sozinho. À medida que me afastava do palácio, cada osso do meu corpo parecia gritar mais e mais. Cada osso me dizia para voltar, para implorar perdão novamente, para desafiá-la a me executar.

Mas essas eram as ideias de um jovem, um romântico, alguém que ainda não tinha amado e perdido uma esposa.

Pelo Mar Infinito, eu estava cansado. Mentir por meses a fio fazia isso com um homem, eu supunha.

Mephi andava ao meu lado, sem se importar com a chuva torrencial. O exército de Yeshan tinha acabado de passar por nós a caminho do palácio, fileiras e mais fileiras de soldados, suas expressões ansiosas. Nós esperamos na beira da estrada enquanto eles passavam.

Mephi ficava olhando para mim, e, embora eu não retribuísse o olhar, sabia que ele estava preocupado.

– Eles vão lutar amanhã – disse ele finalmente. A estrada para o porto não era pavimentada, o cascalho estalava sob meus pés. Os campos ao nosso redor estavam desertos, os fazendeiros protegidos nas cabanas. Alguns passaram por nós na estrada a caminho do palácio. Eles não se deram ao trabalho de olhar por baixo de seus guarda-chuvas e capuzes. – Nós deveríamos ajudar – disse Mephi.

– Eu já tentei isso – falei. – Ela não me quer lá.

– Mas e todos os outros? Eles querem você lá.

– Lin pode lidar com isso sozinha. Ragan também vai ajudar. Eles não têm muitos soldados, mas ela é inteligente... e vai pensar em alguma coisa. – Minha voz estava mais confiante do que eu me sentia.

– Jovis. – Mephi entrou na minha frente, as patas firmemente plantadas. – Você e Lin brigaram. Você precisa consertar as coisas porque ela precisa de você lá. Todo mundo precisa. Você não pode ir embora. – Havia algo estranho na voz dele, como se estivesse engasgando com alguma coisa.

Levantei o pé e o contornei.

– Este sou eu, indo embora.

Mephi passou por mim, o corpo próximo ao chão, as orelhas achatadas, a mandíbula contraída.

– Muito engraçado. Jovis faz grandes piadas quando não consegue enfrentar grandes sentimentos.

Ai. Então talvez fosse verdade.

– Você não pode voltar a ser pequeno e falar menos? – perguntei. – Você era muito doce naquela época.

Ele bateu os dentes.

– Até ossalens crescem.

– Crescem e viram o quê?

Ele projetou as orelhas para a frente, os olhos arregalados, e inclinou a cabeça para mim.

– Não sei.

Tentei coçar as bochechas dele, mas ele desviou de mim. Ainda não estava pronto para perdoar.

– A coisa certa é montar... *voltar*.

Ele *estava* falando de um jeito estranho.

– Mephi! – falei com exasperação. – De novo não. *Agora* não. – Eu agarrei sua cabeça grande. – Largue antes que você engasgue.

Ele apertou os olhos castanhos para mim, mas a mandíbula se moveu. Vi uma protuberância na bochecha.

– Larga.

Ele cuspiu algo no chão.

– Eu encontrei. É meu agora – Mephi se explicou enquanto eu me ajoelhava para pegar.

Era um pequeno frasco de barro com uma rolha no topo. Eu sabia o que continha: as lembranças que Lin havia extraído de Ragan depois de pegar uma amostra do sangue dele. Era por isso que eu não tinha conseguido encontrar o frasco; Mephi chegara lá antes de mim.

– Onde estava guardando isso?

Ele abaixou a cabeça.

– Aqui e ali.

A julgar pela argila arranhada, ele estava enfiando onde quer que pudesse esconder. Limpei o frasco e o guardei no bolso.

– Pela última vez, não é porque você é capaz de pegar as coisas de alguém que você deve fazer isso. Eu nunca vi você pegando comida das barracas de comida.

Ele se sacudiu, a água respingando na minha capa.

– Se eu fizesse isso, eles parariam de servir comida pra você.

– Então você *entende* sobre não pegar coisas.

Ele deu de ombros como se mal se importasse. Eu deveria ter pedido uma carroça, embora tivesse certeza de que Lin não teria me concedido uma. Alguns fazendeiros me olhavam com curiosidade, mas eu fazia sinal para seguirem quando começavam a parar. Eu estava muito mal-humorado para ser uma companhia decente para alguém ou para desempenhar meu papel de herói popular do Império. E, com um exército na porta, ninguém queria forçar o assunto.

Por fim, no ponto onde os campos encontravam a floresta, avistei um bar onde eu poderia me organizar. Era um desses lugares que parecem pequenos por fora, mas são grandes por dentro, com toldos largos o suficiente para que as janelas pudessem ficar abertas durante a chuva. O interior cheirava a peixe, madeira carbonizada e especiarias. Mephi e eu nos sacudimos na entrada, e eu pendurei minha capa ao lado da porta.

– Vamos fechar daqui a pouco – disse o homem atrás do balcão, a cabeça baixa enquanto cortava a carne de uma perna de cabra. E, aí, ele deu uma boa olhada em mim e Mephi. – Mas você é bem-vindo se quiser ficar – o homem completou rapidamente. – É que... estão dizendo que vai haver uma batalha amanhã de manhã. Você... já deve saber tudo sobre isso.

Se eu pudesse viver sem Mephi ao meu lado, talvez o tivesse deixado para trás mais vezes, apenas para sentir o antigo gosto do anonimato. Não respondi ao comentário. Não parecia o momento certo para contar ao proprietário que não, eu não lutaria contra os construtos. Eu estaria a caminho das docas, em busca do primeiro barco que me levasse para longe de Gaelung. Precisava voltar para a Imperial, para o meu próprio barco; se pudesse colocar meus pés naquele convés outra vez, eu conseguiria pensar no que fazer em seguida.

Pedi um pouco de vinho quente, peixe defumado e arroz. Não havia outros clientes, todos provavelmente fugindo do que logo seria um campo de batalha. O proprietário demorou-se à minha mesa ao trazer a comida, seu olhar indo rapidamente para a minha tatuagem de coelho como se procurasse confirmação.

– Dizem que o exército de construtos é enorme – comentou ele, o suor escorrendo por sua testa.

Ele estava *me* procurando em busca de segurança? Eu não estava preparado para isso. Todos os meus ideais, minhas esperanças de fazer desta uma vida digna de ser vivida sem Emahla... se partiram nos recifes.

– Nossa Imperatriz está fazendo o melhor que pode. – Inclinei a cabeça. – Por que você ainda está aqui? Estou feliz que esteja... – Eu indiquei meu prato. – ...mas você não deveria estar abrigado no palácio ou no porto?

– Minha esposa quebrou a perna alguns dias atrás – explicou ele. – Sofreu um acidente enquanto tentava pegar especiarias no sótão. Ela não está em condições de viajar. Pensamos que estaríamos longe o suficiente da luta e que, se nos barricássemos lá dentro, poderíamos nos manter seguros...

Ninguém estava seguro. Eu tinha visto o tamanho do exército de construtos.

– Nossa Imperatriz tem alguns truques na manga – falei, levantando a caneca de vinho quente. Escondi minha careta involuntária tomando um gole. Truques demais para o meu gosto. Tentei colocar mais alegria na voz. – Construtos não são páreo para os homens e mulheres de Gaelung. – E eu tinha dito a mim mesmo que não ia mais mentir. Velhos hábitos são difíceis de largar.

Ele me deu um sorriso rápido e tenso antes de retornar à cozinha.

Suspirei e entreguei um pedaço de peixe defumado para Mephi. Isso, ao que parece, foi o suficiente para ele finalmente me perdoar. O vinho deslizou pela minha garganta e aqueceu minha barriga, mas não meu coração. O que aquele homem pensaria quando me visse partir não na direção do palácio, mas fugindo para o porto com o restante dos cidadãos? Eu não era um deles, por mais que às vezes desejasse ser.

Ele talvez não soubesse que Lin tinha Ragan, um Jovis substituto, por assim dizer. Outro Alanga com habilidades mais refinadas que as minhas. As lembranças de Ragan bateram em algo dentro da minha mochila. Na época, eu tinha condenado as ações de Lin porque sabia aonde elas poderiam levar. Ela poderia decidir obter minhas memórias para ver os segredos do meu passado, para ver se eu havia escondido algo dela.

Não me importava tanto em proteger Ragan de intrusões. Eu queria me proteger.

Mephi mastigava o peixe defumado pensativamente, sem seu vigor habitual.

– Nada disso está certo – disse ele.

Eu tirei o frasco da bolsa e o coloquei na mesa, ao lado do vinho quente. Se eu fosse justo, teria destruído aquilo assim que o tirei da boca de Mephi. Talvez eu não quisesse mais ser um mentiroso, mas também não queria ser um homem honrado. Deixaria isso para homens como Gio, tão convencidos de sua moralidade que navegariam direto para um recife se seu coração lhes dissesse que era a coisa ética a ser feita.

Mas eu queria mesmo saber o que havia na cabeça de Ragan? Isso importava? Ele teve mais de uma chance de se voltar contra Lin, de se voltar contra mim, mas ajudou nós dois em vez disso. Por outro lado, havia a questão do ossalen; a maneira como ele tratava seu animal nunca me agradou.

Coloquei um pouco de peixe defumado no meu arroz. Cada vez que Lin bebia lembranças do pai, ela se tornava um pouco mais parecida com ele. Eu não sabia se era efeito das lembranças ou apenas quem Lin era. Será que eu queria ser mais como Ragan, com aquele jeito pomposo de corrigir fatos ou explicá-los, o sorriso ridículo, as advertências maliciosas? Eu nem fazia parte da comitiva da Imperatriz agora. Eu não era ninguém, só Jovis, o herói popular fracassado. O que eu faria com as informações que descobrisse?

Mas eu tinha que saber, mesmo que esse conhecimento não fosse bom para mim. Rompi o lacre e tirei a rolha.

– Cuida de mim, tá? – pedi a Mephi.

Ele assentiu, o olhar no meu prato. Bom, eu poderia pedir mais. Virei o frasco na boca.

O líquido leitoso era surpreendentemente doce, mas com um retrogosto forte e acobreado que me deu vontade de vomitar. Comecei a me virar para

Mephi, que já havia pegado outro pedaço de peixe do meu prato, mas caí em outro corpo, outro lugar, outro tempo.

O suor grudava minha camisa nas costas, a pesada bolsa de livros pendurada desajeitadamente ao meu lado. As mãos que agarravam as pedras não eram minhas, mas eram. Os dedos de Ragan, suas unhas ensanguentadas, a sujeira endurecida nas palmas calejadas.

– Está aqui, está perto – murmurei para mim mesmo. As emoções dele chegaram a mim: frustração, esperança, raiva. A última superava as outras, uma montanha de raiva que ofuscava todo o resto. Ressoou com a minha própria raiva, e eu sabia que tinha nascido de experiências semelhantes: sempre sendo empurrado para o lado, ouvindo que eu não era bom o suficiente, tentando atender às expectativas que mudavam com a maré, e falhando.

O sol batia na minha nuca enquanto eu subia, arbustos meio mortos arranhando minhas mãos e meus braços. Eles mereciam. Qual era o sentido de ter um arquivo se apenas alguns tinham permissão para lê-lo? Tantos testes inúteis e padrões elevados. Conhecimento era para ser compartilhado; não era perigoso. Agora, o que eles sabiam que aconteceria estava acontecendo: os Alangas estavam ressurgindo.

E eu pretendia ser um deles.

Subi num beiral, verificando um mapa e a posição do sol. Ali, atrás de um arbusto irregular, encontrei a aberturazinha. Eu mal conseguia passar, mas as pedras ao redor eram lisas.

Empurrei os livros primeiro para criar coragem. Tirei a bolsa de bagas e casca de zimbro nuvioso do cinto, peguei uma baga e escondi o resto debaixo do arbusto. E então engatinhei para dentro.

O tempo perdeu todo o sentido dentro do túnel. Eu tinha levado comida e uma lamparina, mas não sabia aonde tinha que ir, então ambas tinham que ser usadas com moderação. O chão se inclinava para baixo em algumas partes, às vezes tão íngreme que eu me virava e tateava o fundo com os pés. Mais de uma vez eu quis fazer a volta, engatinhar para a luz, retornar ao mosteiro.

Mas o mosteiro tinha sumido, todos lá estavam mortos. Eu estaria voltando para um cemitério. Então, continuei na escuridão.

Depois do que pareceram dias, senti uma lufada de ar mais frio. O túnel se abriu em uma câmara maior. Se os livros estivessem certos, se eu tivesse encontrado o túnel certo, era ali. Com dedos trêmulos, acendi a lamparina.

Eu estava em uma caverna com um lago escavado no meio. Estalactites e estalagmites cintilantes se projetavam do teto e do chão, me forçando a andar com cautela. Demorei para encontrar o que procurava. O lago era amplo, mas não fundo, e havia mais chão para percorrer do que eu esperava. Mas, assim que entrei no lago, eu encontrei.

Era uma criatura minúscula e toda enrolada, de olhos ainda fechados, com patas membranosas que estremeciam de vez em quando e esfregavam o rosto. Era do tamanho de um gatinho. Pelo cinza, cauda longa, bigodes. Ainda jovem, mas crescida o suficiente para sobreviver sozinha. Maleável. Estendi as mãos para ela, mas parei. Eu não podia ser impaciente. Havia outras partes do plano para executar.

A baga de zimbro nuvioso era amarga, o gosto forte inundando boca e narinas enquanto eu mastigava. A força preencheu meu corpo. Voltei ao túnel, peguei a pequena picareta no cinto e bati nas pedras. Algumas se soltaram facilmente; outras, precisei puxar com toda a minha força aprimorada. Mas o túnel se encheu. Meu coração batia descontroladamente enquanto meu único meio de fuga se fechava. Se não desse certo, eu morreria ali embaixo. Poderia beber água do lago e, embora fosse me manter vivo por mais tempo do que água comum, eu acabaria morrendo de fome. A lamparina ficaria sem óleo. Seria uma morte longa e lenta no escuro.

– Os maiores prêmios costumam vir dos maiores riscos – murmurei para mim mesmo. Eu estava citando *Provérbios de Ningsu*? Eu estava mais do que abalado.

Esperar que o efeito da baga de zimbro nuvioso passasse foi mais difícil do que imaginei. Andei pela caverna, a luz da lamparina projetando sombras bizarras. Eu só queria voltar para o túnel e puxar as pedras da entrada antes que não tivesse mais forças. Chorei, cravei as unhas nas palmas das mãos, passei as mãos repetidamente no couro cabeludo raspado. Ninguém se importaria se eu morresse ali. Por outro lado, ninguém se importaria se eu morresse no mosteiro. Talvez procurassem os livros, mas não me procurariam.

Quando senti as últimas forças me abandonarem, levei a lamparina até o lago. Estendi a mão, aninhei a criatura nos braços, levantei-a. Esperei um pouco para que acordasse. Ela respirou fundo e soltou um miadinho. Segurei-a mais perto do peito, esperando que sentisse meus batimentos.

– Estamos juntos nisso – falei, sabendo que o animal me entendia. Acariciei o pelo macio no topo da cabeça. – Não há mais ninguém.

Ele piscou, os olhos brilhando como seixos à luz de uma lâmpada. Depois se contorceu para fora dos meus braços e eu o soltei. A caverna era ampla, e ele demorou um pouco para atravessá-la com as pernas ainda bambas e inseguras. O instinto o guiou até o túnel.

O caminho estava bloqueado.

Ele começou a miar novamente, um som estridente e lamentoso que ecoava nas paredes da caverna. As patas macias arranhavam as pedras, o nariz cutucava cada fenda tentando encontrar uma abertura.

– Não há saída – falei.

A criatura parou ao ouvir minha voz, uma orelha se virando para mim.

– Sou sua única saída. Una-se a mim, e eu terei forças para abrir o caminho.

Não era o que o animal queria ouvir. Ele se jogou nas pedras com mais vigor, tentando se enfiar entre elas, os gritos lamentáveis. Sentei e esperei até que se cansasse, até que as patas estivessem em carne viva e a respiração difícil. Depois, fui me sentar com ele. Ele se encolheu para longe de mim.

– Ou nós dois morremos ou nós dois vivemos. Qual é o pior resultado?

Ele levantou o rosto trêmulo, a pele na ponta do nariz machucada. E, aí, depois de um longo momento, colocou uma pata no meu joelho.

– Lozhi – eu o nomeei.

Ele me encarou com olhos tristes e solenes.

– Você vai aprender a me amar – falei, e eu sabia, por tudo o que tinha lido, que era verdade.

A caverna desapareceu. Eu não era Ragan. Era Jovis, sentado numa mesa de bar, as mãos tremendo, a respiração saindo em suspiros irregulares.

– Ele não pôde escolher – falei, e a verdade pareceu ainda mais terrível dita em voz alta. Passei a mão no cabelo, aliviado por encontrá-lo solto e cacheado, e não raspado.

Tomei o resto do vinho num gole só, tentando me acalmar. O mosteiro não enviara Ragan. Ele os roubara, pegara o conhecimento que os monges consideravam proibido e o usara para coagir seu ossalen a se unir a ele.

– Ragan não é quem diz ser – falei, estendendo a mão para o prato, mas Mephi já tinha comido tudo. Ele girou a cabeça em direção ao palácio.

– Lin e Thrana estão em perigo.

Massageei as têmporas.

– Ela não me quer lá. – Mas ela também não sabia sobre Ragan.

Mephi colocou a pata no meu joelho, e não pude deixar de sentir o eco da lembrança de Ragan.

– Qual foi seu juramento quando se tornou capitão da Guarda Imperial?

Lembrei-me daquele dia, a multidão cantando a canção folclórica sobre mim, a seriedade do rosto de Lin, a sensação do uniforme nos meus ombros.

– Ela me fez jurar lealdade. A ela… e ao povo. – Eu havia mentido sobre minha lealdade a ela, mas minha intenção ao ir para a Imperial era ajudar os cidadãos do Império. Esse era um juramento que eu ainda podia manter, e, até encontrar Lin, eu sempre cumpri minhas promessas.

Ela podia querer que eu fosse executado, mas também tinha arriscado tudo para me contar a verdade. O mínimo que eu podia fazer era retribuir o favor.

Peguei minha mochila e joguei dinheiro na mesa para pagar o proprietário.

– Feche as portas e tranque as janelas – falei para ele. – Vai ser uma manhã movimentada.

43

RANAMI

Ilha Nephilanu

— Preciso ir – Phalue disse na escuridão, tarde da noite.

Ranami estava acordada e estendeu a mão para puxar a esposa para perto. Ela não precisava perguntar aonde Phalue pretendia ir, nem o que pretendia fazer.

– Eu sei – ela respondeu, e então ambas voltaram a dormir.

Agora, na luz do dia, as palavras não pareciam tão nobres. Agora, elas a enchiam de pavor. Phalue estava de armadura, sentada com a espada no colo e afiando a lâmina com uma pedra de amolar. Ela sempre gostou de cuidar das próprias armas e armaduras. Ajudava a manter os pés no chão, dizia. E Ranami sempre a observava, indulgente e admirada que aquela mulher fosse sua esposa.

Mas aquela espada não seria usada em uma luta amigável contra Tythus, e a armadura não a protegeria de golpes sem intenção de matar. Ranami deveria estar escrevendo uma carta para Gaelung. Deveria estar colocando as coisas em ordem caso o pior acontecesse, caso tivesse que assumir como governadora. Mas toda vez que ela colocava a caneta no pergaminho, seu estômago embrulhava.

Ela não sabia o que era pior: ser a pessoa que ia embora ou a que ficava esperando.

Phalue fez uma pausa.

– Alguma notícia de Ayesh? Ela já voltou?

Ranami balançou a cabeça.

– Não. Os guardas também não a viram.

Os ombros de Phalue se encolheram.

– Ah. Eu esperava... já que estou indo embora...

– Talvez ela tenha descoberto tudo o que lhe foi pedido. – Ranami não conseguiu se conter. Foi cruel ao dizer isso, ela sabia. Phalue gostava de Ayesh, havia desenvolvido um vínculo com ela. E Ranami havia tentado, mas não conseguia evitar se fechar sempre que falava com a garota. Toda vez que se encontrava com Ayesh, sentia-se como uma marionete sendo puxada por fios distantes. Ela deveria ser mais gentil, mais compreensiva. Afinal, as duas vinham do mesmo tipo de lugar.

Talvez esse fosse o problema.

– Ela não é uma espiã – disse Phalue, frustrada. – Pode ser um pouco estranha, mas é inofensiva. Se levar comida extra a faz se sentir um pouco mais segura, então que leve. Eu sei que você a viu vagando pelos corredores, mas você teria feito diferente se estivesse no lugar dela? Ela só conhece a realidade das ruas.

E era para essa questão que Ranami continuava voltando. Se ela fosse Ayesh, teria feito qualquer coisa. E ela tinha sido Ayesh, e fizera coisas das quais se envergonhava agora, como roubar dos mais fracos, mentir, agir de forma egoísta, ser aprendiz de um homem que a maltratava. Ranami não esperava que trazer uma moleca de rua para casa faria tudo isso voltar. Mas ali estava toda a dor de uma longa infância na qual tentara apenas sobreviver.

– Eu teria feito pior – respondeu ela, a garganta apertada. – Teria cortado você por um pedaço de pão se alguém me dissesse que era possível.

Phalue largou a espada e se sentou ao lado de Ranami no banco.

– Ranami. – Ela pegou as mãos da esposa. – Isso não é sua culpa, você sabe. Nada disso é. Foi a primeira coisa que você me ensinou. Você era criança, vivia faminta e desesperada. Isso não faz de você uma pessoa má.

Lágrimas quentes arderam em seus olhos. Ranami sentira tanta raiva do passado, por tanto tempo. Isso era diferente, e ela não tinha certeza do que significava.

– Não sei se isso é verdade.

Phalue apertou as mãos dela.

– Eu sei que é verdade.

Por que chorar tornava falar muito mais difícil? Ela olhou para o teto e respirou fundo algumas vezes, estremecendo.

– Toda vez que olho para Ayesh, eu me vejo com a idade dela. Não consigo confiar nela porque não conseguia confiar em mim mesma naquela época. Eu sei que você gosta dela. Sei que dissemos que adotaríamos um órfão, e ela parece uma boa candidata. Mas como posso ser mãe? Até você teve um exemplo melhor do que eu. Não sei o que devo fazer, nem como fazer direito. Posso ajudar você a assumir Nephilanu, mas não sei conversar com uma criança. – Ela estava dando voltas; nada do que dizia tinha sentido.

Os polegares calejados de Phalue enxugaram as lágrimas de suas bochechas.

– Nós descobriremos juntas.

– Se você voltar – disse Ranami.

– Eu vou voltar – afirmou Phalue. – O que poderia me afastar de você?

Prisão, guerra, morte. Mas Ranami não disse nada disso em voz alta. Dar voz a esses medos os faria parecer muito reais. Então ela se concentrou em outra coisa.

– E quanto a Gio? Ele tentará tomar Nephilanu.

– Eu não posso ficar – disse Phalue, passando a mão pelo cabelo da esposa. Ranami se inclinou para o toque, desejando que durasse para sempre. – Você sabe disso. Se ele tomar Nephilanu, estará feito. Vou deixar alguns guardas aqui. Se Gio vier ao palácio, não haverá muito a ser feito, exceto fechar os portões e torcer pelo melhor. Fuja pelos fundos. Fique em segurança.

– Então os Raros Desfragmentados ficam com Nephilanu no final? – Era o destino do qual Phalue involuntariamente se poupou quando convenceu Tythus a libertá-la da masmorra. Agora, ela caminhava para esse destino com clareza no olhar.

– Observando meu pai, lendo e ouvindo você... Se tem uma coisa que tudo isso me ensinou é que, se eu tentar manter o poder às custas de todo o resto, no final isso é tudo que terei: poder.

– Mas isso é como vencer a batalha e perder a guerra.

– Preciso defender minhas convicções. Não vou escolher quando for conveniente para mim, como Gio.

Ranami fechou os olhos, focando no toque da mão de Phalue em sua bochecha, no cheiro de couro da armadura. Quando Phalue finalmente entendeu, depois de ler todos os livros que Ranami pediu, de se desculpar e pedir Ranami em casamento pela milésima vez... ela não previu esse resultado. Ela acreditara que a luta das duas havia acabado. Acreditara que elas enfrentariam os problemas de Nephilanu juntas e sairiam mais fortes no final.

Em vez disso, elas estavam sendo separadas, o futuro e o destino de Nephilanu em jogo. Phalue se levantou e, como se quisesse enfatizar esse ponto, pegou a espada e a embainhou.

– Pronto.

Ranami queria pedir mais uma noite juntas, mais uma manhã, mais uma tarde. Nunca havia tempo suficiente. Mas os guardas estavam esperando, o navio estava no porto e um exército se aproximava rapidamente de Gaelung. Eles precisariam usar a maior parte do estoque de pedra sagaz para chegar lá a tempo. Ranami respirou fundo, segurou o ar e soltou lentamente. A luz fraca da manhã vinda da janela delineou o corpo de Phalue, capturando os arranhões na armadura, destacando as maçãs altas do rosto, os lábios carnudos, as sobrancelhas ferozes.

– Você parece pronta para lutar contra os construtos sozinha. – Ranami já tinha enviado cartas para as outras ilhas declarando a intenção de Nephilanu de se juntar à briga. Com sorte, não seriam a única ilha a ajudar Gaelung.

Phalue puxou as tiras das ombreiras e então parou.

– Você pode procurar por Ayesh enquanto eu estiver fora? Tentar encontrá-la? Eu não deveria ter tentado pegar a bolsa. Pode dizer a ela que eu sinto muito e que vou voltar para terminar de treiná-la?

– Eu vou procurá-la – prometeu Ranami. – Vou protegê-la se ela deixar.

Os ombros de Phalue relaxaram um pouco, um peso tirado.

– Pode aproveitar e procurar o espião também?

Se não era Ayesh, então quem era? Ranami vinha elaborando teorias, mas a única outra pessoa que fazia sentido era alguém que ela não podia revelar a Phalue. Não até que tivesse certeza.

– Devo adicionar isso à lista? – perguntou ela com leveza.

Phalue tocou no queixo com o dedo, refletindo.

– Há um custo associado a encontrar o espião?

Ranami não conseguiu evitar a amargura na voz.

– De acordo com Gio, sempre há um custo.

Phalue riu.

– Não deixe que ele te afete, mesmo que tenha um exército. Homens velhos sempre acham que sabem mais do que todos, ainda que o mundo tenha mudado há muito tempo. – Ela estendeu a mão e Ranami a pegou, levantando-se.

No pátio, os guardas estavam enfileirados. Alguns já tinham ido para os navios e transportado os suprimentos para os compartimentos de carga, mas o contingente restante deveria atuar como escolta. Eles fariam um pequeno espetáculo; as pessoas amavam espetáculos. A chuva da estação chuvosa tinha se reduzido a uma garoa naquela manhã. De vez em quando, o sol até aparecia entre as nuvens. Era um dia auspicioso para partir para a batalha, Ranami admitiu.

Tythus esperava à frente dos guardas. Sua esposa e os dois filhos pequenos estavam de pé ao lado. Desde que Phalue assumira como governadora, ela os recebera para jantar no palácio duas vezes. Ranami achou a mulher parecida com Tythus: bem-humorada, gentil, humilde. Como casal, eram diferentes de Ranami e Phalue, mas funcionava muito bem. Até melhor, talvez.

A esposa de Tythus tinha pousado as mãos nos ombros dos filhos, e um deles parecia prestes a chorar.

– Você não precisa ir comigo – Phalue murmurou para Tythus quando ela e Ranami se aproximaram. – Vai deixar muita coisa para trás.

– Eu não sou especial – disse Tythus, dando de ombros. – Todos estamos deixando entes queridos para trás. Eles estarão mais seguros aqui do que em Gaelung. – Ele olhou para o céu. – É melhor irmos logo, antes que o tempo mude. Nunca se sabe, na estação chuvosa. Há sempre uma tempestade na esquina. Que os ventos sejam favoráveis.

– E o céu esteja limpo – completou Phalue.

Ranami alisou a saia amarelo-açafrão do vestido com a mão livre. Era o mesmo vestido que tinha usado em seu casamento, agora cortado acima do tornozelo para evitar a lama. Parecia estranho usar um vestido comemorativo para ver a esposa partir para a batalha. Ela não se sentia comemorando nada.

Phalue conduziu os guardas pelos portões do palácio e pela estrada. Tinham virado em duas curvas quando Ayesh apareceu, o escudo preso ao braço, a bolsa na mão.

A garota congelou quando os viu, os olhos disparando de um lado para o outro. Por um momento, Ranami pensou que ela correria para os arbustos. Não havia razão para correr, mas ela entendia o que a cena podia parecer para uma moleca de rua assustada: um contingente de cinquenta guardas, todos de armadura e marchando em sincronia, inevitáveis como um tsunami se aproximando.

– Esperem! – gritou Ranami.

Os guardas atrás delas pararam. Phalue mudou de posição.

– Você deveria ir falar com ela – disse, virando-se para Ranami. – Fui eu que tentei pegar a bolsa dela. E vocês... vocês duas são órfãs. Você poderia, por favor?

O que Ranami poderia dizer à garota que Phalue não poderia? Ayesh tinha se apegado a Phalue como a uma tia querida. Ranami se sentia estranha e desajeitada perto da menina. Ela já tinha sido criança; estranho como não sabia mais como falar com elas.

Ranami deu um passo à frente antes que se convencesse do contrário. Estava um pouco hesitante, o olhar apenas vislumbrando o rosto de Ayesh, como se estivesse se aproximando de um gato assustado.

– Aonde você está indo? – Ayesh perguntou quando Ranami estava perto o suficiente.

– Eu não vou a lugar nenhum – respondeu Ranami. – Mas Phalue vai lutar contra o exército de construtos em Gaelung. Você deve ter ouvido falar.

Ayesh apertou os lábios.

– Eu nem sempre falo com os outros órfãos. Eu fico sozinha. Não é que eu não goste deles, é só que… – Ela parou e apertou a bolsa. Claro. Por que Ranami não tinha considerado isso? Ayesh era de Unta, havia abandonado os amigos para morrer para que ela pudesse se salvar. A mesma culpa que atormentava Ranami tinha encontrado ganchos em outra órfã. Ayesh tinha sobrevivido. Ayesh tinha acesso a um palácio. Mas tinha feito coisas das quais se arrependia para chegar ali.

– Phalue está arrependida de ter tentado pegar sua bolsa.

Ayesh apenas assentiu e olhou ao redor.

– Não vou mais ter aula?

– Um dos guardas pode ensinar você se quiser.

Ayesh franziu o rosto e Ranami riu. Pela primeira vez, sentiu uma afinidade com a garota. Pela primeira vez, conseguiu ver um futuro em que Ayesh ia morar com elas, em que se tornava uma mãe para a menina. Não era só mais um item adicionado a uma lista, mas uma pessoa em crescimento, passando por mudanças… Uma pessoa que precisava de Phalue e Ranami. Se aprendesse a se perdoar pelas coisas que tinha feito no passado, Ranami poderia perdoar Ayesh. Sim, a garota talvez estivesse escondendo coisas; sim, ela talvez fosse um pouco estranha, mas Ranami não era melhor. Ela levara uma eternidade para confessar a Phalue como tinha sido sua vida nas ruas. Queria superar isso, queria esquecer. O passado doía como uma ferida infeccionada escondida com um curativo. Mas desabafar seus problemas os fez parecer um pouco menos dolorosos. Isso era algo que ela poderia ensinar a Ayesh.

O estômago da garota roncou, embora ela parecesse não ter notado. O cabelo tinha começado a crescer e as bochechas encovadas estavam mais cheinhas, mas ainda havia um caminho a percorrer até que ela não parecesse mais estar à beira da morte.

Ranami se inclinou.

– Você não precisa viver nas ruas se não quiser, sabia? Pode vir morar conosco se nos aceitar.

Ayesh franziu a testa como se não acreditasse no que estava ouvindo.

– O quê? Você quer me adotar, por acaso?

Ranami olhou para Phalue em busca de confirmação. A esposa assentiu.

– Sim, exatamente isso.

– Mas eu… – Ayesh balançou o braço do escudo como se isso explicasse tudo. – O que você poderia querer comigo? Tenho 12 anos. Você pode encontrar alguém mais novo, alguém com as duas mãos. Alguém que não roube coisas. Alguém de Nephilanu, não de Unta. Eu nem sou daqui.

– Você não precisa decidir agora – disse Ranami.

Ayesh a encarou como se ela tivesse duas cabeças.

– Não, eu quero. Quer dizer, se vocês me aceitarem. – Ela passou por Ranami e foi até Phalue, esticando o pescoço para encarar a mulher. – Não morra em Gaelung.

Phalue assentiu solenemente.

– Não bata demais nos guardas durante o treino. Isso fere o ego deles.

O rosto da garota se iluminou com um sorriso. Ela passou os braços em volta da cintura de Phalue em um breve abraço antes de correr em direção ao palácio.

Uma coisa feita, uma coisa resolvida. Agora, faltava escrever as concessões de terras para os refugiados de Unta, descobrir o espião e... ah, sim, impedir Gio de derrubar o posto de Phalue como governadora.

A caminhada para o porto pareceu a viagem mais longa e mais curta que Ranami já havia feito. Ela queria se lembrar de cada momento segurando a mão de Phalue, cada vinco da palma da mão dela, cada dedo calejado. As pessoas tinham saído às ruas para vê-los partir, deixando um caminho estreito para passarem. A pressão do povo, seus rostos curiosos, era quase o limite do que Ranami podia suportar. Ela sabia melhor do que ninguém como as coisas poderiam mudar rápido se Gio pressionasse os pontos certos. Phalue sorriu e levou a mão ao coração, saudando-os enquanto caminhavam. Para ela, seu povo era um porto seguro. Ela sempre se sentiria mais confiante de seu lugar entre eles do que Ranami.

E seria esperado que Ranami os governasse no lugar de Phalue.

As tábuas das docas rangiam enquanto o exército seguia para o navio, a superfície desgastada e deformada por anos de água salgada e chuva. Phalue deu um passo para o lado quando chegaram ao navio, deixando os guardas passarem por ela na prancha. Uma pequena multidão tinha vindo da cidade para se despedir da governadora.

– Você não precisa ir – sussurrou Ranami enquanto Phalue a puxava para um abraço. – Pode só enviar os guardas. Tythus pode liderá-los.

– Lembre-se do que Ningsu disse sobre covardes – Phalue sussurrou junto ao cabelo da esposa. – Meu lugar é com eles.

– Você bem que podia ser um pouco covarde – disse Ranami, a voz fraca.

Phalue roncou ao rir.

– Cuide da nossa garota. Fique de olho em Gio. Mantenha-se segura.

E então ela se foi, subindo a prancha com Tythus, o cheiro de couro curado em seu rastro. Ranami fechou a mão em punho, ciente do vazio ali, do frescor do ar preenchendo o espaço que sua esposa havia ocupado.

– Eu te amo – disse Phalue, com movimentos labiais, enquanto a tripulação começava a puxar a prancha e içar as velas.

Ranami mal conseguiu enunciar o sentimento em resposta. Estava vendo seu coração, sua vida, zarpar naquele barco. Mesmo com Ayesh, mesmo com os criados, o palácio pareceria vazio naquela noite, uma concha descartada na praia.

Fumaça branca subia do braseiro no convés, trazendo uma brisa que enchia as velas. Três outros navios começaram a queimar pedra sagaz e logo estavam deslizando pelo Mar Infinito, raios intermitentes de sol transformando as ondas em ouro.

Ranami observou até perder o rosto das pessoas de vista, até não conseguir mais distingui-las. Só velas e madeira e uma dor na barriga e no peito. Finalmente, ela se virou para voltar à cidade e ao palácio. Ainda havia trabalho a ser feito, por mais que quisesse se encolher na cama e sentir os resquícios do cheiro de Phalue.

Ela passou pelo antigo apartamento em que morava, acima do comerciante que vendia pãezinhos cozidos no vapor. Ele acenou para ela e sorriu.

– Sai – disse ele. Ainda era estranho e desconfortável ser chamada assim, mas ela sorriu em resposta.

Era ali onde tudo tinha começado, onde ela tinha escrito para os Raros Desfragmentados esperando ajudá-los, esperando que eles pudessem ajudá-la. Havia acreditado tão intensamente na bondade deles, na disposição deles de fazer o que fosse preciso para consertar as coisas. Quando recusou o pedido para ajudá-los a remover Phalue e seu pai, Ranami pensou que era o fim.

E, aí, Gio tentou matar Phalue.

Ela fechou as mãos em punhos outra vez. Como ainda poderia ter fé nos Raros Desfragmentados ou no homem que os liderava? Gio era tão obstinado, tão focado na ideia de derrubar a Dinastia Sukai e instalar um Conselho no lugar. Ele queria demover Phalue não porque via as coisas de forma diferente dela, mas porque os caminhos que os dois queriam tomar para chegar lá divergiam. Que tolice!

Ranami ficou um pouco surpresa ao perceber seus pés tomando o caminho para fora da cidade, passando pelas ruínas dos Alangas em direção ao esconderijo dos Raros Desfragmentados. Ela não deveria ir sozinha. Phalue dissera uma vez que via Ranami como algo macio e delicado em que não podia tocar com muita força, caso contrário se cortaria nas lâminas escondidas por baixo. Ranami sentia todas as suas pontas afiadas se projetando agora, como pelos erguidos nas costas de um porco-espinho.

O caminho era mais longo do que ela se lembrava; fazia muito tempo desde sua última visita. As tentativas de assassinato contra Phalue haviam quebrado seu laço com eles. Ranami marchou para a floresta sem se importar com a vegetação úmida batendo nas canelas. Seu vestido de noiva ficaria destruído, mas ela não conseguia se importar. Sentia-se um braseiro de pedra sagaz queimando, o vento nas costas.

A face do penhasco era como ela se lembrava, embora as videiras subindo pela superfície estivessem mais grossas na estação chuvosa. Ela levou três tentativas para encontrar a fenda.

– É Ranami! – gritou. – Estou entrando.

Ela deslizou pela fenda, sem se importar com a pedra rasgando a barra do seu vestido. Um lampião foi erguido quando a abertura se alargou em uma caverna, a escuridão cegando-a momentaneamente.

– Ranami? – A voz estava hesitante, embora ela a reconhecesse. Atash. Um recruta mais jovem dos Raros Desfragmentados, salvo do Festival do Dízimo aos 8 anos. Os Raros Desfragmentados eram tudo o que ele conhecia desde então. – O que está fazendo aqui?

Ela puxou o vestido, ajeitando-o e limpando uma mancha de lama. Daria trabalho para sair.

– Vim ver Gio.

– Ele não está esperando você – disse Atash.

Ele era só um garoto, na verdade.

– Que pena – disse Ranami, passando por ele.

– Espera! – gritou ele, seguindo seus passos. Ela não se importou; ele tinha um lampião e ela precisava da luz, então o deixou segui-la. – Gio não deve ser incomodado.

– Então ele está em um dos aposentos secretos.

Atash fechou a boca ao perceber, tarde demais, que tinha dado exatamente a informação que ela queria. Ranami arrancou o lampião dos dedos moles do rapaz e entrou nos túneis Alangas. A maioria dos Raros Desfragmentados usava os corredores do nível da superfície. Gio, no entanto, conseguia acessar algumas das salas mais profundas, cujo segredo ele não havia revelado para ela nem para ninguém que ela conhecesse.

Ranami desceu os degraus até o nível seguinte, dois de cada vez. As paredes ali pareciam lisas, mas ela sabia que não eram.

– Gio! Sei que você está em uma dessas salas! – gritou ela, e então se perguntou se ele poderia ouvi-la através da pedra... Mas, se ela estava preocupada em fazer papel de boba, já tinha feito. – Saia!

Ranami encontrou a fenda de uma das portas de pedra. Gio a deixara entreaberta. Ela estava vagamente ciente da presença de Atash, mãos agitando-se ao redor dela como se ele não tivesse certeza se deveria tentar impedi-la fisicamente. Que ele tentasse se ousasse. Ela deu um passo para a frente e empurrou a porta.

Em sua raiva, Ranami queria que a porta se abrisse rapidamente, mas a pedra era pesada e rolou para a frente com a preguiça de uma tartaruga. Ainda assim, Gio pareceu surpreso ao vê-la, e isso foi gratificante o suficiente. O local, quase vazio, estava iluminado com várias lamparinas. Gio estava de pé perto de uma prateleira de madeira velha e desgastada, separando livros e objetos que ela não reconhecia. Coisas de Alangas. O olhar dele se fixou atrás dela, em Atash, uma sobrancelha erguida.

– Eu tentei impedi-la – disse o rapaz, mas sua voz soou fraca.

Gio devolveu um livro à prateleira.

– Não é sua culpa. Ranami ainda é uma de nós, mesmo que ela pense que não.

As palavras dele não doeram nem um pouco. Ela não era um animal de estimação implorando por um favor do dono.

– Acabei de ver minha esposa zarpar para Gaelung – disse Ranami. – E aqui está você, aconchegado em seu abrigo, esperando a tempestade passar.

Ele deu de ombros.

– Não é isso que os sábios fazem, esperar a tempestade passar?

– Não quando há pessoas lá fora precisando da sua ajuda.

Ele suspirou, um som cansado, e Ranami se lembrou do que Phalue havia dito sobre os homens velhos.

– Sempre haverá pessoas precisando da minha ajuda. Não posso dar ouvidos a todas.

– E então você finge que elas não estão pedindo? E então planeja enviar seu exército para Nephilanu e nos atacar? O que os Sukais fizeram com você, Gio?

– Subjugaram as pessoas que eles deveriam governar.

– Não. – Ranami sabia que a questão era mais profunda. Deveria ter percebido quando ele disse que todos os Sukais mentiam, mas ela não havia examinado as camadas dessa declaração até agora. – Não perguntei o que eles fizeram com o povo do Império. Perguntei o que fizeram com você.

O lábio dele tremeu por um momento, mas parou.

– Não sei o que quer dizer.

– Para você, todos são definidos pelo legado de seus antepassados? Você quer que Phalue saia. Quer que Lin saia. Você já considerou que elas podem ser diferentes dos pais? E eu? Meus pais me abandonaram, então agora estou condenada a abandonar qualquer criança que eu adotar? Por que você não acredita que as coisas podem ser diferentes? O que não está conseguindo deixar pra trás?

– Se você soubesse o que eu vi...

– Bom, eu não sei!

– Eles mataram todos de quem eu gostava – rosnou Gio, os olhos arregalados, a cicatriz sobre o olho leitoso pulsando com os batimentos.

A raiva de Ranami aumentou.

– Todos nós sofremos... Você acha que sofreu mais, então isso lhe dá o direito de ignorar o que os outros estão passando? Tanto a Imperatriz quanto Phalue estão arriscando a vida para ajudar Gaelung. Não sei os motivos de Lin, mas sei que Phalue está indo porque não pode dar as costas pra eles. Quando o povo de Gaelung for massacrado, você acha que eles verão só o exército de construtos como inimigo? Não. Você acha que os está salvando, mas está errado. Você não é um herói que dá liberdade e justiça ao povo. Você é o vilão, Gio. Eles saberão que você poderia ter ajudado, mas escolheu não fazer nada.

Ranami se virou, empurrou Atash contra a porta e foi em direção à saída. Se Phalue morresse, se ela não voltasse, Ranami garantiria que todos soubessem, o Império inteiro, a fraude que era o líder dos Raros Desfragmentados.

Que covarde.

44

LIN

Ilha Gaelung

Os soldados de Yeshan não cabiam nos limites dos muros do palácio; eles se organizaram no planalto acima das curvas, montando as barracas com eficiência impressionante, as lanternas parecendo vaga-lumes na escuridão.

– Você deveria dormir – disse Ragan atrás de mim.

Depois de enviar o construto, chamei Ragan e Yeshan para repassar os detalhes do plano dela, memorizando para onde ela queria enviar as tropas; assim, o que quer que eu fizesse não iria interferir na estratégia da general. Eu me forcei a comer um pouco e subi até as muralhas. Lá fora, a chuva torrencial havia diminuído, minha capa de oleado mantendo a água do lado de fora. Thrana se sentou ao meu lado, a cabeça agora alcançando a minha.

O ossalen de Ragan engatinhou atrás dele com hesitação, a cabeça baixa, examinando cada canto como se temesse encontrar algum perigo. Fiquei feliz que Thrana tivesse superado a timidez. Ela abaixou o nariz até o de Lozhi. A criatura cheirou uma vez antes de recuar para trás das pernas de Ragan. Thrana só deu de ombros antes de se virar para os campos novamente.

– Vou dormir quando puder dormir – falei. – Por que não segue seu próprio conselho? E não venha me dizer que os monges de árvore nuviosa nunca dormem.

Ele me deu um sorriso tenso.

– Não, nós somos mortais como todo mundo. Eu dormi um pouco mais cedo; mas você tem razão, eu poderia dormir mais.

Em algum lugar na escuridão, meu construto estava trabalhando no acampamento inimigo, colocando o máximo possível de sua espécie contra eles mesmos.

Eu havia explicado para a minha general e para alguns outros que Ragan possuía os mesmos dons de Jovis, e eu sabia que alguns estavam ligando os pontos entre os ossalens e a magia. As pessoas presumiriam que Ragan tinha apenas a habilidade de abalar a terra, mas, assim que ele usasse a magia com a água, haveria mais perguntas a serem respondidas. Se ao menos houvesse mais tempo, eu poderia semear as lendas mais positivas dos Alangas nas cidades e vilas do Império; poderia lembrar às pessoas que os Alangas não só destruíram, mas também protegeram. No entanto, a retórica do meu pai ainda fluía entre as ilhas como as ondas do Mar Infinito, batendo na costa e molhando a areia.

– Sem Jovis aqui, você terá que me ajudar – disse Ragan, como se visse o que eu estava pensando. – Se quisermos vencer.

– Faça o que você já sabe pelo maior tempo possível – falei. – Vou ajudar como puder.

Um grito soou no escuro, lampiões balançando como vaga-lumes se espalhando. Eu me empertiguei.

– O que aconteceu?

Ragan e eu olhamos para o campo abaixo, tentando descobrir o que havia causado o pânico. A porta do palácio se abriu de repente, uma soldado de pé com um lampião erguido, o rosto temeroso. Lembrei como aqueles recrutas eram inexperientes, como tinham passado por um treinamento apressado.

– A general mandou avisar que o exército de construtos está se aproximando – disse ela, a respiração curta. – Eles não vão esperar até de manhã.

– Isso não faz nenhum sentido – murmurei.

– Com ou sem sentido, está acontecendo – rebateu ela. Quando se lembrou com quem estava falando, porém, a jovem abaixou a cabeça e fez uma reverência. – Desculpa, Eminência. Mas eles estão aqui. – Ela se virou para sair, o casaco balançando enquanto andava para o palácio.

Atacar de manhã, quando tudo estivesse mais iluminado, faria mais sentido. Eles estavam sitiando um palácio em uma colina, repleto de defesas próprias.

Meu construto. Deviam tê-lo encontrado. Nisong não saberia quantos eu havia enviado; ela não entendia minha relutância em usar magia do fragmento de ossos. Ela teria usado todos os fragmentos à disposição. Teria enviado cinquenta construtos.

Então, ela decidiu assumir as perdas e atacar agora.

Não houvera tempo suficiente. Meu construto teria transformado, talvez, outros vinte e cinco no máximo. Isso teria causado uma briga significativa, mas Nisong tinha muitos construtos à disposição. Ela teria sido capaz de acabar com essa pequena rebelião rapidamente, e com força.

Meu plano tinha falhado. Agora, havia apenas meu punhado de soldados, os guardas de Urame, os guardas de Chala, Ragan e eu para enfrentar Nisong.

Meus ossos vibraram, e senti cada gota de água batendo nas costas das minhas mãos. Se vencesse aquela batalha, Nisong não me deixaria viver. Mas não era isso o que mais me preocupava. Pensei na garça de papel manchada de sangue, escondida dentro do diário de Nisong no meu baú de viagem. Eu tinha jurado a mim mesma que não haveria outros como ela e, embora achasse essa promessa cada vez mais difícil de cumprir, sabia que Nisong não sentia o mesmo. Ela via a coroa como um direito seu, assim como eu já tinha visto. Qualquer um que se opusesse a ela, ou mesmo aqueles que simplesmente estivessem no caminho, eram obstáculos a serem esmagados. Ela ansiava por destruição do mesmo jeito que eu já tinha ansiado pelo amor do meu pai.

Eu não podia deixá-la governar o Império, não se quisesse manter minha promessa, mesmo que um pouco.

– Precisamos ir lá pra baixo.

Ragan já tinha se virado em direção ao palácio, Lozhi atrás. Corri para alcançá-lo. Havia algo sombrio e ameaçador em seu rosto, o sorriso fácil uma lembrança tão desbotada quanto a estação seca após uma chuva de estação chuvosa. Lozhi olhou para ele e se encolheu, as orelhas baixas, a cauda entre as pernas. Havia algo familiar naquela expressão. Eu não tinha visto Ragan e seu ossalen interagirem muito. Eles viviam separados, e Ragan não falava muito sobre Lozhi. Eu sempre supus que os ensinamentos de Ragan o tivessem orientado a se comportar de forma diferente com Lozhi, uma forma superior à maneira como eu interagia com Thrana. Teria sido por isso que os Alangas foram retratados sem ossalens? Eles mantinham os animais distantes, como Ragan fazia?

Mas não havia tempo para examinar o vínculo entre ossalens e Alangas.

Os portões estavam abertos, e lá embaixo, no meio da multidão, eu ouvia as vozes em pânico, os capitães comandando suas tropas, o ranger das armaduras e o som do aço sendo desembainhado. Arqueiros puxaram arcos às pressas, com dedos trêmulos. Ninguém reparou em mim, mas eu ainda estava com a capa de oleado simples sobre minhas roupas elegantes.

Urame, no entanto, me notou.

– Estão marchando pra cá, Eminência – disse ela enquanto se aproximava. – Todos eles. E não parecem muito reduzidos. Vai levar um tempo até subirem pelo caminho em ziguezague, mas seu construto não funcionou.

Mesmo agora, tive vontade de rebater, de dizer que tinha funcionado... só que Nisong o descobrira antes do que eu esperava. Mas qual era o sentido disso? O resultado era o mesmo. Estávamos enfrentando uma força que não poderíamos vencer.

– Ragan pode abalar a terra – falei. – Ele é ainda mais competente do que Jovis. Podemos vencer.

Vi o desespero no rosto dela e soube que não importava. Havia construtos demais nos atacando, determinados a fazer de Gaelung a mais recente de sua sequência de conquistas.

– Ficarei aqui com você – falei para ela.

– Então você verá meu palácio e nosso campo queimarem. – Ela hesitou por um momento, a boca aberta, mas continuou. – Jovis foi embora, então?

Endureci o coração.

– Foi.

– Ele teria dado esperança aos guardas – disse Urame, e então se calou. Ela não iria contrariar as ordens da Imperatriz. Eu já havia explicado que não podia mais confiar em Jovis para lutar do nosso lado.

Além do brilho dos lampiões no acampamento, comecei a ver pontinhos de luz ao longe. Eles se moviam como um mar de estrelas, uma maré alta atravessando os campos para nos afogar. Talvez Jovis tivesse razão. Talvez eu devesse ter ficado na Imperial. Mas eu morreria ali, com as pessoas que tinha jurado proteger, e ninguém choraria por mim.

Um grito soou do muro oposto. Urame virou a cabeça rapidamente. Uma guarda correu até nós.

– Sai – ela começou a dizer, sem fôlego –, tem alguém vindo do porto. Um grupo grande.

– Mais construtos?

A guarda balançou a cabeça.

– Não tenho certeza. Mas estão se aproximando rapidamente.

Um momento depois, ouvi mais gritos. Eu me esforcei para identificar.

– Amigos! – alguém estava dizendo. – Eles são amigos!

Vi o piscar de lampiões surgir na curva, meu coração ousando ter esperança enquanto eles subiam em direção aos portões. Urame e eu descemos para cumprimentar os recém-chegados. Eles foram mais rápidos que os construtos e chegaram aos portões com tempo de sobra.

Uma mulher alta de ombros largos liderava o grupo disciplinado de guardas, um homem do mesmo tamanho ao lado acompanhando seu ritmo. Alguém segurava um lampião perto do rosto dela.

Phalue.

– Isso não significa que eu apoio seu governo – disse ela rispidamente enquanto eu me aproximava, Urame logo atrás. – Só não estou disposta a deixar as pessoas morrerem pela minha teimosia. – Phalue assentiu para Urame. – Parece que você precisa de ajuda.

Coloquei a mão no coração em saudação.

– Sai.

– Eminência. – Phalue sacudiu a água da capa e afastou uma mecha de cabelo molhado do rosto. – Este é Tythus, meu capitão da Guarda, e ele treinou muito bem esses homens e mulheres. Podemos não ser tantos quanto os construtos, mas um de nós conta como dez deles. – Os guardas de Phalue se empertigaram, os queixos erguidos, o elogio os fortalecendo. Eles a seguiriam para o Mar Infinito se ela pedisse; estava nítido em seus rostos.

– Minha general saberá melhor onde alocá-los. – Eu apontei na direção de Yeshan.

– Onde *nos* alocar – corrigiu Phalue. – Posso ser governadora agora, mas treino tanto quanto os guardas. E Tythus aqui sabe o meu valor em uma luta. Se eu morrer, Ranami saberá o que fazer com Nephilanu.

– Obrigada por vir – falei, e foi de coração.

Ela me lançou um olhar estranho, como se nunca tivesse esperado gratidão de uma Imperatriz. Depois deu de ombros e se virou, levando os guardas para onde minha general estava comandando as tropas.

Ragan apareceu ao meu lado.

– O que posso fazer? – perguntou ele.

– Consegue enviar um tremor pelo solo até os construtos? Antes que cheguem aqui? Isso é possível?

Ele assentiu.

– Tenho um alcance razoável, mas vou ter que chegar mais perto. Você devia vir comigo.

Urame me lançou um olhar estranho, alternando entre mim e Ragan como se tentasse entender a piada.

– Sim, acho que eu devia mesmo – falei, ignorando o desconforto me arranhando a garganta. Eu era a Imperatriz; devia permanecer atrás dos soldados e guardas. Mas, se Ragan falhasse, ele precisaria de reforços.

Urame não sabia que eu tinha os mesmos poderes que Ragan.

– Vossa Eminência, você...? – Ela parou, sem saber como formular a pergunta. – Você tem algum meio de se defender?

– Sim. – Coloquei a mão no pescoço de Thrana e ela mostrou os dentes em resposta. Era tudo o que eu diria sobre o assunto. Ela me protegeria com sua vida e eu a protegeria com a minha. Não importava o que Ragan dissesse sobre relacionamentos de ossalens e a natureza do equilíbrio. – É melhor a gente ir. Antes que eles cheguem aqui – falei para Ragan.

Senti os olhares dos soldados enquanto caminhávamos pelo acampamento. A maioria já tinha terminado de se preparar, e eles repararam em Thrana primeiro antes de repararem em mim. Ela não se parecia com nenhuma criatura que eu conhecesse, e embora a tivesse visto crescer gradualmente, eu entendia que seu tamanho podia ser intimidador.

Caminhamos um pouco pelas curvas logo abaixo do platô em que os soldados tinham montado sua defesa. A chuva batia em minha capa. Eu ouvia minha respiração ecoando dentro do capuz, aquecendo minhas bochechas. Diante das fileiras de soldados, me senti sozinha. Eu tinha Thrana ao meu lado, mas nenhuma daquelas pessoas estava ali por mim, não do jeito que estavam por Phalue.

Eu tremi quando um fio de chuva passou por baixo da capa.

– Quando eu der sinal – falei. – Quando eles estiverem perto.

Pelo canto do olho, vi Ragan assentir. Gostaria de ter mais Alangas comigo. Gostaria de ter Jovis.

O rosto dele surgiu na minha mente, a expressão assombrada enquanto confessava que tinha me espionado. Enquanto me contava o que havia escrito na carta. Parecera genuíno.

Mas ele era um mentiroso. Todos os pequenos incentivos, todos os conselhos... Pequenos truques para se infiltrar no meu coração e ganhar minha confiança.

Então, por que eu ainda sentia que confiava mais nele do que em Ragan?

À nossa frente, as luzes se aproximavam.

– Prepare-se – falei.

Ragan levantou as mãos e as sacudiu para libertá-las da capa. Atrás dele, Lozhi se encolheu novamente.

Veio até mim de supetão. Eu me lembrei de quando tinha visto aquilo antes: depois de tirar Thrana da água. Ela também se encolhera todas as vezes que levantei as mãos, e embora já tivesse superado isso, ainda se encolhia um pouco toda vez que um homem levantava as mãos perto dela. Mas, enquanto meu amor e minha dedicação a Thrana ajudaram a tirá-la da concha, Lozhi permanecia na dele. O ossalen de Ragan não era tímido; ele tinha sofrido, e quase certamente pelas mãos do próprio Ragan.

Eu me concentrei em Ragan novamente bem a tempo de vê-lo levantar o pé, aquele sorriso de volta no rosto.

– Você…

O pé desceu e a terra tremeu. Não consegui manter o equilíbrio na curva lamacenta. Eu caí pelo caminho, escorregando cada vez que tentava firmar os pés. Era muito cedo, eu não tinha dado a ordem a ele. Parte de mim ainda estava pensando nessa confusão, mas eu sabia até os ossos que Ragan tinha feito de propósito. Minhas costas bateram em algo, quase me deixando sem ar.

Thrana amparou minha queda. Ela enrolou o corpo em volta do meu de forma protetora, os pelos eriçados da nuca duros como cerdas de vassoura enquanto eu agarrava o pelo macio para me levantar. Lama fria e úmida escorreu pela minha bochecha. Meu capuz tinha se soltado e a chuva escorria pela minha nuca. O cheiro de óleo queimado havia sumido ali, tão longe.

Eu não conseguia ver as expressões dos soldados, mas via que olhavam para mim. Ragan estava me seguindo pela encosta, caminhando com facilidade por lama e pedras. Sua voz soou acima do vento.

– Uma coisa que os monges me ensinaram é que a história não é uma linha reta; é uma espiral. – Ele levantou o dedo e traçou uma espiral no ar. – Nós não repetimos momentos no tempo, mas voltamos e os ecoamos. Seus ancestrais podem ter massacrado os Alangas, mas os Alangas estão se erguendo novamente. E aqui está você, da linhagem do Imperador, mas também uma Alanga.

– Eu… eu não sou… – comecei a dizer, embora a negação soasse vazia até para mim. Os soldados estavam observando; estavam ouvindo.

Ele bateu o pé outra vez, a terra tremeu e eu caí, mal me segurando no corpo de Thrana.

– A evidência está aí – disse ele, uma vez mais levantando aquele dedo, como se estivesse ensinando uma lição. Ele se virou para os soldados e guardas. – Jovis tem Mephi. Eu tenho Lozhi. Nós dois temos dons. Sua Imperatriz tem Thrana. Não é de se esperar que ela tenha os mesmos dons? Os dons dos Alangas? Eu sei que vocês se perguntaram. Vou dar uma prova.

Foi por isso que ele tinha escolhido aquele momento para se voltar contra mim. Se eu reagisse, se usasse o poder à minha disposição, eu revelaria o que era. E eu era exatamente aquilo que meu pai tinha nos ensinado a temer. Eu não era um herói popular como Jovis.

Ragan enfiou a mão na bolsinha na lateral do corpo e colocou uma baga de zimbro nuvioso na boca.

Levei a mão à minha bolsinha e encontrei a última baga de zimbro nuvioso. Se eu resistisse o suficiente, o exército de construtos chegaria ali e ele teria outras coisas com que se preocupar. Esmaguei a baga entre os dentes, sentindo a força inundar meus membros mais e mais.

Alguns soldados se adiantaram, o que aqueceu meu coração, mas levantei a mão.

– Mantenham suas posições! – Eu não podia deixar a linha defensiva desmoronar logo antes do ataque dos construtos.

– Lin – disse Thrana –, eu sou mais firme do que você. – Ela estendeu uma perna.

Nessa hora, percebi exatamente o quanto ela havia crescido, embora parte de mim sempre fosse pensar nela como a criatura quase sem pelos que eu havia tirado da caverna do meu pai. Subi nas costas dela. As costelas se moviam sob minhas pernas, os músculos dos ombros sinuosos. Pareceu a coisa mais natural do mundo, como se fôssemos um só ser.

Ragan sacudiu o chão novamente e Thrana cravou as garras na lama. Nós nos mantivemos firmes. Ainda assim, eu não tinha armas. Eu não era guerreira. Eu era política, praticante de magia do fragmento de ossos, uma Alanga.

Eu era Lin. E isso teria que ser o suficiente.

Observei o rosto de Ragan, pensando em nossas conversas anteriores, pensando no motivo para ele ter decidido me atacar. Ele não se importava com quem detinha a coroa. Não se importava se os governadores ou os Raros Desfragmentados me depusessem e não colocassem ninguém no meu lugar. Atrás de mim, Nisong marchava, ansiando por um lugar que considerava seu. Diante de mim, Ragan tentava me expor. Por quê?

Ele estendeu a mão e água começou surgir do ar, do chão. Seus olhos me observaram com cautela.

– Não quero machucar você – disse Ragan. – Só diga a verdade a eles. Mostre a eles.

– Os monges nunca vão te aceitar de volta, mas você nunca fez parte deles. – Eu estava jogando verde, avaliando a reação dele.

– E você também não faz parte desses mortais.

Inspirei fundo. Se eu mostrasse ao meu povo o que eu era, o que podia fazer, com sorte, eles apenas me rejeitariam. Sem sorte, tentariam me matar.

Ragan moveu a mão em direção aos soldados.

– Por que você está aqui, ajudando essa gente a combater os construtos? Que importância tem essas vidas curtas comparadas às nossas? Eu li os livros que meus mestres me proibiram. Lin, eu poderia te mostrar tantas coisas.

Poderia te ensinar tantas coisas. Você só precisa ser honesta consigo mesma. Só precisa ser honesta com eles.

– Não sei do que você está falando. – Minha voz soou fraca e baixa.

– Eu poderia ser como Dione. Você poderia ser como Viscen. Olhe para você, lutando na lama e na sujeira com as armas que um mortal usaria. Por que ser Imperatriz? Por que governar entre esses seres mesquinhos se você é muito maior do que eles? Se você é uma Alanga?

Senti meu mundo encolher enquanto ele falava. Ele queria me separar de todas as pessoas com quem eu tinha passado a me importar. Queria que fôssemos apenas eu, ele e os outros Alangas.

– Por que você não pode simplesmente ir embora e me deixar em paz?

Ele bufou com deboche.

– Quando mostrar a eles o que você é, acha que eles vão te seguir? Eles não se importam com você. Eu vi a maneira como te tratam. Por que os está defendendo? Por que está tentando ser como eles?

Eu queria mandá-lo embora. Queria pedir que procurasse outros Alangas. Queria dizer que eu não ficaria no caminho dele porque nunca pedi para ser uma Alanga. Eu já tinha coisa demais para lidar apenas mantendo os governadores na linha, tentando apaziguá-los, impedindo que os Raros Desfragmentados tomassem o Império. Por que eu iria querer assumir mais uma responsabilidade? Que Ragan servisse como um farol para os Alangas emergentes, que os guiasse.

Mas Lozhi estava atrás das pernas de Ragan, a cauda enrolada no corpo minúsculo, os olhos azuis fixados nos meus.

Era esse o relacionamento que Ragan queria entre os Alangas e seus ossalens: de dominação e opressão. Era o mesmo relacionamento que meu pai tinha com os cidadãos do Império.

Eu não podia absolver minha responsabilidade nisso tudo. Estava colocando minha posição de Imperatriz como prioridade, determinada a mantê-la para usá-la para o bem. Eu tinha dito a Jovis que ele deveria ser um servo dos homens porque era isso que eu queria para o Império e para a Imperatriz. Para mim. Mas essa era uma verdade da qual eu não conseguia escapar: se eu me posicionasse contra a tirania do Império, teria que me posicionar contra toda tirania.

Por Thrana, por Numeen, por Bayan, por todos os que sofreram e morreram.

Balancei a cabeça, meus ossos vibrando.

– Porque, mesmo que eu seja a Imperatriz, ainda sou um deles.

Ragan ergueu uma onda a seus pés e a lançou em mim, esperando me derrubar colina abaixo, na direção dos construtos que se aproximavam. Mas eu *sentia* aquela água da mesma forma que sentia as gotas de suor na minha testa. Pressionei o joelho nas costelas de Thrana e ela pulou para o lado.

Thrana rosnou, o corpo vibrando junto com o meu. Juntas, nós atacamos Ragan.

Ele não estava pronto para a minha reação e demorou demais para se esquivar. Eu o chutei com toda a força da baga de zimbro nuvioso e da minha magia Alanga, fazendo-o cair abaixo da encosta da colina. Ele agarrou um arbusto para diminuir o impacto. Eu desci de Thrana, precisando sentir a terra sob os sapatos.

– Meu povo está prestes a ser atacado. Você vem até mim oferecendo ajuda e aí me ataca também? – Minha raiva não era apenas de Ragan, mas de Jovis também. Dos governadores que me viam só como uma extensão do meu pai.

Eu *não* era ele, e nem as lembranças dele me fariam ser. Suavizei minhas palavras. Eu poderia ter sido mais parecida com ele se não fosse por Numeen e sua família. Teria me tornado Imperatriz sem pensar nas consequências para as pessoas que eu governava.

– Você poderia nos ajudar. Poderia proteger Gaelung dos construtos. Poderia ter um lugar permanente ao meu lado; eu não sou ingrata. Mas o que lhe dá o direito de tratar os outros ainda pior do que seus mestres te trataram?

Um lampejo cruzou o rosto dele, um sentimento que reconheci. Solidão profunda e duradoura, um anseio por amor e aceitação em qualquer forma.

– Você não sabe o que eu passei.

– Você poderia me contar.

Ele riu com amargura e levantou o dedo.

– Você tenta fazer discursos bonitos, tenta me inspirar, me *manipular*. Eu precisei me esforçar para ter o que tenho, e você acha que o que está oferecendo é atraente? Eu não me importo com essas *pessoas*, nem com o que elas pensam de mim. – Ele cuspiu as palavras. – Sou um Alanga. Estou acima delas.

Ele enfiou mais bagas na boca e bateu a mão no chão. O mundo tremeu. O palácio tremeu, pedaços dele quebrando e caindo no chão. Ouvi os gritos dos soldados, gritos dos criados em algum lugar lá dentro. A cabeça de Thrana surgiu debaixo do meu braço, me impedindo de cair da encosta. Agarrei uma pedra próxima para me firmar.

E, aí, outra onda de água surgiu do chão, atingindo meus joelhos com força. Varrendo os pés de Thrana do chão. Eu me agarrei à rocha como um marinheiro naufragado e observei, com horror, enquanto ela caía na escuridão.

45

Jovis

Ilha Gaelung

Não parecia haver uma boa maneira de dizer "Desculpe por espionar você. Ah, e desculpe também por estar de volta, apesar de você ter me dito para ir embora. Mas é que Ragan é um babaca. Alguém tinha que te contar".

Eu teria permissão para entrar no palácio outra vez? Ela já devia ter dito a todos agora que havia me mandado embora com motivo. E, se me deixassem entrar, ela ouviria o que eu tinha a dizer antes de me executar?

Não importava. Eu precisava tentar. Havia me agarrado à ideia de encontrar Emahla novamente como a um bote salva-vidas, e agora me agarrava à ideia de que poderia de alguma forma consertar os erros que havia cometido, de que eu ainda poderia ajudar o povo do Império.

– Ela vai ficar brava – disse Mephi enquanto trotava ao meu lado. – Muito brava.

– Não está ajudando – falei. Eu tinha passado tempo demais na lembrança de Ragan, e o proprietário do bar ficou relutante em me perturbar. A noite já havia caído, a lua mal fornecia luz suficiente para enxergar. A maioria das casas pelas quais passamos estava silenciosa, as janelas escuras.

– Eu não vou deixar ela te executar – disse Mephi, empurrando minha perna com o ombro.

Quase parei no caminho. Eu nunca tinha pensado no que aconteceria com Mephi se algo acontecesse comigo.

– Se eu morresse, o que você faria?

Ele virou a cabeça para me observar e olhou para os campos.

– Fugir. Você é a única razão para eu estar aqui.

– E eu achando que era a comida.

Ele bateu os dentes para mim e balançou a cabeça com tanta força que as orelhas bateram nas bochechas.

– Talvez um pouco.

Ficamos em silêncio enquanto caminhávamos. A chuva não tinha parado, e, embora a estrada fosse de cascalho, estava lamacenta em lugares que eu não conseguia ver bem o suficiente para evitar. A distância, ouvi um rugido fraco. Mephi aguçou os ouvidos.

– Ouviu isso? – Ele girou os ouvidos para trás e depois para a frente novamente, como se estivesse verificando a audição.

– Sim.

O palácio brilhava com lampiões, embora eu não pudesse ver o que estava acontecendo daquela distância. O portão principal ficava do outro lado. Mephi deu um passo à frente, depois outro, o pescoço esticado até o limite.

– Eu acho… eu acho que está tendo luta.

Já? Nisong havia dado um prazo até de manhã para a resposta de Lin. Isso só podia significar uma coisa: o construto de Lin havia sido descoberto. Minha garganta se apertou. Se isso tivesse acontecido, o construto não devia ter ido longe em sua tarefa. Gaelung não poderia enfrentar um exército daquele tamanho. Não sem ajuda. E eu duvidava que Ragan fosse a ajuda de que Lin realmente precisava.

– Precisamos nos apressar. – Acelerei o passo para uma corrida, Mephi trotando ao meu lado. – Só não entre em estado de coma para crescer mais agora. Eu preciso de você.

– Não consigo controlar – disse Mephi. – Mas acho que ainda não é hora.

Uma pequena bênção, pelo menos, numa época em que tudo estava dando errado. A colina e o palácio pareciam muito distantes; eu nunca chegaria lá a tempo. Minha respiração estava irregular na garganta, meus pés dormentes da chuva e do cascalho. Parei duas vezes para me apoiar nos joelhos e recuperar o fôlego, sempre sentindo estar desperdiçando momentos preciosos. Nem mesmo minha força aprimorada Alanga conseguiu me forçar a ultrapassar os limites do meu corpo. E, então, peguei a estrada ao redor da colina e vi as luzes do exército de construtos.

Eram muitos, todos marchando em uma onda inexorável em direção ao palácio. Tinham começado a subir as curvas, mas ainda não tinham alcançado os soldados.

Então quem estava lutando?

Comecei a subir a encosta em linha reta, evitando as curvas. A lama escorregava sob meus pés enquanto eu subia, a chuva nos meus olhos cada vez que eu olhava para cima. Mephi subia perto de mim, reforçando meus passos onde podia.

Ouvi Lin falando a distância, embora não conseguisse entender suas palavras. E Ragan. A água escorria por mim; tive que me agarrar aos arbustos para evitar ser arrastado de volta para baixo da colina. Isso não tinha sido a chuva.

Todos os meus medos se confirmaram: Ragan tinha se voltado contra Lin.

– Chegamos tarde – falei ofegante, tentando encontrar apoio.

Mephi cravou as garras na terra, segurou a manga da minha camisa com os dentes e me puxou para cima até meu pé encontrar uma pedra.

– Ainda não – disse ele depois de me soltar. – Ainda dá tempo.

Mal vi a próxima onda de água antes que nos atingisse. Agarrei-me a uma pedra, tremendo, buscando aquela vibração nos meus ossos e encontrando apenas medo. Isso era mais do que eu havia conseguido fazer com água. Eu simplesmente não tinha aquele tipo de poder, e eu não estava certo que Lin o tivesse. E, ainda assim, o exército de construtos subia pelas curvas.

Mephi agarrou minha camisa novamente, tentando me forçar a ficar de pé.

– Você não pode desistir – disse ele entredentes. – O que Emahla diria?

Ela diria que eu não era um lutador, e ela estava certa naquela época. Eu não era. Tudo que eu queria era abrir meu caminho pelo mundo e encontrar um pouco de paz dentro dele. Podia ter sido rejeitado na Academia dos Navegadores da Imperial, mas sempre tive Emahla para quem retornar, meu próprio canto do mundo em torno do qual poderia construir uma vida.

Ela se foi, e eu estava começando a descobrir que a havia deixado para trás. O homem por quem ela tinha se apaixonado? Aquele que se contentaria com uma medida de paz, apesar do sofrimento que o cercava? Eu nunca seria aquele homem de novo. A morte de Emahla havia ajudado a me moldar e me transformar em alguém que ela não reconheceria.

Mephi puxou minha camisa mais uma vez, um rosnado baixo na garganta.

– O que *Lin* diria?

O mero som do nome dela deu um choque no meu coração, trazendo-o de volta à vida. Lin não sabia como desistir; estava claro para mim. Mesmo com Ragan se voltando contra ela e o exército de construtos a caminho, ela ainda estava lutando. Senti a vibração atingir meus ossos, o poder correndo por mim e amplificando cada gota de chuva que atingia meu rosto, fazendo a terra abaixo parecer uma coisa viva, esperando meu comando. Lin não sabia quem eu tinha sido, mas sabia quem eu era agora.

E eu *era* um lutador.

Um grito desesperado vindo de cima, uma forma caindo encosta abaixo em nossa direção. Reconheci Thrana, o corpo inerte.

Sem nem pensar, juntei a água ao meu redor e a usei para amortecer a queda de Thrana. Ela deslizou até parar na onda que eu tinha criado, um arbusto aninhando seu corpo. Mephi correu até ela enquanto eu me recuperava.

– Ela está viva – disse ele. – Vá.

Corri encosta acima, ignorando a lama e meus pés escorregadios. Havia luz no topo da colina, as lanternas dos soldados alinhados no platô. Vi duas formas nas curvas à frente deles. Uma estava de pé sobre a outra, as mãos levantadas.

A magia se reuniu nos meus ossos, exigindo libertação. Levantei um pé e o levei ao chão com toda a força que tinha. A colina inteira pareceu se mover, poeira subindo do palácio enquanto ele tremia. Continuei correndo enquanto meu terremoto passava e cheguei aonde os dois estavam. Ragan caiu no chão assim que o alcancei, a água que ele estava coletando fluindo ladeira abaixo.

Peguei essa água e a usei para varrê-lo para longe, como palha. Ele caiu colina abaixo. Tentei poupar seu ossalen, mas eu não tinha esse controle, e a criatura caiu atrás dele.

Lin já estava se levantando. Ofereci a mão, mas ela recusou.

– Preciso encontrar Thrana.

– Ela está viva – falei. – Mephi está com ela.

Ela apertou os olhos.

– Eu disse para você ir embora.

– Eu… bebi as lembranças de Ragan – falei. – Voltei para te avisar que ele coagiu o ossalen a se unir a ele.

– Tarde demais. Eu descobri por conta própria.

– Cheguei tarde demais ou cheguei na hora certa? – Apertei os lábios enquanto ela me lançava um olhar fulminante.

– Não quero você aqui – disse ela, cada palavra uma mordida com intenção de ferir.

Cada palavra era verdadeira, e eu queria poder voltar no tempo. Queria poder retirar o que tinha feito, ter confiado nela antes e dito a verdade. Mas eu não podia me arrepender do que tinha feito; não havia como saber as intenções dela tão cedo. Os motivos para isso, no entanto, iam além da minha traição.

Eu levantei a mão para os soldados atrás de nós. A ovação foi ensurdecedora.

– *Eles* me querem aqui – falei. – E, se você quiser segurar esse Império, se quiser ajudar seu povo, vai ter que reconhecer que precisa de mim. – Tentei pegar a mão dela, mas ela se afastou. Engoli o nó na garganta. Ali, de pé na frente dela, eu só queria abraçá-la novamente, diminuir a distância entre nós. Minha mãe tinha sentido pena por ela parecer solitária, isolada. – Você pode se sentir como se estivesse sozinha, mas não está.

A expressão dela se suavizou, a dor nos olhos evidente mesmo no escuro. Mas aí ela focou o olhar além de mim.

Eu me virei e vi Mephi e Thrana rastejando pelo caminho. Ambos sacudiram a terra e a chuva. Havia um arranhão no focinho de Thrana, e ela parecia um pouco atordoada, mas ilesa. Lin foi até ela e subiu em suas costas.

Algo nessa cena pareceu certo. Novamente, me perguntei o que havia acontecido com os ossalens dos Alangas do passado. Por que eu não os vi retratados em nenhum conto ou obra de arte? Ou será que os Alangas tratavam seus ossalens do mesmo jeito que Ragan, coagindo-os a se unirem a eles e depois escondendo-os?

Thrana estava ficando um pouco difícil de esconder.

Agora, eu conseguia distinguir os construtos individuais cambaleando encosta acima. Limpei a garganta e olhei para Thrana e Lin, mais altas do que eu.

– Sei que você pretendia me executar se eu voltasse, mas podemos fazer uma trégua temporária? Vai ser um pouco difícil pra mim usar meus dons com a cabeça desconectada do corpo.

Ela pareceu não saber se deveria rir ou fazer cara feia.

– Quando eles estiverem perto, mande-os colina abaixo. Tente não derrubar o palácio. Ainda há pessoas lá dentro.

– Farei o melhor possível, Eminência.

Ela se encolheu um pouco com isso. Tive esperanças de que talvez ainda sentisse alguma coisa por mim. Mas eu tinha coisas mais importantes a fazer do que ficar babando pela Imperatriz como um adolescente apaixonado. Por exemplo, me manter vivo. Manter todos nós vivos. Todo o resto poderia esperar.

Meus ossos vibraram, uma nota baixa que só eu conseguia ouvir. Eu havia agido com desespero ao ver Ragan prestes a atacar Lin. Ele se controlara muito melhor do que eu; eu poderia aprender a fazer o mesmo. Se o grande Dione conseguiu afogar uma cidade inteira enquanto salvava uma mosca, eu poderia enviar meu terremoto em uma determinada direção.

Meu cajado estava coberto de lama e água; tentei, em vão, limpá-lo com a capa. Bati um pé no chão, senti a vibração percorrer a terra. Ao meu lado, Mephi mostrou os dentes.

– Fique longe de problemas – falei para ele.

Ele bufou.

Lin se agarrou ao pescoço de Thrana e sussurrou em seu ouvido. Os construtos chegaram à última curva. Eles ondulavam pela colina como uma serpente marinha luminosa, o corpo sinuoso e sem fim.

Meu estômago se contraiu. Eu podia ser um lutador, mas nunca me acostumaria com aquilo. Preferiria estar na cozinha da minha mãe, ajudando-a com o trabalho diário enquanto ela me repreendia por meus estudos. E isso significava alguma coisa; sua capacidade de repreender era muito boa.

Eu me concentrei na magia nos meus ossos, na sensação da minha respiração. Agora, podia ver as expressões vazias dos construtos, os cabelos emaranhados, os ferimentos mortais que tinham sofrido, costurados e parcialmente fechados.

– Jovis, agora pode... – disse Lin, uma nota de pânico na voz.

Eu bati um pé na terra.

O tremor ondulou em direção aos construtos, o chão lamacento se transformando numa onda de terra e pedra. Nenhum deles tentou evitá-la. Eles caíram no chão, alguns caindo sobre os companheiros que estavam atrás.

Flechas cortaram o ar atrás de nós, pontas de metal brilhando à luz dos lampiões enquanto seguiam em direção aos construtos. Vários deles morreram. Enviei outro terremoto em direção aos que tinham resistido. Alguns conseguiram se segurar e avançar, mas então flechas, meu cajado e os dentes dos nossos ossalens os pegaram.

Nós éramos capazes. Nós poderíamos contê-los.

Um uivo soou em algum lugar atrás de mim. Eu senti, mais do que vi, todos ficarem imóveis. E, então, as feras atacaram.

Elas surgiram das encostas ao redor, os dentes à mostra. Não era um ataque aleatório nascido do pânico. Nisong já havia traçado a estratégia. Os construtos cambaleantes eram uma distração, destinados a desviar nossa atenção. Os construtos de guerra eram a verdadeira ameaça.

Ursos, lobos, gatos, caranguejos gigantes e aranhas. Sob o brilho da luz dos lampiões, eu só conseguia distinguir pedaços.

Lin tirou a ferramenta de entalhe da faixa.

– Mate os cambaleantes. Mantenha-os afastados – disse ela para mim. – Eu sei lidar com construtos de guerra.

Ela saltou para longe, ainda em cima de Thrana, e meu coração pareceu ir com ela. Desviei o olhar dos construtos monstruosos, focando no exército de cambaleantes subindo a colina.

Enviei outro terremoto, fazendo o possível para direcioná-lo para baixo, na direção dos construtos, e não dos soldados atrás de mim. Os cambaleantes caíram, seus pés escorregando, fazendo-os rolar pela encosta. Mephi disparou para atacar os que conseguiram passar. Ele estava do tamanho de um cachorro grande agora, e usava os chifres a seu favor, cortando os construtos como se fossem arbustos.

E, então, algo frio e afiado tocou minha clavícula.

– Ah, Jovis. Você deve ficar sempre de olho, sabia? Mesmo quando está ocupado. Os Alangas são notoriamente difíceis de matar.

46

NISONG

Ilha Gaelung

Cada golpe que Nisong desferia, cada morte que causava tinha um nome. Para Concha, para Fronde, para Grama e para Folha. Ela entrou no meio da batalha, cercada por construtos de guerra, colocando a força de sua raiva em cada golpe de clava. Os amigos deveriam estar ali; Lin, o Império, o mundo tinha conspirado contra ela. As coisas teriam sido diferentes com os quatro ao seu lado. Concha teria cozinhado algo cheio de pimenta na noite anterior à batalha. Fronde já teria terminado de esculpir o pássaro e estaria talhando algo novo. Grama teria repassado seus planos de batalha, sugando o lábio enquanto lia, as mãos com manchas de idade apontando onde melhorias podiam ser feitas. E Folha estaria ao lado de Nisong, ajudando a executar suas ordens.

Lin havia falado de paz, mas desferiu o primeiro golpe. Shiyen podia tê-los enviado para Maila, mas Lin oferecera a recompensa pela cabeça deles. A Imperatriz pensou que poderia dar um tapa na cara dos construtos e estender a mesma mão para ser apertada em amizade. Só havia uma maneira de isso terminar. Nisong precisou lembrar a si mesma que os construtos de Maila tinham escolhido segui-la; eles escolheram aquele caminho também.

Ela golpeou o capacete de um soldado, amassando-o e jogando o homem no chão. Sangue respingou nos seus lábios. Por Folha, com as mãos delgadas e gentis e o rosto estreito.

Ela empurrou os soldados no platô, tentando encontrar alguma fraqueza em suas linhas. Os construtos de guerra já os espalhavam, derrubando alguns colina abaixo. Seu exército só precisava chegar aos portões.

Vários caíram sob as garras e dentes de suas feras de guerra. Outro caiu pela clava de Nisong. Por Concha. Ele teria liderado o caminho.

Uma brecha apareceu nas linhas à sua direita, perto das curvas. Ela espiou por cima das cabeças dos soldados. Havia uma mulher parada no caminho, de frente para um homem com vestes de monge. Nisong apertou os olhos na chuva. Era Lin? Ali embaixo, entre os soldados? Ela sentiu seus dentes cerrarem enquanto seu foco mudava. Queria enfiar a clava no crânio daquela mulher. O som de ossos quebrando, o som molhado de carne por baixo. Se ela ao menos conseguisse chegar lá. Uma morte para pagar por quatro. Por Concha, por Fronde, por Folha e por Grama. Nisong atacou com a arma, incitando suas feras a lutarem mais rápido, mais forte.

O monge levantou as mãos e a chuva ao redor parou, sendo puxada na direção dele por alguma força invisível. Ele acenou e a água formou uma onda.

Tudo pareceu se encolher. Restava apenas o gosto de cobre em seus lábios, a sensação de água escorrendo pelo pescoço.

Alanga. Então era verdade. Eles estavam voltando. E um deles estava ali, no campo de batalha, lutando contra a Imperatriz. As especulações sobre os motivos que o levaram a isso podiam esperar. Ela redobrou seus esforços. Um construto de guerra choramingou quando um soldado atingiu seus flancos com a espada. Outro caiu, gritando, enquanto sua garganta era cortada. Nisong se moveu para preencher as lacunas, a mão com dois dedos faltando escorregando um pouco na clava. Ela firmou a mão. Eles conseguiriam. Seus cambaleantes estavam marchando encosta acima.

E, nesse momento, o chão tremeu. Nisong lutou para manter os pés firmes enquanto a terra ondulava. A lama se soltou, deixando o chão líquido e viscoso, fazendo o cascalho voar.

– Avante! Avancem! – gritou ela, mas palavras não conseguiam fazer acontecer. Ela soltou um pé do chão lamacento e quase deixou a bota para trás.

Um soldado a golpeou com a espada. Nisong atacou, mal desviando a lâmina a tempo. Ela havia perdido outro construto de guerra no terremoto.

Antes que pudesse se recuperar, o chão tremeu novamente. Ela enfiou os dedos no pelo das costas de um construto de urso para se firmar e ousou olhar para baixo. Seus cambaleantes eram como moscas presas no mel. Muitos caíram durante os terremotos, grudaram na lama ou rolaram pela encosta. Não importa, Nisong disse a si mesma. Eles eram só uma distração. A maior parte dos construtos de guerra estava no portão agora.

Se tomassem Gaelung, poderiam partir para Hualin Or e depois para a Imperial. Gaelung tinha uma população grande. Tantos corpos. Tantos ossos. Não haveria como detê-los. Eles colocariam o Império de joelhos.

E depois?, perguntou a voz de Coral no fundo de sua mente. Nisong balançou a cabeça, mostrando os dentes enquanto atacava outro soldado. Depois, eles teriam justiça. E poderiam descansar.

Ela olhou para as curvas. O monge tinha sumido, Lin também. Outro homem estava lá. Ele bateu com o pé.

Dessa vez, ela agarrou o construto de urso para se firmar antes que o terremoto os alcançasse. Assim que a ondulação passou, ela o soltou e foi para cima dos soldados. Cambaleantes começaram a passar por ela enquanto seguiam em direção ao palácio. As únicas coisas que pareciam marcar a passagem do tempo eram os golpes de sua clava e os nomes repetidos em sua mente.

Concha. Fronde. Grama. Folha.

Nisong não soube quando exatamente percebeu que estavam perdendo. Outro construto de guerra caiu; os cambaleantes eram poucos agora. Houve uma mudança de humor nos soldados à sua frente. Estavam mais eretos, atacaram com mais força. Foi algo gradual, como a noite dando lugar ao dia. Cada movimento dela em direção ao portão foi rechaçado.

Nisong tinha uma última cartada para jogar. Mas hesitava em fazer isso.

Concha. Fronde. Grama. Folha.

Não Coral também. Ela dissera a Folha e Coral que os protegeria. Tinha quebrado a promessa para Folha; faria o mesmo com Coral agora?

Mas não havia mais ninguém a quem ela confiaria a serpente marinha. E ela precisava daquela serpente para mudar a maré. Ela precisava de Coral.

Nisong bateu com a clava em outro soldado, sentindo costelas estalarem com a força do golpe. Era isso que a vingança custava? Era esse o preço de levar justiça aos seus inimigos? Ela já havia pagado com sangue.

Havia outros caminhos que poderia ter tomado, mas aquele era o único que fazia sentido para ela.

Antes que pudesse mudar de ideia, Nisong tirou o lenço vermelho de dentro da túnica e o ergueu para o céu. Seu construto de gaivota levantou voo das árvores.

Ela esmagaria o Império, a Imperatriz e seu povo.

Não importava o custo.

47

LIN

Ilha Gaelung

Contornei o platô, sentindo os últimos vestígios do poder da baga de zimbro nuvioso desaparecerem. Mas eu não precisava daquele poder para isso. Thrana agarrava bestas de guerra perdidas com a mandíbula e as jogava para o lado, e então eu deslizava de suas costas e reescrevia os comandos. Ela ficava acima de mim enquanto eu entalhava, uma presença sólida e protetora. Eu fazia tudo o mais rápido possível, a ferramenta de entalhe deixando marcas nos meus dedos, minhas mãos doloridas. Mal tinha tempo para pensar, mas Bayan e nossa última luta contra meu pai estavam na minha mente. Eu não perderia Thrana como perdi Bayan. Quanto mais rápido aquilo acabasse, menos baixas teríamos.

Por isso, eu me esforcei mais, trabalhei mais rápido. Corri ladeira abaixo, Thrana logo atrás, pegando um construto de guerra antes que ele voltasse à batalha. A luz dos lampiões que Urame havia enfiado no chão mal me alcançava; eles balançavam com o vento, tremeluzindo. Vislumbrei dentes na escuridão antes de enfiar a mão no pelo molhado e fedorento. A fera congelou. As patas dianteiras de Thrana, robustas e cheias de garras, estavam firmes atrás de mim enquanto eu me ajoelhava na lama, sentindo as marcas no fragmento e entalhando as modificações que sabia de cor. Eu sentia o calor da ossalen às minhas costas, a vibração de um rosnado profundo em sua garganta. Enfiei o fragmento de volta no construto, sem esperar que ele despertasse novamente e se recuperasse.

Que Imperatriz eu era, coberta de sangue, sujeira e chuva fria. Meu pai nunca teria entrado em batalha ao lado de soldados, mas talvez fosse esse o ponto: ele nunca teria se colocado em perigo para proteger seu povo. Subi nas costas de Thrana e ela correu em direção a uma fera de guerra na curva. Olhei para o portão e vi a criatura ainda de pé, os soldados ali firmes. Alguns construtos tinham rompido as linhas de frente. Modifiquei rapidamente o construto na curva, evitando por pouco suas garras.

– Tenha mais cuidado – disse Thrana.

– Um pouco difícil em uma batalha! – gritei no barulho. Ela apenas bufou e desviou da lâmina de um cambaleante. – Vá para o portão – falei. – Estão precisando da nossa ajuda.

Ela avançou, disparando entre os construtos e jogando-os para o lado com os ombros e as pontas dos chifres. Meu coração se encheu de orgulho enquanto eu segurava os pelos de seu pescoço; por baixo da camada externa áspera, era macio, seco e quente. Ela era no mínimo tão formidável quanto qualquer um dos construtos de guerra do meu pai. E era *minha*.

A primeira linha de soldados estava começando a vacilar, os construtos de guerra atacando e abrindo passagem. Homens e mulheres gritavam de ambos os lados enquanto dentes e garras rasgavam sua carne. Lampiões nos muros banhavam a cena em laranja e preto. Thrana saltou por uma brecha nas linhas e empurrou uma fera com corpo de urso e cabeça de tigre antes que mordesse o rosto de um soldado preso sob sua pata. Em um movimento suave, deslizei das costas dela e enfiei a mão no construto.

O rosnado da fera parou na garganta, o homem debaixo da pata ofegando e se contorcendo enquanto tentava escapar. Não tive tempo de ajudá-lo a se levantar. Procurei o fragmento de que precisava, puxei-o para fora, entalhei a modificação e o enfiei de volta na criatura. Thrana gritou. Girei e vi uma fera pálida e peluda cravando as garras nas costas dela, abrindo a boca cheia de baba para morder o pescoço. Contraí a mandíbula, sentindo sujeira entre os dentes. Agarrei uma das pernas do construto, puxei-a para pegar impulso suficiente e enfiei a mão no peito dele. Ele parou enquanto eu tateava dentro e caiu no chão quando segurei um dos fragmentos na ponta dos dedos.

Thrana gritou em alerta. Algo bateu nas minhas costas antes que eu pudesse me virar. Um cheiro forte e almiscarado inundou minhas narinas, o cascalho machucando as palmas das minhas mãos e os meus joelhos. O peso me pressionou na terra. Eu ouvi o rosnado e procurei desesperadamente a vibração nos meus ossos, sabendo que me revelar significaria minha ruína.

De repente, o peso sumiu. Phalue estava ao meu lado puxando a espada das costas da fera. Ela estendeu a mão e me ajudou a levantar. Depois da linha de soldados, construtos de guerra lutavam contra construtos de guerra.

– Notei o que você está fazendo – disse Phalue –, e está funcionando.

Thrana se aproximou das minhas costas para garantir que ninguém mais me atacasse daquele ângulo. As palmas das minhas mãos ardiam; eu mal consegui recuperar o fôlego. Foi por muito pouco.

Phalue indicou a ferramenta de entalhe.

– Essa é a única arma que você sabe usar? Ela não te dá muito alcance. Você deveria levar uma espada para a batalha, Eminência.

A única defesa que eu tinha agora era Thrana.

– Você vai me ensinar quando isso acabar – falei subitamente.

A mulher riu.

– Se nós duas sobrevivermos, sim. Por que não? – Ela girou, espada na mão, procurando o próximo oponente. – Mais uma vez, isso não significa que apoio você.

Com mãos trêmulas, agarrei o pelo do pescoço de Thrana. Ela abaixou um pouco os ombros, permitindo que eu subisse mais facilmente em suas costas. Só a parte de trás da minha cabeça continuava seca; todo o resto estava molhado, enlameado e ensanguentado. Eu poderia me preocupar em tomar um banho quente mais tarde. Meus ossos vibravam, a água era uma presença viva ao meu redor. Eu ainda tinha mais para dar. Meu estômago se contraiu com o pensamento.

Só se eu precisasse. Só se não tivesse outra escolha.

Thrana e eu nos lançamos contra as fileiras de construtos de guerra e cambaleantes, e meu mundo se resumiu a aglomerados fedorentos de pelo, dentes reluzentes e olhos brilhando na escuridão. Mal notei quando um dente cortou meu ombro ou uma garra rasgou minha capa de oleado. Nisong se achava habilidosa com a magia do fragmento de ossos? Bem, eu tinha enfrentado Bayan, derrotado os quatro maiores construtos do meu pai, enfrentado o próprio Shiyen Sukai e reivindicado seu título. Não importava que Nisong e eu tivéssemos sido feitas para ser a mesma pessoa. Eu tinha trabalhado nisso por mais tempo do que ela.

Vislumbrei algo no céu, um vulto branco voando para longe do palácio. Uma coruja? Um construto espião, levando notícias da batalha para Nisong? Ou ela estava ali, na briga?

Virei Thrana em direção às curvas, onde a luta era mais intensa e onde mais precisavam de mim. Gradualmente, senti uma queda nas fileiras dos construtos, algo sutil como as estrelas piscando para dar lugar ao amanhecer. Havia menos construtos de guerra para transformar. A luta ao meu redor já não parecia tão urgente.

Nós conseguiríamos. Iríamos barrar o exército fora do portão. Se lutássemos contra eles até um impasse, talvez conseguisse que as outras ilhas a ficassem do nosso lado. Poderia manter o Império unido.

Um rugido grave como uma onda se quebrando ecoou na noite. Árvores rangeram e racharam ao longe.

Senti meus dedos se contraindo. Mais construtos? Ela retardara um contingente do exército? Por quê? Que tipo de estratégia era aquela?

Um silêncio caiu sobre o campo de batalha quando o som de madeira se quebrando foi substituído pelo som de movimento de vento ou água, alto o suficiente para superar o barulho das armas de metal se chocando. Fui tomada de um medo transbordante. O som se intensificou, uma tempestade se aproximando. Um construto de guerra saltou em nossa direção e Thrana o jogou longe. Eu estava paralisada em suas costas, esperando a destruição que eu sabia estar chegando.

O que Nisong tinha feito?

O som parou.

A cabeça enorme de uma serpente marinha adulta surgiu das encostas, cada dente tão longo quanto o meu braço.

48

JOVIS

Ilha Gaelung

A lâmina de Ragan pairou na minha garganta. Pude senti-la pressionando minha pele quando eu engolia.

– Vou anotar isso para a próxima vez – falei. – Sobre ter certeza de que você está morto.

Os lábios do monge nem tremeram. Continuei falando, esperando ganhar tempo.

– Eu sei sobre seu antigo mosteiro. Ninguém tinha ouvido falar deles em mais de um ano antes de Unta afundar.

– Não gosto de você – disse Ragan –, mas não precisamos ser inimigos.

– Você atacou a Imperatriz. Nós já somos inimigos. O que fez com os outros monges? Você os assassinou?

– As mortes não foram intencionais. Um erro quando adulterei a água do poço. Eu só queria fazê-los dormir. Só queria o que era meu por direito. – A lâmina tremeu, abrindo levemente minha pele.

– Seu por direito?

– Os textos restritos. Eu fiz tudo o que eles pediram. Me destaquei em todas as tarefas. Deveria ter sido nomeado mestre há muito tempo! – Ele balançou a cabeça. – Mas que importância isso tem? Eles estão mortos, eu sou um Alanga e você pode se juntar a mim ou morrer. Eu poderia te ensinar algumas coisas. Como consertar o vínculo com seu ossalen, por exemplo.

Mephi avançou, agarrando a perna de Ragan com os dentes da mesma forma que agarrara Philine. Ele estava maior agora, e, pelo grito de Ragan, os dentes tiveram um impacto maior do que com Philine. A espada caiu do meu pescoço e toda a raiva de Ragan se concentrou em Mephi. Ele levantou a espada.

Bati com o pé, enviando um tremor na direção de Ragan. Ao mesmo tempo, levantei o cajado e avancei.

Ragan tropeçou, o golpe que tentara dar em Mephi passando longe. Mas ele recuperou o equilíbrio antes que eu o alcançasse, livrou a perna da mordida de Mephi e encontrou meu cajado com a espada.

Eu não tive treinamento formal, e agora, enquanto lutava contra alguém com força e velocidade aprimoradas de Alanga, percebi o quanto fazia falta. Ragan posicionava os pés de forma precisa e se movia com facilidade e prática. Eu contava mais com a força bruta e a magia do que admitia a mim mesmo. Meus golpes, que sempre derrotavam meus oponentes com um ou dois movimentos, agora pareciam desajeitados, exagerados. Mirei na cabeça de Ragan, mas ele desviou do ataque e acertou minha barriga com o mesmo movimento fluido.

E, então, Mephi me salvou. Ele mordeu os calcanhares de Ragan e o desequilibrou.

Eu não teria conseguido sobreviver a Ragan sem Mephi. Nós dois o atacamos, revezando, um ajudando o outro. O ossalen de Ragan espreitava atrás dele, sem ousar fazer mais do que se encolher. Agora eu entendia que ele só o tinha levado ao campo de batalha para expor Lin como Alanga. Enviei tremores na direção de Ragan, atacando-o com água. Ragan juntou a água ao seu redor, transformando-a em dardos que alvejaram minha pele. Ele tinha mais controle do que eu. Meus pés escorregaram na lama e na grama molhada.

Mas nós estávamos resistindo. Eu só precisava que Ragan escorregasse uma vez para acabar com ele.

Ele pulou para trás, desviando do golpe do meu cajado. Em seguida, enfiou a mão na bolsa do cinto e colocou algo na boca.

Claro. Ele era um monge de árvore nuviosa.

Senti a exaustão nos ossos, um tremor que corria paralelo ao tremor de poder. Procurei a magia, tentei mais uma vez derrubar Ragan. Mas o sacolejo que enviei foi fraco, nem sequer moveu o monge. Ele me deu aquele sorriso infernal enquanto avançava com a espada, os movimentos tão rápidos que eu mal conseguia acompanhar.

Bloqueei por instinto, levantando o cajado para interceptar golpes que eu não via. Meus braços tremiam. Mephi mordeu as pernas dele, mas ele desviou facilmente. Ragan ficava mais forte com as bagas de zimbro nuvioso, mais forte do que eu já tinha sido em qualquer ocasião. Sua espada fez um corte na minha coxa e no meu ombro. Ele me forçava a recuar, circulando ao meu redor para que eu fosse na direção das encostas. Eu não conseguia pará-lo. A chuva molhava meus ferimentos, fazendo-os arder. Eles iam sarar, mas o próximo golpe que eu não desviasse poderia ser o que jogaria minhas tripas no chão.

Um Alanga podia se curar disso?

Ao longe, as árvores rangeram e racharam. O campo de batalha ficou em silêncio. Um som de movimento encheu meus ouvidos; lembrava o bater das ondas nos penhascos em Anaui. Que novo horror estava sendo lançado sobre nós?

Ragan deu um passo para trás, me dando um descanso. Senti que me avaliava, julgando a melhor maneira de me matar. Meu olhar passou pelo campo de batalha, pelos soldados, pelos guardas, todos fazendo o possível para lutar contra cambaleantes e construtos de guerra. Avistei um rosto familiar à minha esquerda, no limite do platô, e apertei os olhos contra a chuva. Era Philine? O Ioph Carn também havia se juntado à batalha? Mas então a mulher, quem quer que fosse, desapareceu atrás de uma árvore. Reajustei a postura, tentando estabilizar minha respiração.

– Não temos como resistir – disse Mephi ao meu lado, ofegante. – Não somos fortes o suficiente. Ainda não.

– Fuja – falei para ele. – Fique bem longe daqui. Você ainda pode viver, Mephi. Ainda há o Mar Infinito para nadar, peixes para comer e comida para pedir aos vendedores ambulantes.

– Jovis – disse ele, a voz clara acima do barulho –, não seja idiota. – Ele então passou por mim, desviou da espada erguida de Ragan e agarrou Lozhi entre os dentes.

Ragan ficou paralisado. Ele tinha levado Lozhi para o campo de batalha para desmascarar Lin, mas, ao fazer isso, também se tornara vulnerável. Lozhi não se moveu, o corpo mole na boca de Mephi. A criatura era menor do que Mephi, mas ainda tinha dentes, garras e chifres. Ele poderia ter reagido se quisesse, mas só choramingou. Meu coração se encheu de pena. O animal não merecia o que Ragan lhe fizera. Mas eu o usaria como garantia se fosse preciso.

– Vá embora – falei para Ragan. – Vá embora, ou seu ossalen morre.

Ele bufou com deboche, embora eu só pudesse ver sua expressão, o som perdido no vento.

– Como você acha que isso funciona? Eu vou embora e você fica com meu ossalen? Por que eu concordaria com isso? Não tenho garantia nenhuma.

Mephi passou a pata dianteira em volta de Lozhi, as garras afundando no pelo da criatura. Ragan fez uma careta.

– O que acontece com você se Lozhi morrer? – perguntei. – Você quer correr esse risco?

Ragan olhou para mim, a expressão estranha.

– Você não sabe, não é? Tanto poder na ponta dos dedos e você não tem ideia do porquê ou de quanto custa.

Abri a boca para retrucar, certo de que diria algo inteligente. Mas então um vento frio soprou minha nuca e a luta ao redor silenciou. Não vire as costas para um inimigo, é o que sempre dizem. O que não dizem é o que fazer se o inimigo já estiver atrás de você.

Eu me virei.

A cabeça enorme de uma serpente marinha surgiu da encosta atrás de mim, a boca aberta. Havia uma mulher sentada em seu pescoço, os dedos apertando os chifres. Ela se inclinou para sussurrar no ouvido da criatura. Os pontos luminescentes nas laterais da besta brilharam, os olhos grandes e amarelos captando a luz da lâmpada. Olhos grandes e amarelos que se concentraram em mim.

Eu não tinha certeza se a umidade que senti na cabeça era chuva ou a saliva que pingava da boca da criatura. Quando imaginava as maneiras pelas quais eu poderia morrer, ser devorado por uma serpente marinha gigante não passava nem remotamente perto da lista. Enviei um terremoto na direção da criatura, um esforço lamentável. Duvido que a besta tenha sentido.

Ela moveu a cabeça para baixo.

– Jovis! – gritou Mephi.

49

PHALUE

Ilha Gaelung

O mundo havia se tornado apenas sangue, suor e chuva. Phalue rangeu os dentes enquanto balançava a espada, afastando construtos de guerra. Já havia lutado na chuva no pátio do palácio, mas nunca na lama. Nunca com os braços ensanguentados e ardendo. Nunca com homens e mulheres que conhecia morrendo ao seu redor. Parecera uma atitude nobre, a coisa certa, quando ela disse a Ranami que precisava ajudar Gaelung a combater o exército de construtos. Ela chutou uma fera nos dentes e enfiou a espada no fundo da boca quando a criatura rosnou.

Não havia nada de nobre na guerra.

Quanto tempo tinha se passado? Sentia que estava lutando, matando e sobrevivendo havia dias. Mas ainda era noite.

O portão atrás dela era uma presença sólida. *Protejam o portão*, a general dissera. *Eliminem qualquer um que romper as linhas de frente*. Phalue não estava acostumada a receber ordens, e sim a dá-las. Mas ela morreria antes de desobedecer àquela.

Um construto saltou por cima dos soldados na linha de frente, batendo nas costas de Phalue. Ela se abaixou e jogou a fera sobre os ombros. O animal caiu à sua frente, mas se levantou antes que Phalue acabasse com ele. Ela puxou a capa para a frente do corpo quando a fera correu em sua direção. Fileiras e fileiras de dentes estreitos, afiados como agulhas, afundaram no tecido.

Phalue poderia muito bem morrer cumprindo aquela ordem.

Ela puxou a capa para trás, fazendo a criatura deslizar pelo chão. Tythus, ao seu lado, enfiou a espada no peito da fera.

– Obrigada – disse Phalue, ofegante.

Mas Tythus já estava se virando para um grupo de cambaleantes que havia aberto caminho pela brecha deixada pelos construtos de guerra. À sua direita, outro soldado morreu, a cabeça arrancada por um construto. Phalue golpeou a criatura com a espada e ela pulou para trás, rosnando com a boca sangrenta. Ela atingiu um olho e a fera gritou. Mais um golpe e a fera morreu.

Phalue girou para ajudar Tythus com os cambaleantes. Os dois lutaram em sincronia, todos os anos praticando juntos dando a eles um panorama dos movimentos do outro. Eles passaram pelos cambaleantes como fazendeiros cortando trigo. Ela acertou o último e viu que não havia mais inimigos pressionando seus flancos. Outros chegariam, mas, por enquanto, a calmaria permitia respirar.

– Você está ferido? – perguntou ela a Tythus.

Ele balançou a cabeça e afastou o cabelo molhado do rosto com a mão enluvada.

– Você?

Ela olhou para si mesma, insegura.

– Talvez. Acho que não.

Ele riu, soando um pouco maníaco.

– Você não achou que seria assim, achou?

– Eu não sei o que achei. – Ela olhou para a escuridão, tentando avaliar os números sob a luz dos lampiões. Os construtos se moviam como lama solta numa encosta, fluindo inexoravelmente em direção ao portão. – Mas acho que vamos conseguir. Acho que vamos proteger o portão. – Phalue pensou ter visto a luz fraca do amanhecer no horizonte, as estrelas piscando. De alguma forma, parecia ter demorado demais para amanhecer, mas também havia passado muito rápido. O tempo tinha perdido todo o significado. Tudo o que importava era a dor nos músculos, as batidas do coração. Significavam que ela ainda estava viva.

– Sim – disse Tythus. – Acho que você está certa. As probabilidades são baixas, mas parece que a Imperatriz os está transformando.

Phalue tinha mesmo prometido à mulher que lhe ensinaria a lutar com espadas? À Imperatriz? Ela balançou a cabeça. Um problema para um amanhecer diferente.

Madeira estalou ao longe, do outro lado dos campos, lá embaixo. Seguiu-se um som alto e rápido. Algo ruim estava acontecendo, ela tinha certeza.

– Formem-se! – Tythus gritou para os guardas, que se dividiram em fileiras. Phalue não pôde deixar de notar que havia menos deles do que quando começaram. – O que você acha que é? – ele perguntou a Phalue.

– Eu queria saber – respondeu ela.

A cabeça de uma serpente marinha enorme surgiu das encostas. Seu corpo ondulava colina abaixo e desaparecia na escuridão. Pontos verde-azulados luminescentes na lateral dela ganharam vida, iluminando o campo de batalha. Phalue nunca tivera motivo para sentir o medo profundo e duradouro que os animais sentem diante do predador; ela sempre fora uma das pessoas mais altas e largas entre os seus. Mas, agora, podia sentir o terror que um coelho deve sentir quando as garras de uma águia se fecham em torno de sua barriga.

A serpente investiu, atacando as pessoas. Ela oscilava entre correr e deslizar encosta acima, as pernas curtas com membranas encontrando apoio na lama, levantando cada vez mais o corpo em direção ao platô. Por onde passava, jogava as pessoas para o lado ou as pisoteava, garras rasgando torsos ao meio. Gritos soavam acima do som de lâminas colidindo. A criatura nem sequer parecia ciente das pessoas que matava.

– Você está se cagando? – perguntou Tythus. – Porque acho que acabei de me cagar.

Phalue lutou para encontrar palavras, para achar uma maneira de tornar aquilo menos assustador.

– Uma serpente marinha não sairia do mar para lutar em nome dos construtos, o que significa que ela *é* um construto. Nós só precisamos dar tempo para a Imperatriz mudá-la para o nosso lado.

– Se ela conseguir se aproximar – murmurou Tythus.

– Temos que facilitar para ela – disse Phalue. – É isso ou deitar e virar comida de serpente.

– A segunda opção parece bem tentadora, mas acho que minha esposa e meus filhos teriam algo contra a dizer. – Tythus virou ligeiramente a cabeça. – Está indo para o portão! – ele gritou para os soldados, gesticulando ao mesmo tempo. – A estrutura não vai ceder no primeiro impacto. Vamos nos dividir em dois grupos e seguir pelos lados. Se a serpente passar pelos soldados e atingir os portões, nós nos juntamos e a encurralamos. Phalue e eu assumiremos a liderança.

– Assumiremos, é? – questionou Phalue. Mas ela estava falando apenas para se sentir melhor. Sua voz soava mais calma do que ela realmente se sentia.

– Somos os melhores lutadores aqui, e você não aceitaria que eu te protegesse. Você vai pela direita, eu vou pela esquerda. Não tenho certeza se a serpente marinha vai chegar ao portão primeiro, mas é um bom palpite. De qualquer forma, temos que flanqueá-la. Não quero enfrentar essa coisa de frente.

Não houve mais tempo para conversa. Phalue se separou do seu grupo de guardas, movendo-se rapidamente para a direita do portão. A serpente marinha avançou pelo platô e Phalue se preparou. Os soldados à sua frente levantaram as espadas, alinhando-as como lanças.

A criatura investiu contra os soldados. As espadas atingiram o alvo, mas a serpente nem pareceu notar. Ela se contorceu de um lado para o outro, a cabeça golpeando com a velocidade de uma cobra. Sangue, vermelho e quente, molhou o cascalho. Phalue não sabia o quanto era da serpente, o quanto era dos soldados. A criatura agarrou um soldado com a boca, o barulho de metal sendo esmagado ecoando no ar. Mas, antes que a serpente levantasse a cabeça, Phalue viu alguém *montado* no pescoço da fera.

– Tythus! – gritou ela.

– Eu vi! – gritou ele em resposta.

A serpente bateu com um dos pés no chão. Soldados voaram, caindo pela encosta da colina. A criatura atacou.

Como Tythus havia previsto, ela foi direto para o portão. Bateu na madeira, mas não quebrou, embora tenha sido por pouco. As enormes dobradiças foram forçadas e a madeira rangeu. A besta era ainda mais aterrorizante de perto, os pontos luminescentes brilhantes como lampiões, os dentes longos como braços humanos, as garras capazes de estripar com apenas um golpe.

Às vezes, Phalue supôs, liderar significava ir primeiro. Ela atacou.

Como uma pessoa poderia atacar uma criatura tão grande? Era como uma formiga tentando inutilmente morder o polegar de alguém. Aquilo era tão distante de suas sessões de luta no pátio. Distante até mesmo de lutar contra dois construtos solitários em Nephilanu. Ela fez um corte sangrento na lateral da serpente marinha; como consequência, foi jogada para o lado. O mundo se inclinou ao seu redor. Quando deu por si, estava deitada de costas, tentando recuperar o fôlego, sentindo uma dor na cabeça. *Levante-se. Agora.* Ela continuou segurando a espada. As garras da besta haviam feito cortes profundos em sua armadura, mas ela achava que não tinham perfurado a pele.

Não havia tempo para verificar. Tythus estava gritando. Phalue balançou a cabeça, tentando afastar a sensação de confusão.

– Ei, sua besta enorme! Aqui!

Ele estava... *provocando* a serpente? A criatura o atacou e Phalue entendeu: ao trazer a cabeça da serpente para mais perto do chão, Tythus teria mais chances de acertar o cavaleiro montado no pescoço dela. Ele rolou para o lado quando a boca da serpente se fechou, quase o atingindo. Ele não sabia se derrubar o cavaleiro faria alguma diferença, mas, como havia dito antes, era um palpite justo. Tythus se recuperou e golpeou o cavaleiro com a espada, os soldados atrás dele correndo para perto. Mas todos chegaram tarde demais.

A serpente levantou a cabeça, tirando o cavaleiro de alcance. Ela se reajustou e bateu com o corpo no portão novamente.

Phalue sacudiu a chuva dos olhos, o gosto de sangue na boca.

– Ataquem o cavaleiro! – ela gritou para os guardas. Em seguida, acenou para a serpente marinha: – Aqui embaixo! – Phalue golpeou a perna mais próxima da criatura, que rapidamente virou a cabeça para ela.

Os olhos amarelos brilhantes deixaram seus joelhos fracos. A cabeça se moveu para atacar. Phalue se jogou para o lado, escapando por pouco. O cascalho estalou abaixo dela, a água encharcando a parte de trás da capa. Ela ouviu outro ataque logo sem seguida. Os dentes da fera se fecharam, quase atingindo seu tornozelo. Phalue levantou a cabeça. Seus guardas estavam correndo para a frente, mas nenhum deles conseguiu chegar a tempo.

De repente, Tythus estava ao lado dela, estendendo a mão para ajudá-la a levantar.

– O que aconteceu com a estratégia de flanqueamento?

– O cavaleiro está sussurrando comandos para a serpente. Precisamos eliminá-lo. Você e eu podemos fazer isso juntos – disse Tythus. Antes que ela respondesse, ele correu, gritando e enfiando a espada no ombro da serpente marinha. Phalue disparou logo atrás. Precisava estar pronta. A serpente atacou e Tythus se esquivou. Phalue levantou a espada. O cavaleiro apareceu. Era uma mulher, a cabeça inclinada em direção ao pescoço da serpente. Phalue era maior, mais forte... Ela conseguiria.

A cabeça da serpente desviou para o lado no último momento, as mandíbulas se fechando no tronco de Tythus.

O mundo de Phalue parou. Ela começou a gritar, mas nem sequer ouvia suas palavras. Só ouvia a própria voz, um som doloroso e lamentoso. A serpente ergueu a cabeça, deixando o corpo quebrado de Tythus para trás, no caminho de cascalho. Ela então passou pelos guardas e bateu no portão pela terceira vez.

Com um estrondo, o portão cedeu.

50

Lin

Ilha Gaelung

O estrondo dos portões pareceu o mundo se quebrando. Por um momento, pensei que aguentaríamos, que passaríamos por aquilo com o mínimo de baixas. Eu estava fazendo minha parte, transformando o máximo possível de construtos de guerra. Aquela serpente marinha só podia ser um construto também. Por onde passava, eu lutava contra construtos e salvava soldados que mal tinham tempo para demonstrar gratidão. Se eu conseguisse chegar perto…

Onde estava Jovis? A ajuda dele seria útil. Eu o tinha perdido de vista depois que o deixei para ir reescrever os fragmentos dos construtos de guerra.

– Rápido, Thrana – falei no ouvido dela. – De volta aos portões.

Ela deu uma nova explosão de velocidade, disparando pela batalha o mais rápido que podia. Estávamos quase lá. Phalue e seus soldados tinham feito o possível para ganhar tempo, mas eu precisava fazer o resto. Se eu conseguisse transformar a serpente marinha para o nosso lado, a batalha terminaria. Nós venceríamos. Mas, se eu não conseguisse e ninguém tivesse sucesso em matá-la, estaríamos condenados. Com o portão quebrado, não havia para onde recuar.

Ragan entrou no meu caminho, a espada em punho.

– Saia da frente – falei.

– Isso é uma ordem da Imperatriz? – perguntou ele. – Eu deveria tremer de medo, pensando no que você pode fazer se eu desobedecer? – Ele apertou ainda mais o punho da espada e deu um passo em direção a Thrana e eu.

Ragan não me deixaria passar sem uma luta. Olhei ao redor. Estávamos perto do portão agora, e a batalha estava intensa ali. Eu poderia contorná-lo com Thrana, mas teríamos que voltar e ir até a borda do platô, entrando na vegetação de entorno. Nosso deslocamento seria lento, ele poderia nos atacar por trás. E havia seus poderes Alangas para enfrentar.

Ragan reuniu a chuva ao redor, formando uma onda em suas costas.

Eu não tinha mais bagas de zimbro nuvioso para me dar força. Tudo o que havia à minha disposição era a ferramenta de entalhe e uma espada que eu não sabia usar. E Thrana. Eu sabia que Ragan queria me expor ali, na frente de todos os soldados. Meus ossos vibraram, mas reprimi o poder. Abri a boca, sem saber o que dizer.

O rosto dele se contraiu e a parede de água voou em nossa direção. Thrana mal teve tempo de firmar os pés antes que nos atingisse. Eu deslizei das costas dela, meus dedos escorregando do pelo. Ele estava tentando nos jogar encosta abaixo.

Como eu poderia contra-atacar?

A onda passou e nós ficamos no lugar, tremendo, a chuva ainda nos atingindo de cima. Ragan riu.

– É para isso que você pretende usar seu poder? – gritei para ele.

– Melhor do que fingir que não tenho poder. – Ele levantou o pé e o abaixou. A terra ondulou sob os pés de Thrana.

De repente, ele estava na minha frente, atacando com a espada. Thrana correu para longe, mas não rápido o suficiente; a lâmina cortou minha coxa e a lateral do corpo dela. Ela grunhiu, mas não deu nenhum outro sinal de dor. Nós duas nos curaríamos, mas talvez não rápido o bastante. Ragan já estava nos atacando de novo, não dando tempo para Thrana morder.

Não poderíamos resistir para sempre, e eu precisava fazer mais do que isso. Naquele momento, a serpente estava entrando no pátio do palácio, indo em cada canto para devorar os cidadãos de Gaelung e os arqueiros no topo das muralhas. Seu corpo se enrolou nas muralhas. Nós perderíamos a batalha. Eu perderia o Império.

Meu coração se contraiu. Fosse como fosse, eu perderia. Se me revelasse como Alanga, as pessoas me rejeitariam. Se não fizesse nada, elas morreriam. Mas eu tinha trabalhado tanto por aquela posição, pela possibilidade de fazer a diferença. Pensei novamente na garça ensanguentada no canto da minha mesa. No sorriso de uma garotinha e nas mãos fortes e gentis de um ferreiro. No juramento que eu havia pedido para Jovis fazer, de ser um servo dos cidadãos. Cada vítima daquela batalha tinha famílias, pessoas que se importavam com elas.

Aquilo não era sobre mim ou sobre o quanto eu havia trabalhado.

Deixei a vibração correr. Ela encheu meu corpo, sacudiu meus ossos, fez minha carne parecer mais viva. Juntei a água ao meu redor e formei cordas para chicotear Ragan, atingindo a pele sensível do rosto. Depois, usei mais água para formar um muro entre o monge e eu.

O maldito riu novamente enquanto se esquivava dos meus ataques. Joguei o muro de água nele. Com um movimento da mão, ele a moveu para o lado, na direção dos construtos e soldados, deixando-os encharcados. Mas, naquele breve momento, senti a determinação dele, e de alguma forma eu soube: minha determinação era tão intensa quanto a dele.

Eu podia lutar contra ele. Podia fazer aquilo.

Deslizei das costas de Thrana e guardei a ferramenta de entalhe na minha faixa. O poder correu por mim, esperando para ser usado. Eu precisava tirar Ragan do caminho rapidamente. Juntei a chuva ao meu redor em mais duas ondas enquanto ele avançava com a espada erguida.

Thrana se colocou entre mim e Ragan, a boca repuxada para trás. Senti seu rosnado vibrando pelo corpo, uma resposta à minha própria vibração. Quando ele atacou, ela tentou mordê-lo, passou as garras em sua capa e o empurrou com os ombros. Já eu fiz as ondas se quebrarem na cabeça dele, tentei cobrir seu nariz e sua boca e sacudi a lama ao redor.

Meus esforços só o desequilibraram um pouco. Minha determinação era tão forte quanto a dele, mas minha habilidade não. Eu tinha passado meus anos aprendendo a magia do fragmento de ossos; não sabia muito sobre os Alangas ou a magia deles. Também não tive muito tempo para praticar. Bati o pé novamente, fazendo o possível para direcionar o terremoto para Ragan. O chão embaixo dele tremeu, mas foi fraco. Ragan sorriu com deboche e enviou um terremoto de volta.

Tive que agarrar o pelo de Thrana para me manter de pé. Minha mão se sujou de sangue. Quantos ferimentos ela tinha sofrido por mim?

– Fique atrás de mim, Thrana. Você já fez o bastante. – Ela não se moveu. Precisei ir para a frente dela.

– Agora eles sabem o que você é – disse Ragan. – Ainda quer ficar aqui e protegê-los? Por que lutar contra mim em vez de vir comigo? Deixe os construtos e os mortais lutarem. Eles vão se voltar contra você assim que a batalha acabar.

– Você quer que eu te siga, quer liderar os Alangas. Mas a que custo? Da morte de todas essas pessoas?

– Antes eles do que nós. Por que nos arriscarmos nesse conflito? – rebateu ele, as sobrancelhas baixas. Era o tipo de Alanga que meu pai sempre temera, que não se importava nem um pouco com as pessoas que esmagava a cada passo.

A expressão dele, a postura, os movimentos, tudo falava de uma raiva profunda e duradoura. Os monges o tinham segurado. Eu sabia como era isso.

Eu poderia ter me juntado a ele, a Nisong, se minhas circunstâncias tivessem sido apenas um pouco diferentes.

– Sei que os monges não te trataram como você merecia. Também estive nessa posição. Meu pai nunca achou que eu fosse digna, não até morrer. – Tentei falar de um jeito tranquilizador, embora tivesse que gritar. – Você não precisa fazer isso. Se me ajudar a combater os construtos, como prometeu, ainda terá um lugar neste Império. Você é digno, Ragan. Não precisa que os monges lhe digam isso. Não precisa que eu diga.

A tensão nos ombros dele diminuiu.

– Sério? Poderíamos procurar os outros Alangas juntos?

– Claro – respondi. – Você sabe mais sobre eles do que eu. Você é mais habilidoso do que eu. Preciso da sua ajuda. Todos precisamos.

Os ombros dele murcharam e tremeram. Por um momento, pensei que estivesse chorando, mas então ele levantou a cabeça. O monge estava... rindo.

– Você acha que eu quero viver entre os bens do Império como se fosse um deles? É tão arrogante a ponto de pensar que pode persuadir alguém a ficar do seu lado? Parece os monges quando começaram a me ensinar: "Ah, Ragan, você tem tanto potencial". Mas... – Ele levantou o dedo. – ...elogios são baratos e vazios. Eles podem se transformar rapidamente em amargura e desprezo. Eu quero mais do que palavras. Quero obediência. – Lozhi se encolheu atrás das pernas dele.

Ragan remexeu na bolsa do cinto, tirou uma baga de zimbro e a esmagou entre os dentes. Quando levantou a mão livre, a chuva acima dele parou e rodopiou em torno de seu tronco, formando lençóis maiores de água. Ele os espalhou, criando uma barreira entre mim e os portões do palácio.

– Se não deixar esses mortais para trás, se insistir em protegê-los, nós sempre estaremos em desacordo. Sempre seremos inimigos.

51

Jovis

Ilha Gaelung

Algo grande e peludo bateu em mim antes que os dentes da serpente marinha se fechassem na minha cabeça. Caí morro abaixo, quebrando arbustos no caminho. Se eu sobrevivesse àquilo, nunca mais subiria uma colina. Eu me agarrei ao cajado com firmeza enquanto caía, enquanto o mundo ao meu redor girava e tremia. Quando finalmente parei, não consegui ficar de pé. O céu girava, a chuva caía nos meus olhos. E então uma forma escura bloqueou minha visão das nuvens. Um nariz molhado tocou o meu, bigodes fazendo cócegas nas minhas bochechas.

– Jovis, você está ferido? – Mephi perguntou enquanto farejava meu rosto, meu tronco, minhas mãos. Um dos chifres prendeu na lateral da minha jaqueta. Como ele sabia que era eu? Eu estava caído, me sentindo uma criatura feita de lama, galhos e pedaços soltos de cascalho.

Um banho quente. Eu mataria todos ali por apenas mais um banho e uma refeição quentes.

O que significava que eu ainda queria viver.

O que significava que eu provavelmente deveria me levantar.

Eu grunhi e me levantei com dificuldade. A dor sempre aumentava quando eu me levantava. Meus joelhos latejavam, meus ombros doíam. Pelo menos minha cabeça não estava sendo mastigada na mandíbula de uma serpente marinha gigante. Mephi havia soltado o ossalen de Ragan para salvar minha vida. Ragan estava solto novamente, causando sabe-se lá que tipo de estragos no campo de batalha.

Eu tateei no escuro.

– Merda, onde é o caminho? É uma subida muito íngreme até o platô.

Mephi pegou minha mão com gentileza entre os dentes.

– Aqui – disse ele, me puxando.

Fomos devagar. Eu estava exausto da luta com Ragan, da queda. Mas Lin estava sozinha lá em cima, fazendo o possível para afastar o exército inimigo. Eu poderia pisar em alguns arbustos.

Eu me impulsionei para a frente, me apoiando em Mephi quando minha força falhava ou a grama escorregava debaixo de mim. Ele não reclamou, só continuou me puxando para a frente, um apoio silencioso. Os sons da luta ficaram mais altos. Passamos por vários corpos no caminho: de construtos, de cambaleantes, de soldados.

Quando chegamos, minhas pernas estavam tremendo. Eu sabia que, se pudesse tirar um momento para recuperar o fôlego, conseguiria me recompor. Mas eu via, por cima das árvores, a cabeça erguida da serpente marinha. Ela passara pelo portão do palácio, a madeira destruída, nosso exército em desordem. Os gritos dos cidadãos refugiados dentro dos muros do palácio se espalhavam pelo ar. De onde eu estava, não consegui ver muito da batalha, mas o que eu via não parecia promissor. Nossos soldados estavam desorganizados, lutando em grupos dispersos que se dispersavam mais a cada momento. Não consegui mensurar quantos construtos de guerra Lin havia mudado para o nosso lado e quantos ainda lutavam do lado do exército de construtos. Estabilizei minha respiração e encontrei a vibração ainda nos meus ossos, esperando para ser usada.

Quando decidi voltar ao palácio, achei que encontraria meu fim pelo decreto de Lin, não no campo de batalha. Minha mãe sempre dizia que eu não enxergava longe. Mas ali estava eu, e não podia deixar aquelas pessoas morrerem, não importava o que isso significaria para mim.

E eu não podia deixar Lin morrer. Olhei por cima das curvas e folhagens tentando encontrá-la, mesmo sabendo que era inútil, tão inútil quanto aquela maldita batalha. Nisong e seus construtos nos esmagariam. Lin fez o melhor que pôde para trazer as ilhas para o nosso lado, para convencê-las a enviar guardas, mas só foi parcialmente bem-sucedida. Eu esperava que fosse o suficiente, mas esperanças não geravam mais soldados. Ainda que mentisse para mim mesmo o dia todo, no fundo eu sabia a verdade.

– Amigos até o fim? – falei para Mephi.

– Sempre – ele respondeu sem hesitar.

Limpei a lama do cabo do cajado até sentir novamente as ranhuras do metal. A luta se desenrolava à minha frente, os construtos rosnando, os soldados desesperados. Eu faria o exército de Nisong pagar pela minha vida, pelo menos.

E, então, uma bateria de passos soou atrás de mim.

Eu me virei e minha garganta secou. Um exército estava marchando encosta acima. Outro exército. Nisong os mantivera na reserva também?

Um lampião balançou, a luz atingindo o rosto do homem que guiava os soldados. Vi uma barba grisalha, sobrancelhas baixas e um único olho brilhante.

– Gio! – exclamei com surpresa, embora soubesse que ele não me ouviria daquela distância e com os sons da batalha. – Gio? – Por todas as ilhas conhecidas, o que *ele* estava fazendo ali? Tinha ido esmagar Lin enquanto ela estava por baixo? Por que se dar a esse trabalho? Os construtos já estavam fazendo isso. Ele só queria ter certeza?

Eu me coloquei no caminho, procurando a vibração nos meus ossos, meu cajado a postos, Mephi ao meu lado. Gio não diminuiu o ritmo, e nem os homens e mulheres atrás dele. Ele franziu a testa quando chegou perto o suficiente para me reconhecer.

– Jovis! – gritou ele. – Saia da frente! – Era o mesmo tom que minha mãe usava quando eu a incomodava na cozinha. Ensaiei dar um passo para o lado instintivamente, mas me obriguei a parar. Gio também parou, assim como seu exército de Raros Desfragmentados.

– A Imperatriz está tentando ajudar as pessoas – falei. – O exército de construtos é o inimigo, não ela.

Gio bufou com deboche.

– Então o espião não só deixou de ser espião; ele é vira-casaca. Eu deveria ter esperado isso. O que ela fez pra você? Ofereceu dinheiro? Um palácio?

Eu me irritei. Ele tinha conseguido insultar a mim e a Lin de uma só vez.

– Você acha que minha lealdade é tão barata assim? – Nunca pensei que ouviria essas palavras saindo da minha boca. Antigamente, era muito fácil me comprar.

Ele olhou para mim através da escuridão e da chuva.

– Sério? Então é isso? Você e a Imperatriz? – Pelo menos ele não riu, apenas suspirou e encarou o horizonte. – Mas não é por isso que estou aqui. Eu vim ajudar. Então saia, a menos que queira ver sua Imperatriz e todas as pessoas aqui mortas.

Ele tinha ido ajudar? Não fazia sentido. Eu conhecia Gio, e ele não era o nobre benfeitor que gostava de fingir ser.

– Por que você viria aqui? Por que arriscaria seu pescoço pelo Império em um cenário tão ruim?

– Jovis, talvez não seja o melhor momento para fazer perguntas – disse Mephi com urgência. – A serpente marinha atravessou o portão.

– Mas e se ele estiver mentindo? E se tiver vindo nos matar?

Os homens e mulheres atrás de Gio se mexeram, as expressões sombrias e raivosas. Que ótimo. Agora eu tinha ofendido seu bando de leais. Eles nunca acreditariam em nada ruim a respeito de Gio.

– Não tenho tempo para isso – disse Gio, e então levantou a mão.

Eu ergui o cajado, percebendo no último minuto que ele não segurava nenhuma faca. Suas mãos estavam vazias.

Uma rajada de vento e água me atingiu pela lateral. Meu cajado era inútil contra isso. Ouvi Mephi gritar quando fomos jogados encosta abaixo. Pelo Mar Infinito, o que tinha acabado de acontecer? O pensamento ocorreu quase ao mesmo tempo em que uma lembrança me veio à mente.

Na época em que Gio e eu entramos no palácio de Nephilanu juntos, algo tinha derrubado um dos guardas e o levado pela encosta. Eu percebia agora que tinha sido o vento, mirando precisamente no guarda. Na ocasião, Gio tinha me culpado.

Não tinha sido eu. Tinha sido ele.

Gio era um Alanga.

Então, bati a cabeça em algo duro e o mundo se apagou.

52

Lin

Ilha Gaelung

Água permeava cada peça da minha roupa, o tecido áspero e pesado contra minha pele. Cada vez que eu tentava recuperar o fôlego, Ragan mandava outra onda, me forçando a me preparar mais uma vez. Thrana dava o seu melhor para ajudar, mas ele a mantinha longe com a espada. Estávamos apenas sobrevivendo, e ele parecia dominar a lâmina e a magia sem esforço. Desejei ter levado mais bagas e cascas de zimbro nuvioso comigo. Ao nosso redor, a luta ainda estava acontecendo. Um construto de guerra se separou e veio em direção à minha garganta, mas foi jogado para longe pela onda seguinte de Ragan. Usei um pouco do meu poder e desviei parte da água para o lado. O resto me encharcou, quase me derrubando.

Eu estava mais longe do portão agora. A cada passo que eu dava, Ragan me empurrava de volta para as curvas.

Algo pareceu mudar no campo de batalha. No começo, pensei que era só o amanhecer afugentando a noite. A escuridão se dissipava aos poucos, os construtos e as pessoas ao meu redor ficando mais visíveis, assim como o sangue em seus rostos. Mas, embora o céu tenha ficado mais claro, algo mais havia mudado. Eu sentia no ar, no humor das pessoas próximas de nós.

Alguém estava marchando em nossa direção. Muitos, muitos alguéns.

Ragan virou a cabeça por um momento e Thrana correu até o ossalen dele. Levantei a água ao meu redor com a intenção de enfiá-la pela garganta dele, mas cometi o erro de olhar na direção do som dos passos quando o grupo chegou ao platô.

Reconheci o homem que os liderava. Era o mesmo que eu tinha visto na pilha de lixo em Nephilanu e, desta vez, consegui identificar seu rosto. A barba grisalha, o único olho intacto, a carranca perpétua. Eu tinha visto nos cartazes que os construtos burocráticos estavam pintando.

Gio, o líder dos Raros Desfragmentados. E todos os Raros Desfragmentados que ele conseguiu levar, pelo jeito. Eu tinha ouvido falar que ele estava reunindo um exército em Khalute, mas não o esperava ali, agora.

Que sorte a minha.

Construtos e humanos se voltaram para a nova ameaça, sem saber de que lado estavam. Um construto de guerra quebrou a tensão e correu em direção a Gio. O homem só levantou a mão e a fera foi jogada longe.

Embora meu corpo estivesse encharcado, minha boca ficou seca. Eu nunca tinha acreditado nos boatos de que Gio havia tomado Khalute sozinho. Mas que poder era aquele? Uma brisa roçou minha bochecha e me lembrei dos contos dos Alangas. A maioria se concentrava na habilidade de controle da água, embora alguns mencionassem a habilidade de trabalhar o vento.

Mas eu nunca tinha ouvido falar sobre Gio ter um ossalen.

Ragan tinha se virado completamente para encarar a nova ameaça agora.

– Você tem duas opções! – gritou ele. – Jure lealdade a mim ou seja destruído.

Gio apertou a boca.

– *Garoto* – disse ele, e eu nunca tinha ouvido uma palavra carregada de tanto desprezo –, eu não tenho tempo para você.

Ragan criou um muro de água entre ele e Gio, os lábios apertados em concentração.

– Você tem mais uma chance.

Gio só levantou uma sobrancelha. E moveu o dedo.

O muro de água desmoronou em gotas.

Ragan estendeu as mãos para as gotas como se pudesse juntá-las. Eu nunca tinha visto alguém tão perdido.

– Como...?

– Saia! – gritou Gio.

Ragan mostrou os dentes e levantou o pé.

Gio balançou a mão.

Dessa vez, através da luz cinzenta do amanhecer, pude ver a chuva sendo distorcida enquanto o vento chicoteava em direção a Ragan e a mim. Não tive tempo de desviar e não sabia como parar o ataque. Ragan levantou as mãos e ambos fomos jogados no mato na lateral do platô, caindo ao lado de corpos na grama escorregadia. Eu me levantei primeiro. Ele tinha perdido a espada na queda.

– Thrana! – gritei. Ela emergiu de um arbusto, ilesa. Passei um braço em volta de seu pescoço para me firmar.

Ragan parou por um momento para procurar seu ossalen e eu bati o pé no chão, o desespero apertando meu peito. A serpente marinha ainda estava lá em cima, devastando o palácio, matando cidadãos que não sabiam lutar.

O chão tremeu sob meus pés e Ragan tropeçou.

– Lozhi! – gritou ele. O animal saiu furtivamente de trás do cadáver de um construto de guerra, a cabeça baixa. Antes que eu pudesse aproveitar minha vantagem momentânea, Ragan cerrou os dentes e empurrou outro muro de água em mim. Ele me atingiu de cima, e lutei para não deslizar mais para baixo da colina. À nossa esquerda, a grama e os arbustos desapareciam na beira de um precipício. Arrisquei uma rápida olhada; a queda era vertiginosa. Tentei reunir a chuva ao meu redor e percebi que a vibração tinha diminuído, meus membros doíam, minha cabeça latejava. Só a presença de Thrana me impedia de desmaiar. Como ela ainda podia ter energia?

– Tire força de mim – murmurou ela em meu ouvido.

Ragan sorriu, sabendo que eu estava exausta.

– O que você planeja fazer depois que isso acabar? – perguntei, sem conseguir evitar a amargura na voz. – Ainda tem o exército de construtos e os Raros Desfragmentados.

Ele apenas puxou uma faca do cinto.

– Isso é preocupação minha. Você? Você estará morta.

Tudo que eu tinha era minha inteligência e uma ferramenta de entalhe. *Tire força de mim.* Minha respiração parou. Lembrei que eu também tinha alguns pedaços do chifre de Thrana na bolsinha da minha faixa. Uma suspeita cresceu na minha mente. Será que ela queria dizer que...?

– Sim – disse ela, como se soubesse o que eu estava pensando. – Faça isso.

Ragan avançou, a faca erguida, seu olhar nos dentes à mostra de Thrana, a mão levantada para erguer outra onda.

Puxei um fragmento da bolsa e o entalhei. O osso cedeu facilmente sob a minha ferramenta, como se tivesse sido feito para isso. Eu e Thrana nos movemos como um só ser. Ela tentou morder Ragan. Ele virou a faca na direção dela, distraído. E eu, veloz e pequena, passei pela guarda dele e enfiei o fragmento abaixo de suas costelas.

Não foi como esfaqueá-lo, não exatamente. Tive a estranha sensação da pele cedendo, e Ragan caiu para trás, a boca aberta. A onda que ele havia formado se esparramou no chão, inútil. Ele levou a mão à lateral do corpo, procurando o osso, tentando desalojá-lo. Mas o fragmento tinha sumido dentro dele.

– O que você fez?

Abri a boca, tentando pensar numa réplica presunçosa, mas não tinha nada. Eu mesma não sabia o que havia feito. Thrana respirava pesadamente ao meu lado, sangue encharcando seu pelo. Seus pés, no entanto, estavam firmemente plantados, os ombros tensos.

Ragan franziu as sobrancelhas e me atacou com a faca. Eu recuei.

Ele largou a lâmina no meio do golpe.

Algo entre triunfo e terror vibrou em minhas veias. O que eu *tinha feito*? O monge levantou a mão, uma onda se formou na encosta... e não se moveu. Ele gritou de frustração, apertando a mão na lateral do corpo outra vez.

– Me diz o que você fez comigo!

Finalmente, encontrei as palavras.

– Só o que você merece. E você não merece a morte, não pelas minhas mãos. – Segurei no pelo de Thrana e subi nas costas dela. – Vamos reescrever um construto de serpente marinha – falei para ela. – E derrotar um exército.

Músculos se contraíram debaixo de mim quando ela disparou encosta acima, deixando Ragan para trás, o pedaço de chifre cravado no corpo e entalhado com um comando simples: *Vu minyet kras.*

Você não consegue matar.

53

JOVIS

Ilha Gaelung

Recobrei a consciência com dificuldade, lama enchendo meus ouvidos e o gosto de sangue dominando minha boca. O céu estava ficando cinza-escuro. A memória voltava aos poucos. Lembrei-me primeiro de que Lin tinha me mandado embora, depois da descoberta de que Ragan era traiçoeiro, depois da batalha e da minha viagem indesejada pelas encostas da colina. Limpei um pouco da lama dos ouvidos e passei a mão na parte de trás da cabeça. Molhada, quente e dolorida, digna de um crânio rachado. Eu tinha caído de cabeça num tronco podre e encharcado pela chuva. Tive sorte de não ter sido uma pedra. Eu havia ficado inconsciente por tempo suficiente para o sangramento parar e a ferida começar a fechar.

Algo parecia errado.

– Não foi o melhor começo de dia que eu tive – resmunguei. – E você?

Nenhuma resposta.

– Mephi? – Eu levantei a voz, pensando que ele não tivesse me ouvido. Nós dois tínhamos sido jogados para baixo da encosta, e ele, mais perto do chão do que eu, costumava se sair melhor em quedas.

Eu me levantei, o mundo girando. Minha cura rápida funcionava para dores de cabeça? Tentei me lembrar da última vez que tinha tido uma dor de cabeça.

Todos os pensamentos sumiram de repente quando percebi que Mephi não estava em lugar nenhum. Fui tomado de pânico, meu coração quase pulando para dentro da boca. Eu estava de pé, andando em círculos antes de perceber que estava me movendo. Passei o olhar por arbustos, grama, pedras, corpos de soldados e construtos caídos.

O que poderia manter Mephi longe de mim?

Nada, *nada*.

Ele estava lá todas as manhãs quando eu acordava, o nariz molhado enfiado na minha orelha, os bigodes fazendo cócegas nas minhas bochechas.

Mephi gostava de colocar as patas no meu peito quando achava que eu já tinha dormido demais, seu peso dificultava minha respiração. Ele ficava de olho em cada refeição minha, implorava por restos de comida da tripulação do navio e achava que podia pegar para si qualquer coisa que não estivesse pregada em algum lugar.

Ele era meu amigo.

– Mephi! – Eu gritava o nome dele enquanto arrebentava arbustos, metade de mim sabendo que ele tinha ido embora e a outra metade esperando que ele levantasse a cabeça, bufando daquele jeito divertido. *Você ficou nervoso? Eu estava aqui o tempo todo.*

Corri em direção ao palácio bem a tempo de ver Gio enfrentar a serpente marinha. Parecia que eu tinha entrado em um estranho mundo de pesadelo. Gio levantou as mãos. Um ciclone de vento e água se formou diante dele. Ele o empurrou para a fera, que rugiu enquanto corpo e membros se contorciam naquela tempestade em miniatura. A serpente jogou a cabeça para trás. A pessoa montada em seu pescoço voou longe, por cima das muralhas do palácio. Eu tropecei em corpos de homens e mulheres, as bocas abertas. Gio ergueu os pedaços quebrados do portão, usando ventos fortes como um furacão para jogá-los na parte inferior do corpo da serpente. A criatura gritou e tentou fechar a boca na cabeça dele. Mas Gio era rápido demais e se movia com a força e a graça de um homem muito mais jovem. Um homem com magia nos ossos.

Prestei atenção parcial à batalha. Eu queria mais do que tudo acordar na encosta novamente. E encontrar Mephi comigo.

Mas Emahla tinha me ensinado que eu precisava seguir em frente. Enquanto a serpente marinha e Gio destruíam o pátio do palácio, refiz meus passos em pensamento. Eu não tinha encontrado o corpo de Mephi. Nós tínhamos caído juntos, quase lado a lado. Eu não o tinha visto na encosta acima ou abaixo.

Só havia duas possibilidades: ele havia ido embora ou havia sido levado.

No momento em que percebi que ele havia sido levado, eu soube quem era o responsável.

O Ioph Carn.

54

LIN

Ilha Gaelung

Voltei para o palácio a tempo de ver Gio em batalha, sua força muito maior do que eu podia conceber. Eu não saberia chicotear os ventos em um frenesi como aquele, nem controlar a água de forma tão precisa. A luta havia parado, os Raros Desfragmentados virando a mesa. Os homens e mulheres restantes tinham se voltado para Gio e a serpente marinha, observando-os de olhos arregalados. Há quanto tempo não se via um Alanga em seu potencial máximo? As histórias davam uma ideia, mas histórias são coisas distantes.

Eu era a Imperatriz, e também era Alanga. Se nem todos sabiam ainda, logo saberiam. Tanto tempo e esforço dedicados a me tornar Imperatriz, e agora eu havia tornado minha posição precária, insustentável. Os governadores teriam ainda mais motivos para pedir minha abdicação. Eles não ficariam contentes em me ver recolhida tranquilamente em alguma ilha distante; haveria pedidos para minha execução. Eu tinha salvado o povo de Gaelung, mas a que custo? Eu havia falhado com o Império.

Se eu saísse de fininho agora, se pegasse Thrana e corresse, talvez eu encontrasse moradia em algum lugar do Império. Eu era inteligente, engenhosa. Havia maneiras de me disfarçar. Eu poderia construir uma casa nos limites de alguma cidade, onde Thrana passaria despercebida. Só ela e eu, tomando sol em alguma praia, sem ninguém para cuidar além de nós mesmas.

Parecia uma vida adorável.

Parecia uma vida solitária.

Eu tinha dito a Numeen que seria uma Imperatriz melhor. Eu tinha prometido a ele.

A serpente atacou Gio, os dentes longos e afiados quase o acertando. Quem quer que estivesse montado em seu pescoço havia sumido. A criatura atacou violentamente.

Gio era capaz de lidar com a serpente sozinho. Não precisava de mim. Mas eu podia estar errada, e quem sofreria por isso? Todos os que eu tinha prometido salvar. Talvez eu não precisasse ser uma Imperatriz melhor. Talvez só ser uma pessoa melhor fosse o suficiente. Eu contraí a mandíbula.

– Precisamos chegar perto – falei para Thrana.

Ela já tinha começado a se mover antes que eu terminasse de falar. Passamos por homens e mulheres concentrados na luta. Alguns se viraram para me ver montada em minha ossalen, boquiabertos ao me reconhecerem, mas, fora Thrana, eu estava indistinguível da multidão molhada e lamacenta.

O portão era um entulho debaixo do arco. Onde estava Urame? E Phalue?

Não tive tempo de procurar meus aliados. À minha frente, a serpente marinha se aproximava, Gio diminuído por seu volume.

– Distraia ela! – gritei.

Ele fez cara feia para mim, mas só brevemente. A serpente marinha se enrolou, pronta para outro ataque. Gio puxou a água ao redor, criando um ciclone giratório, cheio de pedras e detritos, entre ele e a serpente marinha. Ele arremessou o ciclone em direção à criatura e eu corri atrás dela.

A besta gritou quando a madeira e as pedras atingiram sua pele e se incrustaram entre as escamas. Antes que ela pudesse se recuperar, Thrana se chocou contra seu corpo, minha coxa presa entre o pelo da ossalen e a pele escorregadia e escamosa da serpente.

Eu me concentrei e estendi a mão. Encontrei a enorme coluna vertebral da serpente. Ela ficou paralisada quando minha mão entrou em seu corpo, mas, se eu não manipulasse seus fragmentos, a paralisia duraria pouco tempo.

Claro. Nisong não teria tantos fragmentos, então os teria usado com moderação. Eles estariam enfiados perto da base do crânio da serpente. Olhei para a lateral assustadora do pescoço musculoso. Bem, eu já havia escalado superfícies mais escorregadias. As lanças e flechas enfiadas nas escamas forneceriam apoio suficiente. Aquele era só um tipo diferente de muro. Um muro móvel. Com dentes.

Eu tinha chegado até ali.

Thrana choramingou quando agarrei o primeiro apoio e peguei impulso para escalar. Depois de subir apenas mais um apoio, a serpente começou a se mover novamente. Olhei para baixo e vi Thrana circulando e Gio com as adagas em mãos. Pareciam ridiculamente pequenos perto da serpente. Aquela era a coisa mais tola que eu já tinha feito. Mas também parecia a mais certa.

Sentindo meu corpo todo doer, subi o mais rápido que pude.

Não foi o suficiente. Os músculos da serpente se contraíram abaixo de mim. Cerrei os dentes e tentei enfiar os pés nas feridas feitas pelas pedras. Agarrei uma lasca de madeira acima de mim. A musculatura contraída relaxou. Meu estômago subiu até a garganta quando a fera atacou Gio e me carregou em direção ao chão. Meus pés escorregaram. De repente, me vi pendurada naquela lasca de madeira. Antes que eu decidisse largá-la, aproveitando que o chão estava perto, ela ergueu a cabeça para o céu novamente.

Pelo Mar Infinito, era bom que aquele pedaço de arma estivesse enfiado bem fundo.

A madeira permaneceu no lugar, e eu também. Quase desejei que ainda fosse noite para não ver exatamente de quão alto eu cairia.

Só um pouco mais. Eu conseguia ver o local onde o construto tinha ficado sentado, entre dois espinhos membranosos. Forcei meus músculos doloridos a se moverem, procurando apoios. A serpente se contraiu de novo. Respirei fundo, tentando não pensar que não havia nenhuma lasca de madeira em que me segurar dessa vez, e enfiei a mão no pescoço da criatura.

Dessa vez, encontrei fragmentos.

Puxei um e, sem nem olhar, enfiei-o de volta no lugar errado. A besta parou e eu deslizei de volta para baixo, pelo pescoço dela. Thrana estava lá para me pegar e me sustentar com os ombros.

– Vai cair – falei, e juntas, nos afastamos da serpente marinha. Ouvi as escamas sibilarem nas pedras do pavimento quando a criatura saiu da paralisia. Os soldados ao redor exclamaram surpresos, e o medo enrijeceu meus ombros. Eu havia reorganizado os fragmentos. Isso não deveria ter interrompido a lógica dos comandos? Eu me virei e vi a serpente preparando-se para atacar com a cabeça. – Thrana!

Ela me puxou o mais rápido que pôde para o lado. Nós não conseguiríamos. Houve uma lufada de ar quando a serpente marinha atacou.

Eu tinha feito o que podia. Precisava fazer as pazes com isso.

A criatura fechou a boca logo acima de mim, a cabeça jogando terra e pedras quando ela caiu à minha direita. O chão tremeu quando o resto do corpo desabou. Finalmente, a besta estava imóvel. Escamas caíram das laterais enquanto a carne derretia dos ossos. Passei a mão pela minha jaqueta rasgada e lamacenta, surpresa de ver que ainda estava inteira. A besta estava morta, e eu não.

Em algum momento durante minha luta com a serpente, a chuva tinha parado. Os sons da luta tinham diminuído. Eu via soldados ainda de pé além do arco, formas cinzentas na névoa matinal.

Nós tínhamos vencido. Tínhamos... *vencido*?

A sensação não era de vitória. A caminhada para subir uma montanha implacável seria longa, e não haveria alimento ou fogo esperando no alto. Fechei os olhos e me encostei em Thrana, tentando bloquear o som da serpente se dissolvendo. O mundo fez silêncio.

Passos começaram a soar no pátio. Abri um pouco os olhos e vi civis saindo de seus esconderijos no palácio, detrás de pilares e de destroços quebrados. Soldados e Raros Desfragmentados cambaleavam pelo arco, olhando os restos flácidos da serpente como se não tivessem certeza de que estava realmente morta. As pessoas lotaram o pátio, mas passaram longe de mim e de Thrana.

A voz de Urame soou de algum lugar ali perto.

– Vocês dois, comecem a procurar sobreviventes. Você, veja se tem algum médico no palácio. Sei que mais de um se refugiou lá. E, você, reúna o máximo de criados que puder. Comecem a preparar o saguão de entrada como enfermaria.

Então ela tinha sobrevivido. Mas meu alívio só durou um momento, porque logo comecei a ouvir os murmúrios.

– Ela também fez a água se mover com as mãos.

– Eu a vi lutando com o monge.

– A Imperatriz também tem uma daquelas criaturas.

– *Alanga*.

A palavra se espalhou entre as pessoas, cada interação mais cheia de medo, de terror, de raiva. Agarrei o pelo dos ombros de Thrana e tentei subir em suas costas. Meus dedos escorregaram, minhas mãos doendo, meus braços fracos demais para sustentar meu peso.

– Precisamos ir – falei, mesmo sabendo que era tarde demais. Não havia saída fácil do pátio, nenhum lugar para onde pudesse ir sem ser notada. O círculo de pessoas ao meu redor se apertou.

Meus ossos vibraram, deixando claro que eu ainda tinha um pouco de magia. Comecei a canalizá-la, mas parei.

Eu não tinha salvado aquelas pessoas só para matá-las.

– Uma saudação à Imperatriz Lin Sukai! – gritou uma voz na multidão. – Ela veio em nosso auxílio quando mais precisamos. Arriscou a própria vida para nos salvar, como Arrimus defendendo a cidade da serpente marinha Mephisolou.

Reconheci aquela voz. Jovis. A história de Arrimus era uma das poucas positivas sobre os Alangas. Ele tinha escolhido a comparação perfeita.

– Uma saudação à Imperatriz Lin Sukai! – gritou ele de novo.

Aos poucos, o clima da multidão foi mudando. Outra pessoa fez coro ao grito, e depois outras. De repente, eu estava cercada de pessoas gritando meu nome, aprovando a mim e às minhas ações. Todos os elogios que eu nunca havia recebido do meu pai. Toda a aceitação que eu não sabia que ainda queria. Que ainda precisava.

Apesar de saber quem eu era.

Eu era Lin. Eu era Alanga. Eu tinha derrotado o exército de construtos e era a *Imperatriz*.

Jovis abriu caminho pela multidão. Por um momento, só nos encaramos, mas então ele sacudiu a cabeça em direção ao palácio. *Podemos conversar?*

Encontrei as últimas reservas de força e comecei a percorrer meu caminho pelo pátio, curvando a cabeça para as pessoas que se curvavam para mim, Thrana ao meu lado. Segui Jovis pelo saguão de entrada até uma salinha lateral vazia.

– Cuida da porta? – pedi a Thrana, que assentiu e firmou os pés.

Fechei a porta e ficamos sozinhos, a luz enevoada entrando pela janela entreaberta, os sons de fora abafados.

– Bem, acho que isso me faz merecer um perdão da execução, você não acha? – Jovis estava coberto de lama, ensanguentado da batalha, o cabelo cacheado molhado de chuva e suor... e mesmo assim conseguiu dar um sorriso arrogante. Um pouco trêmulo nos cantos, mas ali estava.

– Uma suspensão da execução – falei, retribuindo o sorriso com hesitação. Parte do meu coração ainda estava sensível pela traição. Levaria tempo.

Ele ficou sério.

– Você viu o que Gio fez?

Era por isso que ele queria falar comigo?

– Todo mundo viu. – Minha mente já estava acelerando, considerando as implicações. – Gio também é Alanga. Não sei onde está seu ossalen, mas ele tem os mesmos poderes que nós. Ele escondeu isso esse tempo todo?

– Acho que sim – respondeu Jovis, a expressão sombria. – Isso explicaria Khalute.

– O líder dos Raros Desfragmentados... é Alanga? Isso vai dar problema depois. – Estremeci, sentindo uma dor aguda nas costelas. Todos os meus ferimentos começaram a latejar ao mesmo tempo, me lembrando que estavam ali.

Jovis estendeu a mão.

– Você está ferida? – Ele tirou um pedaço de terra do meu ombro com suavidade, notando o pano rasgado por baixo, o sangue seco.

– Você está? – Estendi os dedos hesitantes para a lateral da cabeça dele.

Nós nos examinamos sem falar nada, catalogando feridas que já tinham começado a cicatrizar. Apenas o som da nossa respiração e do roçar dos tecidos preenchia o espaço pequeno.

– Lin – disse ele.

Fiquei paralisada, como se eu fosse um construto e meu nome fosse a mão dele entrando no meu peito. Eu não sabia o que dizer. O que eu mais queria era mergulhar no abraço dele, mas eu não sabia como estávamos.

– Eu te amo – disse Jovis, subitamente. – Por favor, não me execute. Nem depois. Ah, merda. Eu não sou bom nisso. Quer dizer... vou começar de novo. Eu fiz besteira. Eu não me importo com o que você é. Com o que quer que seu pai tenha feito para criar você. Eu me importo com quem você é. E você é alguém com quem me importo. – Ele repuxou os lábios, franzindo o nariz. – Eu nem sei se... isso faz sentido?

Eu ri meio sem querer.

– Faz sim, eu juro. – Levei a mão à bochecha dele, impressionada com a maneira como ele se inclinou para o meu toque, com a sensação do calor dele na palma da minha mão. Observei seu rosto. Havia tensão nas linhas nos cantos dos olhos, na mandíbula firme, mas não contraída. – Mas tem outra coisa, não tem?

– É Mephi.

Meu coração se apertou. Mephi não estava com ele. Mephi estava *sempre* com ele. Era a sombra de Jovis, assim como Thrana era a minha.

– Ele...? – Não consegui nem terminar a frase. *Morreu?*

– Não. – Jovis balançou a cabeça. – Eu saberia. Ou acho que saberia. Foi Kaphra. Ele estava lá naquela noite em que você salvou a minha vida, mas conseguiu escapar. Eu deveria ter desconfiado. Deveria ter sido mais cauteloso. Ele não gosta de deixar as coisas inacabadas e, quando quer algo, faz de tudo para conseguir. Não posso afirmar com certeza, mas é a única coisa que faz sentido. Ele pegou Mephi. E sei para onde vai levá-lo. – Jovis segurou minhas mãos. Seus dedos estavam frios, embora os meus não estivessem muito mais quentes.

– Então você tem que ir. – Não havia mais nada que ele pudesse fazer. Só de pensar em alguém levando Thrana, de não saber onde ela estava, ou de saber que estava em mãos desconhecidas... Eu não conseguiria suportar. – Você precisa encontrá-lo.

Ele acariciou os nós dos meus dedos, o olhar nas nossas mãos entrelaçadas.

– Eu não devia deixar você. Sou seu capitão da Guarda Imperial. Você vai precisar de mim agora, mais do que nunca.

Agora que os Alangas estavam voltando. Agora que sabíamos que os motivos deles eram tão variados quanto os peixes no mar.

– Nós dois sabemos que Mephi precisa mais de você nesse momento. Pegue o que precisar no navio. Dinheiro, suprimentos, pedra sagaz. É tudo seu. – Eu sentia a tentação de estar em mar aberto outra vez, longe da confusão da política, das tentativas de desatar os nós que meu pai havia criado. – Queria poder ir com você.

Ele suspirou.

– Mas você não pode.

Puxei-o para perto e encostei os lábios nos dele. Tinha gosto de terra, lama e água da chuva. As roupas dele estavam pesadas de umidade, assim como as minhas. Mas eu sentia o calor dele por baixo, e isso me aqueceu mais do que um fogo crepitante.

– Lin – disse ele sem fôlego junto à minha boca.

Para as profundezas do Mar Infinito com a adequação. Eu agarrei a gola dele com as mãos sujas de lama, sabendo que podia ser a última vez. O último beijo, o último abraço, o último momento juntos. Parecia um afogamento, mas sem necessidade de subir à superfície para respirar. Ele me pegou, um braço em volta da minha cintura, o outro subindo para acariciar minha bochecha, para enfiar os dedos no emaranhado do meu cabelo.

Eu queria poder viver naquele momento. Queria que nunca tivesse que acabar. Mas "para sempre" era um termo para tolos e poetas. Eu não era nenhum dos dois. Eu me afastei.

– Não me importa de onde você veio. Não me importa a sua herança. Volta para mim.

Eu não pedi, mas ele falou mesmo assim.

– Eu prometo. – Jovis pegou minha mão e a colocou sobre o coração. Senti os batimentos fortes e firmes. – E eu nunca mais quebrarei uma promessa feita a você.

Antes que eu pudesse responder, ele foi embora.

55

NISONG

Ilha Gaelung

Nisong devia estar grata por Coral ser leve. Ela a encontrou entre os arbustos na encosta, arremessada pela serpente marinha. Passou o braço de Coral no ombro, levantou-a pela cintura e arrastou-a para longe do campo de batalha. Todos estavam mais focados na serpente caída do que na mulher montada em Nisong.

Ela não podia culpá-los. A criatura tinha envolvido a muralha do palácio, as garras cravadas na pedra, a cabeça pendendo na direção do pátio.

Gaelung tinha vencido. Lin tinha vencido. Parecia impossível, mas Nisong não tinha contado com os Raros Desfragmentados chegando para ajudar, e eles eram muitos. O exército de construtos estava espalhado, esmagado. Mas Coral… Coral ainda estava viva.

O chão, ainda macio da chuva, devia ter amortecido a queda. Nisong arrastou Coral para a folhagem, subindo a encosta aos trancos. A grama cortava sua pele e sua mão livre enquanto ela fazia o possível para minimizar os danos.

– Vou te levar para casa – disse Nisong.

Coral se agitou.

– Para Maila?

Maila… Esse era o lar de Coral, e Nisong a havia tirado de lá. Havia tirado todos eles de lá. E para quê? Nada.

Ela se abrigou embaixo de um arbusto próximo e colocou Coral no colo. Enquanto isso, os soldados corriam pelas curvas. O exército de Lin iria perseguir quem tivesse restado, procurando seus próprios feridos, limpando o campo de batalha. Nisong não tinha intenção de se tornar prisioneira da Imperatriz.

Pelo menos, ela ainda tinha Coral. As duas poderiam recomeçar, descobrir as coisas juntas. E ainda havia os construtos que ela enviara para causar estragos no Império. Nisong poderia construir um exército novamente. Com a magia do fragmento de ossos, as possibilidades estavam abertas.

– Para algum lugar seguro – emendou ela.

Coral a encarou, suor e sangue grudando o cabelo na testa, os suaves olhos castanhos arregalados e molhados de lágrimas.

– Nós perdemos, não foi?

– Não – respondeu Nisong. – Nunca.

Algo quente escorreu por sua perna. O coração de Nisong batia forte em seus ouvidos, e sua boca de repente ficou seca. Tentando não entrar em pânico, ela levantou Coral um pouco, sentindo suas costas. Algo afiado se projetava entre as costelas. Uma haste de flecha quebrada.

Nisong não tinha visto aquilo quando levantou Coral do chão, enquanto a carregava para longe do corpo da serpente marinha. Ela teria machucado a mulher ainda mais ao arrastá-la para longe?

– Precisamos tirar isso – disse ela, sentindo o sangue escorrer do ferimento. – Se encontrarmos fogo, posso cauterizar, fazer o sangramento parar.

– Areia – disse Coral, e então piscou. – Nisong.

– Pode me chamar de Areia. – Parte dela sabia como aquilo terminaria; ela aceitara isso quando chamou Coral para a batalha. Mas outra parte se enfureceu com esse resultado. Nisong tinha dado tudo por aquela causa. Ainda havia uma maneira de consertar, sempre havia.

– Me leva para casa. Por favor. – Os lábios de Coral estavam pálidos.

Nisong tentou levantá-la, tentou colocar o braço da mulher em volta dos ombros de novo. Mas o rosto de Coral travou em uma careta de dor, e Nisong a deixou deslizar para o chão outra vez. Ela estendeu a mão para a flecha; estava quebrada muito fundo dentro da ferida para que pudesse segurá-la decentemente. No acampamento de construtos havia ferramentas, mas o local estaria fervilhando com soldados do Império. Isso se elas conseguissem chegar tão longe. Para onde quer que se virasse, ela dava de cara com um muro.

– Você estava certa – Nisong se viu falando. – Maila não é a prisão; a névoa mental era. Estou desistindo. Nós vamos para casa.

A tensão no rosto de Coral diminuiu um pouco, seus lábios se curvando em um leve sorriso.

– Desistir nem sempre é a coisa errada a se fazer.

– Nós vamos voltar para Maila – disse Nisong. Sua respiração parecia sólida na garganta; seu peito doía com o peso do ar. – Vou dizer aos construtos restantes para espalharem a palavra de que a ilha é o nosso lar. Vamos ensiná-los a passar pelos recifes. Vamos construir uma vida lá, juntos.

Coral agarrou a barra da camisa de Nisong com os dedos fracos.

– Você não precisa coletar mangas, sabia. Pode fazer outra coisa.

Nisong segurou o riso, apesar de tudo.

– Eu sei.

Foi a última coisa que Coral disse.

O céu estava claro quando Nisong deixou a mulher deslizar do seu colo. Ela cobriu Coral com galhos de árvores próximas, desejando que pelo menos um deles fosse de zimbro. As almas dos construtos ascendiam ao céu? Eles tinham almas?

Coral tinha. Nisong, não. Ela se levantou e desceu a encosta, mantendo-se fora do campo de visão dos soldados. Suas lágrimas secaram nas bochechas enquanto caminhava. Estava sozinha, mas não precisava estar. Se havia algo que aquela batalha tinha lhe ensinado era que ela não era a única que se opunha a Lin.

Nisong se lembrava de ver o monge de árvore nuviosa fugir do campo de batalha. Ele tinha os mesmos poderes que Lin e Jovis, e quase os derrotou. Ela fez um mapa mental da área ao redor, tentando visualizar para onde ele poderia ter ido.

E, então, ela voltou os pés nessa direção.

Sempre havia uma maneira de consertar as coisas. Sempre havia uma maneira de voltar.

56

LIN

Ilha Gaelung

Quando ele se virou para sair com as espadas, tentei impedi-lo. Nós lutamos. Ylan era um estudioso, não um guerreiro, mas eu nunca senti tanta dor quanto na hora que uma daquelas lâminas cortou minha pele. Ele me deixou no escuro, parcialmente cego. E foi destruir meus parentes.

Ele encontrou outros seis para portar as espadas. Juntos eles reviraram as ilhas, caçando Alangas e causando seus próprios desastres. Como alguém poderia me perdoar pelo que fiz? Como eu posso me perdoar? Os mais jovens com famílias... ele matou as crianças também. Ele não deixará ninguém vivo para buscar vingança.

Algum dia, ele voltará para mim.

[Anotações da tradução de Lin das últimas páginas do diário de Dione]

Jovis se esquecera novamente de pegar o diário Alanga quando partiu. Ou talvez não fosse tão importante para ele, considerando todo o resto. Livros e mistérios pareciam ser minha área. Mesmo depois, com toda a limpeza, os enviados e as promessas que eu precisava fazer, havia tempo, tarde da noite, para ler.

Para minha surpresa, os Raros Desfragmentados não exigiram minha abdicação imediatamente, nem voltaram às pressas para Khalute. Eles ficaram e ajudaram, limpando escombros e emprestando os próprios médicos para cuidar dos feridos. Urame foi incessantemente grata a mim. Eu teria achado constrangedor se não precisasse exatamente disso: de sua gratidão. Ela me encheu de elogios, insistiu para que eu ocupasse seu escritório e garantiu que seus criados me oferecessem ajuda pelo menos doze vezes por dia. Lentamente, nos dias após a batalha, a notícia do que havia acontecido começou a se espalhar, e as reações chegavam até nós aos poucos. As outras ilhas se alinhariam. Até Iloh retirou sua exigência de abdicação, fazendo o possível para retratá-la como um erro terrível cometido em nome do medo de prejudicar seu povo.

Eu podia me dar ao luxo de ser magnânima, então deixei passar.

Phalue foi me ver no escritório de Urame. Os restos da serpente marinha finalmente tinham sido retirados dos arredores do palácio, os mortos queimados, os feridos tratados. Thrana estava recuperando a energia e o bom humor, passando mais tempo do que o necessário na cozinha do palácio, onde os criados a enchiam de elogios e comida.

– Vossa Eminência – disse Phalue ao entrar –, é hora de eu ir para casa. – A pose dela me lembrava mais um soldado do que uma governadora: mão apoiada na espada, pés afastados, joelhos levemente flexionados, pronta para entrar em ação. Sua armadura de couro tinha ganhado um número considerável de arranhões, e seu rosto parecia abatido, os olhos vermelhos.

Fechei o diário Alanga, tendo terminado de lê-lo pela terceira vez. Eu finalmente havia decifrado as últimas palavras com as quais estava tendo dificuldade.

– Você não precisa da minha permissão, Sai. É livre para ir e vir quando quiser. Você pode não me apoiar, mas o Império tem uma dívida com você por sua ajuda aqui.

– E eu tenho uma com você. Não esqueci que te fiz uma promessa.

– Foi feita às pressas. Em um campo de batalha. Não vou cobrar de você.

Ela só balançou a cabeça, os lábios apertados.

– Tenho assuntos para resolver em casa, mas volto quando terminar. E vou te ensinar. Ranami pode cuidar de Nephilanu por alguns meses.

– Alguns meses? Tanto tempo?

Phalue sorriu, e entendi o que Ranami via nela, a devoção e o charme.

– Eminência, você pode ser uma mulher inteligente, que sabe escalar tão bem quanto um macaco, mas esgrima é algo completamente diferente. Você é forte e é Alanga, e essas são as únicas razões pelas quais eu acho que vai demorar tão pouco para que alcance a competência. – O sorriso desapareceu de repente, um mero vislumbre de sol em um dia de estação chuvosa. – Obrigada por garantir um funeral adequado para Tythus. A esposa e os filhos dele… – Sua voz falhou nas últimas palavras. Ela se recompôs. – Eles teriam aprovado.

Não era preciso ter a mente mais afiada do Império para ligar aqueles pontos.

– Ele não era só seu capitão da Guarda. Era seu amigo. Eu sinto muito.

Ela me lançou um olhar longo e penetrante.

– Uma Imperatriz que se importa de verdade – disse ela, e seu tom não era nem um pouco zombeteiro. – Isso é mesmo uma maravilha. – Ela bateu os calcanhares e fez uma reverência. – Vou me despedir então, Eminência. Mas eu volto.

Bem, havia uma ilha que eu não tinha certeza se entraria na linha, mas o gelo entre nós parecia estar derretendo. E eu aceitaria qualquer vitória que pudesse obter.

Eu também precisava ir embora, retornar à Imperial. Até onde sabia, Ikanuy estava cuidando bem da ilha e do palácio na minha ausência. Mas ela não deveria ter que fazer isso para sempre.

Havia, no entanto, mais um assunto que eu precisava resolver. Mais uma coisa corroendo o fundo da minha mente, como um rato procurando a saída em um labirinto.

Fui até a porta e fiz sinal para um criado que passava por ali.

– Mande chamar Gio. Peça para ele me encontrar. – Eu parei e pensei por um momento. – Peça "por favor".

Você pode carregar uma espada, meu pai disse certa vez, *mas pise com cuidado quando estiver na toca do tigre.*

Voltei para a mesa de Urame, me sentei e esperei. Gio chegou, não tão cedo, mas também não tão tarde a ponto de parecer um insulto. Não levou nenhum dos seus Raros Desfragmentados consigo. Estava desacompanhado e sem adornos.

– Imperatriz Sukai – disse ele ao entrar. Notei o cuidado criterioso em evitar o termo "Eminência". – Você me chamou?

– Devo um agradecimento a você, por vir em nosso auxílio – falei.

Ele olhou fixamente para mim, e não pude deixar de retribuir, encarando o olho leitoso e com cicatriz.

– Foi por isso que me chamou aqui? Por isso que me afastou dos cidadãos que precisam de ajuda?

Ambos pisávamos em ovos para evitar o assunto que pairava entre nós. Ele era Alanga. Eu também. Mas eu sabia de outra coisa.

– Devo admitir que ter os Raros Desfragmentados ajudando a salvar o Império me colocou em uma posição difícil, Gio. Ou devo parar de chamá-lo assim? Devo chamá-lo pelo seu nome original?

A postura dele mudou completamente. Ele ficou tenso e nervoso. Era como um gato de rua com as costas arqueadas e as orelhas grudadas na cabeça.

– O que quer dizer?

Eu acionei a armadilha.

– Dione.

Ele ficou imóvel. Primeiro, abriu a boca como se fosse desmentir, mas pareceu pensar melhor e a fechou. Eu mostrei o diário. Ele olhou rapidamente para o livro, e seu rosto me disse que eu tinha acertado o alvo.

– Você o traduziu.

– Sim. Você sobreviveu ao massacre dos Alangas. – Eu julguei a expressão amarga dele. – Não. Ele poupou sua vida.

A boca de Dione se retorceu.

– Ele pensou que estava sendo misericordioso me deixando vivo, com apenas um olho ferido. Mas não é misericórdia viver ano após ano quando todos aqueles que você amou estão mortos.

Mil perguntas giravam em minha mente. Eu não consegui impedi-las de escapar.

– O que você quer? Por que ficar escondido por tanto tempo? Onde está seu ossalen?

Ele zombou de mim, o nariz enrugado de desprezo.

– Não preciso responder às suas perguntas. Não estou em dívida com nenhum imperador ou imperatriz.

Eu suavizei a voz.

– E com uma companheira Alanga?

Por um longo tempo, ele não disse nada. E, então, olhou para mim e virou o rosto para a janela.

– Foram anos de trabalho. Tantos anos. Outra identidade, outra vida. Tudo para trazê-los de volta.

Outra identidade, outra vida. Ele estava falando do trabalho com os Raros Desfragmentados? De repente, tudo em mim parou. Senti como se estivesse abaixo da superfície do Mar Infinito, com água enchendo meus ouvidos. Levei a mão aonde eu tinha visto os outros tocarem tantas vezes. Aquele ponto no meu crânio. Um ponto que não estava marcado. Os Sukais não dizimavam os seus. E Jovis... Ele tinha me contado a história do Festival do Dízimo, do soldado que teve pena de sua família e o deixou apenas com uma cicatriz. Ragan era um monge de árvore nuviosa em um mosteiro, e mosteiros não estavam sob a jurisdição do meu pai.

E os Raros Desfragmentados resgatavam crianças do Festival do Dízimo.

Todos os ideais superiores de Gio, a insistência de que os Raros Desfragmentados estavam ali para dar uma vida melhor às pessoas... Ele alguma vez falou com sinceridade? Ou era apenas uma fachada para o que realmente importava para ele? Para Dione?

– Aqueles cujos fragmentos foram tirados não podem se unir a ossalens – sussurrei.

Ele me encarou com firmeza.

– E você resolveu isso ao acabar com o Festival do Dízimo para sempre. Eu deveria te agradecer.

Eu não estava apenas flutuando sob a superfície do Mar Infinito; estava afundando nele, procurando algo em que pudesse me segurar.

– Nós não precisamos ser inimigos. Não foi por isso que Ylan Sukai massacrou os Alangas? Muitas lutas internas e muitos danos colaterais. Nós podemos trabalhar juntos. Podemos encontrar um caminho pra uma nova era... uma era pacífica.

Ele permaneceu imóvel enquanto eu divagava, a expressão tão fria e desaprovadora quanto a do meu pai. Ele me deixou terminar, deixou minhas palavras morrerem no silêncio que se seguiu.

– Você não me deve nada. Vim aqui para defender o povo dos construtos, outra abominação Sukai. Não vim para ajudar você. Esta é a última vez que nos encontraremos pacificamente. – Ele se virou, sem esperar ser dispensado.

– Espere – falei, procurando as palavras. – Não há nada...?

Ele abriu a porta bruscamente.

– Você é uma Sukai – disse ele simplesmente, de costas para mim. – Nós nunca trabalharemos juntos.

A porta se fechou quando ele saiu. Fiquei sozinha com o diário e o eco da presença de Dione, o maior dos Alangas. E meu mais novo inimigo.

57

RANAMI

Ilha Nephilanu

As notícias de Gaelung vieram aos poucos. As partes mais sensacionais chegaram primeiro, trazidas por recontagens ansiosas e línguas rápidas. Ranami não sabia o que era verdade e o que eram histórias contadas para chamar atenção. A batalha estava quase perdida, o exército de construtos tinha uma serpente marinha adulta, Jovis havia sido expulso pela Imperatriz, os Raros Desfragmentados foram bem a tempo de virar a batalha, os mortos andavam pelo campo.

Como esses trechos podiam ser interpretados? A vida ou a morte da governadora de Nephilanu não era importante para a maioria das pessoas em comparação ao todo. Ela vasculhou as fofocas como uma mulher desesperada procurando um brinco perdido na praia.

A ansiedade de Ayesh era quase tão intensa quanto a dela, e assim as duas acharam algo em comum. A garota tinha acabado de encontrar uma mãe, e agora estava se perguntando se esse relacionamento havia sido rompido.

Quando finalmente chegou a notícia de que Phalue tinha sobrevivido à batalha, Ranami ficou tonta de alívio. Ela e Ayesh celebraram com um jantar elaborado, em que ambas comeram até se empanturrarem, brindando com canecas de água como se fosse vinho e as duas fossem dignitárias em visita. A espera ficou mais fácil sabendo que seu amor retornaria.

Foi quase o suficiente para distrair Ranami de tudo o que ela deveria estar fazendo enquanto Phalue estava fora.

Quase.

Ela manteve a mão na parede enquanto descia a escada da masmorra, uma bolsa de couro na mão. Já estava desconfiada havia tempo, embora não tivesse se manifestado. Isso a levou a anotar cada informação que vazava e quem poderia saber, para reduzir seus suspeitos. Bastou um questionamento criterioso de uma criada da cozinha, que foi imediatamente dispensada, e ela teve sua resposta.

O barulho da cozinha deu lugar ao silêncio frio e opressivo do porão. Apenas o som nítido do virar de páginas e o pinga-pinga-pinga da água da chuva chegavam aos seus ouvidos. O pai de Phalue estava sentado na cela, lendo, os ombros largos curvados sobre a pequena escrivaninha. Ele começou a tossir quando ouviu os passos dela.

– Não há necessidade disso – disse Ranami. – Phalue ainda não voltou. Sou eu, e sei que você não está doente. – Ela se aproximou das grades.

– Alguma notícia da minha filha?

Seu coração se suavizou um pouco com a preocupação na voz dele. Foi genuína, mesmo que a tosse não fosse. Phalue tinha razão: ele era um pai razoável, mesmo não sendo dos melhores.

– Ela está bem e a caminho de casa. Foi por pouco, mas ela está ilesa.

O homem relaxou de alívio.

– Eu pensei por um tempo... – Ele limpou a garganta. – Estou feliz que ela esteja bem, mesmo que não fale mais comigo. – Os olhos escuros a avaliaram, as sobrancelhas espessas franzidas. – Foi para isso que você veio aqui? E eu *estou* doente. Não sei quem lhe disse o contrário.

Ranami levantou a bolsa.

– Não, não é para isso que estou aqui. – Ela tirou as chaves do bolso. – Estou aqui para libertar você.

Por um momento, uma esperança selvagem encheu o rosto dele. O homem se levantou tão abruptamente que a cadeira quase caiu.

– Phalue ordenou isso? Ela finalmente caiu em si?

– Não. Eu caí.

Ela poderia ter sentido pena dele, a confusão clara em seu rosto, se não soubesse o que ele tinha feito.

– Não entendi – disse ele. – Você nunca quis me soltar.

– Você tem razão. Nunca quis. Eu estava com raiva, focada em querer que você fosse punido, que pagasse pelo que fez ao povo de Nephilanu. Tive muitos motivos para ficar com raiva. Mas, quando finalmente deixei isso de lado, comecei a ver as coisas com mais clareza. Eu entendi que deixar você em uma cela não serve para nada. Não ajuda o povo de Nephilanu; não ajuda você. Você não se importa com o que fez. Não quer se retratar. Em vez disso, você usou sua posição aqui, sua proximidade com sua filha, para fazer o mal. Você tem mandado informações para os Raros Desfragmentados.

O pai de Phalue bufou com deboche.

– Isso é absurdo.

– Eu dispensei seu contato. Ela admitiu.

Como Ranami desconfiava, ele não demorou muito para ceder.

– Eles disseram que poderiam me tirar daqui – disse ele. – Você não sabe como é ficar enjaulado como um animal.

Ah, ela sabia. Ela soube como era na maior parte de sua vida.

– Você traiu sua própria filha.

Ele agarrou as grades da cela.

– Eles não iam machucá-la; só queriam tirá-la da posição de governadora.

As pessoas estavam dispostas a acreditar em todo tipo de mentiras, desde que servissem aos seus interesses.

Ela não se deu ao trabalho de responder; só foi até a porta e a destrancou, abrindo-a. Em seguida, ofereceu a bolsa a ele.

– Aqui estão suas coisas. Pedi aos criados que separassem algumas roupas para você. Tem um embrulho de comida aí e dinheiro suficiente para você se instalar em um apartamento e pagar pelo seu sustento até encontrar um lugar para trabalhar.

Ele parou na soleira da cela e não pegou a bolsa.

– Você está… me expulsando?

Ela não tinha tido a chance de discutir isso com Phalue, mas como poderia contar suas suspeitas de quem era o espião, principalmente quando a esposa estava prestes a partir para a batalha? Phalue podia estar afastada do pai, mas ela o amava. Ranami não tinha conseguido convencer a esposa de que Ayesh podia ser espiã; como iria convencê-la de que o próprio pai a estava espionando? Phalue não teria acreditado. Não sem provas. Mas, quanto mais tempo o homem ficasse no palácio, mais mal poderia causar.

Quem estava agindo impulsivamente agora? Talvez ela estivesse sendo contaminada por Phalue.

Ranami suspirou e empurrou a bolsa no peito do homem. Ele a agarrou por reflexo.

– O que achou que aconteceria, coroa? Que eu te libertaria e você viveria no palácio novamente? Sua ex-esposa mora na cidade; você pode viver lá também. Não quero mais saber de puni-lo; isso não é justiça. Eu quero é evitar que você faça mal ao povo de Nephilanu. Que faça mal à minha esposa. Aqui, você ainda está no seu local de poder. Lá, em meio ao povo, você não tem poder algum. E talvez viver entre eles lhe ensine coisas que Phalue e esta cela não puderam ensinar.

– Eu não vou conseguir um emprego. – Ele parecia tão em pânico que Ranami quase sentiu pena. Quase.

– Você foi inteligente a ponto de arrancar segredos da sua filha e vendê-los; vai conseguir pensar em alguma coisa. Agora saia, antes que eu tenha que fazer os guardas o levarem. Seria constrangedor para nós dois.

Ele teve dignidade suficiente para entender o recado, e, embora ela não sentisse mais qualquer contentamento em mantê-lo na cela, havia algo de satisfatório em saber que ela, uma antiga órfã de rua, estava expulsando o ex-governador do palácio. A vida dava um jeito de equilibrar a balança de vez em quando.

Ranami observou as costas dele se afastando e se sentiu um pouco satisfeita consigo mesma. O exército de construtos foi derrotado, sua esposa estava voltando para casa, Ayesh estava segura sob sua guarda e Gio não tinha tentado tomar Nephilanu. Ah, ela não era tão tola a ponto de pensar que era totalmente responsável por cada vitória, mas tinha tido participação em todas elas.

Agora, se ao menos ela conseguisse resolver todos os itens da lista... aí sim talvez começasse a pensar que era realmente talentosa.

Ela subiu os degraus para sair da masmorra, mas parou assim que seu olhar alcançou o nível da cozinha. Ayesh estava na despensa, colocando comida em uma bolsa. O escudo estava preso no braço; Ranami às vezes tinha dificuldade para fazê-la tirar aquela porcaria. A garota era presença constante no palácio agora, e os criados não lhe deram atenção. Ranami se encostou na parede enquanto observava. Tinha prometido a si mesma que daria espaço a Ayesh, e descobrir que o pai de Phalue era o espião tinha aliviado todas as suas preocupações sobre a garota. Ainda assim, ela precisava saber. Ayesh tinha feito amigos fora do palácio? Se sim, eles não precisavam ficar se esgueirando, esperando a garota levar comida para eles. Ranami poderia organizar uma maneira de alimentar os órfãos regularmente. Estava na lista de coisas que ela e Phalue pretendiam fazer.

Ranami esperou até que Ayesh tivesse terminado de arrumar a bolsa e saísse da cozinha para segui-la. Ela não tinha sido muito cautelosa da última vez, mas, desta vez, usou todas as habilidades que tinha adquirido em anos nas ruas, mantendo-se perto das paredes, dando passos suaves, permanecendo nas sombras. Ela não se incomodou com a capa perto da porta. Ayesh, por sua vez, parecia muito mais relaxada do que quando chegara ao palácio. Morar lá tinha ajudado muito a aliviar as tensões da garota, tanto emocionais quanto físicas. A notícia de que Phalue ainda estava viva ajudara ainda mais.

Uma chuva leve caía nas folhas de palmeira acima do pátio. Ranami se esgueirou até o portão atrás da garota, esperando até que ela alcançasse as curvas para entrar no mato ao redor. Ela não seguiu o caminho desta vez; em vez disso, cortou caminho pela encosta, tomando cuidado para não mexer muito as plantas. Seu vestido era verde e azul e se misturava à vegetação. Com um pouco de sorte…

Ayesh não pareceu notar que tinha uma sombra. Seu passo estava alegre, a cabeça erguida, a bolsa pendurada no ombro. Ela balançou o braço-escudo de forma descontraída, golpeando de vez em quando como se estivesse lutando contra um inimigo invisível, gritando:

– Rá!

Ranami entendia por que Phalue tinha gostado da garota.

Ayesh ficou um pouco mais furtiva quando chegou à cidade, verificando as ruas laterais antes de passar, diminuindo a velocidade antes de virar as esquinas. Ela provavelmente tinha sido atacada por outros órfãos mais de uma vez. Ranami se lembrava de fazer o mesmo.

Mas a garota não entrou em nenhum beco. Não desapareceu em nenhum esconderijo, ao contrário do que Ranami esperava. Ela foi direto para o porto e seguiu a oeste pela praia. Por que a praia? Ayesh tinha armadilhas para caranguejos? Pretendia usar o peixe como isca para pegar… mais peixes? Cada possibilidade que passava pela mente de Ranami era igualmente absurda.

Ela se escondeu nas árvores e arbustos e caminhou paralelamente a Ayesh, os pés afundando no solo arenoso, a umidade penetrando nos sapatos. Phalue a repreenderia por fazer aquilo, ela sabia. Mas Phalue confiava tão fácil e inequivocamente. Ranami podia se esforçar para ser mais aberta, mas nunca seria como Phalue. Ela podia deixar o passado para trás, mas sempre carregaria partes dele consigo. E acabou percebendo que não ficava descontente com a perspectiva.

Quando a cidade desapareceu atrás de uma curva, Ayesh entrou na floresta. Ranami teve que dar alguns passos para trás para não ser vista.

Ela esperou enquanto Ayesh passava. E, aí, ouviu vozes.

– Desculpa por ter demorado tanto – disse a garota. – Está difícil fugir ultimamente. Vou ter que pensar em outra coisa.

– Tudo bem, tudo bem, tudo bem – respondeu uma voz esganiçada que Ranami não reconheceu. A chuva grudava seu cabelo na nuca, quase congelando-a. Ela tinha julgado mal de novo? Ayesh era mesmo espiã? Ah, isso partiria o coração de Phalue. Ela se ajoelhou no mato e se aproximou, prendendo a respiração.

– Aqui. – O som da sacola farfalhando, depois o som de alguém comendo.

– Você gostaria delas, eu acho. Das minhas novas mães. Phalue é tão legal. Acho que Ranami não gostava muito de mim no começo, mas ela é legal.

– Eu vou com você? – A voz soou suplicante.

– Não sei – disse Ayesh. – Não tenho certeza se é uma boa ideia.

Ranami tirou um galho do seu campo de visão e ficou paralisada. Ayesh não estava falando com uma pessoa.

Uma criatura de pelo manchado de cinza e marrom estava sentada na frente da garota, um peixe em uma pata. Era do tamanho de um gato grande, com uma cauda longa e enrolada, orelhas peludas e chifres começando a nascer na testa.

Ranami só tinha visto duas criaturas parecidas com aquela: Mephi e o animal de estimação da Imperatriz, Thrana. Aquele era mais cinza do que marrom, com olhos da cor da selva na estação chuvosa, mas era o mesmo tipo de animal.

– Por que não? – perguntou a criatura.

Um bicho de estimação falante era mais do que Phalue e Ranami esperavam quando adotaram Ayesh, mas Ranami não podia ficar brava. Ela estava mais aliviada por Ayesh não ser uma espiã do que qualquer outra coisa. Um animal de estimação estranho? Era uma excentricidade com a qual poderia lidar.

Ela imaginou Phalue ao seu lado com um sorriso irônico nos lábios. "Adicione à lista?", a esposa teria dito.

Ranami se levantou do esconderijo, suas mãos erguidas para mostrar que não queria fazer mal.

– Boa pergunta – disse ela, e Ayesh quase teve um treco. – Por que não?

A expressão da garota passou rapidamente de surpresa para remorso. Ela esfregou o pulso em que o escudo estava preso e encarou Ranami com timidez.

– Eu... hã... – Seu rosto se contorceu. – Eu a encontrei depois que Unta afundou. Eu a ajudei a embarcar no navio em que estava me escondendo, à noite. Quando os marinheiros me pegaram, eles me jogaram no mar e ela me ajudou a chegar à costa. Eu não... eu não a abandonaria depois disso.

Ranami ouvia em silêncio.

– Eu não sabia em quem confiar! – declarou Ayesh numa explosão.

Isso era algo que Ranami conseguia entender. Seu coração se suavizou.

– Ela não deveria estar aqui na floresta sozinha, nem você. Tem espaço no palácio. Ela tem nome?

O sorriso aliviado da garota poderia iluminar o céu.

– Sim. Tubarão, essa é Ranami. Ranami, essa é Tubarão.

– Tubarão! – exclamou a criatura, mostrando dentes brancos e afiados.

Bem, levaria um tempo para Ranami se acostumar. Mas ela estava disposta a tentar.

AGRADECIMENTOS

Ufa! É estranho estar aqui fazendo isso de novo. Eu escrevi outro livro? Como e quando isso aconteceu? Acho que as respostas são "com uma palavra de cada vez" e "durante uma pandemia". Apesar de todos termos estado em isolamento social nesse período, eu tive a sorte de não fazer isso sozinha. Então, sem mais delongas, as pessoas a quem preciso agradecer:

Megan O'Keefe, Marina Lostetter, Tina Gower e Anthea Sharp/Lawson: obrigada por me ouvirem resmungar sobre um segundo livro e por me ajudarem a resolver meus problemas de revisão. Agradeço por terem tirado tempo para ler minhas anotações e por conversarem comigo pelo Zoom. Sei que vocês já deviam estar bem cansadas do Zoom àquela altura.

À minha agente, Juliet Mushens, e sua (antiga, agora promovida!) assistente, Liza DeBlock. Juliet, eu não sei mesmo como você consegue. Sempre posso contar com suas respostas rápidas para qualquer pergunta. Liza, sua ajuda com todos aqueles formulários de imposto foi valiosíssima. Porque, sério, eu não saberia lidar com aquilo sozinha.

E, novamente, à equipe da Orbit: James Long, Brit Hvide (e obrigada, Priyanka, que assumiu quando Brit estava fora!), Joanna Kramer, Ellen Wright, Nazia Khatun, Nadia Saward e Angela Man. James, agradeço muito por você mostrar o que eu podia melhorar na história e fortalecer os argumentos. Joanna, eu me impressiono com seu olhar afiado para palavras repetidas e erros de consistência, além das partes em que eu simplesmente... não fiz sentido.

À minha irmã e ao meu cunhado, Lei, que ofereceram um lugar onde eu podia trabalhar sem ser constantemente distraída pelo meu bebê (ela é muito fofa, tá?).

Aos meus pais e ao meu irmão, que sempre me encorajaram de forma consistente, mesmo que meus pais não aceitem que este livro talvez nunca vire um filme. E, mamãe e papai, deixar que a gente ficasse com vocês depois que o bebê nasceu foi muita gentileza. As coisas estavam difíceis e vocês tornaram tudo mais fácil.

John, eu não teria conseguido fazer isso sem você. Depois de uma gravidez exaustiva e com um bebê novinho cheio de cólica, você cuidou para que eu tivesse tempo e espaço para escrever. Apesar de você ter sua carreira, que exige muita dedicação, você sempre perguntava "Como posso tirar um pouco desse peso de você?". Eu sempre vou lutar para ser o tipo de pessoa que merece estar com você.

Sasha Vinogradova e Charis Loke, obrigada por criarem, respectivamente, uma arte tão linda de capa e um mapa tão encantador. E a Lauren Panepinto, da Orbit, cujo talento de design de capas não tem igual.

Eu seria negligente se não mencionasse todo mundo que leu o primeiro livro. Seu entusiasmo e suas resenhas alegraram meu dia repetidamente. Eu passei anos (e anos) escrevendo livros sabendo que muito do que eu escrevia não veria a luz do dia. Vocês fizeram tudo isso valer a pena mil vezes. Obrigada!

Este livro foi composto com tipografia Adobe Garamond Pro e impresso em papel Off-White 70 g/m² na Formato Artes Gráficas.